D1323537

LA BELLE DE DALLAS

SUSAN ELIZABETH PHILLIPS

LA BELLE
DE DALLAS

PRESSES DE LA CITÉ

Titre original : *Fancy Pants*

Traduit par Danièle Berdou

© 1989 by Susan Elizabeth Phillips
© Presses de la Cité 1990 pour la traduction française
ISBN 2-266-04957-7

PROLOGUE

Éblouie par une avalanche de flashes à la sortie du restaurant, Francesca Serritella Day esquivait de son mieux les assauts des paparazzi en se dissimulant derrière son immense col de zibeline.

— Saleté de fourrure, murmura-t-elle entre ses dents, regrettant que l'heure tardive ne lui permette pas de se protéger derrière des lunettes de soleil.

— Voilà un point de vue peu banal, chérie, dit le prince Stefan Marko Brancuzi en l'aidant à se frayer un chemin à travers la foule agglutinée devant *La Côte basque* à New York, à l'affût des célébrités.

Stefan Brancuzi régnait sur une petite principauté des Balkans en passe de supplanter Monaco au box-office des paradis fiscaux. Mais pour l'instant, la ravissante Anglaise qui l'accompagnait monopolisait toute l'attention des photographes et du public.

Des questions fusaient de toutes parts : sur son job, sa relation avec Stefan, son amitié pour la vedette de la série télévisée « China Colt »...

Ils atteignirent enfin leur limousine et, confortablement installés sur les luxueux sièges de cuir, se fondirent bientôt dans la circulation nocturne de la 55e Rue. Francesca maugréa :

— Tout ce battage autour d'un manteau de fourrure ! La presse ne t'importune jamais de cette façon. C'est ma faute. Si j'avais mis mon imperméable, nous serions passés inaperçus.

7

Stefan eut une expression de reproche amusé, et elle fronça les sourcils :

— Stefan, au regard de la misère du monde, il est indécent de porter un manteau de zibeline.

Stefan rit franchement :

— On t'aurait reconnue quoi que tu portes. Je t'ai déjà vue provoquer un embouteillage vêtue d'un simple survêtement.

— Je n'y peux rien, c'est atavique : la malédiction des Serritella !

— Vraiment, Francesca, je n'ai jamais vu une femme se plaindre d'être trop belle !

Elle marmonna quelque chose d'inaudible et plongea ses mains dans ses poches, indifférente comme à l'accoutumée aux allusions à son ensorcelante beauté.

Un long silence s'installa, qu'elle finit par briser :

— Depuis que je suis au monde, mon visage ne m'a attiré que des ennuis.

Sans parler du reste... pensa Stefan en son for intérieur. Francesca laissait errer son regard à travers la vitre d'un air absent, et il en profita pour détailler à loisir ces traits qui subjuguaient les foules. Il avait encore présent à l'esprit un article signé d'un célèbre rédacteur de mode qui, soucieux d'éviter les innombrables poncifs fleurissant déjà sur sa ressemblance avec Vivien Leigh, l'avait comparée à une douce princesse de légende capable de métamorphoser le chanvre en fil d'or.

En privé, le journaliste en question s'était montré moins romantique, jurant ses grands dieux qu'il n'avait jamais vu pareille pimbêche.

Stefan avisa un mini-bar en noyer à garnitures de cuivre dissimulé dans une des portières de la limousine :

— Veux-tu boire quelque chose ?

— Non merci, j'ai assez bu d'alcool pour ce soir.

Elle était fatiguée, ce qui faisait ressortir son accent anglais. Son manteau glissa de ses épaules, découvrant une robe du soir perlée d'Armani : Armani pour la robe, Fendi pour la fourrure et Mario Valentino pour les chaussures... Fermant les yeux, elle se remémora le temps pas si lointain où, vingt-cinq cents en poche, elle traînait sur une route poussiéreuse au fin fond du Texas, vêtue d'un méchant blue-jean. C'est à ce moment-là que son destin avait pris un tournant décisif.

La limousine tourna dans la Cinquième Avenue, et sa rêverie la transporta encore plus loin en arrière, lors de son enfance dorée en Angleterre, quand Chloe, sa mère, la promenait à travers l'Europe, d'un lieu de divertissement à l'autre. Ç'avait été une enfant terriblement gâtée et, toute petite déjà, elle affichait une arrogance peu commune, persuadée que sa beauté surnaturelle lui ouvrirait toutes grandes les portes du vaste monde, et que tout se plierait toujours à ses quatre volontés. La frivole petite Francesca allait tomber de haut.

A cette époque, elle ne soupçonnait pas l'existence de pays comme le Texas, et c'est pourtant là-bas, à l'âge de vingt et un ans, en 1976, qu'elle se retrouva abandonnée au bord de cette route, seule, désespérée, et enceinte.

Elle allait à présent sur ses trente-deux ans et possédait à peu près tout ce qu'une femme peut désirer, pourtant elle se sentait aussi perdue que dans la canicule de ce lointain après-midi d'automne.

Elle essaya d'imaginer quel aurait été son destin si elle était restée en Angleterre, mais l'Amérique l'avait si profondément transformée que cela était vain.

Elle sourit intérieurement en pensant à ce poème où Emma Lazarus évoque l'aspiration des masses opprimées à la liberté dans un pays neuf. Elle n'aurait sûrement pas pensé à camper un personnage de petite Anglaise futile vêtue de cachemire et flanquée d'une valise Louis Vuitton. Mais le rêve de l'Amérique était assez grandiose pour entraîner dans son maelström une pauvre petite fille riche.

Stefan la sentait préoccupée depuis le début de la soirée, pendant laquelle elle avait été anormalement silencieuse. Il avait prévu de lui faire sa demande en mariage ce soir-là, mais quelque chose lui dit que le moment n'était pas propice. Ses réactions étaient tellement imprévisibles ! Tous ses anciens prétendants avaient sans doute été confrontés à la même énigme.

A en croire les potins mondains, Francesca avait fait sa première conquête dès neuf ans, en la personne d'Aristote Onassis, à bord du yacht *Christina*. Mais tant de bruits absurdes circulaient à propos de Francesca... cependant, étant donné le genre de vie qu'elle avait mené, certains d'entre eux pouvaient bien être dignes de foi!

Au détour d'une conversation elle lui avait confié elle-même qu'elle avait appris à jouer au rami avec Winston Churchill, et il était de notoriété publique que le prince de Galles l'avait courtisée.

Peu de temps après leur première rencontre, ils avaient échangé des anecdotes sur leurs enfances respectives en sablant le champagne et elle lui avait raconté qu'elle avait été conçue sur un étalage au beau milieu du rayon four-rures de Harrods.

La limousine venait de dépasser Cartier, et Stefan se dit que l'histoire était certes plaisante, mais qu'il n'en avait pas cru un traître mot.

L'ANCIEN MONDE

1

Chloe Serritella Day fondit en larmes dès qu'on lui mit Francesca dans les bras. Elle était persuadée que les sœurs de la clinique privée de Londres, où elle venait d'accoucher, s'étaient trompées de bébé. Comment, avec un aussi joli corps, aurait-elle pu mettre au monde cet affreux petit être à la tête aplatie et aux paupières boursouflées, c'était impensable! Le premier imbécile venu s'en serait aperçu.

Chloe était dans tous ses états et, à défaut de mari, ce furent les sœurs qui la consolèrent en lui affirmant que la plupart des nouveau-nés ne se montrent guère sous leur meilleur jour à la naissance. Elle leur enjoignit de faire disparaître le vilain petit imposteur et de lui rendre son amour de bébé à elle. Après quoi elle se refit une beauté et accueillit ses visiteurs aux accents d'un récit noyé de larmes : elle était victime d'une abominable méprise. Les visiteurs en question – une star de cinéma française, le ministre de l'Intérieur britannique, et Salvador Dali en personne –, depuis longtemps accoutumés aux débordements mélodramatiques de la belle Chloe, se contentèrent de lui tapoter les mains et jurèrent d'élucider l'affaire. Grand seigneur, Dali promit d'exécuter une version surréaliste du chérubin; il n'en fit rien et envoya un service de coupes en vermeil comme cadeau de baptême.

Une semaine plus tard, Chloe sortait de la clinique. L'ayant revêtue pour la circonstance d'un ample fourreau noir de Balmain à large col et poignets d'organdi, les sœurs l'installèrent sur un fauteuil roulant et lui appor-

13

tèrent le bébé : celui-ci avait peu changé d'aspect, cependant à la vue du nourrisson Chloe eut un de ces revirements dont elle était coutumière. Scrutant le petit visage marbré, elle déclara à qui voulait l'entendre que la descendance des beautés Serritella était désormais assurée. Personne n'eut le mauvais goût de la contredire, et d'ailleurs la suite des événements lui donna raison.

L'hypersensibilité de Chloe à la beauté féminine datait de son enfance. Petite fille, elle était bien en chair, silhouette et visage empâtés malgré une ossature délicate. Pas assez grosse pour paraître obèse aux yeux du monde, mais suffisamment pour se sentir laide, elle souffrait surtout de la comparaison avec sa mère, une femme brillante et racée qui n'était autre que Nita Serritella, la grande couturière d'origine italienne.

Il lui fallut attendre l'été 1947, celui de ses douze ans, pour s'entendre dire qu'elle était jolie. De retour à la maison pour de courtes vacances (elle avait passé pratiquement toute son enfance dans diverses pensions suisses), dans le salon élégant de la rue de la Paix où sa mère officiait, elle était timidement assise dans un coin, ses hanches rebondies calées sur une chaise dorée, jetant à sa mère des regards mêlés de ressentiment et d'envie.

Filiforme dans un tailleur noir de coupe stricte à larges revers de satin framboise, Nita s'entretenait avec une cliente tirée à quatre épingles. Le noir de jais de sa chevelure, coiffée à la garçonne, exaltait la pâleur de son teint. Quelques rangs de perles noires d'un goût parfait accentuaient la grâce de son cou à la Modigliani. Les perles, ainsi que le contenu du petit coffre-fort de sa chambre, étaient des cadeaux de ses admirateurs, tous de grosses fortunes, trop heureux d'offrir des bijoux à une femme aussi en vue. L'un de ces hommes était le père de Chloe, bien que Nita prétendît ne pas savoir lequel. D'ailleurs le mariage était le cadet de ses soucis.

La séduisante jeune femme blonde qui accaparait Nita cet après-midi-là s'exprimait dans un espagnol étonnamment vulgaire pour quelqu'un qui occupait le devant de la scène mondiale. Chloe suivait la conversation d'une oreille distraite, et buvait du regard le défilé des mannequins sveltes comme des lianes qui présentaient les dernières créations de Nita. Comme j'aimerais être mince et sûre de moi comme elles ! pensait Chloe. Si seulement je pouvais ressembler à maman ! Pourtant j'ai les mêmes cheveux bleu-noir, les mêmes yeux verts. Si j'étais jolie, elle cesserait de me repousser.

Pour la centième fois, elle décida de renoncer aux gâteaux pour s'attirer les bonnes grâces de sa mère, et, pour la centième fois, quelque chose lui dit qu'elle n'aurait pas la volonté nécessaire. Elle se sentait aussi fragile qu'une houppette en duvet de cygne à côté de la force de caractère de sa mère.

Absorbée dans la contemplation d'un dessin, la jeune femme blonde leva soudain les yeux et posa sur Chloe un regard brun humide.

– Cette petite vous ressemble beaucoup, ce sera une vraie beauté plus tard, dit-elle dans son espagnol rocailleux.

Nita jeta à Chloe un regard condescendant :

– Je ne vois pas du tout en quoi elle me ressemble, Señora, et ce ne sera jamais une beauté : elle a un trop bon coup de fourchette.

La riche cliente agita une main surchargée de bagues clinquantes en direction de Chloe.

– Viens ici, *querida*, viens embrasser Evita.

Chloe resta un instant interdite, puis elle quitta maladroitement sa chaise, gênée d'exhiber ses mollets dodus mal dissimulés par sa jupe légère. Arrivée à destination, elle déposa un baiser appliqué et néanmoins reconnaissant sur la joue parfumée d'Eva Peron.

– Sale garce de fasciste ! siffla Nita entre ses dents dès que la première dame d'Argentine eut franchi la porte. (Elle glissa nerveusement un porte-cigarettes d'ébène entre ses lèvres et l'abandonna aussitôt, maculé de rouge). Rien que de la toucher, j'en ai la chair de poule. Tout ce que l'Europe compte de nazis a trouvé refuge en Argentine chez Peron et ses acolytes.

Le souvenir de l'occupation de Paris était encore très présent à son esprit et Nita n'éprouvait que mépris pour les sympathisants nazis. Malgré tout, elle avait les pieds sur terre et ne voyait pas la nécessité d'envoyer Eva Peron dépenser son argent (si mal acquis fût-il) avenue Montaigne, où Dior régnait en maître incontesté.

Dès lors Chloe découpa les photos d'Eva Peron dans les

journaux et les colla dans un album rouge. Lorsque les critiques de Nita se faisaient par trop acerbes, Chloe s'absorbait dans la contemplation de l'album, le maculant distraitement de chocolat en se remémorant la prédiction d'Eva Peron : « Cette petite sera une vraie beauté plus tard. »

L'hiver de ses quatorze ans, elle perdit miraculeusement son excès de poids, ainsi que son goût pour les sucreries. La délicatesse de son ossature, celle-là même qui avait rendu les Serritella célèbres, se dessinait enfin. Elle passait des heures devant sa glace, s'extasiant sur sa propre minceur.

Maintenant tout allait changer : à l'école, elle s'était toujours sentie exclue, et tout à coup elle allait faire partie des privilégiées. Elle ne comprenait pas que ses camarades étaient plus attirées par son nouvel aplomb que par son tour de taille. Pour Chloe Serritella, être belle signifiait être acceptée.

Vinrent les vacances d'été. Nita eut l'air satisfaite de la nouvelle silhouette de Chloe et celle-ci trouva le courage de lui montrer quelques modèles qu'elle avait esquissés, dans l'espoir de se lancer plus tard dans la haute couture. Nita posa les croquis sur sa table de travail, alluma une cigarette, et les examina méthodiquement.

– Ce trait est grotesque. Là, les proportions sont fausses. Quant à celle-ci, elle est gâchée par une avalanche de détails. Voyons, Chloe, cela saute aux yeux !

Chloe reprit brusquement les esquisses et n'essaya plus jamais de dessiner quoi que ce soit.

A la rentrée des classes, elle décida de sacrifier au culte de sa propre personnalité : effacer jusqu'au souvenir de la petite fille grassouillette et empotée, pour devenir la plus belle, la plus piquante, la plus enviée de toutes. Elle prenait des poses étudiées, poussait des soupirs extravagants. L'incident le plus banal était prétexte à se faire remarquer et sa vie entière baignait dans une atmosphère de tragédie.

A seize ans, elle perdit sa virginité avec le frère d'une amie, dans un kiosque face au lac de Lucerne. Cette première expérience, pour inconfortable qu'elle fût, donna à Chloe l'envie de récidiver avec un partenaire plus habile. Et puis, après l'amour, elle s'était sentie encore plus mince...

L'été 1953 (Chloe atteignait ses dix-huit ans), Nita mourut subitement d'une péritonite. Chloe resta prostrée pendant l'enterrement, trop accablée pour réaliser que la violence de son chagrin était certes causée par la perte de sa mère, mais plus encore par la révélation qu'elle n'avait jamais eu de mère.

Effrayée par la solitude, elle se fourvoya dans le lit d'un riche comte polonais, de beaucoup son aîné, qui lui prodigua un réconfort éphémère et l'aida, six mois plus tard, à vendre la maison de couture de Nita pour un prix faramineux.

Le comte finit par retourner auprès de sa femme et Chloe commença à mener grand train : désormais riche, jeune et sans famille, elle eut tôt fait d'être le point de mire de ces jeunes oisifs qui tissaient le réseau doré de la haute société internationale. Elle joua les collectionneuses, s'affichant avec l'un ou l'autre, en quête de cet amour absolu dont sa mère l'avait frustrée, l'amour qui enfin lui ferait oublier la petite fille mal dans sa peau.

Ce fut dans un cercle de jeu de Berkeley Square, devant la roulette, que Jonathan Day, dit Black Jack, fit irruption dans sa vie. Il tirait ce surnom non tant de son apparence que de son goût pour les jeux de hasard. A vingt-cinq ans, il avait déjà démoli trois voitures de sport et un nombre incalculable de femmes. Originaire de Chicago, c'était une sorte de play-boy à la beauté ravageuse, avec sa mèche châtain qui lui barrait le front et sa moustache canaille. A bien des égards, il ne différait guère des jeunes épicuriens qui gravitaient autour de Chloe, buvant du gin, arborant des complets divinement coupés, et changeant de villégiature au gré des saisons. Jack Day possédait de surcroît ce détachement qui faisait défaut aux autres lorsqu'il s'agissait de jouer son va-tout : il était capable de miser sa fortune (l'héritage des chemins de fer américains) sur un seul coup. Sentant parfaitement son regard fixé sur elle par-dessus la roulette, Chloe observait le jeu : la petite boule d'ivoire oscilla du rouge au noir pour s'immobiliser en fin de compte sur le 17 noir. Elle s'autorisa alors à lever les yeux : il souriait, triturant sa moustache. Elle lui rendit son sourire, consciente d'être très en beauté dans un ensemble de Jacques Fath en satin et tulle gris-argent qui rehaussait le sombre éclat de sa chevelure, la pureté de son teint et le vert intense de ses prunelles.

— On dirait que la fortune vous sourit, ce soir, dit-elle. Êtes-vous toujours aussi comblé?

— Non, pas toujours, et vous?

— Moi! (Elle laissa échapper l'un de ses fameux soupirs.) J'ai tout perdu ce soir. Je suis misérable. Je n'ai jamais de chance.

Il tira une cigarette d'un étui en argent tout en la déshabillant du regard.

— La preuve que si, puisque vous venez de me rencontrer. Ce soir, je vous enlève!

Chloe fut à la fois intriguée et excitée par son audace, et sa main se crispa sur le bord de la table. Elle se sentait transpercée par ce regard gris pâle qui semblait la déshabiller.

Incapable de définir ce qui faisait de Black Jack un être à part, elle pressentait que seule une femme d'exception serait susceptible de conquérir le cœur de cet homme superbement insolent. Si elle était cette femme, la petite fille boulotte qui survivait en elle serait à jamais évincée.

Plus elle sentait qu'elle avait envie de lui, plus Chloe se tenait sur ses gardes. Depuis un an maintenant que sa mère avait disparu, elle était devenue plus lucide vis-à-vis des hommes que d'elle-même. La lueur de défi qui avait traversé le regard de Jack Day quand la boule d'ivoire bringuebalait dans les alvéoles de la roulette ne lui avait pas échappé, et elle le soupçonna de peu priser les succès faciles.

— Je suis désolée, répliqua-t-elle fraîchement, j'ai d'autres projets.

Sans lui laisser le temps de répondre, elle prit son sac et s'éclipsa. Il lui téléphona le lendemain. Elle fit répondre par la femme de chambre :

— Mademoiselle est sortie.

Elle le repéra une semaine plus tard dans un autre cercle de jeux et prit un malin plaisir à l'aguicher, puis à tourner les talons. Au fil des jours, elle s'aperçut que le beau jeune homme de Chicago occupait peu à peu toutes ses pensées. Il téléphona une autre fois. Elle refusa toujours de prendre la communication. La troisième fois, elle répondit elle-même, mais feignit de ne pas le reconnaître. Il eut un petit rire incrédule :

– Je serai chez vous dans une demi-heure, Chloe Serritella. Si vous n'êtes pas prête, vous n'entendrez plus jamais parler de moi.

– Une demi-heure? C'est impossible...

Il avait raccroché. Sa main tremblait en reposant le combiné. Le jeu auquel ils se livraient tous deux lui faisait irrésistiblement penser à la roulette : la petite boule d'ivoire qui ricochait, du rouge au noir, du noir au rouge. Tremblante, elle passa un fourreau blanc en laine à poignets d'ocelot, qu'elle compléta par un petit chapeau à voilette. Le carillon de la porte d'entrée retentit exactement une demi-heure plus tard : elle alla ouvrir elle-même.

Il la fit monter à bord d'une Isotta-Fraschini rouge, qu'il conduisait à tombeau ouvert à travers les rues de Knightsbridge, manœuvrant négligemment le volant d'une seule main. Elle le lorgnait du coin de l'œil, ne sachant ce qu'elle préférait en lui : son irrésistible mèche folle ou son tempérament ardent d'Américain (rien à voir avec ces Européens sans surprise).

Il finit par arrêter son bolide devant un restaurant à l'écart de la route. Il lui frôlait la main chaque fois qu'elle prenait son verre : elle fondait de désir. Sous l'emprise de ce regard gris fiévreux, elle se sentait transfigurée, aussi mince dans sa tête qu'en apparence.

Tout en lui la troublait : sa façon de marcher, le timbre de sa voix, la fragrance de tabac de son haleine. Jack Day apporterait la touche finale à sa propre beauté. En sortant du restaurant, il la plaqua contre un sycomore et lui donna un baiser profond, enivrant, puis, laissant glisser ses mains le long de son dos, lui empoigna les fesses.

– J'ai envie de toi, murmura-t-il, son souffle étroitement mêlé au sien.

– Tu vas trop vite, Jack, laisse-moi un peu de temps.

Il lui pinça le menton en riant de la voir si bien jouer le jeu, et lui caressa les seins au moment précis où un couple d'un certain âge sortait du restaurant et regardait dans leur direction.

Sur le chemin du retour, il fut d'humeur légère et ne fit aucune allusion à une prochaine rencontre.

Deux jours plus tard, quand sa femme de chambre lui annonça qu'il était au bout du fil, Chloe refusa de répondre et se précipita dans sa chambre pour donner libre cours à ses larmes. Ne risquait-elle pas de le pousser à bout? Si elle agissait autrement, ferait-il encore attention à elle?

Peu après elle l'aperçut à un vernissage, flanqué d'une danseuse de revue rousse. Elle fit mine de ne rien remarquer. Dès le lendemain après-midi, il l'entraîna faire un tour à la campagne. Elle prétexta un rendez-vous pour refuser son invitation à dîner. Le jeu de hasard se poursuivait. Quand Jack n'était pas avec elle, Chloe était obsédée par son image : sa gaieté, sa mèche indisciplinée et sa moustache coquine... Ses sens exaspérés ne lui laissaient guère de répit, mais elle refusait cependant ses avances.

Il la mettait à la torture :

— J'ai peur que tu ne sois pas assez femme pour moi, disait-il, suivant le contour de son oreille avec ses lèvres.

— J'ai peur que tu ne sois pas assez riche pour moi...

La boule d'ivoire oscillait toujours : du rouge au noir, du noir au rouge... Le dénouement était proche.

— Sois prête à minuit, lâcha Jack lorsqu'elle décrocha le téléphone.

— Minuit? Tu plaisantes, chéri! C'est impossible.

— Minuit ou jamais, Chloe. Les jeux sont faits.

Ce soir-là, elle passa un tailleur de velours noir à boutons de strass sur un chemisier en crêpe de Chine champagne. Le miroir lui renvoya une silhouette flatteuse, coiffure sage style page et regard étincelant.

Black Jack Day, en smoking, fit irruption à minuit pile. A sa vue, elle se sentit défaillir. Il lui fit les honneurs d'une Daimler avec chauffeur :

— Ma chère, je t'emmène à Harrods.

Elle s'esclaffa :

— Minuit ne me paraît pas l'heure idéale pour faire les magasins!

Il eut un sourire énigmatique en s'installant sur le siège de cuir moelleux et entama un bavardage où il était question d'acheter un cheval de polo à l'Aga Khan. La Daimler stoppa bientôt sous l'auvent vert et or de Harrods. Les rayons désertés étaient faiblement éclairés :

— On dirait qu'Harrods n'est pas resté ouvert, même pour toi, Jack!

— Tu vas voir ce que tu vas voir, ma belle.

A sa grande stupéfaction, elle vit un portier en livrée surgir derrière la vitre et ouvrir la porte, non sans avoir jeté alentour un coup d'œil furtif :

— Bienvenue à Harrods, Mr. Day.

Elle n'en croyait pas ses yeux. Comme elle restait là, pétrifiée, Jack la poussa fermement au creux des reins. Dès qu'ils furent à l'intérieur, le portier fit la chose la plus invraisemblable qui soit : il rabattit son chapeau, puis sortit dans la rue après avoir refermé la porte derrière lui. Elle n'en revenait toujours pas.

— J'ai été particulièrement heureux au jeu depuis que je t'ai rencontrée, mon chou. J'ai pensé que ça t'amuserait de faire une débauche d'emplettes — en privé.

— Mais... le magasin est fermé. Il n'y a pas de vendeurs !

— Raison de plus !

Elle insistait pour avoir un éclaircissement, mais il demeura évasif, évoquant tout au plus un arrangement (illicite — elle en aurait mis sa main au feu) avec des employés peu scrupuleux, nouveaux venus chez Harrods.

— Mais n'y a-t-il pas des femmes de ménage, des gardiens de nuit ?

— Tu poses trop de questions, ma jolie. A quoi servirait l'argent si ce n'est au plaisir ? Dis-moi, quelles folies veux-tu faire ce soir ?

Il prit une écharpe or et argent à un étalage et la lui drapa autour du cou.

— Voyons, Jack, je ne peux pas la prendre !

— Du calme, chérie. Le magasin sera largement dédommagé. Alors ne m'assomme pas avec tes récriminations et prenons du bon temps !

Chloe croyait rêver. Pas de vendeur à l'horizon, ni de vigile ! Le célèbre magasin était à elle ! Elle eut un petit rire en voyant l'écharpe à son cou. Il désigna un étalage regorgeant de produits de luxe :

— Vas-y. Prends quelque chose.

Avec un rire nerveux, elle jeta son dévolu sur un sac pailleté et le mit en bandoulière.

— Très joli, approuva-t-il.

Elle se pendit à son cou.

— Jack Day, je t'adore, tu es l'homme le plus passionnant du monde !

Il fit couler ses paumes le long de sa taille, enserra étroitement ses hanches et les colla contre les siennes.

— Et toi la femme la plus excitante. Pour consommer notre amour il nous fallait un cadre unique, tu ne crois pas ?

Noir, rouge... Rouge, noir... Elle sentit contre son ventre une virilité sans équivoque, et une sueur froide recouvrit tout son corps. Noir, rouge, impair et passe. Le jeu allait toucher à sa fin, ici même.

Personne d'autre n'aurait été assez fou pour imaginer une mise en scène aussi scabreuse ! Rien qu'à cette pensée, la tête lui tournait jusqu'au vertige, comme la roulette rouge et noire. Il fit glisser le sac de son épaule, la débarrassa de sa veste de velours et disposa le tout sur un rayon de parapluies de soie à manche en bois de rose Puis, ôtant sa veste, qu'il eut tôt fait d'envoyer rejoindre celle de Chloe, il se campa devant elle : il avait la taille élancée, bien prise dans une large ceinture sombre qui contrastait avec la chemise blanche à plastron plissé, fermée par des boutons de jais.

— Nous prendrons nos affaires tout à l'heure. Allons explorer cette caverne d'Ali Baba ! dit-il en arrangeant l'écharpe sur les épaules de Chloe.

Il la pilota jusqu'au fameux rayon d'alimentation, avec ses immenses comptoirs de marbre et ses plafonds décorés de fresques.

— Tu as faim ?

Il saisit une boîte de chocolats argentée.

— Oui, de toi, répondit-elle.

Sa bouche s'étira en un sourire sous sa moustache. Il souleva le couvercle de la boîte, prit une des friandises, la croqua, puis lui fit couler entre les lèvres la crème onctueuse qui s'en échappait. Alors, prenant le chocolat entre ses dents, il se pencha pour l'embrasser, elle entrouvrit des lèvres toutes poisseuses de liqueur et il lui donna le bonbon avec sa langue. Elle reçut l'offrande avec un gémissement, se sentant littéralement fondre. Se détachant enfin d'elle, il alla choisir une bouteille de champagne, la déboucha et la porta aux lèvres de la jeune femme, puis aux siennes :

— Je bois à la femme la plus scandaleuse de Londres !

Il repêcha tendrement avec la langue un petit morceau de chocolat resté collé à la commissure de ses lèvres.

Ils déambulèrent dans tout le premier étage, cueillant ici et là une paire de gants, un petit bouquet de violettes en soie, un coffret à bijoux peint à la main. Ils arrivèrent enfin au rayon parfumerie. Il y avait là les essences les plus raffinées du monde, et en l'absence de cohue, rien ne venait corrompre le mélange entêtant des fragrances. Chloe était subjuguée.

Il entreprit de déboutonner son chemisier et elle en éprouva une sorte de gêne mêlée d'exaltation : le magasin était désert, mais ils étaient en plein milieu !

— Jack, je...

— Ne sois pas puérile, Chloe.

Une décharge électrique la parcourut lorsque, d'un geste habile, il écarta le chemisier de soie pour dévoiler la dentelle ivoire du soutien-gorge. Il prit dans une vitrine un flacon de Joy.

— Appuie-toi sur le comptoir, murmura-t-il d'une voix plus suave que la soie du chemisier. Pose tes bras sur le rebord.

Elle obtempéra, domptée par l'éclat des yeux gris. Il ouvrit le flacon de parfum. Avec le bouchon, il repoussa la dentelle du soutien-gorge. Elle retint son souffle en sentant le petit morceau de verre froid qui titillait le bout de son sein.

— C'est bon, hein...? murmura-t-il, la voix enrouée.

Elle courba la tête, incapable d'émettre un son. Il prit alors une autre goutte de parfum avec le bouchon pour aller flatter l'autre téton.

Sa chair s'embrasait sous la caresse lente et obsédante du verre, le beau visage insouciant de Jack semblait flotter devant elle. Maintenant elle sentait sa main sous sa jupe remontant le long de son bas.

— Écarte les jambes, chuchota-t-il.

Serrant convulsivement le bord du comptoir, elle lui obéit. Il promena le bouchon le long de sa cuisse jusqu'à la bande de peau nue entre le bas et la dentelle du slip, avec de petits mouvements circulaires. Elle gémit et ouvrit encore un peu plus les jambes. Il eut un rire malicieux en retirant sa main :

— Non, mon chou, pas maintenant.

Ils vagabondèrent encore, prenant des babioles aux étalages. Il épingla à son chemisier une broche ancienne, lui cajolant les seins au passage, puis, lissant ses cheveux avec une brosse au manche travaillé en filigrane, il lui palpa les fesses à travers la jupe. Elle essaya une ceinture en crocodile et une paire de chaussures en chevreau à bout pointu. Au rayon des bijoux, il troqua ses boucles d'oreilles en perles contre des clips en or constellés de petits diamants. Comme elle esquissait une protestation, il répondit dans un rire :

— C'est l'affaire d'un tour de roulette, chérie, rien qu'un tour...

Décrochant un boa blanc, il poussa Chloe contre une colonne de marbre et fit tomber le chemisier de ses épaules.

— Tu ressembles vraiment trop à une collégienne, déclara-t-il en se penchant pour dégrafer son soutien-gorge.

Les quelques grammes de soie atterrirent sur la moquette. Ainsi dénudée, elle offrait à sa vue des seins épanouis, couronnés de mamelons larges aux pointes hérissées de désir. Il leur fit une conque de ses mains. Elle ne cillait pas, trop heureuse de se laisser ainsi contempler, accueillant avec reconnaissance la froideur du marbre dans son dos brûlant. Elle eut comme un râle lorsqu'il fit jouer les bouts de sein entre ses doigts. Alors, il ramassa le boa en riant et le lui jeta sur les épaules, exacerbant son désir par le contact sensuel des plumes.

— Jack...

Elle voulait qu'il la prenne, là, tout de suite. Se laisser couler le long de la colonne, s'ouvrir enfin et le recevoir au plus profond d'elle-même.

— J'ai une envie irrésistible de goûter à ce parfum, dit-il, repoussant le boa.

Ayant emprisonné un de ses mamelons dans sa bouche, il se mit à le sucer de façon experte. Elle était parcourue de frissons, comme marquée au fer rouge par ce désir qui la consumait tout entière.

— S'il te plaît, gémit-elle, ne me torture pas plus longtemps.

Il se dégagea d'elle, avec une lueur d'ironie dans le regard.

— Encore un peu de patience, mon chou, je n'ai pas fini de m'amuser. On devrait faire un tour du côté des fourrures.

24

Elle vit bien, à son sourire, qu'il savait exactement jusqu'où aller trop loin : il réajusta le boa sur sa poitrine, effleurant négligemment de l'ongle un de ses tétons.

– Je n'ai pas envie de voir les fourrures, j'ai envie...

Il ne la laissa pas poursuivre et l'entraîna vers l'ascenseur, qu'il manœuvra avec une facilité déconcertante. Elle monta avec lui, les seins nus sous le boa. Quand ils atteignirent le salon où étaient exposées les fourrures, Jack fit semblant d'avoir oublié sa présence, flânant entre les portants surchargés de pelisses et d'étoles ; il arrêta enfin son choix sur un somptueux lynx de Russie pleine peau aux reflets argentés.

– Ôte ta jupe.

Elle crut ne jamais venir à bout de la fermeture Éclair tant ses doigts tremblaient. Lorsqu'elle y parvint enfin à force de tâtonnements, elle fit tomber jupe et jupon. L'extrémité du boa frôlait la dentelle blanche de son porte-jarretelles.

– Le slip aussi, enlève-le. Pour moi.

Elle haletait, aspirant l'air à petit coups, et, se soumettant à son caprice, elle ne garda que son porte-jarretelles et ses bas. Précédant son désir, elle abandonna le boa sur le sol, bombant légèrement la poitrine pour qu'il puisse se repaître du spectacle de ses seins dressés, gonflés de désir, et de son pubis à la toison sombre et fournie enchâssé dans l'écrin de dentelle blanche. Alors il s'approcha d'elle, tenant le superbe manteau comme une muleta, les yeux traversés d'éclairs plus sombres que le jais.

– Pour choisir la plus belle fourrure, il faut que tu en aies un avant-goût sur ta peau, sur tes seins...

Sa voix prit des accents aussi moelleux que la fourrure du lynx et il se mit à promener le manteau sur son corps électrisé par cette caresse.

– Tes seins, ton ventre, tes cuisses, là, à l'intérieur.

Elle plaqua convulsivement la fourrure sur sa peau.

– S'il te plaît, arrête... Tu me mets au supplice...

De nouveau, il se détacha d'elle, mais cette fois-ci pour se déshabiller. Une fois nu, il prit le manteau et l'étala, fourrure au-dessus, sur une estrade au centre du magasin, puis il se releva, tout contre elle. Son cœur faisait des bonds, elle avait la gorge nouée de désir et, au contact de sa chair nue contre la sienne, elle faillit suffoquer. D'une légère pression sur les flancs il la retourna de façon à ce qu'elle fît face aux étalages plongés dans l'ombre et il se mit à flatter ses seins, comme pour offrir à un public invisible et muet le spectacle émoustillant de son trouble. Sa main s'alanguit le long de son ventre, puis entre ses cuisses. Elle sentait son sexe dur et gonflé contre sa hanche. Entre ses jambes, la caresse se faisait de plus en plus précise, la jouissance de plus en plus intense. Il la renversa sur la voluptueuse couche. Lui écartant doucement les cuisses, il se plaça entre les genoux ouverts. Soulevant délicatement les hanches, elle s'offrait à lui, là, en plein milieu du hall d'exposition, sur l'estrade où l'on exhibe ce qui se fait de mieux et de plus cher chez Harrods. Elle enfouit sa joue dans l'épaisse fourrure.

— Les gardiens de nuit doivent prendre leur service à l'instant, dit-il, après un rapide coup d'œil à sa montre. Ils ne vont pas tarder à nous surprendre.

Alors seulement, il la pénétra. Ses mots lui étaient parvenus comme dans un brouillard. Quand elle comprit, elle laissa échapper un cri rauque :

— Mon Dieu, tu avais tout prévu, n'est-ce pas ?

Il lui pétrit les seins dans ses paumes et lui fit l'amour avec un art consommé.

— Bien sûr.

Ce fut un véritable feu d'artifice des sens : au plaisir et à l'excitation s'ajoutait comme bouquet final l'exquise frayeur d'être découverts. Submergée par la violence de son orgasme, elle le mordit à l'épaule.

— Espèce de salaud...

Il rit et jouit à son tour, avec un gémissement sonore, profond.

Ils échappèrent de justesse aux vigiles. Jack cacha en hâte la nudité de sa compagne sous le manteau de lynx, n'ayant quant à lui pu sauver qu'un minimum de vêtements. Il la traîna vers l'escalier, la forçant à descendre quatre à quatre, pieds nus... et toujours ce rire clair, insolent qui faisait vibrer ses tympans. Avant de quitter le magasin, il lança le slip de Chloe sur un étalage, avec sa carte de visite.

Le lendemain, il lui envoya un mot laconique : sa mère était tombée malade, et il devait rentrer à Chicago.

En l'attendant, Chloe souffrit mille morts, en proie à

des sentiments contradictoires : un peu de colère – quel risque insensé elle avait couru ! –, beaucoup d'exaltation pour les moments passionnés qu'il lui avait fait vivre, un désespoir lancinant à l'idée de ne plus le revoir.

Quatre semaines passèrent, puis cinq. Elle essaya de l'appeler, mais la communication était tellement brouillée qu'elle n'entendit rien. Deux mois s'écoulèrent ainsi. Elle était persuadée qu'il ne l'aimait pas. C'était un aventurier, en quête d'émotions fortes, il avait vu la « petite grosse » en elle et elle ne l'intéressait plus. Deux mois et demi après leur folle nuit chez Harrods, il réapparut aussi brutalement qu'il était parti :

– Salut, mon chou, lança-t-il, un manteau de cachemire négligemment jeté sur l'épaule. Tu m'as manqué.

Elle tomba dans ses bras en sanglotant, toute à la joie de le revoir.

– Jack, mon chéri.

Il traça d'un doigt le contour de ses lèvres humides, puis l'embrassa.

Elle se recula et lui administra une gifle magistrale.

– Je suis enceinte, espèce de salaud !

A son plus grand étonnement, il accepta de l'épouser. Le mariage eut lieu trois jours plus tard, à la campagne, chez un de ses amis. Un autel de fortune avait été dressé dans le jardin, et là, près de celui qui allait être son époux, elle était la femme la plus heureuse du monde. Black Jack Day avait toutes les filles à ses pieds, mais c'était elle qu'il avait choisie.

Quelque temps plus tard une rumeur circula, selon laquelle il aurait été déshérité lors de son séjour à Chicago mais elle n'y accorda aucun crédit, tout absorbée qu'elle était par son bébé à venir. Quel bonheur de jouir de l'amour absolu de deux êtres : son mari et son enfant !

Un mois plus tard, Jack disparaissait, et avec lui les dix mille livres d'un des comptes bancaires de Chloe. Quand il réapparut six semaines plus tard, Chloe le blessa d'un coup de Luger à l'épaule. Une brève réconciliation s'ensuivit, jusqu'à ce que Jack ait un retour de chance au jeu et s'évanouisse à nouveau.

Le jour de la Saint-Valentin 1955, Dame Fortune faussa définitivement compagnie à Black Jack Day sur la route de Nice à Monte-Carlo, rendue glissante par la pluie. La petite boule d'ivoire avait accompli son dernier tour de roue. Les jeux étaient faits.

2

Une Rolls Silver Cloud, envoyée par l'un de ses anciens prétendants, attendait la jeune veuve à la sortie de l'hôpital où elle venait de donner le jour à sa fille. Confortablement blottie sur le luxueux siège de cuir, elle jeta un regard attendri au minuscule bébé emmitouflé de flanelle qui avait été conçu de façon tellement spectaculaire au beau milieu du rayon fourrures de Harrods, et caressa la joue tendre de l'enfant.

— Ma jolie petite Francesca, murmura-t-elle. Tu n'auras besoin ni de père ni de grand-mère, ni de personne d'autre que moi... Je te donnerai toutes les richesses de la terre.

Et malheureusement pour la fille de Black Jack Day, Chloe tint sa promesse.

En 1961, Francesca âgée de six ans et Chloe de vingt-six posèrent toutes deux pour le *Vogue* anglais, sur une double page : d'un côté une photo en noir et blanc très connue, de Karsch, représentant Nita dans une robe de sa collection « Gitane », et de l'autre Chloe et Francesca. La mère et la fille, pareillement vêtues de noir, posaient dans un océan de papier blanc chiffonné. Le contraste saisissant entre les manteaux de velours noir à capuche fluide et leur teint de lait faisait de ce cliché un véritable modèle du genre. Seule touche de couleur, quatre éclairs verts transcendaient le noir et blanc, brillants comme des émeraudes : le célèbre regard des Serritella. Au-delà du choc esthétique provoqué par cette photo, un observateur pointilleux aurait pu constater que les traits ravissants de Chloe étaient peut-être un peu moins racés que ceux de sa mère. En revanche, il n'aurait rien pu trouver à redire à l'enfant : c'était une merveille de petite fille, au sourire angélique, au visage rayonnant d'une beauté céleste.

Le photographe, lui, ne partageait pas ce point de vue. Il avait deux cicatrices sur le dos de la main, là où deux petites incisives s'étaient plantées.

– Non, non ma chérie, il ne faut pas mordre le gentil monsieur, l'avait admonestée Chloe, pointant vers elle un ongle laqué de noir.

Francesca jeta un regard espiègle à sa mère. Elle n'avait qu'une envie : être à la maison pour jouer avec son nouveau castelet de marionnettes, au lieu d'être livrée aux griffes de cet odieux personnage qui lui ordonnait de se tenir tranquille.

De son petit pied chaussé de vernis noir, elle frappa le papier blanc froissé qui servait de toile de fond, et secoua ses boucles châtains pour les libérer de l'emprise du capuchon de velours noir. Maman lui avait promis une sortie au musée de cire de Madame Tussaud si elle se montrait conciliante et elle adorait rendre visite à Madame Tussaud. Mais elle n'était pas sûre d'avoir conclu le marché le plus avantageux : elle adorait aussi Saint-Tropez.

Chloe, allongeant la main pour arranger les cheveux de l'enfant, se vit infliger le même traitement que le photographe.

– Méchante fille! hurla-t-elle en portant sa main à sa bouche pour lécher le sang qui perlait.

Immédiatement, les yeux de Francesca s'obscurcirent de larmes. Chloe se repentit d'avoir parlé si durement, et, tenant la petite serrée contre son cœur, elle la cajola :

– Ce n'est rien, ma chérie. Maman n'est pas en colère. Méchante maman. Nous allons acheter une belle poupée en rentrant à la maison.

Pelotonnée dans les bras de sa mère, Francesca risqua un coup d'œil en direction du photographe à travers l'épaisse frange de ses cils, et lui tira la langue.

Ce ne fut ni la première ni la dernière fois que Chloe eut à subir la morsure cuisante des petites dents acérées. Trois nurses avaient déclaré forfait mais Chloe persistait à ne pas prendre cette manie au sérieux.

Simplement, Francesca était pleine d'ardeur et Chloe redoutait de s'attirer la vindicte de sa fille en la réprimandant pour une telle peccadille.

Francesca aurait continué à faire régner la terreur en toute impunité si elle n'avait été à son tour mordue par un gamin, au cours d'une bagarre pour une balançoire dans un parc. Ayant découvert à ses dépens que l'expérience était douloureuse, Francesca cessa de mordre. Ce n'était pas une enfant foncièrement méchante, mais elle avait besoin de s'affirmer.

Peu de temps après la naissance de Francesca, Chloe avait fait l'acquisition d'une maison sur Upper Grosvenor Street, non loin de l'ambassade des États-Unis, en bordure de Hyde Park. La maison, assez étroite, comportait quatre étages et avait été restaurée dans les années trente par Syrie Maugham, la femme de Somerset Maugham, sur les conseils d'un des plus grands décorateurs de l'époque. On accédait au premier étage par un escalier à vis, en admirant au passage un portrait de Chloe et Francesca signé Cecil Beaton. Des colonnes de faux marbre décoraient l'entrée du salon, élégamment meublé dans un mélange de style français et italien. Quelques chaises d'Adam et une collection de miroirs vénitiens s'intégraient harmonieusement à l'ensemble.

Au second, la chambre de Francesca ressemblait au château de la Belle au Bois dormant : rideaux de dentelle ornés de faveurs en soie rose, lit surmonté d'une couronne en bois doré drapée de tulle blanc vaporeux, c'était là le royaume de conte de fées de la petite princesse.

De temps en temps, elle y recevait les hommages de ses admirateurs, servant du thé sucré dans une théière en porcelaine de Dresde à la fille de l'une ou l'autre des amies de Chloe. Un jour qu'elle recevait l'honorable Clara Millingford, elle déclara, secouant joliment ses boucles châtains :

— Je suis la princesse Aurore et tu es une femme du village venue me rendre visite.

Clara, fille unique du vicomte Allsworth, n'avait nullement l'intention de jouer la femme du village tandis que l'orgueilleuse Francesca s'arrogeait le rôle de la princesse. Elle posa son troisième gâteau au citron et s'exclama :

— Non, c'est moi la princesse Aurore.

Francesca éclata d'un rire en cascade.

— Ne sois pas stupide, chère Clara. Tu es couverte de taches de rousseur. C'est très joli, mais ça ne convient pas à la princesse Aurore, qui est la plus belle jeune fille du royaume. Ce sera moi la princesse, et tu seras la reine.

Francesca était persuadée d'avoir fait un compromis tout à fait loyal et eut le cœur brisé quand Clara, comme la plupart de ses compagnes de jeu, refusa les invitations à venir. Leur désertion la déroutait. Pourtant elle leur avait permis de jouer dans sa chambre de rêve, leur prêtant tous ses plus beaux jouets...

Devant Chloe, il n'était pas question d'insinuer que sa fille était horriblement gâtée. Francesca était son bébé, son ange, son amour de petite fille.

Elle s'allouait les services des précepteurs les plus larges d'esprit, et rien n'était trop beau pour la petite : les poupées les plus splendides, les jouets les plus sophistiqués. Chloe choyait sa fille au point de la laisser tout faire, pourvu qu'elle ne coure aucun danger.

Le spectre de la mort lui était déjà apparu deux fois et l'idée qu'il puisse arriver quelque chose à son enfant adorée lui glaçait les sangs. Francesca était le seul point d'ancrage affectif de sa vie oisive. Parfois, elle restait éveillée des heures, en nage, à évoquer les épouvantables dangers encourus par cette enfant si impulsive. Francesca plongeant dans une piscine et ne refaisant pas surface, tombant d'un tire-fesses au ski, se déchirant un muscle à la danse, se balafrant le visage dans une chute de vélo. Elle ne pouvait se débarrasser de l'affreuse sensation qu'une menace planait sur sa fille et l'élevait dans du coton.

— Non ! cria-t-elle alors que Francesca se précipitait sur le trottoir, à la poursuite d'un pigeon. Ne cours pas comme ça !

— Mais, j'aime bien courir, protesta l'enfant, le vent me siffle dans les oreilles.

Chloe s'agenouilla et lui tendit les bras.

— Quand tu cours, tu as les joues rouges et tu es toute décoiffée. Personne ne t'aimera si tu n'es pas jolie.

Elle étreignit Francesca, proférant cette terrible menace comme une autre mère aurait invoqué le père Fouettard.

Francesca se révoltait parfois, profitant d'un moment d'inattention de sa nurse pour faire la roue ou se suspendre à une branche d'arbre. Mais elle finissait par être découverte et sa maman adorée qui ne lui refusait jamais rien entrait dans une telle fureur que la petite en était terrifiée.

— Tu aurais pu te tuer ! hurlait-elle en voyant une tache d'herbe sur le manteau de lin jaune de Francesca, ou une trace de salissure sur sa joue. Regarde comme tu es vilaine! C'est horrible! Personne n'aime les petites filles laides!

Chloe se mettait alors à pleurer de façon si désespérée que la frayeur de Francesca redoublait. Après quelques crises de cet acabit, la fillette retint la leçon : dans la vie, tout est permis... à condition de rester jolie.

Cette vie de bohème de luxe qu'elles menaient toutes deux, elles la devaient autant à l'héritage de Chloe qu'aux largesses de ses amants de passage. D'innombrables jeunes gens défilaient dans sa vie, comme leurs pères avaient un jour traversé celle de Nita.

La façon de vivre excentrique de Chloe ainsi que ses manières dispendieuses lui avaient valu dans la haute société internationale une réputation d'invitée spirituelle et enjouée, capable d'animer les réceptions les plus ennuyeuses. C'est elle qui décréta qu'il était impensable de passer la deuxième quinzaine de février ailleurs que dans la baie de Rio de Janeiro. C'est encore elle qui égaya les journées ternes de Deauville, quand tout le monde était lassé du polo, en organisant de savantes chasses au trésor qui éparpillaient tous les concurrents dans la campagne française, à bord de petites voitures rutilantes, à la recherche qui d'un prêtre chauve, qui d'une émeraude brute, qui d'une bouteille de cheval-blanc 1919. C'est toujours elle qui insista pour que, délaissant Saint-Moritz au profit d'une villa mauresque en Algarve, l'on passe un Noël insolite en compagnie de quelques rock stars aux mœurs joyeusement dissolues, avec du haschisch à gogo.

Plus souvent qu'à son tour, Francesca était de la partie. Sa nurse et le précepteur responsable de son éducation quelque peu laxiste l'accompagnaient. L'enfant passait la journée à l'écart des adultes, mais, le soir venu, Chloe la produisait volontiers comme une attraction de music-hall devant son public d'amis riches et blasés.

— Votre attention s'il vous plaît, regardez qui arrive! proclama Chloe, entraînant Francesca sur le pont arrière du yacht d'Aristote Onassis, le *Christina*, ancré pour la nuit au large de Trinidad.

Un dais vert abritait un vaste salon à la poupe du bateau, où les invités se prélassaient sur des fauteuils autour d'une mosaïque représentant le Minotaure, incrustée dans le bois de tek du pont. La mosaïque, qui avait fait office de piste de danse à peine une heure plus tôt, constituait, en s'abaissant de plus de deux mètres, le fond d'une piscine où les amateurs de baignade pourraient faire un plongeon avant de prendre congé.

– Viens, ma jolie princesse, viens embrasser oncle Ari, dit Onassis en ouvrant les bras.

Francesca, tout ensommeillée, avança en se frottant les yeux. Sa ravissante petite bouche s'arrondissait en arc de Cupidon, et elle battait des paupières comme une poupée de porcelaine, laissant transparaître son regard vert. Le flot de dentelles de Bruges qui ornait l'encolure de sa longue chemise de nuit blanche ondulait dans la brise du soir et ses mignons petits ongles de pied, d'un rose nacré, avaient la délicatesse des coquillages.

Malgré son jeune âge (elle n'avait que neuf ans), et bien qu'on l'ait tirée du sommeil à deux heures du matin, elle n'était pas endormie.

Tout le jour durant, elle avait été confiée aux bons soins des domestiques, et maintenant elle brûlait d'envie d'exercer sa séduction sur les adultes. Si elle réussissait dans cette entreprise, peut-être aurait-elle le droit de s'asseoir avec eux sur le pont demain soir.

Onassis la terrorisait, avec son nez en bec d'aigle et ses yeux minuscules, dissimulés, même de nuit, derrière d'énormes lunettes noires. Néanmoins, elle répondit docilement à son invite, car il lui avait offert la veille un adorable collier en forme d'étoile de mer, et elle ménageait l'avenir.

Tout en se laissant hisser sur ses genoux, elle jeta un coup d'œil à Chloe qui s'était pelotonnée contre son amoureux du moment, Giancarlo Morandi, le pilote de formule un italien. Francesca savait ce qu'était un amoureux, sa maman le lui avait expliqué : un amoureux, c'est un homme merveilleux, attentionné, qui sait rendre une femme heureuse.

Ce n'était pas le cas de Giancarlo, par exemple. Des fois, il sortait avec d'autres femmes, et faisait pleurer sa maman. Francesca, elle, voulait un amoureux qui lui lirait des livres, l'emmènerait au cirque et fumerait la pipe, comme les hommes qu'elle avait vus se promener avec leur petite fille à Hyde Park.

— Silence, s'il vous plaît, lança Chloe en frappant dans ses mains à la manière des danseuses de flamenco que Francesca avait pu applaudir à Torremolinos. Préparez-vous à être éblouis par l'intelligence de cette enfant prodige, bande de rustres incultes que vous êtes!

Une huée de dérision salua cette annonce, et Francesca entendit Onassis rire doucement à son oreille. Chloe se blottit à nouveau contre Giancarlo, et, faisant jouer une de ses jambes moulées dans un pantalon blanc de Courrèges contre le mollet du jeune homme, elle fit un signe de tête à Francesca :

— Ne fais pas attention à eux, ma chérie, déclara-t-elle avec hauteur, c'est de la racaille de la pire espèce. Je me demande pourquoi je perds mon temps avec eux!

Dans l'assistance, quelqu'un gloussa. Chloe désigna une table basse en acajou, d'un mouvement de tête qui mettait en valeur sa nouvelle coupe déstructurée de Sassoon, avec une mèche au carré qui lui barrait la joue.

— Allez, Francesca, éclaire-les de tes lumières. Ce sont tous des ignares, excepté oncle Ari.

Francesca dégringola des genoux d'Onassis et se dirigea vers la table. Sentant le regard de tous les convives rivé sur elle, elle faisait durer le plaisir, avançant à pas lents, bien droite, comme une petite princesse s'acheminant vers son trône. Devant la table était disposé un petit tapis sur lequel Francesca s'agenouilla, considérant pensivement les six bols de porcelaine cerclés d'or alignés dessus.

Elle eut un petit sourire et chassa d'une chiquenaude ses boucles rebelles.

Les bols contenaient chacun une louche de caviar luisant d'un éclat particulier sur la porcelaine blanche, alliant les nuances les plus subtiles, du noir au gris, en passant par le rouge. Elle effleura un bol au bout de la rangée, généreusement rempli d'œufs d'un beau rouge irisé, et l'écartant dédaigneusement, elle proféra :

— Ce sont des œufs de saumon. Ça ne vaut rien du tout. Le véritable caviar provient de l'esturgeon de la mer Caspienne.

La sentence fit beaucoup rire Onassis. Une star de cinéma applaudit de bon cœur.

Francesca élimina d'office deux autres bols :

– Ce sont tous les deux des œufs de lump, ça ne vaut rien non plus.

Un décorateur se pencha vers Chloe :

– Elle a la science infuse, ou c'est par osmose ?

Chloe lui décocha une œillade malicieuse :

– Non, elle en a goûté au sein de sa mère !

– Et quels seins, cara ! dit Giancarlo en glissant sa main dans le petit haut de style brassière que portait Chloe.

– C'est du beluga, déclara Francesca en haussant le ton, fâchée de sentir l'attention se relâcher, surtout après avoir enduré toute la journée les remontrances de sa gouvernante sous prétexte qu'elle refusait d'apprendre ses assommantes tables de multiplication. (Alors, montrant du doigt le bol du milieu, elle ajouta :) Vous remarquerez que les grains de beluga sont les plus volumineux. (Puis, passant au bol voisin :) Celui-ci, c'est du sevruga. La couleur est la même, mais les grains sont plus petits. Quant à celui-là, c'est de l'oscietre, mon préféré. Les grains sont quasiment aussi gros que ceux du beluga, mais la couleur diffère : ils sont légèrement plus dorés.

Un mélange flatteur de rires et d'applaudissements salua cette érudition et l'on n'eut de cesse de féliciter Chloe du savoir de sa fille.

Francesca accepta les compliments avec plaisir, mais sa jubilation fut de courte durée : Chloe était désormais le point de mire de tous les regards.

Pourquoi sa mère était-elle en train de lui voler la vedette alors qu'elle n'avait rien fait pour cela ? En d'autres termes, jamais les adultes ne la laisseraient se pavaner avec eux sur le pont le lendemain soir.

Francesca se mit à trépigner de colère, et, d'un geste rageur, fit valser les bols et leur contenu, barbouillant de caviar le pont en tek verni du yacht d'Aristote Onassis.

– Francesca ! s'exclama Chloe. Qu'y a-t-il, ma chérie ?

Onassis fronça les sourcils et marmonna en grec une vague menace à l'encontre de Francesca. Celle-ci arborait une moue dubitative, s'interrogeant quant à la façon de réparer sa bévue. Ses accès de colère étaient censés être tenus secrets. Surtout vis-à-vis des amis de Chloe.

– Je suis désolée, maman. C'était un accident.

– Bien sûr, ma chérie, tout le monde le sait.

35

Malgré tout, Onassis était encore renfrogné, et Francesca se dit que de simples excuses étaient nettement insuffisantes, étant donné la gravité de la situation. Alors, elle se précipita dans ses bras avec un hurlement de désespoir tout à fait crédible.

— Je te demande pardon, oncle Ari.

Elle hoquetait entre deux sanglots, et ses yeux s'emplirent immédiatement de larmes. C'était l'un de ses effets les plus réussis.

— C'était vraiment un accident, je t'assure.

Il lui fallut beaucoup de concentration pour ne pas se laisser fléchir par le regard perçant derrière les grosses lunettes de soleil. Des larmes intarissables ruisselaient le long de ses joues.

— Je t'aime, oncle Ari, soupira-t-elle en levant vers lui un visage bouleversant, dans une attitude largement inspirée d'un vieux film de Shirley Temple. Je t'aime tellement que je voudrais que tu sois mon papa.

Onassis étouffa un petit rire et dit qu'il espérait ne jamais avoir affaire à elle à une table de négociation.

On congédia Francesca qui regagna sa suite, près de la salle d'étude des enfants, où, pendant la journée, elle prenait ses leçons, sur une grande table jaune, face à une peinture murale de Ludwig Bemelmans évoquant une vue de Paris. Cette fresque lui donnait l'illusion d'entrer dans un de ses livres (à ceci près qu'elle était mieux habillée). Cette pièce avait été aménagée pour les deux enfants d'Onassis, mais, en leur absence, Francesca en avait la jouissance exclusive.

Pour attrayant que fût l'endroit, elle lui préférait pourtant le bar, où elle avait été autorisée une fois à déguster une boisson gazeuse dans une flûte à champagne surmontée d'un parasol en papier et d'une cerise au marasquin. Elle savourait son breuvage à petites gorgées, pour profiter au maximum de cet instant béni. A travers le fond de son verre, elle pouvait contempler tout à loisir le comptoir qui représentait une mer phosphorescente où voguaient de petits bateaux se mouvant grâce à des aimants. Des dents de baleine vernies constituaient les repose-pieds des tabourets du bar. Francesca arrivait à peine à les effleurer du bout de ses petites sandales italiennes tressées. Le rembourrage du siège était doux comme de la soie sous ses cuisses.

Une fois oncle Ari avait fait rire Chloe aux larmes en racontant qu'ils étaient tous assis sur un prépuce de baleine. Francesca aussi avait ri, prétendant qu'Oncle Ari était un peu bête et avait sans doute voulu dire : de la peau lisse!

Le *Christina* était composé de neuf suites, chacune comprenant un salon et une chambre décorés avec raffinement, ainsi qu'une baignoire de marbre rose « qui faisait nouveau riche » selon Chloe. Chaque suite portait le nom d'une île grecque, dont le contour était gravé à la feuille d'or sur un médaillon fixé à la porte. Francesca passa devant « Corfou », où Sir Winston Churchill et son épouse Clementine, habitués de longue date du *Christina*, s'étaient déjà retirés. Elle cherchait son île, « Lesbos ». Chloe avait bien ri quand elle s'était vu attribuer cette suite, prenant Francesca à témoin qu'au moins quelques dizaines de jeunes gens seraient à même de douter du bien-fondé de ce choix. Et, comme Francesca lui demandait pourquoi, elle avait répliqué :

— Tu es trop jeune pour comprendre.

Francesca détestait ce genre de réponse, aussi elle s'était vengée en cachant la petite trousse bleue où Chloe rangeait son diaphragme, objet auquel celle-ci semblait tenir particulièrement. Elle ne voyait d'ailleurs pas pourquoi. Elle ne l'avait pas restitué pour autant, du moins jusqu'à ce que Giancarlo Morandi soit venu l'arracher à ses leçons, à l'insu de sa mère, et l'ait menacée de la jeter en pâture aux requins mangeurs d'hommes si elle n'avouait pas où elle avait dissimulé son butin. Depuis cet incident, Francesca haïssait Giancarlo et évitait soigneusement de se trouver sur son chemin.

Au moment où elle arrivait à « Lesbos », Francesca entendit la porte de « Rhodes » s'ouvrir et aperçut Evan Varian dans le corridor.

Elle composa un de ses plus jolis sourires à son intention, découvrant ses dents bien rangées, et jouant de ses irrésistibles fossettes.

— Salut, princesse, dit-il de sa voix harmonieuse et bien timbrée, qui seyait aussi bien au patibulaire agent du contre-espionnage John Bullett, qu'il avait interprété récemment dans une série de films à succès, qu'au rôle d'Hamlet à l'Old Vic.

Malgré des origines modestes (c'était le fils d'un maçon gallois et d'une institutrice irlandaise), Varian avait les traits aristocratiques d'un gentleman et les cheveux longs savamment négligés d'un professeur d'Oxford. Il portait un polo bleu lavande et un pantalon de toile blanche.

Et surtout – détail de la plus haute importance pour Francesca – il fumait la pipe, une pipe superbe, comme seul un papa peut en fumer une, avec un fourneau en bois veiné.

– Tu es encore debout à cette heure? s'étonna-t-il.

– Je me couche toujours tard, répliqua-t-elle, secouant ses boucles avec toute la suffisance dont elle était capable. Il n'y a que les bébés qui se couchent tôt.

– Oh! Bien sûr. A l'évidence, tu n'es plus un bébé. Peut-être as-tu rendez-vous avec un de tes admirateurs?

– Mais non, idiot! Maman m'a réveillée pour faire le numéro du caviar!

A l'aide du pouce, il tassa le tabac dans le fourneau de sa pipe.

– Ah oui! Est-ce que cette fois-ci elle t'a bandé les yeux pour le goûter, ou bien s'agissait-il d'une identification à vue?

– Simplement à vue. La dernière fois que j'ai fait la dégustation à l'aveugle, j'ai eu des haut-le-cœur.

Voyant qu'il était prêt à prendre congé, elle passa rapidement à l'attaque :

– Tu ne trouves pas que maman est formidablement belle ce soir?

– Ta maman est toujours séduisante.

Il craqua une allumette, protégeant la flamme de sa paume.

– Cecil Beaton affirme que c'est une des plus jolies femmes d'Europe. Elle a une silhouette pratiquement idéale, et c'est une hôtesse hors pair. (Francesca chercha un exemple susceptible de l'impressionner :) Maman a su faire le curry bien avant que ce soit à la mode.

– Ça, c'est un fameux coup d'éclat, princesse! Mais, avant de t'épuiser à me vanter les mérites de Chloe, sache bien qu'elle et moi, nous nous méprisons cordialement.

– Bah! Elle t'aimera si je lui demande, elle fait tout ce que je veux.

– J'ai remarqué, fit-il, sèchement. De toute façon,

même si tu arrivais à influencer ta mère, tu ne me ferais pas changer d'avis et je crains qu'il ne te faille trouver un autre papa. Je dois t'avouer que l'idée d'être le témoin privilégié de ses névroses me donne le frisson.

Décidément tout allait de travers pour Francesca ce soir-là. Elle dit d'un air boudeur :

– J'ai peur qu'elle se marie avec Giancarlo, et si jamais ça arrive, ce sera ta faute! C'est un salaud! Je le hais!

– Voyons Francesca, ce n'est pas une façon de parler pour une petite fille. Ta maman ne te corrige pas assez!

Les nuages précurseurs de l'orage s'amoncelèrent dans ses yeux.

– C'est dégoûtant de dire ça, tu es un salaud, toi aussi!

Remontant les jambes de son pantalon pour ne pas le froisser, Varian s'agenouilla près d'elle :

– Francesca, mon ange, estime-toi heureuse que je ne sois pas ton père, sinon je t'aurais déjà bouclée dans un cabinet noir jusqu'à ce que tu sois transformée en momie.

Des larmes sincères se mirent à perler aux paupières de Francesca.

– Je te déteste, hurla-t-elle en lui donnant un grand coup de pied dans les tibias.

Varian se releva en poussant un gémissement de douleur.

La porte de « Corfou » s'ouvrit en catastrophe et le couloir résonna des protestations de Sir Winston Churchill :

– Est-ce trop demander, à mon âge, que de pouvoir dormir tranquille? Mr. Varian, vous ne pouvez pas faire votre tapage un peu plus loin? Quant à vous, ma petite demoiselle, je vous prie d'aller au lit immédiatement, sinon pas question de jouer aux cartes demain.

Francesca fila sans demander son reste. A défaut de papa, elle avait un grand-papa.

Au fil du temps, les imbroglios sentimentaux de Chloe devinrent si confus que Francesca finit par se rendre à l'évidence : jamais sa mère ne se remarierait. L'absence de père, au lieu de lui nuire, serait un atout de plus dans son jeu. Il y avait déjà trop d'adultes dans sa vie prêts à lui dicter sa conduite, surtout depuis qu'elle était l'égérie d'une bande d'adolescents transis d'admiration. Elle leur accordait de temps à autre un sourire aguicheur, rien que pour le plaisir de les faire rougir, usant de tous les artifices classiques de Chloe : rire de gorge, gracieux hochements de tête, regards langoureux, tous aussi efficaces les uns que les autres.

L'ère du Verseau avait trouvé sa princesse. Elle avait troqué ses vêtements de petite fille contre des robes chamarrées, des colliers de perles multicolores et des châles indiens à franges. Elle avait frisé ses cheveux, fait percer ses oreilles, et ses yeux, agrandis par un maquillage savant, semblaient lui dévorer le visage. Elle arrivait à peine aux sourcils de sa mère lorsque, à sa grande déception, sa croissance stoppa. Mais, à l'encontre de Chloe, qui avait toujours gardé au fond d'elle-même le complexe de la « petite grosse », Francesca n'avait jamais eu la moindre raison de douter de sa propre beauté. Elle était belle – simplement. C'était une évidence. Comme l'air, l'eau, la lumière. Dès dix-sept ans, la fille de Black Jack Day avait accédé à la légende.

Evan Varian réapparut dans sa vie un soir, chez *Annabel*. Elle s'apprêtait à quitter l'endroit avec son flirt de la soirée pour aller grignoter des baklavas à White Tower. *Annabel* était le club le plus excentrique de Londres, et même dans cette ambiance tapageuse elle ne passait guère inaperçue. Il faut dire que, sous son tailleur-pantalon de velours cramoisi, elle avait comme par hasard omis de mettre un chemisier, laissant le galbe de sa jeune poitrine s'épanouir librement dans le généreux décolleté de la veste. L'effet était d'autant plus surprenant qu'avec ses cheveux ultra-courts à la Twiggy, on aurait dit le collégien le plus sexy de Londres.

– Hé! Ne dirait-on pas ma petite princesse? La voilà grande maintenant, et prête à voler de ses propres ailes!

Cette voix ample, aux intonations théâtrales, elle l'aurait reconnue entre mille.

Elle n'avait pas revu Evan Varian depuis des années, si ce n'est au cinéma dans le rôle de Bullett.

Et là, en face de lui, elle eut l'impression d'être

entrée dans l'un de ses films : il portait le même costume impeccable de Savile Row, la même chemise de soie bleu pâle et les mêmes chaussures italiennes. Depuis leur dernière rencontre à bord du *Christina,* ses tempes s'étaient parsemées de fils d'argent.

Son soupirant, un baronnet étudiant à Eton, lui apparut soudain comme le dernier des blancs-becs. Elle gratifia Evan d'un sourire étudié, à la fois hautain et enjôleur :

— Salut! lança-t-elle.

Il feignit d'ignorer l'agacement ostensible du mannequin blond accroché à son bras alors qu'il détaillait le tailleur écarlate de Francesca.

— Ma petite Francesca! La dernière fois que je t'ai vue, tu n'étais pas si couverte! Si j'ai bonne mémoire, tu étais en chemise de nuit!

Il y avait là de quoi en faire rougir plus d'une, mais Francesca ne fut pas le moins du monde désarçonnée :

— Vraiment? Je n'en ai aucun souvenir. C'est aimable à vous de me le rappeler.

Puis, sachant déjà qu'elle ne négligerait rien pour entretenir la curiosité naissante de ce personnage fascinant, elle se fit raccompagner par son chevalier servant.

Varian lui téléphona le lendemain pour l'inviter à dîner.

— Il n'en est pas question, tempêta Chloe, quittant sans crier gare la position du lotus.

Deux fois par jour, elle s'adonnait à la méditation, sauf un lundi sur deux où elle se faisait épiler les jambes.

— Evan a vingt ans de plus que toi, et c'est un playboy invétéré. Il a déjà été marié quatre fois! Je t'interdis formellement de le fréquenter.

Francesca s'étira en soupirant :

— Je suis désolée, maman, mais c'est trop tard. Je suis amoureuse.

— Sois raisonnable, ma chérie. Il pourrait être ton père.

— Est-ce que tu as eu une aventure avec lui?

— Bien sûr que non. Tu sais bien que lui et moi n'avions guère d'affinités.

— Alors je ne vois pas pourquoi tu t'opposerais à notre liaison.

Chloe pria et supplia, mais rien n'y fit. Francesca ne supportait plus qu'on lui parle comme à une enfant. Elle était décidée à vivre sa vie d'adulte, à commencer par sa vie sexuelle.

Quelques mois plus tôt, elle avait fait des pieds et des mains pour que Chloe lui fasse prescrire des pilules contraceptives. Chloe avait d'abord refusé, mais avait assez rapidement changé d'avis après avoir surpris Francesca dans une étreinte passionnée avec un jeune homme dont la main s'égarait sous sa jupe.

Depuis ce jour-là, Francesca avalait sa pilule au petit déjeuner, avec toute la solennité requise. En fait, Francesca avait un secret : la pilule ne lui était d'aucune utilité, et sa virginité prolongée commençait à lui peser. Toutes ses amies parlaient librement de leurs expériences sexuelles et elle tremblait que l'on découvrît la vérité à son égard. Si jamais on apprenait qu'elle était toujours vierge, elle perdrait à coup sûr tout prestige aux yeux de la jeunesse dorée de Londres. Elle prit donc la ferme résolution de dédramatiser la situation et de considérer la pratique de la sexualité comme une simple obligation sociale. Cela lui était d'autant plus aisé qu'elle était rompue au jeu social depuis son enfance, alors que la perspective de nouer avec un être une relation sincère la désorientait profondément, malgré le besoin cuisant qu'elle en ressentait.

Toutefois, bien que la perte de sa virginité lui parût indispensable, elle ressentait un véritable blocage devant le passage à l'acte. Élevée au contact des adultes, elle était déroutée par la fréquentation des jeunes gens, à plus forte raison par ces adorateurs qui étaient sans arrêt pendus à ses basques comme des toutous d'appartement. Elle trouvait qu'une relation sexuelle devait être basée sur un minimum de confiance dans son partenaire, et elle n'en accordait pas une once à ces jeunots.

C'était en croisant le regard d'Evan Varian chez *Annabel*, l'autre soir, qu'elle avait compris qu'il était seul capable de mettre un terme à ses atermoiements. Qui d'autre que lui, fort du poids de son expérience, serait susceptible de l'initier à sa vie de femme avec tout le tact indispensable ? Sans doute ne faisait-elle pas le rapprochement avec le fait que, des années plus tôt, elle avait arrêté son choix sur lui pour tenir le rôle de père. C'est donc sans accorder autrement d'importance à la réprobation de Chloe qu'elle accepta l'invitation d'Evan à dîner le week-end suivant, chez *Mirabelle*.

Ils étaient attablés près des serres où sont cultivées les fleurs à l'usage du restaurant, et commandèrent de l'agneau farci truffé. Il lui effleurait les mains, penchait attentivement la tête lorsqu'elle parlait, lui affirmant qu'elle était la plus jolie femme présente.

Dans son for intérieur, Francesca estima que c'était une remarque peu originale, mais elle n'en prisa pas moins le compliment, d'autant plus que l'énigmatique Bianca Jagger faisait tapisserie à l'autre bout de la salle, grignotant un soufflé au homard. Après dîner, ils allèrent chez *Leith's* déguster une mousse au citron vert et des fraises glacées, puis se rendirent chez Varian, à Kensington. Il se mit au piano dans le salon, interpréta à son intention une mazurka de Chopin et lui donna un baiser inoubliable. Mais, quand il essaya de l'entraîner vers sa chambre à l'étage, elle se déroba.

— Une autre fois, peut-être, dit-elle d'un ton désinvolte. Ce soir, je ne suis pas d'humeur.

En réalité, elle se serait laissé faire avec plaisir s'il l'avait serrée dans ses bras un instant ou si seulement il lui avait passé la main dans les cheveux d'un geste tendre.

Varian fut quelque peu vexé de son refus, mais elle se racheta en lui adressant un sourire effronté, laissant présager de futures extases.

Deux semaines plus tard, elle se résolut à franchir le pas. Ils firent ensemble l'ascension de l'escalier dessiné par Adam, passèrent devant un délicieux paysage de Constable et un précieux siège Récamier avant d'atteindre le passage voûté menant à sa chambre, une somptueuse suite de style Louis XIV.

— Tu as un goût exquis, lança-t-elle en sortant de la salle de bains, vêtue d'un peignoir de soie pourpre et bleu avec les initiales J.B. brodées sur la poche, manifestement emprunté à la garde-robe de son dernier film.

Il s'approcha d'elle, avançant la main pour caresser un de ses seins au travers de la serviette dont elle s'était enveloppée après s'être débarrassée de ses vêtements.

Il se mit à réciter :

« La douceur d'une gorge de colombe, délicate comme le duvet, suave comme le lait maternel... »

– C'est du Shakespeare? dit-elle, tendue.

Elle aurait préféré un parfum plus discret que cette eau de Cologne qui l'entêtait.

Evan hocha la tête :

– Non, c'est un dialogue du film *Les cadavres n'ont plus de larmes*, juste avant que je transperce le cœur de l'espion russe avec mon stylet.

Il fit jouer ses doigts sur sa nuque :

– Si nous allions au lit maintenant?

Francesca n'en avait aucune envie. D'ailleurs elle n'était même pas sûre d'aimer Evan Varian. Mais il était trop tard pour faire marche arrière, aussi lui obéit-elle. Le matelas grinça quand elle s'allongea. Pourquoi ce bruit stupide? Et pourquoi faisait-il si froid dans la chambre? Evan se jeta sur elle sans ménagement. Effrayée, elle tenta de le repousser, mais il lui chuchotait quelque chose à l'oreille, tout en triturant la serviette de bain.

– Arrête, Evan!

– Je t'en prie, chérie, laisse-toi faire...

– Va-t'en!

La peur lui nouait la gorge. Elle essayait de se dégager de son étreinte lorsque la serviette tomba. Dans son désarroi, elle ne saisit que quelques bribes de ce qu'il s'obstinait à marmonner.

– ... ça m'excite, susurra-t-il en se dépouillant de son peignoir.

– Sauvage! Lâche-moi!

Elle s'époumonait, tout en lui labourant le dos de coups de poing.

Faisant pression avec ses genoux, il la contraignit à écarter les jambes.

– Dis mon nom, rien qu'une fois et je te laisse tranquille.

– Evan!

– Non, appelle-moi Bullett, lâcha-t-il d'une voix rauque.

– *Bullett?*

A peine eut-elle laissé échapper le mot qu'il la pénétra avec brutalité. Une brûlure fulgurante lui déchira les entrailles et elle hurla. Avant qu'elle ait pu reprendre son souffle, il commença à s'agiter.

Elle hoquetait de rage et d'humiliation.

– Salaud! Espèce d'ordure!

Elle continuait à lui marteler le dos de ses poings, essayant de dégager ses jambes. Avec l'énergie du désespoir, elle réussit à se libérer et bondit hors du lit, arrachant le dessus-de-lit pour dissimuler sa nudité meurtrie.

– Je te ferai arrêter, vitupérait-elle entre deux sanglots, ça va te coûter cher, sale pervers!

– Pervers? dit-il, le souffle court, réajustant son peignoir. A ta place, Francesca, j'y regarderais à deux fois avant de me traiter de pervers. Si tu n'étais une aussi piètre amoureuse, rien de tout ceci ne serait arrivé, conclut-il d'un ton glacial.

– Comment? (Le trait l'atteignait si durement qu'elle en oubliait presque sa douleur.) C'est toi qui m'as attaquée!

Il lui jeta un regard hostile en nouant sa ceinture.

– Quand on saura que la belle Francesca Day est frigide, on en fera des gorges chaudes, crois-moi!

– Je ne suis pas frigide!

– Bien sûr que si. J'ai fait l'amour à une kyrielle de femmes et tu es bien la première à t'en plaindre!

Il se dirigea vers une petite commode en marqueterie pour y prendre sa pipe.

– Si j'avais su, je n'aurais pas perdu mon temps avec toi.

Francesca courut dans la salle de bains, sauta dans ses vêtements et s'enfuit. Elle allait s'efforcer d'oublier ce cauchemar. Après tout, il ne s'agissait que d'un odieux malentendu et elle, Francesca Serritella Day, se sentait bien au-dessus de tout ça.

LE NOUVEAU MONDE

3

Dallas Fremont Beaudine avait déclaré une fois à un journaliste d'*Images du sport* que les joueurs de golf professionnels, à la différence des autres athlètes de premier plan, ne crachaient jamais. Sauf les Texans, qui avaient la réputation de n'en faire qu'à leur tête.

Le style du golf texan était un de ses sujets favoris. Dès qu'on abordait le thème dans une conversation, il était prêt à enfourcher son dada. Fourrageant d'une main dans ses cheveux blonds, mâchonnant un chewing-gum, il était intarissable :

— Je veux parler du vrai style texan, pas de cette espèce d'Association des golfeurs professionnels à la noix. Chez nous, on est capable de jouer une balle à contrevent dans un cyclone, et de la coller à moins de vingt centimètres du drapeau. Le tout avec un vieux fer 5 qu'on croirait sorti d'une poubelle.

Dès l'automne 1974, Dallie Beaudine avait acquis auprès des journalistes une réputation d'athlète original, apte à insuffler une bouffée d'air frais dans l'univers confiné du golf professionnel. Il faisait des déclarations pittoresques et sa plastique de beau Texan s'étalait à la une de tous les magazines sportifs. Hélas, Dallie s'attirait fréquemment les foudres des officiels pour injures, ou paris illicites avec des individus douteux. Il était souvent suspendu, et introuvable quand l'ambiance venait à tomber dans la tente de la presse. Pour retrouver sa trace, il suffisait de se faire indiquer le bar le plus miteux de la région, et il y avait fort à parier qu'il s'y prélassait en compagnie de son caddie Clarence « Skeet » Cooper, avec trois ou quatre ex-reines de beauté en goguette pour un soir.

— Le mariage de Sonny et Cher bat de l'aile, se lamenta Skeet Cooper, épluchant un exemplaire du magazine *People* à la lumière glauque de la boîte à gants.

Il jeta un coup d'œil à Dallie, qui conduisait avec désinvolture la Buick Riviera, une tasse de café à la main.

— Oui m'sieur, poursuivit Skeet, la petite Chastity Bono va bientôt avoir un beau-père. Qu'est-ce que tu dis de ça ?

Dallie n'était pas vraiment passionné par le sujet, mais la nationale I-95 déroulait interminablement sa ligne blanche et les phares des rares voitures venant en sens inverse ne suffisaient guère à le maintenir éveillé. La Floride était encore loin. Sur le tableau de bord de la Buick, le cadran lumineux de la montre affichait quatre heures et demie. Dans trois heures, il jouerait sa première balle dans la tournée de qualification pour l'Open de l'Orange Blossom.

Juste le temps de prendre une douche et d'absorber deux pilules pour se réveiller. Il eut une pensée pour Bear, qui devait déjà être à Jacksonville, dormant à poings fermés dans la plus belle des suites proposées par Mr. Marriott.

Skeet balança *People* sur le siège arrière et prit un exemplaire du *National Enquirer*.

— Cher déclare dans les interviews qu'elle respecte Sonny. Ce qui veut dire que leur séparation est imminente. Dès qu'une femme se met à parler de respect, le mari a intérêt à se dégoter un bon avocat.

Dallie eut un rire qui finit en bâillement.

— Il faut foncer, affirma Skeet, l'œil sur l'aiguille du compteur. Pourquoi tu ne t'allonges pas un peu à l'arrière ? Passe-moi le volant un moment.

— Si je m'endors maintenant, je ne me réveille pas avant dimanche prochain, et il faut absolument que je sois qualifié pour cet attrape-couillon, surtout après ce qui s'est passé aujourd'hui.

Ils revenaient tout juste de la tournée de clôture du Southern Open, où Dallie s'était illustré en réalisant un

79 lamentable (sept coups au-dessus du par), exploit qu'il n'avait nullement l'intention de renouveler.

– Je suppose que tu n'as pas d'exemplaire du *Golf Digest* dans tout ton fouillis? s'enquit Dallie.

– Tu sais bien que je ne lis jamais ces trucs-là, maugréa Skeet en tournant brusquement les pages de l'*Enquirer*. Tu veux que je te lise les derniers potins sur Jackie Kennedy? A moins que tu ne préfères Burt Reynolds?

Dallie grommela et se mit à chercher une fréquence audible à la radio. Bien qu'amateur de rock and roll, il essayait de trouver une station diffusant du country western pour Skeet. Le moins pire qu'il put trouver fut Kris Kristofferson, encore un vendu à Hollywood, et il préféra mettre les informations.

« Le leader radical des années soixante, Gerry Jaffe, impliqué dans une manifestation à la base aéronautique de Nellis, Nevada, vient d'être blanchi de toute accusation. Selon les autorités fédérales, Jaffe, qui s'était distingué pendant les émeutes lors de la convention démocrate de Chicago en 1968, s'est récemment pris d'intérêt pour la cause antinucléaire. L'un des rares radicaux subsistant des années soixante qui soit encore en activité... »

Dallie n'avait guère de sympathie pour les vieux hippies et il tourna le bouton d'un air las. Il bâilla à nouveau.

– Tu crois qu'en t'appliquant tu pourrais me lire à haute voix ce bouquin que j'ai fourré sous mon siège?

Skeet récupéra la version poche de *Catch 22*, de Joseph Heller.

– Je l'ai parcouru il y a quelques jours, pendant que tu étais sorti avec cette jolie femme qui n'arrêtait pas de te donner du Mr. Beaudine par-ci, Mr. Beaudine par-là. Ce fichu bouquin ne vaut pas un clou.

Skeet referma l'*Enquirer* d'une pichenette.

– Dis donc, par curiosité, elle a continué à t'appeler Mr. Beaudine une fois au motel?

Dallie fit claquer une bulle de chewing-gum.

– Une fois nue, elle n'a plus moufté.

Skeet pouffa, mais le changement d'expression n'améliora guère sa physionomie.

Bénédiction ou malédiction selon les points de vue, Clarence « Skeet » Cooper était le sosie de Jack Palance : mêmes traits inquiétants d'une laideur attachante, même nez épaté, mêmes petits yeux en fente de tirelire. Ses cheveux noirs, prématurément parsemés de fils d'argent, étaient tellement longs qu'il devait les ramasser en queue de cheval quand il faisait le caddie pour Dallie. D'ordinaire, il les laissait pendre sur ses épaules, retenus par un simple bandeau rouge, à l'instar de son idole, Willie Nelson, le hors-la-loi le plus célèbre d'Austin, Texas.

Skeet avait trente-cinq ans, dix de plus que Dallie. Il avait fait de la prison pour vol à main armée et se tenait désormais tranquille. Effacé avec les inconnus, soupçonneux envers quiconque portait un costume, il était dévoué corps et âme à ceux qu'il aimait, et la personne qu'il vénérait le plus au monde était Dallas Beaudine.

Skeet se rappelait encore sa première rencontre avec Dallie. Ce jour-là, il faisait un effort désespéré pour rassembler ses esprits, dans les toilettes crasseuses d'une station-service Texaco, à Caddo, Texas. Malgré son visage meurtri, c'était bien là le gamin le plus attachant qu'il ait jamais rencontré. Il avait une tignasse d'un blond délavé, des yeux bleus étincelants frangés de cils épais et une bouche aussi pulpeuse que celle d'une prostituée à deux cents dollars. Quand Skeet y vit un peu plus clair, il discerna des traînées de larmes gravées dans la crasse sur les joues du garçon et l'expression butée de sa physionomie. Vacillant sur ses jambes, Skeet s'aspergea le visage.

— Les toilettes sont occupées, fiston.

Le garçon coinça son pouce dans sa poche en lambeaux.

— Ouais, par un enfoiré de première.

A cause de son physique impressionnant, Skeet n'avait pas l'habitude de se faire provoquer par quiconque, à fortiori par un gamin qui ne devait voir un rasoir qu'une fois par semaine, et encore.

— Tu cherches les ennuis, on dirait, mon gars?

— Au point où j'en suis...

Skeet se rinça la bouche et cracha dans le lavabo.

— Tu es le môme le plus idiot que j'aie jamais rencontré, grommela-t-il.

— Tu n'as pas l'air tellement aidé non plus.

Skeet ne s'énervait pas facilement, mais il n'avait pas dessaoulé depuis pratiquement quinze jours et il n'était pas à prendre avec des pincettes. Se redressant, il brandit son poing et fit deux pas hésitants en avant.

Le gamin était prêt à faire face, mais, avant que Skeet ait pu assener un seul coup, le tord-boyaux qu'il avait ingurgité eut raison de lui, et le sol se déroba sous ses genoux chancelants.

Il reprit conscience sur la banquette arrière d'une Studebaker 56, avec une gueule de bois carabinée. Le gamin était au volant. Il avait pris la 180 vers l'ouest, un bras à l'extérieur de la portière, marquant le tempo de *Surf City* du plat de la main.

— Tu m'as enlevé, fiston ? grogna-t-il, s'asseyant péniblement.

— Le pompiste de la Texaco était sur le point d'appeler les flics. Comme tu n'avais pas de moyen de locomotion, je t'ai ramassé.

Skeet réfléchit quelques minutes puis lâcha :

— Je m'appelle Cooper. Skeet Cooper.

— Dallas Beaudine. Tout le monde dit Dallie.

— Tu es en âge de conduire ?

Dallie haussa les épaules :

— J'ai piqué la voiture à mon vieux et j'ai quinze ans. Tu veux descendre ?

Skeet s'adossa au siège en fermant les yeux.

— Je crois que je vais m'incruster pour quelques kilomètres, fit-il.

Dix ans plus tard, il était toujours là.

Skeet examinait Dallie au volant de la Buick 73. Ils avaient fréquenté pas mal de terrains de golf depuis leur rencontre à la station Texaco. Ce jour-là, ils réalisèrent qu'ils avaient sur eux tout juste de quoi se payer un plein d'essence.

Dans sa fuite éperdue devant le courroux son père, Jaycee Beaudine, Dallie n'avait pas tout à fait perdu le nord, et il avait in extremis balancé quelques vieux clubs de golf dans le coffre de la voiture. A présent, il guettait les pancartes indiquant un terrain de golf providentiel.

Ils empruntèrent une petite route bordée d'arbres. Skeet se tourna vers Dallie :

— Dis-donc, tu trouves qu'on a l'air d'honorables joueurs de golf, avec la Studebaker volée et ta tête à moitié éclatée ?

Un rictus présomptueux déforma les lèvres tuméfiées de Dallie.

– J'en ai rien à cirer, je suis capable de faire atterrir une balle à deux cents mètres sur une pièce de cinq cents.

Skeet s'employa à extraire de sa poche les douze dollars et soixante-quatre cents qui composaient toute leur fortune tandis que Dallie, se dirigeant vers trois des membres du club, leur proposait une petite partie amicale à dix dollars le trou.

Magnanime, Dallie les autorisa à prendre leur chariot électrique, leurs gigantesques sacs de cuir débordant de fers Wilson et de bois Mac Gregor. Dallie, muni de son unique fer et d'une balle Titleist, se déclara le plus heureux des hommes.

Les joueurs hochèrent la tête d'un air sceptique à la vue de ce garçon, beau malgré son aspect débraillé, avec ses espadrilles et son pantalon trop court qui découvrait ses chevilles osseuses.

Dallie, les traitant de froussards et de gagne-petit, suggéra de porter la mise à vingt dollars le trou, à savoir sept dollars et trente-six cents de plus que ce qu'il avait en poche. Ce à quoi ils répliquèrent en le poussant vers le tertre de départ qu'ils allaient lui faire sa fête.

Ce soir-là, Dallie et Skeet se payèrent des côtes de bœuf et dormirent à l'*Holiday Inn*.

Ils atteignirent Jacksonville trente minutes avant le départ de la tournée de qualification de l'Open de l'Orange Blossom de 1974.

L'après-midi même, un journaliste sportif de Jacksonville avide de se faire un nom avait exhumé une information sensationnelle selon laquelle Dallas Beaudine, tout cul-terreux qu'il fût, avait une licence de littérature anglaise.

Le surlendemain soir, le journaliste se débrouilla pour le suivre chez *Luella*, une construction en béton d'aspect douteux recouverte d'une peinture rose écaillée et flanquée de flamants roses en plastique. Il lui livra l'information avec autant de gravité que s'il s'était agi d'une histoire de pots-de-vin.

Dallie leva les yeux de son verre de Stroh, et lui confia en haussant les épaules que, puisque c'était un diplôme obtenu au Texas, il ne valait pas grand-chose.

Les journalistes sportifs étaient friands de ce genre

d'insolences et, depuis que Dallie avait commencé à jouer en professionnel voilà deux ans, ils en redemandaient.

Il était capable de les amuser pendant des heures avec des citations impayables sur la situation du pays, la vénalité des athlètes et la libération des femmes. Il était très représentatif de sa génération, beau comme une star de cinéma, capable d'autodérision, et bien plus futé qu'il y paraissait. Dallie Beaudine était le meilleur sujet d'article qu'on puisse trouver, à une exception près.

Il perdait tous ses moyens dans les grandes occasions. Après avoir été promu nouvelle coqueluche du golf professionnel, il avait commis la faute impardonnable de ne remporter aucun tournoi important. S'il disputait un tournoi de rien du tout au fin fond de la Floride, ou du Texas, il était sûr de gagner haut la main, mais au Bob Hope ou au Kemper, il n'arrivait même pas à passer le cut. Les journalistes posaient toujours la même question dans leurs articles : quand Dallas Beaudine allait-il enfin donner sa pleine mesure en tant que golfeur professionnel ?

Dallie s'était promis de conjurer le mauvais sort en remportant cette année l'Open de l'Orange Blossom. Ceci pour une seule raison : il aimait Jacksonville – c'était d'après lui la seule ville de Floride à ne pas s'être métamorphosée en parc d'attractions – et son terrain de golf.

Malgré le manque de sommeil, il avait fait une solide performance le lundi pour les qualifications. Et, une fois reposé, il avait joué brillamment le mercredi. Le succès l'avait galvanisé. Ainsi que l'abandon de Jack Nicklaus, surnommé le « Golden Bear » de Columbus, anéanti par une mauvaise grippe.

Tout en sirotant son whisky, Charlie Conner, reporter sportif à Jacksonville, s'efforçait de prendre une pose décontractée sur sa chaise, comme il l'avait vu faire naturellement à Dallie.

– Croyez-vous que le désistement de Jack Nicklaus aura une incidence sur le déroulement de l'Orange Blossom cette semaine ?

C'était bien là une des questions les plus stupides qui se pût trouver. Dallie feignit cependant de la prendre en considération.

– Écoutez, Charlie, étant donné que Jack Nicklaus est en passe de devenir le plus grand joueur de l'histoire du golf, je dirais que c'est une sacrée chance qu'il ait déclaré forfait.

Le journaliste lança à Dallie un coup d'œil dubitatif :

– Le plus grand? Il ne faudrait pas oublier Ben Hogan, ni Arnold Palmer, ni... (Il observa un silence respectueux avant de prononcer le nom sacro-saint :) ... Bobby Jones.

– Personne n'a jamais joué aussi divinement que Jack Nicklaus, affirma Dallie. Pas même Bobby Jones.

Skeet, qui était en grande conversation avec Luella, le patron du bar, sourcilla au nom de Nicklaus et demanda illico au journaliste quelles étaient les chances des Cowboys dans la compétition du Super Bowl. Skeet n'appréciait guère que Dallie se mette à parler de Nicklaus, aussi avait-il pris le pli de couper court à toute discussion sur ce sujet. Selon lui, il ne fallait pas jouer avec le feu. Et il n'avait pas tort.

Pendant que Skeet et le reporter évaluaient les chances des Cowboys, Dallie essayait de combattre l'état dépressif qui l'envahissait chaque automne. C'était réglé comme du papier à musique. La saison 74 touchait à sa fin et il n'était pas mécontent de lui : il avait gagné quelques milliers de dollars en espèces, et à peu près le double grâce à des paris insensés – jouer de la main gauche, frapper le panneau indiquant les deux cents mètres sur un terrain d'exercice, ou encore improviser un jeu sur un ruisseau à sec ou un obstacle d'eau désaffecté. Il avait même expérimenté le tour favori de Trevino, qui consistait à jouer plusieurs trous en tapant la balle avec une grosse bouteille de soda, mais le verre n'était pas aussi épais que lorsque ce Mexicain surdoué avait ajouté ce truc à la panoplie déjà considérable des paris, et Dallie, avec cinq points de suture à la main droite, avait fini par renoncer. Malgré sa blessure, il avait gagné suffisamment d'argent pour honorer ses factures et leur permettre, à Skeet et à lui, de vivre confortablement. Il n'était certes pas à la tête d'une fortune mais s'était déjà fait sacrément plus d'argent que tout ce que le vieux Jaycee Beaudine avait pu grappiller en traînant sur les quais de Buffalo Bayou à Houston. Jaycee était mort depuis un an maintenant, alcoolique et misérable.

Dallie avait appris la mort de son père un jour où il était tombé par hasard sur l'un de ses anciens copains de beuverie dans un saloon de Nacogdoches.

Le seul regret de Dallie fut de n'avoir pas été prévenu assez tôt pour avoir pu cracher sur le corps du vieil homme, juste entre les deux yeux. Un crachat, ce n'était pas cher payé pour tout ce que Dallie avait enduré dans son enfance. Les coups de poing pleuvaient autant que les injures : raté, bon à rien, minet, etc., jusqu'à ce que la coupe soit pleine et qu'il prenne le large à quinze ans. D'après quelques vieilles photos entrevues, c'était à sa mère qu'il devait sa beauté. Elle aussi avait fui Jaycee : elle était partie peu après la naissance de Dallie, sans laisser d'adresse. Jaycee avait ouï dire qu'elle était en Alaska, mais n'avait pas levé le petit doigt pour la retrouver.

— Ça vaut pas le coup, avait-il proféré. Des femmes, il y en a à la pelle.

Jaycee, avec son regard lourd et son épaisse chevelure rousse, en séduisait plus d'une. Durant toutes ces années une douzaine de femmes s'étaient succédé dans sa vie, certaines avec leurs enfants. Quelques-unes s'étaient bien occupées de Dallie, d'autres l'avaient maltraité. En grandissant, il avait remarqué que les mégères restaient plus longtemps que les autres. Sans doute fallait-il avoir vraiment mauvais caractère pour résister à Jaycee plus de quelques mois.

L'une des plus aimables des maîtresses de son père lui avait dit, en faisant sa valise :

— C'est un minable. Il y a des gens comme ça. Au premier abord, avec Jaycee, on ne s'en rend pas compte : il fait le joli cœur, il a le compliment facile, alors on se prend pour la plus belle femme du monde. Mais il y a quelque chose de perverti en lui. Il est pourri jusqu'à la moelle. N'écoute pas toutes les balivernes qu'il débite à ton propos, Dallie. Tu es un brave garçon. Il a tout simplement peur de te voir grandir et faire quelque chose de ta vie, alors que lui est un raté.

Autant que possible Dallie se tenait hors de portée des poings de Jaycee. Son refuge le plus sûr était l'école et, à la différence de ses camarades, il n'avait jamais séché la classe — sauf quand il avait le visage couvert d'ecchymoses. Auquel cas il allait vadrouiller avec les caddies qui travaillaient au terrain de golf en bas de la rue. C'était avec eux qu'il avait appris à jouer. Dès l'âge de douze ans, il avait trouvé là un refuge encore plus sûr.

Revenant à la réalité, Dallie signifia à Skeet qu'il était temps d'aller dormir. Au motel, Dallie eut du mal à trouver le sommeil, malgré la fatigue : des souvenirs trop vivaces hantaient son esprit.

Les éliminatoires passées, le véritable tournoi avait lieu le lendemain et l'Orange Blossom, comme la plupart des grandes rencontres professionnelles, se déroulait le jeudi et le vendredi pour les deux premiers tours. Les joueurs restants entraient en compétition pour les deux derniers. Non seulement Dallie avait survécu aux épreuves du vendredi, mais il menait le tournoi par quatre coups au départ du dernier tour le dimanche matin.

— Essaye d'avoir un jeu régulier, Dallie, conseillait Skeet.

Il tapotait du plat de la main le sac de golf, regardant nerveusement le tableau d'affichage en haut duquel s'étalait le nom de Dallie.

— Pense que c'est toi qui joues, pas un autre. Tu dois trouver ton propre style. Oublie les caméras de télévision et concentre-toi pour réussir un coup à la fois.

Dallie ne gratifia même pas Skeet d'un signe d'assentiment : il était fasciné par une brune pétillante qui lui souriait derrière les cordes contenant des hordes de fans. Il s'approcha d'elle pour bavarder comme si de rien n'était. Comme si cette victoire n'était pas de la plus haute importance pour lui. Pourtant, l'heure était grave : il s'apprêtait à jouer la finale à deux avec Johnny Miller, le grand vainqueur de la saison.

Quand Dallie se présenta au tertre de départ, Skeet lui tendit une crosse en bois et lui fit ses dernières recommandations.

— N'oublie pas qu'à ton âge, tu es le meilleur golfeur de la rencontre d'aujourd'hui. Tu le sais, et moi aussi. Il faut que le monde entier le sache. D'accord ?

Dallie acquiesça, se mit en posture et assena le genre de coup qui fait date dans l'histoire. Après quatorze trous, Dallie menait toujours. Johnny Miller n'avait plus que quatre trous à jouer et remontait vite, malgré quatre coups de retard. Concentré sur son propre jeu, Dallie ne se préoccupait pas de Miller. Comme il rentrait un putt à un mètre cinquante, il se dit qu'il était vraiment un golfeur-né. Rien à voir avec ces champions fabriqués de toutes pièces. Dallie allait enfin donner corps à sa légende.

En voyant son nom en haut du tableau de l'Open Orange Blossom, Dallie avait la sensation de naître une seconde fois, une balle Titleist flambant neuve à la main.

Ses foulées devinrent plus élastiques lorsqu'il emprunta le quinzième fairway.

Les caméras captaient le moindre de ses mouvements, et il eut un regain de confiance en lui. Ses défaites des deux dernières années n'étaient qu'accessoires. Il allait révolutionner le monde du golf.

Le soleil éclairait ses cheveux blonds et lui chauffait la peau, à travers la chemisette. Parmi les spectateurs, une fille bien roulée lui envoya un baiser. Il fit mine de le rattraper au vol en riant et de le glisser dans sa poche.

Skeet lui tendit une crosse en fer pour régler un tir plus précis sur le quinzième green.

Dallie saisit le club, répartit l'assiette de la balle, et se mit en position. Il se sentait en pleine possession de ses moyens, son attaque était ferme, il dominait le jeu et rien ne pouvait lui ravir la victoire.

Rien, sauf le Golden Bear.

— Tu ne crois tout de même pas que tu vas gagner, Beaudine ?

Dallie entendait la voix de Jack Nicklaus aussi clairement que s'il avait été à côté de lui.

— Ce sont les champions comme moi qui remportent des victoires, pas les ratés de ton espèce.

— Va-t'en, hurlait Dallie à l'intérieur de sa tête. Laisse-moi tranquille !

La sueur commençait à perler sur son front. Il ajusta sa prise, s'efforça de se décontracter, et surtout, de ne pas écouter cette voix.

— Qu'est-ce que tu as fait de bien dans ta vie, sinon gâcher tes chances ?

— Fiche-moi la paix !

Dallie prit du recul, réajusta sa ligne de tir, puis frappa la balle... qui dériva sur la gauche pour aller atterrir dans l'herbe longue. Une clameur unanime s'éleva de la foule.

Dans l'esprit de Dallie, le Bear était toujours là, secouant sa grosse tignasse blonde :

— C'est exactement ce que je disais, Beaudine. Tu n'as pas l'étoffe d'un champion.

Skeet, l'air sincèrement navré, s'approcha de Dallie.

— Qu'est-ce qui t'a pris? Maintenant il va falloir te bagarrer pour égaliser.

— J'ai simplement perdu l'équilibre, rétorqua Dallie, s'avançant majestueusement vers le green.

— Tu n'as pas assez de tripes, c'est tout, susurrait la voix.

Le Bear avait fait irruption dans la cervelle de Dallie un peu avant qu'il ne se lance dans le golf professionnel. Jusque-là, il n'avait jamais entendu que la voix de Jaycee dans sa tête.

En tâchant d'analyser le phénomène, Dallie se rendait bien compte que c'était lui qui avait engendré ce Bear. Cette créature diabolique, qui ressemblait à s'y méprendre à Jack Nicklaus et s'était infiltrée dans les méandres de la pensée de Dallie, n'avait que peu de points communs avec le véritable Jack Nicklaus à la voix posée et aux manières policées.

Mais les fantasmes résistent à l'analyse et ce n'était pas par hasard que les démons de Dallie avaient revêtu la forme de Jack Nicklaus, à qui il vouait une admiration sans bornes : un homme qui jouissait de l'affection des siens, de l'estime de ses pairs, et qui était sans conteste la plus grande pointure du golf ayant jamais existé.

— Tu es vraiment sur la mauvaise pente, chuchotait la voix alors que Dallie visait un putt court sur le seizième green.

Il effleura le tee et le coup partit de travers.

Johnny Miller adressa un regard compatissant à Dallie, puis rentra son putt. Deux trous plus loin, Dallie amorçait son drive sur le dix-huitième.

— Ton vieux t'avait bien dit que tu ne valais pas grand-chose, il avait raison...

La voix s'obstinait tandis que le drive de Dallie dérivait pernicieusement vers la droite. Plus Dallie jouait mal, plus il plaisantait avec la foule.

— D'où a bien pu partir ce coup minable?

Il interpellait les spectateurs, se grattait la tête d'un air ahuri, prenait à partie une matrone au premier rang :

— M'dame, posez vot'sac et venez jouer le prochain coup à ma place.

Pour le dernier trou, il fit un coup au-dessus de la normale et Miller un coup au-dessous.

Les joueurs allèrent signer leurs cartons, puis le président du tournoi remit à Miller le trophée et un chèque de trente mille dollars.

Dallie donna à Miller quelques tapes amicales sur l'épaule, lui serra la main et retourna s'amuser avec le public.

— Voilà ce qu'il en coûte de passer la nuit à boire de la bière avec Skeet. Si j'avais donné un râteau et des patins à roulettes à ma grand-mère, elle aurait joué mieux que moi aujourd'hui.

Dallie Beaudine, qui avait passé son enfance à esquiver les coups de poing de son père, savait mieux que quiconque donner le change.

4

Debout au milieu des flots de robes du soir qui jonchaient le sol, Francesca étudiait son image dans l'immense miroir qui composait un des murs de sa chambre, à présent tapissée de soie à rayures pastel et meublée de chaises Louis XV assorties. Un Matisse de la première période parachevait l'ensemble.

A l'instar d'un architecte absorbé par la composition d'une épure, elle traquait d'improbables défauts sur son visage de vingt ans, comme si quelque mauvais génie avait pu lui jeter un sort depuis sa dernière inspection devant la glace.

Elle avait saupoudré son petit nez droit d'un nuage d'une poudre translucide très coûteuse, ombré ses paupières et appliqué sur ses cils pas moins de quatre couches d'un mascara importé d'Allemagne, non sans les avoir auparavant bien séparés à l'aide d'un petit peigne en écaille.

Elle promena un regard critique sur son ossature délicate, le long de la courbe gracieuse de ses seins, s'attardant sur sa taille fine pour terminer son examen par les jambes, parfaitement galbées dans un pantalon en daim dont le vert éclatant contrastait avec un chemisier en soie ivoire, de Piero de Monzi. Elle venait d'être classée parmi les dix plus jolies femmes d'Angleterre pour l'année 1975. Elle n'aurait jamais eu la maladresse de le dire à haute voix, mais elle se demandait pourquoi les magazines avaient accordé la moindre attention aux neuf autres.

Francesca avait une beauté plus classique que sa mère et même que sa grand-mère, et ses traits étaient plus expressifs. Ses yeux verts en amande pouvaient aussi bien laisser filtrer un regard glacial et distant comme celui des chats si elle était fâchée que décocher des œillades coquines à la façon des petites serveuses de Soho, quand elle était de meilleure humeur.

Pleinement consciente de sa ressemblance avec Vivien Leigh, elle s'était laissé pousser les cheveux jusqu'aux épaules, relevant parfois ses boucles châtains à l'aide de deux barrettes, pour accentuer encore la ressemblance.

Le miroir lui renvoyait une image séduisante qui ne trahissait en rien la créature superficielle et vaine dont les caprices exaspéraient tout le monde, même ceux qu'elle considérait comme ses amis.

Elle était si effrontément belle, et tellement adorable quand elle s'en donnait la peine, que seuls les mâles pourvus d'un puissant instinct de conservation arrivaient à lui résister. Elle agissait sur les autres comme une drogue, et, même après une rupture, certains venaient à leur corps défendant la supplier de renouer.

Tout comme sa mère, elle s'exprimait de manière théâtrale, donnant au moindre de ses propos une intensité dramatique, et transformant l'événement le plus insignifiant en épopée grandiose. Elle passait aux yeux de l'opinion pour une amoureuse experte, encore que les heureux bénéficiaires de ses faveurs fussent introuvables... En tout cas, elle embrassait merveilleusement, se lovant contre la poitrine de l'homme avec des grâces de jeune chat, lui picorant parfois les lèvres du bout de sa petite langue rose.

Francesca trouvait tout naturel que les hommes soient fous d'elle : à leur contact, elle se montrait généralement sous son meilleur jour. Ils n'avaient pas à subir ses caprices, ses retards perpétuels ou ses sautes d'humeur. Du moins pas tout de suite... Car quand un homme commençait à l'ennuyer, elle devenait insupportable.

Tout en appliquant sur ses lèvres une couche de rouge

brillant, elle ne put retenir un sourire en se remémorant une de ses conquêtes les plus romanesques, bien qu'elle ait été affolée de le voir si mal réagir à leur rupture. Pourtant, n'avait-elle pas fait de son mieux? N'avait-elle pas accepté pendant plusieurs mois de rester au second plan à cause de ses responsabilités officielles? A la fin, cette dure réalité avait quelque peu terni les visions de rêve qu'elle avait nourries jusque-là – accéder à la pérennité des rois dans un carrosse capitonné, les portes de la cathédrale s'ouvrant à toute volée au son joyeux des trompettes. Rêve somme toute accessible à une jeune fille élevée dans un décor princier.

Elle avait fini par retomber sur terre, ne brûlant guère d'envie de faire don de sa personne à l'Empire britannique, et elle s'efforça dès lors de mettre un terme à leur relation le plus loyalement possible. Néanmoins, il avait plutôt mal pris la chose. Ce soir-là, il avait un costume impeccable, des chaussures de prix, et une coupe de cheveux irréprochable. Comment aurait-elle pu soupçonner que cet homme apparemment sans failles était en proie au doute?

Elle revoyait jusque dans les moindres détails la soirée où, deux mois plus tôt, elle avait rompu avec le célibataire le plus convoité de Grande-Bretagne.

Ils venaient de terminer un souper intime dans ses appartements privés, et, à la lueur des chandelles qui adoucissaient ses traits aristocratiques, son visage paraissait singulièrement jeune et vulnérable. Elle le scrutait par-dessus la nappe damassée surchargée d'argenterie ancienne et de vaisselle en porcelaine de Chine cerclée d'or à vingt-quatre carats, tâchant de lui prouver par la gravité de son expression que l'épreuve était au moins aussi pénible pour elle que pour lui.

– Je vois, dit-il quand elle lui eut exposé ses motifs de rupture avec d'infinies précautions; puis après un silence, il répéta : Je vois...

– Tu comprends, n'est-ce pas?

D'un gracieux mouvement de tête elle rejeta en arrière une mèche rebelle, découvrant des boucles d'oreilles en strass qui scintillaient à ses lobes comme une myriade d'étoiles parmi ses boucles.

Il quitta brusquement la table :

– Non, en vérité je ne comprends pas. (Il regarda fixement le sol, puis, levant les yeux vers elle :) Je ne comprends pas du tout. Je dois avouer que je suis tombé amoureux de toi, Francesca, et tu m'as donné toute raison de croire que tu avais quelque estime pour moi.

– J'ai pour toi plus que de l'estime, dit-elle gravement.

– Pas suffisamment cependant pour supporter les obligations inhérentes à ma charge.

Malgré son orgueil il se comportait en homme blessé, et elle se sentit terriblement coupable. Un prince ne devait-il pas dominer ses émotions, quoi qu'il lui en coûtât ?

– Ce sont des obligations très lourdes, souligna-t-elle.

– Bien sûr, dit-il avec un rire amer. J'ai été insensé de croire que ton amour était assez fort pour y faire face.

Et maintenant, dans l'intimité de sa chambre, Francesca fronçait furtivement les sourcils devant le reflet que lui renvoyait son miroir. Elle n'avait jamais été amoureuse, et était toujours étonnée des réactions violentes que pouvait entraîner une rupture. De toute façon, c'était de l'histoire ancienne.

Elle reboucha son tube de rouge à lèvres et tâcha de se mettre de bonne humeur en fredonnant une rengaine des années trente où il était question d'un homme qui dansait avec une jeune fille ayant elle-même dansé avec le prince de Galles.

Chloe apparut dans l'entrebâillement de la porte :

– Je sors, chérie, lança-t-elle en ajustant sur ses cheveux courts et bouclés un chapeau couleur crème. Si Helmut appelle, dis-lui que je serai là vers une heure.

– Si Helmut appelle, je l'enverrai sur les roses, répliqua Francesca en pianotant impatiemment sur sa hanche de ses ongles en amande recouverts d'un vernis cannelle.

Chloe finissait de boutonner son manteau de vison.

– Écoute, chérie...

Francesca eut un pincement au cœur devant les traits tirés de sa mère, mais elle se domina. Connaissant le comportement autodestructeur de Chloe, elle considérait de son devoir filial de lui en faire prendre conscience.

– C'est un gigolo, maman, c'est de notoriété publique. Ce faux prince allemand te fait faire ses quatre volontés.

Elle prit dans la penderie une ceinture façon écaille dont elle avait fait l'emplette chez David Webb lors de son dernier séjour à New York. Puis, examinant Chloe :

– Je suis inquiète pour toi, maman, tu as les yeux cernés. Ces jours-ci, tu n'es pas dans ton assiette. Hier, tu m'as rapporté un kimono beige de chez Givenchy au lieu du lamé que je t'avais demandé.

Chloe soupira.

– Je suis désolée, ma chérie. J'avais mal dormi la nuit précédente et j'avais la tête ailleurs. J'irai chercher le kimono lamé aujourd'hui.

Malgré sa joie de voir son caprice exaucé, Francesca restait préoccupée et elle essaya de se faire la plus convaincante possible :

– Maman, tu as quarante ans, et il faut que tu prennes mieux soin de toi. Quand je pense que cela fait plusieurs semaines que tu n'es pas allée chez l'esthéticienne!

A sa grande stupéfaction, elle se rendit compte qu'elle avait froissé la susceptibilité de Chloe. Elle gratifia sa mère d'une rapide embrassade pour faire la paix, prenant bien garde toutefois de ne pas abîmer le rose délicat qui ombrait ses pommettes.

– Ça ne fait rien, je t'adore. Tu es la maman la plus merveilleuse de Londres!

– Dis-moi, à propos de maman, il y en a assez d'une dans cette maison. Est-ce que tu prends bien tes pilules contraceptives, ma chérie?

Francesca grommela.

– Oh, tu remets ça...

Chloe sortit des gants de son sac Chanel en cuir d'autruche et se mit à les triturer nerveusement.

– L'idée de te voir enceinte si jeune me serait absolument intolérable. Il ne faut pas plaisanter avec ça.

Francesca rejeta ses cheveux sur ses épaules en se retournant vers le miroir :

– Raison de plus pour être vigilante, dit-elle avec désinvolture.

– Je te demande seulement de faire attention, ma chérie.

– Est-ce que tu m'as déjà vue perdre mes moyens avec les hommes?

– Grand Dieu, non!

Chloe remonta le col de son vison jusque sous son menton.

– J'aurais aimé te ressembler quand j'avais vingt ans,

dit-elle avec un petit rire forcé. Et puis flûte! J'aimerais te ressembler, là, maintenant.

Elle lui envoya un baiser, fit au revoir avec son sac à main et s'éclipsa.

Devant la glace, Francesca plissa son petit nez, ôta le peigne qu'elle venait de fixer dans ses cheveux, puis se dirigea vers la fenêtre. En laissant errer son regard sur le jardin, le souvenir importun d'Evan Varian envahit son esprit et elle frissonna. Elle savait bien que, pour la plupart des femmes, le sexe n'était pas une chose aussi répugnante, mais sa mésaventure avec Evan l'empêchait d'éprouver la moindre étincelle de désir, fût-ce pour un homme qui lui plaisait. Les sarcasmes d'Evan étaient restés enfouis dans un recoin de son subconscient, prêts à surgir au moment le plus inattendu pour lui empoisonner l'existence. De guerre lasse, l'été dernier à Marrakech, elle avait cédé aux avances d'un séduisant sculpteur suédois. Elle grimaça en se remémorant cette épouvantable expérience. Elle savait bien que, pour connaître le plaisir dans une étreinte aussi intime, il fallait quelque chose de plus que le sexe. Elle détestait sa vulnérabilité. Pourquoi ne réussissait-elle pas à se sentir vraiment proche de quelqu'un? Qu'était-ce donc que cette communion mystique dont parlent les poètes?

Ayant observé depuis l'enfance la façon dont Chloe en usait avec la gent masculine, Francesca avait conclu que le sexe était une denrée négociable comme une autre. Tôt ou tard, elle ferait l'amour, mais elle était résolue à ne le faire que si elle se sentait tout à fait maîtresse d'elle-même, et si le jeu en valait la chandelle, même si elle en ignorait les tenants et les aboutissants. Il ne s'agissait pas d'argent, en tout cas.

L'argent, elle en possédait suffisamment pour ne pas y penser. La position sociale lui était acquise depuis sa naissance, il ne s'agissait pas de cela non plus, mais de quelque chose d'indéfini, ce « quelque chose » qui fait le sel de la vie et qui, précisément, lui manquait.

Toutefois, elle ne se départait pas de son optimisme instinctif et pensait pouvoir retirer quelque bénéfice de ces expériences malheureuses. Tant de jeunes filles de sa connaissance allaient d'aventure en aventure, perdant peu à peu toute dignité.

Elle n'avait aucune vie sexuelle malgré les apparences, et, abusant en cela jusqu'à sa propre mère, elle était très chaste. En fin de compte, tout cela lui conférait un mystère qui fascinait des quantités d'hommes, et non des moindres.

Sa rêverie fut troublée par la sonnerie du téléphone.

Elle enjamba les vêtements éparpillés sur le sol pour aller décrocher l'appareil.

— Allô? fit-elle en se laissant tomber sur une chaise Louis XV.

— Francesca, ne raccroche pas. Il faut que je te parle.

— D'accord, si tu ne me fais pas un sermon.

Elle croisa les jambes, puis se mit en devoir d'examiner consciencieusement ses ongles.

— Il n'était pas dans mes intentions de te faire fuir de la sorte, la semaine dernière.

Nicolas avait pris un ton conciliant, et elle l'imaginait, assis à son bureau, ses traits réguliers figés dans une détermination farouche. Nicky était adorable... et profondément ennuyeux.

— J'ai été odieux avec toi, poursuivait-il. Pardonne-moi. Je suis désolé.

— Tu as de quoi être désolé, tu as vraiment été épouvantable. Je déteste que l'on me fasse ce genre de reproches, et je n'ai pas envie de passer pour une femme fatale au cœur de pierre.

— Excuse-moi, chérie. Je ne t'ai pas vraiment fait de reproches. En réalité, c'est toi qui...

Il laissa sa phrase en suspens, apparemment pour mieux souligner son propos.

Francesca finit par débusquer une égratignure quasiment imperceptible sur le vernis de son index. Sans bouger de sa chaise, elle se livra à une périlleuse acrobatie pour atteindre le flacon de vernis cannelle sur sa coiffeuse.

— Francesca, ma chérie, j'ai pensé que ça te plairait de passer le week-end avec moi dans le Hampshire.

— Excuse-moi Nicky, je suis prise.

Elle dévissa le bouchon du flacon de vernis et, tout en maniant le petit pinceau, jeta un regard sur la revue étalée à côté du téléphone. Un verre était posé dessus, grossissant les caractères à la manière d'une loupe, si bien que son propre nom lui apparaissait déformé comme dans les miroirs des baraques foraines :

« Francesca Day, fille de Chloe Day, membre de la haute société internationale et petite-fille de la célèbre couturière Nita Serritella, défraye encore une fois la chronique. La dernière conquête de l'impétueuse Francesca serait le beau Nicolas Gwynwyck, héritier des brasseries du même nom, en compagnie de qui on l'a beaucoup vue ces derniers temps. Le bruit court que Gwynwyck, maintenant âgé de trente-trois ans, était sur le point de divulguer la date de leur mariage lorsque Francesca fut aperçue en public en compagnie de David Graves, la révélation cinématographique de l'année. »

— Le week-end suivant, peut-être?

Elle pivota sur sa chaise, détachant son regard du journal pour vernir son ongle.

— Je ne pense pas, Nick. Ne rendons pas les choses plus difficiles.

— Francesca... (La voix de Nicolas sembla se briser.) Tu... tu m'avais dit que tu m'aimais. Je t'ai crue...

Elle plissa le front. Elle se sentait coupable, même si elle n'était pas responsable de ce malentendu. Laissant le pinceau en suspens, elle rapprocha son menton de l'appareil :

— Je t'adore, Nick. Comme ami. Grand Dieu, tu es charmant... (Mais d'un rasoir!) Tout le monde t'aime. On a passé de tellement bons moments ensemble! Tu te rappelles la soirée chez Gloria Hammersmith, quand Toby a sauté dans cette horrible fontaine?

Elle perçut une exclamation étouffée à l'autre bout du fil.

— Francesca, comment est-ce que tu as pu faire ça?

— Faire quoi?

Elle souffla sur son ongle.

— Sortir avec David Graves, alors que nous sommes pratiquement fiancés.

— Ça ne te regarde pas, rétorqua-t-elle. Nous ne sommes pas fiancés, et d'une, et je t'adresserai à nouveau la parole quand tu seras disposé à me parler sur un ton plus civilisé, et de deux.

— Francesca...

Elle raccrocha violemment. De quel droit Nicolas Gwynwyck la soumettait-il à un interrogatoire?

Soufflant toujours sur son ongle, elle se dirigea vers la penderie. Nicky et elle avaient été très proches, mais elle n'était pas amoureuse de lui et n'avait pas la moindre intention de passer le restant de sa vie avec un brasseur, si riche fût-il.

Dès que son ongle fut sec, elle se remit en quête d'une tenue pour la soirée chez Cissy Kavendish.

Elle ne savait toujours pas quoi mettre quand on frappa à sa porte : une femme entre deux âges, aux cheveux teints en roux, portant des bas roulés aux chevilles, entra dans la chambre. Elle portait une pile de linge soigneusement repassé qu'elle se mit en devoir de ranger.

– Je vais sortir quelques heures cet après-midi si vous n'y voyez pas d'inconvénient, Miss Francesca.

Francesca prit une robe du soir en mousseline de soie d'Yves Saint Laurent bordée de plumes d'autruche. En fait, la robe appartenait à Chloe, mais Francesca en était tombée immédiatement amoureuse et l'avait fait ajuster à sa taille avant de faire main basse dessus.

– Qu'est-ce que tu dis de la robe en mousseline pour ce soir, Hedda ?

– Vous pouvez tout vous permettre, mademoiselle, répondit Hedda en finissant de ranger la lingerie dans le tiroir.

Francesca s'examina dans le miroir et fit la moue. Saint Laurent était un peu trop traditionnel, pas tellement son style, finalement. Abandonnant la robe sur le sol, elle enjamba un tas de vêtements pour aller fouiner dans son placard. Les knickers de velours seraient parfaits, mais elle n'avait pas de chemisier à mettre avec.

– Avez-vous besoin de quelque chose, Miss Francesca ?

– Non, merci, répondit distraitement Francesca.

– Je serai de retour pour l'heure du thé, dit la gouvernante en se dirigeant vers la porte.

Francesca allait s'enquérir du dîner lorsqu'elle remarqua pour la première fois qu'Hedda était toute courbée.

– Votre dos vous fait encore souffrir ? Vous m'aviez pourtant dit que ça allait mieux ?

– Ce n'était qu'une amélioration passagère, dit-elle en s'agrippant péniblement à la poignée de la porte, mais j'ai eu tellement mal ces jours-ci que je pouvais à peine me pencher. C'est pourquoi je vous ai demandé de m'absenter quelques heures. Pour aller au dispensaire.

Francesca fut émue par le sort de cette pauvre Hedda, qui traînait son mal de dos à longueur de journée, et offrit spontanément de la conduire chez le médecin de Chloe dans Harley Street.

– Ce n'est pas nécessaire, mademoiselle, je peux aller au dispensaire.

Mais Francesca ne voulut rien entendre. Elle ne supportait pas de voir souffrir les gens et entendait bien faire bénéficier cette pauvre Hedda des meilleurs soins. La mettant en demeure de l'attendre dans la voiture, elle troqua son chemisier en soie contre un pull en cachemire, passa un bracelet en or et ivoire à son poignet, donna un coup de fil, s'aspergea d'un parfum fruité, et quitta sa chambre sans penser une seconde qu'Hedda devrait se baisser pour ramasser le fouillis de vêtements et d'accessoires qu'elle avait laissé traîner.

Auréolée de ses boucles châtains, elle descendit l'escalier d'un pas léger, chaussée de bottes souples qui s'enfonçaient dans le tapis moelleux, balançant négligemment sa veste de renard à bout de bras.

Dans le hall trônaient deux plantes décoratives dans des poteries en majolique. Le hall était assez sombre, si bien que les plantes ne fleurissaient jamais et étaient renouvelées tous les mois, aberration qui ne semblait embarrasser ni Chloe ni Francesca. On sonna à la porte.

– La barbe, murmura Francesca, jetant un coup d'œil à sa montre.

Si elle ne se dépêchait pas, elle n'aurait jamais le temps d'accompagner Hedda chez le docteur et de se préparer pour la soirée chez Cissy Kavendish.

Elle ouvrit la porte avec impatience et se trouva nez à nez avec un agent de police qui compulsait un petit bloc-notes.

– Je cherche Francesca Day, dit-il en rougissant légèrement devant cette apparition à couper le souffle.

Elle sourit en pensant à toutes les contraventions impayées qui s'accumulaient dans le tiroir de son bureau.

– Eh bien, ne cherchez plus! C'est moi. Que puis-je pour vous?

Il la fixa gravement.

– Miss Day, je suis au regret de devoir vous annoncer une mauvaise nouvelle.

C'est seulement à cet instant qu'elle remarqua qu'il avait quelque chose à la main. Elle fut glacée de terreur en reconnaissant le sac en cuir d'autruche de Chloe. L'agent de police se dandinait, mal à l'aise.

– Votre mère a été victime d'un grave accident...

5

Dallie et Skeet fonçaient sur la nationale 49 en direction de Hattiesburg, au Mississippi. Dallie, qui avait dormi deux heures sur le siège arrière pendant que Skeet conduisait, était maintenant au volant, heureux de ne s'aligner au départ qu'à 8 h 48, ce qui lui laisserait le temps de frapper quelques balles. Il détestait rouler toute la nuit après un tournoi pour être en temps voulu à l'épreuve de qualification du suivant. D'ailleurs il détestait sa vie. Si les gros bonnets de l'Association des golfeurs professionnels devaient se farcir des nuits de voyage à travers plusieurs États, ils auraient vite fait de modifier l'ordre des tournois.

Sur le terrain, Dallie ne se souciait guère de son apparence vestimentaire, pourvu que ses chemises ne soient ni roses ni imprimées d'animaux. Sa préférence allait aux Levi's délavés moulants qu'il portait avec des bottes avachies au talon et des tee-shirts tout juste bons à faire des chiffons. Quelques-unes de ses admiratrices lui avaient offert des chapeaux de cow-boy, mais il avait une prédilection pour les casquettes publicitaires, comme celle dont il était coiffé maintenant. Le port du Stetson, prétendait-il, avait été discrédité à jamais par les agents d'assurance ventripotents en costume de polyester. Dallie n'avait d'ailleurs rien contre le polyester, pourvu qu'il soit fabriqué en Amérique.

– Écoute un peu ça, Dallie.

Dallie bâilla, se demandant comment il allait pouvoir se débrouiller avec son attaque au fer 2 qui ne valait pas un clou. La veille, il n'avait pas donné sa pleine mesure. Depuis la catastrophe de l'Open de l'Orange Blossom l'an dernier, son jeu avait évolué, mais il n'avait réussi à dépasser la quatrième place dans aucun tournoi important de la saison.

Skeet approcha la revue de la petite lumière de la boîte à gants.

— Tu te rappelles, il y a quelque temps, je t'ai montré la photo de cette petite Anglaise qui sortait avec un type de la famille royale et des tas de vedettes de cinéma ?

Dallie réfléchissait. Peut-être déplaçait-il trop vite le poids du corps. Ou bien son fer 2 était-il défectueux ? A moins que ce ne soit son backswing ?

Skeet continuait, imperturbable :

— Tu disais que c'est le genre de fille à ne te serrer la main que si tu portes un diamant au petit doigt. Tu t'en souviens ?

Dallie émit un grognement.

— Sa mère a été renversée par un taxi la semaine dernière. Y a une photo de l'enterrement : elle fait un cinéma terrible. « Francesca Day profondément affectée par la disparition de sa mère, la célèbre Chloe Serritella Day. » C'est ce qu'ils disent. Je me demande où ils vont chercher tout ça.

— Quoi, tout ça ?

— Ben, des trucs comme : « profondément affectée ». C'est parce qu'elle est riche. Si elle était pauvre, ils auraient dit tout simplement « triste ». Tu as encore du chewing-gum ?

Dallie se souleva pour farfouiller dans la poche arrière de son jean.

— Oui, aux fruits.

Dallie secoua la tête :

— Il y a une aire de repos dans quelques miles. On s'arrêtera pour se dégourdir les jambes.

Le temps d'avaler un café et ils se remirent en route. Ils arrivèrent largement en avance à Hattiesburg, et Dallie fut qualifié haut la main pour le tournoi. En allant à leur motel un peu plus tard dans l'après-midi, ils s'arrêtèrent à la poste restante pour y récupérer leur courrier : une pile de factures et quelques lettres, dont l'une en particulier suscita une polémique tout le long du chemin.

— Je ne suis pas à vendre, et je ne veux plus jamais entendre parler de ça, fit Dallie, projetant sa casquette sur le lit et arrachant fébrilement son tee-shirt.

Skeet aurait déjà dû être au rendez-vous qu'il avait donné à une serveuse permanentée, mais, détachant son regard de la lettre en question, il détailla les épaules larges et les muscles bien dessinés de Dallie.

– Tu es vraiment l'enfant de salaud le plus cabochard que j'aie jamais vu ! Avec ta belle petite gueule et tes pectoraux d'athlète, on pourrait se faire en un rien de temps plus d'argent que tu n'en as gagné cette saison avec ton fer 5 tout rouillé.

– Il n'est pas question que je pose pour ce calendrier de pédés !

– Tu ne serais pas le premier ! Il y a eu O.J. Simpson, Joe Namath et un skieur français à la manque. Bon sang, Dallie, tu es le seul golfeur à qui on ait fait une telle proposition !

– Je ne me prostituerai jamais, tu entends, hurla Dallie.

– Pourtant tu as bien accepté de faire cette pub pour Foot Joy.

– Ça n'a rien à voir, tu le sais pertinemment.

Dallie s'engouffra dans la salle de bains et claqua la porte en continuant à hurler :

– Foot Joy fabrique des chaussures de golf extra !

Le bruit de la douche couvrit la voix de Dallie, et Skeet, hochant désespérément la tête, grommela entre ses dents en rejoignant sa chambre. De l'avis général, Dallie aurait pu, grâce à son physique de cinéma, s'offrir un aller simple pour Hollywood, mais cet idiot ne voulait pas en entendre parler. Dès son apparition dans le monde du golf professionnel, des agents artistiques lui avaient offert des ponts d'or mais il n'avait rien trouvé de mieux que de les traiter de vampires ou de faire des remarques désobligeantes sur leurs mères – ce qui n'était pas forcément blâmable en soi, mais il se livrait à ces facéties en leur présence, aggravant indéniablement son cas.

Skeet ne voyait rien de répréhensible au fait de se faire des à-côtés substantiels. Jusqu'à présent Dallie ne s'était jamais laissé tenter par des contrats mirobolants, comme Trevino, Nicklaus ou Palmer.

Skeet se peigna et changea de chemise. Il ne voyait vraiment pas en quoi poser pour un calendrier pouvait nuire à la carrière de Dallie, même si celui-ci partageait la vedette avec un joli garçon comme J.W. Namath. Selon les dénicheurs de talents, Dallie possédait un réel charisme, cela sautait aux yeux. Même quand il jouait comme un pied, il avait à ses trousses une flopée d'admirateurs, plus exactement d'admiratrices. A peine avait-il mis un pied hors du terrain qu'elles lui fondaient dessus comme des mouches sur un pot de miel. Holly Grace prétendait que les femmes étaient folles de Dallie parce qu'il était le dernier spécimen authentique de beau mâle américain.

Skeet prit la clé de sa chambre et rit tout bas : la dernière fois qu'il avait eu Holly Grace au bout du fil, elle lui avait dit que, si Dallie ne remportait pas très vite un tournoi important, Skeet ferait mieux de le descendre pour le soulager de son chagrin.

La soirée annuelle de Miranda Gwynwyck, qui avait toujours lieu la dernière semaine de septembre, battait son plein, et la maîtresse de maison contemplait avec satisfaction les plateaux de crevettes de la Méditerranée, de petits artichauts et de homards.

Miranda, féministe et auteur du célèbre ouvrage *Femmes en lutte*, aimait à recevoir somptueusement, ne serait-ce que pour prouver que le combat féministe n'est pas incompatible avec le goût du luxe. Conformément à ses principes, elle ne portait jamais ni robe ni maquillage, mais les réceptions lui donnaient l'occasion de mettre en pratique ce qu'elle appelait dans son livre « l'art domestique » – summum de la civilisation humaine, quel que soit le sexe.

Elle balaya du regard les petits groupes d'invités triés sur le volet rassemblés dans le salon dont la décoration flambant neuve, cadeau d'anniversaire de son frère, évoquait l'atmosphère d'un tableau impressionniste. Il y avait là des musiciens et des intellectuels, plusieurs membres de la pairie, une pléiade d'acteurs et d'écrivains illustres, et aussi quelques frimeurs pour pimenter la soirée, exactement le genre de mélange explosif qu'elle adorait concocter.

Seule ombre à ce tableau idyllique : la petite Francesca Day, vêtue comme d'habitude de façon extravagante, et comme d'habitude pôle d'attraction de tous les regards masculins. Francesca, éblouissante dans un ensemble en soie turquoise, papillonnait d'un groupe à l'autre, noyée dans un nuage de cheveux éclatants, comme si le monde lui appartenait, alors que tout Londres savait qu'elle n'avait plus un sou vaillant. Ç'avait dû être un rude coup pour elle de découvrir à quel point Chloe était endettée.

Le rire emphatique de Francesca s'égrenait au-dessus du ronron poli des conversations et cette façon qu'elle avait de s'adresser aux hommes, leur faisant l'aumône de quelques phrases distillées dans un souffle de voix, soulignant le mot le plus insignifiant d'un effet théâtral, avait le don d'exaspérer Miranda. Un à un, ces fieffés imbéciles venaient lui lécher les pieds. Le pire était que, parmi ces crétins, se trouvait Nicky, le frère chéri de Miranda.

Elle fronça les sourcils et prit une noix dans une coupe translucide incrustée de libellules de Lalique. Nicolas était l'être qu'elle chérissait le plus au monde. D'après elle, il était doté d'un esprit brillant et d'une sensibilité hors du commun. Nicky l'avait encouragée à écrire *Femmes en lutte*. Il l'avait aidée à peaufiner ses pensées, lui apportant du café quand elle veillait pour écrire. Il avait surtout fait son possible pour la soustraire aux reproches de leur mère, laquelle n'admettait pas que sa fille, avec une rente annuelle de cent mille livres, eût besoin de se livrer à de tels enfantillages. Miranda enrageait à l'idée de rester là, impuissante, alors que Francesca Day brisait le cœur de son Nicolas. Depuis des mois elle avait observé le manège de la volage Francesca, ne venant vers Nicky que pour faire bisquer ses admirateurs. Un peu plus meurtri à chaque fois, un peu moins passionné peut-être, il accueillait cependant chacun de ses revirements avec un égal bonheur.

– En sa présence, j'ai l'impression d'être l'homme le plus merveilleux de la terre, avait-il expliqué à Miranda. Sauf quand elle est de mauvaise humeur, avait-il ajouté sur un ton amer. Dans ces moments-là, je ne vaux plus rien.

Comment diable s'y prenait-elle? Miranda se demandait par quel subterfuge un être aussi stérile intellectuellement pouvait susciter un tel engouement. Cela était dû en grande partie à sa beauté ravageuse, bien sûr. Mais aussi à une vitalité contagieuse qui émanait de sa personne : même l'air qu'elle déplaçait bruissait de vie autour d'elle.

De la vulgaire poudre aux yeux, pensait Miranda avec dédain. Sous son crâne, il n'y avait sûrement pas de place pour la moindre pensée originale. Vous vous rendez compte ? Une fille sans le sou, incapable de travailler, qui affichait une telle insouciance ! Au fond, peut-être avait-elle raison de ne pas s'en faire, pensait Miranda avec dépit, puisque Nicolas Gwynwyck l'attendait patiemment, millions à la clé.

A son insu, Miranda n'était pas la seule à broyer du noir ce soir-là. Sous son air enjoué, Francesca était malheureuse comme les pierres. La veille, elle s'était adressée à Steward Bessett, le patron de l'agence de mannequins la plus prestigieuse de Londres, en quête d'un job. Bien qu'elle n'ait aucunement l'ambition de faire carrière, le fait de travailler comme modèle lui semblait un moyen convenable de gagner sa vie sans déchoir. Malheureusement, sa démarche s'était soldée par une déconvenue : Steward l'avait trouvée trop petite. « Pour travailler dans la mode, il faut mesurer au moins un mètre soixante-douze. Peu importe que tu sois une beauté, tu mesures à peine un mètre cinquante-huit. En revanche, tu pourrais poser pour des photos de mode, après quelques essais bien sûr. »

Elle avait fait une scène, proclamant qu'elle avait posé pour les plus grands magazines et qu'il était hors de question de se soumettre à des essais comme le premier amateur venu. A présent elle regrettait sa sortie, mais sur le moment ç'avait été plus fort qu'elle.

Bien que la disparition de Chloe remontât à près d'un an, Francesca ne s'était pas remise de la perte de sa mère. La tristesse l'oppressait de manière presque tangible. Au début ses amis avaient compati, puis ils s'étaient lassés, considérant qu'au bout d'un an elle aurait dû mettre son deuil au placard, comme un vêtement passé de mode. Elle redoutait, si elle ne se montrait pas plus gaie, d'être mise au ban de la société, et, par crainte de la solitude, elle s'efforçait de dissimuler sa peine. En public, elle riait et flirtait comme si de rien n'était. Le rire agissait comme un exorcisme, et le temps cicatrisait peu à peu sa blessure. Il lui arrivait même parfois d'avoir des bouffées de colère contre Chloe. Pourquoi l'avait-elle ainsi livrée sans défense aux griffes de ces vautours prêts à saisir tout ce qu'elle possédait ? Mais sa rancœur était de courte durée. Avec le recul, mais malheureusement trop tard, elle comprenait pourquoi Chloe avait l'air si fatiguée et absente quelque temps avant l'accident.

Des créanciers au regard cupide, vêtus de costumes trois-pièces et porteurs de documents officiels, avaient commencé à défiler à leur porte. Les bijoux de Chloe avaient disparu en premier, puis ce fut le tour de l'Aston Martin et des toiles de maître. Pour finir, la maison elle-même dut être vendue, ce qui épongea le reliquat des dettes, mais ne laissa à Francesca que quelques centaines de livres, pratiquement épuisées à l'heure actuelle. Elle demanda l'hospitalité à Cissy Kavendish, une de ses plus vieilles amies. Malheureusement leurs rapports s'étaient détériorés récemment et Cissy avait signifié à Chloe début septembre qu'elle devrait déménager sous peu. Francesca essayait de gagner du temps avec de vagues promesses.

Elle se forçait à rire aux plaisanteries de Talmedge Butler, se confortant dans l'idée que le manque d'argent était certes fâcheux, mais que cette situation était passagère. Son regard tomba sur Nicolas à l'autre bout de la pièce : il portait un blazer de marine de Gieves & Hawkes, et un pantalon gris au pli impeccable. Si elle l'épousait, elle n'aurait plus jamais de soucis d'argent. A vrai dire, l'idée ne l'avait effleurée qu'un bref instant, un après-midi où elle avait reçu un coup de fil d'un type parfaitement odieux la menaçant des pires horreurs si elle ne renflouait pas sur-le-champ son compte en banque.

Décidément, non, Nicolas Gwynwyck n'était pas la panacée.

Elle n'avait que mépris pour ces femmes qui, soit par désespoir, soit par manque de confiance en soi, faisaient des mariages d'argent. Après tout, elle n'avait que vingt et un ans et un avenir riche d'espérances. Elle n'allait pas gâcher sur un coup de tête la destinée remarquable à laquelle elle était promise. Elle n'avait qu'à prendre son mal en patience.

— ... un fond de tiroir que je transformerai en œuvre d'art.

Francesca fut intriguée par une bribe de conversation. Celui qui s'exprimait ainsi était un jeune homme élégant arborant, outre un fume-cigarette, une coiffure apprêtée lui donnant de faux airs de Noel Coward. Il se détacha de Miranda pour venir saluer Francesca.

— Bonsoir ma chère, vous êtes éblouissante. J'attends depuis le début de la soirée le privilège de vous avoir tout à moi. Miranda m'a dit le plus grand bien de vous.

Elle sourit en lui tendant la main.

— Francesca Day. J'espère ne pas vous décevoir.

— Lloyd Byron. Je suis déjà conquis. Nous nous sommes déjà rencontrés, mais vous ne vous souvenez probablement pas de moi.

— Détrompez-vous. Je vous reconnais parfaitement. Vous êtes un ami de Miranda, et qui plus est un célèbre réalisateur de cinéma.

— Hélas! Je ne suis qu'un humble faiseur, à la solde du dieu Dollar. (Il rejeta la tête en arrière d'un air tragique et, fixant le plafond, exhala un rond de fumée du plus bel effet.) L'argent pourrit tout. Même les gens les plus doués font des compromis.

Francesca écarquilla les yeux d'un air mutin :

— Et vous, avez-vous fait beaucoup de compromis?

— Oui, trop. Beaucoup trop. (Il prit un verre d'un breuvage généreusement servi qui ressemblait à s'y méprendre à du whisky sans eau ni glace, et but une gorgée.) Tout ce qui touche à Hollywood est corrompu. Je suis néanmoins déterminé à y laisser ma propre griffe, serait-ce sur le film le plus bassement commercial.

— C'est téméraire de votre part.

Elle ne put retenir un sourire ironique : elle avait sous les yeux la caricature parfaite du créateur désabusé, contraint de vendre son talent aux puissances d'argent.

Lloyd Byron admirait ses pommettes et ses lèvres avec un détachement qui ne s'expliquait que par son attirance pour les jeunes gens. Plissant les lèvres, il se pencha vers elle comme pour lui confier un secret de la plus haute importance :

— Dans deux jours, chère Francesca, je pars au fin fond du Mississippi tourner un machin intitulé *Du sang dans le delta*, un script nul que j'ai transfiguré en parabole d'une haute spiritualité.

— Je suis fascinée par tout ce qui touche à la spiritualité, roucoula-t-elle.

Elle prit une flûte de champagne sur un plateau qui passait à sa portée tout en reluquant la robe de taffetas imprimé de Sarah Fargate-Smyth, d'Adolfo, à moins que ce ne soit Valentino?

— J'ai l'intention de créer, avec *Du sang dans le delta,* une sorte d'allégorie, un humble hommage à la vie et à la mort confondues. (Il fit un geste théâtral avec son verre sans renverser la moindre goutte.) La permanence de l'ordre naturel, vous voyez ce que je veux dire?

— C'est une de mes obsessions!

Il l'examina un instant comme s'il pouvait la transpercer jusqu'à l'âme puis ferma les yeux de façon dramatique.

— Il émane de vous une énergie à couper le souffle. Au moindre mouvement de tête, vous irradiez littéralement.

Il lui prit la main et la pressa contre sa joue.

— Je ne me trompe jamais sur les gens. Vous sentez? J'ai la peau toute moite!

— Vous avez peut-être besoin de manger un petit quelque chose! dit-elle en riant.

— Je viens de tomber amoureux. Il faut absolument que vous me fassiez mon film. Dès que je vous ai aperçue, j'ai su que vous étiez Lucinda.

Francesca leva les sourcils.

— Je ne suis pas actrice. Qu'est-ce qui vous a donné cette idée?

— Je ne mets jamais d'étiquettes sur les gens. Je ne me fie qu'à mon intuition. Je vais annoncer à mon producteur que je ne ferai pas le film sans vous.

— Comme vous y allez! Vous me connaissez à peine depuis cinq minutes, dit-elle en souriant.

— C'est comme si je vous connaissais depuis toujours. Mes pressentiments ne me trompent jamais, c'est ce qui me différencie des autres. (Il arrondit les lèvres en un ovale parfait et exhala un autre rond de fumée.) Le rôle que je veux vous confier est bref, mais très significatif. J'essaie de montrer comment le temps agit sur les êtres et les choses, aussi bien matériellement que spirituellement, à travers l'histoire d'une plantation en plein essor au dix-neuvième siècle jusqu'à son déclin, de nos jours.

« Vous interviendrez au début du film, dans quelques scènes très courtes, mais d'une rare intensité dramatique, dans le rôle d'une jeune Anglaise qui arrive à la plantation. Elle est vierge. Elle ne dit rien, mais elle doit absolument crever l'écran. Ce rôle peut vous servir de tremplin si vous envisagez sérieusement une carrière cinématographique.

Un court instant, Francesca fut la proie d'une tentation irrésistible. Elle avait toujours eu des dispositions pour jouer la comédie, et ne serait-ce pas la solution rêvée à ses problèmes financiers?

Elle pensa à son amie Marisa Berenson qui paraissait faire une belle carrière au cinéma, puis elle se prit presque à rire de sa propre naïveté. Un metteur en scène de quelque envergure n'irait sans doute pas proposer un rôle à une inconnue pendant un cocktail.

Byron avait sorti prestement un carnet en cuir de sa poche de poitrine et griffonnait quelque chose avec un stylo en or.

— Je pars demain pour les États-Unis, appelez-moi à mon hôtel avant midi. Je compte sur vous, Francesca, mon avenir est tout entier suspendu à votre décision. Faire une apparition dans un grand film américain est une chance. Ne la laissez surtout pas s'échapper.

Elle prit la feuille qu'il lui tendait et la glissa dans sa poche, se mordant les lèvres pour ne pas lui dire que *Du sang dans le delta* ne sonnait pas vraiment comme le titre d'un chef-d'œuvre.

— J'ai été ravie de faire votre connaissance, Lloyd, mais je ne suis pas actrice.

Il se boucha les oreilles des deux mains, l'une tenant toujours son verre et l'autre le porte-cigarette — on aurait dit un extra-terrestre — et protesta :

— Pas de pensées négatives, ma chère. Je sens ce que vous êtes. Un esprit créateur doit repousser toutes les ondes négatives. Je vous veux absolument. Appelez-moi avant midi, n'oubliez pas!

Sur ce, il fit volte-face et se dirigea vers Miranda. Francesca sentit une main sur son épaule et une voix lui susurrer à l'oreille :

— Il n'est pas le seul à te désirer si ardemment.

— Nicky Gwynwyck, tu es un obsédé sexuel, railla

Francesca en effleurant d'un baiser sa joue rasée de près. C'est l'homme le plus drôle que j'aie jamais rencontré. Tu le connais?

Nicolas secoua la tête :

— C'est un des amis de Miranda. Viens dans la salle à manger, chérie, je veux te montrer notre nouvelle acquisition : un De Kooning.

Francesca examina consciencieusement le tableau, puis bavarda avec quelques amis de Nicky. Elle ne pensait déjà plus à Lloyd lorsqu'elle se fit coincer par Miranda au moment où Nicky et elle allaient prendre congé.

— Félicitations, Francesca. Je viens d'apprendre la nouvelle. Tu es comme les chats, toi. Tu retombes toujours sur tes pieds...

Francesca détestait cordialement la sœur de Nicolas. Elle la trouvait sèche comme un coup de trique et démesurément possessive à l'égard de son frère, qu'elle traitait comme un enfant. L'une et l'autre savaient depuis longtemps à quoi s'en tenir et observaient une politesse convenue.

— A propos de chats, tu es superbe ce soir, Miranda. C'est amusant comme tout, ce mélange de rayures et d'écossais! Mais à quelle nouvelle fais-tu allusion?

— Au film de Lloyd, bien sûr. Il m'a confié que tu allais avoir un rôle important. Tout le monde est vert de jalousie.

— Tu l'as vraiment cru? dit Francesca en arquant les sourcils.

— Je n'aurais pas dû?

— Sûrement pas. Je n'ai nullement l'intention de cautionner des films de série Z.

Miranda rit, une drôle de lueur dans le regard :

— Série Z! Ma pauvre Francesca, je te croyais plus dans le coup!

Francesca, qui se considérait comme la personne la plus « in » de Londres, dissimulait mal son embarras.

— Qu'est-ce que tu veux dire par là?

— Je suis désolée, ma chère, je ne voulais pas te froisser. Je suis tout simplement stupéfaite que tu n'aies jamais entendu parler de Lloyd. Il a eu la Palme d'Or à Cannes il y a quatre ans, tu ne t'en souviens pas? Les critiques sont dithyrambiques à son égard. Tous ses films procèdent de métaphores merveilleuses et, au dire de chacun, sa nouvelle réalisation connaîtra un succès inégalé. Il ne travaille qu'avec les plus grands acteurs...

Francesca fut quand même impressionnée par l'énumération de tous les acteurs célèbres que Byron avait dirigés. Malgré ses options politiques, Miranda était terriblement snob, et si elle mettait Byron au rang des meilleurs, peut-être fallait-il accorder quelque crédit à la proposition de celui-ci.

Malheureusement, en sortant de chez sa sœur, Nicolas l'entraîna dans un nouveau club privé à Chelsea où ils restèrent jusqu'à une heure du matin. Il la demanda encore une fois en mariage. Encore une fois elle refusa et ils se disputèrent violemment. Définitivement, du moins en ce qui la concernait. Elle se coucha très tard et fut réveillée à midi passé le lendemain par un coup de fil de Miranda qui lui demandait je ne sais quoi à propos d'une maison de couture. Elle bondit hors du lit, injuria la femme de chambre de Cissy pour ne pas l'avoir réveillée à temps, prit un bain rapide et sauta dans un pantalon de laine noire, assorti à un sweater bordeaux et jaune de Sonia Rykiel. Après un rapide maquillage, elle enfila une paire de bottes hautes et se précipita à l'hôtel de Byron, où le concierge lui apprit que le metteur en scène était parti.

— A-t-il laissé un message ? demanda-t-elle en pianotant nerveusement sur le comptoir.

— Je vais voir.

Il revint une minute après, une enveloppe à la main. Francesca la déchira fébrilement et en parcourut le contenu :

Grâce au ciel, chère Francesca ! Si vous lisez ces lignes, c'est que vous êtes revenue à la raison. Vous êtes néanmoins bien cruelle de m'avoir fait languir. Il faut impérativement que vous soyiez en Louisiane vendredi au plus tard. Prenez un vol pour Gulfport, Mississippi, puis un taxi jusqu'à la plantation Wentworth conformément aux instructions ci-jointes. Mon assistant s'occupera des formalités à votre arrivée – contrat, frais de voyage, etc. Dites-moi que vous acceptez. Télégraphiez à la plantation, vous m'ôterez un grand poids.

Ciao, ma belle héroïne.

Francesca fourra la lettre dans son sac. Elle se rappelait la ravissante apparition de Marisa Berenson dans *Cabaret*, puis dans *Barry Lyndon*, et le pincement de jalousie qu'elle avait éprouvé en voyant ces films. C'était un moyen tout à fait merveilleux de gagner de l'argent.

Elle sourcilla en pensant aux frais de voyage. Si elle n'avait pas raté Byron, elle aurait pu s'arranger avec lui pour le billet d'avion. Elle n'avait pas assez sur son compte en banque. De surcroît, elle avait des problèmes avec ses cartes de crédit, et après l'algarade de la nuit précédente, pas question d'adresser la parole à Nicky. Où diable allait-elle dénicher l'argent? Après un rapide coup d'œil à la pendule au-dessus du comptoir, elle vit qu'elle allait être en retard chez le coiffeur. Elle soupira en glissant son sac sous son bras et se dit qu'elle trouverait bien une solution.

– Pardon, Mr. Beaudine. (L'hôtesse du vol Delta était bien en chair. Elle se pencha vers le siège de Dallie :) Accepteriez-vous de signer un autographe pour mon neveu Matthew? Il joue dans l'équipe de golf de son lycée et vous admire beaucoup.

Dallie jeta un regard de convoitise aux seins de l'hôtesse puis remonta jusqu'à son visage qui, sans être aussi réussi que le reste de sa personne, n'en était pas moins agréable à regarder.

– Volontiers, répondit-il en prenant le stylo et le bloc-notes qu'elle lui tendait. J'espère qu'il joue mieux que moi ces temps derniers.

– Le copilote m'a dit que vous aviez eu des ennuis au tournoi Firestone il y a quelques semaines.

– Écoute, mignonne, là, je les avais vraiment cherchés.

Elle eut un rire complice, puis, baissant la voix de façon à ne pas être entendue :

– Je parierais que vous cherchez les ennuis dans des tas de circonstances qui n'ont rien à voir avec le golf.

– Je fais de mon mieux.

Il lui adressa un sourire en coin :

– Venez me voir quand vous serez à Los Angeles.

Elle griffonna un mot sur le bloc-notes et lui donna la feuille, toujours souriante.

Tandis qu'elle s'éloignait, il enfonça le papier dans sa poche où il alla rejoindre un autre papier, que l'hôtesse d'Avis lui avait glissé en partant de Los Angeles. Près du hublot, Skeet maugréa :

— Qu'est-ce que tu paries qu'elle n'a même pas de neveu. Ou si elle en a un, il ne s'intéresse pas au golf.

Dallie ouvrit *Le petit déjeuner des champions* de Vonnegut en édition de poche et se mit à lire. Il détestait parler à Skeet en avion. Skeet, de son côté, n'aimait voyager qu'avec quatre roues équipées de bons pneus Goodyear, sur le plancher des vaches. Les rares fois où ils avaient dû abandonner la nouvelle Riviera de Dallie pour prendre l'avion, comme pour cet aller et retour Atlanta-Los Angeles, l'humeur de Skeet, déjà ombrageuse dans ses meilleurs moments, virait carrément à l'aigre. Il regardait Dallie d'un œil terne :

— J'en ai marre des avions, et ne commence pas à me débiter je ne sais quel baratin sur les lois physiques. Tu sais aussi bien que moi qu'entre le sol et nous il n'y a que de l'air, et ça ne me plaît pas du tout.

Dallie ferma les yeux, et dit doucement :

— Ferme-la, Skeet.

— Tu ne vas pas t'endormir sur moi, Dallie! Bon sang, ne me fais pas ça. Tu sais que j'ai horreur de l'avion. Tu pourrais au moins rester éveillé pour me tenir compagnie.

— Je suis fatigué. Je n'ai pas assez dormi la nuit dernière.

— Pas étonnant. Tu as fait la fête jusqu'à deux heures du matin, et après tu nous as ramené ce chien galeux.

Dallie jeta un regard en coulisse vers Skeet.

— Je ne pense pas qu'Astrid aimerait être traitée de chien galeux.

— Je ne parle pas d'*elle*, je parle du chien, nom de Dieu! Bon sang, je l'ai entendu gémir toute la nuit derrière la cloison.

— Qu'est-ce que tu voulais que je fasse? demanda Dallie en affrontant la mine renfrognée de Skeet. Que je le laisse crever de faim sur l'autoroute?

— Tu as laissé combien au motel avant de partir?

Dallie marmonna quelque chose d'inaudible.

— Kestadi?

— Cent! J'ai dit cent dollars maintenant et cent l'année prochaine si je retrouve le chien en bonne forme.

– Espèce d'imbécile, grommela Skeet. Toi et tes chiens perdus! Tu en as à peu près trente en pension dans des motels! Je sais même pas comment tu t'y retrouves! Des chiens, des gamins fugueurs...

– Des gamins, il n'y en a eu qu'un. Et je l'ai mis dans un bus le jour même.

– Oh! Toi et tes foutus chiens perdus.

Dallie toisa Skeet avec une lenteur calculée.

– Ouais, moi et mes foutus chiens perdus, laissa-t-il tomber.

Il avait réussi à lui clouer le bec, du moins pour un moment. En rouvrant son livre, il fit tomber trois feuilles de papier bleu pliées en deux. Il les déplia, et se mit à lire la lettre, où une rangée de « Snoopy » s'ébrouait en guise d'en-tête et une série de croix figurant autant de baisers soulignait le post-scriptum.

Cher Dallie,
Je suis en train de me prélasser au bord de la piscine de Rocky Halley. Te rappelles-tu Sue Louise Jefferson, la petite qui travaillait au Dairy Queen et qui avait fait croire à ses parents qu'elle allait à l'église baptiste, alors qu'elle était allée voir jouer Purdue? Elle voulait être sa « Golden Girl », mais elle avait fini par se faire engrosser par un joueur de base-ball dont l'équipe venait de remporter les championnats de l'Ohio. (Purdue avait perdu, 21-13.)

J'ai repensé à quelque chose qu'elle m'avait dit, des années auparavant, alors qu'elle était encore à Wynette et que cela commençait à lui peser, ainsi que son petit ami, d'ailleurs. J'avais commandé un panaché vanille-chocolat et elle me dit en se penchant vers moi : « Tu sais, Holly Grace, je trouve que la vie ressemble à une glace à la vanille. C'est si délicieux que tu en frissonnes de plaisir mais des fois ça te dégouline sur les doigts. »

En ce moment, Dallie, la vie me coule entre les doigts. Après avoir augmenté mon chiffre de plus de cinquante pour cent au profit de ces vampires de Sport Equipment International, me voilà mise au placard depuis une semaine par le nouveau vice-président : ils ont nommé un autre directeur des ventes pour le Sud-Ouest. Étant donné qu'il s'agissait précisément d'un homme, et qu'il n'avait presque pas fait de chiffre de vente l'année dernière, je me suis mise dans une colère noire en leur disant que j'allais les poursuivre en justice pour discrimination sexiste dans le travail. Tu sais ce qu'il m'a répondu?

«Allons, mon chou, vous les femmes, vous êtes trop émotives! Il faut me faire confiance.»

Ce à quoi j'ai rétorqué que je le croyais capable de bander pour les pensionnaires d'une maison de retraite.

Voilà pourquoi, après un échange de gracieusetés de même acabit, je me retrouve au bord de la piscine de Rocky Halley, au lieu de crapahuter dans les aéroports.

Une nouvelle plus futile : je me coiffe à la Farah Fawcett, c'est quasiment génial!

La Firebird marche du tonnerre (tu avais raison, c'était le carburateur).

Dallie, continue à faire tes fameux birdies, au lieu de tirer des plans sur la comète.

Tendresses
Holly Grace

P.S. : J'en ai un peu rajouté au sujet de Sue Louise Jefferson, alors si tu la rencontres à Wynette, ne fais pas allusion aux championnats de l'Ohio.

Dallie sourit intérieurement, replia la lettre et la fourra dans la poche de sa chemise, tout contre son cœur.

6

L'atmosphère à bord de la limousine Chevrolet 71 était particulièrement étouffante. Il n'y avait pas l'air conditionné et Francesca avait la désagréable impression de macérer dans une étuve. Bien que jusqu'à présent elle n'ait vu des États-Unis que Manhattan, elle n'accordait guère d'intérêt au paysage inconnu qui se déroulait sous ses yeux depuis Gulfport, toute préoccupée qu'elle était par sa propre imprévoyance : comment avait-elle pu à ce point se méprendre sur le choix de sa garde-robe? Elle considéra avec lassitude son épais pantalon de laine blanc et son pull à manches longues en cachemire vert vif qui

qui lui collait si désagréablement à la peau. On était le 1er octobre. Qui aurait pu prévoir une telle chaleur !

Après environ vingt-quatre heures de voyage, elle se sentait sale, les paupières lourdes. Elle avait pris un vol de l'aéroport de Londres jusqu'à J.F.K., puis un autre jusqu'à Atlanta, et enfin un dernier jusqu'à Gulfport, où la température avoisinait les trente-trois degrés à l'ombre et où le seul taxi disponible n'était pas climatisé. Tout ce à quoi elle aspirait pour le moment était un cocktail bien frais – gin et quinquina – une bonne douche, et vingt-quatre heures de sommeil réparateur. C'était exactement ce qu'elle allait faire dès qu'elle aurait rencontré l'équipe du film et repéré son hôtel. Elle essayait de se donner du courage, tout en écartant le pull trempé de sa poitrine, en se disant qu'il lui arrivait une aventure absolument mirobolante.

Bien sûr, elle n'avait jamais joué la comédie, mais elle avait toujours été étonnamment expressive et elle se promettait de travailler si dur pour ce rôle que tous les critiques s'extasieraient sur son talent et bientôt les metteurs en scène les plus en vue se l'arracheraient. Elle ferait une carrière fulgurante, serait invitée aux réceptions les plus brillantes, et gagnerait des montagnes d'argent. C'était sans doute ce qui lui avait toujours manqué dans la vie, cette insaisissable sensation qu'elle n'était jamais parvenue à définir.

Elle rejeta ses cheveux en arrière du bout des doigts tout en se félicitant d'avoir si promptement résolu le problème du voyage. En réalité, ç'avait été un jeu d'enfant, une fois trouvé le déclic : elle avait revendu ses vêtements. C'était pratique courante dans la haute société. Il suffisait d'y penser ! Le profit de la vente avait couvert le prix du billet d'avion en première classe et épongé les dettes les plus urgentes. Les gens se font tout un monde de leurs difficultés matérielles, alors qu'il suffit souvent d'un peu d'astuce pour se tirer d'affaire !

De toute façon, elle répugnait à porter des vêtements passés de mode, et elle allait pouvoir s'offrir une garde robe toute neuve dès que ses frais lui seraient remboursés.

La voiture emprunta une grande allée bordée de chênes et, allongeant le cou, elle découvrit une bâtisse typique à trois étages en brique et en bois flanquée d'une véranda soutenue par six colonnes à cannelures. Toutes sortes de camions et de fourgonnettes étaient garées devant cette demeure antédiluvienne, aussi anachroniques dans ce décor que les membres de l'équipe qui s'affairaient alentour, vêtus de shorts et de tee-shirts.

Le chauffeur stoppa le moteur et se tourna vers elle. Il avait épinglé au col de sa chemise une cocarde commémorative du Bicentenaire des États-Unis, portant l'inscription « 1776-1976, Amérique terre d'espoir ».

Depuis sa descente d'avion, Francesca avait été frappée par tous les symboles du bicentenaire qui fleurissaient un peu partout sur des stands débordant de cocardes et de statues de la Liberté de pacotille. En traversant Gulport, elle avait même vu des bornes d'incendie peintes en mini-soldats de la Révolution. Pour quelqu'un qui arrive tout droit de la vieille Angleterre, tout ce battage autour de deux malheureux siècles peut paraître excessif.

– Quarante-huit dollars, annonça le chauffeur de taxi avec un accent tellement prononcé que Francesca eut du mal à comprendre.

Elle fouilla dans sa monnaie américaine et lui tendit la plus grande partie de son pécule, le gratifiant d'un large sourire et d'un généreux pourboire. Puis elle sauta du taxi, sans oublier sa mallette de maquillage.

Une jeune femme aux cheveux frisottés vint à sa rencontre en faisant tinter ses boucles d'oreilles.

– Francesca Day?

– Oui.

– Bonjour, je m'appelle Sally Calaverro. Bienvenue au bout du monde. J'ai bien peur d'avoir besoin de vous tout de suite aux costumes.

Le chauffeur déposa la valise Vuitton de Francesca à ses pieds. Elle jaugea d'un coup d'œil la jupe en coton indien fripé et le débardeur que Sally avait été mal inspirée de mettre sans soutien-gorge.

– C'est impossible, Miss Calaverro, répliqua-t-elle. Dès que j'aurai vu Mr. Byron, j'irai me reposer à l'hôtel. Ça fait vingt-quatre heures que je n'ai pas fermé l'œil, je suis littéralement épuisée.

Sally demeura imperturbable.

– Il va me falloir vous retenir un petit moment, mais je tâcherai de faire vite. Lord Byron a modifié le plan de travail, et il faut que votre costume soit prêt demain matin.

— Mais c'est absurde! Il me faut quelques jours pour m'installer. Il ne va tout de même pas me demander de travailler dès mon arrivée.

Sally se rembrunit.

— C'est ça le show-biz, mon chou. Si vous n'êtes pas d'accord, appelez votre agent.

Avisant les bagages Vuitton de Francesca, elle héla un garçon :

— Hé! Davey, tu peux mettre les valises de Miss Day dans le poulailler, s'il te plaît?

— Le poulailler! s'exclama Francesca, sérieusement inquiète. Qu'est-ce que ça veut dire? Je veux aller immédiatement à mon hôtel!

— Ouais, bon, faut pas rêver. (Elle décocha à Francesca un sourire ironique.) Ne vous en faites pas. Ce n'est pas vraiment un poulailler. L'endroit où nous sommes logés est juste à côté de la propriété. Il y a quelques années, c'était une maison de repos : les lits ont encore des crémaillères. On l'a surnommée le poulailler par dérision. Vous verrez, on n'y est pas si mal, si on n'a pas peur des cafards.

Francesca ne releva pas la plaisanterie, ça ne servait à rien de discuter avec les subalternes.

— Je veux voir Mr. Byron tout de suite, décréta-t-elle.

— Il est justement en train de tourner à l'intérieur de la maison, mais il n'aime pas être dérangé.

Sally lui jeta un regard sans aménité et Francesca sentit qu'elle détaillait son allure chiffonnée et son accoutrement hivernal si peu adapté au climat.

— Je vais tenter ma chance, rétorqua-t-elle d'un ton sarcastique, défiant la costumière du regard pendant une interminable minute.

Puis, rejetant ses cheveux en arrière du geste qui lui était familier, elle tourna les talons.

Sally Calaverro l'observa qui s'éloignait, appréciant en professionnelle la minceur de la silhouette. La délicatesse du maquillage et la splendeur de la chevelure ne lui avaient pas échappé non plus. Comment arrivait-elle à faire onduler cette masse de cheveux d'un seul petit mouvement de tête? Fallait-il prendre des leçons, ou bien était-ce inné chez les jolies filles? Sally triturait une boucle de ses propres cheveux cassants et desséchés par une mauvaise permanente. A la vue de cette fille, tous les hommes dignes de ce nom dans l'équipe vont régresser et se comporter comme des gamins de douze ans, se dit Sally.

Certes, ils étaient habitués à côtoyer de ravissantes starlettes, mais celle-ci avait quelque chose de plus, avec son accent fondant comme un bonbon anglais et une façon de vous regarder droit dans les yeux à vous faire honte d'être des enfants d'immigrants. Sally, qui avait traîné ses guêtres dans quantité de bars pour célibataires, savait que les hommes sont friands de cette engeance méprisante.

— Zut, grommela-t-elle.

Elle se sentit subitement grosse, mal fagotée et vieille. N'avait-elle pas vingt-six ans bien sonnés?

Cette mademoiselle m'as-tu-vu devait étouffer dans son pull en cachemire à deux cents dollars mais elle était fraîche et sophistiquée comme une gravure de mode.

Certaines femmes, aurait-on dit, n'étaient sur terre que pour susciter la rancœur des autres, et Francesca Day était de celles-là, pensait amèrement Sally.

Dallie pressentait l'arrivée des Lundis noirs, bien que ce soit samedi et que la veille il eût réussi un 64 étourdissant en disputant un dix-huit trous avec des vieux copains de Tuscaloosa. Il avait surnommé « Lundis noirs » les accès de cafard dont il était trop souvent victime, et qui le laissaient brisé. En règle générale, les Lundis noirs faisaient plus de ravages que ses longs fers.

Il repoussa du coude son café et regarda par la fenêtre. Le soleil n'était pas tout à fait levé et le restaurant Howard Johnson était désert, hormis quelques camionneurs mal réveillés. Il essayait de chasser son vague à l'âme en se disant qu'après tout il n'avait pas fait une mauvaise saison et qu'il avait remporté quelques tournois. Le délégué de l'Association des golfeurs professionnels, Deane Beman, lui avait même fait grâce de ses sempiternelles allusions à sa « conduite incompatible avec le statut de golfeur professionnel ».

— Pour monsieur, ce sera?

Une serveuse se tenait près de la table, un torchon orange et bleu dépassant de sa poche. C'était une femme grassouillette aux cheveux laqués et au maquillage discret, qui laissait deviner des traits fins sous un ovale empâté.

— Un steak frites, avec deux œufs à cheval et un autre café.

— Dans une tasse, ou en intraveineuse?

Il sourit.

— Contente-toi de me l'apporter, mon chou, je saurai bien m'en arranger.

Nom de nom, décidément il avait un faible pour les serveuses. C'étaient de chics filles à la langue bien pendue. Celle-ci s'attarda un moment devant Dallie avant d'aller chercher sa commande. Sans doute pour graver à tout jamais dans sa mémoire ses traits angéliques, se dit-il modestement. Il avait l'habitude d'être ainsi dévisagé par les filles et ça ne lui faisait ni chaud ni froid, sauf quand elles le gratifiaient d'un de ces regards enamourés alors qu'il n'avait rien à leur donner.

Les Lundis noirs revenaient à la charge. Ce matin même, le Bear avait surgi à ses côtés sous la douche pour lui susurrer des horreurs.

Alors, Beaudine, c'est bientôt la Toussaint. Tu vas encore jouer les planqués cette année?

Dallie avait fait couler l'eau froide à fond, mais ça n'avait pas refroidi le Bear.

Qu'est-ce qu'un bon à rien de ton espèce fait sur terre à polluer l'air que je respire?

Dallie se débattait avec ses démons lorsque Skeet déboula en trombe dans la salle, suivi de près par la serveuse avec la commande.

Dallie, le regard vague, repoussa le plateau du petit déjeuner. Skeet planta sa fourchette dans le steak saignant.

— Comment tu te sens aujourd'hui, Dallie?

— En pleine forme.

— Pourtant tu as bu comme un trou hier soir.

Dallie haussa les épaules :

— J'ai couru ce matin. J'ai même fait quelques pompes. J'ai éliminé.

Skeet, la fourchette en l'air, scrutait Dallie.

— Oh la la!

— Qu'est-ce qu'il y a?

– Rien, rien. On dirait que les Lundis noirs se pointent à l'horizon.

Il sirota une gorgée de café.

– C'est normal d'être dépressif vers la fin de la saison.

– Surtout quand on n'a pas réussi à se mettre au niveau des meilleurs.

– Un tournoi est un tournoi, un point c'est tout.

– Bah, tout ça c'est des foutaises.

Skeet s'affairait avec son steak. Un ange passa. Ce fut Dallie qui rompit le silence le premier :

– Je me demande si Nicklaus a lui aussi ses Lundis noirs.

Skeet lâcha bruyamment sa fourchette.

– Ah non! Tu ne vas pas recommencer! Chaque fois que tu penses à Nicklaus, tu joues comme un pied.

– Donne-moi les amphétamines.

– Dis donc, Dallie, je croyais que tu avais laissé tomber.

– Tu veux que j'aie mes chances aujourd'hui?

– Bien sûr, mais pas comme ça.

– Fous-moi la paix, tu veux. Et donne-moi ces fichues pilules.

Bon gré mal gré, Skeet obtempéra.

Dallie, peu soucieux de son régime d'athlète, les avala. D'ailleurs tout cela n'avait pas d'importance. Il pouvait bien boire, se coucher tard, ingurgiter le contenu d'une pharmacie ambulante... Quand on était né Beaudine, on ne faisait pas de vieux os.

– Cette robe est hideuse!

Francesca regardait sans complaisance son reflet dans la glace disposée au fond de la caravane faisant office de loge. On l'avait maquillée et coiffée pour l'écran : les yeux agrandis par un fard ambre et des faux cils, une raie au milieu et des anglaises encadrant joliment le visage. La mode de l'époque était flatteuse, aussi s'était-elle laissé faire sans mot dire. Quant à la robe, c'était une autre histoire. La jupe en taffetas rose fadasse noyée sous des bouillonnés de dentelle blanche avait l'air d'une grosse charlotte à la fraise. Le corselet lui comprimait tellement la poitrine qu'elle étouffait à moitié. L'ensemble alliait la mièvrerie à la vulgarité. On était loin des costumes arachnéens de Marisa Berenson dans *Barry Lyndon*.

– Ce n'est pas du tout ce que je voyais, dit-elle avec autorité. Je ne peux absolument pas mettre ça.

Sally Calaverro cassa une aiguillée de fil rose avec les dents, un peu plus énergiquement que nécessaire.

– C'est le costume qui a été attribué au rôle.

Francesca se reprochait sa distraction lors de l'essayage de la veille. Elle était tellement épuisée et abasourdie par l'accueil désinvolte de Lloyd Byron alors qu'elle venait se plaindre de ses conditions d'hébergement qu'elle avait à peine regardé le costume. Les hommes de l'équipe s'étaient montrés attentionnés, allant jusqu'à lui trouver une chambre avec salle de bains et lui apporter un plateau repas avec le gin-quinquina dont elle rêvait. Bien que le « poulailler », avec ses fenêtres étroites et ses meubles en contreplaqué, ne soit pas un trois-étoiles, elle avait dormi comme une souche et, à son réveil, elle s'était même sentie excitée par la nouveauté. Jusqu'à ce qu'elle ait vraiment vu son costume.

Elle essaya de faire appel :

– Vous avez sûrement autre chose. Je ne porte jamais de rose.

– C'est Lord Byron qui a choisi ce costume. Je n'y peux rien.

Sally ferma le crochet du haut, serrant le corsage un peu trop fort.

– Pourquoi l'affublez-vous de ce surnom ridicule ?

– Vous ne connaissez pas encore Lord Byron. Vous comprendrez plus tard.

Francesca décida de couper court. Après tout, la pauvre Sally était obligée de travailler dans cette horrible caravane, ce qui aurait rendu tout un chacun acariâtre. Francesca ne devait tout de même pas perdre de vue qu'elle avait un rôle dans un film prestigieux et que sa beauté pouvait transcender n'importe quel costume, y compris celui-là ! Toutefois, il fallait absolument qu'elle obtienne une chambre d'hôtel. Elle ne se voyait pas passer une seconde nuit dans cet endroit immonde.

Sa robe à crinoline oscillant au rythme de la marche, elle faisait crisser le gravier de l'allée sous ses talons en rejoignant la grande bâtisse. Elle n'allait pas réitérer son erreur de la veille et, comme il vaut mieux s'adresser au Bon Dieu qu'à ses saints, elle irait directement voir le producteur. Hier Lloyd Byron lui avait affirmé qu'il était préférable pour la bonne entente dans le travail que les acteurs et les techniciens soient logés à la même enseigne, mais elle le soupçonnait plus prosaïquement de pingrerie. A son avis, il n'était pas indispensable de vivre à la dure pour faire un bon film.

Après une enquête serrée elle avait fini par identifier le producteur, Lew Steiner, qui se tenait à l'entrée du salon où on allait tourner « sa » scène. Elle fut choquée par son aspect débraillé : gros, mal rasé, la chemise hawaiienne à col ouvert découvrant une croix en or, il avait tout du vendeur de montres volées au coin d'une rue de Soho. Enjambant les câbles électriques enroulés sur le tapis, elle se présenta et se mit à lui exposer ses griefs en prenant bien soin de garder un air aimable.

— Mr. Steiner, je suis sûre que vous me comprenez. Il me faut à tout prix une chambre d'hôtel pour ce soir. (Elle l'enveloppa d'un regard irrésistible :) Comment fermer l'œil avec tous ces cafards prêts à vous dévorer ?

Il loucha un moment sur son décolleté pigeonnant, puis se laissa tomber sur une chaise, étirant les jambes à en faire craquer son pantalon kaki.

— Lord Byron m'avait dit que vous étiez une vraie beauté, mais je ne l'avais pas cru.

Il fit un bruit déplaisant avec la bouche.

— Ma chérie, il n'y a que les premiers rôles qui ont droit à l'hôtel, c'est dans leur contrat. Le petit personnel doit faire avec.

— Le petit personnel, c'est l'expression consacrée ?

Elle comprit qu'il serait vain d'insister. Tous les tournages se déroulaient-ils dans des conditions aussi sordides ? Elle eut une bouffée de colère contre Miranda : elle devait bien être au courant, elle.

— Si vous ne voulez pas faire ce boulot, dit Lew Steiner avec un haussement d'épaules, il y a des douzaines de pépées qui ne demandent qu'à prendre votre place, rien de plus simple. C'est Sa Seigneurie Lord Byron qui vous a engagée, pas moi.

Francesca commençait à y voir rouge lorsqu'une main se posa sur son épaule.

— Francesca ! s'exclama Lloyd Byron, lui faisant oublier sa colère d'un baiser sur la joue. Vous êtes posi-

tivement ravissante. N'est-ce pas, Lew, qu'elle est belle ?
Ces yeux verts, cette bouche pulpeuse, elle sera parfaite
dans le rôle de Lucinda. Ça valait la peine de lui payer le
voyage !

A ce propos, Francesca allait lui dire que, justement,
elle n'avait pas encore été remboursée, mais il ne lui laissa
pas placer un mot.

— La robe est superbe. Un peu enfantine, mais sexy. Et
j'adore vos cheveux ! Voici Francesca Day, annonça-t-il à
la cantonade.

Puis il la prit à l'écart, sortit un mouchoir jaune paille
de la poche de son short vanille élégamment coupé, et lui
épongea délicatement le front.

— Tu tournes aujourd'hui et demain. Tout le monde va
tomber en extase ! Tu n'as pas de texte, donc aucune raison d'avoir le trac.

— Je n'ai pas le trac le moins du monde.

Bonté divine ! Elle qui avait fréquenté le prince de
Galles ! Il en fallait plus pour l'impressionner.

— Lloyd, cette robe...

— Délicieuse, n'est-ce pas ?

Il la pilota jusqu'au salon, se faufilant entre deux caméras et une forêt de projecteurs. Le décor était planté :
quelques chaises Hepplewhite, une causeuse drapée d'une
étoffe damassée, et des fleurs fraîches dans des vases
anciens en argent.

— Pour ce premier plan, tu es debout près de la fenêtre.
Je t'éclaire à contre-jour, et à mon signal tu t'avances en
regardant l'objectif. C'est tout. Laisse la caméra capter ta
beauté.

A ces mots, son ressentiment s'estompa un peu et elle le
regarda d'un air plus affable.

Il l'exhortait :

— Pense au souffle de la vie. Tu as vu le travail de Fellini sur les rôles muets ? Même si Lucinda ne parle jamais,
sa présence doit crever l'écran. Elle est le symbole de
l'inaccessible, l'alchimie subtile de la vie ! (Il fit une moue
de dédain.) J'espère que ce ne sera pas trop ésotérique.
Quand je pense à ce public ignare !

Pendant l'heure qui suivit, on peaufina les éclairages,
ce qui laissa à Francesca tout loisir de se concentrer sur la
répétition pendant qu'on réglait les derniers détails. On

lui présenta Flechter Hall, un homme ténébreux qui était l'acteur principal. Bien que très au fait de tous les potins du milieu cinématographique, elle n'avait jamais entendu parler de lui. Pas plus que des autres acteurs, d'ailleurs. Elle se sentit de nouveau assaillie par le doute. Peut-être s'était-elle engagée à la légère dans cette aventure? Elle n'avait même pas demandé à lire le scénario... Toutefois, hier, en parcourant son contrat, elle n'avait relevé aucune anomalie.

Sa méfiance s'envola avec la première scène, qu'elle joua avec aisance sous la direction de Lloyd.

— C'est parfait! Francesca, tu es une vraie nature!

Le compliment la stimula et, malgré l'inconfort de son costume, elle put se détendre entre les prises et même flirter avec les membres de l'équipe technique qui s'étaient montrés si prévenants à son égard la veille au soir.

La scène consistait à traverser la pièce, à faire une profonde révérence devant Flechter Hall, et à réagir à ses propos avec une expression de vague mélancolie. Elle commençait à prendre goût à la chose. Après le déjeuner, Lloyd fit des gros plans de Francesca sous tous les angles possibles.

— Tu es magnifique, ma chérie. Ton ovale est parfait et tes yeux accrochent merveilleusement la lumière. Si on lui lâchait les cheveux... Là, voilà. Formidable!

Quand Lloyd annonça une pause, Francesca s'étira comme un chat à qui l'on vient de flatter l'échine. Mais à la fin de l'après-midi, la chaleur accablante qui régnait sous les projecteurs, ajoutée à celle du climat, eut raison de sa bonne humeur. La foule des curieux agglutinés autour du décor n'était pas pour rafraîchir l'atmosphère, d'autant qu'il fallait les repousser à chaque fois qu'on disait « moteur ». Elle étouffait dans son lourd costume, au point de défaillir.

— Je n'en peux plus, finit-elle par dire alors que le maquilleur épongeait les gouttelettes de sueur qui perlaient à son front. Je suis morte de chaleur.

— Il n'y a plus qu'une scène. Rien qu'une, ma chérie. Et c'est fini pour aujourd'hui. Regarde ce rai de lumière à travers la fenêtre : ta peau va littéralement étinceler. Je t'en prie, Francesca, tu as été extraordinaire! Mon adorable princesse!

Dit comme ça, évidemment, impossible de refuser. Lloyd la plaça dans les marques tracées sur le sol, près de la cheminée. D'après ce qu'elle avait saisi, les premières scènes évoquaient l'arrivée d'une collégienne anglaise dans une plantation du Mississippi dont elle devait épouser le propriétaire, un homme solitaire que Francesca se représentait comme le Rochester de *Jane Eyre*, bien que Flechter soit un peu enrobé pour incarner un héros romantique. Malheureusement pour le personnage, mais heureusement pour Francesca, Lucinda devait connaître une mort tragique le jour même. Elle se voyait déjà interpréter la scène avec toute la sobriété requise. Elle ignorait encore comment tout ceci s'articulait avec l'intrigue principale : on préparait simultanément une autre scène employant essentiellement des actrices mais, vu qu'elle n'apparaissait pas dans cette partie du film, peu lui importait.

Lloyd se tamponna le front avec un mouchoir propre.

— Tu arrives derrière Francesca, expliquait-il à Flechter, tu poses tes mains sur ses épaules, ensuite tu soulèves ses cheveux pour l'embrasser dans le cou. Quant à toi, Francesca, pense que tu as toujours été protégée dans la vie. Tu es choquée qu'il te touche, mais tu aimes ça, tu comprends ?

Une rigole de sueur dégoulinait entre ses seins.

— Bien sûr, je comprends, dit-elle d'un ton agacé.

Le maquilleur se précipita pour lui poudrer le cou.

— N'oublie pas, Flechter, poursuivait Lloyd, que je ne veux pas que tu l'embrasses vraiment — c'est l'amorce d'un baiser que je veux voir. Bon, allons-y.

Francesca se mit dans ses repères, on régla les lumières pendant un laps de temps interminable, puis on s'aperçut que la jaquette de Flechter était toute trempée de sueur et il fallut la lui changer. Francesca tapa du pied :

— Combien de temps vais-je rester plantée là ? C'est insupportable ! Si on ne tourne pas dans cinq minutes, je m'en vais, Lloyd.

Il lui lança un regard glacial :

— C'est un métier, Francesca. Tout le monde est fatigué.

— Tout le monde n'a pas quinze kilos de costume sur le dos ! Je suffoque littéralement !

– Plus que quelques minutes, dit-il d'un ton conciliant, puis, serrant les poings sous son menton dans un geste théâtral : Sers-toi de l'énergie qui est en toi, Francesca, fais-la passer, communique-la à Lucinda. Mets-toi dans la peau de cette jeune fille parachutée dans un pays inconnu pour épouser un étranger. Silence! Silence, tout le monde! laissez Francesca se concentrer.

Le perchiste, qui semblait s'intéresser de près au décolleté généreux de Francesca, dit à l'oreille du cameraman :

– J'aimerais bien sentir l'énergie qui est en elle.

– Eh bien, mets-toi sur les rangs, mon vieux.

– On ne bouge plus, ordonna Lloyd. Il nous faut ce gros plan de Flechter embrassant Francesca, et on remballe. C'est l'affaire d'une seconde. Tout le monde est prêt?

Tout en maugréant, Francesca maintint la pose. Un peu plus, un peu moins... Flechter lui prit les épaules et écarta ses cheveux. Son contact la dégoûtait. Ce n'était décidément pas son type d'homme. Trop vulgaire.

– Penche encore un peu la tête, s'il te plaît, Francesca. Maquillage!

– Oui? (Le maquilleur avait un air absent.) Qu'est-ce qu'il vous manque, Lloyd?

– Il me demande ce qu'il *me* manque!

Lloyd fit mine de s'arracher les cheveux.

– Oooh. Je vois.

Le maquilleur grimaça en guise d'excuse et cria à l'adresse de Sally qui se tenait derrière la caméra :

– Hé, Calaverro! Envoie-moi les dents de Flechter. Elles sont dans ma mallette.

Les *dents* de Flechter?

Francesca n'en crut pas ses oreilles.

7

– Des dents! Pourquoi Flechter doit-il mettre des dents? vociféra Francesca.

– C'est un film de vampires, ma chérie, lâcha Sally, l'horrible accessoire à la main. Qu'est-ce tu crois qu'on va lui mettre? Une feuille de vigne?

Francesca eut l'impression d'avoir basculé dans un cauchemar. Elle s'éloigna de Flechter en titubant et s'en prit aussitôt à Byron.

– Tu m'as menti ! (Elle manqua s'étrangler de fureur.) Tu ne m'as pas dit que c'était un film de vampires. Espèce de minable ! Je te poursuivrai en justice, je t'acculerai à la misère ! Tu n'imagines tout de même pas que je vais laisser mon nom apparaître dans un... ce...

Elle n'arrivait même plus à prononcer le mot.

Avec la fulgurance de l'éclair, une vision lui traversa l'esprit : la ravissante Marisa Berenson apppprenait ses malheurs et en faisait des gorges chaudes, des larmes de rire ruisselant le long de ses joues d'albâtre.

Serrant les poings, Francesca continuait à hurler :

– Dis-moi tout de suite de quoi il s'agit !

Visiblement offensé, Lloyd aspira une bouffée d'air.

– Il s'agit de vie, de mort, de sang et d'osmose entre les êtres, autant de phénomènes métaphysiques auxquels apparemment tu n'entends rien.

Il quitta les lieux. Sally croisait les bras, manifestement aux anges :

– C'est l'histoire d'une bande d'hôtesses de l'air qui loue un château hanté. Elles se font saigner les unes après les autres par l'ancien propriétaire – ce bon vieux Flechter, qui soupire depuis plus d'un siècle après Lucinda, son amour perdu. Il y a une intrigue parallèle avec une femme vampire et un strip-teaseur, mais c'est presque à la fin.

Francesca ne put en supporter davantage. Elle leur jeta des regards assassins et se rua à l'extérieur, à la recherche de Lew Steiner. Le sang lui battait aux tempes. Ils se sont bien payé ma tête, fulminait-elle. Avoir vendu ma garde-robe et traversé la moitié du globe pour jouer un rôle de second plan dans un film de vampires ! Tremblante de rage, elle tomba sur Steiner attablé sous les arbres près du camion-restaurant. Empêtrée dans sa robe à cerceaux, elle se cogna au pied de la table :

– J'ai accepté ce travail parce que je me figurais que Lloyd Byron était un metteur en scène de talent, s'écria-t-elle, pointant un doigt vengeur vers la maison.

– Qui vous a raconté ça ?

Elle revit le visage empreint de suffisance de Miranda,

et tout fut clair comme de l'eau de roche. Miranda, soi-disant féministe, n'avait pas hésité à la fourvoyer dans cette mésaventure pour l'éloigner de son frère.

— Quand je pense qu'il a osé parler de « parabole d'une grande spiritualité »... Je ne vois pas le rapport avec la force de vie ou Fellini. Quelles idioties !

Steiner eut un sourire contraint :

— Pourquoi croyez-vous qu'on le surnomme Lord Byron ? Il est capable de faire de la poésie avec n'importe quoi. Au bout du compte, c'est toujours n'importe quoi, mais il est le seul à l'ignorer. Il n'est pas exigeant et il travaille vite.

Francesca se raccrochait encore à un faible espoir :

— Et la Palme d'Or ? s'obstina-t-elle.

— La palme de quoi ?

— La Palme d'Or. Au festival de Cannes.

Lew Steiner la dévisagea un instant puis partit d'un rire rabelaisien :

— Mon chou, Lord Byron n'a aucune chance d'être primé à Cannes avec les bobines qu'il tourne : des titres comme *Massacre au collège* ou *Prison de femmes en Arizona*, ça peut faire un bon chiffre dans les *drive-in*, c'est tout.

Francesca articulait péniblement.

— Et il a cru que, *moi*, j'allais me prêter à cette mascarade ?

— Personne ne vous a forcée à venir.

— Je ne resterai pas une minute de plus. Je fais mes valises. Je veux être remboursée de mes frais et je prends un taxi pour l'aéroport. Si vous ne coupez pas cette maudite séquence où l'on me voit, je vous poursuis en justice jusqu'à la fin de votre misérable vie de parasite !

— Ça m'étonnerait, vu que vous avez signé un contrat.

— On ne m'a pas dit de quoi il s'agissait.

— Foutaises ! Personne ne vous a menti. Quant aux picaillons, vous n'en verrez pas la queue d'un avant d'avoir rempli votre contrat.

— Je veux que vous me payiez mon dû ! C'était un accord verbal.

Comme ce marchandage lui semblait vulgaire !

— Vous n'aurez pas un sou avant d'avoir tourné la scène prévue pour demain. C'est une scène de nu. Lloyd y tient. La défloration de l'innocence, il appelle ça.

– Eh bien, Lloyd me verra nue le jour où il aura la Palme d'Or.

Elle fit brusquement volte-face et dans sa hâte accrocha un des volants de sa robe au coin de la table métallique.

– Eh ! Doucement! fit Steiner en se levant d'un bond, ça coûte cher ces choses-là!

Alors, saisissant le moutardier, elle en vida le contenu sur le corselet.

– Quel dommage! persifla-t-elle. Il va falloir l'apporter au nettoyage!

– Espèce de garce! Vous ne travaillerez plus nulle part, ça, j'en fais mon affaire. On ne voudra même pas de vous pour vider les poubelles!

– Tant mieux. Parce qu'en ce qui concerne les déchets, j'en ai assez vu pour aujourd'hui!

Elle releva sa jupe sans ménagement et se mit à courir en direction du poulailler.

Jamais de sa vie on ne l'avait traitée avec une telle grossièreté. Miranda lui revaudrait ça, et, même si c'était la dernière des âneries, elle était sacrément décidée à épouser Nicolas Gwynwyck dès son retour.

Blême de rage, elle attrapa une horrible lampe de chevet verte et la projeta à grand fracas contre le mur. Pas calmée pour autant, elle traîna sa valise sur le lit, y fourra les quelques vêtements qu'elle s'était donné la peine de déplier la veille au soir, puis ferma le couvercle et s'assit sur le lit défait. Elle avait l'estomac noué, elle se sentait toute moite et ses boucles étaient défaites. Elle réalisa qu'elle portait toujours l'odieux costume fraise-chantilly.

Elle pleura presque de dépit en rouvrant sa valise. Tout était la faute de Nicky! En arrivant à Londres, elle se ferait payer un séjour sur la Costa del Sol, où elle pourrait paresser toute la journée au soleil en concoctant sa vengeance!

Au prix d'efforts aussi démesurés que vains, elle s'évertuait à délacer le corselet, tellement ajusté avec ses deux rangées de crochets qu'elle n'avait aucune prise sur le tissu. Elle pestait de plus belle, mais les crochets ne cédaient pas. Elle allait se résoudre à demander de l'aide lorsque, repensant à l'expression du gros Steiner quand elle avait renversé la moutarde, elle se dit non sans malice qu'elle serait curieuse de voir la tête qu'il ferait si elle disparaissait avec son précieux costume.

Personne alentour n'étant susceptible de l'aider, elle prit donc sa valise d'une main et sa mallette de maquillage de l'autre, et atteignit cahin-caha le parking. Force lui fut de se rendre à l'évidence : personne n'accepterait de la conduire à Gulfport.

— Désolée, Miss Day, on a besoin de tous les véhicules, murmura un membre de l'équipe, sans oser la regarder en face.

Naturellement Steiner avait donné des consignes ! Elle reconnaissait bien là sa mesquinerie !

Un autre se montra plus coopératif :

— Il y a une station-service un peu plus loin. Vous pourriez sûrement téléphoner pour avoir un taxi.

L'idée de crapahuter jusqu'à la route avec ses valises était assez déprimante, mais elle décida de ravaler sa fierté, et d'aller ôter la robe. C'est alors que Steiner surgit d'une des caravanes et lui adressa un sourire fielleux. Elle se serait fait couper en morceaux plutôt que de reculer d'un pas. Elle ramassa ses bagages et fila en direction de la route, non sans lui avoir décoché un regard furibond.

— Hé là ! Arrêtez ! haletait-il derrière elle. Rendez ce costume.

— Si vous osez porter la main sur moi, je vous fais inculper pour coups et blessures.

— Et moi pour vol. Cette robe m'appartient !

— Vous seriez sûrement très mignon avec !

Elle lui cogna délibérément les genoux avec sa mallette et eut la piètre consolation de l'entendre hurler de douleur. Avec le regret toutefois de ne pas avoir frappé plus fort.

— Tu as raté l'embranchement, gronda Skeet, affalé sur le siège arrière de la Buick Riviera. Je t'ai dit la nationale 98. Ensuite la 55, puis la 12 et tout droit jusqu'à Baton Rouge !

— Ça fait une heure que tu me l'as dit et tu t'es endormi. Pas très fiable, comme copilote, grommela Dallie.

Il arborait une casquette flambant neuve, bleu marine avec un drapeau américain sur la visière, mais inefficace contre les rayons obliques du soleil de l'après-midi, si bien qu'il dut chausser des lunettes noires. La route s'étirait entre deux rangées de pins de Virginie, et il n'avait vu âme qui vive depuis des kilomètres. Seules quelques épaves rouillées jalonnaient le parcours. Son estomac commençait à gargouiller.

— T'as des chewing-gum? demanda Skeet.

Dallie fut soudainement intrigué par un nuage rose qui tanguait sur le bord de la route. En approchant, les contours de la chose se précisèrent. Il n'en croyait pas ses yeux.

— Vois-tu ce que je vois?

Skeet se pencha sans conviction, mit sa main en visière et ricana :

— Ça alors, c'est la meilleure!

Francesca se traînait péniblement, oppressée par l'étau du corselet, les joues maculées de poussière, et la poitrine ruisselante de sueur. Pire, de temps en temps un de ses seins s'échappait du décolleté de la robe. Elle s'empressait de rentrer le mamelon dans sa prison, mais l'idée qu'on pût la voir lui donnait des frissons, malgré la température ambiante. Si elle ne devait garder qu'un seul souvenir de sa vie, ce serait cette fuite éperdue de la plantation Wentworth dans cet accoutrement invraisemblable.

Le poids des valises lui déchirait les épaules et écrasait les cerceaux de sa jupe, lui donnant l'aspect d'une crème glacée à demi fondue. Chaque pas était douloureux, à cause des ampoules provoquées par ses chaussures à talons, et le moindre souffle d'air brûlant lui envoyait un nuage de poussière au visage.

Elle avait envie de se laisser choir et de pleurer, mais elle craignait de ne plus avoir la force de se relever. Sans la peur qui lui vrillait les entrailles, la douleur lui aurait paru plus supportable.

Comment avait-elle pu en arriver là!

Elle avait marché longtemps sans croiser âme qui vive. Peut-être avait-elle pris la mauvaise direction? Elle n'avait vu qu'un panneau de bois tout gondolé signalant un point de vente de légumes qui ne s'était jamais matérialisé. Il allait bientôt faire nuit, elle était en terre étrangère et, pour couronner le tout, le pays était sans doute infesté de bêtes sauvages prêtes à lui fondre dessus. Elle ne se sentait pas capable de faire le trajet en sens inverse, c'était à peu près tout ce qui la retenait de rebrousser chemin.

Cette route devait bien mener quelque part. Même en Amérique, on n'aurait pas construit une route débouchant sur le néant, n'est-ce pas ? Pour tromper la douleur, elle s'inventait des jeux, se remémorant le décor de Liberty sur Regent Street, avec ses poutres apparentes et sa bijouterie arabe, Séphora et ses parfums rue de Passy, et les boutiques de Madison Avenue, depuis Adolfo jusqu'à Yves Saint Laurent.

Une vision lui vint à l'esprit d'un verre de Perrier glacé surmonté d'une rondelle de citron. L'apparition flottait dans l'air chauffé à blanc, si nette qu'elle avait l'illusion de pouvoir toucher du doigt le verre embué. C'est un mirage, se dit-elle, sans avoir pour autant envie de la chasser.

Un bruit de moteur, quant à lui bien réel, fit s'évaporer le Perrier-rondelle dans l'atmosphère surchauffée. Quelle ne fut pas sa surprise d'entendre un léger crissement de freins, puis une voix railleuse :

– Hé, chérie ! Personne ne vous a dit que la guerre de Sécession était finie ?

Sa valise lui battant les mollets et sa jupe à cerceaux à demi retroussée, elle resta clouée sur place en découvrant le propriétaire de la voix. De l'autre côté de la route, accoudé à la portière d'une automobile vert bouteille, lui apparut un homme d'une beauté inimaginable, à tel point qu'elle se crut encore la proie d'une hallucination. Elle fut submergée par la pureté de ses traits : les pommettes saillantes dans un ovale parfait, le nez droit, les yeux d'un bleu intense frangés de cils épais à la Paul Newman, et une bouche pulpeuse bien que fermement dessinée : une beauté quasi surnaturelle.

Ajoutez à cela une crinière de boucles blondes s'échappant d'une casquette bleue et une carrure bien découplée. Elle eut l'impression d'avoir enfin rencontré quelqu'un dont la beauté pouvait rivaliser avec la sienne et fut prise d'une incompréhensible frayeur.

– Vous transportez des documents secrets sous vos jupes ? lança l'homme avec un rire gouailleur, découvrant une dentition éclatante.

— On dirait que les Yankees lui ont coupé la langue, Dallie !

Francesca avisa un passager à l'arrière, dont le faciès inquiétant n'augurait rien de bon.

— Ou alors, poursuivait-il, c'est une espionne nordiste. Une femme du Sud est incapable de se taire aussi longtemps.

— Vous êtes une espionne yankee, mon chou ? demanda le super-mâle, tout sourire. Avec ces yeux-là ?

Elle se sentit soudain vulnérable, à des années-lumière de son univers familier : la route déserte, le jour déclinant, ces deux hommes étranges... En Amérique, les gens ne prenaient-ils pas des fusils pour aller à l'église, par crainte des malfaiteurs qui hantent les rues ?

Elle observait du coin de l'œil le deuxième homme : il avait une tête à torturer des animaux inoffensifs rien que pour le plaisir.

— Skeet, tu lui fais peur. Cache-toi, face de rat ! lui intima Dallie.

Il obtempéra.

Le beau garçon attendait sa réponse, haussant un sourcil parfaitement arqué.

Elle prit sur elle de ne rien laisser transparaître de son désarroi :

— Je crains de m'être perdue. Pourriez-vous m'indiquer un endroit d'où téléphoner ?

— Vous êtes anglaise ? dit Skeet en relevant la tête. Dallie, tu as entendu ce drôle d'accent ? Dis donc ! C'est une lady !

Francesca surprit le regard de Dallie – un prénom impossible – sur sa robe à falbalas roses :

— Je parie que vous allez nous en raconter des vertes et des pas mûres. Allez, grimpez. Je vous emmène.

Elle hésitait encore, mais avait-elle vraiment le choix ?

— Elle te prend sans doute pour un vicieux prêt à lui sauter dessus, fit le deuxième personnage. (Il se tourna vers elle :) Vous l'avez bien regardé ? Vous croyez qu'il a besoin d'avoir recours à la violence ?

Sur ce point, il avait raison. Mais ce n'était pas Dallie qui la mettait mal à l'aise. Celui-ci avait l'air de lire dans ses pensées, ce qui, en l'occurrence, n'était pas bien difficile :

– Ne faites pas attention à Skeet. C'est un misogyne grand teint.

Cette réflexion, de la part d'un homme qui, malgré son apparence avantageuse, avait l'accent et les manières d'un illettré complet, la médusa. Elle tergiversait encore lorsque la portière s'ouvrit, laissant apparaître une paire de bottes poussiéreuses. En le voyant se déplier, elle eut un choc. Le corps tenait les promesses du visage : sa musculature harmonieuse était mise en valeur par un tee-shirt bleu marine, et ses hanches étroites étaient moulées dans un jean délavé tout élimé. Il était mince. et tout en jambes. Elle en eut le souffle coupé : il mesurait au moins un mètre quatre-vingt-cinq. Ce qu'on racontait sur les Américains et les vitamines devait être vrai!

– Le coffre est plein à craquer. Je vais mettre vos valises sur le siège arrière.

– Ça ira très bien.

Elle lui adressa spontanément un de ses sourires les plus enjôleurs. Ne pas apparaître sous son meilleur jour à un homme de cette trempe, aussi rustre fût-il, était pour elle une véritable épreuve. Elle aurait donné n'importe quoi pour pouvoir se refaire une beauté et récupérer sa robe de fin coton blanc qui devait en ce moment précis moisir dans un magasin de Piccadilly.

Il se figea sur place, déconcerté.

Pour la première fois depuis qu'elle avait mis les pieds dans ce pays hostile, elle se sentit en terrain connu : les hommes étaient les mêmes sous toutes les latitudes.

Elle leva vers lui un regard débordant de naïveté :

– Quelque chose ne va pas?

– Vous faites toujours ça?

– Quoi? fit-elle en creusant ses fossettes.

– Euh, des avances à un type que vous venez de rencontrer y a pas cinq minutes?

– Des avances? Vous avez trouvé ça tout seul? s'indigna-t-elle.

– Mon chou, un sourire pareil, c'est des avances ou je ne m'y connais pas! lança-t-il en ramassant ses valises. En temps normal, je n'aurais pas fait attention, mais là, dans ce coin perdu, un tel gringue, ça frise la témérité!

– « Gringue »! (Elle trépigna.) Lâchez ces valises tout de suite! Je ne vous suivrais pas même si c'était une question de vie ou de mort.

– C'*est* une question de vie ou de mort, dit-il en jetant un coup d'œil circulaire.

Pour rien au monde elle ne monterait dans sa voiture. Mais il coupa court à ses atermoiements en prenant d'autorité ses valises, les balançant sans ménagement sur le siège arrière à côté de Skeet.

– Attention, cria-t-elle, ce sont des Louis Vuitton.

– Tu nous as ramené une casse-pieds, cette fois, maugréa Skeet.

Dallie se remit au volant :

– Si vous voulez récupérer vos bagages, vous avez intérêt à vous grouiller. Dans dix secondes, je démarre et vous pourrez dire adieu à votre Louis Bouton.

Morte de peur et d'humiliation, elle fut à deux doigts de fondre en larmes. Une épingle à cheveux s'échappa de sa nuque pour choir dans la poussière.

Elle n'était pas au bout de ses peines. La robe à crinoline n'étant pas le costume de voyage idéal, elle rassembla tant bien que mal l'encombrant volume de tissu sur ses genoux, sans accorder le moindre regard à ses sauveteurs.

Dallie débarrassa le levier de vitesse des monceaux de taffetas qui l'ensevelissaient.

– Vous vous habillez toujours comme ça pour voyager ?

Elle lui lança un regard assassin, cherchant une réplique bien sentie, mais rien ne lui vint à l'esprit. Émergeant à peine de ses jupes, raide comme la justice, elle regardait droit devant elle. Pour soulagée qu'elle fût d'être enfin assise, elle n'en souffrait pas moins de la pression du corset, dont les baleines la mettaient au supplice. A chaque respiration, ses seins menaçaient de jaillir hors du corselet. Un éternuement, et c'était la catastrophe !

Ils roulèrent un moment en silence.

Dallie rompit la glace le premier :

– Je m'appelle Dallas Beaudine. Derrière, c'est Skeet Cooper.

– Francesca Day, répondit-elle d'une voix un peu adoucie.

Il était vrai que les Américains sont peu conformistes : ce qui passe pour de la grossièreté en Angleterre n'est ici que spontanéité. Néanmoins, elle mourait d'envie de donner une bonne leçon à ce malotru.

– Je vous suis très reconnaissante. Je viens de passer quelques jours atroces.

– Racontez-nous ça. Ça nous changera de nos conversations.

– Oh, tout ceci est assez grotesque. Miranda Gwynwyck (vous savez, les brasseries), une femme odieuse, m'a persuadée d'accepter un rôle dans un film qui a pour cadre la plantation Wentworth.

Skeet, les yeux écarquillés, n'en perdait pas une :

– Vous êtes une star de cinéma ? Je me disais aussi que je vous avais déjà vue quelque part.

– Ce n'est pas exactement ça.

Elle faillit lui faire remarquer sa ressemblance avec Vivien Leigh, mais le moment était mal choisi.

– J'y suis ! triompha Skeet. Tu ne devineras jamais, Dallie. C'est Francesca Day, tu sais, celle qui fréquente toutes ces vedettes de cinéma.

– Sans blague, fit Dallie.

– Comment diable avez-vous... commença Francesca.

Mais Skeet lui coupa la parole :

– Ça m'a drôlement fait de la peine, l'accident de vot'maman.

Francesca resta sans voix.

– Skeet est un lecteur de magazines assidu, expliqua Dallie. Moi, ça ne me passionne pas, mais ça vous donne une idée de la toute-puissance des médias ! Quand j'étais môme, j'avais un livre de géographie bleu intitulé « Le monde à notre portée » : ça dit bien ce que ça veut dire ! Vous aussi, vous aviez ce bouquin, en Angleterre ?

– Je... je ne crois pas, répondit-elle faiblement.

Un silence pesant s'installa, pendant lequel elle supposa qu'ils voulaient connaître les circonstances de la mort de Chloe. Horrifiée à l'idée de dévoiler un pan de son intimité à des étrangers, elle enchaîna comme si de rien n'était :

– J'ai traversé la moitié du globe, passé une nuit épouvantable et on m'a forcée à revêtir ce costume monstrueux. Tout ça pour tourner dans un film dégradant !

– C'est du cinéma porno ? demanda Dallie.

– Sûrement pas ! (Ces ploucs d'Américains ne tournaient donc jamais leur langue dans leur bouche avant de parler ?) A dire vrai, c'était un film de (le mot avait encore du mal à passer)... vampires.

– Ça alors, fit Skeet avec une admiration évidente. Vous connaissez Vincent Price ?

Francesca ferma les paupières un instant.

— Je n'ai pas ce plaisir.

Skeet donna une bourrade à Dallie :

— Tu te rappelles les photos de ce bon vieux Vincent dans *Hollywood Squares* ? Des fois, sa femme posait avec lui. C'était une actrice anglaise. Son nom m'échappe. Peut-être que Francie le connaît ?

— Francesca. J'ai horreur qu'on écorche mon nom.

Vexé, Skeet s'affala sur la banquette arrière.

— Qu'est-ce que vous comptez faire ? s'enquit Dallie.

— Rentrer à Londres. Et me marier.

Elle revit Miranda, Nicky. Il fallait mettre un terme à cette situation absurde. Sa décision était prise et, en comparaison avec ce qu'elle venait de subir ces jours derniers, un riche mariage ne lui paraissait pas un sort si cruel. Au lieu de se sentir soulagée, elle eut un accès de spleen. Une autre épingle à cheveux alla se ficher dans les dentelles de sa jupe. Pour se changer les idées, elle demanda à Skeet sa mallette de maquillage. Il la lui passa sans mot dire.

Mon Dieu... Elle faillit pleurer en se voyant : à la lumière du jour, le maquillage de cinéma paraissait outrancier, ses cheveux étaient ébouriffés, et elle avait l'air sale ! Elle avait besoin de se sentir à nouveau elle-même. S'écartant instinctivement des deux hommes, elle se mit en devoir d'estomper l'épais fond de teint et d'ôter les faux cils, puis se rafraîchit avec une lotion.

— Sincèrement, j'ai une tête à faire peur. Ce voyage a été un véritable cauchemar.

Elle ombra ses paupières d'un soupçon de fard taupe, appliqua un rien de rimmel sur ses cils.

— D'habitude, j'utilise un mascara allemand fabuleux, mais la femme de chambre de Cissy Kavendish, une Indienne infernale, a oublié de le mettre dans mes bagages, et je suis obligée d'utiliser ce truc anglais.

Elle avait conscience de parler trop, mais elle n'arrivait pas à se dominer. Tout en creusant ses pommettes d'une touche de beige orangé, elle babillait :

— Je donnerais n'importe quoi pour être chez l'esthéticienne en ce moment. Il y a un salon formidable à Mayfair où ils ont le secret des massages à la vapeur d'ozone et je ne sais quoi encore. Lizzy Arden fait ça aussi.

Elle ourla prestement ses lèvres au crayon puis étala une légère couche de rose brillant, et jugea de l'effet dans son miroir. Pas fantastique, mais au moins se reconnaissait-elle.

Le silence pesait des tonnes.

— C'est très difficile à New York de choisir entre Arden et Janet Santin. Bien sûr, on peut aller dans son salon de Park Avenue, mais ça n'a rien à voir.

Elle se tut un moment.

Skeet rompit le silence :

— Dallie ?

— Mmm ?

— Tu crois qu'elle a fini ?

Dallie ôta ses lunettes de soleil.

— J'ai l'impression qu'elle n'a fait que prendre son élan !

Elle était à la fois gênée et furieuse contre lui. Il aurait pu se rendre compte qu'elle venait de vivre des instants difficiles, et la mettre un peu plus à l'aise. En fait, elle ne supportait pas son air détaché. Le manque d'intérêt était pour elle la chose la plus déconcertante qui soit.

Elle revint à son miroir pour s'occuper de ses cheveux, essayant de se convaincre qu'elle se fichait de l'opinion de Dallas Beaudine comme d'une guigne. De toute façon, ils allaient retrouver la civilisation d'un moment à l'autre et elle n'aurait qu'à appeler un taxi pour rejoindre Gulfport, et de là sauter dans le premier vol pour Londres.

Subitement, elle réalisa qu'elle n'avait plus un sou ! Qu'à cela ne tienne, elle allait télégraphier à Nicolas de lui envoyer l'argent du voyage.

Elle avait la gorge sèche et demanda qu'on ferme les fenêtres :

— Cette poussière est insupportable. Je meurs de soif.

Avisant une petite glacière à l'arrière, elle risqua :

— Je suppose qu'il y a peu de chances que vous ayez du Perrier là-dedans ?

Seul un épais silence lui répondit. Dallie finit par lâcher :

— Désolé, m'dame, on est complètement à sec. J'ai bien peur que ce sacré Skeet ait tout éclusé depuis qu'on a dévalisé un marchand d'alcools à Meridian.

8

Dallie était le premier à reconnaître que son attitude envers les femmes n'était pas exemplaire. C'était un peu leur faute, aussi. Il adorait les femmes du Sud, les rigolotes et les dévergondées, celles qui savent boire et raconter des histoires salaces sans rougir, et fréquentent les bars où la bière coule à flots et où le juxe-box vomit Waylon Jennings à tue-tête. Il n'aimait pas les faiseuses d'histoires, les emmerdeuses, celles qui se mettent à pleurnicher sous prétexte qu'il passe son temps sur le terrain d'entraînement à frapper quelques centaines de balles avec son bois 3 au lieu de les emmener manger des escargots au restaurant. A vrai dire, il raffolait des femmes pulpeuses, rondes là où il faut, pas comme les sacs d'os des magazines sous leurs tartines de maquillage. Il les aimait et les quittait au gré de sa fantaisie, ce qui lui avait causé pas mal de déboires, du moins avec celles qui avaient compté.

Francesca Day allait être l'exception. Elle l'irritait par sa seule présence.

— On arrive à une station-service ? demanda Skeet avec un air de soulagement.

Dieu soit loué ! pensait Francesca au moment où ils ralentissaient devant une baraque en bois délabrée à la peinture écaillée, où trônait une inscription « Appâts vivants » tracée d'une écriture maladroite. Un nuage de poussière s'engouffra dans la voiture. Francesca avait l'impression d'être partie depuis des siècles : elle mourait de faim et de soif et devait satisfaire un besoin naturel.

— Terminus, annonça Dallie en coupant le contact. Il y a sûrement un téléphone là-dedans.

Francesca extirpa un petit sac en cuir de sa mallette :
— Je vais appeler un taxi pour aller à l'aéroport de Gulfport.

Un grognement sonore s'éleva de l'arrière de la voiture. Dallie se rencogna dans son siège en rabattant la visière de sa casquette.

— Qu'est-ce qui ne va pas ? s'inquiéta Francesca.
— Je ne sais pas par où commencer, fit Dallie.

– Ne dis rien, déclara Skeet. Tu la laisses descendre et on met les bouts. Le pompiste se débrouillera avec elle, je t'assure. On a déjà fait une bourde, ça suffit.

– Que se passe-t-il?

Francesca commençait à s'inquiéter pour de bon.

Dallie releva sa visière d'une chiquenaude :

– D'abord, Gulfport est à deux heures de route derrière nous. On est en Louisiane, à mi-chemin de La Nouvelle-Orléans. Si vous vouliez aller à Gulfport, pourquoi diable marchiez-vous vers l'ouest?

– Comment aurais-je pu deviner?

– Vous aviez le soleil couchant en pleine figure, non?

– Évidemment. (Elle se tut un instant, réalisant sa bévue.) Il y a bien un aéroport à La Nouvelle-Orléans? Je partirai de là-bas.

– Et comment comptez-vous y aller? Si vous me parlez encore de taxi, je vous jure que je balance votre Louis Bouton dans la nature. Vous êtes en plein désert ici, chérie, est-ce que vous réalisez? Il n'y a pas de taxis! On est dans un trou perdu en Louisiane, pas à Paris, France!

Elle se raidit, mordant sa lèvre inférieure.

– Je vois. Eh bien, je pourrais vous dédommager pour la suite du trajet.

Comme elle fourrageait dans son sac, une ride lui creusa le front : combien lui restait-il de liquide? Elle ferait mieux de téléphoner immédiatement à Nicolas de lui envoyer de l'argent à La Nouvelle-Orléans.

Skeet s'extirpa de la voiture :

– Je vais m'acheter une bouteille de Dr Pepper pendant que tu règles ça. Mais je te préviens, Dallie, si elle est encore là quand je reviens, tu pourras trouver une autre poire pour trimballer tes Spaulding lundi matin.

Sur quoi il claqua la portière.

– Quel individu odieux, dit Francesca en haussant les épaules.

Elle jeta un coup d'œil en coulisse à Dallie. Il n'était tout de même pas homme à l'abandonner sous prétexte qu'elle ne plaisait pas à ce sous-fifre. Elle se tourna vers lui, conciliante :

– Laissez-moi passer un coup de fil. J'en ai pour une minute.

Elle se dégagea le plus élégamment possible de son siège et, toutes jupes au vent, se dirigea vers le boui-boui.

Là, elle se mit en devoir de compter son pécule. Ce fut vite fait : dix-huit dollars. Son sang ne fit qu'un tour : dix-huit dollars pour ne pas crever de faim... Il lui fallait appeler en PCV. Le combiné était poisseux de crasse, mais elle n'y prit pas garde. Elle composa le zéro, donna le numéro de Nicky à l'opérateur et attendit. Un malaise croissant l'envahissait. Pour faire diversion, elle se mit à observer Dallie qui bavardait avec le propriétaire des lieux, occupé à charger des pneus usagés dans un camion ruiniforme. Quel dommage, se disait-elle, que cette belle petite gueule appartienne à un tel rustre !

Le valet de chambre de Nicolas répondit enfin, et, à sa grande déception, lui apprit que Monsieur était absent pour quelque temps. Elle appela Cissy Kavendish, mais la garce refusa de prendre l'appel.

Francesca enrageait. Passant rapidement en revue la liste de ses connaissances, elle constata que la seule personne susceptible de l'aider était David Graves, mais il tournait un film au fin fond de l'Afrique. En dernier recours, elle composa le numéro de Miranda. A sa grande surprise, elle lui répondit elle-même :

— Francesca, c'est toujours un plaisir de t'entendre ! Je dormais, il est minuit passé ici. Alors, et ta carrière cinématographique ? Comment va Lloyd ?

Le main de Francesca se crispa sur le combiné, et, ne relevant pas l'insolence du propos, elle répliqua :

— Formidable, Miranda ! Tout se passe pour le mieux, je ne te remercierai jamais assez. Écoute, j'ai un petit problème, il faut que je parle à Nicolas. Peux-tu me donner son numéro ?

— Je regrette, il n'est pas joignable en ce moment. Il est parti avec une de ses amies, une mathématicienne blonde épatante qu'il adore.

— Je n'en crois pas un mot.

— Francesca, je crois que tu as dépassé les bornes avec Nicky. Donne-moi ton numéro, il te le dira lui-même dans quinze jours, à son retour.

— Il faut que je lui parle immédiatement.

— Pourquoi ?

— C'est personnel.

— Je suis désolée, je ne peux rien pour toi.

— Je t'en prie, Miranda, c'est important...

La communication fut coupée juste au moment où la voix de Diana Ross, s'échappant d'un transistor en plastique crasseux, emplissait l'atmosphère.

Elle vit Dallie se diriger vers la voiture. Son cœur se mit à battre la chamade, elle lâcha le combiné et se précipita au-dehors :

— Attendez !

Il s'appuya sur le capot en croisant les bras :

— J'ai compris. Y avait personne.

— Oui... non, c'est-à-dire que Nicky, mon fiancé...

— Ça ne fait rien. Je vous emmène à l'aéroport, mais à une condition : vous promettez de vous *taire*.

Mortifiée, elle allait répliquer, mais il ne lui en laissa pas le temps et désigna la portière :

— Grimpez. Skeet est parti devant pour se dégourdir les jambes.

Elle avait besoin d'aller aux toilettes et il fallait absolument qu'elle ôte ce carcan.

— Accordez-moi encore une minute. Ça ne vous dérange pas de m'attendre un petit peu ?

Rien n'était moins sûr, aussi déploya-t-elle tout son charme pour le convaincre : regard langoureux, bouche en cœur, elle posa une petite main désemparée sur son avant-bras. La main était de trop. Il la considéra avec répulsion.

— Je vais vous dire un truc, Francie, vous avez une façon de faire qui commence à me courir sur l'haricot.

Elle ôta prestement sa main.

— Ne m'appelez pas comme ça ! Je m'appelle Francesca. Et ne vous figurez pas que je suis tombée amoureuse de vous.

— Je n'imagine pas que vous soyez capable d'être amoureuse, sauf de vous-même. Et de ce Louis Bouton, bien sûr !

Elle l'incendia du regard, puis s'escrima à déloger sa valise du siège arrière. Rien au monde — ni son dénuement, ni la perfidie de Miranda, pas plus que l'arrogance de Dallie Beaudine — ne la contraindrait à garder cet accoutrement une minute de plus.

Il dépiautait tranquillement un chewing-gum en la voyant se débattre avec sa valise.

— Si vous la tourniez sur le côté, Francie, vous pourriez la sortir plus facilement.

Elle se retint de toutes ses forces pour ne pas l'injurier et finit par dégager sa valise en éraflant le cuir à la poignée de la portière.

Je le tuerai et je piétinerai son cadavre, fulminait-elle tout en traînant son fardeau en direction d'un écriteau rouillé signalant les toilettes. Elle manœuvra en vain le bouton de porcelaine ébréché qui pendouillait à la porte. Celle-ci finit par s'ouvrir au bout de deux ou trois tentatives sur une pièce d'une saleté repoussante. Une ampoule nue suspendue au plafond dispensait un éclairage indigent, des flaques d'eau sale stagnaient sur le carrelage disjoint, et le siège des toilettes, à moitié brisé, était incrusté de crasse.

C'était plus qu'elle n'en pouvait supporter et elle donna libre cours à ses larmes contenues jusque-là. Elle laissa tomber sa valise dans la poussière et, enfouissant son visage dans ses mains, elle s'assit dessus pour pouvoir pleurer tout son saoul. Comment en était-elle arrivée là? Elle, une des plus jolies filles de Grande-Bretagne?

A travers ses larmes, elle aperçut une paire de bottes de cow-boy et sanglota de plus belle.

Les bottes battaient nerveusement la semelle.

— Ça va durer longtemps, ce cinéma, Francie? J'aimerais rattraper Skeet avant que les alligators n'en fassent qu'une bouchée.

— Je suis sortie avec le prince de Galles, hoqueta-t-elle dans un sanglot. J'ai failli être *reine*. Il m'adorait, on allait à l'opéra...

— Vous pensez pouvoir vous en tirer? dit-il en clignant des yeux, face au soleil couchant.

— Il faut que j'aille aux toilettes, gémit-elle, pointant un doigt tremblant vers le panneau rouillé.

— Je vois... et il laissa tomber sur ses genoux deux mouchoirs en papier. Vous serez plus tranquille derrière la baraque.

Elle le considéra un instant, puis se remit à sangloter.

Il ruminait son chewing-gum.

— Vot' mascara dégouline, on dirait.

Bondissant comme un ressort, elle se mit à hurler:

— Ça vous amuse, hein, de me voir dans cet état, avec ce costume ridicule, et mon fiancé qui est parti avec une mathématicienne!

– Mmm.

Il renversa la valise du bout du pied et fit sauter les serrures :

– Y en a un fouillis là-dedans! Vous avez des jeans?

– Oui, sous le Zandra Rhodes.

– C'est quoi, le « Zandrarode »? Et un tee-shirt, Francie, vous en avez bien un?

– J'ai un chemisier, renifla-t-elle. Grège avec une bordure marron, et une ceinture Hermès avec une boucle Art déco.

– Vous voulez me faire tourner en bourrique, ou quoi? dit-il en s'accoudant sur son genou, les yeux levés vers elle.

Essuyant ses larmes du revers de la main, elle lui adressa un regard ahuri.

Il se releva en soupirant :

– Vous aurez plus vite fait de vous débrouiller toute seule. Je vous attends dans la voiture. Essayez de vous grouiller un peu, sinon ce bon vieux Skeet va être grillé comme une saucisse.

Il amorça un demi-tour. Au prix d'un effort surhumain, elle hoqueta :

– Mr. Beaudine? Pourriez-vous... enfin... c'est-à-dire...

Qu'est-ce qui lui arrivait? *Elle* était incapable d'aligner deux mots cohérents en face de ce rustre inculte.

– Décidez-vous. Je suis optimiste de nature et je compte bien me taper un *chili* avec une Lone Star bien fraîche pendant que les gars de Landry se qualifieront pour le championnat de première division.

– Assez! Je ne comprends pas un traître mot de ce que vous dites. Je ne peux pas ôter cette saleté de robe toute seule, ça saute aux yeux, non! Et puis, s'il y a quelqu'un qui parle trop ici, c'est bien vous!

Il sourit, d'un sourire dévastateur qui lui fit oublier son infortune. Comme si toute la gaieté qui irradiait son visage et plissait le coin des yeux appartenait à un monde inconnu d'elle. Surmontant son trouble, elle s'écria :

– Faites vite, s'il vous plaît. J'étouffe littéralement.

– Tournez-vous, Francie, déshabiller les femmes, ça, je m'y connais, même mieux qu'en golf.

– Vous ne me déshabillez pas, bafouilla-t-elle en lui présentant son dos. Ne soyez pas trivial.

– Comment vous appelez ça? demanda-t-il en commençant à dégrafer son corsage.

– Se rendre utile.

– Comme une femme de chambre, par exemple?

– Un peu, oui.

Elle eut la sensation désagréable d'avoir encore dit un mot de travers.

Il émit un ricanement qui vint confirmer ses craintes.

– Dites donc, Francie, c'est pas tous les jours qu'on rencontre un morceau d'histoire vivant.

– Comment ça?

– Ben, la Révolution française, Marie-Antoinette, « s'ils n'ont pas de pain, qu'ils mangent de la brioche », et tout ça.

Le dernier crochet lâcha prise, laissant sa poitrine enfin libre.

– Parce que vous y connaissez quelque chose à Marie-Antoinette?

– Depuis une heure, oui, un peu.

Environ deux miles plus loin, ils ramassèrent sur le bord de la route un Skeet pas à prendre avec des pincettes. Francesca fut reléguée sur le siège arrière, sirotant un soda quelconque qu'elle avait pêché dans la glacière sans y avoir été invitée et se tint coite jusqu'à La Nouvelle-Orléans, comme promis. Elle se demandait quelle serait la réaction de Dallie s'il apprenait qu'elle n'avait pas de billet d'avion mais elle n'envisageait même pas de lui dire la vérité. Triturant l'étiquette du soda avec son ongle, elle s'apitoyait sur son sort : il ne lui restait ni famille, ni maison, ni amour. Le peu de fierté à quoi elle pouvait se raccrocher était mis à rude épreuve avec Dallie Beaudine.

Il était magnifique... et manifestement si peu intrigué par elle que c'en était exaspérant... mais irrésistible. Elle qui n'avait jamais baissé pavillon devant aucun homme n'allait certes pas mettre genou en terre devant lui.

Elle avait pourtant d'autres chats à fouetter. Simple question de bon sens. Mais une pulsion secrète lui dictait de séduire Dallie, sous peine de renoncer encore à une parcelle d'elle-même.

Plus prosaïquement elle se demandait comment trouver l'argent du billet de retour. En baissant les yeux vers sa valise elle eut une idée lumineuse : celle-ci avait coûté la bagatelle de dix-huit cents livres! Elle sourcilla en avisant l'égratignure sur le cuir, mais elle eut l'idée de la camoufler avec du fard à paupières du même brun. Le résultat lui parut satisfaisant et elle put en toute quiétude se replonger dans ses pensées. Si Dallie se montrait insensible à son charme, c'était à cause de son aspect si peu attrayant qui la mettait provisoirement en état d'infériorité. Fermant les yeux, elle se plut à imaginer une Francesca au summum de sa beauté, coiffée et habillée à ravir : à n'en pas douter, il serait aussitôt à ses pieds.

Des éclats de voix la tirèrent de sa rêverie :

— Je ne sais pas pourquoi tu t'obstines à vouloir être à Baton Rouge ce soir, argumentait l'affreux Skeet. On a largement le temps d'arriver à Lake Charles pour la tournée de lundi matin. On n'est pas à une heure près.

— Je veux éviter de conduire le dimanche.

— Je conduirai, si tu veux. Rappelle-toi, il y a ce motel très agréable où nous nous sommes arrêtés l'année dernière. Et puis, tu n'as pas laissé un chien là-bas, un beau petit bâtard avec une tache noire sur l'œil et une patte abîmée?

— Depuis quand tu t'intéresses à mes chiens? Ça, c'était à Vicksburg. Écoute, Skeet, inutile de tourner autour du pot : si tu veux passer la nuit au *Blue Choctaw* à La Nouvelle-Orléans pour retrouver ta serveuse rousse, dis-le franchement.

— J'ai jamais dit ça...

— En tout cas, je n'irai pas avec toi. Cet endroit est un véritable coupe-gorge, surtout le samedi soir. Les femmes cherchent la bagarre et les hommes sont pires. La dernière fois j'ai failli me faire casser une côte... et à chaque jour suffit sa peine, fit-il en désignant Francesca du menton.

— Je t'avais dit de la laisser au pompiste. Tu m'écoutes jamais. C'est comme jeudi dernier : je t'avais dit que le trou était à cent vingt mètres du rough, je l'avais mesuré, mais t'as pris ton fer 8 avant que j'aie pu dire ouf.

— Écrase, tu veux. Je t'ai déjà dit et répété que j'avais eu tort. Tu vas pas en parler pendant dix ans.

— Ça, c'est un truc de débutant, Dallie. Il faut faire confiance à son caddie pour le métrage. On dirait que tu le fais exprès de perdre les tournois.

– Francie? lança Dallie par-dessus son épaule. Vous avez encore une de ces palpitantes histoires de mascara à raconter?

– Désolée, fit-elle, mielleuse. Je suis à court. D'ailleurs, je suis censée me taire.

– De toute façon, c'est trop tard.

Ils arrivaient à l'aéroport. Sans arrêter le moteur, il vint ouvrir la portière :

– Eh bien, Francie, cette rencontre a été passionnante. (Il déposa ses valises sur le trottoir, à ses pieds.) Bonne chance avec votre fiancé, et tous ceux de la haute que vous fréquentez.

– Merci, fit-elle poliment.

– Bonne chance avec les vampires aussi, ajouta-t-il en mâchonnant son chewing-gum.

Sous son regard ironique, elle se drapa dans sa dignité.

– Au revoir, Mr. Beaudine.

– Au revoir, miss Francie-Beaux-z-habits.

Il avait eu le dernier mot dans un jeu qu'elle avait monté de toutes pièces. Cette espèce de bouseux illettré lui avait rivé son clou, à elle, l'incomparable Francesca Serritella Day.

Dans un sursaut de révolte, elle lui décocha un regard à faire rougir tout un régiment :

– Quel dommage que nous ne nous soyons pas rencontrés dans d'autres circonstances, dit-elle avec une moue insolente. Je suis sûre que nous aurions pu nous entendre.

Sans le quitter des yeux, elle se mit sur la pointe des pieds, passa les bras autour de son cou, et, tout contre sa poitrine, levant vers lui son minois adorable, elle lui tendit comme une offrande ses lèvres soyeuses. Il n'eut pas une seconde d'hésitation, comme s'il attendait le moment d'étancher sa soif. Longtemps ils se désaltérèrent l'un à l'autre. Ce fut un baiser voluptueux et expert. La séductrice avait trouvé son maître : elle se sentait défaillir de plaisir et cet instant de bonheur lui sembla d'autant plus parfait qu'il était sans conséquences.

Leurs lèvres se désunirent enfin et, passant sa petite langue rose sur la lèvre inférieure de Dallie, elle relâcha doucement son étreinte.

– Au revoir, Dallie, dit-elle presque imperceptiblement, une lueur espiègle dans ses yeux de chat. Fais-moi signe la prochaine fois que tu viens à Cap-Ferret.

Avant de tourner les talons, elle vit sans déplaisir son expression ahurie.

— Je devrais avoir l'habitude, fit Skeet au moment où Dallie s'installait au volant. Pourtant, je ne m'y fais pas. Elles te sautent toutes dessus, les riches, les pauvres, les moches, les jolies, peu importe. Comme les abeilles sur un pot de miel. Tu as des traces de rouge à lèvres.

— De la camelote d'importation, marmonna Dallie en s'essuyant du revers de la main.

Francesca se retourna, suivit la Buick du regard et, réprimant un absurde serrement de cœur, ramassa ses valises et se dirigea vers la station de taxi. Le seul et unique taxi la prit en charge :

— Où allez-vous, m'dame ? s'enquit le chauffeur.

— Je sais qu'il est tard, mais... y aurait-il en ville un magasin susceptible de racheter des vêtements griffés et... une valise de toute beauté ?

9

La Nouvelle-Orléans, Stella : l'étoile !

La cité d'*Old Man River*, à l'architecture de dentelle métallique, célèbre pour ses nuits chaudes aux senteurs d'olivier et de jasmin, son jazz, ses filles délurées, s'étirait au bord du Mississippi comme un joyau terni. Dans cette ville réputée pour son originalité, le *Blue Choctaw* parvenait à être banal. C'était un lieu sordide qui se signalait à l'attention par une réclame de bière au néon, dont la lueur traversait faiblement les vitres obscurcies par les gaz d'échappement. On se serait cru dans une banlieue déshéritée, sur des docks ou dans un ghetto, dans des bas-fonds où pas une fille honnête ne se serait risquée seule le soir.

Au *Blue Choctaw*, on préférait les dévergondées dont les popotins bien rembourrés s'épanouissaient sur les tabourets de bar en skaï rouge et les clients n'étaient pas du genre à fréquenter des oies blanches.

Ils aimaient le maquillage outrancier et le parfum vulgaire des racoleuses au franc-parler comme Bonni ou Cleo, qui s'appliquaient à leur faire oublier leurs soucis.

Bonni observait parmi la foule bruyante son amie et rivale Cleo Reznyak qui se frottait contre Tony Grasso, son jules du moment.

Il y avait une sale ambiance ce soir-là au *Blue Choctaw*, pire que d'habitude, se disait Bonni, peut-être parce qu'elle venait de perdre ses dernières illusions lors de son trentième anniversaire, le jour précédent. Elle n'était pas assez jolie pour vivre de ses charmes et manquait d'énergie pour se tirer de là. Elle vivait dans un studio minuscule et délabré et répondait au téléphone chez Gloria-Coiffure, sans grand espoir de voir sa situation s'améliorer un jour.

Pour une fille comme Bonni, le *Blue Choctaw* était un havre où elle pouvait se payer du bon temps et parfois rencontrer un flambeur prêt à lui payer ses mai-tai, l'emmener au lit et lui laisser un billet de cinquante dollars sur la table de nuit en partant. Il y en avait justement un au bar ce soir-là, mais il était occupé avec Cleo.

Elles étaient de mèche toutes les deux pour évincer les nouvelles venues qui s'incrustaient au bar, et ne marchaient pas sur leurs plates-bandes respectives. Néanmoins, ce type-là plaisait bien à Bonni : avec son gros ventre et ses bras musclés, ce devait être un des ouvriers des plates-formes de forage en goguette. Pour ce qui est des hommes, Cleo en avait eu son content ces temps-ci et ça commençait à porter sur les nerfs de Bonni.

— Salut, lança-t-elle en se hissant sur le tabouret voisin. Vous êtes nouveau dans le coin ?

Il détailla le casque d'or de sa chevelure soigneusement laquée, le fard à paupières prune, et la poitrine généreuse. Il acquiesça et Bonni constata avec satisfaction qu'il avait déjà oublié Cleo.

— J'étais à Biloxi avant. Vous buvez quelque chose ?
Elle lui adressa un sourire gracieux :
— Je suis une inconditionnelle des mai-tai.

Comme il lui tendait son verre, elle croisa haut les jambes :
— Mon ex-mari a passé un certain temps à Biloxi. Un sacré fils de pute. Ryland, qu'il s'appelait. Vous l'avez jamais rencontré, par hasard ?

Il fit signe que non et effleura sa poitrine d'un geste faussement maladroit en prenant son verre. Bonni se dit que ça allait bien coller entre eux et se détourna un peu pour échapper au regard accusateur de Cleo.

Une heure plus tard, les deux filles s'expliquaient dans les toilettes. Cleo rouspéta pendant un moment, peignant rageusement ses cheveux raides et noirs et ajustant ses boucles d'oreilles en faux rubis. Bonni s'excusa, mais Cleo la toisait avec méfiance :

— Tu sais que j'en ai marre de Tony. Tout ce qu'il sait faire c'est râler après sa femme. Merde, ça fait des semaines qu'il fait la gueule.

— Pete, le type au bar, n'est pas spécialement un marrant non plus.

Bonni sortit un petit flacon de Tabou de son sac, s'en aspergea copieusement :

— Cet endroit est de pire en pire.

Cleo se mit du rouge à lèvres et recula un peu pour juger de l'effet :

— Ça, tu l'as dit, ma chérie.

— On devrait peut-être aller ailleurs, à Chicago par exemple.

— Ou à Saint Louis. Un endroit où tous ces fichus bonshommes ne sont pas mariés.

Ce n'était pas la première fois qu'elles abordaient le sujet, soupesant les avantages respectifs de villes comme Houston avec le boom pétrolier, New York pour l'argent, ou encore Los Angeles à cause du climat, sachant pertinemment qu'elles ne quitteraient jamais La Nouvelle-Orléans.

L'œil aux aguets, les deux filles se faufilèrent parmi les hommes entassés au comptoir, cherchant à mettre le grappin sur leur proie. Bonni eut soudain la sensation que quelque chose avait changé, bien que les conversations aillent toujours bon train et que le juke-box joue à tue-tête *Ruby*. Tout paraissait bizarrement plus calme, et elles s'aperçurent que tous les regards étaient tournés dans la même direction.

Elle pinça violemment le bras de Cleo :

— Regarde là-bas !

Cleo s'immobilisa, comme pétrifiée :

— Sacré nom d'un chien !

Ce fut la haine au premier coup d'œil : là, sous leurs yeux, se dressait l'incarnation de ce qu'elles ne seraient jamais, une fille sortie tout droit d'un magazine de mode, d'une classe ahurissante malgré ses vieux jeans, affichant un air de dédain souverain, bref, une étoile tombée dans la boue.

Elles se sentirent subitement moches et fatiguées. Les deux hommes qu'elles venaient de quitter étaient comme happés par l'apparition.

Alors, après s'être brièvement consultées du regard, elles foncèrent droit sur elle, la rage au ventre.

Francesca ne leur prêtait aucune attention, tout absorbée qu'elle était à scruter l'atmosphère enfumée, dans l'espoir d'apercevoir Skeet Cooper. Elle avait les mains moites et le sang lui battait aux tempes.

Jamais elle ne s'était sentie si mal à l'aise que dans ce bar crapoteux de La Nouvelle-Orléans : abasourdie par le vacarme des rires et de la musique, elle se cramponnait à sa petite mallette de maquillage, sa seule fortune. Elle avait encore présent à l'esprit le périple éprouvant que lui avait fait faire le chauffeur de taxi, à la recherche d'un magasin susceptible de lui racheter sa valise : rien à voir avec les élégantes boutiques de troc de Piccadilly où l'on sert le thé aux clients ! Elle avait dû brader sa valise et ses vêtements griffés pour trois cent cinquante dollars, tout juste de quoi survivre quelques jours en attendant de pouvoir joindre Nicky.

— Salut, poupée.

Francesca sursauta à la vue des deux répugnants personnages, grosse bedaine et cheveux gras, qui lui avaient adressé la parole.

— Je suis sûr que vous avez soif, dit le plus gros des deux. Mon copain Tony et moi-même nous ferons un plaisir de vous offrir un mai-tai.

— Non merci, répliqua-t-elle en jetant autour d'elle des regards anxieux.

Pourquoi Skeet n'était-il donc pas là ? Elle eut soudain une bouffée de colère contre Dallie. Il aurait pu lui donner l'adresse de son motel, au lieu de la laisser moisir dans cet endroit infect ! Elle avait eu la certitude qu'elle devait le retrouver après avoir donné une série de coups de fil infructueux à Nicky, ainsi qu'à Davy Graves, et à bien d'autres.

Visiblement hostiles, deux filles au visage ingrat s'approchèrent des deux hommes. La blonde se frotta contre la panse du gros :

– Hé Pete, on danse ?

– Plus tard, Bonni, lâcha Pete tout en dévorant Francesca des yeux.

– J'ai envie de danser maintenant, insista Bonni, les lèvres pincées.

– Je t'ai dit plus tard. Danse avec Tony.

La brune posa sur le bras velu de l'autre homme une main aux ongles laqués de violet :

– Tony, danse avec moi. Tu viens, mon chou ?

– Fiche-moi la paix, Cleo ! fit l'homme, se dégageant d'une secousse.

Il se rapprocha de Francesca :

– C'est la première fois que vous venez par ici ? Je ne me rappelle pas vous avoir déjà vue.

Francesca recula un peu pour échapper au relent de whisky mêlé d'after-shave bon marché qui émanait de l'homme.

La dénommée Cleo émit un ricanement :

– Tu crois tout de même pas que cette sale garce va te dire l'heure qu'il est !

– Lâche-moi les baskets. (Il gratifia Francesca d'un sourire visqueux.) Vous boirez bien quelque chose ?

– Je n'ai pas soif, répondit Francesca avec raideur. J'attends quelqu'un.

– On dirait que ce quelqu'un vous a posé un lapin. Laissez tomber !

La porte s'ouvrit toute grande, livrant passage à trois rustauds dont aucun malheureusement ne ressemblait à Skeet. Une bouffée d'air surchauffé lui tomba sur le dos et elle se sentait de plus en plus mal à l'aise : elle ne pouvait pas passer la soirée à l'entrée, mais elle répugnait à faire le moindre pas en avant. Il fallait qu'elle trouve Dallie coûte que coûte.

– Excusez-moi, fit-elle brusquement, se glissant entre Tony et Pete.

L'une des deux filles eut un rire mauvais et Tony grommela :

– C'est votre faute. Vous lui avez fait peur juste quand...

Le reste de la phrase se perdit dans le brouhaha tandis que Francesca se mettait en quête d'une table à l'écart.

— Écoute, mon chou...

Pete était sur ses talons. Elle fit du slalom entre les tables et se précipita dans les toilettes. Une fois à l'intérieur, elle s'arc-bouta contre la porte, sa mallette contre sa poitrine. De la salle lui parvenaient des bruits de verre brisé. Quel endroit épouvantable! Skeet baissa encore dans son estime.

Puis elle se souvint que Dallie avait fait allusion à une serveuse rousse. Elle n'avait vu personne qui corresponde à cette description, mais elle était trop perturbée pour avoir vu quoi que ce soit, aussi résolut-elle de se renseigner auprès du tenancier. Elle en était là de ses réflexions lorsque l'autre battant de la porte s'ouvrit brutalement et les deux mégères firent irruption.

— Regarde qui est là, ricana Cleo.

— Mais on dirait cette pute pleine aux as, répliqua celle qui répondait au doux nom de Bonni. Alors chérie, on en a marre des hôtels de luxe et on vient s'encanailler?

Francesca serra les dents. C'en était trop. Elle regarda Bonni droit dans les yeux :

— Cette exquise politesse est-elle le fruit d'une longue éducation, ou est-ce inné?

Cleo s'esclaffa en regardant Bonni :

— C'est ce qui s'appelle se faire moucher! Qu'est-ce que tu as de si précieux là-dedans? fit-elle, louchant sur sa mallette.

— Ça ne vous regarde pas.

— C'est tous les bijoux que tes petits amis t'ont offerts? Dis donc, tu prends combien pour tirer un coup?

Francesca ne put retenir sa main, qui atterrit brutalement sur la joue de Bonni. Avec un hurlement de rage, celle-ci bondit, toutes griffes dehors, agrippant les cheveux de Francesca. Instinctivement, elle lança sa mallette qui toucha Bonni à la ceinture, lui coupant momentanément le souffle. La voyant vaciller sur ses hauts talons en faux croco, Francesca ressentit un intense soulagement à l'idée que quelqu'un avait enfin payé pour tout ce qu'elle avait enduré jusqu'ici.

Cette satisfaction fut de courte durée, le regard noir de l'autre fille ne laissant rien présager de bon. Elle se précipita au-dehors, mais Cleo la saisit par le poignet :

— Viens ici, sale garce, grogna-t-elle en l'attirant à l'intérieur des toilettes.

— Au secours, hurla Francesca, tout le film de sa vie se mettant à défiler dans sa tête. A moi !

Un rire masculin peu charitable lui parvint aux oreilles et force lui fut de constater que personne n'accourait à son secours. Ces deux chipies avaient prémédité de l'agresser dans les toilettes, et personne ne réagissait !

Dans un sursaut de frayeur, elle balança sa mallette pour faire lâcher prise à Cleo, mais elle atteignit un bras tatoué. Le propriétaire du bras poussa un cri de douleur.

— Prenez-lui sa mallette, vociféra Cleo. Elle vient de gifler Bonni.

— Elle l'avait bien cherché, lança Pete par-dessus le refrain de *Rhinestone Cowboy* et les commentaires des spectateurs.

Francesca reprit un peu ses esprits : enfin quelqu'un prenait son parti ! Mais l'homme au tatouage s'interposa :

— Te mêle pas de ça, fit-il en arrachant la mallette des mains de Francesca. C'est une histoire entre filles.

— Non, cria Francesca, ça n'est pas vrai. Je ne la connais même pas et... aïe...

Cleo la tirait brutalement par les cheveux, cherchant à l'entraîner vers les toilettes. Elle avait les larmes aux yeux. C'était horrible ! Elles étaient capables de la tuer ! Elle sentit distinctement que quelques poignées de cheveux avaient cédé. *Ses splendides cheveux châtains !* Elle vit rouge et balança un grand coup dans le ventre mou de Cleo. Celle-ci lâcha immédiatement prise. Mais Bonni venait à la rescousse. Une table se renversa avec fracas, la bagarre s'était généralisée et elle réalisa à peine que Pete, avec son gros ventre et sa chemise écossaise, ce merveilleux Pete s'était porté à son secours.

— Espèce de garce, hurlait Bonni, harponnant tout ce qui lui tombait sous la main, à commencer par les boutons en perle du chemisier grège de Francesca.

Le chemisier se déchira, et une couture de la manche lâcha.

Elle était plongée au cœur de l'échauffourée. Des chaises se renversaient sur le plancher, des bouteilles volaient, quelqu'un cria. Elle s'était cassé les ongles, son chemisier était en lambeaux, découvrant son soutien-gorge en dentelle écrue, mais pour l'instant la pudeur était le cadet de ses soucis, d'autant plus que Bonni lui griffait le cou avec ses bagues. Se raidissant contre la douleur, elle finit par échapper à la harpie. Dans la confusion générale elle prit soudain conscience qu'elle était, elle, Francesca Serritella Day, coqueluche de la haute société et chouchou des chroniqueurs mondains, à l'origine d'une rixe dans une gargote de bas étage.

La porte du *Blue Choctaw* s'ouvrit en trombe, et Skeet Cooper surgit, suivi de près par Dallie Beaudine. Dallie s'immobilisa un instant, jaugeant la situation d'un air dégoûté :

— Nom de nom! fit-il avec un soupir appuyé, avant de s'enfoncer dans la mêlée en jouant des coudes.

Jamais Francesca n'avait été aussi heureuse de voir quelqu'un, bien qu'elle ne l'ait pas immédiatement reconnu. Sentant qu'on la prenait par l'épaule, elle se retourna brusquement et donna un grand coup de poing à l'aveuglette.

— Hé, doucement! cria Dallie. Je suis censé te défendre, j'imagine!

Elle se précipita dans ses bras.

— Oh Dallie! C'est toi, enfin! Je n'y croyais plus!

— Du calme, Francie, on n'est pas encore tirés d'affaire. Mais pourquoi diable...

Il ne finit pas sa phrase. Un crochet du droit balancé par une espèce de primate l'atteignit en pleine figure et il alla s'étaler sur le plancher. Francesca avait repéré sa mallette trônant sur le juke-box et, s'en saisissant vivement, la lança à la tête de l'assaillant, mais le fermoir céda, libérant son précieux contenu. Un nuage de poudre de riz fit tousser tout le monde, ajoutant à la pagaille. Profitant de cette diversion, Dallie se remit sur pied en chancelant et entraîna Francesca :

— Filons d'ici avant de leur servir de casse-croûte!

— Mon maquillage!

Au péril de sa vie, elle rampait vers son fard à paupières pêche qui lui semblait tout à coup d'une importance primordiale.

Il l'enlaça par la taille et la souleva de terre :

— Tu me les brises avec ton maquillage!

— Lâche-moi!

Elle avait l'impression que, si elle perdait encore quelque chose, elle n'aurait plus qu'à disparaître elle-même, un peu comme le chat de Cheshire dans *Alice au pays des merveilles*, et se débattait avec l'énergie du désespoir.

– Il *faut* que je le récupère, Dallie, je t'en prie! suppliait-elle.

– D'accord, maugréa-t-il, et sans la lâcher, il ramassa la petite boîte de fard.

Elle se hâta de la ranger dans la mallette, non sans avoir laissé rouler au passage une bouteille de lotion à l'amande, mais elle avait sauvé le petit sac à main contenant ses trois cent cinquante dollars, et, chose précieuse entre toutes, elle avait son fard pêche.

Skeet leur ouvrit la porte, et Dallie put relâcher son fardeau un instant. Mais des sirènes de police hurlèrent dans la nuit et il la porta promptement jusqu'à la voiture.

– Elle ne peut pas marcher toute seule? grogna Skeet en prenant les clés que Dallie lui tendait.

– Si, mais elle parle trop, et on n'a pas le temps de discuter, fit Dallie, lorgnant les gyrophares qui se rapprochaient dangereusement. J'ai l'intention de sévir encore longtemps au sein de l'Association des golfeurs professionnels, alors tirons-nous d'ici vite fait.

Il fit asseoir Francesca à l'arrière sans trop de ménagements, puis se mit au volant.

Ils roulèrent quelques instants en silence. Francesca tremblait et claquait des dents de frayeur rétrospective. Elle tenta vainement de rassembler sur sa poitrine les lambeaux de son chemisier puis croisa les bras dans l'attente d'un quelconque signe de compassion de la part de ses compagnons. Dallie pêcha sous son siège une bouteille de scotch dont il but une longue rasade Il avait l'air pensif.

Francesca, se mordant la lèvre inférieure pour en stopper le tremblement, se préparait à subir un interrogatoire en règle.

– Je n'ai pas vu ta serveuse rousse. Tu sais ce qu'elle est devenue? fit Dallie.

– Ouais, le patron m'a dit qu'elle avait mis les voiles pour Bogalusa avec un type qui travaille à la centrale électrique.

– Dommage.

Skeet jeta un coup d'œil au rétroviseur.

– Il paraît que ce type est manchot.

– Sans blague?

– Accident du travail. Il a eu le bras écrasé par une presse à l'usine d'emboutissage de Shreveport. Aplati comme une vulgaire crêpe.

– Apparemment ça n'a pas perturbé sa vie amoureuse. (Dallie prit une autre gorgée de whisky.) Les filles sont marrantes, dans ces cas-là... Regarde cette nana qu'on a rencontrée l'année dernière à San Diego après...

– Ça suffit! (Le cri avait échappé à Francesca.) Vous êtes vraiment des monstres! Vous pourriez me demander comment je vais! J'ai failli me faire tuer.

– Sûrement pas, interrompit Dallie. Quelqu'un serait intervenu de toute façon.

Elle lui cogna le bras de toutes ses forces.

– Ouille, fit-il en se frottant.

– Elle t'a frappé? s'indigna Skeet.

– Ouais.

– Tu vas riposter?

– Je me tâte. Je sais que toi, tu le ferais. Moi aussi, fit-il en lançant à Francesca un regard noir, si je n'étais pas certain qu'elle va disparaître de ma vie dans la minute qui vient.

Elle le dévisagea, regrettant déjà son geste. Skeet faillit griller un feu rouge.

– On est loin de l'aéroport?

– C'est de l'autre côté de la ville. Au prochain feu, tu tourneras à droite pour le motel.

Skeet accéléra et la Riviera accusa le coup, plaquant Francesca contre son siège. Elle se réfugia dans un silence lourd de rancœur, attendant que Dallie lui fasse des excuses afin de lui pardonner avec magnanimité. Rien ne vint.

Ils arrivèrent bientôt au parking du motel. Skeet coupa le moteur et les deux garçons se dirigèrent vers une rangée de portes métalliques portant des numéros peints en noir. Francesca les regardait, incrédule.

– A demain, Dallie.

– A demain, Skeet.

Elle bondit à leur poursuite, une main crispée sur sa mallette, l'autre sur les lambeaux de son chemisier dont elle tentait vainement de se couvrir la poitrine.

– Dallie!

Il se retourna, prêt à mettre sa clé dans la serrure. La soie grège lui filait sous les doigts comme du sable. Pourquoi était-il si cruel envers elle dans ce moment de désarroi?

– Il faut que tu m'aides, finit-elle par articuler faiblement. (Ses yeux agrandis de frayeur lui dévoraient le visage.) J'ai risqué ma vie pour te retrouver dans ce bar sordide.

Il considéra ses seins emprisonnés dans le soutien-gorge de soie écrue, puis retirant son tee-shirt, il le lui lança :

– Je te donne ma chemise, mon chou, mais ne me demande plus rien

Puis il rentra dans sa chambre et ferma la porte derrière lui. Elle n'en croyait pas ses yeux. Jamais on ne lui avait fermé une porte au nez! Quelle honte! Toute sa frayeur jusqu'alors contenue explosa, se muant en un déferlement de rage. La colère lui étant un sentiment familier, elle s'y abandonna sans retenue. Elle jura ses grands dieux de lui faire payer cette humiliation. Elle se rua contre sa porte, la martelant de sa mallette. Comme elle aurait aimé le frapper ainsi au visage! Elle était bien résolue à lui donner un aperçu mémorable de ce tempérament fougueux sur lequel était bâtie sa légende.

La porte s'ouvrit brusquement sur Dallie, torse nu, qui l'observait calmement. Comme elle le haït à ce moment-là!

– Salaud, hurla-t-elle en jetant à travers la pièce la mallette qui atterrit sur le poste de télévision, le faisant voler en éclats. Sombre crétin! Je vais te montrer à qui tu as affaire!

Elle donna un coup de pied dans une chaise, renversant sa valise, et entreprit de mettre à sac la pièce entière, renversant les cendriers, crevant les oreillers, brisant les lampes, prenant coup par coup sa revanche sur tout ce qu'elle avait enduré : le *Blue Choctaw*, la robe rose, mais aussi la mort de Chloe, et par-dessus tout elle exorcisait sa douleur en pulvérisant symboliquement Dallas Beaudine, le plus bel homme qu'elle ait jamais rencontré et qui avait l'incommensurable audace de lui résister.

Les mains sur les hanches, Dallie assistait au massacre. Un tube de crème à raser le frôla, pour achever sa course contre le miroir.

— Incroyable!

Il allait appeler Skeet mais celui-ci était déjà sur le pas de la porte, alerté par le vacarme.

— Qu'est-ce qui lui prend? dit-il en glissant sa tête dans l'embrasure.

— Je n'en sais fichtre rien, répliqua Dallie, évitant de justesse un annuaire volant.

— P't-être qu'elle se prend pour une rock star? Attention, Dallie, voilà qu'elle s'attaque à ton bois 3.

Dallie fut sur elle en deux enjambées de sa démarche de félin. Francesca se sentit soulevée de terre et, les jambes ballantes, hissée manu militari sur l'épaule de Dallie.

— Lâche-moi, espèce de salaud!

— Pas question. C'est le meilleur bois que j'aie jamais eu.

La maintenant fermement par les jarrets, il la transporta hors de la chambre. Des portes s'ouvrirent, des curieux en peignoir observaient la scène.

— Je n'ai jamais vu une femme aussi effrayée par une petite souris de rien du tout, lança Dallie à la cantonade.

Francesca criblait son dos nu de coups de poing.

— Je te ferai poursuivre en justice, je me vengerai!

Dallie vira brusquement à droite, elle vit encore une clôture en fer forgé, des projecteurs dans l'eau, puis plus rien. Dallie venait de se délester de son fardeau à l'endroit le plus profond de la piscine du motel.

10

Côte à côte, Dallie et Skeet examinaient la surface de l'eau.

— Elle n'a pas l'air de refaire surface, observa Skeet.

— Qu'est-ce que tu paries qu'elle ne sait pas nager? J'aurais dû m'en douter.

— Tu as remarqué comme elle prononce « salaud »? On dirait qu'elle dit « sale eau ». C'est spécial, hein?

— Ouais. Elle a le chic pour bousiller nos plus beaux jurons avec son drôle d'accent.

La surface de l'eau se calmait peu à peu.

— Je suppose que tu vas la sauver encore une fois, et ainsi de suite dans les siècles des siècles.

— A moins que tu n'aies envie de plonger toi-même.

— Non merci. Sans façon. Je vais me coucher.

Exit Skeet. Dallie s'assit sur un fauteuil pour ôter ses bottes, puis, jugeant qu'elle devait être à bout de forces, il se mit à l'eau.

Francesca venait de prendre conscience que, malgré ses récents avatars, elle avait l'envie de vivre chevillée au corps. Toute sa vie était devant elle. Elle n'allait tout de même pas mourir sans avoir vécu! Écrasée par le poids de l'eau, les poumons brûlants et les membres inertes, elle était sur le point de perdre connaissance, lorsqu'elle se sentit vigoureusement empoignée. On remontait son corps vers la surface, on la sauvait! Sa tête émergea, elle aspira goulûment l'air, ivre de joie d'être en vie, agrippée aux bras salvateurs.

A demi consciente, elle se sentit hissée sur le bord de la piscine, abandonnant à l'élément liquide les derniers vestiges de son chemisier. Quand elle eut un peu recouvré ses esprits, toujours cramponnée à Dallie, elle hoqueta à travers ses sanglots :

— Jamais... je ne te... pardonnerai... je... te déteste...

Elle se recroquevillait contre lui, les bras autour de son cou, ne parvenant pas à se détacher :

— Je te déteste... Ne m'abandonne pas.

— Tu as vraiment été secouée, hein, Francie?

Mais elle était hors d'état de répondre : il fallait qu'elle s'accroche à la vie maintenant. Après un bref conciliabule avec le gérant du motel, Dallie la transporta dans une chambre où il la déposa sur le lit :

— Tu n'as qu'à dormir ici.

— Non, Dallie!

Elle fut à nouveau submergée par un accès de panique et se suspendit à son cou.

— Allez, Francie, fit-il en essayant de se dégager. Il est presque deux heures du matin et je voudrais dormir un peu.

— Non, Dallie, hurla-t-elle.

C'était un cri viscéral d'animal blessé. Plantant son regard dans ses yeux d'un bleu si intense, elle essaya de conjurer sa peur en le faisant promettre de ne pas partir sans lui avoir parlé le lendemain matin.

– C'est promis, dit-il en se libérant de son étreinte.

Il lui retira ses sandales Bottega Veneta qu'elle avait par miracle gardées aux pieds et déposa à côté du lit un tee-shirt sec.

Elle n'était pas rassurée pour autant. N'avait-elle pas fait, dans sa vie, quantité de promesses aussitôt oubliées...

Elle émit une faible protestation en direction de la porte, mais Dallie était déjà parti. Se débarrassant vivement de ses vêtements mouillés, elle se glissa sous les draps et enfouit sa tête dans l'oreiller. A peine eut-elle la pensée fugitive que Dallie aurait mieux fait de la laisser au fond de la piscine... Elle sombra immédiatement dans un profond sommeil. Les premières lueurs de l'aube filtraient à travers les rideaux lorsqu'elle se réveilla en sursaut. Rejetant les couvertures, elle se précipita vers la fenêtre, le corps endolori et la démarche incertaine, puis poussa un soupir de soulagement à la vue de la Riviera sous le ciel pluvieux. Son cœur cessa de battre la chamade et elle se dirigea instinctivement vers le miroir, selon un rite immuable destiné à l'assurer chaque matin que la terre n'était qu'un immense écrin à sa propre beauté.

Elle faillit s'étrangler de surprise devant l'étendue du désastre : ses cheveux emmêlés pendouillaient lamentablement, son cou délicat était zébré par une longue griffure, son corps était couvert de bleus, et sa lèvre inférieure au dessin si pur était hideusement gonflée. Elle passa rapidement en revue le contenu de sa mallette : un flacon de sels de bain René Garraud, du dentifrice, trois tubes de rouge à lèvres, le fard à paupières pêche et les inutiles pilules contraceptives préparées par la femme de chambre de Cissy. L'inventaire du sac à main révéla d'aussi négligeables babioles. C'était tout ce qui lui restait au monde.

Après un bon shampooing elle fit de son mieux pour se refaire une beauté, puis enfila tant bien que mal son jean et ses sandales humides. Ayant passé le tee-shirt de Dallie, elle considéra avec circonspection l'énigmatique inscription qui s'étalait sous son sein gauche : AGGIES ?

Elle se revit à New York, arpentant la Cinquième Avenue comme en terrain conquis ou dînant à *La Caravelle*, et plus elle pensait au monde qu'elle avait quitté, plus elle se sentait perdue ici.

Un coup à la porte la tira de ses réflexions. Elle se peigna en hâte avec les doigts et alla ouvrir. Dallie était appuyé contre le chambranle, arborant un coupe-vent bleu ciel dégoulinant de pluie et un jean délavé troué aux genoux. Ses cheveux bouclés étaient trempés.

Il est blond lavasse, se dit-elle méchamment, ce n'est pas un vrai blond. En plus, il aurait besoin d'une bonne coupe. Et d'une nouvelle garde-robe, ça ne serait pas du luxe. Il a un jean dont un mendiant de Calcutta ne voudrait pas. Elle avait beau essayer de passer en revue ses imperfections, c'était peine perdue. C'était le garçon le plus beau qu'elle ait jamais vu.

— Écoute, Francie, depuis hier soir je m'évertue à te faire comprendre que je n'ai pas envie de connaître ton histoire, mais puisque tu me colles au train, j'aime autant que tu me dises tout tout de suite.

Il alla s'affaler sur une chaise et posa ses pieds sur le bureau.

— Tu me dois quelque chose comme deux cents tickets.

— Quoi?

— Tu as fait pas mal de dégâts, hier soir. (Il se balançait sur sa chaise.) La télé, les lampes, une vitre... Au total il y en avait pour cinq cent soixante dollars, et encore uniquement parce que j'ai promis au gérant de faire un dix-huit trous avec lui la prochaine fois. Il y avait à peine un peu plus de trois cents dollars dans ta mallette, ce n'était pas suffisant.

Elle arracha les fermoirs de la mallette.

— Comment? Tu as fouillé dans mes affaires! Tu n'as pas le droit...

L'argent avait disparu. Elle avait les mains moites, sa voix n'était plus qu'un mince filet :

— Tu as pris mon argent.

— C'est le genre d'addition qu'il faut régler vite fait si on ne veut pas avoir les flics sur le dos.

Elle se laissa choir sur le lit, au paroxysme du désespoir. Elle était arrivée au terminus. Comme si, depuis la mort de Chloe, elle avait été précipitée dans une avalanche de catastrophes qui devait s'arrêter ici, dans ce trou perdu.

Dallie faisait un bruit énervant en tambourinant avec un stylo sur le bureau.

– Francie, je n'ai pas pu m'empêcher de constater que tu n'as pas plus de cartes de crédit que de billet d'avion dans ton sac. Dis-moi que tout ça se trouve quelque part chez un certain Louis Bouton, bien à l'abri dans une consigne de l'aéroport.

Elle regardait fixement le mur :

– Je ne sais pas quoi faire, fit-elle d'une voix étranglée.

– Tu es une grande fille, tu sais. Tu as intérêt à trouver rapidement une solution.

– Je n'arriverai jamais à me tirer d'affaire toute seule, plaida-t-elle humblement.

Dallie fit retomber sa chaise avec un bruit sec.

– Eh non! Mais c'est ton problème, miss, et n'essaie pas de me coller ça sur le dos.

Sa voix était inflexible, bien loin des accents rieurs du chevalier à la brillante armure qui lui avait sauvé la vie à plusieurs reprises.

– Si tu ne voulais pas m'aider, ce n'était pas la peine de t'arrêter sur le bord de la route. Tu n'avais qu'à me laisser tomber, comme les autres...

– Tu devrais justement te demander pourquoi tout le monde a envie de se débarrasser de toi.

– Ce n'est pas ma faute. Ce sont les circonstances.

Elle lui raconta tout par le menu, depuis la mort de Chloe, trébuchant sur les mots de peur de ne pas pouvoir tout dire avant qu'il ne la quitte. Elle dit qu'elle avait tout vendu dans l'espoir de se payer un billet de retour, mais que même avec un billet il lui était impossible de rentrer à Londres, sans argent, sans vêtements, alors que tout le monde connaissait déjà l'histoire de cet horrible film et en faisait des gorges chaudes. Elle ne pouvait rien faire d'autre qu'attendre un hypothétique coup de fil de Nicky dès qu'il serait lassé de faire la noce avec cette affreuse mathématicienne blonde.

– Tu te rends compte que je suis complètement coincée?

– Je croyais que Nicky était ton fiancé.

– Bien sûr.

– Mais alors qu'est-ce qu'il fabrique avec une mathématicienne?

– Il me fait la tête.

– Nom de Dieu, Francie.

Elle se jeta à ses pieds, avec un regard à fendre l'âme.

– Je n'y suis pour rien, Dallie. La dernière fois, nous nous sommes terriblement disputés parce que j'ai refusé de l'épouser.

Un calme alarmant se répandit sur les traits de Dallie.

– Mais non, je t'assure, ce n'est pas ce que tu crois. Nous nous sommes déjà querellés des centaines de fois et il veut toujours m'épouser. Il suffit que je lui parle, que je lui dise que je lui pardonne.

– Le pauvre imbécile, lâcha Dallie en hochant la tête.

Les yeux pleins de larmes, elle détourna la tête, puis, se reprenant :

– Il faut que je puisse tenir quelque temps. C'est tout. Hier soir, j'étais furieuse parce que tu ne me parlais même pas, et puis tu as pris tout mon argent... Si tu avais été raisonnable, tout ceci ne serait pas arrivé.

– Nom de Dieu, maintenant tu vas me rendre responsable ! S'il y a une chose que je déteste, c'est bien cette façon qu'ont certaines gens de toujours faire porter le chapeau aux autres.

– Tu n'as pas à me dire ça ! Tout ce que je te demande, c'est un peu de compassion.

– Avec un peu de liquide, hein ?

– Je te rembourserai jusqu'au dernier sou.

– Si Nicky veut bien de toi. J'ai déjà du mal à me prendre en charge moi-même, figure-toi que je n'ai pas l'intention de t'assumer ne serait-ce que quelques semaines. A dire vrai, tu ne me plais même pas.

Francesca eut une expression incrédule :

– Je... je ne te plais pas ?

– Non, vraiment pas, Francie. (Sa colère était tombée mais sa conviction n'en était pas moins évidente.) Écoute, avec ta belle petite frimousse tu fais une auto-stoppeuse épatante, et tu embrasses divinement. J'avoue que, si tu avais un caractère différent, je me serais bien envoyé en l'air avec toi, j'aurais même pu craquer pour quelques semaines, pourquoi pas ? L'ennui, c'est que tu es un condensé de tout ce que je déteste chez les gens.

– Je vois, dit-elle calmement, blessée au plus profond d'elle-même.

– Je n'ai pas beaucoup de liquide sur moi. Je paierai la note d'hôtel et je te laisserai cinquante dollars pour tenir le coup. Si tu peux me rembourser, envoie-moi un chèque poste restante à Wynette, Texas. Sinon ça voudra dire que les choses ne se sont pas arrangées entre Nicky et toi.

Il jeta négligemment la clé de la chambre sur le bureau et disparut.

A ce moment précis, elle sut qu'elle venait de toucher le fond. Elle resta comme hypnotisée par une tache sur la moquette, qui avait vaguement la forme de Capri.

Skeet se pencha à la portière de la Riviera en voyant Dallie s'approcher :

– Tu veux que je conduise? Tu pourras dormir un peu.

– Non, tu conduis comme une tortue, et puis je n'ai pas sommeil.

– Comme ça te chante.

Skeet lui tendit un café fumant ainsi qu'un petit papier rose :

– C'est le numéro de téléphone du caissier.

La feuille de papier alla bientôt en rejoindre deux autres dans le cendrier.

– Tu as déjà entendu parler de *Pygmalion*, Skeet?

– C'est ce gars qui avait une si bonne attaque à droite au tournoi de Wynette?

Dallie mit le moteur en route tout en décapsulant son café d'un coup de dent.

– Ça, c'était Pygella, celui qui est parti à Corpus Christi ouvrir une succursale de pots d'échappement Midas. *Pygmalion* est une pièce de George Bernard Shaw relatant l'histoire d'une petite vendeuse de fleurs londonienne qui devient une vraie dame.

Dallie mit les essuie-glaces en marche.

– Ça n'a pas l'air passionnant comme pièce, fit Skeet. J'ai préféré *Oh! Calcutta* qu'on a vu à Saint Louis.

– Moi aussi, j'ai bien aimé *Oh! Calcutta!* Mais ça n'est pas considéré comme un chef-d'œuvre de la littérature, tandis que dans *Pygmalion*, George Bernard Shaw essaye de faire passer un message : l'homme peut devenir meilleur, si quelqu'un s'intéresse à son sort. Le quelqu'un en question ne reçoit d'ailleurs pour récompense que tristesse et tourment.

Francesca, les yeux écarquillés de frayeur, clouée sur le pas de la porte du motel, sa mallette serrée contre son cœur comme un ours en peluche, regardait sans y croire la Riviera manœuvrer sur le parking. Dallie allait vraiment l'abandonner ici, bien que de son propre aveu il ait eu des vues sur elle. Jusqu'à présent, cela lui avait suffi pour tenir la dragée haute à un homme, mais subitement ça ne marchait plus. Son désarroi était sincère, comme celui d'un enfant mystifié qui découvre d'un seul coup la vraie couleur des choses.

La Riviera vrombit vers la sortie, puis s'inséra dans une file de voitures sur la route luisante de pluie. Elle crut défaillir. La pluie fine et froide transperçait son tee-shirt, une boucle folle lui barrait le regard.

— Dallie! hurla-t-elle, et elle se mit à courir comme une folle.

— Le fait est qu'elle ne pense qu'à elle, fit Dallie en l'apercevant dans le rétroviseur.

— C'est la fille la plus égocentrique que j'aie jamais vue, approuva Skeet.

— Elle ne sait rien faire de ses dix doigts, sauf peut-être se tartiner la figure.

— Même pas foutue de nager.

— Pas la moindre parcelle de bon sens.

Dallie laissa échapper un juron particulièrement bien senti et pila.

Francesca arriva à la hauteur de la voiture, hors d'haleine. La colère de Dallie la suffoqua. Il jaillit hors de la voiture et la plaqua contre la portière :

— Maintenant tu vas m'écouter. Jusqu'au bout. Je t'emmène, mais contre ma volonté. Et cesse de pleurnicher, nom de Dieu!

Elle sanglotait, aveuglée par la bruine :

— Mais, je...

— Boucle-la! Je ne veux pas t'entendre. Si jamais tu me sors un de tes bobards, tu gicles à grands coups de pied au derrière.

— D'accord, fit-elle, ravalant son humiliation, d'accord.

Il la toisa avec un mépris non dissimulé, lui ouvrit la porte arrière à toute volée, et, au moment où elle se penchait pour entrer, il lui assena une grande claque sur les fesses.

— Prends toujours ça! Ce n'est qu'un avant-goût de ce que je te réserve!

Le trajet jusqu'à Lake Charles parut interminable. Le nez au carreau, elle essayait de se faire oublier, mais chaque fois qu'une voiture les doublait, elle ne pouvait refouler l'absurde sensation que les passagers qui croisaient distraitement son regard étaient au courant de son infortune. Pour la première fois de sa vie, on l'avait frappée! Elle s'efforçait de ne pas y penser, de peur d'éclater en sanglots. Ils traversaient des rizières et des marécages nappés d'algues visqueuses. Elle se mordit jusqu'au sang l'intérieur de sa lèvre déjà meurtrie pour se retenir de pleurer.

Une pancarte signalait l'entrée de Lake Charles juste avant un pont en courbe. Dallie et Skeet discutaient à bâtons rompus, sans lui prêter la moindre attention.

— On arrive bientôt au motel, fit remarquer Skeet. Tu te souviens quand Holly Grace s'est pointée l'année dernière avec ce négociant de Tulsa?

Dallie grommela quelque chose que Francesca ne saisit pas et s'engagea sur le parking du motel qui ressemblait comme deux gouttes d'eau à celui qu'ils avaient quitté quatre heures auparavant. L'estomac de Francesca se mit à gargouiller et elle se rappela qu'elle n'avait rien avalé depuis la veille au soir. De toute façon elle n'avait pas un sou... Elle se demanda fugitivement qui était Holly Grace.

— Francie, j'étais déjà pratiquement à sec avant de te rencontrer, et avec tes dernières incartades ça ne s'est guère arrangé. Tu vas devoir partager une chambre avec Skeet.

— Non, pas ça!

Dallie coupa le moteur et soupira :

— D'accord Skeet, toi et moi allons partager la chambre jusqu'à ce qu'on soit débarrassé de Francie.

— Sûrement pas. On a toujours pris des chambres séparées depuis que tu es professionnel. Tu restes éveillé la moitié de la nuit et tu fais un potin à réveiller les morts.

Il se propulsa hors de la voiture et lança par-dessus son épaule :

— Puisque tu as décidé de sauver coûte que coûte cette Miss Francesca, tu n'as qu'à dormir avec elle.

Dallie ne cessait de jurer en trimballant sa valise. Francesca s'était sagement assise sur le bord d'un des lits, bien droite, les genoux serrés, comme une gamine en visite. Elle entendait la télé dans la chambre voisine relater une manifestation antinucléaire puis quelqu'un changea de chaîne et l'hymne américain retentit sur un stade, ce qui la plongea dans une rêverie amère au souvenir du badge arboré par le chauffeur de taxi à son arrivée, « Amérique terre d'espoir ». Quel genre d'espoir, pour elle qui n'avait plus rien ?

En acceptant de partager la chambre de Dallie, ne s'était-elle pas implicitement engagée à payer en nature le gîte et le couvert ?

— Arrête de prendre cet air de sainte-nitouche, fit Dallie en jetant sa valise sur le lit. Ne crains rien, miss Francie-Beaux-z-habits, je ne vais pas te violer. Reste dans ton coin, le plus loin possible de ma vue, et ça ira comme ça. Mais d'abord rends-moi mes cinquante tickets.

Elle ravala son amour-propre en lui tendant les billets et rejeta ses cheveux en arrière de ce geste qui n'était qu'à elle.

— D'après ce que j'ai cru comprendre, tu joues au golf. C'est un métier ou une simple distraction ? fit-elle d'un air faussement désinvolte.

— Disons que c'est plutôt une manie.

Il extirpa un pantalon de sa valise et s'apprêta à ôter son jean.

— Je... je crois que je vais me dégourdir un peu les jambes, fit Francesca en se détournant.

— C'est ça.

Elle fit deux fois le tour du parking, lisant les auto-collants sur les vitres arrière, déchiffrant les titres des journaux au distributeur, regardant sans le voir un play-boy à la une d'un magazine. Elle se sentait soulagée à l'idée que Dallie n'avait pas de vues sur elle, cependant elle ne comprenait pas pourquoi il ne la désirait pas. Elle avait beau avoir perdu ses vêtements et son argent, il lui restait sa beauté, sa classe. Elle se sentait incapable d'avoir un raisonnement cohérent et mit tout cela sur le compte de la fatigue. Une bonne nuit de sommeil et il n'y paraîtrait plus.

11

— Non! scanda Naomi Jaffe Tanaka dans l'appareil en frappant du plat de la main l'épaisse plaque de verre qui recouvrait son bureau, une lueur de mécontentement dans ses prunelles sombres. Cette fille n'a rien pour incarner l'Effrontée telle que nous la voyons. Si vous n'avez personne d'autre à me proposer, je ferai appel à une autre agence de mannequins.

A l'autre bout du fil, le ton se fit aigre-doux :

— Si vous voulez, Naomi, je peux vous donner les coordonnées de Wilhelmina. Je suis sûre qu'ils vous donneront toute satisfaction.

En fait, Wilhelmina avait déjà épuisé son contingent de mannequins sans réussir à satisfaire Naomi, mais celle-ci se garda bien d'en informer son interlocutrice. Elle passa nerveusement une main aux doigts carrés sur ses cheveux noirs coupés ras à la dernière mode par un grand coiffeur new-yorkais.

— Continuez à chercher, et tâchez de dégoter une fille qui ait un peu de personnalité.

Au moment où elle raccrochait, des sirènes de pompiers retentirent le long de la Troisième Avenue, huit étages au-dessous de son bureau d'angle chez Blakemore, Stern et Rodenbaugh, mais Naomi n'y prit pas garde. Élevée dans le vacarme de la grande ville, elle n'avait prêté attention à une sirène que l'hiver dernier, lorsque deux danseurs homosexuels du New York City Ballet, ses voisins du dessous, avaient mis le feu à leur appartement en approchant dangereusement leur appareil à fondue d'une paire de rideaux en chintz.

Tony Tanaka, brillant biochimiste japonais et époux de Naomi à l'époque, l'avait curieusement querellée à propos de cet incident, refusant de lui adresser la parole de tout le week-end.

Elle avait divorcé peu de temps après, l'incommunicabilité qui s'était sournoisement installée entre eux étant devenue trop odieuse à cette héritière d'une riche famille juive de l'Upper East Side de Manhattan, qui s'était illustrée en l'inoubliable printemps 1968 en prenant d'assaut au nom du peuple le bureau du doyen de l'université de Columbia.

Naomi triturait le collier de perles noir et argent qu'elle portait avec un tailleur de flanelle grise et une blouse en soie, panoplie qu'elle eût méprisée en ces jours fiévreux où, avec Huey, Rennie et Abbie, elle se passionnait plus pour l'anarchie que pour le cours de la Bourse.

Ces temps-ci, son frère Gerry avait encore fait parler de lui lors d'une manifestation antinucléaire, et une vague nostalgie l'avait envahie au souvenir de l'époque où, petite sœur attentive, elle faisait tout pour gagner l'estime de son grand frère.

Elle voyait défiler comme sur un album de photos jaunies les manifestations, les sit-in, et même un verdict de trente jours de prison.

Tandis que Gerry, alors âgé de vingt-quatre ans, faisait la révolution à Berkeley, elle entrait en première année à Columbia, à quelques milliers de kilomètres de là. Jolie, studieuse et enjouée, elle faisait la fierté de ses parents, les consolant d'avoir engendré *l'autre*, le fils dont les frasques les avaient déshonorés. L'évocation même de son nom était devenue taboue. Naomi s'était tout d'abord absorbée dans les études, se tenant à l'écart des étudiants contestataires de Columbia. Mais Gerry avait fait irruption sur le campus et elle avait été, comme les autres, fascinée par son aura.

Elle avait toujours adoré son frère, mais ce jour-là il lui était apparu comme un être mythique tandis qu'il prônait la révolution avec des accents enflammés du haut de l'escalier de la bibliothèque. Elle admirait son visage d'une grande pureté, son abondante crinière noire bouclée, ses lèvres pleines et son nez droit (alors qu'elle avait dû faire refaire le sien).

Poing levé et sourire éclatant, jamais il ne lui avait paru plus beau qu'à ce moment où, figure de proue de la contestation étudiante, il exhortait les masses à Columbia.

Elle était devenue rapidement partie prenante du mouvement, gagnant par là l'approbation de son frère mais s'éloignant douloureusement de ses parents. D'ailleurs la désorganisation du mouvement et le machisme insidieux de ses membres eurent vite raison de ses illusions, et elle cessa toute relation avec eux dès la seconde année, chose impardonnable aux yeux de Gerry. La seule fois où ils s'étaient vus en deux ans, ils s'étaient disputés sans arrêt. Sa seule hantise à l'heure actuelle était que Gerry ne se signalât par quelque action déraisonnable et qu'on ne vînt à découvrir qu'elle était sa sœur, elle qui émargeait en tant que vice-présidente d'une firme on ne peut plus conservatrice.

Elle chassa de son esprit toutes ces résurgences du passé pour se concentrer sur la maquette étalée sur son bureau : elle ressentit, comme à chaque fois qu'elle avait fait du bon travail, une intense satisfaction. Elle parcourut d'un œil expert la ligne du nouveau flacon de l'Effrontée : une goutte d'eau en verre dépoli surmontée d'un bouchon bleu marine en forme de vague. Sur l'emballage bleu marine se détacherait en lettres rose fluorescent le slogan dont elle était l'auteur : « L'Effrontée! Pour celles qui osent. » Si elle était particulièrement fière du point d'exclamation, il lui manquait cependant le plus important pour sa campagne : elle n'avait pas encore trouvé le mannequin qui ferait vendre le produit.

L'interphone retentit : sa secrétaire lui rappela son rendez-vous avec Harry R. Rodenbaugh, premier vice-président et membre du conseil d'administration de B.S.R. Mr. Rodenbaugh voulait savoir où en était le projet Effrontée.

Depuis des années qu'elle dirigeait le département Parfums et Cosmétiques de la firme, elle ne s'était jamais trouvée confrontée à pareille difficulté. Harry Rodenbaugh s'était entiché du projet Effrontée et, désirant ajouter une dernière muse à son palmarès avant de prendre sa retraite, il voulait absolument un nouveau visage pour représenter le produit.

– Il me faut une personnalité, Naomi, pas un de ces mannequins fabriqués en série, avait-il insisté lors de son dernier coup de fil. Une beauté un peu sauvage, très américaine. L'originalité de la campagne est basée sur la liberté d'esprit de la femme américaine, et si vous ne trouvez pas mieux que ces gamines insipides que vous me montrez depuis trois semaines, je vous vois difficilement continuer à assurer un poste de vice-président chez B.S.R.

Le vieux singe!

Naomi ramassa prestement ses papiers, se promettant

de contacter dès demain les agents artistiques pour se mettre en quête d'une comédienne plutôt que d'un mannequin. Des machos bien pires que Harry Rodenbaugh s'étaient ingéniés en vain à freiner son ascension. En passant au bureau de sa secrétaire pour y retirer un colis postal, elle buta sur un magazine tombé à terre. Elle le ramassa vivement, ayant repéré une série de photos prises sur le vif, toutes plus réussies les unes que les autres : au léger picotement qui lui parcourut la nuque, elle sut qu'elle avait trouvé la perle rare : elle tenait son Effrontée. En examinant les légendes, elle se rendit compte que la fille n'était pas une professionnelle, ce qui après tout n'était pas plus mal.

— Ce magazine date de six mois, fit-elle en fronçant les sourcils.

— J'étais justement en train de mettre de l'ordre dans mes tiroirs...

— Peu importe. Essayez de me la retrouver. Je la contacterai moi-même.

Lorsque Naomi sortit de chez Harry Rodenbaugh, sa secrétaire n'avait abouti à rien :

— On dirait qu'elle s'est évanouie dans la nature, Mrs. Tanaka. Tout le monde ignore où elle se trouve.

— Nous la trouverons.

Déjà elle passait mentalement en revue la liste de ses contacts. Elle saisit le magazine et se rua dans son bureau, puis, ayant calculé les décalages horaires d'un bref coup d'œil à sa Rolex, elle s'installa au téléphone.

— Dès que j'aurai mis la main sur vous, votre vie va changer, foi de Naomi, dit-elle à la jolie femme qui lui souriait sur la photo.

Un chat à l'œil vairon avait suivi Francesca sur le chemin du retour au motel. Sa fourrure d'un gris terne mitée par endroits portait les stigmates d'anciens combats et sa tête difforme était encore enlaidie par un œil recouvert d'une taie laiteuse. Pour couronner le tout, il avait une oreille à moitié arrachée. Pourquoi cet animal hideux avait-il jeté son dévolu sur elle?

— Va-t'en! ordonna-t-elle, comme si la laideur eût été contagieuse.

L'animal lui jeta un regard vaguement antipathique,

144

mais ne ralentit pas son allure. Elle soupira. Elle avait dormi tout l'après-midi et la nuit précédente, à peine consciente du charivari qu'avait fait Dallie en allant et venant. Il était parti depuis plusieurs heures lorsqu'elle s'éveilla pour de bon. Elle tombait presque d'inanition. Elle se précipita dans la salle de bains, utilisant sans vergogne les affaires de toilette de Dallie. Puis, considérant le billet de cinq dollars qu'il lui avait laissé pour son petit déjeuner, elle prit une décision héroïque.

Elle portait maintenant un petit sac en papier contenant ses emplettes : deux slips en Nylon, un mascara bon marché, un petit flacon de dissolvant, des limes en carton... et une barre de chocolat Milky Way, dont elle sentait le poids rassurant au fond du sac. Elle avait sacrifié d'improbables agapes à ces quelques produits de première nécessité. Tout en marchant, elle mesurait la distance qui la séparait de ce temps pas si lointain où l'argent lui filait entre les doigts. Elle qui dépensait sans compter aurait pu s'offrir aujourd'hui un festin de reine pour le prix d'une simple écharpe de soie.

Mais, puisque le sort en avait décidé autrement, du moins était-elle décidée à faire de son frugal repas un moment privilégié. Derrière le motel, une chaise de jardin rouillée semblait lui tendre les bras : elle allait s'y installer pour savourer sa friandise à l'ombre, dans la moiteur de l'après-midi. Encore fallait-il se débarrasser de ce chat.

— Va-t'en, sale bête, siffla-t-elle à son adresse, frappant l'asphalte du talon.

L'animal leva vers elle sa tête déformée mais resta immobile. Laissant échapper un soupir de dégoût, elle se dirigea vers la chaise, toujours suivie par l'indésirable. Bien décidée à jouir pleinement de ce moment gastronomique, elle résolut de l'ignorer. Ayant fait valdinguer ses sandales, elle plongea voluptueusement ses pieds nus dans l'herbe fraîche en s'asseyant et prit la précieuse confiserie, recueillant religieusement du bout du doigt des copeaux de chocolat tombés sur ses genoux. Nectar et ambroisie! Elle n'avait jamais rien goûté d'aussi délectable que cette première bouchée! Elle dut se faire violence pour ne pas tout avaler goulûment. Il fallait faire durer le plaisir!

Le chat émit un miaulement étrange. Il la contemplait de son œil unique, tapi derrière le tronc d'arbre.

– Qu'est-ce que tu attends de moi? Je n'ai aucune affection pour ton espèce, et je meurs de faim! Ce n'est pas la peine de me regarder comme ça.

Peut-être était-ce son imagination, mais on aurait dit qu'une sorte de résignation se lisait sur cette tête affreuse. Ses côtes étaient visibles sous son pelage triste. La deuxième bouchée lui parut soudain moins savoureuse.

– Sacré nom de Dieu, lâcha-t-elle en émiettant un morceau de chocolat qu'elle posa par terre. Te voilà satisfait, espèce de pouilleux!

Le chat s'avança précautionneusement et lui fit la faveur d'accepter l'aumône.

Il était sept heures passées lorsque Dallie entra. Elle avait eu le temps de se faire les ongles, de lire la Bible, et elle commençait à s'ennuyer ferme, si bien qu'elle dut se retenir pour ne pas courir à sa rencontre.

– Je viens de voir un chat repoussant. Je déteste les chats.

Francesca se garda de tout commentaire.

– Je t'ai apporté à manger.

Elle se précipita sur le sac qu'il lui tendait :

– Chic, un hamburger avec des frites. J'adore ça.

Elle engloutit immédiatement plusieurs frites.

– Hé Francie, on dirait que tu crèves de faim. Je t'avais pourtant laissé de l'argent, ce matin.

Il prit des vêtements propres dans sa valise et alla prendre une douche. Ayant assouvi sa faim, mais pas son besoin de compagnie, elle s'alarma de le voir prêt à ressortir :

– Tu pars déjà?

– Skeet et moi avons rendez-vous avec un certain Mr. Pearl.

– A cette heure-ci?

– Mr. Pearl a des horaires élastiques.

Elle eut le sentiment confus de passer à côté de quelque chose d'important.

– Oh, Dallie, emmène-moi avec toi, je resterai dans la voiture.

– Ce n'est pas possible, Francie, ce genre de rendez-vous peut durer des heures.

– Ça ne fait rien, j'attendrai.

146

Elle était prête à tout pour ne pas rester seule dans cette chambre pendant des heures.

— Je suis désolé, Francie-Beaux-z-habits.

— Ne m'appelle pas comme ça! C'est odieux!

Au regard de Dallie elle comprit vite qu'elle avait intérêt à changer de sujet.

— Parle-moi du tournoi, comment ça s'est passé?

— Aujourd'hui, ce n'était que l'entraînement. Le Pro-Am a lieu jeudi. As-tu des nouvelles de Nicky?

Elle secoua négativement la tête, peu désireuse d'aborder le sujet.

— Tu gagnes combien si tu remportes ce tournoi?

Il coiffa sa casquette où trônait le drapeau américain.

— A peine dix mille dollars. Mais le patron du club est un ami et je suis sûr de jouer tous les ans.

Cette somme, qui lui aurait semblé misérable il n'y a pas si longtemps, lui apparaissait comme une fortune.

— C'est formidable, Dallie, il faut que tu gagnes!

Il la regarda d'un air ébahi.

— Pourquoi ça?

— Mais pour l'argent, bien sûr.

— Tant que ma Riviera roule, je me fiche de l'argent, Francie.

— Personne ne s'en fiche. Ce n'est pas vrai.

— Moi, si, dit-il en sortant. (Il réapparut immédiatement :) Il y a un emballage de hamburger dehors. Ce n'est pas toi qui as donné à manger à cet horrible chat?

— Tu n'y penses pas. J'ai horreur des chats.

— C'est bien la chose la plus sensée que je t'ai entendue dire depuis que je te connais, acquiesça-t-il en fermant la porte.

De nouveau seule, elle assena un grand coup de pied à la chaise de bureau.

— Mais... Pearl, c'est une marque de bière, s'exclama-t-elle en découvrant une publicité dans un magazine, un soir où Dallie rentrait d'une demi-finale. Tu m'as laissée toute seule dans cette chambre avec la télé pour aller boire de la bière dans des bars nuls!

Skeet rangeait les clubs de Dallie dans un coin de la pièce.

— Tu ne devrais pas laisser traîner tes vieux magazines.

Dallie se massait un muscle endolori.

– Qui aurait pu deviner qu'elle savait lire?

Skeet sortit en gloussant.

Francesca, blessée par la remarque de Dallie, se remémorait des traits qu'elle avait elle-même décochés, se croyant spirituelle à l'époque.

– Si vous voulez vous moquer de moi, vous pourriez avoir la décence d'attendre que j'aie le dos tourné.

– Ça va, Francie, c'est pas la peine d'en faire tout un plat.

Il ne la gratifiait même pas d'un regard en lui adressant la parole. Elle avait l'impression d'être transparente. Comment avait-elle pu se figurer qu'il avait des vues sur elles? Elle ne lui plaisait pas, il le lui avait dit. C'était clair. Elle fut envahie par un cafard noir.

Il ôta sa chemise, découvrant une poitrine aux muscles bien dessinés.

– Écoute, Francie, tu n'apprécierais pas les bouis-bouis que je fréquente avec Skeet. Il n'y a pas de nappes et ça sent le graillon.

Elle se dit que c'était sûrement vrai, pensant au *Blue Choctaw*. La télé diffusait pour la deuxième fois une quelconque série intitulée « J'ai rêvé de Jeannie ».

– Ça m'est égal, Dallie. J'aime bien la friture, et les nappes c'est démodé. L'an dernier maman avait organisé une réception en l'honneur de Noureev et elle avait mis des sets de table.

– De toute façon, tu n'aimerais sûrement pas mes copains. Ce sont soit des golfeurs, soit des types du coin, et ils n'ont pas l'accent anglais. Ce n'est pas ton genre.

– Pour être tout à fait franche, j'aime bien les gens différents.

Dallie sourit et disparut dans la salle de bains pour en ressortir cinq minutes plus tard, une serviette drapée autour des reins, rouge de colère sous son hâle :

– Peux-tu me dire pourquoi ma brosse à dents est humide?

Il brandissait l'objet du délit d'un air menaçant et la regardait cette fois droit dans les yeux. Elle recula un peu, se mordant la lèvre inférieure avec une expression de culpabilité charmeuse.

– Je te l'ai empruntée.

– Empruntée! Mais c'est dégoûtant! Il n'y a pas d'objet plus personnel qu'une brosse à dents! Ça ne se partage pas comme un bout de sucre! Et ce n'est pas la première fois, je suppose.

Il jeta la brosse à dents qui la toucha au bras. Il voyait rouge.

– Prends-la, cette foutue brosse! Que tu mettes mes affaires, déglingues mon rasoir, oublies de reboucher mon déodorant, passe encore, mais là, ma patience est à bout.

Il disait vrai. Elle avait sans doute inconsciemment dépassé les bornes. Une peur panique l'envahit à l'idée qu'il pourrait la chasser de sa vie pour toujours.

– Je suis sincèrement désolée, Dallie, plaida-t-elle en allant au-devant de lui.

Il la toisa d'un regard glacial. Alors, les yeux plongés dans les siens, elle appuya doucement ses paumes sur sa poitrine, et levant la tête elle murmura :

– Ne te mets pas en colère.

Elle se serra un peu plus contre lui et posa sa joue sur sa peau nue. Aucun homme ne pouvait lui résister, il suffisait qu'elle s'en donne la peine, c'était tout.

– Qu'est-ce que tu fais là?

Sans répondre, elle se blottit un peu plus contre lui, comme un chaton qui s'endort. Elle se grisait de son parfum. Elle ne le lâcherait plus. Dallie était tout ce qui lui restait au monde. Elle coula ses bras autour de son cou, et se hissant sur la pointe des pieds parcourut de ses lèvres le dessin de son maxillaire, les seins pressés contre sa poitrine. A la rigidité qu'elle sentit sous la serviette, elle comprit qu'elle n'avait rien perdu de son pouvoir. Chloe ne l'avait-elle pas élevée pour séduire?

– Où veux-tu en venir exactement? fit-il calmement. Tu veux qu'on se culbute sous les draps?

– C'est inéluctable, non ? (Elle s'efforçait de prendre un ton détaché.) Maintenant que tu m'as prouvé que tu pouvais te comporter en parfait gentleman.

– Je crois que ce n'est pas une bonne idée, Francie.

– Pourquoi?

Elle battit des cils, sa hanche se fit plus caressante contre les siennes, en femme née pour la séduction.

– C'est clair. Nous ne nous aimons pas. (Il lui encercla doucement la taille.) Tu ne veux pas faire l'amour avec un homme qui te mépriserait le lendemain matin. C'est comme ça que ça va finir si tu continues.

– Je ne te crois pas. (Elle avait retrouvé toute sa confiance en elle.) Je crois que tu m'aimes plus que tu ne veux bien le dire.

– Ça n'a rien à voir avec l'amour. (La voix de Dallie se fit rauque tandis que ses mains s'attardaient sur la courbe de ses hanches.) C'est physique.

Comme il se penchait pour l'embrasser, elle s'esquiva vers la salle de bains avec un sourire aguicheur :

– J'en ai pour cinq minutes.

Dès qu'elle eut refermé la porte, elle prit une profonde inspiration afin de dominer sa nervosité. Le moment était venu : elle se promettait de conquérir Dallie, non seulement pour s'assurer sa protection, mais aussi pour se sentir à nouveau elle-même en faisant l'amour avec lui.

Elle se prit à rêver d'un somptueux peignoir de Natori, de champagne, de balcon donnant sur la mer dans la brise parfumée du soir. La réalité était tout autre et, quand elle se vit dans la glace, elle eut un mouvement de recul : elle se trouvait pâle, les cheveux défaits. Elle se frotta prestement les dents avec un peu de dentifrice pour se rafraîchir l'haleine. Elle ne voulait pas que Dallie la voie avec cet affreux slip en Nylon, aussi entreprit-elle d'ôter son jean, mais de vilaines marques rouges apparurent à la taille, là où la ceinture la serrait. Elle acheva de se déshabiller et s'enroula dans une serviette de bain, décidée à éteindre la lumière en désespoir de cause. Elle reprit confiance en elle, se rappelant qu'elle embrassait superbement.

Mais... si elle ne lui plaisait *vraiment* pas ?

Quelque chose en elle se brisa. Et si l'expérience s'avérait aussi désastreuse qu'avec Evan Varian ou le sculpteur à Marrakech ? Elle croisa dans le miroir un regard vert qu'elle reconnut à peine. Et si elle ne sentait pas bon ? Elle se saisit de son atomiseur de Femme et s'aspergea de parfum.

– Mais qu'est-ce que tu fabriques ?

Dallie, une main sur la hanche, se tenait dans l'embrasure de la porte.

– Rien, rien, fit-elle gauchement.

– Est-ce qu'il y a quelque chose en toi qui soit authentique ? dit-il, avisant le flacon de parfum.

– Je ne comprends pas ce que tu veux dire.

– Mademoiselle a des jeans, des sandales et des bagages griffés. Et maintenant, même son odeur est griffée!

– Dallie! Ça n'est pas drôle.

Rouge de confusion, elle fit rapidement disparaître la bouteille de parfum et ajusta plus étroitement sa serviette. Il secoua la tête d'un air de lassitude offensant.

– Allez, Francie, habille-toi. On sort. J'ai changé d'avis.

– Peut-on savoir à quoi est dû ce brusque revirement?

Dallie tourna les talons et la réponse lui parvint pardessus son épaule.

– A vrai dire, chérie, j'ai peur que, si tu ne vois pas un tant soi peu le monde réel, tu finisses par te faire vraiment du tort.

12

Le *Bar-Grill Cajun* avait nettement plus de classe que le *Blue Choctaw*, même si ce n'était pas tout à fait le cadre rêvé pour un bal des débutantes.

C'était un endroit déshérité au sud de Lake Charles, au bord de la route. Un ventilateur déglingué grinçait au plafond et la porte gémissait sur ses gonds. Derrière la table où ils avaient pris place était épinglé un espadon d'un bleu irisé entouré de calendriers et de réclames diverses.

Il n'y avait effectivement pas de nappes, mais des sets écornés où s'étalait sous une carte de la Louisiane une inscription dérisoire : « Pays élu de Dieu. »

Une jolie serveuse aux yeux noirs, en jeans et débardeur, s'approcha, considérant Francesca avec un mélange de curiosité et d'envie.

– Salut, Dallie. Il paraît que tu n'es qu'à un coup de la victoire. Félicitations.

– Merci, chérie. C'est vrai que j'ai fait une bonne prestation cette semaine.

– Qu'est-ce que tu as fait de Skeet?

L'air innocent, Francesca fixait le sucrier qui trônait sur la table.

– Il avait mal à l'estomac et a préféré rester au motel.

Dallie regarda froidement Francesca puis lui demanda si elle voulait manger quelque chose.

Une énumération de mets délicats lui vint à l'esprit (consommé de homard, huîtres glacées, pâté de caneton aux pistaches...), mais elle avait retenu la leçon et se contenta d'un « qu'est-ce que tu me recommandes » poli.

– Le chili n'est pas mal, mais les écrevisses sont meilleures.

– Les écrevisses feront l'affaire. (Pourvu qu'elles ne nagent pas dans l'huile, pensa-t-elle.) J'aimerais bien de la salade avec, sinon je vais attraper le scorbut!

Dallie commanda une grosse salade pour Francesca et du poisson frit accompagné de cornichons à l'aneth pour lui-même.

Dès que la serveuse, une prénommée Mary Ann, eut tourné les talons, deux hommes bien mis, qui se révélèrent rapidement être des participants au tournoi, les abordèrent. Très intéressés par Francesca, ils s'assirent à côté d'elle, lui prodiguant force compliments. Elle riait à chacune de leurs plaisanteries et, avant d'avoir écluse leur première bière, ils étaient prêts à lui manger dans la main. Elle était aux anges.

Pendant ce temps, Dallie s'était laissé accaparer par deux admiratrices, secrétaires dans un complexe pétrochimique de Lake Charles. Francesca l'observait subrepticement se balancer sur sa chaise en parlant, sa casquette négligemment rejetée en arrière, sa bière à la main, gratifiant d'un sourire nonchalant chacun de leurs jeux de mots scabreux sur son « putter ».

Bien qu'absorbés dans des conversations différentes, un courant passait désormais entre eux, comme s'ils avaient irrémédiablement franchi quelque limite intangible.

Trois cultivateurs musclés répondant aux noms de Pat, Louis et Stoney se joignirent bientôt à eux. Stoney, fasciné par Francesca, lui servait sans arrêt un mauvais chablis offert par l'un des golfeurs. Elle flirtait ouvertement avec Stoney, lui décochant des regards à faire fondre un bloc de marbre. Il se tortillait sur sa chaise, essayant de jouer les blasés. Les conversations individuelles tombèrent bientôt à plat et les deux groupes se mêlèrent, chacun y allant de son histoire drôle. Un peu éméchée, Francesca riait de bon cœur, comme si elle était parmi un cercle d'amis de longue date. Et il y avait la présence rassurante de Dallie. Il fit rire toute l'assemblée avec une histoire d'alligator égaré sur un terrain de golf en Floride. Pour ne pas être en reste, Francesca aussi voulut y aller de son anecdote :

– Je connais une histoire d'animaux !

Tous étaient suspendus à ses lèvres.

– Aïe, aïe, gémit Dallie.

Feignant de l'ignorer complètement, elle gratifia ses nouveaux amis d'un sourire prometteur :

– Un ami de ma mère inaugurait une nouvelle résidence près de Nairobi. (Devant l'air ahuri de ses interlocuteurs elle précisa :) Au Kenya, en Afrique. Nous y étions partis en bande pour une semaine. L'endroit était magnifique, il y avait une immense véranda donnant sur la piscine, et on y servait les meilleurs punchs. Nous nous étions entassés à quelques-uns dans une des Land-Rover pour faire un safari-photo, et roulions depuis à peine une heure lorsqu'à la sortie d'un virage, un sanglier bondit devant la voiture. (Elle observa un silence pour souligner son effet.) Il y eut un coup sourd. L'animal avait été projeté sur le bas-côté. Un violoncelliste français prénommé Raoul – un odieux personnage (elle appuya son propos d'un roulement d'yeux significatif) – voulut prendre une photo de la pauvre bête. Alors, je ne sais pas ce qui lui a pris, maman dit à Raoul : « Ce serait drôle de photographier le sanglier avec ta veste de Gucci. » Tout le monde trouva l'idée amusante et Raoul alla affubler l'animal de sa veste.

D'ahuris, les visages autour d'elle devinrent consternés. Elle *devait* les faire rire. Redoublant d'ardeur pour ménager le suspense, elle poursuivit :

– Alors, au moment où Raoul allait appuyer sur le déclic, l'animal se dressa soudain sur ses pattes et détala sans demander son reste.

L'assistance sourit poliment.

– Vous vous rendez compte, il y a en ce moment dans une réserve africaine un sanglier habillé par Gucci !

Un silence mortel s'était abattu sur la tablée, que Dallie brisa le premier :

– Elle est bien bonne. Allez, viens, on va danser.

Et il l'entraîna fermement vers le carré de lino qui faisait office de piste de danse.

— Tu vois, Francie, quand on parle à des gens dans la vie réelle, il n'y a pas de place pour des mots comme « Gucci ».

Elle en avait gros sur le cœur. Elle avait simplement voulu se faire accepter et n'avait réussi qu'à se ridiculiser. Le peu de sang-froid qu'elle avait retrouvé s'évanouit :

— Excuse-moi, fit-elle, la voix étranglée.

Avant que Dallie ait pu faire un geste, elle se précipita au-dehors. Légèrement étourdie par l'alcool, elle tituba un peu avant d'aller s'adosser à un vieux camion. Elle humait l'air moite de la nuit aux remugles de friture et de goudron mêlés. De vagues accents de *Behind Closed Doors* lui parvenaient aux oreilles.

Elle n'y comprenait plus rien. Elle revoyait Nicky, Cissy Kavendish et les autres rire aux larmes à cette histoire. Le mal du pays l'envahit subitement. Elle avait essayé de joindre Nicky au téléphone le jour même, sans succès. Elle s'imagina, parée des émeraudes de famille, dînant chez les Gwynwyck. Mais son vis-à-vis n'était pas Nicky, mais Dallie Beaudine, avec son jean délavé et sa dégaine d'acteur de cinéma, qui lui souriait triomphalement par-dessus la table Hepplewhite.

La porte battit, livrant passage à Dallie :

— Francie ?

— Oui, fit-elle, le regard perdu dans le ciel traversé d'étoiles filantes.

— Tu as fait une sacrée impression.

Elle émit un petit rire amer.

— Sans blague, rétorqua Dallie, un cure-dents au coin de la bouche. A partir du moment où tu as réalisé que tu t'étais ridiculisée, tu as été très sobre. Pas de scène, pas de cris, une sortie très digne qui a impressionné tout le monde. Ils te réclament.

— Non, vraiment ? fit-elle, moqueuse.

— Francie, c'est vrai que les trois quarts du temps tu es une enquiquineuse, mais là, tu m'as épaté. Tu t'es donnée à fond dans cette histoire de sanglier, bien que manifestement tu sois tombée à côté de la plaque.

Un bruit de vaisselle entrechoquée parvint de la cuisine, sur fond de refrain de *Behind Closed Doors*. Elle se redressa et dit brusquement :

– Je veux rentrer chez moi. Je ne supporte pas ce pays. Je veux retrouver ma maison, mes amis.

Ma mère aussi. Mais ça, elle le garda pour elle.

– Tu t'apitoies sur ton sort, hein?

– Qu'est-ce que tu ferais à ma place?

– Difficile à dire. Je ne m'imagine pas menant cette vie de sybarite.

Ne sachant pas au juste ce que signifiait « sybarite », elle se sentit vexée qu'un individu à la syntaxe approximative maniât un concept inconnu d'elle.

Dallie s'adossa lui aussi au camion :

– Dis-moi, Francie, qu'est-ce que tu as derrière la tête?

– Je veux épouser Nicky, je te l'ai déjà dit.

Pourquoi cette perspective l'attristait-elle subitement?

Dallie jeta son cure-dents dans la poussière.

– Allez, Francie! Tu n'as pas plus envie que ça de te marier avec Nicky.

– Je n'ai guère le choix. Je suis sans le sou. (Le voyant prêt à sortir un quelconque lieu commun, elle embraya sans lui laisser le temps d'ouvrir la bouche.) Non, Dallie, je sais ce que tu vas dire. Figure-toi qu'en ce bas monde il y a des gens faits pour gagner de l'argent et d'autres pour en dépenser. J'appartiens à la deuxième catégorie. Pour être tout à fait franche, je serais incapable de subvenir à mes propres besoins. Tu sais comment a tourné ma tentative pour devenir actrice, je suis trop petite pour être mannequin, alors entre aller travailler en usine ou épouser Nicolas Gwynwyck, tu imagines aisément mon choix!

– Écoute, si je réussis deux ou trois birdies à la finale demain, je vais gagner plus d'argent qu'il ne m'en faut. Veux-tu que je te paie ton billet de retour?

Médusée, elle regardait sa bouche superbe. C'était tout ce qu'elle voyait de son visage à l'ombre de la visière, ça et ses bras croisés tranquillement sur sa poitrine.

– Tu ferais ça pour moi?

– Je t'ai déjà dit que l'argent ne comptait guère pour moi. J'ai peu de besoins et, bien que je me considère comme un vrai patriote, je me sens plutôt marxiste.

Elle rit aux éclats.

– Je te suis très reconnaissante, Dallie, mais je ne peux pas rentrer immédiatement à Londres dans cet état. Mes amis n'en finiraient pas de se moquer de moi!

– Drôles d'amis que tu as là!

Elle eut la sensation douloureuse qu'il avait touché le défaut de la cuirasse, défaut qu'elle-même s'était longtemps forcée à ignorer.

– Rentre, dit-elle, je vais rester dehors encore un petit moment.

– Je ne crois pas. (Il se tourna légèrement et un rai de lumière jaune vint frapper obliquement ses traits, lui donnant soudainement un air plus âgé, mais tout aussi séduisant.) Je crois que nous avons mieux à faire ce soir.

A ces mots, une légère appréhension l'étreignit. Sa nature farouche n'était-elle pas, elle aussi, l'apanage des Serritella? Elle eut une envie irrésistible de se ruer dans la salle du *Bar-Grill Cajun*, au lieu de quoi elle proféra d'un ton désinvolte :

– Ah oui? Quoi?

– On pourrait peut-être prendre du bon temps, tu ne crois pas? (Il l'enveloppa d'un sourire enjôleur.) Grimpe dans la Riviera, je te suis.

Elle ne savait plus de quoi elle avait envie. Dallie la troublait indéniablement, et elle aurait été prête à succomber si elle avait eu meilleure opinion d'elle-même en ce qui concernait le sexe. De toute façon, il était trop tard pour reculer sans passer pour une écervelée. Elle se dirigea donc vers la voiture, en proie à des sentiments contradictoires. Dallie la rejoignit d'une allure décontractée, sans empressement particulier.

– Zut, j'ai oublié de donner à Stoney le laissez-passer que je lui avais promis. Je reviens dans une minute.

Toujours aussi nonchalant, il atteignit le bar au moment où les golfeurs en sortaient et s'attarda à discuter avec eux, mimant un swing en décrivant de grands arcs de cercle dans l'air.

Incontestablement, Dallie ne semblait pas sous l'emprise d'une passion effrénée. Elle se rencogna tristement dans son siège. Lorsqu'il revint, elle se sentait tellement cafardeuse qu'elle n'eut pas la force de le regarder. N'était-elle donc pour lui qu'une de plus sur la liste?

Un bon bain lui remettrait les idées en place et au sortir de l'eau, d'adorables frisons encore humides lui encadrant le visage, elle se maquillerait légèrement, parfumerait les draps, tamiserait la lumière dans la chambre, et tout irait mieux.

– Ça ne va pas, Francie?

– Qu'est-ce qui te fait dire ça? répliqua-t-elle, mal à l'aise.

– Tu as l'air renfrogné.

– Non, non, pas du tout.

Il alluma la radio:

– Qu'est-ce que tu veux écouter? De la country-music, ou quelque chose de plus doux?

– Ça m'est égal. J'aime bien le rock. Mon groupe préféré est les Rolling Stones. D'ailleurs j'ai inspiré trois chansons à Mick, après notre séjour à Rome.

Dallie ne semblait pas impressionné outre mesure, aussi décida-t-elle d'en rajouter. Après tout, ce n'était qu'un demi-mensonge, Mick Jagger la connaissant suffisamment pour lui dire bonjour. Elle renchérit à mi-voix, sur le ton de la confidence:

– Nous avions une maison extraordinaire qui donnait sur la Villa Borghese, avec une terrasse où nous pouvions faire l'amour à l'abri des regards indiscrets. Notre liaison a été brève. C'était un redoutable égocentrique, et puis il y avait Bianca. Quant à moi, j'ai rencontré le prince. (Elle observa un court silence.) Ah non, d'abord il y a eu Ryan O'Neal. Le prince, c'était plus tard.

Dallie hocha la tête d'un air pensif.

– Tu aimes faire l'amour en plein air, Francie?

– Bien sûr, comme la plupart des femmes!

En fait elle ne pouvait rien concevoir de plus odieux. Ils firent quelques kilomètres en silence, puis soudain Dallie tourna à droite dans un chemin de terre qui aboutissait à un petit tertre planté de cyprès déplumés alourdis de mousse.

– Où vas-tu? s'exclama-t-elle. Fais demi-tour! Je veux aller au motel!

– J'ai cru que cet endroit te plaisait, toi qui aimes faire l'amour dans des lieux insolites.

Il coupa le contact. Des stridulations d'insectes bizarres emplissaient l'air du soir.

– Nous sommes au beau milieu d'un marécage! protesta-t-elle.

– On dirait bien, fit-il en scrutant l'obscurité, et on n'a pas intérêt à s'éloigner de la voiture si on ne veut pas servir de dîner aux alligators.

Il ôta sa casquette et la lança sur le tableau de bord, puis se tut. Elle se tassa davantage dans son siège.

Il finit par briser le silence.

— Tu veux commencer, ou tu préfères que ce soit moi?

— Commencer quoi? fit-elle prudemment.

— Eh bien, les préliminaires. Tu m'intimides, avec tous tes amants célèbres. Il vaudrait mieux que ça soit toi qui donnes le ton.

— Non, non. N'en parlons plus. Rentrons.

— Facile à dire, Francie. Maintenant que tu m'as mis l'eau à la bouche, tu ne peux pas faire machine arrière comme ça.

— Mais si, c'était juste un petit flirt. Il n'y a pas de mal à ça.

— Si, Francie. Ça veut dire que je ne serai pas capable de jouer correctement. Tu sais, un athlète, c'est comme une mécanique bien huilée. Un petit grain de sable, et c'est la panne. Ça pourrait me coûter un cinq coups demain, chérie.

Sa voix était devenue subitement grave, et elle comprit qu'il se moquait d'elle.

— Bon sang, Dallie, ne me dis pas ça. Je suis déjà assez nerveuse sans tes plaisanteries!

Il éclata de rire et, passant son bras autour de ses épaules, l'attira contre lui :

— Ne te complique pas tant la vie, Francie!

Elle se sentait tellement bien dans ses bras... mais elle lui en voulait de sa légèreté.

— Pour toi, c'est simple, tu es partout à l'aise. Moi pas. (Elle prit une profonde inspiration.) A dire vrai... je n'aime pas le sexe.

Elle avait avoué ce qu'elle avait sur le cœur. Maintenant il pourrait se moquer d'elle pour quelque chose.

— Pourquoi ça? Un truc aussi agréable, qui ne coûte rien, ça devrait être ta tasse de thé, non?

— Je ne suis guère attirée par les performances sportives.

— Mm. Ceci explique cela.

Elle ne parvenait pas à oublier la présence du marais tout autour.

— Rentrons, Dallie!

— Sûrement pas! Tu vas encore t'enfermer dans la salle de bains avec ton maquillage et ton parfum.

Il souleva délicatement ses cheveux et promena ses lèvres sur son cou.

– Tu as déjà flirté dans une voiture?

– Dans une limousine de la famille royale, ça compte?

– Pas tant que les vitres ne sont pas embuées!

Elle se laissa peu à peu envahir par la sensation délicieuse que son contact faisait naître en elle. Il prit doucement le lobe de son oreille entre ses dents et le mordilla.

Elle ne sut pas qui des deux avait commencé, mais elle sentit bientôt les lèvres de Dallie contre les siennes. Ses mains plongèrent dans sa chevelure, et il fit ployer sa nuque en arrière jusqu'à ce que, lèvres offertes, elle attendît son baiser, mais il se contenta de jouer avec sa lèvre inférieure. Elle passa la main sous son tee-shirt pour sentir sa peau nue et s'abandonna bientôt à la volupté du baiser, sans plus se préoccuper de la suite des événements. Il fit glisser sa main le long de sa taille pour dénouer la ceinture froncée de son tee-shirt.

– Qu'est-ce que ça veut dire : Aggies?

– Quand on a fréquenté comme moi l'université au Texas, on est un Aggie.

Elle recula vivement, les yeux écarquillés :

– Tu es allé à l'université?

Il la considéra avec une expression légèrement agacée.

– J'ai une licence de littérature anglaise. Tu veux que je te montre mon diplôme? On a mieux à faire pour l'instant, non?

– Ça alors! (Elle éclata de rire.) Toi, une licence de littérature anglaise! Tu ne parles même pas l'anglais correctement!

Sincèrement blessé, il se rembrunit :

– Ça, c'est aimable!

Alors, toujours riant, elle se jeta dans ses bras, lui faisant perdre l'équilibre :

– Je voudrais te dévorer tout entier, Dallie Beaudine.

Il rit à son tour, mais elle l'étouffait de baisers. Sa peur s'était envolée ainsi que ses complexes, et elle s'allongea contre lui.

– On n'a pas de place ici, chérie. Viens, murmura-t-il contre ses lèvres.

Il ouvrit la portière, sortit, puis lui tendit la main; une fois dehors, il la plaqua contre la voiture et, l'enserrant de ses cuisses, lui donna un baiser profond, sensuel. Le plafonnier de la Riviera dispensait une maigre lumière qui faisait paraître encore plus impénétrables les ténèbres alentour. Elle se représenta furtivement un crocodile aux aguets sous la voiture, puis ses pieds, chaussés de sandales ajourées. Sans cesser d'embrasser Dallie, elle se hissa lentement sur la pointe de ses bottes de cow-boy.

— J'adore ta façon d'embrasser, murmura-t-il.

Caressant son dos nu, il dégrafa son soutien-gorge. De son autre main il s'apprêtait à baisser la fermeture Éclair de son jean.

Elle se sentit de nouveau anxieuse, et cette fois les alligators n'y étaient pour rien.

— Allons acheter du champagne, Dallie, cela m'aidera à me décontracter.

— Je m'en charge. Pas besoin de champagne!

— Mais, Dallie, on est dehors!

— Il n'y a que toi et moi dans ce marais.

La fermeture Éclair avait cédé.

— Je... je crois que c'est trop tôt pour moi.

Il se mit à caresser ses seins sous le tee-shirt tout en laissant errer ses lèvres sur son cou. Elle fut à nouveau en proie à une frayeur irraisonnée. Il effleura le bout de son sein avec son pouce et elle gémit faiblement. Elle aurait voulu lui prouver qu'elle était une amoureuse hors pair, mais comment faire dans cet endroit infect?

— Dallie, il me faut du champagne, des draps, des lumières tamisées...

Il la regarda bien droit dans les yeux :

— Non, chérie. Ce qu'il te faut, c'est être toi-même. Tu n'as pas besoin de béquilles, Francie. Tu es assez forte, il faut que tu comprennes ça.

— J'ai peur, c'est tout, dit-elle, se détachant de lui, mais ses mots sonnaient faux. (Elle décida de tout lui avouer :) Je vais te paraître stupide, mais Evan Varian m'a dit que j'étais frigide, et puis il y a eu ce sculpteur à Marrakech...

— Tu ne crois pas qu'on va en rester là, tout de même?

Elle eut un regain d'hostilité envers lui :

— Tu m'as emmenée ici exprès, hein? Je ne suis pas de celles qu'on culbute sur la banquette arrière, figure-toi!

— Qui parle de banquette?

— Non, Dallie, pour rien au monde tu ne me ferais m'allonger par terre avec toute cette vermine!

– Je n'y tiens pas moi-même.

– Mais où, alors?

– Laisse-toi aller, Francie, et tout ira bien. Je ne te dirai pas où parce que tu vas te demander si la couleur est assortie ou non. Pour une fois dans ta vie, arrête de te contempler cinq minutes!

C'était comme s'il lui avait tendu un miroir: l'image qu'elle donnait d'elle-même était donc si futile? Piquée au vif, elle se mit en devoir d'ôter son jean.

– Très bien, Dallie. A ton gré. Mais ne t'attends pas à des exploits de ma part.

Elle s'emberlificotait dans les jambes de son jean trop serré.

– Saloperie! Ça t'excite, hein, de me regarder? fulminait-elle.

Comme il s'approchait d'elle, elle lui jeta un regard furibond derrière le rideau de ses cheveux défaits.

– Ne me touche pas. J'y arriverai toute seule.

– Pas très prometteur, comme début.

– Fiche-moi la paix!

Entravée par son pantalon, elle sautilla jusqu'à la voiture et, s'asseyant tant bien que mal, finit par s'en extirper.

– Laisse-moi te prendre dans mes bras et reprends ton souffle.

Ce qu'elle fit. Elle se lova contre lui, puis il l'embrassa à nouveau; elle se laissait faire, ne cherchant plus à donner le change, et bientôt elle se sentit merveilleusement bien. Elle enroula ses bras autour de son cou. Soulevant son tee-shirt, il lui étreignit doucement les seins, embrassant tour à tour leurs pointes dressées. Elle tremblait de plaisir et ses mains couraient sur la peau nue de Dallie.

Il la souleva de terre et la déposa... sur le capot de la Riviera.

– Non! hurla-t-elle.

Elle allait protester véhémentement, mais ses lèvres entrouvertes étaient comme une invite, et avant qu'elle ait pu articuler un son, il lui ferma la bouche d'un baiser plus profond, plus sensuel, et à son corps défendant elle se mit à gémir, oubliant jusqu'à son humiliante position. Tout son corps se tendait vers lui; alors, encerclant une de ses chevilles, il lui intima de poser son pied sur la plaque d'immatriculation. Elle obtempéra. Sa voix était rauque, son souffle court :

— Avance un peu tes hanches. Oui, comme ça, c'est bien.

Elle arracha son tee-shirt pour sentir sa poitrine nue contre ses seins et protesta faiblement lorsqu'il se mit en devoir de lui ôter sa culotte.

— Dallie...

— Allons, chérie...

Elle frissonna au contact du métal froid et poussiéreux contre sa peau.

— Francie, tu prends la pilule, n'est-ce pas ?

Elle hocha la tête en guise de réponse. En fait, elle n'avait plus ses règles depuis quelques mois et son médecin lui avait conseillé d'arrêter la pilule, sachant qu'elle ne risquait rien.

La caresse de Dallie se fit plus précise entre ses cuisses, vers cet endroit secret d'elle-même qui l'effrayait. Il la caressait à l'intérieur.

— Dallie, fit-elle dans un souffle.

— C'est bon ?

— Oh... oui.

Elle ferma les yeux, s'abandonnant à l'ivresse qui la submergeait tout entière. Il lui écartait doucement les jambes, ses pieds reposant sur le pare-chocs et, lui soulevant délicatement les hanches, il la pénétra. Elle poussa un gémissement.

— Je t'ai fait mal ?

— Oh non, c'est si bon...

Elle aurait voulu lui prouver qu'elle était une amoureuse exceptionnelle, mais tout semblait chavirer autour d'elle. Elle eut alors envie de le sentir plus intensément et elle enroula ses jambes autour de ses hanches, se donnant sans retenue.

— Doucement chérie, prends ton temps.

Il commença à bouger lentement, lui donnant un plaisir jusque-là inconnu. Il murmura d'une voix légèrement enrouée :

— Tu viens...

— Oh oui, Dallie...

Il y eut comme une explosion de bruits et de couleurs dans sa tête. Il jouit avec une sorte de cri rauque, tressaillit pendant un moment délicieusement interminable, puis son corps se fit lourd sur elle. Elle pressait sa joue contre ses cheveux, le sentant vraiment en elle, avec elle. Ils étaient collés l'un à l'autre par la transpiration et elle trouvait cela délicieux. Est-ce que c'était ça, être amoureux? Bien sûr. Elle était amoureuse, c'est pourquoi elle avait été si malheureuse ces jours-ci.

— Francie?
— Oui?
— Ça va?
— Merveilleusement bien.

Il se souleva sur un coude et lui sourit :
— Si on rentrait au motel pour essayer le lit?

Sur le chemin du retour, elle se pelotonna contre lui, mâchonnant un double-bubble, perdue dans des rêves d'avenir.

13

Naomi Jaffe Tanaka rentrait chez elle, son porte-documents dans une main et un sac en papier brun perché sur la hanche. Le sac recelait tout ce qu'il faut pour un dîner studieux : figues, gorgonzola et pain frais. Elle posa le sac sur le comptoir de granit de la cuisine laquée de rouge bordeaux. Son appartement était chic et cher, comme il seyait à la vice-présidente d'une grosse agence de publicité.

Naomi sortit le gorgonzola et le disposa sur une assiette de porcelaine rose. Elle n'était plus qu'à une petite encablure de la vice-présidence : il ne lui restait qu'à trouver l'Effrontée dans les plus brefs délais.

Elle ôta ses escarpins de daim gris et déballa ses provisions. Elle et sa secrétaire avaient passé des dizaines de coups de fil sans mettre la main sur la perle rare. Celle-ci n'était jamais chez elle. Naomi se frotta les tempes, ce qui ne soulagea en rien le mal de tête qui la tenaillait depuis le matin. Elle allait prendre un bain, s'envelopper dans son plus vieux peignoir, et se servir un verre de vin avant de se mettre au travail. Elle commença à dégrafer sa robe, tout en actionnant avec son coude l'interrupteur du living-room.

– Comment ça va, petite sœur ?

Naomi tressaillit en reconnaissant la voix de son frère et son cœur battit à tout rompre.

– Mon Dieu !

Déplacé dans ce décor sophistiqué, Gerry Jaffe était affalé sur le canapé rose, avec ses jeans élimés et sa chemise bleu passé. Il arborait une coiffure Afro et ses traits étaient toujours aussi séduisants, même si deux sillons creusaient ses joues et si une cicatrice barrait sa pommette gauche. Ses yeux de braise brûlaient encore d'une ardeur inapprivoisée.

– Comment diable es-tu entré ?

A sa colère s'ajoutait un sentiment de fragilité. Gerry était bien la dernière personne qu'elle eût envie de voir en ce moment, sa présence faisant ressurgir ses anciens complexes de petite sœur.

– Tu n'embrasses pas ton grand frère ?

– Je ne veux pas de toi ici.

Une impression d'immense lassitude émanait de lui, mais Gerry jouait très bien la comédie.

– Pourquoi n'as-tu pas téléphoné ? Tu as encore été arrêté ?

Elle se souvint avoir vu récemment des photos de Gerry dans la presse alors qu'il dirigeait une manifestation contre le stationnement du sous-marin nucléaire *Le Trident* à la base navale de Bangor, Maine.

– Bah, qu'est-ce qu'une arrestation de plus ou de moins au regard du combat pour la liberté ?

S'extirpant du canapé, il lui tendit les bras, avec son sourire le plus charmeur :

– Allez, ma belle, embrasse-moi !

Elle faillit se laisser attendrir, tant il ressemblait au grand frère qui lui offrait des bonbons quand elle avait ses crises d'asthme.

Alors, avec un grognement monstrueux, il enjamba la table basse en marbre et s'avança vers elle en zigzaguant, les mains en crochet, dans une imitation très réussie de Frankenstein.

– Le cyclope aux crocs de loup est de retour, grimaça-t-il.

– Arrête! fit-elle d'une voix suraiguë.

Les années passées semblaient ne pas avoir eu de prise sur Gerry : il était toujours aussi exubérant qu'au bon vieux temps, mais elle n'était pas en mesure de succomber à son charme, cette fois-ci.

– Le monstre assoiffé de sang se nourrit exclusivement de la chair des jeunes vierges...

– Gerry, assez!

Malgré sa contrariété, elle ne put s'empêcher de rire. Elle recula de quelques pas, mais il continuait à jouer le jeu, les yeux révulsés et le visage déformé par une mimique irrésistible de drôlerie. Il donna l'estocade avec un cri inhumain. Prisonnière dans ses bras, submergée par une bouffée de nostalgie, elle eut envie de hurler comme lorsqu'elle était petite : « Maman, Gerry m'embête! » Il fit mine de la mordre à l'épaule, puis se recula avec dégoût.

– Qu'est-ce que c'est que ça, ce n'est pas de la chair de vierge!

Il l'enleva dans ses bras et la déposa sans ménagement sur le canapé :

– Zut, maintenant il va me falloir une pizza!

Elle l'adorait et le détestait tout à la fois. Elle bondit du canapé et lui donna une bourrade sur l'épaule.

– Eh, doucement, petite sœur, je suis non violent!

– Non violent! A d'autres! Qu'est-ce qui te prend de débarquer ici comme ça? Quand vas-tu te décider à te prendre en charge?

Il ne répondit rien, les yeux rivés sur elle. Leur bonne humeur avait été de courte durée. Il promenait un regard réprobateur sur ses vêtements coûteux, sur le luxe de son appartement, comme si elle était responsable de toute la misère du monde.

– Je ne plaisante pas, Gerry. Je ne veux pas de toi ici.

– Finalement, le vieux doit être fier de toi. Sa petite Naomi est devenue une sale capitaliste, comme tout le monde.

– Ne commence pas.

Il poursuivit, avec un rire cynique :

– Au fait, tu ne m'as pas dit comment il a réagi quand tu as épousé ce Japonais. Un Japonais prénommé Tony! Quel pays!

– La mère de Tony est Américaine. Et puis c'est l'un des biochimistes les plus éminents du pays...

Elle n'alla pas plus loin, n'ayant guère à cœur de prendre le parti d'un homme qu'elle n'aimait plus. Se tournant lentement vers lui, elle scruta son visage : la lassitude avait de nouveau envahi ses traits.

– Tu as des ennuis, n'est-ce pas?

Gerry haussa les épaules. Il avait l'air vraiment très las.

– Viens dans la cuisine, je vais te faire quelque chose à manger.

C'était une tradition familiale. Le monde pouvait s'écrouler, chez les Jaffe, on trouvait toujours le temps de dîner. Gerry s'était allumé une cigarette, l'air pensif. Naomi prépara un sandwich à la viande comme il les aimait, avec une tranche de gruyère, et mit les figues sur une assiette. Elle l'observait du coin de l'œil en se versant un verre de vin et se rendit compte qu'il était affamé, bien qu'il fît en sorte de le lui dissimuler. De tout temps les femmes s'étaient fait un point d'honneur à subvenir aux besoins de Gerry Jaffe, et elle imaginait qu'il en était toujours ainsi. La façon dont il traitait celles qui tombaient amoureuses de lui avait le don de la mettre hors de ses gonds.

Elle lui fit un deuxième sandwich, qu'il engloutit consciencieusement. Elle eut en le regardant un absurde accès d'orgueil : son frère avait été incontestablement le meilleur d'entre tous. Mais aujourd'hui il faisait figure de dinosaure dans cette époque d'individualisme forcené. Il s'attaquait aux centrales nucléaires avec des armes dérisoires et prêchait la révolution à des gens rendus sourds par leur walkman.

– Tu paies combien ici?

– Ça ne te regarde pas.

Elle n'avait aucune envie de s'entendre recenser le nombre d'enfants sous-alimentés qu'elle aurait pu nourrir avec le prix de son loyer.

Gerry froissa sa serviette et se dirigea vers le réfrigérateur pour se servir un verre de lait.

– Comment va maman?

Pour fortuite que fût la question, elle ne trompa pas Naomi.

– Elle a eu un peu d'arthrite, mais à part ça, ça va.

166

Gerry rinça son verre. Il avait toujours été plus méticuleux qu'elle.

— Papa aussi va bien, dit-elle brusquement sans attendre l'inévitable question. Tu sais qu'il a pris sa retraite l'été dernier.

— Ouais, je sais. Est-ce qu'ils demandent...

Ce fut plus fort qu'elle, Naomi se précipita vers Gerry et posa sa joue contre son bras.

— Je sais qu'ils pensent à toi, dit-elle doucement. Ç'a été dur pour eux.

— Ils n'ont pas de quoi être fiers, n'est-ce pas ?

Il la serra furtivement contre lui et s'esquiva. Il alluma une cigarette et, s'approchant de la fenêtre, contempla un moment la ligne d'horizon des gratte-ciel de Manhattan.

— Dis-moi ce que tu es venu chercher, Gerry.

Il planta sa cigarette au coin de ses lèvres et, joignant les paumes, se pencha en avant, esquissant un salut :

— Un simple refuge, petite sœur, c'est tout.

Dallie remporta le tournoi de Lake Charles.

— Naturellement, grommelait Skeet alors que les trois compères regagnaient le motel avec une coupe en argent et un chèque de dix mille dollars en poche. Naturellement, tu as gagné ce tournoi qui rapporte des clopinettes. Comme par hasard tu as joué divinement. Pourquoi diable n'es-tu pas capable des mêmes exploits à Firestone, ou devant des caméras de télévision ? Peux-tu m'expliquer ça ?

Francesca ôta ses sandales et se laissa choir sur le lit. Elle était épuisée, ayant arpenté le dix-huit trous d'un bout à l'autre, aussi bien pour encourager Dallie que pour dissuader les secrétaires du complexe pétrochimique de le suivre de trop près. Tout allait changer pour Dallie maintenant qu'elle était amoureuse de lui. Il jouerait en pensant à elle et remporterait tous les tournois. Ils étaient amants depuis à peine un jour et sans doute était-il prématuré de former des projets d'avenir, mais elle ne pouvait s'en empêcher.

— Je suis fatigué, Skeet, remettons cette discussion à plus tard, tu veux bien ?

— Chaque fois tu me réponds la même chose. Tu évites toujours le sujet !

— Ça suffit, Skeet, cria Francesca en bondissant hors du lit. Vous ne voyez pas qu'il est fatigué? Il a gagné le tournoi, nom d'un chien! Il a été magnifique.

— Tu parles! fit Skeet d'une voix traînante. Il a joué à peine aux trois quarts de son potentiel et il le sait mieux que quiconque! Occupez-vous plutôt de votre maquillage, Miss Fran-ches-ka, et laissez-moi prendre soin de Dallie.

Il sortit en claquant la porte.

— Pourquoi ne le renvoies-tu pas, Dallie? Il te met des bâtons dans les roues sans arrêt!

Dallie ôta sa chemise en soupirant.

— Laisse tomber, Francesca.

— Ce type est à ton service et il se comporte comme si tu étais au sien. Ça doit cesser.

Il sortit un pack de bière d'un sac en papier brun qu'il avait rapporté du supermarché et en ouvrit une. Il boit trop, se dit Francesca, bien qu'il n'ait jamais l'air ivre. Qui plus est, elle l'avait vu absorber des pilules suspectes. Le moment venu, elle le ferait renoncer à tout ça, pensa-t-elle.

— N'essaie pas de te dresser entre Skeet et moi, Francie.

— Je veux simplement te faciliter les choses.

— Ah bon! Ne te donne pas cette peine, veux-tu? (Il vida sa bière d'un trait.) Je vais prendre une douche.

Redoutant par-dessus tout sa colère, elle composa un sourire des plus enjôleurs :

— Tu veux que je te masse?

— Je suis fatigué, laisse-moi, veux-tu.

Il s'enferma dans la salle de bains et ouvrit la douche toute grande, s'abandonnant au jet bienfaisant sur ses épaules endolories.

Il se dit que, fatalement, Francesca allait se figurer qu'elle était amoureuse de lui et s'en voulut de ne pas avoir résisté à la tentation que leur promiscuité avait attisée. Cependant, elle l'avait touché lorsqu'elle avait raconté cette histoire stupide de sanglier. Maintenant, elle allait s'accrocher à lui, lui faire des scènes s'il ne lui offrait pas des fleurs, et tout le tralala. Il était pris au piège alors que Wynette approchait, et la date fatidique de Halloween. Pourtant — mais ça, il le garderait pour lui — c'était une des filles les mieux balancées qu'il eût jamais

168

rencontrées, et il savait, même si c'était une erreur, qu'il se retrouverait au lit avec elle avant longtemps, même si ce n'était pas elle qu'il aimait le mieux.

C'est le moment que choisit le Bear pour ressurgir des méandres du cerveau de Dallie, tout auréolé de lumière.

Tu es vraiment un moins-que-rien, Beaudine. Un sale raté. Ton père avait raison. C'est bientôt Halloween...

De rage, Dallie donna un violent coup de poing dans les robinets.

Le lendemain, ses relations avec Francesca ne s'améliorèrent guère. Juste après la frontière du Texas, Dallie s'enquit d'un bruit bizarre provenant de l'arrière.

— Qu'est-ce que c'est? demanda-t-il à Skeet. Le moteur vient juste d'être révisé.

Skeet était plongé dans un article de *People* sur la princesse Margaret et répondit distraitement :

— C'est peut-être le pot d'échappement.

— Tu n'as rien entendu, Francie?

— Non, non, fit-elle vivement.

C'est alors qu'un cri rauque emplit l'habitacle. Dallie se mit à jurer.

— Nom de Dieu, je connais ce bruit, Francie. Ne me dis pas que tu as recueilli ce chat borgne?

— Écoute, Dallie, ne te fâche pas. Il m'a suivie jusque dans la voiture et je n'ai pas réussi à m'en dépêtrer.

— Bien sûr. Si tu ne lui avais pas donné à manger, il ne t'aurait pas suivie!

Il lui jeta un regard furibond par rétroviseur interposé.

— C'est que... il était si maigre... je n'arrivais pas à avaler une bouchée... il me regardait.

Skeet s'esclaffa.

— Qu'est-ce que tu trouves de drôle à ça, hein? rugit Dallie à l'intention de Skeet.

— Rien, ricana celui-ci, absolument rien.

Dallie se rangea sur le bas-côté de la route, ouvrit sa portière et se retourna. Le chat était allongé dans un coin.

— Jette-moi cet animal dehors immédiatement, Francie.

— Mais, il va se faire écraser!

Elle ne savait pas pourquoi elle s'obstinait à protéger cet animal qui ne lui avait jamais manifesté la moindre reconnaissance.

– Il faut qu'il voie le vaste monde !

Dallie fit un grand geste en direction du chat qui, pris de panique, arqua le dos et mordit Francesca à la cheville. Celle-ci poussa un hurlement de douleur.

– C'est ta faute, cria-t-elle à l'adresse de Dallie, examinant sa cheville écorchée, puis, s'en prenant au chat : Sale bête, il peut bien te jeter sur la route, c'est tout ce que tu mérites !

Le visage de Dallie s'éclaira d'un sourire :

– Après tout, on peut bien laisser son chat à Francie, ce serait dommage de briser une si belle entente ! fit-il en regardant sournoisement Skeet.

Pour qui aime les petites villes, Wynette, Texas, est l'endroit rêvé. D'autant plus que la ville de San Antonio n'est qu'à deux heures de route au sud-est, pour qui n'est pas trop pointilleux sur ces limitations de vitesse dont les bureaucrates de Washington rebattent les oreilles des citoyens texans. Des sumacs dispensent leur ombre le long des rues de Wynette et une fontaine de marbre trône au beau milieu du parc. Les habitants, pour la plupart d'honnêtes et robustes fermiers, veillent jalousement sur l'intégrité du conseil municipal, à majorité conservatrice. Finalement, c'est une ville où il fait bon vivre.

Sans la touche personnelle qu'elle y avait apportée, la maison de Miss Sybil Chandler n'aurait été qu'une monstruosité victorienne de plus. Mais elle avait repeint les boiseries tristes de tons allègres, rose et mauve, et avait suspendu des fougères à l'entrée, dans des cache-pots en macramé de sa confection. Pour parachever le tout, elle avait agrémenté les encadrements de fenêtre d'une frise au pochoir où caracolaient des lièvres orange clair. Très fière du résultat, elle avait signé son œuvre d'un mini-curriculum vitae qui s'étalait sous la boîte aux lettres :

Ceci est l'œuvre de Miss Sybil Chandler, professeur en retraite, présidente des Amis de la bibliothèque municipale de Wynette, fervente admiratrice de W.B. Yeats, Hemingway et autres rebelles.

Puis, trouvant que ça ressemblait trop à une épitaphe, elle avait tout dissimulé, excepté la première ligne, avec un autre lièvre. Cependant le mot rebelle, du latin *rebellis*, sonnait délicieusement à son oreille et elle aurait souhaité avoir sur sa pierre tombale cette simple inscription : « Rebelle ».

Elle se demandait si, au regard des glorieux rebelles du passé, elle méritait elle-même cette épithète. Après tout, elle n'avait fait sa propre révolution que douze ans auparavant, à l'âge de cinquante-quatre ans, lorsqu'elle avait décidé d'abandonner le métier de professeur qu'elle exerçait brillamment depuis trente-deux ans dans un prestigieux lycée de jeunes filles de Boston, pour s'installer au Texas. Au grand dam de ses amis, elle était partie avec armes et bagages, renonçant, ce faisant, à une part de sa confortable retraite.

Dans l'avion qui la transportait à San Antonio, elle avait troqué son tailleur strict contre une paire de jeans – ses premiers ! – et un chemisier à motifs cachemire, puis avait dénoué son chignon poivre et sel, chaussé des bottes rouges flambant neuves, et s'était plongée dans la lecture de Betty Friedan.

Elle avait choisi Wynette par pur hasard en fermant les yeux et pointant son doigt sur la carte. Le conseil d'enseignement, flatté qu'un professeur si brillant souhaite enseigner dans sa petite ville, l'avait engagée haut la main. Le jour où elle s'était présentée dans une tenue excentrique, le proviseur avait pensé la congédier sur-le-champ, mais elle l'avait circonvenu avec son regard aigu et l'affirmation qu'elle interdirait les pantalons dans sa classe. Elle entra en fonction une semaine plus tard, ne tardant pas à agonir d'injures le conseil de gestion de la bibliothèque pour avoir retiré *L'attrape-cœur* du catalogue.

Bientôt J.D. Salinger réapparut dans les rayonnages, la classe de Miss Sybil obtint les meilleurs résultats au contrôle de fin d'année, et elle perdit sa virginité avec B.J. Randall, qui tenait le magasin de matériel électrique et la considérait comme la femme la plus merveilleuse du monde.

Tout alla pour le mieux jusqu'à la mort brutale de B.J. Randall. A soixante-cinq ans elle dut prendre sa retraite, et se retrouva seule, désœuvrée, avec de maigres ressources, dans un petit appartement du centre-ville. Un soir d'insomnie elle était allée s'asseoir en robe de chambre sur le bord du trottoir. C'était là que Dallie l'avait trouvée.

Pour l'instant elle venait de raccrocher après sa conversation hebdomadaire avec Holly Grace et s'apprêtait à remplir un arrosoir en laiton. Les garçons seraient là dans quelques heures. Ayant soigné les plantes, elle enjamba un des deux chiens bâtards de Dallie, se mit à son ouvrage de tapisserie près d'une fenêtre ensoleillée, et laissa vagabonder son esprit. Elle se revit cet hiver de 1965 : elle venait d'interroger les étudiants de deuxième année sur *Jules César*, lorsqu'un jeune garçon dégingandé fit irruption dans la salle. Il posa sur son bureau un bulletin d'inscription puis, sans y être convié, se dirigea d'un air sûr de lui vers un siège vacant où il s'affala en déployant des jambes interminables au milieu de l'allée. Les filles riaient nerveusement et les garçons l'observaient avec défiance. Après quoi, il sombra dans un profond sommeil jusqu'à ce que la cloche retentît. Miss Sybil l'appela à son bureau pour l'informer des règles en vigueur dans la classe :

– Je ne tolère ni la paresse, ni le chewing-gum. Vous m'écrirez pour demain matin un court essai sur vous-même.

Il la toisa d'un air impertinent et répliqua :

– Allez vous faire voir, m'dame.

Avant qu'elle ait pu réagir, il était sorti. Mais elle avait décelé plus que de la simple insolence dans ce regard bleu maussade : c'était, lui aussi, un rebelle !

A six heures trente tapantes, le soir même, elle sonnait à la porte d'un duplex délabré. Un type sinistre, censé être le tuteur du jeune garçon, lui ouvrit. Il lui expliqua qu'il avait l'intention de se fixer à Wynette pour que Dallie puisse suivre une scolarité normale. Malheureusement il s'était fait renvoyer le premier jour pour avoir frappé le professeur de gymnastique.

– C'est un personnage exécrable, fit Miss Sybil, il a eu raison. (Ayant senti une présence derrière elle, elle s'empressa d'enchaîner :) Non que je sois pour la violence physique, mais parfois ça soulage, n'est-ce pas ?

Puis, se tournant vers le gamin avachi contre le chambranle, elle lui dit qu'elle venait l'aider à faire son devoir.

– Et si je refuse ? ricana-t-il.

172

– Je suppose que votre tuteur y verra quelque inconvénient. Dites-moi, Mr. Cooper, quelle est votre position concernant la violence physique?

– Ça ne me dérange pas, fit Skeet.

– Vous croyez-vous capable de contraindre Dallie physiquement à faire ce que je lui demande?

– J'ai le poids pour moi mais, lui, il a la taille. Et puis, si je le blesse, il ne sera plus bon à rien sur le terrain de golf ce week-end. Ma réponse est non.

– Très bien. Dallie, je te demande de faire ce devoir de ton plein gré, pour l'amour de ton âme immortelle!

Il secoua la tête, en mordillant un cure-dents. Elle fit de son mieux pour dissimuler sa déception, et extirpa un livre de poche de son sac à provisions:

– J'ai remarqué que tu avais un vif intérêt pour la sexualité, à en juger par les œillades que tu as lancées aux filles de la classe. Voici un excellent ouvrage sur le sujet, fit-elle en lui tendant *l'Amant de Lady Chatterley*. J'attends un résumé intelligent dans deux jours.

Et elle fit volte-face. Pendant presque un mois, elle assiégea sans relâche le petit duplex, bombardant son cher rebelle de livres interdits, exhortant Skeet à lui tenir la bride un peu plus serrée.

Skeet finit par lui confier:

– C'est un fugueur, vous comprenez. Et je ne suis même pas son tuteur légal: je suis un ex-détenu qu'il a ramassé dans une station-service, et le plus paumé des deux n'est pas celui qu'on pense.

– Qu'importe, c'est un adolescent et vous êtes adulte.

Petit à petit, l'intelligence de Dallie prit le pas sur son obstination. Il réintégra l'école et réussit ses examens avec mention. Grâce à la persévérance de Miss Sybil, il fut admis à l'université.

Il lui manquait cruellement, mais il venait la voir chaque fois que le golf lui laissait quelque loisir. Ses visites s'espaçaient toutefois de plus en plus et, cette fameuse nuit où elle était dehors, elle le reconnut à peine.

Francesca s'était figuré Dallie vivant dans un appartement ultramoderne en bordure d'un terrain de golf plutôt que dans cette vieille maison victorienne toute peinturlurée.

– Ce sont des lapins? fit-elle, avisant les frises qui ornaient la façade.

– Il y en a deux cent cinquante-cinq, précisa Skeet. Sans compter celui de la porte d'entrée. Regarde, Dallie, elle a peint un arc-en-ciel sur la porte du garage!

– Elle va se rompre les os un de ces jours à grimper à l'échelle, bougonna Dallie. Francie, tiens-toi correctement à partir de maintenant, s'il te plaît.

Elle allait répliquer qu'elle n'était plus une enfant lorsqu'une invraisemblable vieille dame apparut sur le seuil : lunettes en sautoir, jogging jaune canari et cheveux au vent, elle s'élança à leur rencontre.

– Dallie, Skeet, ça alors!

Dallie la prit dans ses bras, puis ce fut au tour de Skeet de l'étreindre, avec force exclamations.

Francesca émergea de la voiture à son tour, observant la scène avec une vive curiosité. Dallie lui avait dit que sa mère était morte, alors qui pouvait être cette dame? Sa grand-mère? Peut-être Holly Grace?

Le chat se glissa furtivement dans le jardin.

– Qui est-ce? fit l'excentrique vieille dame. Dallie, présente-moi ton amie.

– C'est Francie, pardon, Francesca. Elle aurait plu à ce vieux F. Scott, Miss Sybil, alors, si elle vous donne du mal, n'hésitez pas à me le dire!

Francesca décocha un regard furibond à Dallie. Celui-ci ne s'en émut guère.

– Miss Sybil Chandler... Francesca Day.

Elle se sentit transpercée jusqu'au fond de l'âme par le regard aigu de Miss Sybil.

– Enchantée de vous connaître, fit-elle, mal à l'aise.

– Francesca, vous êtes anglaise, rétorqua Miss Sybil avec une poignée de main chaleureuse. Quelle bonne surprise! Ne faites pas attention à ce chenapan de Dallie! Avez-vous lu Fitzgerald?

Elle avait vu *Gatsby le magnifique* au cinéma, mais ça ne comptait sans doute pas.

– Hélas non. Je lis peu.

– Nous arrangerons cela, fit Miss Sybil avec une légère moue. Dallas, tu mâches un chewing-gum?

– Oui, m'dame.

– Jette-le, veux-tu, avant d'entrer, et ôte ton chapeau.

Dallie obéit, et Francesca eut un petit sourire.

— Attends un peu! lui lança-t-il d'un ton menaçant.

— Elle va en prendre pour son grade, gloussa Skeet.

— Sûr que Miss Sybil l'attend au tournant!

Dallie se retourna vers Francesca :

— C'est vrai que tu n'as pas lu Fitzgerald?

— Ce n'est pas un crime.

— Là, c'en est un!

Un sourire malicieux éclaira son visage.

Dans cette vieille maison, les pièces étaient très hautes de plafond, ornées de moulures sombres et inondées de lumière. Malgré les fissures et le mobilier hétéroclite, il se dégageait de l'ensemble une atmosphère de charme suranné, avec des coussins en tapisserie multicolore parsemés de-ci de-là, et des trophées de golf perchés un peu partout sur les étagères à livres.

Francesca se glissa hors de la chambre que lui avait assignée Miss Sybil, flottant dans un tee-shirt de Dallie. Depuis trois jours qu'ils étaient arrivés, elle l'avait à peine vu : il partait tôt le matin pour l'entraînement, la laissant seule en compagnie de Miss Sybil.

Dès le premier jour, celle-ci lui avait mis entre les mains un exemplaire de *Tendre est la nuit* pour la distraire. La conduite de Dallie, agissant comme si rien ne s'était passé entre eux, la bouleversait. Elle fit d'abord mine de ne pas y prendre garde, puis elle décida de se battre pour ce qu'elle voulait – plus d'une nuit d'amour.

Elle gratta doucement à la porte de Dallie, effrayée à l'idée que la vieille dame se mît à crier au scandale si elle la surprenait. La voix de Dallie explosa dans le calme de la nuit.

— Si c'est toi, Francie, entre!

— Chut, siffla-t-elle, elle va se douter que je suis dans ta chambre.

Dallie était tout habillé, et visait une bouteille de bière vide sur le tapis avec son putter.

— Miss Sybil est un peu fofolle, mais elle n'est pas si prude. Je crois même qu'elle a été déçue quand je lui ai dit que nous ne partagerions pas la même chambre.

Francesca aussi, mais ce n'était pas le moment d'en faire tout un plat.

– Je ne te vois plus depuis trois jours. Est-ce que tu m'en veux à cause de la bête?

– La bête?

– Oui, cet affreux chat. Il m'a encore griffée hier.

– Écoute, Francie, il vaudrait mieux que nous nous abstenions quelque temps.

– Qu'est-ce que cela signifie?

Il rentra un putt impeccable.

– Je trouve que tu as déjà assez d'ennuis comme ça dans ta vie. Je ne suis pas un homme pour toi, Francie. Si tu te fais des idées du genre « une chaumière et un cœur », il vaut mieux y renoncer d'emblée.

Francesca eut un sursaut d'orgueil et ricana :

– Tu n'y penses pas! Tu sais bien que je dois épouser Nicky. Tu es ma dernière escapade, Dallie.

En réalité, elle avait encore fait une tentative pour joindre Nicky la veille et s'était entendu répondre par le valet de chambre que Monsieur était parti pour sa lune de miel. Plus d'espoir d'épouser Nicky, ni même d'obtenir de lui un petit pécule pour être moins dépendante vis-à-vis de Dallie.

Dallie leva les yeux avec suspicion :

– C'est bien vrai? Tu n'as pas de projets d'avenir?

– Mais non, je t'assure.

– Tu as un drôle d'air quand tu me regardes.

Elle s'affala sur un fauteuil, promenant son regard sur les murs garnis de livres jusqu'au plafond; puis, balançant d'un air désinvolte une jambe nue sur l'accoudoir, elle proféra d'un ton aérien :

– C'est la fascination, Dallie! Tu es assez original, dans ton genre.

– Rien de plus?

– Mon cher Dallie, je ne voudrais pas te vexer, mais je ne me vois pas tomber amoureuse d'un golfeur impécunieux!

Et pourtant, c'était exactement ce qui se passait!

– Tu me rassures. En fait, je ne te vois pas tomber amoureuse de quelque impécunieux que ce soit!

Sacrifiant encore un pan de fierté, elle se décida à passer à l'attaque. Elle se leva et s'étira de façon à lui laisser voir la dentelle du slip noir que Miss Sybil lui avait donné pour compléter sa garde-robe.

– Eh bien, chéri, je vais te laisser, puisque tu as l'air occupé.

Il l'observa d'un air pensif, puis il indiqua un angle de la pièce avec son putter.

– Je crois que tu pourrais m'être utile : veux-tu te mettre là-bas ?

– Pour quoi faire ?

– T'inquiète. Fais ce que je te dis.

Elle lui fit une grimace, puis obtempéra mollement.

– Enlève ton tee-shirt !

– Mais enfin, Dallie !

– Allez, vas-y, on ne va pas y passer la nuit.

Elle ôta son tee-shirt lentement, s'offrant voluptueusement à son regard.

Il émit un sifflement d'admiration :

– Voilà qui va m'inspirer !

– Pour quoi faire ? demanda-t-elle timidement.

– C'est un truc que font tous les golfeurs professionnels. Tu t'allonges sur le tapis, puis tu ôtes ta petite culotte, et je vise un endroit précis de ton anatomie : ça aide beaucoup pour la concentration.

– Et après tu ramasses les balles, peut-être ?

– Oh ! Ces Anglaises sont plutôt malines ! Je me doutais que tu allais dire ça.

Il posa son putter contre le dossier d'une chaise et s'avança vers elle.

– Il va falloir trouver autre chose pour passer le temps.

– Quoi, par exemple ?

– J'y réfléchis intensément, dit-il en la prenant dans ses bras.

En s'assoupissant contre lui après l'amour, elle se dit que le destin lui avait joué un drôle de tour. Elle qui avait éconduit le prince de Galles venait de tomber follement amoureuse de Dallas Beaudine. Avant de sombrer dans le sommeil, elle embrassa doucement la peau nue de sa poitrine, se promettant de tout mettre en œuvre pour qu'il l'aime aussi éperdument qu'elle l'aimait.

Dallie eut plus de mal à trouver le sommeil, la période fatidique de Halloween approchant. Il se joua toute une tournée de golf dans sa tête, puis se mit à penser à Francesca, se disant qu'elle en saurait bien plus sur la vie en usant un peu ses fonds de culotte au stade de Wynette qu'en courant l'Europe à manger des escargots.

Elle n'avait pas encore passé suffisamment de temps au lit avec lui pour être tout à fait décontractée, se préoccupant sans arrêt de savoir si elle faisait exactement ce qui lui faisait plaisir, et cette dévotion constante freinait quelque peu sa propre jouissance.

Il se rendait bien compte qu'elle s'imaginait être tombée amoureuse de lui, mais il ne lui donnait pas vingt-quatre heures pour oublier son nom une fois rentrée en Angleterre. Il se dit cependant qu'elle lui manquerait, malgré son mauvais caractère, son narcissisme et ses caprices d'enfant gâtée.

Pourtant, il devait reconnaître qu'elle avait fait un effort : elle faisait les courses pour Miss Sybil, s'occupait du chat bigleux, essayait de se mettre dans les petits papiers de Skeet en lui rapportant des anecdotes sur les stars qu'elle avait côtoyées. Elle entreprit même la lecture de J.D. Salinger. Mais par-dessus tout, elle semblait enfin réaliser qu'elle n'était pas le centre du monde.

Une chose était certaine en tout cas. Il allait renvoyer à ce vieux Nicky une version nettement améliorée de la fille que ce dernier lui avait expédiée.

14

Naomi dût se retenir de danser autour de son bureau en raccrochant le combiné. Son opiniâtreté était récompensée : elle avait enfin mis la main sur son Effrontée ! Elle fit venir sa secrétaire sur-le-champ :

— N'essayez pas de la contacter, je veux lui parler moi-même. Vérifiez simplement mes informations.

— Vous pensez qu'elle va accepter ?

— Étant donné ce que je compte lui proposer, ça m'étonnerait qu'elle décline l'offre.

Naomi était une angoissée et elle savait bien qu'elle ne pourrait pas fermer l'œil avant d'avoir sa signature au bas du contrat en bonne et due forme.

— Je veux partir le plus vite possible, arrangez-moi ça.

Dès que sa secrétaire eut tourné les talons, elle composa le numéro de son appartement. La sonnerie retentit dans le vide, mais elle insista longuement. Gerry n'était sûrement pas parti, elle n'aurait pas cette chance! Elle n'aurait jamais dû se laisser fléchir. Si jamais cela venait à se savoir chez BSR!

Réponds, bon sang, fulminait-elle.

Il décrocha enfin.

— Ici le crématorium, j'écoute.

— Tu ne peux pas dire allô normalement, non?

Dans quel pétrin s'était-elle fourrée? Elle savait que la police recherchait Gerry pour l'interroger, mais il avait eu un tuyau comme quoi les flics voulaient l'accuser de trafic de drogue sur la foi de faux témoignages, aussi refusait-il de leur parler. Gerry ne fumait même plus d'herbe, et elle n'avait pas eu le courage de le mettre à la rue.

— Sois gentille, ou je raccroche.

— C'est le comble! Ça veut dire que, si je suis franchement désagréable, j'ai une chance de te voir déguerpir?

— Dis donc, tu as une lettre de remerciements de Save The Children. Tu leur as allongé cinquante dollars? Tu te donnes bonne conscience, petite sœur?

— De quel droit ouvres-tu mon courrier?

Un ange passa.

— Excuse-moi, fit-il de mauvaise grâce. Je me déteste.

— Est-ce que tu as regardé la documentation que je t'ai laissée sur cette école de droit?

— Oh zut, ne commence pas avec ça.

— Gerry...

— Je n'accepte aucun compromis.

— Réfléchis un peu. Il ne s'agit pas de compromis. Il est plus efficace de combattre le système de l'intérieur.

— Arrête, Naomi. Le monde est sur le point d'imploser. Ce n'est pas un avocat de plus qui changera quoi que ce soit.

Malgré ses dénégations véhémentes, elle sentait que la perspective de faire une école de droit ne lui déplaisait pas tant que ça. Il fallait simplement lui laisser le temps de mûrir l'idée.

— Écoute, Gerry, je m'en vais quelques jours. J'aimerais que tu sois parti à mon retour.

— Où vas-tu?

Elle jeta un coup d'œil à son agenda, et sourit intérieurement. Dans vingt-quatre heures, l'Effrontée serait emballée et pesée!

– Je vais dans un bled nommé Wynette, Texas.

Vêtue de jeans, de sandales et d'un chemisier bariolé appartenant à Miss Sybil, Francesca avait pris place à côté de Dallie dans un boui-boui du nom de *Roustabout*. Depuis trois semaines, ils passaient presque toutes leurs soirées dans ce haut-lieu nocturne de Wynette. Malgré l'orchestre ringard, l'atmosphère enfumée et les misérables guirlandes de papier crépon orange et noir – c'était la veille de Halloween – elle avait fini par aimer cet endroit. Dallie était la vedette locale et son arrivée était rituellement ponctuée de « Hé, Dallie » retentissants et de quelques accords de guitare. Ce soir il y avait même eu quelques « Hé, Francie » qui lui avaient fait drôlement chaud au cœur.

Une des habituées du *Roustabout* fit basculer son masque de sorcière sur le sommet de son crâne pour planter un baiser sonore sur la joue de Skeet.

– Alors vieille branche, c'est cette année que tu m'épouses ?

– Tu es trop jeune pour moi, Eunice, je pourrais pas assurer, ricana-t-il.

– Tu parles d'or, chéri, rétorqua-t-elle dans un éclat de rire, puis elle s'éclipsa avec une amie dont le costume oriental découvrait le ventre grassouillet.

Francesca sourit. Malgré l'humeur massacrante de Dallie, elle s'amusait bien. La plupart des habitués du *Roustabout* portaient l'inévitable Stetson, mais certains s'étaient déguisés et les barmen étaient tous affublés de lunettes postiches et de faux nez. Dallie saisit brusquement Francesca par le bras et grommela :

– Assez discuté, viens danser !

Celle-ci n'osa pas objecter qu'elle était silencieuse, tant son expression était lugubre, et elle le suivit sans broncher. Dallie la traîna sur la piste de danse, où il insista pour lui apprendre le two-step et le Cotton Eye Joe.

Au bout de vingt minutes elle se sentait cramoisie et ruisselante de sueur.

– J'ai assez dansé, Dallie.

– On s'échauffe à peine !

– J'ai assez chaud, je t'assure.

– Ah bon, pas moi.

Dallie l'empoigna plus solidement par la taille. Elle crut entendre la voix de Chloe par-dessus l'orchestre : « Personne ne t'aimera si tu n'es pas jolie... » et elle se sentit mal dans sa peau.

— Je veux m'arrêter, insista-t-elle.

Sans accorder plus d'importance à ses protestations, Dallie saisit sa bouteille de bière au passage, toujours en rythme, et après avoir bu une rasade, pressa le goulot contre les lèvres de Francesca qui hoqueta. Des frisettes trempées de sueur lui collaient aux joues et de la bière avait coulé sur son menton.

— Je vais te quitter, menaçait-elle, si tu ne me lâches pas immédiatement.

Pour toute réponse, il la serra encore plus fort contre lui.

— Je veux m'asseoir, fit-elle d'une voix haut perchée.

— Ça m'est égal.

Il avait glissé ses mains sous ses aisselles, là où la sueur transperçait son chemisier.

— Je t'en prie, Dallie, *arrête*.

— Ferme-la, et bouge tes pieds.

Son rouge à lèvres était effacé et son chemisier tout trempé. Elle était au bord des larmes. D'un seul coup, Dallie s'immobilisa, la toisa des pieds à la tête puis se pencha pour embrasser ses lèvres poisseuses de bière.

— Nom de Dieu, c'que t'es jolie, lui souffla-t-il à l'oreille.

Puis, sans transition, il l'attira vers le juke-box. Depuis trois semaines qu'elle s'évertuait à faire des miracles avec des cosmétiques bon marché, c'était la première fois qu'il lui faisait un compliment, et précisément ce soir où elle se sentait affreuse.

Il bouscula deux types près du juke-box, sans juger utile de s'excuser. Mais pourquoi était-il d'humeur si maussade ce soir ? se demandait-elle.

L'orchestre faisait une pause, alors il exhuma une pièce de sa poche revolver. Une huée de sifflets s'éleva.

— Ne le laisse pas faire, Francie, cria Curtis Molloy.

Francesca lui lança un coup d'œil fripon par-dessus l'épaule de Dallie.

— Désolée, chéri, mais je ne suis pas de taille et j'ai pas intérêt à le contrarier ce soir.

Ils s'esclaffèrent de l'entendre parler leur jargon avec son accent anglais.

Dallie jucha sa bière sur le juke-box et appuya sur les deux mêmes boutons toute la soirée dès que l'orchestre marquait une pause.

— Je n'ai pas vu Curtis aussi bavard depuis des années. Tu lui as tapé dans l'œil. Même les femmes commencent à t'apprécier.

Le ton était amer, mais elle décida de passer outre.

— Et toi, tu commences à m'apprécier aussi? fit-elle d'un air mutin.

Le juke-box distillait *Born to Run* de Springsteen et il commença à se mouvoir avec autant de grâce aux accents du rock qu'à ceux du two-step texan.

— Bien sûr, je ne serais pas assez maso pour coucher avec toi si tu ne me déplaisais pas moins qu'avant.

Évidemment, comme déclaration d'amour, on aurait pu rêver mieux, mais de la part de Dallie il fallait s'attendre à tout. Elle ne partageait guère son engouement pour la musique que déversait le juke-box. Bien qu'elle ne comprît pas toutes les paroles, elle supposait que Dallie s'identifiait à « ces errants nés pour courir », et comme cette vision ne coïncidait pas particulièrement avec sa conception du bonheur, elle se concentra sur la musique, essayant d'accorder ses mouvements à ceux de Dallie comme elle le faisait si bien pendant leurs nuits. Son regard rivé au sien, on eût dit que quelque lien invisible les retranchait du reste du monde. Le charme tomba lorsque Francesca ressentit une légère nausée.

Pourtant elle ne pouvait pas être enceinte, se persuadait-elle. Son médecin avait été formel. Mais elle avait déjà eu la nausée et avait consulté un ouvrage du planning familial qui l'était moins. Elle faisait le compte à rebours depuis sa première nuit avec Dallie : un mois exactement.

Ils dansèrent encore un peu puis regagnèrent leur table, Dallie la tenant par le creux des reins. Elle adorait son contact, cette sensation d'être protégée.

Si elle était enceinte, se disait-elle, Dallie n'était pas homme à l'envoyer se faire avorter avec quelques centaines de dollars. Bien sûr, l'idée d'avoir un bébé ne lui déplaisait pas en soi, mais elle commençait à réaliser que chaque chose a un prix et une grossesse pourrait être le moyen de s'attacher Dallie à coup sûr. Tout irait pour le mieux : elle l'aiderait à boire moins, à travailler avec plus d'application. Il remporterait des tournois et gagnerait suffisamment d'argent pour faire l'acquisition d'une maison. Ce n'était peut-être pas la vie brillante dont elle avait rêvé, mais elle serait heureuse tant que Dallie l'aimerait. Elle fut tirée de ses pensées par une voix aux accents nonchalants comme l'été indien :

— Alors, Dallie, tu vas faire quelques birdies pour moi, j'espère !

Francesca sentit que Dallie avait tressailli, et elle leva les yeux : là, à côté de leur table, considérant Dallie de son regard bleu narquois, se tenait la plus belle femme qu'elle ait jamais vue.

Dallie se leva d'un bond et Francesca eut l'impression que le temps s'était figé alors que ces deux créatures superbes s'embrassaient. C'étaient deux Américains pur sang et Francesca se sentit soudain toute petite et anodine. La femme portait un Stetson rejeté en arrière sur une cascade de cheveux blonds, et sa chemise écossaise largement ouverte découvrait une poitrine généreusement galbée. Sa taille de guêpe était soulignée par une large ceinture et ses jambes interminables moulées dans un jean étroit.

— Tu ne crois pas que j'allais te laisser tomber la veille de Halloween, tout de même ?

La terreur qui s'était emparée de Francesca s'apaisa un peu lorsqu'elle se rendit compte à quel point ces deux-là se ressemblaient. C'était évident... ils étaient frère et sœur. C'était donc elle, la mystérieuse Holly Grace. D'ailleurs, Dallie lui-même, relâchant son étreinte avec la blonde déesse, fit les présentations :

— Holly Grace, voici Francesca Day. Francie, je te présente Holly Grace Beaudine.

— Enchantée, dit Francesca avec un sourire des plus chaleureux. J'ignorais que Dallie eût une sœur, mais vous vous ressemblez tellement... on ne peut guère s'y tromper.

Holly Grace rabattit son Stetson sur son front et scruta Francesca de son regard d'azur.

— Désolée de vous décevoir, mon chou. Je ne suis pas la sœur de Dallie.

Francesca la dévisagea d'un air interrogateur.
— Je suis sa femme.

15

En entendant Dallie crier son nom, Francesca accéléra
son allure, à demi aveuglée par les larmes, glissant sur le
gravier du parking. Elle courait vers la route, mais en
quelques enjambées Dallie eut tôt fait de la rejoindre.
— Qu'est-ce qui t'a pris de m'injurier devant tous ces
gens qui commençaient à te prendre pour un être humain ?
Il hurlait comme si c'était elle la coupable, la traîtresse.
Elle prit son élan et le gifla de toutes ses forces.
Il riposta, se contrôlant néanmoins suffisamment pour
ne pas la blesser. Elle était si légère qu'elle perdit l'équilibre et se rattrapa au rétroviseur d'une voiture, une main
sur la joue.
— Allons, Francie. Je t'ai à peine touchée.
— Espèce de salaud !
Elle se jeta sur lui et le frappa à la mâchoire.
Alors, lui bloquant les deux bras, il la secoua violemment.
— Calme-toi, tu m'entends ? Sinon je ne réponds pas de
moi.
Elle se débattit et lui donna un coup de pied au tibia. Il
hurla de douleur. Comme elle s'apprêtait à recommencer,
il lui fit un croche-pied de sa jambe valide et elle s'affala
sur le gravier.
— Infâme salaud ! Je me vengerai !
Elle se releva péniblement, indifférente à ses paumes
endolories et ses bras écorchés. Elle aurait voulu qu'il lui
fasse vraiment mal, qu'il la tue pour mettre fin à la souffrance qui s'infiltrait dans ses veines comme un poison.
— Arrête, Francie, cria-t-il en la voyant chanceler,
arrête sinon je vais te faire vraiment mal.
— Tu m'as menti, tu me le paieras.
Entre deux sanglots, elle essuyait ses larmes du revers
de la main. Puis elle se jeta de nouveau sur lui. Le petit
animal d'appartement contre le grand fauve des montagnes : la lutte était disproportionnée...

Holly Grace était au centre des curieux qui observaient la bagarre.

— C'est impossible que Dallie ne lui ait pas parlé de moi, fit-elle à Skeet. D'habitude, dès qu'une femme l'intéresse, il ne lui faut pas trente secondes pour évoquer mon existence.

— On a parlé de toi des dizaines de fois en sa présence, c'est pour ça que Dallie est si furieux. Tout le monde sait que vous êtes mariés depuis l'adolescence. Cette fille est vraiment insensée.

Francesca venait de porter un autre coup. Skeet fronça ses sourcils broussailleux, l'air ennuyé.

— Il essaie de la neutraliser sans lui faire de mal, mais si elle l'atteint à un endroit sensible, elle risque de se retrouver à l'hôpital et lui en prison pour coups et blessures. Tu vois ce que je t'avais dit, Holly Grace, cette fille est une véritable calamité.

Holly Grace but une gorgée de bière.

— Si Mr. Deane Beman a vent de cette histoire, je ne donne pas cher de l'avenir professionnel de Dallie. Le public n'apprécie guère les sportifs . qui battent les femmes.

A la lueur des phares on voyait les sillons de larmes qui zébraient les joues de Francesca. Malgré l'inégalité de la lutte, celle-ci continuait à harceler Dallie, et Holly Grace se dit que cette petite demoiselle avait sûrement plus de caractère que ce que Skeet lui avait laissé entendre au téléphone.

Cela dit, il fallait être inconscient pour s'attaquer à mains nues à Dallie Beaudine. Elle venait de lui donner un autre coup de pied au jarret et la riposte ne se fit pas attendre : Dallie l'immobilisa par une clé puissante.

— Je crois qu'il faut que nous intervenions avant que ça dégénère, fit calmement Holly Grace, et, laissant sa bière à l'un des badauds, elle entraîna Skeet : Occupe-toi d'elle, je me charge de Dallie.

Pas question de contester la distribution des rôles, et, bien que Skeet ne jubilât guère à la perspective de maîtriser cette Miss Fran-ches-ka, il savait que Holly Grace était la seule personne capable de calmer Dallie.

— Donne-la-moi, Dallie, fit doucement Skeet en s'approchant.

Francesca laissa échapper un cri étouffé. Le visage écrasé contre le tee-shirt de Dallie et les bras tordus dans le dos, elle grimaçait de douleur.

— Laisse-moi tranquille, trouva-t-elle la force d'articuler à l'adresse de Skeet.

Dallie ne fit pas un geste et jeta un regard glacé à Skeet.

— Occupe-toi de tes oignons.

Holly Grace s'avança à son tour.

— Allez, viens, chéri, j'ai des tas de choses à te raconter.

Elle touchait le bras de Dallie avec cette légèreté particulière que donne une intimité de longue date, sans cesser de lui parler.

— Je t'ai vu à la télévision. Tes longs fers avaient l'air vraiment bons, pour une fois. Si tu réussis à rentrer correctement les putts, tu pourras faire un golfeur correct un de ces jours.

Lentement Dallie relâchait sa prise, et Skeet tira précautionneusement Francesca en arrière. Mais à peine Skeet l'eut-elle touchée qu'elle mordit violemment Dallie à la poitrine.

— Petite salope, hurla Dallie.

Skeet n'eut que le temps de récupérer Francesca, et Holly Grace s'interposa, se servant de son propre corps comme bouclier, tout simplement parce que l'idée que Dallie pût être évincé du tournoi lui était intolérable. Il posa une main sur son épaule, et de l'autre frotta sa poitrine meurtrie. Une veine battait à sa tempe.

— Emmène-la hors de ma vue, Skeet! Achète-lui un billet d'avion, et que je ne la revoie plus jamais, tu m'entends! (Et Dallie ajouta, d'une voix soudain radoucie:) Je suis désolé, Holly Grace.

Alors Francesca se laissa emmener sans ciller par Skeet. Ils roulèrent un moment en silence dans sa Ford.

— Écoute, Francie. Je vais m'arrêter à la station-service pour téléphoner à une de mes amies susceptible de t'héberger cette nuit. C'est une femme charmante. Demain matin je t'apporterai tes affaires et je te conduirai à l'aéroport de San Antonio. Tu seras à Londres plus tôt que prévu.

Comme elle s'obstinait dans son mutisme, il la regarda,

mal à l'aise. Pour la première fois, il compatissait à son sort. Après tout, elle était mignonne quand elle se taisait, et là elle venait d'en prendre pour son grade.

— Mais enfin, Francie, je ne comprends pas pourquoi tu t'es mise dans un état pareil. Dallie et Holly Grace font partie de l'ordre naturel des choses, comme la bière ou le football. Ils vivent leur vie chacun de leur côté et si tu n'avais pas fait tout ce foin, Dallie t'aurait sûrement gardée encore un certain temps avec lui.

Francesca tressaillit. Il l'aurait « gardée », comme un chien bâtard. Elle ravala ses larmes; rien n'aurait pu l'humilier davantage.

Skeet conduisait vite, et ils arrivèrent bientôt à la station-service. Dès que Skeet y fut entré, elle se glissa hors de la voiture et se mit à courir droit devant elle de toutes ses forces, comme si elle se fuyait elle-même. Éblouie par les phares, et bientôt victime d'une crampe, elle dut ralentir son allure. Elle erra sans but dans les rues désertes de Wynette, le long des maisons endormies. Le dernier pan de sa personnalité – son meilleur côté, son inébranlable optimisme – venait de s'effondrer. Les épreuves qu'elle avait traversées depuis la mort de Chloe lui avaient toujours semblé passagères, mais elle réalisait à présent que ses ennuis ne faisaient que commencer.

Elle glissa sur une lanterne en potiron abandonnée et se heurta durement la hanche en tombant. Pour la première fois de sa vie, elle était abandonnée. Jusque-là c'était elle qui abandonnait les autres. N'était-ce que justice qu'elle connût à son tour le goût amer des larmes? Elle n'eut pas la force de se relever et se mit à pleurer à gros sanglots, dans la poussière et la citrouille écrasée.

Au loin un chien aboya et une lumière s'alluma à la fenêtre d'une salle de bains.

Dallie ne l'aimait pas et tous ses beaux projets s'effondraient comme un château de cartes.

Sans savoir comment, elle se retrouva marchant à l'aveuglette le long des rues, et trébuchant soudain contre le rebord du trottoir en face de la maison victorienne la plus bariolée de Wynette, celle de Dallie!

La Riviera tourna dans l'allée et s'arrêta. Il était bientôt trois heures du matin. Holly Grace était au volant et

Dallie écroulé sur le siège avant, les yeux fermés, mais il ne dormait pas. Holly Grace alla ouvrir la portière prudemment, mais Dallie ne bougeait toujours pas.

— Viens chéri, rentrons.

Dallie grommela quelque chose d'indéchiffrable en dépliant une jambe, puis se leva péniblement et passa son bras autour des épaules de Holly Grace. Celle-ci était partagée entre la tentation de le laisser s'affaler sur le sol comme un vieil accordéon, et le désir de ne l'abandonner pour rien au monde, car elle ne chérissait personne tant que Dallie Beaudine. Il se dégagea soudain et marcha seul vers la maison. Vu ce qu'il avait bu, sa démarche n'était pas trop hésitante. Danny avait disparu depuis six ans, et il ne l'avait toujours pas accepté. Il s'affaissa sur la dernière marche du perron :

— Rentre chez ta mère maintenant.

— Non, Dallie, je reste. (Elle vint s'asseoir à côté de lui.) Tu sais à quoi je pensais aujourd'hui ? Je te revoyais courant avec Danny sur les épaules. Il poussait des cris joyeux en s'accrochant à tes cheveux. Une fois, tu te rappelles, sa couche avait fui et tu avais une tache humide sur les épaules quand tu l'as posé par terre. J'avais trouvé ça très drôle...

Dallie ne répondit rien.

— Et tu te souviens comme on s'est disputés quand tu lui avais fait couper ses boucles ? Je t'avais jeté ton livre de droit à la tête, puis on avait fait l'amour dans la cuisine à même le sol...

Il allongea les jambes, s'accouda sur ses genoux et se prit la tête dans les mains. Elle lui caressa le bras, et dit d'une voix douce :

— Ça fait six ans, Dallie, il ne faut garder que les bons souvenirs !

— Nous avons été des parents minables.

— Ce n'est pas vrai. Nous adorions Danny plus que tout au monde. Rappelle-toi quand il se blottissait entre nous deux dans le lit...

Dallie poursuivit d'un ton amer :

— Rappelle-toi quand on sortait le soir et qu'on le laissait à des baby-sitters de douze ans. Ou quand on le traînait avec nous dans les bars, juché sur sa petite chaise de plastique, et qu'on le gavait de chips ou de soda s'il se mettait à pleurer.

– Nous avions à peine dix-neuf ans à la naissance de Danny. On était presque des gosses. On a fait de notre mieux.

– Eh bien, on n'était vraiment pas doués!

Elle ne releva pas, se rendant compte qu'avec le temps elle avait exorcisé la mort de Danny mieux que Dallie, bien qu'elle détournât systématiquement le regard quand elle croisait une femme avec un petit garçon blond.

Cette veille de Halloween, anniversaire de la mort de Danny, était une période lugubre pour Dallie, mais pour Holly Grace c'était l'anniversaire de la naissance de l'enfant qui était le plus pénible.

Elle plongea son regard dans le feuillage sombre et dense des pacaniers en se remémorant cette journée. Bien qu'il fût en période d'examen, Dallie était sur le terrain de golf en train de jouer contre quelques fermiers pour pouvoir acheter un berceau. Elle venait de perdre les eaux et, de peur d'aller toute seule à l'hôpital, elle était venue sur le terrain dans une vieille Ford Fairlane empruntée à un voisin, étudiant comme eux. Quand Dallie l'avait aperçue, chancelant contre la voiture, il avait bondi comme un beau diable à sa rencontre :

– Dis donc, Holly Grace, tu n'aurais pas pu attendre un peu? Je mène la partie à moins d'un mètre du huitième trou!

Et, partant d'un grand éclat de rire, il l'avait prise dans ses bras, avec sa robe toute mouillée, jusqu'à ce que la première contraction lui arrache un cri.

En y repensant aujourd'hui, elle en avait encore la gorge nouée.

– Danny était un si beau bébé, tu te rappelles comme on était impressionnés en revenant de l'hôpital? murmura-t-elle à l'oreille de Dallie.

– Il faut une autorisation pour avoir un chien, dit Dallie d'une voix basse et étranglée, mais pour un bébé on ne te demande rien.

Elle se leva d'un bond :

– Écoute, Dallie, je n'ai pas envie de t'entendre parler comme ça. Je suis venue ce soir pour pleurer notre petit garçon avec toi.

– Tu n'aurais pas dû. Tu sais dans quel état je suis à cette époque de l'année.

Il laissa tomber sa tête en avant et elle y posa sa main comme pour un baptême.

– Il faut que nous trouvions la paix, cette année.

– Tu me parles de paix alors que je suis responsable de sa mort?

– C'est faux, je savais aussi bien que toi que la citerne était à découvert.

– Tu m'avais pourtant demandé de réparer le couvercle, à deux reprises. C'est moi qui surveillais Danny cet après-midi-là.

Dallie s'était levé et tournait en rond sous le porche.

– Dallie, tu étudiais. Ce n'est tout de même pas comme si tu avais été fin saoul au moment où il s'est faufilé dehors!

Elle ferma les yeux. Elle ne voulait plus penser à cet épisode tragique : son petit bonhomme de deux ans traversait la cour en trottinant, se penchait sur la citerne avec curiosité, perdait l'équilibre et tombait... Elle ne voulait pas imaginer son petit corps luttant désespérément pour échapper à l'eau froide. A quoi avait-il pensé, le cher petit ange, quand la vie s'était résumée pour lui à un halo de lumière au-dessus de sa tête? A sa maman qui n'était pas là pour le serrer tendrement dans ses bras, ou à son papa qui chahutait avec lui, le faisant crier de joie? A quoi avait-il pensé lorsque ses petits poumons s'étaient remplis d'eau?

Aveuglée par un flot de larmes, elle s'approcha de Dallie et, encerclant sa taille par-derrière, posa son front contre son omoplate.

– Dieu nous a fait don de la vie. Le reste ne dépend pas de nous.

Il se mit à frissonner et elle le réconforta du mieux qu'elle put.

Francesca, tapie dans l'ombre du pacanier tout près du porche, avait tout entendu. Sa propre souffrance lui parut alors dérisoire. Elle s'aperçut qu'elle ne connaissait pas Dallie. Elle n'avait vu que le personnage léger, riant de tout. Il lui avait caché l'existence de sa femme, la mort de son fils. En voyant les deux silhouettes affligées sur le perron, elle se dit que le bonheur et la tragédie partagés avaient tissé entre ces deux-là des liens aussi solides que la vieille bâtisse victorienne dont la silhouette se profilait sur le ciel calme.

Elle n'avait partagé, avec Dallie, que leurs corps. Francesca réalisa soudain que l'amour avait des profondeurs qu'elle n'avait pas soupçonnées.

Dallie et Holly Grace disparurent dans l'obscurité de la maison et Francesca se prit à leur souhaiter sincèrement de trouver un peu de sérénité.

C'était la première fois que Naomi mettait les pieds au Texas et elle se jura bien que ce serait la dernière. Une camionnette la doubla sur la droite à toute allure et elle se dit que, décidément, elle faisait partie de ces citadins qui se sentent plus en sécurité au milieu des embouteillages et des gaz d'échappement. Si elle se sentait si nerveuse, la cause n'en était peut-être pas la circulation, mais la présence à ses côtés de son frère Gerry, tassé sur le siège de la Cadillac de location et scrutant le paysage d'un air buté.

Lorsqu'elle était rentrée chez elle la veille au soir pour faire sa valise, Gerry lui avait annoncé tout à trac son intention de venir avec elle au Texas :

— Je vais devenir fou si je reste enfermé ici un jour de plus, avait-il décrété, fourrageant dans son épaisse tignasse. Je passerai un moment au Mexique, incognito. Je m'envole avec toi ce soir : un couple n'attirera pas l'attention des flics, et puis j'ai des amis à Del Rio. Nous pourrons réorganiser le mouvement.

Elle avait eu beau lui expliquer que c'était impossible, elle avait fini par céder devant son insistance et ils avaient pris un billet pour San Antonio, bras dessus, bras dessous.

Elle s'étira au volant, appuyant par inadvertance sur l'accélérateur. Gerry gardait les poings enfoncés dans les poches du pantalon gris en flanelle censé lui donner une apparence au-dessus de tout soupçon. Toutefois comme il avait refusé de se couper les cheveux, il n'était guère crédible en homme d'affaires.

— Détends-toi, fit Naomi. Jusqu'ici, personne n'a fait attention à toi.

— Les flics ne vont pas me lâcher si facilement, répliqua-t-il en jetant pour la centième fois des regards inquiets par-dessus son épaule. Ils jouent au chat et à la souris, les salauds !

C'était typique de la paranoïa des années soixante. Comme Naomi se sentait loin de tout ça! Quand Gerry avait su que le FBI avait recours aux écoutes téléphoniques, il s'était mis à voir des flics partout, soupçonnant chaque nouvelle recrue d'être un indicateur, allant jusqu'à imaginer le tout-puissant J. Edgar Hoover lui-même fouillant les poubelles à la recherche de preuves de l'activité subversive du mouvement. Bien qu'il y ait eu à l'époque, quelque raison d'être prudent, la peur avait fini par être bien plus épuisante que le militantisme.

— Tu crois vraiment que la police est à tes trousses?

Il lui lança un regard glacial et elle se rendit compte qu'elle l'avait humilié en minimisant l'importance du danger. Gerry se prenait pour le John Wayne des radicaux.

— Si j'avais mon aspect habituel, ils m'auraient déjà repéré.

Rien n'était moins sûr, pensa Naomi, et elle en ressentit une étrange tristesse. Naguère la police accordait effectivement une certaine importance aux activités de son frère.

En haut d'une côte, un panneau signalait l'entrée de Wynette, et elle se sentit tout émoustillée : elle allait enfin voir son Effrontée. Les photos étant parfois trompeuses, elle se félicita d'avoir préféré une entrevue directe à un coup de téléphone. Gerry avisa la montre digitale du tableau de bord :

— Il n'est même pas neuf heures. Elle doit dormir encore. Je ne vois pas pourquoi tu nous as fait lever si tôt.

Elle ne se donna même pas la peine de répondre et stoppa devant une station-service pour demander son chemin. Gerry se dissimulait derrière une carte routière largement déployée, comme si le jeune pompiste boutonneux avait été un agent du gouvernement en mission spéciale.

— Gerry, tu vas avoir trente-deux ans, tu n'en as pas assez de vivre comme ça?

— Je n'ai pas envie de renoncer à mon idéal.

— Ne crois-tu pas que se terrer au Mexique ressemble plus à un renoncement qu'essayer de combattre le système de l'intérieur?

— Ne recommence pas, s'il te plaît.

Gerry avait l'air déjà moins sûr de lui. Ou bien était-ce un effet de son imagination?

– Tu ferais un avocat merveilleux, renchérit-elle. Incorruptible et intrépide comme un preux chevalier défendant Dame Justice.

– J'y réfléchirai une fois arrivé au Mexique, d'accord ? N'oublie pas ta promesse de me déposer le plus près possible de Del Rio avant la tombée de la nuit.

– Bon sang, Gerry, ça t'arrive parfois de penser à autre chose qu'à toi-même ?

Il lui lança un regard chargé de dédain :

– Le monde court à la catastrophe et toi tu ne penses qu'à vendre du parfum !

Elle se tut pour ne pas entamer la polémique. Ils arrivèrent bientôt devant la maison aux lapins.

– C'est pas mal ici, dit Gerry en se penchant par la portière, non sans avoir vérifié que les alentours étaient déserts. Il y a de bonnes vibrations.

Naomi prit son sac et son attaché-case. Comme elle s'apprêtait à descendre, il lui posa la main sur le bras :

– Dis-moi, petite sœur, c'est un truc important pour toi ?

– Je sais que tu ne comprends pas ça, Gerry, mais j'adore mon boulot.

– Alors, bonne chance, gamine, lâcha-t-il dans un sourire.

Le claquement de la portière tira Francesca du sommeil. Elle ne savait plus où elle était, puis elle se rappela qu'elle avait trouvé refuge sur la banquette arrière de la Riviera, comme un animal blessé qui se cache pour mourir. Meurtrie de toutes parts, elle s'étira, aussitôt assaillie par les souvenirs douloureux de la veille. Le chat, qui s'était endormi à ses pieds, poussa un miaulement complice.

C'est alors qu'elle aperçut la Cadillac. Elle retint son souffle. Depuis toujours, les voitures de ce genre lui avaient porté bonheur. Une bouffée d'espoir l'envahit : c'était peut-être une de ses amies qui l'avait débusquée et venait la chercher pour la ramener à sa vie passée. D'une main sale et tremblante, elle remit un peu d'ordre dans ses cheveux et s'avança précautionneusement vers le perron. Elle se sentait hors d'état d'affronter Dallie ce matin, et à plus forte raison Holly Grace. En grimpant les marches à pas de loup, elle tenta de se raisonner : cette voiture était peut-être celle d'un journaliste venu interviewer Dallie, ou d'un agent d'assurances, mais elle tremblait d'impatience. Une voix de femme inconnue lui parvenait par la porte entrouverte, et elle resta aux aguets sur le perron.

— ... l'ai cherchée partout, disait la voix, et j'ai finalement retrouvé sa trace en enquêtant sur Mr. Beaudine.

— Tout ça pour une publicité ! répliquait Miss Sibyl.

— Oh non, protestait la voix, il s'agit de tout autre chose. Blakemore, Stern et Rodenbaugh est l'agence la plus célèbre de Manhattan. La campagne de lancement du nouveau produit sera grandiose, et notre Effrontée doit être à la hauteur. On la verra en public, à la télévision, sur des affiches dans tout le pays. L'Effrontée sera une célébrité nationale.

Francesca se sentit revivre : l'Effrontée ! C'était elle qu'on était venu chercher de New York ! Une décharge d'adrénaline parcourut ses veines : elle pourrait quitter Dallie la tête haute. Cette bonne fée de Manhattan allait lui rendre sa dignité.

— Je crains de vous décevoir, mais je n'ai pas la moindre idée de l'endroit où elle se trouve, répondait Miss Sybil. Donnez-moi votre carte, je la transmettrai à Dallas.

— Non ! je suis là ! cria Francesca en ouvrant précipitamment la porte, de peur que l'apparition ne s'évanouisse.

Une femme mince, en tailleur strict, aux cheveux noirs, se tenait près de Miss Sybil.

— Qu'est-ce qui se passe ? fit une voix traînante du haut de l'escalier. Comment allez-vous, Miss Sybil ? Je n'ai pas eu l'occasion de vous saluer hier soir. Vous avez du café ?

Francesca se pétrifia sur place en voyant Holly Grace descendre les marches, ses longues jambes nues dépassant d'une des chemises bleues de Dallie. Ses bons sentiments de la veille s'évanouirent. Même au sortir du lit, sans maquillage et les cheveux ébouriffés, Holly Grace avait une allure folle. Francesca se racla la gorge pour signaler sa présence.

La femme en tailleur sursauta de surprise.

— Les photos étaient loin de vous rendre justice! (Elle s'avança, un large sourire aux lèvres.) Permettez-moi d'être la première à féliciter notre superbe Effrontée.

Et elle tendit la main à Holly Grace Beaudine.

16

Francesca eut l'impression d'être invisible. Elle resta un instant pétrifiée dans le corridor, regardant comme dans un mauvais rêve la jeune femme en tailleur parler de contrats d'exclusivité, de planning, d'une série de photos prises lors d'un bal de charité à Los Angeles où elle apparaissait en compagnie d'un joueur de football célèbre. Elle entendit Holly Grace s'étonner :

— Mais je vends des articles de sport! Enfin je vendais, jusqu'à ce que je donne ma démission il y a quelques semaines. Je ne suis pas mannequin, vous savez.

— Laissez-moi faire, insista l'autre, promettez-moi simplement de ne pas disparaître dans la nature. Laissez toujours à votre agent un numéro où l'on peut vous joindre.

— Je n'ai pas d'agent.

— Ne vous inquiétez pas, je m'en occupe aussi.

Francesca tomba de haut. Cette bonne fée n'était pas venue de Manhattan avec des contrats mirobolants au bout de sa baguette magique pour la sauver in extremis. L'image que lui renvoya le miroir encadré de coquillages de Miss Sybil était peu flatteuse. Elle avait le visage marbré de bleus, les cheveux hirsutes et les bras maculés de traces de sang séché et de poussière. Comment avait-elle pu croire qu'elle triompherait de l'adversité grâce à sa seule beauté?

A côté de Dallie et de Holly Grace, elle ne faisait pas le poids. Chloe s'était trompée, être jolie ne suffisait pas. Elle fit demi-tour et sortit en silence.

Naomi prit congé une heure plus tard, laissant à Holly Grace une journée de réflexion pour examiner le contrat et contacter son avocat. Il y eut un imbroglio à propos de la voiture de location qui s'était mystérieusement volatilisée pendant que Naomi était dans la maison, et Miss Sybil offrit de la piloter jusqu'au seul et unique hôtel de Wynette.

En fait, Holly Grace allait accepter la proposition de Naomi, sans l'ombre d'une hésitation : on lui proposait une somme colossale rien que pour jouer des hanches devant une caméra et distribuer des poignées de main au rayon parfumerie des grands magasins. Elle avait toujours présente à la mémoire l'époque où Dallie et elle, encore étudiants, vivaient à Byran, Texas, en tirant le diable par la queue.

Une tasse de café dans chaque main, elle entra dans la chambre de Dallie. Le lit ressemblait à un champ de bataille. Les couvertures entortillées autour des reins, Dallie, même endormi, semblait tourmenté.

Elle referma la porte avec sa hanche, alla déposer une des tasses à son chevet, puis s'installa dans le vieux fauteuil en sirotant son café.

L'Effrontée : voilà qui sonnait bien à son oreille. Elle était fatiguée de la compétition avec les copains de la SEI, et cette proposition tombait à pic : elle voyait là une chance de prendre un nouveau départ et elle était bien décidée à la saisir.

Croisant les jambes, elle fit miroiter son petit bracelet de cheville en or, laissant vagabonder son esprit au gré des reflets changeants qu'elle projetait au plafond : elle se voyait à New York, fréquentant les restaurants les plus chics, habillée par les plus grands couturiers. Après toutes ces années de vache enragée, elle allait enfin jouir de la vie.

Les mains arrondies autour de sa tasse, elle contemplait Dallie. Beaucoup de gens, les voyant mener leur vie chacun de son côté, leur demandaient pourquoi ils n'avaient pas divorcé. Ce qu'ils ne comprenaient pas, c'est que Dallie et Holly Grace aimaient être mariés.

Son regard s'attarda sur le galbe de sa jambe qui l'émouvait tellement autrefois. Elle n'arrivait pas à se rappeler quand ils avaient fait l'amour pour la dernière fois. Quand ils se retrouvaient au lit, ils étaient hantés par leurs vieux démons : Holly Grace se sentait de nouveau une petite fille désarmée et Dallie un époux encore adolescent sur qui planait en permanence le spectre de l'échec. Depuis qu'ils avaient décidé de vivre séparés, ils s'étaient délivrés de leurs fantasmes comme on quitte un vêtement usagé. Si les amants et amantes se trouvaient à la pelle, les vrais amis n'étaient pas légion.

Dallie se retourna sur le ventre en gémissant, puis il enfouit son visage dans l'oreiller et étira les jambes. Elle attendit encore un peu avant de s'asseoir sur le bord du lit.

— Je t'ai apporté du café, dit-elle en lui apportant sa tasse. Bois ça, tu m'en diras des nouvelles!

Il se hissa contre les oreillers, les yeux encore tout embués de sommeil, et tendit la main. Elle écarta tendrement une boucle blonde qui lui barrait le front. Même sous ses cheveux emmêlés et avec une barbe de plusieurs jours, il était magnifique. Au début de leur mariage, ça l'agaçait de le voir au réveil avec sa bobine d'acteur de cinéma, alors qu'elle se trouvait l'air d'une harpie. Bien qu'il lui ait dit cent fois qu'elle était encore plus jolie le matin, elle n'avait jamais voulu le croire. Mais Dallie n'était guère objectif à son égard : pour lui, Holly était la plus belle femme du monde.

— Tu as vu Francie ce matin?

— Je l'ai entraperçue trois secondes dans le living-room, puis elle s'est enfuie. Dallie, ce n'est pas que tu manques de goût, mais elle m'a l'air d'une tête de linotte. Je dois dire à sa décharge qu'hier soir, j'ai été impressionnée par sa détermination. A part moi, je ne connais personne d'aussi intraitable dès qu'il s'agit de toi.

— Si tu veux savoir, ce n'est pas votre seul point commun. L'une comme l'autre, vous parlez beaucoup trop le matin.

Holly Grace ne releva pas. Dallie était toujours de mauvaise humeur au réveil, alors qu'elle aimait bavarder. Elle réussissait parfois à lui tirer les vers du nez avant qu'il soit tout à fait conscient.

— Je dois dire que c'est le spécimen le plus intéressant que tu aies fréquenté depuis longtemps. Si ce n'est cette minuscule femme clown qui allait de rodéo en rodéo. Skeet m'a raconté comment elle avait saccagé votre chambre de motel à La Nouvelle-Orléans. J'aurais bien aimé voir ça. (Elle s'accouda sur l'oreiller à côté de lui.)

Je voudrais savoir pourquoi tu ne lui as pas parlé de moi. Simple curiosité.

Il la dévisagea un instant par-dessus sa tasse de café.

– Ne sois pas ridicule. Elle connaissait ton existence. J'ai souvent parlé de toi devant elle.

– C'est ce que Skeet m'a dit. Peut-être n'as-tu pas fait allusion au fait que j'étais ta femme?

– Mais si, moi... ou Skeet, je ne sais pas, ou peut-être Miss Sybil.

– En tout cas j'ai eu l'impression que c'était la première fois qu'on lui en parlait.

– Qu'est-ce que ça peut bien faire? (Il posa sa tasse d'un air agacé.) Francie n'aime qu'elle-même. Et puis pour moi c'est de l'histoire ancienne.

Holly Grace ne fut pas étonnée outre mesure. La bagarre de la veille sur le parking était bien une scène de rupture violente... à ceci près que ces deux-là s'aimaient désespérément, comme jadis Dallie et elle s'étaient aimés.

Il écarta les couvertures et sortit du lit. Elle se laissa aller à contempler son corps finement musclé et le galbe de ses cuisses. Qui avait prétendu que les femmes n'aimaient pas regarder le corps des hommes? Probablement quelque professeur de philosophie chauve et bedonnant! Dallie surprit son regard et se rembrunit, bien qu'au fond, elle en était sûre, ça ne lui déplaisait pas tant que ça.

– Je vais m'assurer que Skeet lui a bien donné de l'argent pour prendre l'avion. Si elle reste ici, elle va s'attirer les pires ennuis.

Holly Grace ressentit un pincement de jalousie. Bien qu'elle se fût habituée à l'idée que Dallie ait des aventures – étant donné qu'elle-même ne s'en privait pas –, elle n'admettait pas vraiment qu'il s'intéressât de trop près à une femme sans son assentiment.

– Elle te plaisait vraiment, hein?

– Elle était bien, rétorqua Dallie laconiquement.

Holly Grace brûlait d'envie d'en savoir plus, mais elle sentit que le moment était mal choisi, aussi fit-elle taire sa curiosité. Comme il avait l'air tout à fait réveillé, elle lui fit part des événements de la matinée.

Il réagit de façon prévisible, disant qu'il était content pour elle, mais qu'il était déçu par son attitude.

Comme de bien entendu, elle l'envoya sur les roses en répliquant que ça ne regardait qu'elle.

– Peut-être qu'un jour tu comprendras que le bonheur ne s'évalue pas en dollars, Holly Grace!

– Depuis quand es-tu expert en la matière? Ce n'est pas parce que tu as décidé d'être un raté que je dois suivre ton exemple!

Ils se chamaillèrent encore un moment puis, à bout d'arguments, se turent. Dallie appela Skeet pendant que Holly Grace se dirigeait vers la salle de bains. Autrefois, ils auraient fait l'amour pour se réconcilier, maintenant leur colère s'épuisait d'elle-même. Ils se retrouvèrent en bas pour prendre un dernier café.

Francesca avait été effrayée par l'expression de l'homme qui se tenait au volant de la Cadillac, bien qu'il fût d'une indéniable beauté : une épaisse chevelure noire, des yeux sombres rivés fiévreusement sur le rétroviseur. Elle eut la sensation fugitive que ce visage ne lui était pas inconnu, sans le situer pour autant. Quand il lui proposa de monter à bord, elle ne se posa pas de question et grimpa sans même lui jeter un regard. Comme elle lui demandait ce qu'il faisait devant chez Dallie, il répondit qu'il était chauffeur et qu'on n'avait plus besoin de ses services.

Le chat s'était couché sur ses pieds, immobile. L'homme l'observait à travers un nuage de fumée, entre deux coups d'œil inquiets au rétroviseur. Sa nervosité était contagieuse. Il se comportait comme un fugitif. Elle se mit à frissonner. Peut-être n'était-il pas chauffeur et la voiture était-elle volée? Elle se prit à regretter d'avoir échappé à la vigilance de Skeet. Une fois de plus, elle avait fait le mauvais choix. Dallie avait sûrement eu raison de la traiter d'écervelée.

Elle se mordit les lèvres en évoquant sa fuite : Miss Sybil avait rassemblé ses quelques affaires, et lui avait tendu une enveloppe contenant suffisamment d'argent pour prendre un billet d'avion et subsister quelques jours. Si elle acceptait, n'était-ce pas une façon de reconnaître qu'elle s'était prostituée? Si elle n'acceptait pas...

Morte de honte, elle avait pris l'enveloppe sans oser regarder Miss Sybil et s'était enfuie en courant avant de fondre en larmes. Elle était sur le point de vomir le toast que la vieille dame l'avait forcée à avaler. Et si elle était enceinte ?

La Cadillac s'enfonça dans une ornière, la projetant d'un côté, et elle réalisa qu'ils avaient quitté la route.

Le chat la regarda d'un air de reproche, comme si elle était personnellement responsable du cahot. Quelques kilomètres plus loin elle se risqua à demander :

– Êtes-vous sûr d'être sur la bonne route ? Ça n'a pas l'air très fréquenté par ici.

L'homme allumait cigarette sur cigarette. Francesca, se souvenant des leçons de Dallie, observa l'ombre projetée par des arbustes rabougris et s'écria :

– Mais nous allons vers l'ouest ! Ce n'est pas la direction de San Antonio.

– C'est un raccourci, fit-il en désignant la carte qui s'étalait sur le siège entre eux.

Elle sentit sa gorge se nouer. Viol, meurtre, un prisonnier évadé, un corps de femme mutilé dans le fossé... des visions d'horreur défilaient dans son esprit. C'en était trop. Elle avait mal au cœur, elle était à bout. Rien ne se profilait à l'horizon, si ce n'est la maigre silhouette d'une antenne de radio. Elle dit, d'un ton qu'elle voulait le plus anodin possible :

– Je voudrais que vous me laissiez ici.

– C'est impossible. Restez avec moi jusqu'à la frontière mexicaine, c'est tout ce que je vous demande.

La terreur lui vrilla les entrailles.

– Je ne vous veux aucun mal, poursuivit-il en tirant longuement sur sa cigarette. Je suis un non-violent. Je dois simplement rejoindre la frontière mexicaine, et il faut qu'il y ait deux personnes dans cette voiture. J'étais avec une femme jusqu'ici, et puis quand je l'attendais il a fallu que cette voiture de flics surgisse... et vous êtes sortie avec une valise à la main...

Loin de la rassurer, ses explications la paniquèrent encore plus. Ses efforts pour endiguer la terreur qu'elle sentait monter en elle étaient vains, et comme il ralentissait devant une autre ornière, elle saisit la poignée de la portière.

– Attention ! Qu'est-ce que vous faites ?

Il freina brusquement et lui prit le bras fermement. Elle hurla :

– Je veux sortir !

– Écoutez, je ne vais pas vous faire de mal. Je veux juste aller à la frontière.

Mais ses yeux sombres lui semblaient lourds de menace. Elle n'arrivait pas à manœuvrer la poignée, et le chat sauta sur le siège, plantant ses griffes dans la cuisse de l'homme qui poussa un cri de douleur et tenta de le chasser. Le chat s'agrippait.

– Laissez ce chat, cria Francesca, délaissant la poignée pour s'attaquer à l'homme.

Elle lui assena un violent coup sur le bras.

L'homme, toujours aux prises avec le chat qui sifflait et crachait comme un damné, heurta accidentellement, en tentant de se protéger, la cigarette plantée au coin de ses lèvres. Elle tomba dans le col de sa chemise avant qu'il ait pu la rattraper, le brûlant cruellement. En se débattant, il actionna le klaxon. Le chat lui grimpa sur le bras :

– Sortez de là ! hurla-t-il.

Finalement la poignée céda et Francesca fut éjectée, le chat sur ses talons.

– Vous êtes complètement cinglée ! lança-t-il en faisant tomber la cigarette de sa chemise et en se frottant la cuisse.

Puis il démarra en trombe au moment où Francesca allait prendre sa valise abandonnée sur le siège arrière.

– Ma valise ! protesta-t-elle.

Il lui fit un geste obscène et disparut dans un nuage de poussière. Elle se mit à courir derrière la Cadillac, mais bientôt celle-ci ne fut plus qu'un point minuscule à l'horizon.

Alors elle se laissa tomber à genoux au milieu de la route, le cœur battant la chamade. Elle se mit à rire, longuement, d'un rire de folle. Cette fois-ci, elle touchait le fond. Pas de valeureux chevalier en vue, rien que cet animal borgne qui miaulait désespérément.

Toute tremblante malgré la chaleur implacable, elle croisa les bras sur sa poitrine comme pour empêcher son corps de se désagréger en mille morceaux. Un lapin surgit d'une touffe d'herbe desséchée et le chat se fraya précautionneusement un chemin parmi les broussailles.

Depuis son arrivée dans ce pays, tout allait de mal en pis, et maintenant elle avait la sensation d'être totalement perdue. Des bribes de versets de la Bible lui revinrent en mémoire, réminiscences lointaines de pieuses nounous, et elle se mit à supplier Dieu de lui venir en aide. Avec la foi que suscite la désespérance, elle pria longtemps, sincèrement, jurant de n'être plus jamais frivole ni égoïste à l'avenir. A n'en pas douter, Dieu allait lui faire signe. Tout son être était tendu et, les yeux fermés, les joues sillonnées de larmes, elle attendait. Mais, au lieu de l'ange salvateur montrant le chemin du renouveau, la vision qui s'imposa à son esprit fut... la silhouette de Scarlett O'Hara, allongée par terre sur fond de colline en Technicolor, Scarlett qui proclamait :

— Dieu est mon témoin, je n'aurai plus jamais faim.

Ses larmes se muèrent en un éclat de rire hystérique. Les croyants, dans leurs prières, voient des anges ou la foudre divine, et elle voyait Scarlett O'Hara ! Quelle dérision !

Elle se releva et commença à marcher sans but. La poussière volait sur ses talons comme un nuage de poudre. Sentant quelque chose de dur dans sa poche arrière, elle y porta la main et en extirpa une pièce de vingt-cinq cents. Seule en terre étrangère, sans abri, et probablement enceinte, elle était là, perdue sur cette route désertique avec pour toute fortune ses vêtements, une pièce d'un quart de dollar au creux de la main, et l'image de Scarlett O'Hara à l'esprit.

Une étrange euphorie l'envahit alors comme si d'infinies perspectives s'offraient à elle dans cette « Amérique, terre d'espoir ». Elle se sentait prête à commencer une nouvelle vie enfin à sa mesure.

Alors, refusant de regarder en arrière, elle jeta la pièce de monnaie dans un ultime geste de défi. La fille de Black Jack allait enfin faire face à son destin dans ce pays grandiose.

17

Assise sur le banc de bois vert du terrain d'entraînement, Holly Grace observait Dallie qui faisait systématiquement dévier ses coups sur la droite avec son fer 2, sans style aucun, même après quatre paniers de balles. Skeet, vautré à l'autre extrémité du banc, avait rabattu son vieux Stetson sur ses yeux pour ne pas assister au désastre.

— Mais qu'est-ce qu'il a aujourd'hui? s'enquit Holly Grace en relevant ses lunettes de soleil sur le sommet de son crâne. Je l'ai déjà vu jouer des centaines de fois avec une gueule de bois, mais là, c'est le comble! Il n'essaye même pas de s'améliorer, il frappe toujours de la même façon.

— Tu es la seule à pouvoir lire dans ses pensées, grogna Skeet.

— Hé, Dallie, cria Holly Grace, tu viens de battre le record du plus mauvais coup avec un fer 2 de toute l'histoire du golf. Si tu arrêtais de penser à ton Anglaise, tu pourrais te concentrer un peu. Il faut que tu gagnes ta vie, mon vieux!

— Mêle-toi de tes oignons, répliqua Dallie en frappant une autre balle avec l'extrémité de son fer.

Elle alla le rejoindre. Le ruban rose qui fronçait le décolleté de son chemisier s'était dénoué et était venu se nicher entre ses seins. Sur son passage, un joueur venait de rater la balle à la suite d'un backswing trop rapide. Elle lui fit un sourire effronté en lui disant qu'il valait mieux garder constamment les yeux sur la balle.

Dallie, auréolé de ses cheveux blonds, se tenait à contre-jour dans la lumière de l'après-midi, et Holly Grace plissa les yeux dans sa direction :

— A ce train-là, tu vas te faire plumer par les fermiers de Dallas, ce week-end. Je suis prête à parier cinquante dollars contre toi.

Dallie se pencha pour récupérer une bouteille de bière au milieu d'un tas de balles.

— Ce qui me plaît chez toi, c'est cette façon particulièrement chaleureuse que tu as de m'encourager.

Elle se précipita dans ses bras et l'étreignit amicalement, se délectant de son odeur virile.

— Je te dis ce que je vois, chéri. Et ce que je vois est loin d'être transcendant. (Elle planta son regard droit dans le sien.) Tu te fais du souci pour elle?

Dallie observa le drapeau de deux cent cinquante yards, puis regarda gravement Holly Grace :

– Je me sens responsable, je n'y peux rien. Skeet n'aurait pas dû la laisser partir comme ça, il la connaît. Elle se laisse embarquer dans des histoires de vampires, des bagarres de bistrot, ensuite elle revend ses vêtements à des usuriers. Nom d'un chien, elle m'en voulait vraiment, hier soir, sur le parking.

Holly Grace regardait pensivement les lanières croisées de ses sandales :

– Un de ces jours il faudra que nous songions à divorcer, toi et moi.

– Je ne vois pas pourquoi. Tu as envie de te remarier ?

– Bien sûr que non. Mais peut-être que ça nous empêche de vivre des engagements profonds chacun de notre côté.

Il la scruta d'un air soupçonneux :

– Toi, tu as encore lu *Cosmo* !

– Oh, ça suffit !

Elle rabattit ses lunettes sur son nez d'un coup sec et fit volte-face.

– On ne peut pas discuter avec toi, tu es borné, lança-t-elle en attrapant son sac au vol.

– Je passerai te prendre chez ta mère à six heures. On ira manger des grillades, cria Dallie derrière elle.

La Firebird de Holly Grace démarra sur les chapeaux de roue et Dallie tendit son fer 2 à Skeet.

– Allons taper quelques balles. Et empêche-moi par tous les moyens de me servir de ce club !

Malgré tout, Dallie joua médiocrement. Ce qui le perturbait n'avait pas grand-chose à voir avec son backswing ou sa façon de terminer le mouvement. Il avait des scrupules par rapport à Francesca. Il avait beau faire, il ne se rappelait pas lui avoir dit qu'il était marié. Mais cela ne justifiait pas sa conduite de la veille, où elle avait réagi comme s'ils étaient sur le point de convoler. Pourtant, il l'avait prévenue. Il ne comprenait rien aux femmes : lorsqu'il leur disait qu'il ne voulait pas se marier, elles acquiesçaient avec un sourire tout miel, prétendant que telle n'était pas non plus leur intention, alors qu'en réalité elles ne pensaient qu'à se faire épouser. C'était, mis à part sa complicité avec Holly Grace, une des raisons pour lesquelles il ne voulait pas divorcer.

Après avoir joué deux trous en deux coups de plus que

la normale, Dallie déclara forfait, et, après s'être débarrassé de Skeet, il flâna encore un moment sur le terrain, débusquant les balles perdues avec un fer 8, comme lorsqu'il était gamin. En délogeant une Top-Flite flambant neuve de sous un tas de feuilles, il réalisa qu'il était bientôt six heures, et qu'il devait se changer. Il allait être en retard et elle serait furieuse. Il était toujours en retard et, de guerre lasse, elle avait fini par ne plus lui faire de reproches.

Six ans auparavant, ils avaient rendez-vous aux pompes funèbres pour choisir un cercueil d'enfant et il était arrivé avec deux heures de retard. Il refoula difficilement ses larmes. Son chagrin était toujours aussi vif malgré les années et le transperçait comme une lame acérée. Parfois son imagination lui jouait des tours et il voyait le visage de Danny aussi clairement que le sien propre. Il se rappelait la grimace qui avait tordu la bouche de Holly Grace lorsqu'il lui avait dit que son beau bébé blond était mort. Par sa faute, à lui.

Il balança un coup sournois dans une touffe d'herbes folles et préféra tourner ses pensées vers ce lointain automne de leurs dix-sept ans, où ils avaient eu le coup de foudre l'un pour l'autre.

– La voilà! Nom de Dieu, Dallie, vise un peu les nénés!

Hank Simborski tomba à la renverse contre le mur de briques de l'atelier où les cancres du lycée de Wynette se retrouvaient à l'heure du déjeuner pour en griller une. Dans un geste emphatique, il se frappa la poitrine, heurtant du coude Ritchie Reilly.

– Au secours! je meurs! mon Dieu, laissez-moi toucher ces seins et je ressuscite!

Dallie alluma sa deuxième Marlboro et observa Holly Grace Cohagan à travers la fumée.

Le nez en l'air, elle s'approchait de leur petit groupe, serrant convulsivement son livre de chimie contre son chemisier de coton ordinaire. Ses cheveux étaient sagement retenus par un large bandeau jaune. Elle portait une jupe bleu marine et des collants blancs à losanges comme ceux qu'il avait vus sur des jambes en plastique à la devanture de Woolworth. Il n'aimait pas Holly Grace Cohagan, bien que ce fût la plus jolie fille du lycée. Elle avait un comportement hautain, pourtant ce n'était un mystère pour personne qu'elle vivait ainsi que sa mère de la générosité de son oncle Billy T. Denton, pharmacien à Purity Drugs. Dallie et Holly Grace étaient les seuls vrais pauvres du lycée, mais elle tâchait de s'intégrer, tandis que lui, en traînant avec des types comme Hank et Ritchie, entendait bien faire montre d'un détachement absolu.

Ritchie s'avança en bombant le torse, histoire de faire oublier qu'il avait une tête de moins qu'elle :

— Hé, Holly Grace, tu veux une cigarette ?

Hank fit nonchalamment un pas en avant, l'air décontracté, mais rapidement trahi par la rougeur qui avait envahi son visage :

— Prends-en une des miennes, fit-il en lui tendant son paquet de Winston.

Hank avait beau se hisser sur la pointe des pieds, il n'était encore pas à la hauteur d'une amazone comme Holly Grace.

Elle ne leur accorda même pas un regard et passa son chemin. Son attitude eut le don de mettre Dallie en boule. Ce n'était pas parce que Ritchie et Hank semaient la pagaille de temps en temps et qu'ils n'étaient pas en « prépa » au collège qu'il fallait les traiter comme des moins-que-rien, surtout quand on porte des collants de quatre sous et une vieille jupe bleu marine. Une Marlboro plantée au coin des lèvres, la tête dans les épaules et la démarche chaloupée, Dallie s'avança avec un regard mauvais à travers les volutes de fumée. Même sans ses bottes de cow-boy à talons, il était le seul parmi les élèves de dernière année à dépasser Holly Grace en taille.

Avec un méchant rictus supposé l'impressionner, il lui emboîta le pas :

— Mes copains t'ont offert des cigarettes, susurra-t-il dans son dos.

Elle lui retourna sa grimace :

— Et j'ai décliné leur offre.

Son regard se durcit. Elle allait voir ce qu'elle allait voir. Elle avait affaire à un homme, et les freluquets de la classe de prépa qui se pâmaient devant elle n'étaient pas là pour la défendre.

— Je ne t'ai pas entendue dire merci, fit-il d'une voix traînante.

Elle leva le menton et planta son regard dans le sien :

– J'ai entendu dire que tu avais des mœurs spéciales, Dallie, c'est vrai ? Le bruit court que tu es si joli qu'on va te proposer comme reine de la rentrée.

Hank et Ritchie ricanaient sous cape. Ils n'avaient pas le culot de charrier Dallie sur sa joliesse, car ils s'étaient fait battre comme plâtre la seule fois où ils y avaient fait allusion. Ils jubilaient.

Dallie serra les dents. C'est vrai qu'il détestait son visage, et il faisait son possible pour s'enlaidir en affectant une expression maussade. Seule Miss Sybil l'avait percé à jour, et c'était bien ainsi.

– Il ne faut pas écouter les ragots. Quand on m'a dit que tu couchais avec tous les garçons riches de la classe, je ne l'ai pas cru.

C'était un mensonge éhonté. Il savait pertinemment que Holly Grace n'était jamais allée plus loin que quelques caresses maladroites ou baisers furtifs, ce qui ajoutait d'ailleurs à son mystère.

Elle se crispa un peu sur son livre de chimie, mais resta impassible.

– Dommage que tu ne sois pas au nombre de ces heureux élus, railla-t-elle.

Son attitude le mettait hors de ses gonds. Il se sentait ridicule, pusillanime. Jamais aucune femme n'aurait osé parler de la sorte à son père, Jaycee. Il allait lui montrer ce que c'était qu'un homme : il la serra de plus près. Elle fit un pas de côté mais il fut plus rapide et il avait déjà laissé tomber sa cigarette pour la coincer progressivement contre le mur de briques de l'atelier.

Derrière lui, Hank et Ritchie faisaient claquer leur langue et sifflaient, mais Dallie restait indifférent à tout ce tintamarre.

Holly Grace se cramponnait désespérément à son livre et, au lieu de sentir la rondeur de ses seins contre sa poitrine, il se heurtait à la couverture cartonnée aux angles durs. Il la plaqua contre le mur, pressant ses hanches contre les siennes et l'emprisonnant de ses bras. Il essaya de ne pas se laisser troubler par le frais parfum de fleurs qui émanait de sa longue chevelure blonde.

– Tu ne saurais même pas comment t'y prendre avec un homme, ricana-t-il en bougeant lentement les hanches.

Tu es bien trop occupée à fricoter avec les jeunes richards de prépa.

Il attendait qu'elle baisse enfin son regard bleu limpide pour la laisser partir. Mais elle le défiait toujours, les yeux rivés sur lui :

– Espèce de salaud ! Tu n'es même pas assez intelligent pour te rendre compte à quel point tu es lamentable.

Hank et Ritchie redoublèrent leur tapage et Dallie les aurait volontiers réduits en bouillie. Quant à Holly Grace, il allait la faire céder.

– Ah, tu crois ça ?

Il glissa abruptement sa main le long de la jupe bleu marine. Elle battit des paupières, mais ne broncha pas, ne fit rien pour se dégager. Sa main remontait le long de sa cuisse, effleurant le collant blanc à losanges. Il s'efforçait d'oublier combien il avait rêvé de caresser ses jambes.

Elle serra les dents mais ne souffla mot. C'était une fille capable de défier n'importe quel homme qui lèverait les yeux sur elle. Dallie se disait qu'il aurait pu la prendre là, contre le mur, sans qu'elle esquissât un geste de défense. C'était probablement ce qu'elle désirait. Comme disait Jaycee, les femmes aiment être prises sans ménagement.

Holly Grace le dévisageait et son cœur se mit à battre la chamade. Il resserra son étreinte sur sa cuisse. Elle ne cilla pas. Tout en elle n'était que défi : la clarté du regard, la courbe des narines, le dessin de la mâchoire. Tout, sauf un tremblement imperceptible et involontaire au coin des lèvres qui trahissait son émotion.

Il se recula vivement, enfouit ses mains dans ses poches en arrondissant le dos. Hank et Ritchie persiflaient. Il pensa, mais un peu tard, qu'il aurait dû se déplacer plus lentement, pour ne pas laisser supposer qu'il ait pu battre en retraite.

Elle le regarda comme un insecte nuisible qu'elle aurait aplati d'un coup de talon et continua son chemin. Devant les plaisanteries de Hank et de Ritchie, il se mit à fanfaronner, prétendant qu'elle était à ses pieds, mais qu'il n'avait pas voulu lui accorder ses faveurs. Tout en parlant, il avait l'estomac drôlement noué, au souvenir de ce petit tremblement qui agitait sa jolie bouche.

Le soir même, il errait derrière Purity Drugs où elle

donnait un coup de main à son oncle après la classe. S'adossant au mur du magasin, talons fichés dans la boue, il se dit qu'il devrait aller s'entraîner avec Skeet et taper quelques balles avec son bois 3. Mais il n'en avait que faire. Tout ce qui le préoccupait pour l'instant, c'était de se racheter aux yeux de Holly Grace Cohagan.

Par une grille de ventilation située un peu au-dessus de sa tête, il percevait des bruits à l'intérieur du magasin : Billy T. donnant des instructions, un objet tombant à terre, une lointaine sonnerie de téléphone. C'était bientôt l'heure de la fermeture et les sons s'estompaient lorsqu'il entendit la voix de Holly Grace, si proche qu'elle devait se tenir juste sous la grille.

— Tu peux partir, Billy T., je fermerai.

— Je ne suis pas pressé, mon petit chat.

Dallie revoyait Billy T. en blouse blanche, avec sa face rubiconde et son grand nez, toisant les collégiens qui venaient chercher des préservatifs. Il les posait sur le comptoir, tout en les menaçant de tout dire à leur mère s'ils les achetaient. Billy T. avait fait le coup à Dallie la première fois qu'il avait mis les pieds dans le magasin, et celui-ci avait rétorqué qu'il avait besoin de préservatifs précisément parce qu'il avait des rapports avec sa mère. Cette sortie inattendue avait cloué le bec du pharmacien.

La voix de Holly Grace poursuivait :

— Je rentre à la maison, j'ai beaucoup de devoirs pour demain.

Sa voix était bizarre, un peu étranglée et exagérément polie.

— Non, pas tout de suite, répondait son oncle d'un ton doucereux. Toute la semaine, tu t'es éclipsée de bonne heure. Viens par ici. Tout est fermé devant.

— Non, Billy T., je ne...

La voix se tut brusquement, comme étouffée. Dallie se redressa contre le mur, le cœur battant. Il entendit un gémissement sans équivoque et ferma les yeux. Mon Dieu, c'est donc pour ça qu'elle éconduisait tous les garçons de la classe... Elle se donnait à son propre oncle !

Une colère froide s'empara de lui. Sans la moindre préméditation, il fit le tour du magasin en courant et ouvrit la porte du fond à toute volée. Le couloir était encombré de cartons et d'emballages vides. Il cligna des yeux dans la semi-obscurité. La voix de Billy T. lui parvint à travers une porte entrebâillée :

– Tu es si jolie, Holly Grace...

Dallie serra les poings et ouvrit la porte. Il eut la nausée à la vue de Holly Grace, allongée sur un canapé éventré, son collant roulé aux chevilles, et Billy T. fourrageant sous sa jupe. Billy T. s'agenouilla, soufflant et crachant comme un phoque, s'évertuant à lui ôter son collant pour la caresser à son aise. Il tournait le dos à la porte et ne s'était pas aperçu de la présence de Dallie. Holly Grace avait la tête tournée vers la porte et les yeux fermés. Billy T. s'acharnait maintenant sur son chemisier qu'il réussit à déboutonner fébrilement, puis il dégrafa son soutien-gorge, libérant un sein rond et plein au mamelon sombre et tendu. Les dernières illusions romantiques de Dallie fondirent comme neige au soleil, mais il ne put s'empêcher de rester là, cloué sur place.

Billy T. gémissait, toujours à genoux devant elle. Il souleva sa jupe et commença à tripoter sa braguette.

– Dis-moi que tu aimes ça, dis-moi à quel point je te plais.

Dallie eut un haut-le-cœur, mais fut incapable de faire le moindre geste. Il ne pouvait détourner son regard des longues jambes gracieuses étendues si maladroitement sur le divan.

– Dis-moi, dis-moi que tu me désires, mon petit chat, haletait Billy T.

Holly Grace, les yeux obstinément fermés, se taisait, et pour toute réponse enfouit son visage dans le vieux coussin qui garnissait le canapé. Dallie sentit un frisson lui parcourir l'échine; le spectacle de cette profanation lui donnait la chair de poule.

– Dis-moi, répéta Billy T. d'une voix forte.

Et comme il n'obtenait pas de réponse, il lui donna un violent coup de poing au creux de l'estomac.

Elle poussa un cri étranglé, et tout son corps se convulsa. Dallie eut l'impression de recevoir le coup en plein cœur et bondit en avant, les nerfs chauffés à blanc. Surpris, Billy T. se retourna, mais avant qu'il ait pu faire un geste Dallie l'avait précipité sur le sol en ciment. Billy T. tourna vers lui une figure congestionnée, distordue par une expression d'incrédulité grotesque, comme un

scélérat de bande dessinée. Dallie prit son élan et lui
assena un rude coup de pied dans le ventre.

— Espèce de bon à rien, éructait Billy T. en se tenant
l'estomac, sale petite raclure!

Dallie allait le frapper à nouveau lorsque Holly Grace
hurla, sautant du canapé :

— Non, ne fais pas ça! Tu vas m'attirer les pires ennuis!
Elle tremblait de frayeur et Dallie lui parla calmement :

— Prends tes vêtements et attends-moi à côté. J'ai deux
mots à dire à Billy T.

— Non, je t'en prie.

— Fais ce que je te dis.

Elle resta pétrifiée. Dallie résista à l'envie de prendre
son beau visage bouleversé entre ses mains et se tourna
vers Billy T. Il était gras comme un porc et Dallie n'aurait
guère de mal à le réduire en bouillie. Le pharmacien rou-
lait des yeux effrayés tout en se remettant péniblement
sur pied.

— Fais-le sortir d'ici immédiatement, Holly Grace, ou
tu auras de mes nouvelles, proféra-t-il en réajustant sa
braguette.

Holly Grace agrippa le bras de Dallie si fort qu'il faillit
en perdre l'équilibre.

— Va-t'en, Dallie, supplia-t-elle, la voix étranglée de
peur.

Elle était pieds nus, son chemisier était resté ouvert.
Dallie réussit à se dégager de son étreinte et aperçut une
trace bleue sur la courbe de son sein. Une peur enfantine
lui noua la gorge, il écarta son chemisier et laissa échapper un juron en découvrant les ecchymoses qui mar-
braient sa peau. Les yeux agrandis de terreur, elle le suppliait en silence de ne rien dire. Mais bientôt la prière fit
place à la méfiance dans ses prunelles limpides. Elle
referma son chemisier, le regardant comme s'il s'était
rendu coupable d'une indiscrétion.

La voix de Dallie n'était plus qu'un murmure :

— C'est lui qui t'a fait ça?

Ses narines palpitèrent.

— Je suis tombée. (Elle se passa la langue sur les
lèvres.) Tout va bien... Billy T. et moi...

Soudain son visage se décomposa, et Dallie ressentit

son malheur aussi intensément que s'il eût été le sien. Il se retourna vers Billy T., qui tenait son gros ventre à deux mains.

— De quoi l'avez-vous menacée pour qu'elle se taise?

— Occupe-toi de tes oignons, ricana Billy T. en essayant de gagner la porte.

Dallie lui barra le passage.

— De quoi t'a-t-il menacée, Holly Grace?

— Mais... de rien, il ne m'a jamais menacée, dit-elle d'une voix blanche.

— Si tu dis quoi que ce soit, s'égosilla Billy T., je te ferai arrêter. Je dirai que tu as cambriolé mon magasin. Tout le monde sait que tu es un bon à rien. Ce sera ta parole contre la mienne.

— Très bien!

Sans crier gare, Dallie attrapa un carton portant la mention « Fragile » et le jeta de toutes ses forces contre le mur à un centimètre de la tête de Billy T. Le bruit du verre brisé se répercuta dans tout le magasin. Holly Grace retint son souffle et Billy T. se mit à jurer comme un charretier.

— Alors, Holly Grace, tu ne sais toujours pas de quoi il t'a menacée?

— Il... il ne m'a pas menacée.

Dallie écrabouilla un autre carton. Billy T., trop lâche pour affronter physiquement Dallie, poussait des cris d'orfraie, sa figure veule ruisselant de sueur.

— Arrête immédiatement, tu m'entends!

Dallie mourait d'envie de boxer cette chair flasque, mais quelque chose le retint. Quelque chose qui lui soufflait que la meilleure façon de venir en aide à Holly Grace était de briser cette conspiration du silence dont elle était prisonnière. Il ramassa un autre carton et le balança légèrement entre ses bras:

— J'ai la nuit devant moi, Billy T., et ton magasin est vaste.

Il lança le carton qui se fracassa contre le mur. Une douzaine de bouteilles d'alcool se brisèrent, répandant une odeur piquante. Holly Grace avait été opprimée depuis trop longtemps, et elle éclata:

— Arrête, Dallie. Je te dirai tout. Mais d'abord, promets-moi de t'en aller d'ici.

– Je te le promets.

Il mentait.

– C'est… c'est à cause de maman. Si je dis quoi que ce soit, il va la jeter à la rue. Je t'assure qu'il en est capable, tu ne le connais pas.

Dallie avait aperçu Winona Cohagan en ville, et elle lui faisait irrésistiblement penser à Blanche Dubois, un personnage d'une pièce de théâtre que Miss Chandler lui avait donnée à lire. D'un genre de beauté éthérée, elle se troublait facilement en parlant, laissait tomber ses paquets, oubliait le nom des gens, se comportait généralement comme une évaporée. Sa sœur handicapée avait épousé Billy T., et elle s'en occupait quand il était à son travail.

Holly Grace parlait sans tarir, donnant enfin libre cours à ce flot de paroles trop longtemps endigué.

– Billy T. dit que maman est dérangée. Ce n'est pas vrai. Elle est juste un peu distraite, mais il me menace, si je ne fais pas ce qu'il veut, de la faire interner dans un hôpital psychiatrique.

Le désarroi qui se lisait dans son regard était poignant, et de rage Dallie détruisit un autre carton, simplement parce qu'à dix-sept ans, on ne sait pas trop comment affronter le malheur.

– Holly Grace, promets-moi de ne plus te laisser faire. Il ne fera rien à ta mère, pour la bonne raison que, si jamais il touche un seul cheveu de sa tête, je le tue de mes propres mains.

Elle abandonna son air de chien battu, mais Billy T. la maltraitait depuis si longtemps qu'elle avait du mal à faire confiance à Dallie et à croire que son cauchemar eût cessé.

Enjambant les débris qui jonchaient le sol, Dallie empoigna Billy T. par les épaules et le secoua violemment :

– Ne posez plus jamais vos sales pattes sur elle, vous avez compris ?

– Je ne la toucherai plus, pleurnicha-t-il en se protégeant le visage de ses mains. Fais-le partir d'ici, Holly Grace.

– Si jamais tu oses poser la main sur elle, je te fais ta fête, compris ?

– Oui, je...

– Tu sais que je te tuerai, hein?

– Je sais. Par pitié, lâche-moi!

Dallie fit enfin ce qu'il brûlait d'envie de faire depuis qu'il avait mis le pied dans cette pièce : prenant un léger recul, il balança un coup de poing magistral sur la figure molle et grasse de Billy T., bientôt suivi d'une douzaine d'autres coups, jusqu'à ce qu'il pisse le sang.

– Allez-y, appelez la police maintenant, faites-moi arrêter et je raconte à tout le monde les saloperies que vous faites dans votre arrière-boutique. Vous n'oserez plus regarder personne en face.

Billy T. ne dit rien, il gémissait, tenant sa face ensanglantée dans ses mains grassouillettes.

– Viens, Holly Grace, nous avons des révélations à faire à quelqu'un.

Dallie ramassa ses chaussures et son collant et, la prenant doucement par le bras, la fit sortir de la pièce.

S'il s'attendait à quelque gratitude de sa part, il se trompait lourdement :

– Tu m'avais promis de ne rien dire à personne.

Il ne répondit rien. Elle avait encore peur, et à sa place sans doute n'en aurait-il pas mené large lui non plus.

Winona Cohagan, assise dans le salon chez Billy T., triturait nerveusement les volants plissés de son tablier rose en écoutant le récit de Dallie. Holly Grace, morte de honte, se tenait à l'écart, au pied de l'escalier, les lèvres exsangues. Dallie remarqua soudain qu'elle n'avait pas pleuré. Pendant toute la scène avec Billy T., elle avait gardé les yeux secs.

Winona ne se donna pas la peine de vérifier les dires de Dallie, ce qui le conforta dans l'idée qu'au plus profond d'elle-même elle avait sans doute soupçonné Billy T. d'être un pervers. Le désespoir qu'il lut dans ses yeux trahissait l'amour maternel blessé, mais aussi la détermination farouche de ne pas laisser souffrir sa fille, quoi qu'il lui en coûtât. En prenant congé, Dallie eut la conviction que Winona, malgré son inconstance, ferait exactement ce qu'il fallait faire.

Holly Grace ne le gratifia ni d'un regard ni d'un remerciement.

Elle manqua la classe les jours suivants. Dallie se rendit

à Purity Drugs après la fermeture, avec Skeet et Miss Sybil. C'est cette dernière qui persuada Billy T. de quitter la ville au plus vite.

Quand Holly Grace réapparut au cours, elle ignora superbement Dallie. Il fut réellement offensé par cette attitude dédaigneuse et se mit à flirter avec sa meilleure amie, ayant soin d'être toujours entouré de jolies filles quand il la croisait.

De son côté, elle s'arrangeait pour être accompagnée d'un de ces jeunes gommeux de « prépa ».

Il avait toutefois surpris de la tristesse dans son regard, et, ravalant sa fierté, l'invita pour le bal de la rentrée avec une feinte désinvolture, comme s'il lui faisait une faveur insigne. A son plus grand étonnement, elle accepta.

18

Jetant un œil courroucé à la pendule sur la cheminée, Holly Grace jura entre ses dents. Comme d'habitude, Dallie était en retard. Pourtant il savait qu'elle partait pour New York dans deux jours et qu'ils ne se verraient pas pendant un certain temps. Elle se demanda s'il n'était pas parti à la recherche de sa petite Anglaise. C'était tout à fait dans son style de disparaître sans mot dire.

Elle s'était changée pour la soirée et portait un col roulé de couleur pêche, avec un jean étroit flambant neuf. Des talons hauts la faisaient paraître encore plus élancée. Elle ne portait jamais de bijoux : c'eût été une injure à sa parure naturelle de cheveux blonds.

— Dis-moi, chérie, as-tu vu mon recueil de mots croisés? demanda Winona de son fauteuil.

Holly Grace trouva le livre sous le journal du soir et alla s'asseoir sur l'accoudoir pour faire les mots croisés avec sa mère, non que celle-ci eût besoin d'aide, pas plus d'ailleurs qu'elle n'avait égaré ses mots croisés, mais elle avait envie d'avoir sa fille tout près d'elle. Holly Grace passa son bras autour des épaules de Winona et posa sa joue sur ses boucles d'un blond cendré, à la délicate odeur de shampooing et de laque. Dans la cuisine, Ed Graylock

– le mari de Winona depuis trois ans – se débattait avec un grille-pain défectueux en fredonnant *You Are So Beautiful* avec la radio, sa voix se perdant un peu dans les aigus. Holly Grace débordait de tendresse pour eux deux : Ed, qui avait apporté à Winona le bonheur qu'elle méritait, et sa jolie maman, si délicieusement étourdie.

La pendule sonna sept coups. Cédant au vague à l'âme qui l'avait hantée toute la journée, Holly Grace planta un baiser sur la joue de sa mère :

– Si Dallie arrive, dis-lui que je suis au collège. Ne m'attendez pas ce soir. Je rentrerai sans doute assez tard.

Elle attrapa son sac au vol et annonça à Ed qu'elle inviterait Dallie au petit déjeuner le lendemain matin.

Le collège était fermé et elle tambourina à la porte jusqu'à ce que le gardien vînt lui ouvrir. Ses talons résonnaient sur le ciment, et les odeurs d'autrefois l'assaillirent. On eût dit qu'elle martelait le rythme de *Respect* et elle crut entendre Aretha Franklin, la reine du soul, mais bientôt elle fredonnait inconsciemment *Walk Away Renée*, et, en tournant pour aller à la salle de gym, c'est *Good Lovin'* qui lui revint en mémoire : on était à la rentrée de 1966.

Holly Grace n'avait pas desserré la mâchoire depuis que Dallie était venu la chercher pour le match de football dans une Cadillac Eldorado 1964 bordeaux qui à coup sûr ne lui appartenait pas. Il y avait des sièges profonds et moelleux, des vitres électriques et la radio stéréo qui diffusait *Good Love*... à plein tube. Elle avait envie de lui demander où il avait eu cette merveille, mais elle ne voulait pas parler la première.

S'adossant au siège de velours, elle croisa haut les jambes, comme si elle avait voyagé toute sa vie en Eldorado. Mais elle avait du mal à donner le change tellement elle était tendue. Son estomac gargouillait inopinément, car elle n'avait pris pour tout dîner qu'un bol de soupe. Winona se débrouillait avec un petit réchaud clandestin dans la chambre qu'elles avaient louée à Agnes Clayton depuis leur départ de chez Billy T.

Devant eux, le ciel était tout illuminé : Wynette s'enorgueillissait de posséder le seul stade éclairé de la région. Les habitants des environs déferlaient à Wynette les vendredis soir pour assister aux matchs. Ce soir, les Broncos de Wynette jouaient en finale et il y avait une affluence considérable. Dallie rangea l'Eldorado à quelques pâtés de maisons du stade. Ils marchaient en silence. Au moment où ils atteignaient le collège, il plongea la main dans la poche de son blazer tout neuf :

— Tu veux une cigarette ?

— Je ne fume pas, fit-elle d'un ton désapprobateur qui n'était pas sans évoquer Miss Sybil quand elle parlait des doubles négations.

Elle aurait tellement préféré pouvoir répondre d'une voix désinvolte quelque chose comme « Avec plaisir, Dallie, veux-tu m'en allumer une ? »

Holly Grace salua quelques-uns des garçons qu'elle avait évincés ce soir-là et remarqua que les filles arboraient pour l'occasion des robes trapèze neuves avec des chaussures à barrettes, ou des jupes en laine. Elle portait une jupe de velours côtelé noir qu'elle mettait depuis sa première année de collège et un chemisier de coton à carreaux. Les garçons tenaient leurs petites amies par la main alors que Dallie gardait obstinément les mains enfoncées dans ses poches. Par pour longtemps, se dit-elle amèrement. Avant la fin de la soirée, il aurait les mains baladeuses.

Ils se fondirent dans la foule qui convergeait vers le stade. Pourquoi avait-elle accepté son invitation alors qu'elle savait pertinemment ce qu'il attendait d'elle ? Un type avec une telle réputation...

Ils se dirigèrent vers la table où le Pep Club vendait des chrysanthèmes jaunes enrubannés aux couleurs de l'équipe et ornés de petits ballons de football dorés.

— Tu veux une fleur ? lui demanda Dallie à contrecœur.

— Non, merci, répondit-elle d'une voix distante.

Il s'arrêta brusquement :

— Tu crois peut-être que je ne peux pas t'offrir une fleur à trois dollars ? ricana-t-il.

Il extirpa de sa poche un vieux porte-monnaie brun et colla sur la table un billet de cinq dollars.

— J'en prends un. Gardez la monnaie.

Il lança la fleur à Holly Grace. Deux pétales tombèrent sur le poignet de son chemisier.

Quelque chose se brisa en elle et elle lui lança le chrysanthème au visage.

— Pourquoi tu ne me l'accroches pas toi-même pour pouvoir me peloter les seins sans attendre la fin de la soirée?

Elle se tut, subitement horrifiée par sa sortie, enfonçant ses ongles dans sa paume. Elle le suppliait en silence de comprendre ce qu'elle ressentait et de lui faire l'aumône d'un de ces regards tendres dont il gratifiait les autres filles. Elle aurait tellement voulu qu'il lui dise qu'il l'aimait autant qu'elle l'aimait elle-même, et qu'il ne lui en voulait pas de s'être laissée faire par Billy T.

— Tu n'as pas le droit de me parler comme ça!

Il fit volte-face. Comme elle se baissait pour ramasser le chrysanthème gisant dans la poussière, Joanie Bradlow passa près d'elle, en robe à bretelles caramel et ballerines marron de Capezio. Joanie s'était littéralement jetée à la tête de Dallie tout le mois précédent. Elle l'avait entendue glousser dans les toilettes : « Je sais qu'il n'a pas de bonnes fréquentations, mais il est tellement beau, oh la la! J'ai fait tomber mon crayon au cours d'espagnol et quand il me l'a ramassé, oh la la, j'ai cru que j'allais tomber dans les pommes! »

Elle en avait gros sur le cœur, désemparée au milieu de la foule joyeuse, crispée sur son chrysanthème tout maculé de boue. Des camarades de classe la saluèrent et elle répondit par un large sourire, comme si son petit ami allait revenir d'une minute à l'autre. Sa vieille jupe de velours lui semblait de plomb, et la certitude d'être la plus jolie fille de sa classe ne la consolait guère.

A quoi sert d'être jolie quand on a des vieilles nippes sur le dos et qu'il est de notoriété publique que votre maman passe le plus clair de son temps au bureau d'aide sociale?

Elle se dit qu'elle ne pouvait pas rester plantée là toute la soirée, à sourire bêtement, mais il était impensable de s'installer seule aux tribunes, un soir de rentrée. Elle ne pouvait pas non plus retourner à la pension d'Agnes Clayton avant que tous les spectateurs soient assis. Alors, profitant d'un moment d'accalmie, elle s'introduisit subrepticement dans le gymnase désert par une petite porte de côté. Le plafonnier diffusait une lumière striée par les banderoles de papier crêpon marron et blanc qui dégringolaient des poutres : tout était prêt pour le bal mais, malgré son air de fête, le gymnase conservait les odeurs familières et tenaces laissées par des générations d'élèves — relents de poussière, de vieux chaussons de gym, réminiscences de mots d'excuse ou de retard, échos des matchs de basket-ball. Elle adorait le cours de gym : pas de discrimination, tout le monde était vêtu pareil, et elle était l'une des meilleures. Une voix agressive la fit sursauter :

— Tu veux que je te ramène chez toi, c'est ça?

Elle fit demi-tour et vit Dallie appuyé à la porte du gymnase, l'air renfrogné, ses grands bras pendant gauchement le long de son corps. Elle remarqua que son pantalon trop court découvrait ses chaussettes, et elle eut une soudaine bouffée de tendresse à son égard.

— Alors, je te ramène? fit-il, se dandinant d'un pied sur l'autre.

— Je ne sais pas... Oui, peut-être.

Les yeux baissés, elle triturait fébrilement le ruban fripé de son bouquet.

— Pourquoi m'as-tu demandé de sortir avec toi? dit-elle.

Comme il ne répondait rien, elle lui lança un regard perplexe. Il haussa les épaules.

— Bon d'accord, raccompagne-moi à la maison, dit-elle abruptement.

— Et toi, pourquoi as-tu accepté?

Elle se tut.

Il regardait le bout de ses chaussures. Puis il se mit à parler, calmement, à voix basse :

— Je suis désolé, pour l'autre jour.

— Quand ça?

— Avec Hank et Ritchie.

— Bof...

— Je sais que tout ce qu'on raconte sur toi, c'est pas vrai.

— Non, ça n'est pas vrai.

— C'est ta faute, aussi. Tu m'as mis en colère.

Elle eut un regain d'espoir.

— Ça va, n'en parlons plus.

— Si, au contraire, parlons-en. Je regrette ce que j'ai dit. Je n'aurais pas dû te toucher comme ça, mais tu m'avais mis hors de moi.

— Je n'en avais vraiment pas l'intention. Tu sais que tu fais peur?

— Ah bon!

Pour la première fois de la soirée il eut l'air amusé, et elle ne put s'empêcher de sourire :

— N'en sois pas si fier! Tu n'es pas si redoutable que ça!

Un sourire radieux éclaira son visage, et elle en fut tout émue. Ils se regardèrent en silence, mais le souvenir de la scène avec Billy T. vint ternir ce bref instant de bonheur. Elle se dit que Dallie attendait la même chose d'elle. Ils allèrent s'asseoir au premier rang des tribunes.

— Je sais ce que tu penses de moi. Mais je n'avais pas le choix, avec Billy T.

Il la regarda comme si elle avait proféré la pire des incongruités :

— Je sais bien que tu ne faisais pas ça par plaisir, en doutais-tu?

Trop longtemps contenus, les mots se bousculaient sur ses lèvres :

— Tu avais l'air de croire que c'était *facile* de faire cesser ses agissements. Tu as parlé cinq minutes à maman, et tu croyais avoir tout résolu. Il me battait et j'étais sûre qu'il s'en serait pris à maman si j'avais ouvert la bouche. Il prétendait que personne ne me croirait et que maman me haïrait.

Dallie vint s'asseoir à côté d'elle. Elle vit l'usure de ses baskets, maladroitement dissimulée par une couche de blanc, et se demanda si la pauvreté lui donnait à lui aussi ce sentiment d'impuissance...

Dallie se gratta la gorge.

— Pourquoi m'as-tu accusé de vouloir te mettre le grappin dessus, tout à l'heure? A cause de mon comportement devant Hank et Ritchie, l'autre jour?

— Pas exactement.

— Alors, pourquoi?

— Parce que... après ce que tu m'avais vue faire avec Billy T., enfin... je croyais que tu voulais coucher avec moi ce soir.

Dallie eut un mouvement d'indignation :

— Si tu croyais ça, pourquoi as-tu accepté de sortir avec moi?

– Parce que... au fond, j'espérais que ce n'était pas vrai.

Il se leva d'un bond :

– Bien sûr que non, ça n'est pas vrai. Je ne sais pas ce qui te prend ! Tu es la fille la plus jolie et la plus futée du collège. Tu ne sais pas que je suis amoureux de toi depuis le premier jour de cours !

Il n'osait pas la regarder dans les yeux.

– Tu aurais dû t'en douter.

Ils quittèrent le gymnase en silence et se dirigèrent vers le stade, d'où s'élevait une vive clameur, à l'annonce du haut-parleur :

« Un – zéro – Wynette. »

Dallie lui prit la main et la fourra avec la sienne dans la poche de son blazer.

– Tu es furieuse après moi ?

Holly Grace se retourna, un peu désemparée de se trouver face à face avec le Dallie de vingt-sept ans, de beaucoup plus séduisant dans sa maturité que l'adolescent morose dont elle était tombée amoureuse.

– Bien sûr, je suis furieuse. D'ailleurs, comme je ne voulais pas passer la soirée à t'attendre, j'ai donné rendez-vous à Bobby Fritchie pour une balade ce soir.

Elle balançait son sac à bout de bras.

– Tu as du nouveau à propos de ta petite Anglaise ?

– Non. Personne ne l'a vue. Je crois qu'elle a quitté Wynette. Miss Sybil lui a donné l'argent que j'avais laissé pour elle et, à l'heure qu'il est, elle doit être en route pour Londres.

– Je crois qu'elle compte plus pour toi que tu ne veux bien le dire. En vérité je ne saisis pas vraiment pourquoi, mis à part son époustouflante beauté.

– Elle est... différente, c'est tout. C'est la première fois de ma vie que je rencontre quelqu'un d'aussi éloigné de moi. Si les extrêmes s'attirent au début, à mon avis, ça ne tient pas la route longtemps.

– Quand on se ressemble trop non plus, dit-elle avec une soudaine tristesse dans le regard.

Il s'avança vers elle, avec ce déhanchement irrésistible qui la faisait toujours fondre, et, l'enveloppant de ses bras, se mit à danser en fredonnant *You've Lost That Lovin'*

Feelin' à son oreille. Leurs corps s'harmonisaient à la perfection au rythme de cet air improvisé, comme s'ils dansaient ensemble depuis la nuit des temps.

— Tu es drôlement grande avec ces chaussures!

— Ça t'embête, hein? Tu es obligé de me regarder en face!

— Si jamais Bobby te voit avec tes talons sur le nouveau plancher de la salle de basket, ça va barder pour toi!

— J'ai du mal à réaliser que Bobby est devenu entraîneur de l'équipe de basket de Wynette. Je me revois en train de déambuler devant le bureau pendant que vous étiez collés le matin.

— Tu n'es qu'une menteuse, Holly Grace, je n'ai jamais été collé. Par contre, je prenais des taloches.

— Bien sûr que si, tu as eu des colles, tu le sais. Miss Sybil faisait un tel foin si jamais un professeur te donnait une claque qu'aucun d'entre eux n'osait plus te toucher.

— Chacun son interprétation des faits, dit-il en appuyant sa joue contre la sienne. Ça me rappelle ce bal de la rentrée, la première fois où nous avons dansé ensemble. Je m'écartais le plus possible de toi pour que tu ne te rendes pas compte de l'effet que tu me faisais... j'étais en nage... je n'avais qu'une idée en tête : me retrouver seul avec toi dans l'Eldorado que j'avais empruntée, tout en sachant que je ne pourrais pas te toucher, après la conversation que nous avions eue. J'ai passé la nuit la plus épouvantable de ma vie.

— Ça n'a pas duré longtemps! J'ai l'impression de t'avoir cédé si vite... en réalité je ne pensais qu'à faire l'amour avec toi. J'en avais besoin pour oublier Billy T. J'aurais tout donné pour ça...

Holly Grace était étendue sur le misérable petit lit de Dallie, et fermait les yeux. Il gémissait en frottant le coton rugueux de son jean contre sa cuisse nue. Elle avait jeté son panty et ses chaussures sur le sol recouvert de lino, et s'abandonnait à la caresse de Dallie dans un joyeux désordre vestimentaire : le chemisier déboutonné jusqu'à la taille, le soutien-gorge dégrafé tombant de côté, et la jupe de laine couvrant chastement la main de Dallie qui s'affairait entre ses jambes.

— S'il te plaît... dit-elle dans un murmure, en se cambrant sous sa paume.

Le souffle de Dallie se faisait de plus en plus rauque, le mouvement de ses hanches de plus en plus saccadé, et elle se dit que ça ne pouvait plus durer ainsi. Depuis deux mois maintenant qu'ils jouaient avec le feu, ils s'interdisaient d'aller plus loin, elle parce qu'elle ne voulait pas qu'il la prenne pour une fille facile, lui parce qu'il avait peur de lui faire penser à Billy T.

Subitement, elle le frappa à l'épaule, et il se recula, les lèvres gonflées de l'avoir trop embrassée.

— Pourquoi as-tu fait ça ?

— Parce que j'en ai assez ! Je veux faire l'amour, même si c'est mal, même si je sais que je ne dois pas, je meurs d'envie de le faire. Billy T. m'a forcée, il m'a battue. J'ai le droit maintenant de choisir moi-même.

Dallie la regardait gravement, comme pour s'assurer qu'elle disait vrai.

— Je t'aime, Holly Grace, je ne veux pas que tu penses... Je t'aime comme je n'ai jamais aimé de ma vie, et je t'aimerai même si tu dis non.

— J'en ai assez de dire non, fit-elle en ôtant chemisier et soutien-gorge sous ses yeux émerveillés.

Bien qu'ils se soient livrés à un flirt très poussé ces derniers temps ils s'étaient contraints à garder leurs vêtements et c'était la première fois qu'il jouissait du spectacle de ses seins nus, qu'il se mit à caresser doucement.

— Ma chérie... tu es si belle, dit-il d'une voix toute changée.

Bouleversée par la tendresse qu'elle lisait dans son regard elle décida de lui faire don de tout ce qu'elle possédait en ce bas monde. Elle se débarrassa de ce qui lui restait de vêtements et, se déshabillant à son tour, il s'allongea près d'elle, plongeant amoureusement la main dans ses cheveux. Ils étanchèrent leur soif l'un de l'autre en de longs baisers, profonds et sensuels, qui leur arrachaient des gémissements de plaisir. Elle ne se rassasiait pas de la beauté de son jeune corps contre le sien.

— Il ne faudrait pas que tu sois enceinte, souffla-t-il dans un baiser. Je me retirerai à temps.

Évidemment il n'en fit rien, et elle ressentit une jouissance inconnue. Elle gémit et il se mit à frissonner dans ses bras, comme terrassé de plaisir.

Par la suite ils utilisèrent des préservatifs, mais elle

était déjà enceinte et il refusa catégoriquement de l'aider à se faire avorter.

– L'avortement est un crime quand on s'aime, tonnait-il en pointant vers elle un doigt menaçant. Je sais que nous avions prévu de nous marier après ma licence, poursuivait-il d'un ton plus doux, mais qu'à cela ne tienne, nous allons nous marier plus tôt. A part Skeet, tu es ce qui m'est arrivé de mieux dans la vie.

– Mais je ne veux pas de bébé maintenant, protestait-elle. J'ai dix-sept ans. Je veux aller à San Antonio pour trouver du travail. Avec un bébé je ne pourrai plus rien faire, ma vie sera gâchée.

– Comment peux-tu dire une chose pareille? Tu ne m'aimes donc pas?

– Bien sûr que si. Mais l'amour ne suffit pas.

Le désarroi qu'elle lut alors dans son regard la hanta jusqu'au jour où le pasteur Leary les maria.

Dallie cessa de fredonner *Good Vibrations* en plein milieu du refrain et Holly Grace, qui avait improvisé une seconde voix, continua pendant quelques mesures.

– Tu as vraiment promis à Bobby Fritchie de sortir avec lui ce soir?

– Non, mais j'en avais l'intention. Ça m'horripile tellement que tu sois en retard.

Elle se détacha de lui, et il l'enveloppa d'un long regard :

– Si tu veux divorcer, je ne m'y oppose pas.

Elle s'assit, écorchant le vernis tout neuf avec son talon en étendant les jambes.

– Tant que je n'ai pas l'intention de me remarier, je trouve qu'on est très bien comme ça.

Dallie lui sourit et vint s'asseoir à côté d'elle.

– J'espère que ça va marcher pour toi à New York. Sincèrement, tu sais que je ne désire rien tant que de te savoir heureuse.

– Je sais. Moi aussi, je veux que tu sois heureux.

Elle parla de Winona et Ed, de Miss Sybil, et de toutes sortes de sujets qu'ils abordaient quand ils se trouvaient ensemble à Wynette. Il l'écoutait distraitement, assailli par le souvenir de deux adolescents à l'enfance perturbée, sans le sou, avec un bébé. Avec le recul, il se rendait compte qu'ils n'avaient pas eu de chance, mais que, grâce à leur amour, ils s'en étaient bien tirés.

Skeet avait trouvé du travail dans le bâtiment à Austin pour les dépanner, mais ce n'était pas un chantier d'ouvriers syndiqués et il était assez mal payé.

Dallie travaillait pour un couvreur quand il n'étudiait pas, ou essayait de se faire des petits à-côtés au golf. Ils devaient donner de l'argent à Winona et ils n'arrivaient pas à joindre les deux bouts.

Dallie, accoutumé à la pauvreté dès l'enfance, s'accommodait tant bien que mal de cette situation mais il n'en allait pas de même pour Holly Grace. Elle avait souvent un regard désemparé qui lui glaçait les sangs. Il se sentait coupable et commençait à la quereller, lui reprochant de mal s'occuper de la maison ou d'être trop paresseuse pour préparer un dîner correct. Elle ripostait en l'accusant de ne pas subvenir aux besoins de sa famille et essayait de le convaincre de cesser le golf pour faire des études d'ingénieur.

— Je ne veux pas être ingénieur, s'était-il insurgé lors d'une querelle particulièrement violente, en jetant un livre sur la table de la cuisine, je veux étudier la littérature, et jouer au golf.

— Si tu as tellement envie d'être golfeur, pourquoi gaspilles-tu de l'argent dans des études? avait-elle rétorqué en lui lançant un torchon à la figure.

Il le lui avait renvoyé illico en criant :

— Chez moi, personne n'a jamais fréquenté l'université. Je serai le premier à obtenir un diplôme.

Les éclats de voix terrifiaient Danny qui se mit à pleurer. Dallie le prit dans ses bras et enfouit son visage dans les boucles blondes du bébé, tournant ostensiblement le dos à Holly Grace.

Comment lui faire comprendre qu'il avait quelque chose à prouver, même s'il ne savait pas au juste quoi? Ils étaient semblables à bien des points de vue, mais ils ne poursuivaient pas le même but dans la vie. Leurs disputes devinrent de plus en plus vives. Connaissant leurs points faibles, ils étaient passés maîtres dans l'art de se faire souffrir mutuellement, le regrettant d'ailleurs amèrement à chaque fois.

Skeet affirmait qu'à travers ces affrontements, ils faisaient leur propre éducation en même temps que celle de Danny. Ce qui était vrai.

– J'aimerais bien que tu cesses d'arborer en permanence cet air morose, lui dit Holly Grace un jour en appliquant de la crème Clearasil sur un bouton qui bourgeonnait obstinément sur le menton de Dallie. Ce n'est pas en te donnant de grands airs que tu feras plus viril.

– Qu'est-ce que tu sais de la virilité? répliqua-t-il en l'attirant contre lui.

Ils firent l'amour, mais, quelques heures plus tard, c'était à son tour de la morigéner parce qu'elle ne se tenait pas droite.

– Tu te tiens voûtée parce que tu as honte de tes seins.

– Ce n'est pas vrai, répondit-elle vivement.

– Si, et tu le sais parfaitement. (Il lui prit le menton et l'obligea à le regarder dans les yeux :) Quand donc cesseras-tu de te mortifier à cause de Billy T. ?

Holly Grace finit par l'écouter et les blessures du passé se cicatrisèrent. Malheureusement, toutes leurs altercations n'avaient pas une issue aussi favorable.

– Vraiment je ne te comprends pas, proférait Dallie après une discussion interminable à propos d'argent. Rien n'est jamais assez bien pour toi.

– Moi aussi j'existe, figure-toi. C'est moi qui suis coincée ici avec le bébé pendant que tu suis tes cours.

– Écoute, on en a discuté des dizaines de fois. Dès que j'aurais fini mes études, tu seras libre.

– Il sera trop tard, ma vie sera gâchée.

Leur ménage battait déjà de l'aile lorsque Danny mourut. Dallie fut rongé par le remords comme par un mal impitoyable. Ils déménagèrent immédiatement après le drame, mais l'image de la citerne le hantait jusque dans ses rêves.

Toutes les nuits, il faisait le même cauchemar : il revoyait le couvercle avec la charnière détériorée, et se dirigeait vers le vieux garage de bois pour y prendre ses outils. Mais il n'arrivait jamais au garage. Au lieu de cela, il se retrouvait à Wynette, ou près de la caravane dans la banlieue de Houston, où il avait grandi. Il savait qu'il devait réparer le couvercle de la citerne, mais une force invisible l'en empêchait.

Il se réveillait couvert de sueur, les draps entortillés autour du corps. Parfois Holly Grace ne dormait pas non plus, les épaules secouées de sanglots et le visage enfoui dans l'oreiller pour étouffer ses pleurs. Il ne l'avait jamais vue pleurer auparavant. Ni sous les coups de Billy T., ni à cause de leur pauvreté, ni même à l'enterrement de Danny où elle était restée de marbre, alors que lui pleurait à chaudes larmes. Maintenant, elle se laissait aller à son chagrin et c'était pour lui une véritable torture.

La culpabilité le minait comme une maladie incurable. Dès qu'il fermait les yeux, il voyait Danny venir vers lui en trottinant, une bretelle de sa salopette tombée de son épaule, tout auréolé de ses boucles blondes. Il revoyait ses grands yeux bleus émerveillés, ses longs cils recourbés sur ses joues pendant son sommeil, la façon dont il suçait son pouce quand il était fatigué, il avait encore dans l'oreille ses éclats de rire enfantin. Maintenant c'étaient les sanglots de Holly Grace qui lui fendaient le cœur, et, face à ce désespoir dont il se sentait responsable, il pensait qu'il eût mieux valu pour lui rejoindre Danny.

Elle avait fini par trouver du travail dans le département des ventes d'une société d'équipements sportifs et devait quitter Wynette pour Fort Worth. Elle l'avait assuré qu'elle l'aimait toujours, mais qu'il valait mieux qu'elle parte pour l'instant.

La nuit précédant son départ, il fut éveillé par des sanglots étouffés. Il resta un moment immobile, les yeux grands ouverts, puis se redressa soudain et la gifla à plusieurs reprises. Il s'habilla ensuite à la hâte et courut comme un fou hors de la maison. Désormais, Holly Grace saurait qu'elle avait épousé un vrai salaud capable de la cogner, pas un gamin meurtrier de son enfant.

Quand elle fut partie, il passa le plus clair de son temps à boire et ne fut guère en état de jouer au golf alors qu'il allait être qualifié pour passer professionnel.

Sur les instances de Skeet, Holly Grace revint :

— Je suis heureuse pour la première fois depuis longtemps, pourquoi pas toi?

Ce n'est qu'au bout de plusieurs années qu'ils apprirent à s'aimer autrement. Au début, ils étaient tombés dans les bras l'un de l'autre, mais s'étaient vite retrouvés prisonniers de leurs vieux démons. A l'occasion, ils avaient essayé de reprendre la vie commune pendant quelques mois, mais leurs aspirations étaient trop différentes. La première fois qu'il l'avait aperçue en compagnie d'un autre homme, Dallie aurait voulu le tuer. Mais une jolie petite secrétaire qui lui avait tapé dans l'œil sut l'en dissuader.

Avec le temps, ils s'étaient mis à parler de divorce, mais ni l'un ni l'autre ne prenait d'initiative à ce sujet. Skeet était tout ce que Dallie avait au monde, et Holly Grace adorait Winona.

Mais Dallie et Holly Grace formaient une vraie famille et, quand on a eu une enfance aussi perturbée que la leur, ce n'est pas une chose à laquelle on renonce si facilement.

DANS LA TOURMENTE

19

Le bâtiment, un rectangle de béton blanc de plain-pied, était flanqué de quatre voitures poussiéreuses et d'une benne à ordures, derrière laquelle on apercevait une cabane cadenassée. Environ cinquante mètres plus loin se dressait la chétive antenne de radio vers laquelle Francesca marchait depuis environ deux heures.

La bête se mit en devoir d'explorer les alentours tandis que Francesca gravissait d'un pas lourd les deux marches du seuil. La porte d'entrée en verre, mâchurée de poussière et de traces de doigts, était couverte d'autocollants publicitaires de la Chambre de Commerce de Sulphur City et de diverses radios locales. Au centre s'étalait l'inscription KDSC en lettres dorées. La partie inférieure du C était effacée et aurait pu aussi bien être un G, mais Francesca avait vu le sigle sur la boîte aux lettres au bout de l'allée.

N'accordant pas la moindre attention à son reflet dans la porte vitrée, elle épongea d'un revers de main son front où des mèches de cheveux trempées de sueur étaient restées collées, puis épousseta son jean du mieux qu'elle put. Elle fit mine d'ignorer ses bras tout écorchés, mais son euphorie de tout à l'heure avait cédé la place à l'épuisement et à l'angoisse.

Elle se retrouva dans le hall d'entrée encombré de six bureaux surchargés de paperasse avec à peu près autant de pendules, de tableaux d'affichage, de calendriers et de caricatures fixées au mur par du ruban adhésif jauni. Un canapé moderne à rayures brun et or offrait aux visiteurs ses coussins avachis. La pièce ne comportait qu'une seule ouverture, une baie vitrée donnant sur un studio où l'on apercevait un animateur coiffé d'un casque devant un micro. Un haut-parleur diffusait sa voix en sourdine dans le hall.

Du seul bureau occupé lui parvint la voix d'une petite boulotte rousse qui ressemblait à un écureuil :

— Que puis-je pour vous ?

Francesca s'éclaircit la voix, tout en promenant son regard sur les croix en or oscillant aux oreilles de la femme et sur son chemisier en Polyester pour s'arrêter au combiné à côté d'elle. Un simple coup de fil à Wynette et ses problèmes les plus cruciaux auraient été résolus : elle aurait au moins le gîte et le couvert dans l'immédiat. Mais l'idée d'appeler Dallie à son secours ne présentait plus le moindre attrait. Malgré la fatigue et la peur, elle n'était plus la même : quelque chose en elle avait irréversiblement changé, là-bas sur cette route désertique. Elle ne serait plus jamais cette petite chose frivole et décorative, livrée aux caprices du sort. Pour le meilleur et pour le pire, elle allait désormais prendre sa propre destinée en main.

— J'aimerais parler à un responsable, répondit-elle en s'efforçant de se donner un ton décidé, qui ne collait ni avec son allure dépenaillée ni avec son impécuniosité.

De toute évidence intriguée par le contraste entre son aspect misérable et son accent anglais sophistiqué, la femme se présenta :

— Je suis Katie Cathcart, le chef de bureau. Pouvez-vous me dire de quoi il s'agit ?

— C'est personnel, répondit-elle d'une voix aimable, mais ferme.

En quoi *une* chef de bureau aurait-elle pu lui être utile ? Elle se dit qu'elle serait plus à l'aise avec le directeur.

Après un temps d'hésitation, la femme se leva et entra dans le bureau derrière elle, d'où elle réapparut un instant plus tard :

— Si vous n'en avez pas pour longtemps, Miss Padgett va vous recevoir. C'est la directrice de la station.

Francesca avala péniblement sa salive. C'était bien sa chance : le directeur de la station était une directrice ! Au moins, avec un homme, elle aurait su y faire ! Puis elle se ressaisit, bien décidée à honorer la promesse qu'elle s'était faite de prendre un nouveau départ. Il n'était plus question d'avoir recours à ses anciens artifices. Elle redressa les épaules et entra.

Une plaque de métal doré posée sur le bureau signalait au visiteur Clare Padgett, un nom bien élégant pour une personne qui l'était moins. Elle accusait la quarantaine et son visage anguleux n'était adouci que par un soupçon de rouge à lèvres. Ses cheveux poivre et sel, mi-longs, étaient coupés à la diable et n'avaient pas l'air de faire l'objet de soins minutieux. Elle tenait sa cigarette comme un homme, entre l'index et le majeur, et aspirait la fumée à grosses goulées.

– Que désirez-vous? demanda Clare abruptement d'une voix très radiophonique, bien timbrée mais totalement dépourvue de chaleur humaine.

Derrière le bureau un haut-parleur distillait faiblement la voix du speaker égrenant les nouvelles locales.

Sans y avoir été invitée, Francesca prit l'unique et inconfortable chaise de la pièce, se disant que Clare Padgett n'était pas le genre d'individu à respecter les faibles. Elle donna son nom en s'asseyant sur le bord du siège.

– Excusez cette irruption, mais je voulais savoir si éventuellement vous auriez du travail à me proposer.

Sa voix était timide et hésitante. Plus la moindre trace de son arrogance passée qui la précédait partout comme une aura invisible.

Après un bref coup d'œil inquisiteur, Clare Padgett se replongea dans son travail.

– Je n'ai besoin de personne actuellement.

Francesca ne s'attendait guère à une autre réponse, mais la route avait été trop dure, elle avait la bouche desséchée par toute la poussière du Texas et les membres courbatus.

– Vous êtes vraiment sûre? Je suis prête à faire n'importe quoi.

Padgett aspira une longue bouffée de sa cigarette en tambourinant avec son crayon sur la couverture de son dossier.

– Quelle est votre formation?

Francesca rassembla vivement ses esprits :

– J'ai un peu joué la comédie et j'ai une certaine expérience dans le domaine... de la mode.

Elle croisa les chevilles, essayant de dissimuler ses sandales usées derrière le pied de la chaise.

— Ça ne prépare pas spécialement aux métiers de la radio, même dans une petite station comme ici.

Le mouvement du crayon se fit plus nerveux. Prenant longuement sa respiration, Francesca se jeta à l'eau comme quelqu'un qui ne sait pas nager.

— En réalité, Miss Padgett, je n'ai pas d'expérience dans le domaine de la radio, mais je suis dure à la tâche, et j'ai envie d'apprendre.

Dure à la tâche? Elle qui n'avait jamais travaillé de sa vie!

De toute façon, Clare n'était pas le moins du monde impressionnée. Elle adressa à Francesca un regard de franche hostilité :

— J'ai été virée d'une chaîne de télévision de Chicago à cause de quelqu'un dans votre genre, une jolie petite arriviste qui se prenait pour le nombril du monde. (Elle s'adossa à sa chaise, le regard désabusé.) Les filles comme vous, on appelle ça des « lucioles », des minettes qui ne connaissent pas le BA-ba de la radio mais qui s'imaginent que ça doit être amusant comme tout d'y faire carrière.

Quelques mois plus tôt, Francesca aurait pris la mouche et serait partie en claquant la porte, mais là, elle serra les mains l'une contre l'autre et releva un peu le menton.

— Je suis disposée à faire n'importe quoi, Miss Padgett, répondre au téléphone, faire des courses...

Impossible d'avouer à cette femme qu'une carrière dans la radio était le cadet de ses soucis. Si ce bâtiment avait été une usine d'engrais, elle aurait demandé du travail avec la même obstination.

— J'aurais effectivement du travail pour un factotum : ménage, courses, etc.

— D'accord, je le prends.

Mon Dieu! *Faire le ménage!*

— Je ne crois pas que ce soit un travail pour vous.

Francesca ne releva pas l'ironie du propos.

— Détrompez-vous! Pour ce qui est du ménage, je ne crains pas la concurrence!

Elle avait réussi à capter l'attention de Clare Padgett, et celle-ci avait même l'air de s'amuser de la situation.

– A dire vrai, j'aurais préféré un Mexicain. Êtes-vous citoyenne américaine ?

Francesca fit signe que non.

– Ah. Est-ce que vous avez la carte verte ?

Francesca n'avait pas la moindre idée de ce que pouvait être cette carte verte, mais, ne voulant pas entamer sa nouvelle vie avec un mensonge, elle fit un nouveau signe de dénégation. Peut-être cette femme serait-elle émue par sa franchise ?

– Je n'ai même pas de passeport. Je viens d'être dévalisée sur la route.

– Ça n'est vraiment pas de chance !

A l'évidence Clare Padgett s'amusait énormément, et, à ce jeu du chat et de la souris, Francesca allait payer pour toutes les humiliations que la directrice de la station avait subies de la part des jolies femmes des années durant.

– Dans ce cas, je vous embauche à soixante-cinq dollars par semaine. Vous avez votre samedi. Les autres jours, vous devez être présente du lever au coucher du soleil, ce sont nos horaires d'émission. Vous serez payée en liquide. Nous avons des camions remplis de Mexicains qui débarquent ici tous les jours, alors, à la première incartade, vous êtes virée.

Le salaire était misérable, et c'était le genre de boulot qu'acceptaient les travailleurs étrangers en situation irrégulière, parce qu'ils n'avaient pas le choix. Francesca accepta sans conditions. Elle non plus n'avait pas le choix.

Clare Padgett lui adressa un sourire sardonique en la reconduisant à la porte.

– Nous avons une nouvelle recrue, Katie. Donnez-lui un balai-éponge et montrez-lui les toilettes.

Sur quoi Clare s'éclipsa dans son bureau.

– Nous n'avons eu personne depuis plusieurs semaines. C'est assez sale, dit Katie d'un air compatissant.

Francesca avala difficilement sa salive :

– Ça ira.

Bien sûr, ça n'allait pas. Elle se retrouva devant le placard de la minuscule cuisine encombrée de produits d'entretien totalement inconnus. Elle savait jouer au baccara, connaissait par leur nom les maîtres d'hôtel des plus fameux restaurants du monde, mais n'avait pas la plus petite idée de la façon dont on fait le ménage. Elle parcourut rapidement les étiquettes, et une demi-heure plus tard, Clare Padgett la trouva à genoux devant une cuvette de W.-C. horriblement souillée, en train de frotter le siège à la poudre à récurer.

— Quand vous passerez la serpillière, n'oubliez pas les coins, Francesca, j'ai horreur du travail bâclé.

Francesca serra les dents et acquiesça. Elle eut un haut-le-cœur au moment de s'attaquer au dessous du siège des toilettes. Spontanément, elle pensa à sa vieille gouvernante, Hedda, qui, avec son mal de dos et ses bas roulés aux chevilles, passait sa vie à nettoyer derrière Chloé et elle.

Clare tira sur sa cigarette, et la laissa délibérément tomber aux pieds de Francesca.

— Vous avez intérêt à faire vite, poulette. On va bientôt fermer la boutique.

Elle s'éloigna avec un petit rire malveillant. Un instant plus tard l'animateur qui était sur les ondes à l'arrivée de Francesca passa la tête à la porte pour l'avertir qu'il allait fermer. Son sang ne fit qu'un tour : Elle ne savait pas où dormir ce soir!

— Tout le monde est parti?

Il fit signe que oui tout en promenant sur elle un regard approbateur :

— Je vous ramène en ville?

Elle se leva, écartant ses cheveux de son visage avec l'avant-bras d'un air désinvolte.

— Non, merci. On vient me chercher.

Sa résolution de ne pas commencer sa nouvelle vie avec des mensonges était déjà envolée.

— Miss Padgett m'a demandé de finir avant de m'en aller. Elle m'a dit que je pourrai fermer, dit-elle d'un ton qu'elle espérait ni trop détaché, ni pas assez.

Que ferait-elle s'il refusait?

— Comme vous voulez, répondit-il avec un sourire engageant.

Elle poussa un profond soupir de soulagement en entendant la porte d'entrée se refermer.

Elle passa la nuit sur le divan du hall, la bête lovée contre elle. L'une et l'autre avaient frugalement dîné de maigres tartines de pain rassis et de beurre de cacahuète dénichés dans la mini-cuisine. Malgré l'épuisement qui la prenait au creux des reins, elle ne put trouver le sommeil et se mit à penser à toutes les embûches qui se trouvaient encore au travers de sa route, tout en caressant machinalement l'animal.

Elle fut réveillée à cinq heures du matin par une envie de vomir qui la fit se précipiter vers les toilettes qu'elle avait si laborieusement nettoyées la veille au soir. Durant toute la journée, elle essaya de se persuader qu'il ne s'agissait que d'une réaction au beurre de cacahuète.

– Francesca! Bon Dieu, où est-elle passée? rugit Clare en sortant en trombe de son bureau au moment où Francesca surgissait de la salle du journal où elle venait de remettre une brassée de journaux du soir au rédacteur en chef.

– Je suis là, Clare, fit-elle d'un ton las. Qu'est-ce qu'il y a?

Elle travaillait à KDSC depuis maintenant six semaines et ses relations avec la directrice ne s'étaient pas améliorées. A en croire les ragots qui circulaient parmi le personnel restreint de la station, Clare avait démarré sa carrière à une époque où la radio était encore fermée aux femmes. Les directeurs de station l'engageaient pour son intelligence et sa pugnacité, et la renvoyaient pour les mêmes raisons. Elle était passée ensuite à la télévision, où elle avait livré de rudes batailles pour faire des reportages sur des sujets d'actualité au lieu de se contenter des mièvreries que l'on confiait d'ordinaire aux femmes reporters.

Par une ironie du sort, elle fut victime de l'égalité des chances données aux femmes. Au début des années soixante-dix, lorsque les patrons se virent contraints d'embaucher des femmes, ils préférèrent s'allouer les services de jeunes et jolies journalistes fraîchement émoulues des universités, plus malléables que les vieux routiers comme Clare avec leur cynisme et leur franc-parler. Des femmes de la trempe de Clare avaient dû se contenter de ce qui restait, des emplois qui n'étaient pas à la hauteur de leurs compétences, comme la direction de radios de seconde zone. Cela donnait des femmes aigries, fumant trop, menant la vie dure à toutes les femelles qu'elles soupçonnaient de vouloir arriver grâce à un joli minois.

– Je viens d'avoir un coup de fil de cet imbécile de la

banque de Sulphur City; il veut les promotions de Noël aujourd'hui même, fit Clare d'un ton cassant en désignant une boîte remplie de décorations en forme d'arbres de Noël avec le nom de la station imprimé d'un côté, et de l'autre celui de la banque. Allez-y immédiatement et ne mettez pas toute la journée comme l'autre fois.

Francesca s'abstint de lui faire remarquer qu'elle n'aurait pas mis tant de temps si quatre des membres de l'équipe ne l'avaient chargée d'autres courses – expédier des factures en retard, faire changer les amortisseurs de la Dodge, etc.

Elle enfila le caban à carreaux rouges et noirs acheté dans un magasin Goodwill pour la modique somme de cinq dollars, et prit la clé de la Dart au crochet près de la fenêtre du studio à l'intérieur duquel officiait Tony March, l'animateur de l'après-midi. Bien que rentré depuis très peu de temps à KDSC, il allait bientôt partir, au dire de tous. Il était doté d'une bonne voix ainsi que d'une forte personnalité et, pour les présentateurs de cet acabit, KDSC, avec son petit émetteur de cinq cents watts, n'était qu'un tremplin. Francesca s'était bien rendu compte que seuls restaient à KDSC ceux qui comme elle n'avaient pas d'autre alternative.

La voiture démarra après seulement trois tentatives, ce qui constituait déjà un exploit. Un coup d'œil au rétroviseur lui révéla un teint pâlichon, des cheveux tristes attachés sur la nuque avec un élastique, et un nez enluminé par une série de rhumes de cerveau. Son caban avait au moins une taille de trop mais elle n'avait ni assez de courage ni assez d'argent pour essayer d'améliorer son apparence. Du moins n'était-elle pas en butte aux avances des hommes de KDSC.

Elle avait connu peu de satisfactions durant les semaines écoulées, et maints déboires, le pire s'étant incontestablement produit la veille de Thanksgiving, où Clare s'était aperçue qu'elle dormait sur le divan du hall et lui avait fait une scène devant tout le monde pour l'humilier. Depuis, elle vivait avec sa bête dans un studio au-dessus d'un garage de Sulphur City. La pièce était pleine de courants d'air et chichement meublée, mais le loyer était bon marché et elle pouvait payer à la semaine, aussi faisait-elle son possible pour s'en accommoder.

Elle avait obtenu de Clare qu'elle lui laissât l'usage de la Dodge moyennant le prix de l'essence, même si quelqu'un d'autre l'utilisait. Elle menait une vie exténuante, au jour le jour, où il n'était possible de faire face à aucun imprévu, à plus forte raison à une grossesse non désirée.

Elle crispait les mains sur le volant. En vivant avec trois fois rien, elle avait réussi à mettre de côté les cent cinquante dollars qu'une clinique de San Antonio lui réclamait pour la débarrasser du bébé de Dallie Beaudine. Trop démunie et désespérée pour envisager les conséquences de son acte, elle ne pouvait guère se livrer à une introspection détaillée. Elle savait seulement qu'après son rendez-vous de samedi, elle aurait conjuré une nouvelle catastrophe. Elle fit ses courses en un peu plus d'une heure et retourna à la station pour s'entendre reprocher vigoureusement par Clare de n'avoir pas nettoyé les vitres de son bureau avant de partir.

Le samedi suivant, elle se leva à l'aurore pour faire le trajet jusqu'à San Antonio. La salle d'attente de la clinique était pauvrement meublée, mais propre. Elle s'assit sur une chaise en plastique moulé, les mains recroquevillées sur son sac en toile, les genoux serrés comme si elle tentait de protéger la petite parcelle de vie qu'on allait bientôt lui arracher. Il y avait trois autres femmes qui attendaient : deux Mexicaines et une blonde fatiguée, au regard triste dans un visage boutonneux.

Une femme de type espagnol, entre deux âges, vêtue d'un chemisier blanc impeccable et d'une jupe sombre, apparut à la porte et appela son nom.

— Francesca, je suis Mrs. Garcia. Si vous voulez bien me suivre...

Elle s'exprimait avec un léger accent et invita Francesca à s'asseoir dans un petit bureau en faux acajou. Abasourdie, Francesca prit une chaise qui ne différait de celles de la salle d'attente que par la couleur. Chaleureuse et efficace, la femme passa rapidement sur les formalités, fit signer Francesca, puis entreprit de lui expliquer le déroulement de l'intervention. Francesca se mordait les lèvres, essayant de ne pas écouter trop attentivement. Mrs. Garcia prenait soin de ne jamais utiliser le mot « fœtus » et Francesca lui en fut implicitement reconnaissante. Depuis qu'elle était enceinte, elle s'était refusée à personnifier l'intrus qui logeait en son sein, lui niant toute relation avec cette nuit dans les marécages de la Louisiane. Dans l'état de dénuement où elle se trouvait il n'était pas question d'échafauder je ne sais quelle vision faussement romantique de joues rebondies, de boucles blondes, pas question de prononcer le mot « bébé », même en pensée. Mrs. Garcia parlait d'« aspiration » et Francesca voyait le vieux Hoover qu'elle traînait tous les soirs sur la moquette de la station de radio.

— Avez-vous des questions ?

Elle fit signe que non. Les visages de ces trois femmes pitoyables dans la salle d'attente étaient restés gravés dans son esprit, des femmes sans avenir. Mrs. Garcia fit glisser un fascicule sur le bureau métallique :

— Cette brochure contient toutes les informations utiles sur la contraception et je vous recommande de la lire avant d'avoir à nouveau des rapports.

Des rapports ?

Elle fut brutalement envahie par le souvenir des baisers profonds et sensuels de Dallie, mais tout cela lui semblait si loin qu'elle ne pensait pas pouvoir y trouver à nouveau quelque attrait.

— Je ne peux pas...

Francesca interrompit brutalement la femme au beau milieu d'une phrase alors qu'elle lui montrait un schéma des organes génitaux féminins.

Mrs. Garcia inclina attentivement la tête, manifestement habituée à recueillir les confidences les plus intimes.

Francesca n'avait nul besoin de se justifier, mais elle ne pouvait endiguer le flot de paroles qui s'échappaient de ses lèvres.

— Ne voyez-vous donc pas que c'est impossible ? Je ne suis pas un monstre d'indifférence, mais j'arrive tout juste à subvenir à mes besoins, et à ceux d'un chat borgne !

La femme la regarda avec sympathie.

— Bien sûr que non, vous n'êtes pas insensible, Francesca. C'est votre corps, et la décision vous appartient en propre.

— J'ai pris ma décision, dit-elle d'un ton agressif. Je n'ai ni mari, ni argent. J'ai un travail précaire et une patronne qui me déteste. Et je n'ai même pas de quoi payer un médecin.

– Je comprends, c'est difficile.

– Non, vous ne *pouvez* pas comprendre.

Francesca se pencha en avant, l'œil sec, lançant les mots comme autant de projectiles.

– Toute ma vie, j'ai été prise en charge par les autres, mais c'est bien fini. Je vais faire quelque chose de ma vie.

– Votre ambition est louable. Vous êtes apparemment une jeune femme pleine de...

Francesca lui coupa la parole encore une fois, tentant d'expliquer, non tant à Mrs. Garcia qu'à elle-même, les mobiles qui l'avaient amenée jusqu'à cette clinique de briques rouges dans le quartier le plus pauvre de San Antonio. La pièce était chauffée, mais elle frissonnait.

– Avez-vous déjà vu ces tableaux en fils de couleur tendus sur des épingles, représentant des ponts, ou des papillons sur fond de velours noir?

Mrs. Garcia fit un signe de tête.

Francesca regardait sans les voir les panneaux de faux acajou.

– Il y a une horreur dans ce genre-là accrochée au-dessus de mon lit, une guitare rose et orange.

– Je ne vois pas très bien...

– Comment peut-on donner le jour à un bébé dans un cadre aussi hideux? Quelle sorte de mère peut délibérément exposer un bébé sans défense à un tel destin?

Bébé. Elle avait prononcé le mot. Deux fois. Elle avait les larmes aux yeux, mais elle les refoula, estimant qu'elle avait suffisamment pleuré jusqu'ici pour une vie entière.

– Vous savez, Francesca, un avortement, ce n'est pas la fin de tout. A l'avenir, les circonstances seront peut-être plus favorables...

Sa dernière phrase resta en suspens.

Francesca s'adossa à sa chaise, comme soulagée. Peut-être qu'une vie humaine se résumait à cela, après tout. Des circonstances favorables... Si le moment était mal choisi pour mettre un enfant au monde, fallait-il purement et simplement s'en débarrasser?

Elle leva les yeux vers Mrs. Garcia.

– A Londres, mes amies programmaient leurs avortements pour ne pas manquer une soirée ou un cocktail.

Pour la première fois, Mrs. Garcia parut exaspérée.

– Les femmes qui viennent nous voir ici n'ont pas ce

genre de préoccupations, Francesca. Ce sont des gamines de quinze ans, ou des femmes mariées qui se retrouvent seules avec déjà plusieurs enfants. Elles sont au chômage et n'ont guère de chance de trouver du travail.

Francesca se disait qu'elle ne serait jamais comme elles. Elle n'était plus désespérée, elle s'était endurcie : elle avait récuré les toilettes, subi des insultes, résisté là où plus d'une se serait effondrée. Elle avait tenu bon.

Elle eut une vision gratifiante de son nouveau moi et, se redressant sur sa chaise, elle se détendit peu à peu.

— Votre vie a l'air aléatoire pour le moment, avança Mrs. Garcia sur un ton hésitant.

— Elle l'est effectivement, répliqua Francesca, en pensant à Clare, à son appartement sordide au-dessus du garage, au tableau hideux, à son incapacité à appeler Dallie au secours.

Elle récupéra son sac en toile et se leva : tout l'optimisme foncier qu'elle avait cru éteint à jamais semblait renaître, la poussant à prendre une décision qui ne pouvait s'avérer que désastreuse, absurde, insensée... Une décision merveilleuse.

— Pouvez-vous me rembourser, Mrs. Garcia, s'il vous plaît ? En déduisant votre consultation, bien sûr.

Mrs. Garcia avait l'air désolé.

— Êtes-vous bien sûre de ne rien regretter, Francesca ? Vous êtes enceinte de deux mois et demi. Cela ne vous laisse plus guère le temps d'interrompre votre grossesse dans de bonnes conditions. Réfléchissez bien.

Francesca n'avait jamais été moins sûre de quelque chose, mais elle affirma :

— C'est tout réfléchi, Mrs. Garcia.

En sortant de la clinique, elle se mit à courir et à gambader, sourire aux lèvres, jusqu'à la Dodge. De toutes les folies qu'elle avait commises dans sa vie, celle-ci était la pire. Elle sourit de plus belle. Dallie avait raison : elle n'avait pas la moindre parcelle de bon sens. Gâtée pourrie par son éducation, elle se retrouvait sans le sou, tirant le diable par la queue, marchant sur la corde raide. Mais, à ce moment précis, tout cela n'avait plus d'importance, parce que, à certains tournants de la vie, le bon sens n'est pas de mise.

Francesca Serritella Day avait jeté aux orties son

orgueil et sa dignité. Elle n'allait pas de surcroît perdre son bébé.

20

Durant les mois qui suivirent, Francesca fit une découverte capitale à propos d'elle-même : elle était intelligente. Au pied du mur, un canon de revolver braqué sur la tempe et une bombe à retardement au creux du ventre, elle donnait sa pleine mesure : elle emmagasinait rapidement de nouvelles connaissances, son éducation sans préjugés ayant fait d'elle un esprit libre. Pendant ses premiers mois de grossesse, elle déploya une énergie insoupçonnée à étudier tout ce qui lui tombait sous la main, magazines spécialisés ou journaux, écoutant des bandes jusque tard dans la nuit, bien décidée à grimper ne fût-ce que d'un degré dans l'échelle sociale.

— Auriez-vous une minute ? demanda-t-elle en passant la tête par la porte de la phonothèque, serrant convulsivement une bande enregistrée dans sa paume moite.

Clare, occupée à feuilleter un des livres de référence du *Billboard*, ne se donna pas la peine de lever la tête.

La pièce pompeusement baptisée phonothèque n'était rien d'autre qu'un vaste placard avec des étagères surchargées de disques étiquetés par catégorie avec de l'adhésif de couleur. Francesca avait intentionnellement choisi ce territoire neutre pour ne pas comparaître dans le bureau de Clare comme une humble suppliante devant le trône du Tout-Puissant.

— J'ai tout mon temps, persifla Clare. En fait je me tourne les pouces depuis ce matin en attendant que quelqu'un vienne m'interrompre.

L'entretien ne se présentait pas sous les meilleurs auspices, mais Francesca feignit d'ignorer le sarcasme et se campa solidement à l'entrée de la pièce. Elle arborait sa dernière acquisition vestimentaire : un sweat-shirt d'homme gris trop ample qui lui arrivait à mi-cuisse, dissimulant son jean ouvert, maintenu par une cordelette grossièrement cousue.

– Donnez-moi une chance de reprendre l'émission de Tony après son départ.

Clare haussa exagérément les sourcils.

– Vous plaisantez ?

– Pas du tout. (Francesca redressa le menton et poursuivit comme si elle avait une confiance en elle inébranlable.) Je me suis entraînée depuis pas mal de temps déjà, et Jerry m'a aidée à faire une cassette de présentation. Je crois que je peux faire l'affaire.

Elle lui tendit la bande enregistrée.

Clare affichait un sourire méprisant.

– Voilà qui est amusant ! C'est sans aucun doute une louable ambition, malgré votre accent anglais et votre manque total d'expérience face à un micro. Remarquez, la petite intrigante qui m'a supplantée à Chicago n'avait jamais été à l'antenne de sa vie non plus, et elle avait la voix de Betty Boop, alors pourquoi pas vous ? Je devrais peut-être examiner la question.

Francesca rongeait son frein.

– Quoi qu'il en soit, je veux tenter le coup. Mon accent britannique peut me donner un son original.

– Faites donc le ménage, c'est pour ça qu'on vous a engagée, ironisa Clare.

Francesca ne se laissa pas fléchir.

– Je m'en suis bien tirée, non ? J'ai nettoyé les toilettes, j'ai fait tous les boulots sordides que vous m'avez refilés. Maintenant, donnez-moi ma chance.

– N'y comptez pas.

Francesca décida de jouer son va-tout. Elle devait penser à son bébé, à son avenir.

– Vous savez, Clare, je commence vraiment à éprouver de la sympathie pour vous.

– Mais encore ?

– Eh bien, on dit qu'on ne peut pas comprendre quelqu'un tant qu'on n'est pas passé par les mêmes épreuves. Je vous comprends maintenant, Clare. Je sais ce que c'est que d'être victime d'une ségrégation uniquement à cause de ce que l'on est, quel que soit le travail fourni. Je sais quel effet ça fait de voir les portes se fermer devant soi, non pas parce que l'on est incompétent mais à cause du parti pris d'un employeur.

– Du parti pris ! (Clare souffla la fumée par le nez

comme un dragon crachant le feu.) Je n'ai jamais eu de parti pris de ma vie! J'ai été *victime* des préjugés des autres.

Ce n'était pas le moment de reculer, et Francesca poussa le pion un peu plus loin.

— Vous refusez de prendre quinze minutes pour écouter une bande, ça n'est pas du parti pris?

Clare crispa la mâchoire.

— Entendu, Francesca, je vous accorde quinze minutes, lâcha-t-elle en lui arrachant la bande des mains. Mais n'espérez pas monts et merveilles.

Pendant toute la journée Francesca fut sur des charbons ardents. Il fallait qu'elle décroche ce boulot. Non seulement parce qu'elle avait cruellement besoin d'argent mais aussi parce qu'elle avait quelque chose à prouver. A la radio, ses jolis yeux et sa belle petite frimousse ne lui seraient d'aucun secours. C'était le banc d'essai idéal pour tester ses véritables capacités.

A une heure et demie, Clare passa la tête par la porte de son bureau et fit signe à Francesca de venir la voir. Celle-ci posa le carton où elle était en train d'empiler des fiches volantes et tâcha d'entrer dans le bureau avec autant d'assurance que possible.

— La bande n'est pas catastrophique, dit Clare en s'asseyant, mais elle n'est pas très bonne non plus.

Elle la poussa vers Francesca. Celle-ci gardait les yeux baissés, camouflant tant bien que mal son immense déception.

— Votre voix manque d'attaque, poursuivait Clare d'un ton alerte et impersonnel. Vous parlez beaucoup trop vite et vous soulignez les mots les plus inattendus. La seule chose qui vous sauve est votre accent anglais. D'autre part, on dirait un pastiche du plus médiocre des animateurs mâles qu'on ait jamais eu ici.

Francesca tenta de discerner dans ces propos quelque trace d'animosité personnelle, mais force lui fut d'admettre qu'il s'agissait là d'un constat objectif de professionnelle.

— Laissez-moi faire un deuxième essai, plaida-t-elle.

Clare s'adossa en faisant grincer sa chaise.

— Je n'ai pas besoin d'en entendre davantage. Un deuxième essai ne donnera rien de mieux. Une radio locale doit concerner les gens. Les auditeurs qui veulent écouter de la musique se branchent sur la FM. Même dans une petite station comme ici, il faut avoir de la personnalité. Si vous voulez vous lancer dans la radio, n'oubliez jamais que vous vous adressez à *des gens*, pas à un micro. Sinon vous ne serez qu'une petite « luciole » de plus.

Francesca reprit son enregistrement et se dirigea vers la porte. Elle sentait son sang-froid sur le point de l'abandonner. Comment avait-elle pu s'imaginer faire de la radio sans la moindre préparation ? C'était encore une illusion, un château de sable trop vite emporté par le ressac.

— Tout ce que je peux faire est de vous prendre comme remplaçante le week-end en cas de défection.

Francesca fit demi-tour :

— Remplaçante ? Vraiment ?

— Grand Dieu, Francesca, ce n'est pas une fleur que je vous fais là. Ça signifie que vous risquez de vous retrouver à l'antenne un dimanche de Pâques à une heure où personne n'écoute la radio.

Mais Francesca refusa de se laisser contaminer par la mauvaise humeur de Clare et poussa un cri de joie.

Ce soir-là, en prenant une boîte de nourriture pour chat dans l'unique placard de sa cuisine, elle entama une conversation nocturne avec la bête.

— Je vais y arriver, lui confia-t-elle. Je serai la meilleure présentatrice que KDSC ait jamais eue.

Le chat leva la patte arrière et se mit à se lécher. Francesca lui fit les gros yeux :

— Si tu ne perds pas cette répugnante habitude avant la naissance de ma fille, tu vas voir ce que tu vas voir !

La bête continua comme si de rien n'était. Francesca resta un moment avec son ouvre-boîte rouillé en suspens, regardant devant elle d'un air songeur. Elle savait intuitivement qu'elle allait donner le jour à une fille, une jolie petite Américaine qui apprendrait dès son plus jeune âge à miser sur autre chose que sur la beauté que les fées penchées sur son berceau ne manqueraient pas de lui octroyer. Elle serait la quatrième et la plus réussie des Serritella. Francesca se promit d'enseigner à sa fille toutes les valeurs qu'elle avait découvertes à ses dépens, tout ce qu'une petite fille devrait savoir pour ne jamais se retrouver sur une route perdue au milieu de nulle part, sans savoir comment elle en est arrivée là. La bête la tira de sa rêverie en lui donnant de petits coups de patte pour la rappeler à l'ordre. Elle finit d'ouvrir la boîte.

– J'ai décidé de l'appeler Natalie. Qu'est-ce que tu en dis? c'est un joli prénom, féminin et énergique à la fois.

L'animal n'avait d'attention que pour le bol qu'elle dirigeait vers lui, trop lentement à son gré. Francesca avait la gorge serrée en donnant son dîner à la bête. Était-ce bien raisonnable d'avoir un bébé quand on n'a qu'un chat avec qui partager ses rêves d'avenir? Mais elle ne voulut pas s'apitoyer sur elle-même. Personne ne l'avait influencée, elle avait pris sa décision toute seule, et elle n'allait pas se plaindre maintenant.

Elle s'assit en tailleur sur le vieux lino à côté du chat et le caressa.

– Tu sais ce qui m'est arrivé aujourd'hui? Une chose extraordinaire : j'ai senti mon bébé bouger.

Elle laissa distraitement courir ses doigts dans la fourrure moelleuse de l'animal.

Environ trois semaines après son entretien avec Clare une épidémie de grippe terrassa trois des animateurs de KDSC et Clare dut laisser l'antenne à Francesca un mercredi matin.

– N'oubliez jamais que vous vous adressez à *des gens*, lui aboya-t-elle au visage alors qu'elle se dirigeait vers le studio, le cœur battant comme si des pales d'hélicoptère tournoyaient dans sa poitrine.

Le studio était exigu et surchauffé. Un tableau de commande occupait le mur perpendiculaire à la vitre et, juste en face, un placard recelait les disques programmés pour la semaine. La pièce contenait également un classeur tournant pour les bandes magnétiques, un grand fichier gris contenant les bandes-son commerciales, et des annonces collées un peu partout sur les surfaces libres. Francesca s'assit devant le tableau et assujettit maladroitement le casque sur ses oreilles. Elle n'arrivait pas à contrôler le tremblement de ses mains. Dans les petites stations émettrices comme KDSC, il n'y avait pas d'ingénieur du son et les animateurs devaient tout faire eux-mêmes. Francesca avait étudié pendant des heures la façon d'intercaler les disques, d'actionner les interrupteurs sur les micros, d'équilibrer le niveau des voix et de faire fonctionner les deux platines à sa portée en restant assise devant le micro.

Le bulletin d'information d'Associated Press allait s'achever et elle fixait fiévreusement les cadrans sur le tableau de contrôle. Dans son trouble, elle les voyait se déformer comme les montres molles de Dali, ne sachant plus à quoi ils correspondaient. Elle s'efforça de se concentrer et ferma le canal de l'AP, puis ouvrit son micro en vérifiant le niveau sonore au cadran. Une rigole de sueur lui dégoulinait entre les seins. Il fallait qu'elle réussisse. Si jamais elle cafouillait, Clare ne lui donnerait jamais une seconde chance.

La langue lui collait au palais avant qu'elle ait pu sortir un mot.

– Salut, croassa-t-elle, ici Francesca Day qui va vous tenir compagnie en musique pendant toute la matinée sur KDSC.

Elle parlait trop vite, avalait ses mots et n'avait rien trouvé d'autre à dire bien qu'elle ait maintes et maintes fois répété dans sa tête ce qu'elle dirait en pareille circonstance. Dans son affolement elle lâcha le disque qu'elle tenait au-dessus de la platine et le saphir produisit un chuintement disgracieux. Elle poussa un gémissement qui fut répercuté sur les ondes car elle avait oublié de fermer son micro. Lorsqu'elle s'en rendit compte, elle actionna l'interrupteur d'un doigt tremblant.

Clare l'observait du hall d'entrée à travers la baie vitrée avec un mécontentement obstentatoire. Malgré les parois insonorisées, Francesca crut entendre le doux qualificatif de « luciole » lui bourdonner aux oreilles.

Elle finit par se calmer, et la suite fut moins catastrophique, mais elle avait entendu suffisamment de bons animateurs pour se rendre compte à quel point elle était médiocre. Tout son dos était douloureux sous l'effet de la tension nerveuse et, à la fin de l'émission, elle était littéralement épuisée. Katie lui adressa un sourire aimable et marmonna quelque chose à propos du trac, inévitable la première fois qu'on passe à l'antenne. Clare surgit de son bureau, claironnant que l'épidémie de grippe avait fait une nouvelle victime en la personne de Paul Maynard et que Francesca devrait le remplacer le lendemain après-midi. Son ton acerbe laissait clairement entendre qu'elle n'avait guère le choix.

Le soir, en se servant des œufs brouillés trop cuits avec une fourchette tordue, elle essaya pour la énième fois d'analyser les raisons pour lesquelles elle n'arrivait pas à parler devant un micro comme si elle s'adressait à des interlocuteurs.

Des gens... Elle posa soudain sa fourchette. Clare parlait tout le temps des gens, mais qui étaient-ils? Elle se leva d'un bond et se mit à feuilleter les magazines qu'elle avait rapportés de la station. Puis elle découpa quelques photos qui pourraient être celles de ses auditeurs du lendemain après-midi : une jeune mère de famille, une vieille dame à cheveux blancs, une esthéticienne, et un routier bedonnant du genre de ceux qui captaient KDSC dans un rayon de quarante kilomètres. Ces quatre personnages constitueraient son auditoire de demain. Eux seuls.

Le lendemain après-midi, elle fixa les quatre portraits au-dessus du tableau de commande, non sans avoir laissé tomber deux fois la vieille dame tant ses doigts étaient malhabiles. Le présentateur du matin mit les informations, puis elle s'installa au micro et coiffa le casque. Plus question de plagier les animateurs. Elle allait faire à son idée. Elle regarda les photos.

Parle-leur, nom d'un chien! Sois toi-même et oublie tout le reste.

Les informations se terminaient. Elle plongea son regard dans les yeux bienveillants de la jeune mère de famille, ouvrit son micro, et prit une grande inspiration.

— Salut à tous. Ici Francesca. Nous allons passer ce jeudi après-midi à bavarder et à écouter de la musique. Tout va bien? Je l'espère. Sinon on va faire quelque chose pour vous. *Oh la la , on dirait Mary Poppins!* Je vous tiendrai compagnie tout l'après-midi, pour le meilleur ou pour le pire, encore faut-il que je m'y retrouve dans tous mes boutons!

Voilà qui était déjà mieux. Elle se détendait un peu.

— Nous allons commencer par un peu de musique.

Elle gratifia le camionneur d'un sourire exclusif. C'était sûrement le genre d'individus qu'affectionnait Dallie : buveur de bière, amateur de football et de blagues obscènes.

— Voici, rien que pour vous, une chanson absolument sinistre de Debbie Boone. Je vous promets de trouver mieux la prochaine fois.

Elle mit le disque sur la platine, coupa son micro et, levant les yeux, elle vit de l'autre côté de la vitre trois faces atterrées qui avaient surgi comme des diables d'une boîte : Katie, Clare et le directeur de l'information. Francesca se mordit les lèvres tout en préparant la publicité programmée juste après, et commença à compter. Elle n'eut pas le temps d'aller jusqu'à dix que déjà Clare ouvrait la porte du studio à toute volée.

— Vous avez perdu l'esprit ? Qu'est-ce qui vous a pris de dire « une chanson absolument sinistre » ?

— Vous voulez bien une radio originale ? rétorqua Francesca avec un regard innocent et un petit geste désinvolte, comme si elle prenait tout ça à la légère.

Katie apparut à son tour :

— Le standard commence à s'affoler, Clare. Qu'est-ce que je fais ?

Clare réfléchit un court instant.

— Très bien, *mademoiselle l'originale*. Vous allez prendre les appels sur l'antenne. Soyez prête à couper à tout moment, les auditeurs ne surveillent pas toujours leur langage.

— Sur l'antenne ? Vous voulez rire !

— C'est vous qui l'aurez voulu : il ne faut pas jouer avec les allumettes quand on a peur du feu.

Sur ce, Clare alla se poster de l'autre côté de la vitre, cigarette aux lèvres, pour écouter.

Les dernières notes de *You Light Up My Life* s'égrenaient. Francesca passa une publicité de trente secondes pour un chantier de bois local, puis ouvrit son micro. *Parle aux gens sincèrement*, se redit-elle.

— Ici Francesca, j'attends vos appels. Dites-moi ce que vous avez sur le cœur.

— Je pense que vous êtes une mécréante ! nasilla une voix de femme renfrognée à l'autre bout du fil. Ignorez-vous que Debbie Boone a écrit cette chanson en hommage au Seigneur ?

Francesca considéra la photo de la dame aux cheveux blancs. Pourquoi cette adorable grand-mère s'en prenait-elle ainsi à elle ? Elle se hérissa :

250

– C'est Debbie Boone qui vous l'a confié personnellement?

– Ne soyez pas insolente, fit la voix. On entend à tout bout de champ des rengaines qui parlent de sexe, et quand pour une fois il y a une belle chanson, vous la tournez en dérision. Je vous le dis : ne pas aimer cette chanson est un crime envers le Seigneur.

– Ne croyez-vous pas que c'est faire preuve d'une certaine étroitesse d'esprit?

L'interlocutrice raccrocha brutalement et le déclic lui transperça les tympans dans le casque. Francesca se rappela rétrospectivement qu'elle était censée être agréable avec ses auditeurs. Elle fit un sourire crispé à la jeune mère de famille.

– Je suis désolée. Je n'aurais peut-être pas dû dire ça, mais elle avait l'air d'un sacré bonnet de nuit!

Elle aperçut du coin de l'œil Clare qui se prenait la tête dans les mains et rectifia rapidement :

– Bien sûr il m'est arrivé par le passé de faire moi aussi preuve d'étroitesse d'esprit, aussi ne devrais-je pas jeter la pierre.

Elle fit basculer la ligne téléphonique sur l'antenne.

– Ici, Francesca. Je vous écoute.

– Ouais, euh... c'est Sam. J'appelle du relais routier *Le Diamant* sur la nationale 90. Écoutez... euh... ça me fait plaisir que vous ayez dit ça sur cette chanson.

– Vous ne l'aimez pas non plus, Sam?

– Ben... de mon point de vue, je dirai que c'est la musique la plus dégueulasse...

Francesca le coupa à temps et enchaîna, le souffle court :

– Vous avez votre franc-parler, Sam, et je suis obligée de vous interrompre.

Troublée par cet incident, elle fit valser la pile d'annonces publicitaires soigneusement rangée à côté d'elle. L'appel suivant provenait de Sylvia, qui demanda :

– Si vous trouvez que *Light Up My Life* est si mauvais, pourquoi le programmez-vous?

Francesca se dit que le seul moyen de s'en tirer était d'être elle-même, de trouver un ton qui lui était propre. Elle s'adressa à l'esthéticienne de la photo :

– A vrai dire, Sylvia, j'aimais bien cette chanson au

début, mais je m'en suis lassée, parce qu'on la matraque tous les jours. C'est notre politique de programmation. Et si je ne la passe pas au moins une fois pendant mon émission, je risque ma place. Pour être tout à fait sincère avec vous, je dois vous dire que ma patronne ne peut guère me sentir de toute façon.

De l'autre côté de la vitre, Clare ouvrit la bouche comme un poisson dans un aquarium.

— Je vois exactement ce que vous voulez dire, répliquait son interlocutrice.

A la grande surprise de Francesca, Sylvia entreprit de lui confier que son dernier employeur lui avait rendu la vie impossible. Francesca lui posa quelques questions compatissantes, et Sylvia, qui avait apparemment la langue bien pendue, répondit en toute ingénuité. Une idée commença à germer dans le cerveau de Francesca : elle réalisa qu'elle avait inconsciemment touché un point commun à beaucoup de gens, et demanda aux auditeurs de l'appeler pour lui faire part de leur expérience vis-à-vis de leurs patrons.

Le standard fut assiégé pendant près de deux heures. A la fin de l'émission, Francesca émergea du studio en nage, son sweatshirt collé à la peau et des décharges d'adrénaline dans les veines. Katie, l'air doucement rigolard, lui indiqua d'un mouvement de menton le bureau de la directrice.

Francesca se redressa et franchit résolument la porte. Clare était au téléphone.

— Évidemment, je comprends tout à fait votre position... Je lui parlerai, soyez-en sûr... Merci de votre appel.

Elle raccrocha le combiné et regarda Francesca, dont l'exaltation commençait à retomber.

— C'était votre dernier interlocuteur. Celui dont vous avez prétendu que c'était le genre d'individu de basse extraction qui rosse sa femme et l'envoie acheter ses bières.

Clare croisa les bras sur sa poitrine plate.

— Il se trouve que cet « individu de basse extraction » est l'un de nos plus importants commanditaires. Je devrais dire *était*.

Francesca se sentit mal. Elle avait poussé le bouchon un peu trop loin. Elle s'était laissée prendre au jeu et, dans le feu de l'action, elle avait oublié de tenir sa langue. Qu'avait-elle donc appris ces temps derniers? Devait-elle fatalement se conduire de façon téméraire et irresponsable, sans jamais envisager les conséquences de ses actes?

Elle eut une pensée attendrie pour son bébé et porta instinctivement la main à son ventre.

– Je suis désolée, Clare. Je ne voulais pas vous faire de tort. Je me suis laissée emporter.

Elle allait fuir et se cacher pour panser ses plaies mais elle ne fut pas assez rapide.

– Où allez-vous?

– Aux toilettes.

– Alors, la luciole s'affole au premier accroc?

Francesca fit volte-face.

– Ça suffit, Clare!

– Ça suffit, vous aussi! Je vous ai déjà dit quand j'ai écouté votre bande que vous mangiez vos mots. Je vous jure que vous allez ralentir votre débit dès demain.

– Je mange mes mots?

Francesca n'en croyait pas ses oreilles. A cause d'elle KDSC avait perdu un sponsor et Clare l'enguirlandait parce qu'elle parlait trop vite! Le reste semblait couler de source.

– Vous avez dit « demain »?

– Et comment!

Francesca la dévisagea d'un air incrédule :

– Mais que va-t-il se passer avec l'homme qui vient de vous appeler?

– Qu'il aille se faire voir! Asseyez-vous, ma poulette. On va se concocter une sacrée émission.

Au bout de deux mois, l'émission de Francesca, quatre-vingt-dix minutes de conversation à bâtons rompus, représentait l'atout le plus sûr de KDSC et connaissait auprès des auditeurs un succès jusque-là inégalé. L'hostilité de Clare s'était peu à peu muée en un scepticisme railleur, attitude qu'elle adoptait indifféremment envers tous les animateurs de la station.

Si elle continuait à morigéner Francesca à tout propos – parce que son débit était trop rapide, qu'elle n'articulait pas ou qu'elle passait deux annonces à la file –, en aucun cas Clare ne l'avait censurée sur le fond, quelque scandaleux qu'aient pu paraître ses propos à l'antenne. Même si la spontanéité de Francesca leur avait quelquefois causé des ennuis, Clare ne lui en tenait pas rigueur, sachant reconnaître une bonne émission quand elle en entendait une. Pas question de tuer la poule aux œufs d'or qui avait été parachutée comme par miracle dans cette station de province. Les commanditaires commençaient à demander des temps d'antenne dans l'émission de Francesca et son salaire passa rapidement à cent trente-cinq dollars par semaine.

Pour la première fois de sa vie, Francesca découvrit les joies du travail bien fait et ressentit un réel plaisir à se sentir appréciée des autres membres de l'équipe.

Elle adopta un autre chat errant et passait souvent ses week-ends à rédiger des annonces pour la Société protectrice des animaux de Sulphur City. Plus elle s'ouvrait aux autres, mieux elle se sentait dans sa peau.

La seule ombre au tableau était la crainte que Dallie vînt à écouter son émission s'il empruntait la nationale 90 et cherchât à retrouver sa trace. Quand elle pensait maintenant à la frivolité de son comportement envers lui, elle en avait la chair de poule. Il s'était moqué d'elle, l'avait traitée avec condescendance, l'avait considérée comme une gamine attardée, et elle n'avait rien trouvé de mieux que de se jeter dans ses bras en se racontant qu'elle était amoureuse de lui. Elle s'était conduite comme une petite écervelée! Mais tout ça, c'était du passé, et si jamais Dallie Beaudine avait le toupet de fourrer le bout de son nez dans ses affaires, elle lui en ferait passer l'envie. C'était sa vie, son bébé, et quiconque se mettrait en travers de son chemin aurait de ses nouvelles.

Suivant son intuition, Clare mit en place des émissions en direct de divers endroits de la ville. C'est comme ça que Francesca apprit à se servir d'une perceuse en faisant son émission à la quincaillerie du coin, et au poste de police elle subit une simulation d'incarcération.

Les deux émissions connurent un succès sans précédent, essentiellement parce que Francesca ne faisait aucun mystère de ses appréhensions ou de ses répulsions et les faisait partager aux auditeurs. Elle avait eu peur que la perceuse ne dérape et lui transperce la main et la prison grouillait des punaises les plus répugnantes qu'elle ait jamais vues.

— Quelle horreur! Celle-ci a des pinces! gémissait-elle dans le micro, en soulevant ses pieds du sol recouvert d'un lino tout fendillé. Cet endroit est infect : pas étonnant que les criminels deviennent enragés!

Le shérif, qui la regardait avec des yeux de veau mort d'amour, écrasa l'importune bestiole du talon de sa botte.

— Allez, Miss Francesca, ces bêtes-là sont inoffensives. C'est des scolopendres qu'il faut se méfier.

Les auditeurs de KDSC entendirent un nouveau gémissement et cela les fit rire. Francesca avait une façon humoristique de leur renvoyer l'image de leurs propres faiblesses. Elle disait spontanément ce qu'elle pensait, et cela coïncidait souvent avec ce qu'eux-mêmes ressentaient.

La plupart d'entre eux n'auraient pas eu le cran d'exposer ainsi leurs petites faiblesses en public comme elle le faisait, et ils l'admiraient pour cela.

Les taux d'écoute ne cessaient de grimper et Clare Padgett jubilait.

Grâce à son augmentation de salaire, Francesca put faire l'acquisition d'un ventilateur électrique pour atténuer un peu la chaleur étouffante qui régnait l'après-midi dans son petit appartement. Elle acheta également une reproduction de Cézanne qui prit la place de la guitare et versa un acompte pour l'achat d'une Ford Falcon vieille de six ans au châssis rouillé.

Elle mit de côté ce qui lui restait pour se constituer sa première épargne.

Bien qu'elle ait meilleure mine depuis qu'elle mangeait mieux et se faisait moins de souci, elle n'accordait guère d'attention à l'éclat de son teint ou aux reflets de ses cheveux. Elle n'avait ni le temps ni l'envie de traîner devant un miroir.

L'aéroport de Sulphur City venait de créer un club de parachutisme et Clare avait eu une idée qu'elle savait excellente, mais il était difficile de demander à une femme enceinte de huit mois de se jeter d'un avion. La grossesse de Francesca gênait beaucoup Clare et elle était résolue à en tenir compte le moins possible.

— Nous allons programmer le saut deux mois après

votre accouchement. Vous aurez largement le temps de récupérer. On utilisera un micro sans fil pour qu'on puisse entendre vos réactions en direct.

— Il n'est pas question que je saute en parachute, s'exclama Francesca.

— Si vous voulez que je remplisse ces formulaires, il faudra bien, fit Clare en tripotant une liasse de feuillets qui constituait le dossier de Francesca pour régulariser sa situation vis-à-vis de l'Office d'immigration et de naturalisation des États-Unis.

— Mais c'est du chantage!

Clare haussa les épaules.

— Je suis réaliste. Vous n'allez probablement pas rester ici longtemps, ma poulette. Mais, tant que je vous tiens, j'ai l'intention de vous pressurer jusqu'à la dernière goutte.

Ce n'était pas la première fois que Clare faisait allusion à son avenir et chaque fois Francesca en frémissait d'impatience. Elle n'était pas sans savoir qu'en règle générale les bons éléments ne faisaient pas de vieux os à KDSC : ils faisaient rapidement leur chemin.

Ce jour-là, en sortant du bureau de Clare de sa démarche alourdie, elle se sentit fière d'elle-même. Son émission marchait bien, elle avait réussi à économiser presque cinq cents dollars, et son proche avenir se dessinait sous le meilleur jour. Elle sourit.

Finalement, pour réussir dans la vie il suffisait d'un peu de talent et de beaucoup de travail. Mais toute sa bonne humeur s'évanouit en reconnaissant une silhouette familière qui venait à sa rencontre.

— Nom de nom, fit Holly Grace de sa voix traînante, cet enfant de salaud ne vous a pas ratée!

21

L'enthousiasme de Francesca fondit comme neige au soleil. Holly Grace, dans un élégant pantalon d'été blanc, sa main aux ongles laqués de mauve négligemment posée sur la hanche, considérait Francesca avec dégoût.

– Ce type n'a pas plus de jugeote que quand je l'ai épousé.

En sentant tous les regards fixés sur elle, Francesca tressaillit et rougit jusqu'aux oreilles, puis croisa hâtivement les mains sur son ventre rebondi.

– Alors, les filles, vous voulez que je vous prête mon bureau pour papoter? fit Clare, manifestement aux anges de voir un petit drame se jouer sous ses yeux.

Holly Grace comprit vite que Clare était *la* responsable et répliqua :

– Si vous n'y voyez pas d'inconvénient, *les filles* vont prendre un verre quelque part.

– A votre aise, dit Clare en indiquant la porte du hall d'un geste emphatique. Francesca, j'espère que vous parlerez de cette rencontre à vos auditeurs demain. Ils seront sûrement sous le charme!

Francesca se tenait à distance respectueuse derrière Holly Grace en traversant le parking. Elle n'avait guère envie d'aller où que ce fût avec elle, mais l'idée de se donner en spectacle à ses collègues de travail lui était intolérable. Elle avait les épaules contractées et fit son possible pour se détendre. Il ne fallait pas qu'elle se laisse intimider de la sorte par Holly Grace.

Elles atteignirent une Mercedes gris métallisé, avec l'intérieur en cuir gris perle, qui sentait le nouveau riche. Holly Grace tira une paire de lunettes de soleil d'un petit sac que Francesca identifia aussitôt comme un Hermès. Elle détailla la tenue de Holly Grace, depuis le ravissant bain-de-soleil en soie turquoise décolleté dans le dos et resserré à la taille dans un pantalon remarquablement coupé, jusqu'aux luxueuses sandales en chevreau argent de Ferragamo, en passant par un éblouissant bracelet chromé de Peretti. L'Effrontée était passée par là et Holly Grace se débrouillait très bien, ce qui ne surprit pas Francesca. Aussi naturellement que possible, elle croisa les bras pour dissimuler la tache de café qui maculait sa robe de grossesse en coton jaune plutôt informe.

Elles filaient silencieusement vers Sulphur City et Francesca fut subitement assaillie par une crainte qui lui noua l'estomac : Holly Grace allait sûrement parler à Dallie de ce bébé qu'elle attendait. Que faire si jamais il revendiquait quoi que ce soit? Les yeux perdus dans le vague, elle se força à réfléchir.

En arrivant dans la banlieue de Sulphur City, Holly Grace ralentit devant plusieurs restaurants puis continua sa route. Ce n'est qu'au cinquième, de loin le moins recommandable d'aspect, qu'elle s'arrêta :

– Ici, c'est sûrement un bon Tex-Mex. Il y a six camionnettes et trois Harley-Davidson garées devant. Qu'est-ce que vous en pensez ?

La simple idée de manger donnait la nausée à Francesca et elle avait hâte d'en finir avec cette entrevue.

– Ça ira très bien pour moi. Je n'ai pas très faim.

Holly Grace tambourinait sur le volant avec ses ongles.

– Quand il y a des camionnettes, c'est bon signe en général. Avec les Harley, c'est moins sûr. La plupart des motards ne sont pas fichus de faire la différence entre un bon Tex-Mex et la semelle de leurs godasses.

A ce moment une autre camionnette qui se garait sur le parking l'incita à en faire autant.

Quelques minutes plus tard, les deux femmes s'installaient dans une sorte d'alcôve au fond du restaurant, Francesca trimballant maladroitement son gros ventre, et Holly Grace avec une grâce de mannequin. Au-dessus d'elles, une paire de cornes de cerf voisinait avec une peau de crotale et de vieilles plaques d'immatriculation du Texas.

Relevant ses lunettes sur le sommet de son crâne, Holly Grace jeta un coup d'œil de connaisseur à la bouteille de Tabasco qui trônait sur la table.

– Je sens que ça va être bien, ici !

La serveuse ne se fit pas attendre et Holly Grace commanda un mélange de taco, enchilada et tamale. Francesca demanda du thé glacé. Holly Grace s'abstint de tout commentaire sur son manque d'appétit. S'adossant à la banquette, elle se passa la main dans les cheveux et se mit à fredonner avec le juke-box. Francesca eut vaguement une impression de déjà vu, comme si elle avait vécu cet instant autrefois : cette façon de s'accouder négligemment, d'incliner la tête, les reflets dorés de sa chevelure, elle ressemblait à Dallie, c'était flagrant !

Un lourd silence s'installa entre elles jusqu'au moment où Francesca n'y tint plus. La meilleure défense étant l'attaque, elle décida de passer à l'offensive :

– Cet enfant n'est pas de Dallie.

Holly Grace lui jeta un regard sceptique :

— Je sais compter, tout de même.

Francesca la dévisagea durement :

— N'essayez pas de vous mêler de mes affaires. C'est ma vie et tout ceci ne vous regarde pas.

Holly Grace jouait avec son bracelet.

— J'allais à Hondo voir un ex-petit ami quand j'ai entendu votre émission de radio. J'ai été tellement surprise que j'ai failli faire une embardée. C'est vraiment une bonne émission. (Elle darda son regard limpide dans celui de Francesca.) Dallie a été drôlement bouleversé quand vous avez filé à l'anglaise. Je ne vous reproche pas de vous être mise en colère lorsque vous avez découvert mon existence, mais vous auriez dû avoir une explication avec lui avant de partir. C'est un type sensible.

Francesca passa en revue tout un éventail de réponses possibles mais les rejeta toutes : le bébé lui donnait de rudes coups dans les côtes.

— Vous savez, Francie, nous avons eu un petit garçon qui est mort.

Holly Grace ne laissait transparaître aucune émotion, elle énonçait un simple constat.

— Je sais. Je suis désolée, dit Francesca, rigide et mal à l'aise.

— Si vous attendez un bébé de Dallie à son insu, vous baissez dans mon estime.

— Ce n'est pas le sien. J'ai eu une aventure en Angleterre avant mon départ. Il s'est marié depuis, avec une mathématicienne. Il ignorait que j'étais enceinte de lui.

Elle venait d'inventer cette histoire dans la voiture, la seule qu'elle ait pu élaborer en aussi peu de temps, et qui soit plausible aux yeux de Dallie si jamais il apprenait quelque chose un jour. Elle décocha à Holly Grace un de ces regards hautains dont elle avait le secret :

— Mon Dieu, vous ne croyez tout de même pas que si cet enfant était de Dallie, je ne lui aurais pas demandé un soutien financier ? Je ne suis pas idiote.

Elle vit qu'elle avait touché une corde sensible. La certitude de Holly Grace vacilla. On apporta le thé glacé et Francesca en but une gorgée puis remua distraitement la paille dans son verre, se demandant si elle devait donner des détails à propos de Nicky pour étoffer son mensonge.

Ou ferait-elle mieux de ne rien ajouter? Pourtant, il fallait que son histoire tienne debout.

— Dallie a de drôles d'idées sur les bébés. Il est contre l'avortement, quel que soit le contexte. C'est le genre d'hypocrisie que je déteste chez les hommes. En tout cas, s'il apprenait que vous attendez un enfant de lui, il demanderait le divorce pour vous épouser.

Francesca eut un accès de colère :

— Je ne suis pas un cas social! Je n'ai pas *besoin* de me faire épouser! (Elle essaya de se modérer un peu et reprit plus calmement :) De toute façon, quoi que vous puissiez penser, sachez que je ne suis pas le genre à faire endosser à un homme la responsabilité d'une grossesse.

Holly Grace triturait machinalement le tube d'emballage de la paille abandonné sur la table.

— Pourquoi ne vous êtes-vous pas fait avorter? C'est ce que j'aurais fait à votre place.

Francesca était étonnée de constater avec quelle aisance elle pouvait se glisser dans la peau de son ancien personnage de jeune fille riche et sans soucis. Elle eut un haussement d'épaules blasé.

— Je n'ai pas regardé le calendrier, et quand j'ai réalisé que j'étais enceinte il était trop tard pour avorter.

Elles se turent jusqu'à ce qu'on apporte à Holly Grace une assiette copieusement garnie.

— Vous en prendrez bien un peu? Je suis censée perdre deux kilos avant de rentrer à New York.

Si Francesca n'avait pas été sur les nerfs, elle aurait éclaté de rire en voyant l'assiette de Holly Grace remplie à ras bord et la nourriture qui débordait sur la table. Elle essaya de détourner la conversation en demandant à Holly Grace comment se déroulait sa carrière. Celle-ci attaquait son enchilada par le milieu.

— Vous avez déjà entendu de ces interviews de mannequins célèbres où elles déclarent qu'elles font un métier fascinant, mais très fatigant? A mon avis, ce sont de fieffées menteuses : je n'ai jamais gagné autant d'argent si facilement. En septembre, je passe même une audition pour une émission de télévision.

Elle posa sa fourchette afin d'ajouter de la sauce à peu près partout, sauf sur ses sandales. Rejetant en arrière ses cheveux d'un mouvement de tête, elle saisit son taco, mais ne l'entama pas. Elle observait Francesca.

– C'est dommage que vous soyez petite. Je connais au moins une douzaine de photographes qui seraient prêts à se damner pour vous si vous aviez quelques centimètres de plus... et pas de bébé dans le ventre, bien sûr !

Francesca ne répondit rien et Holly Grace se tut aussi. Elle ne toucha pas à son taco et tritura ses haricots trop cuits pour en faire une forme qui évoquait une aile.

– Dallie et moi respectons mutuellement nos vies amoureuses, mais en l'occurrence, c'est différent. Je ne suis pas certaine que vous m'ayez dit la vérité, et d'autre part je ne vois pas pourquoi vous m'auriez menti.

Francesca fut intérieurement soulagée, mais se garda bien de laisser transparaître quoi que ce soit sur son visage.

– A dire vrai, ça m'est complètement égal que vous me croyiez ou non.

Holly Grace continuait à modeler son plat de haricots avec sa fourchette, l'aile ayant maintenant fait place à un cercle parfait.

– Il est très sensible à tout ce qui concerne les enfants. Si vous me mentez...

L'estomac noué, Francesca prit un risque calculé :

– J'aurais mieux fait de vous dire que le bébé était de lui. J'aurais pu en tirer quelque profit.

Holly Grace se rebiffa comme une lionne défendant sa progéniture :

– Ne vous avisez pas de lui extorquer quoi que ce soit, sinon je jure devant Dieu que je suis prête à témoigner devant un tribunal de tout ce que vous m'avez dit aujourd'hui. Ne vous figurez pas que je laisserai Dallie se faire plumer en gardant les bras croisés. C'est clair ?

Francesca masqua son soulagement derrière une expression d'ennui distingué, sourcils arqués et soupir étudié :

– Mon Dieu, ce que les Américains sont enclins au mélodrame !

Les yeux de Holly Grace devinrent durs et brillants comme des saphirs.

– N'essayez pas de le bluffer, Francie. Nous sommes peut-être un couple non conformiste, mais nous nous serrons les coudes.

Francesca décocha sa dernière flèche :

– C'est vous qui avez voulu cette entrevue, Holly Grace. Faites ce que bon vous semble.

Je suis assez grande pour m'occuper de mes affaires, songeait-elle non sans quelque fierté.

Holly Grace ne la considéra pas avec plus de respect pour autant, mais elle se tut. Pour finir, Francesca s'empara de l'addition, bien qu'elle eût à peine de quoi payer.

Les jours suivants, elle fut terrorisée à l'idée de voir surgir Dallie, mais, comme il ne se montrait pas, elle en conclut que Holly Grace avait tenu sa langue.

Sulphur City était une petite ville sans attrait, dont la seule manifestation quelque peu digne d'intérêt était la célébration du 4 Juillet, considérée comme la plus réussie de la région. Pour l'occasion, la chambre de commerce du comté louait pour la ville le chapiteau de « Big Don et son Wild West show » qui s'installait dans le pré des rodéos. Tout autour, stands et tentes pullulaient sur le gravier du parking. Sous un auvent bayadère vert et blanc, des dames proposaient des boîtes Tupperware d'un vert criard. Dans le stand voisin, l'Association du comté pour la Prévention des Maladies du Poumon exposait des photos plastifiées d'organes malades. Les exploitants de pécan tarabustaient des membres de la secte protestante de l'Esprit Saint qui distribuaient des tracts représentant des singes, et les enfants couraient en tous sens, entrant en trombe dans les tentes pour s'emparer de badges et de ballons qu'ils abandonnaient aussitôt près de l'enclos où étaient parqués les animaux, puis s'amusant à faire éclater des pétards et des fusées.

De sa démarche en canard, Francesca se dirigea vers le stand de KDSC, un peu à l'écart. Elle tenait d'une main ses reins douloureux depuis la veille. Il était à peine dix heures du matin et déjà la température avoisinait les trente degrés. Francesca était en nage et lorgnait le marchand de glaces, mais elle avait une interview en direct dans dix minutes avec la lauréate du concours de beauté « Miss Sulphur City », et elle n'avait pas de temps à perdre.

Un fermier entre deux âges aux tempes grisonnantes et au nez épaté la gratifia d'un regard insistant. Elle n'y prêta pas attention. Avec son ventre en obus, elle avait du mal à se considérer comme un objet de désir! Celui-ci était apparemment un maniaque des femmes enceintes.

Elle allait arriver à la tente de KDSC lorsque le son d'une trompette militaire lui parvint de l'endroit où répétaient les musiciens de l'orchestre du collège, près de l'enclos où étaient parqués les veaux. Un garçon égrenait les premières notes de *Yankee Doodle Dandy*, et le soleil qui se brisait en facettes de lumière dans le pavillon de l'instrument éblouit Francesca qui cligna des yeux, mais ne put cependant détourner son regard.

Dans l'air chauffé à blanc, sous le soleil implacable du Texas, ce moment lui apparut comme un fragment d'éternité. L'odeur du popcorn grillé et des gaufres se mêlait aux remugles de fumier et de poussière. Des femmes mexicaines riaient, des pétards explosèrent tout près de Francesca et elle sentit qu'elle appartenait désormais à ce pays. Immobile, elle se laissait griser par ces parfums et ces couleurs. Comme malgré elle, elle s'était laissé fondre dans ce vaste creuset de civilisations.

Deux Mexicaines bavardant en espagnol passèrent, leurs enfants enroulés contre leurs corps rebondis comme des étoles. Dans ce pays où se rassemblaient tous ces exclus, elle se sentit mille fois plus chez elle, mille fois plus vivante qu'elle ne l'avait jamais été en Angleterre.

Un souffle de vent chaud souleva sa chevelure châtain comme un étendard.

— Vous ne devriez pas rester là, Francesca, vous allez prendre un coup de soleil.

Francesca, pivotant sur elle-même, vit Holly Grace venir à sa rencontre, suçant un esquimau. Son cœur ne fit qu'un bond dans sa poitrine. Elle n'avait pas revu Holly Grace depuis qu'elles avaient déjeuné ensemble deux semaines plus tôt, mais elle n'avait cessé de penser à cette entrevue.

— Je vous croyais déjà en route pour New York, fit-elle avec circonspection.

— C'est exact, mais j'ai tenu à faire une étape ici quelques heures pour prendre de vos nouvelles.

— Dallie est avec vous? demanda-t-elle en scrutant subrepticement la foule derrière Holly Grace.

Celle-ci fit un signe négatif de la tête, au grand soulagement de Francesca.

– J'ai décidé de ne rien lui dire. Il doit disputer un tournoi important la semaine prochaine et je n'ai pas voulu le perturber. Dites donc, on dirait que vous allez éclater !

– C'est bien la sensation que j'ai aussi.

Elle frotta de nouveau son dos douloureux et ajouta, parce qu'elle se sentait seule et que Holly Grace lui apparaissait subitement sous un meilleur jour :

– Le docteur pense que j'en ai encore pour une semaine.

– Vous avez peur ?

Elle porta sa main à son côté, où un petit pied venait de se manifester.

– Après tout ce que j'ai enduré cette année, je ne pense pas qu'un accouchement soit quelque chose de si terrible.

Apercevant Clare qui, de la tente de KDSC, lui adressait de vigoureux signes d'impatience, elle ajouta avec un sourire forcé :

– De toute façon, je ne serai pas fâchée de m'allonger quelques heures.

Holly Grace émit un petit rire complice et lui emboîta le pas.

– Vous ne croyez pas qu'il serait grand temps de vous arrêter de travailler et de vous la couler douce ?

– J'aimerais bien, mais ma patronne refuse de me donner plus d'un mois de congé, et je préfère consacrer ce temps au bébé.

– On dirait que cette femme-là a bouffé du lion à son petit déjeuner.

– Rien que la queue et les oreilles !

Holly Grace éclata de rire et Francesca eut à son égard un étonnant sentiment de solidarité.

Elles marchèrent de concert jusqu'au stand, parlant gauchement de la pluie et du beau temps. Une bouffée d'air brûlant plaqua sa robe sur son ventre rond. Une sirène retentit au loin et le bébé lui donna trois coups de pied énergiques.

Soudain une vague de douleur lui déchira le dos et elle sentit ses jambes vaciller sous elle. Instinctivement elle s'accrocha à Holly Grace.

– Mon Dieu ! (Holly Grace lâcha son esquimau et la saisit par la taille.) Appuyez-vous sur moi.

Francesca gémit et se pencha en avant pour essayer de reprendre son souffle. Elle se cramponna à Holly Grace et elle perdit les eaux. Ses sandales étaient inondées, et, portant ses mains à son ventre, elle hoqueta :

– Vraiment, Natalie, tu ne te comportes pas en lady !

Au-delà des enclos à bestiaux, on entendait résonner des cymbales tandis que le jeune homme à la trompette, levant son instrument à la face de l'impitoyable soleil du Texas, jouait à pleins poumons *Yankee Doodle Dandy*.

L'EMBELLIE

22

Il se tapit contre le mur, son couteau à cran d'arrêt
bien calé au creux de la main. Il ne voulait pas tuer. Il
ne trouvait aucun plaisir sadique à faire couler le sang,
particulièrement le sang d'une femme. Mais venait toujours le moment où un tel acte était inéluctable.
L'oreille aux aguets, il perçut le bruit caractéristique
des portes de l'ascenseur. La femme sortit, et ses pas
furent aussitôt assourdis par l'épais tapis couleur pêche
du couloir de ce luxueux building de Manhattan. Il
commença le compte à rebours, les muscles tendus, prêt
à s'élancer.

Il caressa du pouce le bouton de son cran d'arrêt, pas
pour le déclencher, non, simplement pour sentir sa présence rassurante. C'était un prédateur rusé et puissant, un
lynx qui hantait la jungle des villes.

Plus personne ne connaissait son nom – le temps et la
violence avaient eu raison de son identité. On ne l'appelait
plus que le Prédateur.

Le Grand Prédateur.

Il avait calculé le temps qu'elle mettait à atteindre
l'endroit où le couloir faisait un angle, là où il s'était plaqué contre le discret papier peint à motifs cachemire. Il
perçut la subtile fragrance de son parfum. Il s'apprêtait à
bondir. Elle était belle, célèbre... et elle allait mourir !

Il s'élança avec un rugissement sonore.

Elle cria, se débattit, puis tomba en arrière, lâchant son
sac. Il ouvrit d'une main son couteau à cran d'arrêt et de
l'autre réajusta ses lunettes sur son nez.

— Ton compte est bon, China Colt! ricana le Grand Prédateur.

— Et tu es un sacré imbécile, Theodore Day, fit Holly Grace Beaudine en se penchant pour lui donner une claque sur les fesses, puis elle porta la main à sa poitrine : Si jamais tu me refais un coup pareil, Teddy, je te jure que je te donne une correction dont tu te souviendras.

Teddy n'en crut pas un traître mot. Son QI avoisinait les cent soixante-dix, d'après une étude psychologique réalisée à son ancienne école des quartiers chics de Los Angeles. Mais par précaution, il se serra dans les bras de Holly Grace, chose qui d'ailleurs ne lui coûtait guère, étant donné qu'il l'aimait presque autant que sa propre mère.

— Ton émission était formidable hier soir, Holly Grace. J'ai adoré la façon dont tu maniais les nunchakos. Tu m'apprendras ?

Tous les mardis soir, il avait l'autorisation de regarder « China Colt » à la télévision malgré les réticences de sa mère qui trouvait que c'était une série trop violente pour un gamin de neuf ans et demi impressionnable comme il l'était.

— Regarde mon nouveau couteau à cran d'arrêt, Holly Grace. Maman me l'a acheté à Chinatown, la semaine dernière.

Holly Grace prit le jouet en main, le soupesa et en fit courir l'extrémité dans ses cheveux auburn et raides qui retombaient à la diable sur son front pâle.

— On dirait plutôt un peigne à cran d'arrêt, mon petit pote.

Teddy lui jeta un regard méprisant en reprenant possession de son bien et, réajustant ses lunettes à monture de plastique noir, ébouriffa la frange qu'elle venait de peigner.

— Viens, je vais te montrer ma chambre, j'ai un nouveau papier peint avec des vaisseaux spatiaux.

Il se précipita dans le couloir, son tee-shirt à l'effigie de Rambo pris dans son pantalon de camouflage ceinturé bien haut comme il aimait.

Holly Grace sourit en le voyant. Elle adorait ce petit garçon. L'amour qu'elle portait à cet enfant l'avait aidée à surmonter la douleur de la perte de Danny, dont elle pensait qu'elle ne s'estomperait jamais. En le voyant disparaître à l'angle du corridor, une autre souffrance vint la fouailler. On était en décembre 1986 et elle avait trente-huit ans depuis deux mois. Pourquoi donc n'avait-elle pas essayé de faire un autre bébé ?

En se baissant pour ramasser le sac qui lui avait échappé, elle fut assaillie par le souvenir de ce 4 Juillet infernal où Teddy était né. A l'hôpital du comté, la climatisation était en panne et il y avait déjà cinq femmes en nage hurlant dans la salle de travail où on avait amené Francesca. Elle était couchée sur un lit étroit, pâle comme la mort, couverte de transpiration, mais subissant sans mot dire les contractions qui convulsaient son corps gracile. C'était finalement sa résistance à la souffrance, son mutisme têtu et son imperturbable dignité qui avaient impressionné Holly Grace et l'avaient décidée à rester auprès d'elle. Ce n'était pas parce qu'elle était si farouchement déterminée à ne pas solliciter d'aide qu'elle devait accoucher toute seule.

Durant la fin de l'après-midi et toute la soirée, Holly Grace avait tamponné le front et les tempes de Francesca avec un linge humide et frais. Elle lui tenait la main et refusa de la quitter quand on la transporta en salle d'accouchement.

Finalement, un peu avant minuit, le soir de cet interminable 4 juillet, Theodore Day vint au monde. En contemplant le nouveau-né, minuscule et tout ridé, les deux femmes avaient échangé un sourire émerveillé. Les liens d'amitié qui s'étaient forgés entre elles à ce moment-là duraient depuis bientôt dix ans.

Holly Grace avait peu à peu au cours de ces années conçu une admiration grandissante pour Francesca et c'était la personne qu'elle estimait le plus. Pour quelqu'un qui avait démarré dans la vie avec autant de handicaps, elle s'en était tirée haut la main. Elle avait fait son chemin, de la radio à la télévision locale, décrochant des postes de plus en plus importants.

Son ascension l'avait d'abord conduite à Los Angeles, où son programme sur une chaîne de télévision locale avait attiré l'attention des responsables de chaînes nationales et elle était désormais une star incontestée du petit écran grâce à son émission new-yorkaise du mercredi soir, un mélange d'interviews et de variétés, qui pulvérisait l'Audimat depuis près de deux ans.

Les téléspectateurs avaient tout de suite été séduits par la façon originale dont Francesca menait ses interviews, due essentiellement, selon Holly Grace, au fait qu'elle était incapable de ce détachement qui constitue la base de la déontologie journalistique.

Elle avait l'art, malgré son éclatante beauté et le zeste d'accent anglais qui traînait encore dans sa voix, de toujours renvoyer les spectateurs à eux-mêmes. Les autres animateurs se surveillaient sans cesse. Francesca, comme des milliers de gens de la rue, était toujours spontanée. Elle se jetait dans l'arène sans arrière-pensée et s'accrochait de son mieux. Cela donnait à ses émissions un ton libre et naturel, comme les Américains n'en avaient pas vu depuis des années.

— Tu viens, Holly Grace? s'impatientait Teddy à l'autre bout de l'appartement.

— J'arrive, j'arrive.

Holly Grace se remémorait l'année où elle était venue à Dallas pour voir Francesca qui venait de démarrer une émission pour une des radios de la ville. Teddy venait d'avoir six mois et, bien qu'elles se soient téléphoné fréquemment, les deux femmes ne s'étaient pas revues depuis la naissance de l'enfant. Francesca avait accueilli Holly Grace dans son nouvel appartement avec de grands cris de joie et lui avait plaqué un baiser retentissant sur la joue. Puis elle lui avait mis dans les bras un petit paquet frétillant.

A la vue du minuscule visage grave du bébé, les doutes qui auraient pu encore hanter son subconscient quant au père de l'enfant s'étaient aussitôt évanouis. Teddy était adorable et elle l'aima sur-le-champ de tout son cœur, mais c'était le bébé le plus vilain qu'elle ait jamais vu. Rien à voir avec Danny. Quel que soit le géniteur de cette petite créature ingrate, il y avait peu de chances que ce fût Dallie Beaudine.

Au fil des années, l'aspect physique de Teddy s'était à peine amélioré. Sa tête paraissait trop grosse pour son corps frêle. Il avait des cheveux auburn, raides comme des baguettes et fins comme de la soie. Ses sourcils et ses cils très pâles ainsi que ses pommettes étroites lui donnaient un petit air maladif. Parfois, en le regardant sous un certain angle, Holly Grace imaginait son visage d'adulte : solide, bien structuré, non sans charme.

Mais pour l'instant, sa mère elle-même s'abstenait de tout commentaire sur le physique de Teddy.

— Alors, tu viens ? Magne-toi le train, Holly Grace ! cria Teddy en passant la tête dans le corridor blanc.

— Je vais te botter le train, oui !

Elle accéléra cependant son allure. Dans le hall elle se débarrassa de sa veste de coton et remonta les manches de son jogging blanc éclatant. Elle avait rentré les jambes de son pantalon dans ses bottes italiennes en cuir repoussé incrusté de fleurs mordorées. Sa somptueuse chevelure blonde, maintenant parsemée de quelques mèches argentées, lui retombait sur les épaules. Elle était peu maquillée, à peine un peu de mascara brun sur les cils et un soupçon de rose à joues. Elle considérait les petites rides qui apparaissaient au coin de ses yeux comme autant de traits de caractère. Qui plus est, c'était son jour de congé et elle n'avait pas la patience de passer une heure devant sa glace.

Dans le salon de Francesca, les murs étaient jaune paille, les moulures pêche et le sol recouvert d'un ravissant tapis de Heriz à dominante bleu marine. Quelques touches de chintz et de soie damassée apportaient à l'ensemble une note anglaise, faisant de la pièce un modèle du genre raffiné et outrageusement coûteux qu'affectionnent les revues de décoration. Francesca n'avait pas l'intention d'élever son fils dans une vitrine, aussi avait-elle saboté sans la moindre arrière-pensée une partie du travail de son décorateur. C'est ainsi qu'un paysage de Hubert Robert au-dessus de la cheminée en marbre italien avait été remplacé par une version très personnelle d'un dinosaure rouge vif, œuvre de Theodore Day datant d'environ 1981. Un coffre italien du dix-septième siècle avait été repoussé contre le mur pour faire place au fauteuil poire en plastique orange de Teddy. Sur ledit coffre trônait d'ailleurs le téléphone en forme de Mickey que Teddy et Holly Grace avaient offert à Francesca pour ses trente et un ans.

Holly Grace posa son sac sur un exemplaire du *New York Times* et fit un petit signe de la main à

Consuelo, une Espagnole qui s'occupait merveilleusement de Teddy mais laissait toute la vaisselle sale dans l'évier. C'est alors qu'elle aperçut une gamine de seize ou dix-sept ans aux cheveux oxygénés et aux joues portant des traces de coups vautrée sur le canapé, absorbée dans la lecture d'un magazine.

Holly Grace stoppa net et se tourna vers Teddy en chuchotant avec impétuosité :

— Ça, c'est encore un coup de ta mère, n'est-ce pas ?

— Maman a recommandé de ne pas lui faire peur.

— Il suffit que je parte trois semaines en Californie...

Holly Grace empoigna Teddy par le bras et l'entraîna dans sa chambre, loin des oreilles indiscrètes. A peine eut-elle refermé la porte derrière elle qu'elle donna libre cours à son indignation :

— Nom d'un chien ! Je pensais que tu lui avais parlé ! Je n'arrive pas à croire qu'elle ait remis ça !

Teddy tripotait le couvercle de la boîte à chaussures qui recelait sa collection de timbres.

— Elle s'appelle Debbie, et elle est vachement chouette. Mais le service social lui a trouvé une famille adoptive et elle part dans quelques jours.

— Teddy, cette fille est une prostituée, et probablement une droguée.

Il gonflait et dégonflait alternativement les joues, façon de signifier qu'il n'avait pas envie de poursuivre la discussion. Holly Grace enrageait.

— Écoute, chéri, pourquoi ne m'as-tu pas appelée immédiatement à Los Angeles ? Je sais que tu n'as que neuf ans, mais ton QI de petit génie te confère quelques responsabilités, entre autres celle d'aider ta mère à garder un peu les pieds sur terre. Tu sais qu'elle n'a pas une once de bon sens dans ce genre de situation — qu'il s'agisse d'héberger des fugueuses ou de parlementer avec des proxénètes. Elle agit selon son cœur, mais elle ne réfléchit pas une minute.

— J'aime bien Debbie, fit Teddy d'un air borné.

— Tu aimais bien Jennifer aussi, et pourtant elle s'est enfuie avec les cinquante dollars que tu avais économisés dans ton Pinocchio.

— Elle m'a laissé un mot comme quoi elle me rembourserait. Et puis c'est la seule qui nous ait pris quelque chose.

Holly Grace se rendit à l'évidence : c'était une cause perdue d'avance.

— Tu aurais pu au moins m'appeler.

Teddy prit le couvercle de la boîte à chaussures et le mit en équilibre sur sa tête, signe que la discussion était irrévocablement close. Holly Grace soupira. Teddy se comportait souvent en personne sensée, mais par moments il avait les mêmes réactions déconcertantes que Francesca.

Une demi-heure plus tard, ils se frayaient difficilement un chemin dans les rues embouteillées en direction de Greenwich Village.

A un feu rouge, Holly Grace se mit à penser au type musclé avec qui elle avait rendez-vous pour dîner le soir même, un avant-centre des New York Rangers. Elle était sûre qu'il ferait un amant fantastique mais l'idée de ne pouvoir en profiter la déprimait. Le sida gâchait tout. A peine les femmes avaient-elles conquis leur liberté sexuelle au même titre que les hommes que cette terrible maladie venait tout empoisonner. Pourtant, elle avait aimé ces brèves aventures d'une nuit. Une fois qu'elle avait épuisé toutes les ressources de la technique amoureuse de son partenaire, elle le mettait à la porte avant même qu'il puisse s'attendre à la voir faire le petit déjeuner. Celles qui prétendaient que faire l'amour avec des inconnus était dégradant aimaient sans doute préparer le petit déjeuner ! Elle chassa résolument de son esprit l'image d'un beau brun à qui elle avait adoré servir le café du matin. Cette liaison avait été une pure folie de sa part, une désastreuse poussée hormonale qui avait affaibli son jugement.

Un crétin en Dodge Daytona grilla un feu, frôlant le pare-chocs de sa toute dernière Mercedes, et elle klaxonna vigoureusement.

Elle avait l'impression que le sida affectait le comportement de tout individu à peu près sensé. Jusqu'à son ex-mari qui pratiquait une stricte monogamie depuis un an. Non qu'elle eût quelque chose contre la monogamie par les temps qui courent, mais de là à la mettre en pratique avec une dénommée Bambi !

— Holly Grace ? fit Teddy, disparaissant à demi dans le siège moelleux à côté d'elle. Tu crois qu'un prof a le droit de coller un élève simplement parce qu'il a refusé de faire des travaux pratiques stupides pour sa classe de surdoués ?

— On dirait que ce n'est pas une question théorique, répondit sèchement Holly Grace.

— Qu'est-ce que ça veut dire ?

— Que tu aurais dû faire tes travaux pratiques.

— C'était idiot, protesta Teddy. A quoi ça sert de tuer des insectes pour les épingler sur une planche ? Tu ne trouves pas ça débile ?

Holly Grace commençait à comprendre. Malgré son penchant pour les jeux guerriers et sa tendance à couvrir des feuilles entières de dessins de fusils et de couteaux sanglants, cet enfant avait un cœur d'or. Une fois, elle l'avait vu transporter une araignée dans l'ascenseur pour la relâcher dans la rue, dix-sept étages plus bas.

— Tu en as parlé à ta mère ?

— Ouais. Elle a téléphoné à mon prof pour lui demander si je pourrais attacher les insectes au lieu de les tuer mais Miss Pearson a dit non et a refusé de discuter, puis elle a raccroché. Maman n'aime pas beaucoup Miss Pearson : elle dit qu'elle est trop répressive avec nous. Finalement maman a dit qu'elle se chargerait de tuer les insectes.

Holly Grace écarquilla les yeux à l'idée de Francesca en train de tuer quoi que ce soit. S'il fallait tuer des insectes, elle savait bien qui s'en chargerait en définitive.

— Ton problème est donc résolu, on dirait ?

Teddy la dévisagea, véritable statue de la dignité offensée :

— Pour qui me prends-tu ? Que ce soit ma mère ou moi qui tue les insectes, ça ne change rien. Ils auront quand même été tués à cause de moi.

Holly Grace lui sourit. Décidément, elle adorait ce gamin.

Naomi Jaffe Tanaka Perlman habitait une petite maison pittoresque dans une rue pavée de Greenwich Village où subsistent encore les derniers réverbères de New York. Des glycines dénudées par l'hiver s'enchevêtraient aux volets verts de la maison de brique peinte en blanc. Naomi avait fait l'acquisition de cette maison grâce aux bénéfices de l'agence de publicité qu'elle avait lancée quatre ans auparavant. Elle vivait là avec son second mari, Benjamin R. Perlman, professeur de sciences politiques à l'université de Columbia.

Dans le milieu des intellectuels de gauche, ils formaient un couple bien assorti, autant qu'Holly Grace pût en juger. Ils versaient de l'argent à toutes les causes désespérées qui se présentaient, donnaient des soirées pour des gens qui voulaient faire sauter la CIA, et travaillaient dans une soupe populaire une fois par semaine histoire de se relaxer. En tout cas, Holly Grace se devait de reconnaître que Naomi n'avait jamais paru aussi heureuse. Elle lui avait confié que, pour la première fois de sa vie, elle se sentait en harmonie avec elle-même.

Naomi les fit entrer dans son living-room confortable, en tanguant un peu plus qu'il n'était nécessaire, vu qu'elle n'était enceinte que de cinq mois. Holly Grace détestait le sentiment de jalousie qu'éveillait en elle la grossesse de Naomi, mais c'était plus fort qu'elle. Pourtant elles étaient restées bonnes amies depuis l'époque de L'Effrontée. Chaque fois qu'elle regardait le ventre rond de Naomi elle ne pouvait s'empêcher de penser que, si elle voulait faire un bébé, il fallait qu'elle se dépêche...

– ... elle va me coller en sciences, épiloguait Teddy de la cuisine où il aidait Naomi à préparer des rafraîchissements.

– Mais c'est inhumain, répliqua-t-elle en actionnant le mixer. Tu devrais faire circuler une pétition dans la classe. C'est une violation de tes droits civiques. J'en parlerai à Ben.

– Non, ça ira. Maman m'a attiré assez d'ennuis comme ça en allant voir mon professeur.

Un moment plus tard, ils émergeaient de la cuisine, Teddy avec une bouteille de jus de fruits à la main et Naomi avec un daiquiri à la fraise qu'elle tendit à Holly Grace.

– Tu as entendu parler de cette histoire de travaux pratiques où on demande aux enfants de tuer des insectes? Si j'étais Francesca, je porterais plainte. Sans rire.

Holly Grace but une gorgée de son daiquiri.

– J'ai l'impression que Francesca a des préoccupations plus importantes actuellement.

Naomi sourit en regardant Teddy s'éclipser dans la chambre pour prendre le jeu d'échecs de Ben.

– Alors, tu crois qu'elle va céder? murmura-t-elle.

– Difficile à dire. Quand on voit Francesca en jeans se traîner à quatre pattes sur le plancher et s'amuser comme une petite folle avec Teddy, ça paraît impossible. Mais quand elle est en colère et qu'elle prend son air dédaigneux, on se dit que ses ancêtres avaient sûrement du sang aristocratique dans les veines, et alors pourquoi pas?

Naomi s'assit en tailleur devant la table basse, avec des grâces de bouddha.

– Je suis contre la monarchie par principe, mais je dois reconnaître que la princesse Francesca Serritella Day Brancuzi a une bague du tonnerre!

Teddy réapparut avec le jeu d'échecs et l'installa sur la table devant Naomi :

– Concentre-toi, cette fois-ci, Naomi. Tu es presque aussi facile à battre que maman.

Des coups énergiques à la porte d'entrée les firent sursauter tous trois.

– Mon Dieu! fit Naomi en jetant un coup d'œil anxieux à Holly Grace. Je ne connais qu'une seule personne capable de frapper de cette façon.

– Ne le laisse surtout pas entrer tant que je suis là, cria Holly Grace en se levant précipitamment, arrosant son sweat-shirt blanc de daiquiri à la fraise.

Déjà, Teddy avait bondi vers la porte en hurlant :

– Gerry!

– N'ouvre pas, Teddy, viens ici!

Trop tard, Teddy n'avait pas beaucoup d'hommes dans son entourage et, quand il en voyait un, il n'avait pas l'intention de le laisser filer comme ça.

Avant que Holly Grace ait pu l'arrêter, il avait ouvert la porte à toute volée.

– Hé Teddy! Qu'est-ce qui se passe? fit Gerry Jaffe en lui tendant les bras.

– Salut Gerry. Ça fait longtemps que je ne t'ai pas vu. Où étais-tu?

– Au tribunal, petit. J'ai défendu quelqu'un qui avait commis un attentat contre la centrale nucléaire de Shoreham.

– Tu as gagné?

– En toute modestie, je peux dire que ç'a été un succès.

Gerry n'avait jamais eu à regretter la décision qu'il

avait prise dix ans plus tôt à Mexico de rentrer aux États-Unis et d'affronter les flics de New York et leurs accusations mensongères, montées de toutes pièces.

Après avoir été réhabilité, il avait entrepris ses études de droit. Un à un, les dirigeants du mouvement s'étaient rangés. Eldridge Cleaver s'était voué au culte de Jésus, Jerry Rubbin s'était lancé dans le capitalisme et Bobby Seale donnait dans le commerce de sauce pour barbecue. Abbie Hoffman était toujours dans le coup, mais il était accaparé par la défense de l'environnement, ce qui laissait à Gerry Jaffe, le dernier gauchiste des années soixante, le soin d'attirer l'attention des populations sur la menace nucléaire. Plus il se sentait investi de lourdes responsabilités, plus il en rajoutait dans la provocation.

Il donna à Naomi un petit baiser, puis, s'adressant à son ventre rebondi :

– Écoute, gamin. Le monde, c'est pas du gâteau. Alors reste à l'abri le plus longtemps possible.

Teddy, trouvant la plaisanterie à son goût, se roula sur le sol en hurlant de rire. Voyant qu'il avait capté l'attention des adultes, il redoubla ses cris jusqu'à en devenir horripilant.

Naomi pensait que les enfants doivent pouvoir s'exprimer librement et ne lui fit aucune réprimande. Holly Grace ne partageait pas cet avis mais était trop troublée par la carrure imposante de Gerry qui se dessinait sous son blouson d'aviateur râpé pour gronder Teddy.

En 1980, peu de temps après avoir été admis au barreau de New York, Gerry avait abandonné sa coiffure afro, mais il portait toujours ses cheveux longs, dont les boucles maintenant striées de fils d'argent retombaient sur son col. Sous le blouson, il avait toujours le même uniforme : pantalons kaki flottants et sweater fatigué. Un badge « Nucléaire, non merci » agrémentait son col. Sa bouche était toujours aussi pleine et sensuelle, son nez aussi racé et son regard noir brûlait toujours de la même ferveur. C'étaient ces yeux-là qui avaient conquis Holly Grace lorsqu'ils s'étaient trouvés nez à nez dans la bousculade d'une soirée chez Naomi un an plus tôt.

Holly Grace avait encore du mal à comprendre comment elle avait pu tomber amoureuse de Gerry Jaffe. En politique, ils étaient loin de partager les mêmes opinions.

Elle croyait sincèrement à la nécessité d'une force armée puissante, ce qui avait le don de le mettre hors de lui. Ils avaient des discussions politiques violentes, qui se terminaient généralement au lit. C'était la première fois de sa vie qu'elle faisait l'amour de manière aussi débridée. Gerry, qui avait peu d'inhibitions en public, en avait encore moins dans l'intimité.

Mais il y avait entre eux plus qu'une simple attirance physique. Ils avaient tous deux la même énergie et, pendant les trois mois qu'avait duré leur liaison, ils avaient fait du parachutisme, de l'escalade et même du delta-plane. Avec lui, elle avait l'impression de vivre une aventure permanente. Elle adorait la façon qu'il avait de susciter les passions autour de lui. Elle aimait son enthousiasme, son appétit de vivre, son rire dévastateur, et sa sentimentalité indomptée. Elle avait même fini par accepter son machisme. A l'inverse de Dallie qui, sous ses dehors virils, était l'homme le plus libéral qu'elle ait jamais connu, Gerry avait des préjugés sur l'égalité des sexes dignes des années cinquante. Chaque fois qu'elle lui en faisait la remarque, il prenait un air penaud et ahuri. Lui – le chouchou des gauchistes – était incapable de comprendre l'un des principes de base de la révolution sociale.

– Salut, Holly Grace, fit-il en se dirigeant vers elle.

Elle reposa son verre tout poisseux de daiquiri sur la table basse, lui jeta un regard faussement neutre et répondit à son salut comme si elle avait oublié jusqu'à son nom.

Évidemment il ne fut pas dupe et se rapprocha d'elle. Il émanait de son corps puissant une détermination qui la faisait trembler.

– Ne me touche pas, espèce de terroriste, fit-elle en allongeant son bras comme si elle tendait un crucifix à un vampire.

Il continua d'avancer imperturbablement.

– Je ne plaisante pas, Gerry.

– De quoi as-tu peur, mon chou?

– Peur, moi? Tu veux rire, sale gauchiste! hoquetat-elle en reculant de trois pas.

– Écoute, Holly Grace, il faut que nous parlions, tous les deux. (Sans se retourner, il lança à l'adresse de Naomi :) Teddy et toi allez sûrement trouver quelque chose à faire dans la cuisine pendant un moment.

— Je t'interdis de sortir, Naomi, ordonna Holly Grace.

— Excuse-moi, mais il n'est pas bon pour une femme enceinte de subir une telle tension. Tu viens, Teddy, on va faire du pop-corn.

Holly Grace respira profondément. Cette fois-ci, elle était bien décidée à ne pas se laisser faire, quoi qu'il arrive. Leur liaison avait duré trois mois et elle avait l'impression d'avoir été utilisée sans répit. Elle était amoureuse, et il avait profité de sa célébrité pour avoir son nom à la une des journaux et y promouvoir ses activités antinucléaires. Avec le recul, elle avait du mal à croire qu'elle ait pu être aussi poire. Fondamentalement, les anciens militants ne changeaient pas. Même avec un diplôme d'avocat en poche. Ils mettaient simplement leurs vieilles astuces au goût du jour.

Au moment où Gerry allait la toucher, elle leva le bras pour se protéger.

— Bas les pattes!

Elle savait que, s'il mettait la main sur elle, elle n'aurait plus les idées claires. Elle avait réussi à survivre sans lui ces derniers mois, et il n'était pas question de rechuter maintenant. A son âge elle ne pouvait pas se permettre deux chagrins d'amour en un an.

— Tu ne trouves pas que notre séparation a assez duré? fit-il. Tu me manques.

Elle lui lança un regard glacial :

— Qu'est-ce qui ne va pas? Tu n'arrives plus à passer à la télé maintenant qu'on ne fait plus partie des couples à la mode?

Elle adorait la façon dont ses boucles brunes retombaient sur sa nuque. Elle sentait encore leur texture douce et soyeuse sous ses doigts où elle aimait à les enrouler, les embrassant tendrement.

— Ne recommence pas avec ça, Holly Grace.

— Tu n'as plus tes entrées au journal télévisé, depuis notre rupture? fit-elle méchamment. Tu as bien tiré parti de notre liaison, n'est-ce pas? Pendant que je languissais après toi comme une idiote, tu faisais paraître des communiqués de presse.

— J'en ai vraiment marre, Holly Grace. Je t'aime. Je t'aime plus que tout au monde. Il se passait quelque chose de fort entre nous.

Une deuxième fois, il lui brisait le cœur.

— Tout ce qu'on avait de bon, c'était le sexe, dit-elle impétueusement.

— Tu sais très bien qu'il n'y avait pas que ça, bon Dieu!

— Et quoi d'autre, s'il te plaît? Je n'aime pas tes amis, je déteste *ta* politique. Et puis je hais les juifs!

Gerry se laissa choir sur le canapé en poussant un grognement :

— Nous y voilà!

— Je suis une antisémite convaincue. C'est vrai, Gerry. Je viens du Texas, n'oublie pas ça : je déteste les Juifs, les Noirs, et je trouve qu'on devrait emprisonner tous les homosexuels. Je n'ai aucun avenir avec un gauchiste de ton acabit!

— Tu ne détestes pas les Juifs, Holly Grace, fit Gerry sur un ton pondéré, comme s'il s'adressait à un enfant. Il y a trois ans tu as signé une pétition en faveur de la reconnaissance des droits des homosexuels qui a été publiée dans tous les journaux new-yorkais et un an plus tard ta liaison avec un basketteur noir de l'équipe de Pittsburgh a eu de larges échos dans la presse.

— Il était très clair de peau, et puis il a toujours voté républicain.

Il se leva, avec une expression à la fois troublée et tendre.

— Écoute, chérie, il n'est pas question que je renonce à mon engagement politique, même pour toi. Je sais que tu n'es pas d'accord avec notre façon de concevoir les choses.

— Vous n'êtes que des hypocrites, tous autant que vous êtes! Vous traitez ceux qui ne sont pas d'accord avec vous de fauteurs de guerre. Eh bien je vais te dire une chose. Aucun être humain sain de corps et d'esprit n'a envie de vivre assis sur des armes nucléaires, mais c'est également stupide de vouloir nous débarrasser de tous nos missiles alors que les Soviétiques en ont un arsenal impressionnant de leur côté.

— Tu crois sincèrement que les Soviétiques...

— Je refuse de discuter avec toi.

Elle attrapa son sac à toute volée et appela Teddy.

Dallie avait vu juste chaque fois qu'il lui répétait que l'argent ne fait pas le bonheur. Elle venait d'avoir trente-huit ans. Elle voulait fonder un foyer et faire un bébé pendant qu'il était encore temps. Elle voulait être aimée pour elle-même, pas pour la notoriété dont pourrait bénéficier son époux.

— Holly Grace, je t'en prie.

— Va te faire voir.

— Nom d'un chien!

Il l'agrippa et, la serrant dans ses bras, il colla rageusement ses lèvres contre les siennes dans une étreinte qui relevait plus du pugilat que du baiser d'amour. Ils étaient de la même taille et Holly Grace faisait des haltères, si bien que Gerry devait déployer une force considérable pour lui maintenir les bras plaqués au corps.

Elle cessa enfin de se débattre et il put laisser courir ses lèvres à son gré sur son visage, d'une façon qui n'était qu'à lui et qu'elle aimait particulièrement.

— Je t'en prie, chérie, ne me repousse pas, lui susurra-t-il à l'oreille.

Ce qu'elle fit jusqu'à ce que, reprenant subitement conscience, elle se raidît dans ses bras. Alors Gerry glissa ses lèvres le long de son cou. Elle se dégagea en criant et porta la main à sa gorge :

— Ah non! Tu m'as encore marquée!

Il l'avait fait volontairement et, loin de s'excuser, il insistait :

— Je veux que cette marque te rappelle, chaque fois que tu la verras, que tu es en train de ficher en l'air la meilleure chose qui nous soit arrivée, à toi et à moi.

Pour toute réponse Holly Grace lui jeta un regard furibond et se tourna vers Teddy qui venait d'entrer dans la pièce avec Naomi.

— Prends ton manteau et dis au revoir à Naomi.

— Mais, Holly Grace... protesta Teddy.

— Il n'y a pas de mais.

Elle emmitoufla Teddy à toute allure dans son manteau, prit le sien au vol et entraîna l'enfant vers la porte sans un regard en arrière.

Gerry s'était absorbé dans la contemplation d'une sculpture en métal sur le manteau de la cheminée pour éviter d'affronter la réprobation qu'il devinait dans les yeux de sa sœur.

Bien qu'ayant maintenant dépassé la quarantaine, il

était toujours aussi immature dans ses relations. Il était habitué à ce que les femmes le maternent, lui fassent le ménage, et soient toujours d'accord avec ses options politiques. Il n'était certes pas accoutumé à des tempéraments comme celui de cette beauté du Texas, capable de boire plus que lui et qui lui éclatait de rire au nez si par malheur il lui demandait de laver son linge.

Il l'adorait tant que, quand elle sortit, il eut l'impression d'être amputé d'une part de lui-même. Comment lui faire comprendre qu'il n'avait pas agi par intérêt? Certes il ne pouvait nier avoir profité de la publicité faite autour de leur liaison, mais ç'avait été sans préméditation. Gerry était un instinctif. Les années précédentes, les médias avaient superbement ignoré ses efforts pour attirer l'attention sur sa cause et, quand l'occasion de faire parler de lui s'était présentée, il ne l'avait pas laissée passer.

Pourquoi diable refusait-elle de comprendre que tout ceci n'avait rien à voir avec le fait qu'il l'aimait, et qu'il avait simplement saisi une opportunité, comme il l'avait toujours fait?

Sa sœur s'approcha de lui, et il se pencha pour s'adresser une nouvelle fois à son ventre :

— Écoute-moi, toi là-dedans. Ici, oncle Gerry. Si tu es un garçon, fais attention à tes roupettes parce qu'il y a dehors à peu près un million de femmes prêtes à te les couper!

Naomi se laissa tomber dans un fauteuil :

— Ne plaisante pas avec ça, Gerry.

— Et pourquoi pas? fit-il avec un rictus. Cette histoire avec Holly Grace devient franchement comique, non?

— Tu débloques vraiment.

— Mais c'est impossible de discuter avec quelqu'un qui refuse d'entendre la voix du bon sens, dit-il d'un ton agressif. Elle sait parfaitement que je l'aime et que ça n'est pas pour sa fichue célébrité.

— Elle veut un bébé, Gerry, fit Naomi calmement.

— C'est ce qu'elle croit, rétorqua-t-il d'un ton cassant.

— Vous êtes vraiment incroyables : dès que vous êtes l'un en face de l'autre, vous retombez dans vos éternelles arguties politiques et vous vous chamaillez pour savoir qui se sert de qui. J'aimerais bien qu'une bonne fois pour toutes vous admettiez que votre véritable désaccord repose sur le fait qu'elle désire profondément avoir un enfant et que tu es trop immature pour être père.

Il fit face à Naomi.

– Ça n'a rien à voir avec ma maturité, je ne veux pas mettre un enfant au monde avec une menace nucléaire suspendue au-dessus de sa tête.

Elle le regarda tristement, une main posée sur son ventre rond.

– De qui te moques-tu, Gerry? Tu as peur d'être père, voilà la vérité. Tu as peur de te débrouiller aussi mal avec ton propre enfant que papa l'a fait avec toi. Paix à son âme.

Gerry tourna les talons sans rien dire et prit la porte avant que Naomi ait pu voir les larmes qui perlaient à ses paupières.

23

Francesca sourit directement à la caméra sur la fin du générique de son émission « Francesca chez vous ».

– Bonjour à tous. J'espère que vous avez de quoi grignoter à côté de vous et que vous avez satisfait vos besoins naturels, car ce soir nous avons rendez-vous avec quatre personnages absolument fascinants.

Elle se tourna vers la petite lumière rouge qui venait de s'allumer sur la caméra numéro deux.

– C'est aujourd'hui notre dernière émission sur la noblesse britannique. Vous n'êtes pas sans savoir que, depuis le début de cette série, nous avons eu des hauts et des bas, et il faut bien avouer que notre dernière émission – même si elle n'était pas d'un ennui mortel – était loin d'être passionnante. Je vous promets que nous allons nous racheter ce soir.

Du coin de l'œil elle aperçut Nathan Hurd, son producteur, les mains sur les hanches, ce qui était chez lui un signe évident de mécontentement. Il ne supportait pas qu'elle reconnût à l'antenne les faiblesses de son show, mais force lui était d'admettre que son royal invité avait été très phraseur et que les questions les plus impertinentes de Francesca avaient échoué à réveiller le dialogue. Malheureusement c'était du direct, tout comme l'émission qui venait de démarrer d'ailleurs, et il n'avait pas été possible d'améliorer la prestation.

— A mes côtés ce soir, quatre personnalités jeunes et séduisantes, toutes quatre issues de la grande noblesse du Royaume-Uni. Vous êtes-vous jamais demandé quel effet cela pouvait faire de venir au monde avec sa vie déjà toute tracée ? Les héritiers du trône songent-ils seulement à se rebeller ? Nous allons le leur demander.

Francesca présenta ses quatre invités, confortablement installés dans un décor de living-room cossu qui évoquait le studio de New York où l'émission était habituellement enregistrée. Puis elle ouvrit le débat en interrogeant la fille unique de l'un des ducs les plus célèbres de Grande-Bretagne :

— Lady Jane, avez-vous déjà envisagé de jeter les traditions familiales aux orties, en vous enfuyant avec le chauffeur, par exemple ?

Lady Jane rit, puis rougit, et Francesca sut qu'elle tenait là un de ses shows les plus réussis.

Deux heures plus tard, l'émission était bouclée et les réponses de ses jeunes invités avaient été assez vivantes et spirituelles pour faire remonter le taux d'écoute.

Francesca descendit du taxi qui venait de la déposer devant le *Connaught* que, contrairement à la plupart des Américains qui considéraient le *Claridge* comme le nec plus ultra, elle affectionnait à cause de sa dimension plus humaine, de son service hors pair et de son calme (ici, peu de chances de se trouver nez à nez avec une rock star dans le corridor).

Sa fine silhouette emmitouflée des pieds à la tête dans un élégant manteau de zibeline noire, on ne voyait d'elle qu'un étendard de cheveux châtains flottant au vent où étincelaient deux boucles d'oreilles en diamant de quatre carats.

L'entrée de l'hôtel, avec ses boiseries sombres et ses tapis d'Orient, était chaude et accueillante, après les rues froides et humides de Mayfair en décembre. Ponctué à chaque marche par une baguette de cuivre, un tapis moelleux courait le long des six étages et les rampes d'acajou luisant fleuraient bon la cire.

Bien qu'épuisée par une semaine trépidante, elle gratifia le portier d'un sourire aimable. Tous les hommes présents dans le vestibule la suivirent du regard jusqu'au petit ascenseur situé derrière la réception, mais elle n'y prit pas garde.

Sous le raffinement de son manteau de zibeline et l'éclat de ses diamants en forme de poire, sa tenue était résolument fantaisiste. Elle avait troqué ses vêtements classiques de présentatrice contre un pantalon de cuir noir moulant et un ample sweater framboise orné d'un ours en peluche. Elle portait des chaussettes assorties de couleur framboise roulées aux chevilles, avec des chaussures plates de Susan Bennis.

C'est une tenue que Teddy affectionnait tout particulièrement, ses pôles d'attraction du moment étant les ours en peluche d'une part, et les bandes de motards vêtus de cuir, d'autre part. Elle s'habillait souvent comme ça quand ils sortaient tous les deux, soit pour faire l'emplette d'une panoplie de petit chimiste chez FAO Schwartz, soit pour découvrir le temple de Dendur au Metropolitan Museum, ou rendre visite à un *delicatessen* de Times Square qui, selon Teddy, avait les meilleurs bretzels de tout Manhattan.

Malgré la fatigue, elle sourit en pensant à Teddy. Il lui manquait terriblement. Elle ne supportait pas d'être séparée de son fils et avait sérieusement envisagé de modifier son emploi du temps lorsque son contrat avait été renouvelé pour le printemps. A quoi bon avoir un enfant si elle ne pouvait pas lui consacrer suffisamment de temps? La dépression qu'elle sentait monter en elle depuis quelques mois s'accentua. Elle s'était montrée terriblement irritable récemment, signe certain qu'elle travaillait trop. Mais elle ne pouvait envisager de ralentir son activité alors que tout marchait si bien pour elle.

En sortant de l'ascenseur elle jeta un bref coup d'œil à sa montre et se livra à un rapide calcul. Hier, Holly Grace avait emmené Teddy chez Naomi et aujourd'hui ils étaient censés aller au musée des sports nautiques de South Street. Elle avait peut-être une chance de l'avoir au bout du fil avant qu'il ne parte.

Elle fronça les sourcils en se rappelant que, d'après ce que lui avait dit Holly Grace, Dallie Beaudine allait venir à New York. Elle était troublée à l'idée de savoir Teddy et Dallie dans la même ville, non qu'elle craignît que Dallie eût des soupçons quant à l'enfant : Teddy était radicalement différent de Dallie. La simple idée que Dallie eût quelque chose à voir avec *son* fils, à elle, lui déplaisait profondément.

Elle se débarrassa de sa zibeline, qu'elle suspendit à un cintre recouvert de satin dans la penderie. Puis elle appela New York. A sa grande joie, ce fut Teddy qui décrocha :

— Allô, ici Theodore Day.

Le seul son de sa voix lui embuait les yeux.

— Bonjour, mon chéri.

— Maman! Tu devineras jamais, maman. Hier je suis allé chez Naomi avec Holly Grace et Gerry s'est pointé, et ils se sont encore disputés, avec Holly Grace. Aujourd'hui elle m'emmène au musée des sports nautiques, après on va chez elle manger chinois. Tu sais, mon copain Jason...

Elle sourit en écoutant le bavardage intarissable de Teddy. Quand il s'arrêta enfin pour reprendre son souffle elle lui dit :

— Tu me manques, mon trésor. Écoute, je serai à la maison dans quelques jours et nous allons prendre une vraie semaine de vacances au Mexique tous les deux.

Ce seraient ses premières vraies vacances depuis qu'elle avait signé son contrat avec la chaîne, et Teddy et elle attendaient ce moment depuis des mois.

— Tu vas te baigner dans l'océan cette fois-ci?

— Je me tremperai les pieds, concéda-t-elle.

Teddy émit un grognement viril et dédaigneux.

— Essaie au moins d'aller jusqu'à la taille.

— Bon, disons jusqu'aux genoux, mais je n'irai pas plus loin.

— Tu es une vraie poule mouillée! Tu es bien plus trouillarde que moi, déclara-t-il avec emphase.

— Tu as cent fois raison.

— Est-ce que tu révises ton examen de citoyenneté américaine? Quand je t'ai posé les questions-tests l'autre jour, tu as confondu toutes les propositions de loi en passe d'être votées.

— Je te promets de les étudier dans l'avion.

Elle avait ajourné depuis trop longtemps sa décision de

demander la citoyenneté américaine. Elle avait toujours été trop affairée, esclave d'emplois du temps surchargés, jusqu'au jour où elle avait réalisé qu'elle vivait depuis dix ans dans ce pays et qu'elle n'avait encore jamais voté. Elle avait eu honte d'elle-même et s'était mise à faire les interminables démarches dès la semaine suivante, avec l'aide de Teddy.

— Je t'aime tout plein, mon chéri.

— Moi aussi, m'man.

— Sois particulièrement gentil avec Holly Grace ce soir ! Je sais que tu ne peux pas comprendre, mais ça la rend malade de voir Gerry.

— Je ne vois pas pourquoi. Gerry est sympa.

Francesca était trop avisée pour essayer d'expliquer les méandres des relations amoureuses à un petit garçon de neuf ans qui trouvait les filles nulles.

— Il faut être très attentionné avec elle, mon chéri.

Après avoir raccroché, elle ôta ses vêtements et se prépara pour aller rejoindre le prince Stefan Marko Brancuzi. Elle se drapa dans une robe de chambre de soie et se dirigea vers la salle de bains carrelée où étaient disposés, près de la vaste baignoire, des échantillons de son savon et de son shampooing préférés, de marque américaine. Le *Connaught* s'était fait une spécialité de connaître et de prévenir les goûts de ses clients, tant en ce qui concernait les produits de beauté que la lecture ou le petit déjeuner. Le personnel savait que Teddy collectionnait les capsules de bouteilles et un petit paquet joliment ficelé recelant des capsules de bières rares attendait toujours Francesca à la réception quand elle partait. Elle n'avait jamais eu le cœur de leur dire que ce n'était pas tant la qualité que la quantité qui importait à Teddy, le Pepsi détrônant pour l'instant le Coke avec 394 capsules.

Elle se coula dans un bain chaud et ferma les yeux. Dieu qu'elle se sentait fatiguée ! Une semaine de vacances serait vraiment la bienvenue. Comme elle se détendait dans l'eau, une petite voix vint la narguer : combien de temps allait-elle tenir le coup — abandonnant ainsi son enfant pour courir d'un bout à l'autre de la planète, avec en plus des piles de livres à feuilleter chaque soir avant de s'endormir ? Ces temps derniers, Holly Grace et Naomi avaient été avec Teddy plus souvent qu'elle.

De fil en aiguille, ses pensées dérivèrent jusqu'à Dallas Beaudine.

Leur rencontre lui semblait tellement lointaine qu'elle considérait maintenant le fait qu'il eût engendré Teddy comme un simple accident biologique. Ce n'était pas lui qui avait accouché, qui s'était privé de bas Nylon pour payer des chaussures correctives à l'enfant dans ses premières années, qui avait des insomnies en se demandant comment élever un gamin doté d'un QI de quarante points supérieur au sien. C'était Francesca, et non Dallie Beaudine, qui était responsable de la personne que Teddy était devenue. Malgré la pression que Holly Grace exerçait sur elle, elle était résolue à ne pas laisser Dallie réapparaître dans sa vie.

— Allez, Francie, ça fait dix ans, avait plaidé Holly Grace la dernière fois qu'elles avaient abordé le sujet. (Elles avaient déjeuné ensemble chez *Aurora,* un restaurant récemment ouvert sur la 49e Rue, confortablement installées sur une banquette de cuir le long du bar de granit en forme de fer à cheval.) Dallie sera à New York d'ici quelques semaines. Les dirigeants de la chaîne veulent le rencontrer pour lui proposer de commenter en direct leur tournoi de golf au printemps prochain. Ne sois pas si intransigeante, laisse-moi lui présenter Teddy. Celui-ci a entendu toutes sortes d'histoires à propos de Dallie depuis des années, et Dallie est curieux de connaître Teddy depuis le temps qu'il m'entend parler de lui sans arrêt.

— Il n'en est pas question, avait rétorqué Francesca en piquant un morceau de confit de canard dans sa salade à l'huile de noisette. (Et elle avait ressorti son argument habituel, le seul apparemment susceptible de convaincre Holly Grace lorsque cette question revenait sur le tapis :) Ma rencontre avec Dallie correspond à la période la plus noire de mon existence et j'ai définitivement tiré un trait là-dessus. Je veux que Teddy reste à l'écart de tout ça. Tu connais très bien mon sentiment sur la question, Holly Grace, et tu m'avais promis de ne pas revenir à la charge.

Holly Grace était visiblement exaspérée :

— Francie, ce gamin finira homosexuel s'il ne fréquente pas plus de représentants du sexe masculin.

— Comme père, tu lui suffis largement, avait sèchement répliqué Francesca, à mi-chemin entre l'agacement et la tendresse à l'égard de celle qui l'avait toujours soutenue dans les épreuves.

Holly Grace avait choisi de prendre la remarque de Francesca au premier degré.

— Je n'ai pas été très efficace en ce qui concerne son éducation sportive. (Elle promenait un regard maussade sur les globes en verre dépoli suspendus au-dessus du bar.) Sans blague, Francie, il est encore plus maladroit que toi.

Francesca savait qu'elle était sur la défensive dès qu'on évoquait l'absence de père dans l'éducation de Teddy.

— J'ai pourtant fait des efforts, souviens-toi, je lui lançais des balles de base-ball quand il avait quatre ans, sur tes conseils d'ailleurs !

— Ça n'a pas été un grand moment de l'histoire du base-ball, avait persiflé Holly Grace d'un ton sec. On aurait dit Helen Keller et Stevie Wonder. Vous manquiez de la plus élémentaire coordination en...

— Tu ne t'y es pas mieux prise avec lui. Il est tombé de cheval quand tu as voulu lui faire faire de l'équitation, et la première fois que tu as essayé de lui envoyer un ballon de football, il s'est cassé le doigt en le rattrapant.

— C'est une des raisons pour lesquelles je veux qu'il rencontre Dallie. Maintenant qu'il est un peu plus âgé, Dallie saurait sûrement comment y faire avec lui.

Holly Grace extirpait de sous une tranche de truite de mer fumée des brins de cresson qu'elle mâchonnait d'un air contemplatif.

— Si Dallie était son père, il n'aurait pas ce problème de coordination. Les Beaudine sont des athlètes-nés.

Tu parles, songeait Francesca avec un demi-sourire en frottant ses bras puis ses jambes avec l'éponge savonneuse. Elle se demandait parfois quel chromosome capricieux avait engendré son fils. Si Holly Grace eût préféré un Teddy plus joli garçon, Francesca avait toujours considéré le petit visage sans réelle beauté de son fils comme une bénédiction. Il ne lui viendrait pas à l'idée de compter sur son apparence physique pour se débrouiller dans la vie. Ses principaux atouts seraient son intelligence, son courage, et son cœur d'or.

L'eau de son bain était tiède lorsqu'elle réalisa que le chauffeur de Stefan serait là dans vingt minutes pour l'emmener dîner à bord du yacht. Malgré sa fatigue, elle se réjouissait de passer la nuit avec Stefan. Depuis plusieurs mois ils n'avaient échangé que des appels à longue distance et s'étaient à peine entrevus à la faveur de rendez-vous furtifs et elle se disait qu'il était temps de donner une autre dimension à leur relation. Malheureusement, depuis qu'elle était à Londres, elle travaillait quatorze heures par jour et cela ne lui laissait guère le loisir de batifoler. Mais maintenant que l'émission était enregistrée, elle n'avait rien à faire le lendemain, à part poser devant quelques monuments de Londres pour le générique.

Elle avait résolu de passer au moins deux nuits avec Stefan avant de s'envoler pour New York.

Bien que le temps pressât de plus en plus, elle prit le savon et le passa distraitement sur ses seins, dont les pointes se dressèrent. Il était temps de mettre fin à son année de célibat forcé. En fait, elle n'avait pas délibérément choisi de rester chaste aussi longtemps, mais elle était psychologiquement incapable d'avoir des rapports sexuels. Même si ses sens la tourmentaient parfois, elle trouvait que le sexe sans émotion ni sentiment n'était qu'un exercice ennuyeux, quoi qu'en pense Holly Grace qui regrettait le temps des aventures éphémères.

Deux ans auparavant, elle avait failli épouser un jeune parlementaire californien au charisme incroyable. Tout lui réussissait, il était beau, c'était un amant merveilleux, mais il se mettait dans une colère noire quand elle ramenait une de ses brebis égarées et il ne riait presque jamais à ses plaisanteries, aussi avait-elle cessé de le voir. Depuis cette liaison, le prince Stefan Marko Brancuzi était le seul homme qu'elle estimât suffisamment pour coucher avec lui.

Ils s'étaient rencontrés quelques mois auparavant alors qu'elle l'avait invité dans son émission. Elle avait trouvé Stefan à la fois séduisant et intelligent, et il s'était rapidement révélé un ami délicieux. Elle l'estimait énormément, certes, mais cela ne signifiait pas forcément qu'elle était amoureuse. Ne cherchait-elle pas tout simplement à combler le vide affectif de sa vie?

Chassant son humeur mélancolique, elle se sécha, puis passa sa robe. Tout en nouant sa ceinture, elle se dirigea vers le miroir où elle se maquilla en un tournemain, sans s'attarder inutilement à se contempler. Elle soignait son apparence parce que cela faisait partie de son métier, mais si on la complimentait sur la sérénité de ses yeux verts, la délicatesse de ses pommettes et l'éclat de sa chevelure, Francesca se rétractait instinctivement; elle avait appris à ses dépens qu'un joli visage peut être un handicap, et que seul un travail acharné donne à un être sa force de caractère.

Elle avait cependant toujours une faiblesse pour les vêtements.

Passant en revue les quatre tenues de soirée qu'elle avait apportées, elle négligea une robe de Kamali à boutons d'argent et une autre, ravissante, de Donna Karan, pour arrêter son choix sur une robe en faille noire de Gianni Versace. C'était une robe à bustier qui découvrait les épaules et marquait la taille pour retomber en plis souples et irréguliers à mi-mollet. Elle l'enfila prestement et prit son manteau de zibeline. Au contact de la fourrure, elle hésita. Elle aurait préféré que Stefan ne lui ait jamais fait de cadeau aussi somptueux. Mais il s'était montré tellement contrarié lorsqu'elle l'avait refusé que finalement elle avait cédé. Cependant, à l'idée qu'il avait fallu sacrifier tant de petites bêtes à son élégance, elle se sentait toujours mal à l'aise. Qui plus est, la magnificence du cadeau blessait secrètement son indépendance d'esprit.

Elle renonça donc à la fourrure et jeta son dévolu sur un châle fuchsia chatoyant. Pour la première fois de la soirée, elle étudia son image devant la glace.

La robe de Versace, les boucles d'oreilles en diamant, les bas noirs rehaussés de minuscules paillettes de jais et les escarpins italiens à talons fins étaient autant de luxes qu'elle s'était offerts elle-même.

Elle s'adressa un sourire complice en jetant le châle sur ses épaules nues et sortit d'un air conquérant.

Que Dieu bénisse l'Amérique.

24

— Tu es en train de te prostituer, c'est tout, grommela Skeet à l'adresse de Dallie qui fixait d'un air sombre la nuque du chauffeur de taxi. Tu peux toujours essayer de donner le change avec des belles formules comme « saisir sa chance » et « élargir son horizon », mais en réalité tu bousilles ta carrière.

— Ce que je fais est réaliste, rétorqua Dallie, agacé.

Le taxi se traînait sur la Cinquième Avenue et Dallie, qui était ordinairement de mauvaise humeur dès qu'il ne conduisait pas, avec les embouteillages de Manhattan et un chauffeur incapable de s'exprimer autrement qu'en farsi, n'était franchement pas à prendre avec des pincettes.

Les gros bonnets de la chaîne de télévision les avaient régalés pendant deux heures à la *Taverne du Green,* et avaient proposé à Dallie de faire le commentaire de leurs tournois de golf, cela sous contrat exclusif et pendant cinq ans.

Il avait travaillé un peu pour eux l'année précédente alors qu'il se remettait d'une fracture du poignet, et sa prestation avait trouvé un tel écho auprès du public que la chaîne l'avait immédiatement relancé. A l'antenne, Dallie distillait le même humour caustique et la même impertinence que les plus spirituels des commentateurs.

Et, comme l'avait fait remarquer un des vice-présidents de la chaîne à sa troisième femme, Dallie était de loin le plus agréable à regarder.

Il avait fait pour la circonstance quelques concessions vestimentaires en revêtant un costume bleu marine, une chemise bleu pâle et une cravate en soie marron impeccable. Skeet, quant à lui, avait opté pour une veste de velours côtelé et une cravate ficelle gagnée fin 1973 à un jeu forain.

— Tu vends ton âme au diable, répéta Skeet obstinément.

Dallie tourna vers lui un regard courroucé :

— Tu n'es qu'un sale hypocrite. Autant que je m'en souvienne, tu m'as toujours harcelé pour que je rencontre des agents artistiques de Hollywood et que je pose en slip pour des magazines, et maintenant qu'on me fait une offre un peu plus sérieuse, tu montes sur tes grands chevaux.

— Quand on te proposait de poser pour des photos, ça te laissait entièrement libre de jouer au golf. Bon sang, Dallie, ça ne t'aurait pas empêché de participer aux tournois. Là il s'agit de tout autre chose. Ils veulent te coller dans une loge à débiter des fadaises sur les chemises roses de Greg Norman pendant qu'il fait l'histoire du golf sous tes yeux. Ça signifie la fin de ta carrière de joueur professionnel. Je n'ai entendu aucun de ces grands pontes de la chaîne dire que tu ferais leurs fichus commentaires les jours où tu ne joues pas, comme Nicklaus ou les autres cracks. Ils veulent t'embaucher à plein temps, Dallie, dans la cabine des présentateurs, pas sur le terrain de golf.

C'était si rare d'entendre Skeet faire un aussi long discours que Dallie en resta momentanément coi. Puis Skeet rajouta quelque chose entre ses dents, ce qui eut le don d'agacer Dallie au plus haut point. Il fit cependant un effort pour contenir sa colère, sachant que Skeet avait eu le cœur littéralement brisé par ses récents échecs.

Tout avait commencé quelques années auparavant lorsqu'ils avaient renversé un gamin en mobylette en sortant d'un bar de Wichita Falls. Dallie avait renoncé aux drogues, quelles qu'elles soient, à la fin des années soixante-dix, mais pas à la compagnie de sa bouteille de bière, du moins jusqu'à ce soir-là. En définitive le môme s'en était tiré avec une côte cassée et les flics s'étaient montrés beaucoup plus indulgents avec Dallie qu'il ne l'eût mérité, mais cette histoire l'avait tellement bouleversé qu'il avait cessé de boire tout de suite après. Ça n'avait pas été chose aisée, car il était devenu beaucoup plus dépendant de la boisson qu'il avait bien voulu le croire. Il aurait pu survivre à un cut dans le Masters, ou ne pas décrocher la timbale à l'US Classic, ça lui était indifférent, mais tuer un gosse parce qu'il avait un coup de trop dans le nez, ça, il ne l'aurait pas supporté.

En fin de compte, à son grand étonnement, l'abstinence avait amélioré son jeu et il avait terminé troisième dans le Bob Hope, devant les caméras de télévision. Skeet en avait presque pleuré de joie. Ce soir-là, Dallie l'avait entendu téléphoner à Holly Grace.

— Je savais qu'il en était capable, avait-il claironné. Tu vas voir, je suis sûr qu'il sera parmi les plus grands. Tout va marcher comme sur des roulettes pour lui, maintenant.

Ça ne s'était pas tout à fait passé ainsi. Et Skeet avait

du mal à s'en remettre. Il avait effectivement fini deuxième ou troisième dans l'un des principaux tournois chaque saison, mais ses plus belles années étaient maintenant derrière lui et, à trente-sept ans, ses chances d'accéder aux championnats de haut niveau s'étaient amenuisées.

— Tu possèdes la technique et le talent, fit Skeet en laissant errer son regard à travers la vitre embuée du taxi, mais il y a en toi un blocage qui t'empêche de devenir un grand champion et je donnerais cher pour savoir ce que c'est.

Dallie le savait bien, mais il ne souffla mot.

— Maintenant écoute-moi bien, Skeet Cooper. Les retransmissions des tournois de golf à la télévision sont d'un ennui mortel. Ces gens sont prêts à m'aligner une somme impressionnante pour animer un peu leurs émissions et je ne vois vraiment pas pourquoi je les enverrais sur les roses.

— Ces gros pontes de la télévision sentent un peu trop l'eau de Cologne, répliqua énigmatiquement Skeet. Et depuis quand te préoccupes-tu tellement d'argent ?

— Depuis que j'ai regardé le calendrier et que je me suis aperçu que j'avais trente-sept ans, voilà tout.

Dallie se pencha pour frapper à la vitre qui le séparait du chauffeur :

— Hé, arrêtez-moi au coin !

— Où vas-tu ?

— Je vais voir Holly Grace. Et j'y vais seul, si tu veux savoir.

— Ça ne servira à rien. Elle te dira exactement la même chose que moi.

Dallie sauta du taxi en face de chez Cartier et marcha sur une crotte de chien. Ça lui apprendrait, pensa-t-il, à faire des repas qui devaient coûter plus que le budget annuel d'un pays du tiers-monde.

Il se mit en devoir de racler sa semelle contre le rebord du trottoir, indifférent à l'intérêt qu'il suscitait de la part des passantes.

C'est ce moment que choisit le Bear pour venir le tourmenter, là, au beau milieu de la fourmilière de Manhattan.

— *Tu ferais bien de signer tant qu'on veut encore de toi. Quand vas-tu cesser de te dorer la pilule ?*

Dallie remontait la Cinquième Avenue, vers l'appartement de Holly Grace.

– Je ne me dore pas la pilule.

Le Bear ne lâchait pas prise et secouait sa tignasse blonde d'un air dégoûté.

– *Tu imaginais que tu allais faire des putts sublimes rien que parce que tu avais laissé tomber la bière? Tu ne croyais tout de même pas que c'était si simple? Pourquoi n'as-tu jamais avoué à ce bon vieux Skeet ce qui t'en empêche? Pourquoi ne pas avoir craché le morceau et reconnu que tu n'avais pas assez de tripes pour faire un champion?*

Dallie accéléra son allure pour semer le Bear dans la foule, mais il était tenace. Il allait lui coller à la peau pour un bout de temps.

Holly Grace habitait Museum Tower, un luxueux immeuble situé au-dessus du musée d'Art moderne, et aimait à proclamer qu'elle dormait en compagnie des plus grands peintres du monde. Le portier reconnut Dallie et le laissa entrer chez Holly Grace en son absence. Ils ne s'étaient pas vus depuis plusieurs mois mais ils se téléphonaient fréquemment et il se passait peu de choses dans leurs vies dont ils ne se fassent part.

L'appartement n'était pas du tout au goût de Dallie : trop de meubles blancs, trop de chaises dures, trop de tableaux abstraits qui n'évoquaient rien pour lui. Il se débarrassa de sa veste, desserra sa cravate et mit une cassette – *Born in the USA* de Bruce Springsteen – qu'il avait trouvée dans un meuble ressemblant à une armoire de dentiste. Il fit avancer la bande jusqu'à *Darlington County*, qu'il considérait comme une des dix meilleures chansons américaines jamais écrites. Pendant que Bruce chantait, Dallie se mit à flâner dans le vaste séjour, puis se campa devant le piano de Holly Grace. Depuis sa dernière visite, elle avait ajouté quelques photos dans des cadres argentés à la collection de presse-papiers en verre qui décorait habituellement le dessus du piano. Il y avait quelques clichés de Holly Grace avec sa mère, d'autres de Dallie, avec et sans Holly Grace, et un portrait de Danny qu'ils avaient fait à Sears en 1969.

Dallie s'empara de la photo : le visage rond de l'enfant lui souriait, les yeux écarquillés, une petite bulle de salive à jamais figée sur sa lèvre inférieure. Si Dannie avait vécu, il aurait maintenant dix-huit ans. Dallie ne pouvait se figurer Danny jeune homme, aussi grand que lui, blond et agile, et aussi beau que sa mère. Pour lui Danny serait toujours le petit bonhomme chancelant qui courait vers son papa de vingt ans, sa couche tombant sur ses genoux et ses petits bras potelés tendus dans un geste de confiance totale.

Dallie remit la photo en place et laissa errer son regard. Après toutes ces années, la blessure était toujours là, moins vive peut-être, mais jamais cicatrisée. Il essaya de se changer les idées en observant une photo de Francesca en short rouge, souriant malicieusement à l'appareil. Elle était grimpée sur un rocher, retenant ses cheveux d'une main, et de l'autre elle tenait entre ses jambes un bébé joufflu. Dallie sourit. Elle avait l'air radieux sur la photo. L'époque de sa rencontre avec Francesca avait été un épisode heureux de sa vie, quelque chose comme un pied-de-nez à son destin. En tout cas maintenant, c'était elle qui le narguait. Qui aurait cru que cette « Miss Beaux-z-habits » s'en serait si bien tirée?

Elle avait mené sa carrière toute seule, il le savait par Holly Grace, et elle avait élevé son enfant sans l'aide de quiconque. Déjà, dix ans auparavant, il y avait en elle quelque chose de différent – une hargne, une façon d'aller droit au but sans souci des conséquences qui n'appartenaient qu'à elle.

Une fraction de seconde, Dallie se prit à penser qu'elle avait décollé alors que lui était resté à terre.

Chassant cette idée peu flatteuse, il retourna la cassette de Springsteen puis se dirigea vers le réfrigérateur où il prit un soda, dédaignant la bière allégée de Holly Grace.

Il avait toujours apprécié à sa juste valeur l'attitude de Francesca quand elle avait eu son bébé. Il aurait pu légitimement se demander si l'enfant était de lui, et Francesca aurait pu aisément lui faire endosser la paternité du fils de ce vieux Nicky. Mais elle ne s'était pas abaissée à une telle roublardise, et il lui en savait gré.

Il décapsula son soda puis retourna vers le piano dans l'espoir d'y trouver une photo du fils de Francesca, mais il n'y en avait aucune. Quand la presse venait à évoquer cet enfant, il était toujours présenté comme le fruit d'un mariage précoce et si désastreux que Francesca préférait garder secret le nom du père. En réalité, seules trois personnes au monde – Holly Grace, Skeet et Dallie – savaient que ce mariage n'était que pure fiction, mais ces trois-là avaient trop de respect et d'admiration pour Francesca pour ne pas tenir leur langue.

Pour Dallie, l'amitié inattendue qui était née entre les deux femmes illustrait à la perfection la complexité des ressources de l'âme humaine, et il aurait bien aimé arriver à l'improviste un jour où elles étaient ensemble – simple curiosité.

– Je n'arrive pas à vous imaginer toutes les deux ensemble, avait-il dit plus d'une fois à Holly Grace. J'arrive tout juste à me représenter une scène où tu serais intarissable sur le dernier match des Cow-boys, tandis que Francie parlerait sans arrêt de ses chaussures Gucci en se regardant dans la glace.

– Elle n'est pas comme ça, Dallie, avait rétorqué Holly Grace. En fait, elle adore parler de ses chaussures, mais elle ne parle pas que de ça.

– C'est tout de même une ironie du sort qu'une femme comme elle ait eu un garçon. Je te parie qu'elle va en faire un homosexuel.

Voyant que Holly Grace n'appréciait guère la plaisanterie, il avait cessé de l'asticoter, mais il savait bien qu'au fond elle se faisait du souci. C'était elle qui lui avait dit que le gamin était une poule mouillée.

Dallie remettait *Born in the USA* pour la troisième fois lorsqu'il entendit une clé jouer dans la serrure et Holly Grace s'écrier :

– Salut, Dallie! Le concierge m'a dit que tu étais là. Tu n'étais pas censé réapparaître avant demain.

– J'ai changé d'avis. Nom de nom, cet appartement est à peu près aussi chaleureux qu'un cabinet médical.

Holly Grace eut une drôle d'expression en entrant dans la pièce. Elle laissa tomber son sac sur le canapé en cuir blanc.

– Francesca m'a dit exactement la même chose. C'est effrayant. Vous me fichez la frousse, tous les deux.

– Oh! Pourquoi?

– Je sais que tu ne me croiras pas, mais je trouve que vous avez des similitudes troublantes. Si tu veux, toi et moi, on se ressemble comme deux gouttes d'eau. On a la même allure, la même façon de parler, les mêmes centres d'intérêt : le sport, le sexe, les voitures...

– Où veux-tu en venir ? Parce que je commence à avoir faim.

– Eh bien voilà. Francesca et toi, par exemple, vous n'avez pas les mêmes goûts. Elle aime les vêtements, les villes, les gens excentriques. Ça lui soulève le cœur de voir quelqu'un transpirer, et, en politique, elle devient de plus en plus libérale – peut-être parce qu'elle est une immigrante, d'ailleurs.

Holly Grace jucha une fesse sur le dossier du canapé et considéra Dallie d'un air pensif.

– Toi, de ton côté, tu te fiches pas mal de toutes les mondanités, et tu penches pour la droite la plus conservatrice. Au premier abord, il est difficile d'imaginer deux caractères plus dissemblables que les vôtres.

– Tu parles d'un euphémisme !

Springsteen chantait à nouveau *Darlington County* et Dallie marquait le rythme du bout du pied, en attendant que Holly Grace en vienne au fait.

– Mais vous avez beaucoup plus de points communs qu'il n'y paraît. Par exemple, la première fois qu'elle a vu cet appartement, elle a fait la même réflexion que toi, et elle est en train de te damer le pion dans ta spécialité de ramasser les animaux errants et les enfants abandonnés. Elle a commencé par recueillir des chats, puis elle s'est intéressée aux chiens, ce qui est tout à fait méritoire de sa part car elle en a une peur bleue. Pour finir, elle s'est mise à héberger des fugueuses, des gamines de quatorze, quinze ans qui font le trottoir.

– Sans blague ! fit Dallie, subitement intéressé. Et qu'est-ce qu'elle en fait quand...

Il s'interrompit à la vue de la meurtrissure qui marbrait le cou de Holly Grace.

– Qu'est-ce que c'est que ça ? Ça m'a tout l'air d'être un suçon.

– Je n'ai pas envie d'en parler, trancha-t-elle en s'esquivant dans la cuisine, le cou rentré dans les épaules.

Il la suivit.

– Ça fait des années que je ne t'ai pas vue avec des marques comme ça. Je me rappelle t'en avoir fait quelques-unes moi-même, autrefois. (Il s'appuya contre le mur de l'entrée.) Si tu me disais qui t'a fait ça?

— Tu vas te mettre à hurler.

Dallie poussa un grognement de mécontentement.

— C'est Gerry Jaffe. Tu as revu ton vieil amant communiste!

— Il n'est pas communiste, protesta Holly Grace en tirant une bouteille de Miller Lite du réfrigérateur. Ce n'est pas parce que tu ne partages pas ses opinions politiques qu'il faut le traiter de communiste! Qui plus est, tu es bien moins conservateur que tu veux le faire croire.

— Tout ça n'a rien à voir avec mes opinions politiques, chérie, tu le sais bien. Je ne veux pas te voir malheureuse, c'est tout.

Holly Grace détourna la conversation en adoptant un sourire mielleux à souhait :

— A propos de vieux amants, comment va Bambi? Elle arrive à lire ses magazines de cinéma sans remuer les lèvres, maintenant?

— Oh, ne commence pas, Holly Grace...

Elle le regarda d'un air dégoûté :

— Je te jure que je n'aurais jamais accepté de divorcer si j'avais su que tu fréquenterais des filles avec des noms en i!

— Tu as fini, oui?

Ça l'agaçait fortement qu'elle parle ainsi de Bambi, bien que cette conquête ne fût pas le point culminant de sa vie amoureuse. Quoi qu'il en soit, Holly Grace n'avait pas besoin de remuer le couteau dans la plaie.

— Si tu veux savoir, Bambi va se marier dans quelques semaines et partir pour l'Oklahoma. La place est libre.

— Tu reçois déjà des candidates?

— J'ouvre les yeux, tout simplement.

Une clé tourna dans la serrure et une voix d'enfant aiguë, essoufflée, leur parvint depuis le vestibule.

— Hé, Holly Grace, je suis monté à pied! Je te jure!

— Bravo, cria-t-elle machinalement en retour. (Puis elle porta sa main à sa bouche avec un petit cri :) Si Francie apprend ça, elle m'en voudra à mort. C'est Teddy, son fils. Depuis qu'elle s'est installée à New York, elle m'a fait promettre de ne jamais vous mettre en présence, tous les deux.

Dallie eut l'air vexé.

– Je ne suis pas un bourreau d'enfants. De quoi a-t-elle peur ? Que je kidnappe son gamin ?

– Je crois qu'elle est gênée, c'est tout.

C'était une réponse qui ne voulait rien dire, mais il ne put questionner plus avant Holly Grace. Le gamin venait de faire irruption dans la cuisine, avec ses cheveux auburn dressés en épi, et son tee-shirt décousu à l'effigie de Rambo.

– Devine ce que j'ai trouvé dans l'escalier ? Un pistolet à eau ! Dis, on retournera au musée des sports nautiques, c'était vraiment chouette, et...

Il s'interrompit brutalement en apercevant Dallie, une main nonchalamment posée sur la hanche.

– Ça alors !

Sa bouche s'arrondit comme celle d'un poisson rouge.

– Teddy, permets-moi de te présenter le seul et unique Dallas Beaudine, fit Holly Grace. Tu auras finalement réussi à le rencontrer.

Dallie sourit et tendit la main au gamin :

– Salut, Teddy. J'ai beaucoup entendu parler de toi.

– Ben, ça alors, répétait Teddy subjugué, qui n'en croyait pas ses yeux.

Il se précipita pour prendre la main de Dallie, mais dans son émoi, il ne sut quelle main il devait donner et s'arrêta net dans son élan.

Dallie vint à son secours, et se saisit de sa main droite.

– Holly Grace m'a dit que vous étiez copains tous les deux.

– On t'a vu jouer des millions de fois à la télé, et Holly Grace m'a expliqué le golf et tout ça.

– C'est extra.

Ce gosse est vraiment rigolo, se dit Dallie, amusé par l'express ion de crainte mêlée de respect qui se lisait sur le visage de Teddy – comme s'il avait vu Dieu en personne. Il devait sûrement ressembler à ce bon vieux Nicky, vu que sa mère était d'une beauté à couper le souffle.

Teddy était excité comme une puce et se dandinait sans arrêt d'un pied sur l'autre, sans quitter Dallie des yeux. Ses lunettes avaient glissé sur le bout de son nez et il voulut les remonter, mais, troublé par la présence de Dallie, il heurta la monture et les lunettes se retrouvèrent rapidement de guingois sur son oreille, puis tombèrent sur le sol.

– Tiens, fit Dallie en se penchant pour les ramasser.

Teddy s'était baissé, lui aussi, et ils se firent face subitement. Leurs têtes se touchaient presque, blond contre auburn. Dallie atteignit le premier les lunettes et les tendit à Teddy. Il sentait sur sa joue le souffle de l'enfant.

Dans le living-room, la cassette distillait toujours Springsteen, qui chantait la passion et les coups de poignard à l'âme. A ce moment précis tout était encore en harmonie dans l'univers de Dallas Beaudine, mais, dans la seconde qui suivit, avec le souffle de Teddy comme une petite brise sur sa joue, tout bascula :

– Mon Dieu.

Teddy le regarda d'un air hébété, puis réajusta ses lunettes sur son nez.

Dallie saisit brusquement le poignet du gamin, le faisant grimacer de douleur.

Holly Grace sentit qu'il se passait quelque chose d'anormal en voyant Dallie dévisager Teddy si durement.

– Dallie ? s'enquit-elle.

Mais il ne l'entendait pas. Le temps s'était arrêté pour lui. Dallie était redevenu un môme de dix ans qui soutenait le regard courroucé de Jaycee Beaudine.

A ceci près que ce visage n'était pas grand, menaçant et mal rasé. C'était celui d'un enfant aux joues soyeuses, qui serrait les dents de douleur.

Le prince Stefan Marko Brancuzi avait acheté son yacht, l'*Étoile de la mer Égée*, à un roi du pétrole d'Arabie Saoudite. Francesca, en montant à bord et en saluant le capitaine, eut la bizarre sensation de se retrouver hors du temps. Elle avait neuf ans, sur le *Christina* d'Aristote Onassis, et elle goûtait toutes sortes de caviar devant de riches oisifs.

Elle frissonna, mais peut-être était-ce simplement de froid en cette nuit humide de décembre. Finalement, la zibeline aurait été plus adaptée que le châle fuchsia !

Un steward l'accueillit sur le pont arrière et la conduisit au salon luxueux où Son Altesse Royale l'attendait. Il se leva à son approche et l'embrassa tendrement sur la joue.

Stefan avait ces traits racés qui sont l'apanage de la noblesse européenne : un visage allongé, un nez aquilin et une bouche remarquablement dessinée. Sans le sourire spontané qui éclairait sa physionomie, il eût été rébarbatif. Malgré sa réputation de play-boy, il avait une courtoisie un peu désuète qui enchantait Francesca.

C'était en outre un travailleur acharné qui avait œuvré pendant vingt ans pour faire de son petit royaume perdu un État moderne et dynamique en passe de rivaliser avec Monaco pour les loisirs de luxe. Pour parachever son ouvrage, il ne lui manquait plus que sa Grace Kelly, et il avait pressenti Francesca pour ce rôle flatteur.

Il était fort élégamment vêtu d'un blazer déstructuré d'un subtil écossais pêche et taupe, d'un pantalon sombre au pli impeccable et d'une chemise de soie au col négligemment ouvert.

Il lui prit la main et la pilota jusqu'au bar en acajou où étaient disposées deux coupes en cristal de Baccarat.

— Je suis désolé de ne pas être allé te chercher moi-même, mais j'ai eu un emploi du temps infernal aujourd'hui.

— Moi aussi, dit-elle en se débarrassant de son châle. Tu n'imagines pas à quel point j'ai hâte de partir pour le Mexique avec Teddy. Une semaine de farniente sur la plage, au soleil !

Elle prit une coupe de champagne et se jucha sur un des tabourets du bar. Par inadvertance, sa main effleura le cuir souple, et encore une fois elle se revit sur un autre yacht, à un autre bar.

— Pourquoi ne pas faire venir Teddy ? N'aimerais-tu pas plutôt faire une croisière de quelques semaines dans les îles grecques ?

L'invitation était séduisante, mais elle trouvait que Stefan allait un peu vite. Qui plus est, quelque chose en elle se refusait à voir Teddy errer sur les ponts de l'*Étoile de la mer Égée*.

— Je regrette, mais tout est déjà prévu. Une autre fois peut-être...

Stefan fronça un peu les sourcils mais, ne voulant pas la bousculer, ne souffla mot. Il désigna une coupe de verre ciselé remplie à ras bord de petits œufs d'un beau brun doré.

— Un peu de caviar ? Si tu n'aimes pas l'osciètre, je fais venir du beluga.

– Non ! s'exclama-t-elle d'un ton si brusque que Stefan la regarda d'un air médusé.

Elle lui adressa un sourire gêné :

– Je... je ne suis pas très amateur de caviar.

– Mon Dieu, ma chère, tu m'as l'air d'être sur les nerfs ce soir. Tu as des ennuis ?

– Non, non, je suis juste un peu fatiguée.

Elle coupa court par une pirouette et un sourire. Peu après, ils entretenaient une de ces conversations légères et spirituelles dont ils avaient le secret. Le dîner se composait de cœurs d'artichaut émincés nappés d'une sauce relevée aux olives noires et aux câpres, suivis de poulet mariné au citron et à la coriandre.

Quand on servit la charlotte aux framboises accompagnée de crème anglaise, Francesca n'en pouvait plus et se dit qu'elle n'arriverait pas à en avaler une bouchée. Elle se laissa aller au charme de cet instant délicieux, à la lueur des chandelles, baignant dans l'affection de Stefan, et se dit combien elle était heureuse. Pourquoi faire languir Stefan ? Quelle femme à peu près saine d'esprit refuserait un destin princier ?

Pour acquérir sa précieuse indépendance, elle avait passé trop de temps loin de son fils. Elle avait travaillé dur, et elle adorait son métier, mais elle commençait à se rendre compte qu'elle attendait maintenant autre chose de la vie qu'un taux d'écoute spectaculaire. Mais désirait-elle vraiment ce mariage, si somptueux fût-il ?

– Tu m'écoutes, ma chère ? Voilà la réponse la plus déconcertante que j'aie jamais reçue à une demande en mariage.

– Je suis désolée, chéri, j'étais dans la lune. (Elle lui sourit en guise d'excuse.) J'ai besoin de réfléchir encore un peu. Tout à fait honnêtement, je ne suis pas sûre que tu aies une bonne influence sur moi.

Il la regarda, surpris.

– Voilà une bien curieuse réponse. Que veux-tu dire par là ?

Elle ne pouvait pas lui expliquer à quel point elle redoutait, après quelques années à ses côtés, de retomber dans ses anciens travers, de redevenir ce personnage frivole qui passait son temps à s'admirer dans les glaces et faisait une crise de nerfs si son vernis à ongles était égratigné.

Elle éluda la réponse en se penchant pour l'embrasser, mordillant sa lèvre de ses petites dents pointues. Le vin et la bonne chère avaient échauffé ses sens et la sollicitude de Stefan entamait la carapace qu'elle s'était forgée. Son corps était jeune et vigoureux. Allait-elle le laisser se racornir comme une feuille d'automne ?

Elle caressa ses lèvres des siennes.

– Puis-je à mon tour formuler une demande ?

L'amusement le disputait au désir dans son regard.

– Tout dépend de la nature de la requête.

– Emmène-moi dans ta chambre, je t'expliquerai, répliqua-t-elle avec un sourire prometteur.

Il lui prit la main, et déposa un baiser sur le bout de ses doigts aussi courtoisement que s'il l'eût conduite au bal. En sortant du salon, elle se sentait légèrement ivre, et si gaie que cet état d'exaltation passager aurait pu passer pour de l'amour si les méandres de son caractère lui eussent été moins familiers. Néanmoins, elle ne s'était pas blottie dans les bras d'un homme depuis si longtemps qu'elle décida de se croire amoureuse.

Une fois dans sa luxueuse cabine, il se mit à l'embrasser, doucement d'abord, puis de plus en plus passionnément, lui murmurant à l'oreille des mots en langue étrangère qui ajoutaient à son trouble. Il fit couler ses mains le long de sa taille pour dégrafer sa robe.

– Si tu savais comme je mourais d'envie de te voir nue, murmura-t-il.

Il fit tomber le bustier de sa robe, découvrit le galbe de ses seins qui s'arrondissaient sous la dentelle de son fond de robe et y enfouit son visage.

– Des pêches tendres, pleines et parfumées. Je veux me délecter de leur nectar jusqu'à la dernière goutte.

Francesca trouva le cliché un peu usé, mais son corps n'était pas aussi regardant que son esprit et elle sentit une délicieuse chaleur l'envahir tout entière. Elle arrondit sa main sur la nuque de Stefan et renversa le cou en arrière.

Ses lèvres couraient sur sa poitrine, cherchant le bout de son sein sous la dentelle.

– Là... voilà, dit-il en l'enlaçant.

– *Oui, enfin.*

Francesca gémit au contact délicieux de ses lèvres.

– Ma chérie, murmura-t-il, le souffle un peu rauque.

Ses genoux se dérobaient sous elle et elle crut défaillir sous l'exquise morsure du plaisir.

C'est alors que le téléphone retentit.

— Les imbéciles! (Stefan jura dans une langue inconnue.) J'ai formellement interdit qu'on me dérange.

Le charme était rompu et elle se raidit brusquement, gênée de faire l'amour avec un homme qu'elle n'aimait qu'à moitié. Qu'est-ce qui l'empêchait de tomber vraiment amoureuse de lui? Pourquoi s'embarrassait-elle toujours de préjugés dès qu'il s'agissait de sexe?

Le téléphone sonnait toujours. Il l'empoigna et hurla dans le combiné, puis le lui tendit, visiblement exaspéré :

— C'est pour toi. C'est urgent.

Elle laissa échapper un juron typiquement anglo-saxon, déterminée à scalper Nathan Hurd pour cette intrusion. Quelle qu'en soit la raison, son producteur n'avait pas le droit de la déranger ce soir.

— Nathan, je vais...

Stefan posa bruyamment un carafon de cognac sur un plateau et elle se boucha l'oreille :

— Pardon? J'entends mal.

— Francie? C'est Holly Grace.

Francesca fut tout de suite sur le qui-vive.

— Holly Grace? Ça va?

— Pas vraiment. Tu as intérêt à t'asseoir.

Francesca se laissa tomber plus qu'elle ne s'assit sur le lit, alarmée par le ton inhabituellement grave de la voix de Holly Grace.

— Que se passe-t-il? C'est Gerry?

La colère de Stefan s'apaisa en voyant qu'elle était inquiète et il vint près d'elle.

— Non, Francie, ce n'est rien de tout ça. (Holly Grace reprit son souffle.) C'est Teddy.

— Teddy?

Son sang se glaça dans ses veines et son cœur se mit à battre à tout rompre. Holly Grace débita d'une traite :

— Il a disparu. Ce soir, un peu après que je l'aie raccompagné à la maison.

Une peur panique s'empara de Francesca, si violente qu'elle crut en perdre connaissance. Des visions hideuses lui traversèrent l'esprit, une avalanche d'images d'émissions qu'elle avait programmées.

– Francie, poursuivait Holly Grace, je crois que Dallie l'a enlevé.

Un immense soulagement la submergea dans un premier temps, et les visions de tombe et de corps d'enfants mutilés s'estompèrent peu à peu, mais ce qu'elle imaginait à présent était à peine plus supportable.

– Mon Dieu, je suis désolée, Francie. (Les mots s'étranglaient dans la gorge de Holly Grace.) Je ne sais pas exactement ce qui s'est passé. Dallie et Teddy se sont rencontrés par hasard chez moi cet après-midi. Ensuite j'ai raccompagné Teddy chez vous. Dallie y est venu une heure après et a raconté à Consuelo que c'était moi qui l'envoyais chercher Teddy pour passer la nuit chez moi. Elle savait qui il était et naturellement elle ne s'est pas méfiée. Il a fait faire sa valise à Teddy et a disparu avec lui depuis. J'ai téléphoné un peu partout. Personne ne les a vus. Dallie a quitté son hôtel et Skeet n'est au courant de rien. Je sais qu'ils ont un tournoi en Floride cette semaine.

Francesca eut un haut-le-cœur. Pourquoi Dallie aurait-il kidnappé Teddy? Il n'y avait qu'une seule raison plausible, mais cela était impossible. Personne ne connaissait la vérité, elle n'en avait jamais parlé à âme qui vive. Cependant elle ne voyait pas d'autre explication sensée. Une colère blanche l'envahit : pourquoi avoir commis un acte aussi barbare?

– Francie, tu es toujours là?

– Oui, murmura-t-elle.

– Il faut que je te demande quelque chose. (Il y eut un long silence. Francesca se préparait à ce qui allait immanquablement suivre.) Francie, il faut que tu me dises pourquoi Dallie a fait ça. Il s'est passé quelque chose de bizarre quand il a vu Teddy, qu'est-ce que cela signifie?

– Je... je n'en sais rien.

– Francie...

– Je ne sais pas, Holly Grace, hurla-t-elle, je ne sais pas. (Sa voix se radoucit.) Tu connais Dallie mieux que quiconque. Serait-il capable de faire du mal à Teddy?

– Bien sûr que non. Pas physiquement, en tout cas. Psychologiquement je ne sais pas ce qui peut se passer, surtout si tu ne veux rien me dire.

– Je vais raccrocher et essayer de prendre un vol pour New York ce soir.

Francesca s'efforçait d'être vive et efficace, mais sa voix tremblait.

– Téléphone à tous ceux qui sont susceptibles de savoir où est Dallie. Fais attention à ce que tu dis, et ne laisse en aucun cas la presse avoir vent de tout ça. S'il te plaît, Holly Grace, je ne veux pas que Teddy devienne la vedette d'un fait divers. J'arrive le plus vite possible.

– Francie, dis-moi la vérité. Que se passe-t-il?

– Holly Grace, je t'aime vraiment... beaucoup.

Et elle raccrocha.

Cette nuit-là, au-dessus de l'Atlantique, Francesca fixait d'un air absent les ténèbres à l'extérieur du hublot. Elle était rongée par l'angoisse et la culpabilité. Tout était sa faute. Si elle avait été chez elle, elle aurait pu éviter cette catastrophe. Quelle sorte de mère était-elle pour laisser à d'autres le soin d'élever son enfant? Elle était torturée par les démons du remords, familiers aux mères qui travaillent.

Et si quelque chose de terrible arrivait à Teddy? Elle essayait de se convaincre que, même si Dallie avait découvert quelque chose, jamais il ne ferait de mal à un enfant.

En tout cas pas le Dallie qu'elle avait connu dix ans auparavant. Elle se rappela les émissions qu'elle avait faites sur d'ex-épouses enlevant leurs propres enfants et s'évanouissant dans la nature pour plusieurs années. En tout cas, un homme public comme Dallie ne pouvait pas faire une chose pareille.

Encore une fois elle s'efforça de comprendre comment Dallie avait pu découvrir que Teddy était son fils, mais la solution de l'énigme lui échappait.

Est-ce que Teddy allait bien? Que faisait-il en ce moment? Avait-il peur? Et que lui avait dit Dallie?

Holly Grace lui avait assez répété que, quand Dallie était en colère, il était imprévisible – voire dangereux. En admettant qu'il eût changé en dix ans, elle ne le croyait tout de même pas capable de s'en prendre à un petit garçon.

Quant à s'en prendre à elle, c'était une autre affaire.

25

Teddy observait le dos de Dallie dans la file d'attente du McDonald's sur la nationale 81. Il aurait bien aimé avoir lui aussi une chemise en flanelle à carreaux rouges et noirs, une large ceinture en cuir et des jeans avec une poche déchirée.

Sa mère jetait ses jeans dès qu'ils avaient un trou minuscule au genou, juste quand ils commençaient à être suffisamment souples et confortables. Teddy examina ses baskets en cuir, puis les bottes de cow-boy tout éraflées de Dallie. Il décida de demander des bottes de cow-boy pour Noël.

Dallie prit son plateau et se dirigea vers une table au fond du restaurant, Teddy sur ses talons, faisant trois pas pour une seule enjambée de Dallie.

Au début de leur périple, après avoir quitté Manhattan pour le New Jersey, Teddy avait essayé de savoir si Dallie avait un chapeau de cow-boy et montait à cheval, mais celui-ci s'était montré si peu prolixe que Teddy avait fini par se taire, bien qu'il eût des milliers de questions à lui poser.

D'aussi loin que Teddy se souvenait, Holly Grace lui avait toujours parlé de Dallie Beaudine et de Skeet Cooper. Elle lui avait raconté leur rencontre dans une station-service alors que Dallie, à peine âgé de quinze ans, venait d'échapper aux griffes de Jaycee Beaudine, et leurs pérégrinations à travers les États-Unis, arnaquant les riches golfeurs trop naïfs. Elle lui avait décrit d'inénarrables bagarres de bistrot, des paris insensés comme par exemple celui de remporter une tournée au golf en dix-huit coups de la main gauche.

Dans l'univers de l'enfant, les récits de Holly Grace s'étaient mêlés aux histoires de Spiderman et de la *Guerre des étoiles* et aux légendes de l'Ouest sauvage qu'il lisait à l'école. Depuis qu'ils avaient emménagé à New York, Teddy tarabustait sa mère pour qu'elle le laisse aller chez Holly Grace un jour où Dallie serait là, mais celle-ci avait toujours trouvé un prétexte ou un autre pour refuser. Maintenant qu'il l'avait enfin rencontré, Teddy vivait le moment le plus exaltant de sa vie.

Sauf qu'il avait envie de rentrer à la maison, car les choses ne prenaient pas tout à fait la tournure souhaitée.

Teddy déballa son hamburger puis, voyant qu'il était nappé de ketchup, referma l'emballage. Dallie se carra sur son siège et regarda l'enfant de l'autre côté de la table, sans mot dire.

Teddy commençait à se sentir mal à l'aise, comme s'il avait fait une bêtise. En toute logique, Dallie aurait dû lui donner de petites tapes amicales, comme faisait Gerry Jaffe, ou déclarer :

– Dis donc, l'ami, tu es tout à fait le genre de type qu'il nous faudrait à Skeet et à moi quand on se fait suer sur la route.

Dans son imagination, Dallie aurait tout de suite été son ami.

Teddy prit son Coke et s'absorba dans la contemplation d'une affiche qui vantait les petits déjeuners de McDonald's. Il trouvait bizarre que Dallie l'emmène si loin pour retrouver sa mère – il ignorait jusqu'à présent que Dallie et elle se connaissaient. Mais puisque Holly Grace avait dit à Dallie qu'il n'y avait aucun problème, il supposait que c'était vrai. En tout cas, en ce moment précis, il aurait préféré que sa maman fût à ses côtés.

– Tu portes toujours des lunettes ?

Dallie avait parlé si brusquement que Teddy sursauta.

– Non, pas toujours.

Teddy les ôta, replia précautionneusement les branches et les posa sur la table. Les lettres de l'affiche se brouillèrent.

– Maman dit que ce qui est important, c'est comme on est à l'intérieur, pas si on porte des lunettes ou pas.

Dallie émit une sorte de borborygme assez peu aimable et désigna le hamburger d'un mouvement de tête :

– Pourquoi ne manges-tu pas ?

Teddy repoussa l'emballage du bout du doigt :

– J'avais demandé un hamburger nature, grommela-t-il, et on m'a mis du ketchup.

Dallie prit une drôle d'expression pincée.

– Et alors ? Un peu de ketchup n'a jamais tué personne.

– Je suis allergique, rétorqua Teddy.

Dallie grogna et Teddy en conclut qu'il détestait les

gens qui n'aiment pas le ketchup, ou qui ont des allergies. Il se dit qu'il allait manger le hamburger quand même, rien que pour prouver à Dallie qu'il en était capable, mais son estomac se révulsait déjà. Le ketchup lui faisait penser à du sang ou à des tripes. De plus il aurait des plaques rouges qui le démangeraient sur tout le corps.

Teddy essayait de trouver quelque chose à dire pour s'attirer les bonnes grâces de Dallie. C'était une chose à laquelle il n'était pas habitué. Avec les gamins de son âge, soit il les trouvait nuls, soit c'était eux qui le traitaient de pauvre type et les choses étaient claires. Pas avec les adultes. Il se mordilla la lèvre inférieure pendant un moment, puis finit par dire :

— J'ai un QI de cent soixante-huit. Je suis dans une classe de surdoués.

Pour toute réponse, Dallie ricana.

Teddy sentit qu'il s'était fourvoyé. Il avait simplement cherché à capter l'attention de Dallie et n'avait réussi qu'à passer pour un vantard.

— D'où te vient ce prénom – Teddy? demanda Dallie.

Il l'avait prononcé trop vite, comme pour s'en débarrasser.

— Quand je suis né, maman lisait l'histoire d'un enfant qui s'appelle Teddy, dans un roman d'un écrivain célèbre, J.R. Salinger. C'est un diminutif de Theodore.

La mine de Dallie se fit encore plus revêche.

— C'est J.D. Salinger. Personne ne t'appelle jamais Ted?

— Oh si, mentit Teddy, presque tout le monde à l'école. Il n'y a que maman et Holly Grace qui m'appellent Teddy. Tu peux m'appeler Ted, si tu veux.

Dallie extirpa son porte-monnaie de sa poche. Teddy surprit une expression dure et fermée sur son visage.

— Va te chercher un autre hamburger à ton goût.

Teddy regarda fixement le billet d'un dollar que Dallie lui tendait, puis se mit à déballer lentement le hamburger.

Dallie abattit brutalement sa main dessus.

— Va en chercher un autre, je te dis!

Teddy se sentait mal. Parfois, sa mère le grondait parce qu'il n'avait pas fait ses devoirs ou avait été effronté, mais ça ne lui donnait jamais des crampes d'estomac comme en ce moment, parce qu'il savait qu'elle l'aimait et voulait qu'il devienne quelqu'un de bien. Il sentait que Dallie ne l'aimait pas. Teddy contracta la mâchoire et se rebiffa :

– Je n'ai pas faim, et je veux rentrer à la maison.

– Eh bien, ça tombe mal, parce qu'on a encore pas mal de route, je te l'ai déjà dit.

Teddy le dévisagea :

– Je veux rentrer. Il faut que j'aille à l'école lundi.

Dallie se leva et désigna la sortie d'un mouvement de tête.

– Allez, viens! Si tu as décidé de te comporter comme un enfant gâté, tu auras tout le temps de le faire pendant le trajet.

Teddy traîna les pieds avec mauvaise grâce vers la sortie. Il se fichait pas mal de toutes les sornettes que Holly Grace lui avait racontées. Autant qu'il ait pu en juger par lui-même, Dallie n'était qu'un vieux crétin. Ayant chaussé ses lunettes, Teddy plongea la main dans sa poche pour y sentir la présence rassurante de son couteau à cran d'arrêt. Il aurait bien aimé que ce fût un vrai. Si le Grand Prédateur pouvait apparaître d'un coup de baguette magique et le délivrer de ce crétin de Dallie Beaudine!

Dès qu'il eut franchi la frontière de l'État, Dallie appuya sur l'accélérateur et se mit sur la file de gauche. Il savait qu'il se comportait comme une véritable ordure, mais quelque chose de plus fort que lui le poussait à agir ainsi. Il ne décolérait pas et avait une envie irrépressible de frapper, comme cela ne lui était jamais arrivé de sa vie. Il était en proie à une rage qu'il n'était pas sûr de pouvoir contenir. Il avait la sensation d'avoir été spolié de sa virilité. Il avait trente-sept ans et pas grand-chose à son actif : c'était un golfeur professionnel de second plan, son mariage avait été un échec, et en tant que père il se considérait comme un criminel. Et maintenant, ça.

Quelle garce! Quelle sale gosse de riche égoïste! Elle avait mis son enfant au monde, en le frustrant de sa paternité! Elle n'avait raconté que des bobards à Holly Grace. Elle avait bien réussi sa vengeance, comme elle le lui avait promis la nuit où ils s'étaient battus sur le parking du *Roustabout*. D'un simple claquement de doigts, comme ça, elle lui avait joué le pire tour qu'une femme puisse jouer à un homme. Elle l'avait privé du droit de connaître son propre fils.

Dallie jeta un coup d'œil au gamin assis à côté de lui, qui était la chair de sa chair aussi sûrement que Danny l'avait été. A l'heure qu'il était, Francesca devait avoir découvert la disparition de l'enfant. Cette pensée lui procura une amère satisfaction. Il espérait que le coup avait porté.

Hormis quelques boutiques qui avaient fait peau neuve, Wynette était semblable au souvenir que Francesca en avait gardé. Tout en détaillant le paysage à travers le pare-brise de la voiture de location, elle pensait que le tourbillon de la vie la ramenait là où tout avait réellement commencé, au point de départ de son ascension sociale.

Elle releva les épaules dans une vaine tentative pour soulager un peu la tension de sa nuque. Elle ne savait toujours pas si elle avait bien fait de prendre l'avion pour le Texas, mais, après trois jours d'une intolérable attente auprès d'un téléphone muet, en butte aux assauts des journalistes avides de l'interroger sur ses rapports avec Stefan, il fallait qu'elle passe à l'action.

Holly Grace lui avait suggéré de se rendre à Wynette, sachant que c'était là que Dallie se réfugiait quand il était malheureux.

– Et je sais qu'en ce moment il est très malheureux, avait-elle ajouté.

Francesca avait feint d'ignorer l'accusation qui pointait sous les propos de Holly Grace. C'était un rude coup porté à leur amitié de dix années. Le jour où Francesca était revenue de Londres, Holly Grace lui avait déclaré :

– Je suis de ton côté, Francesca, parce que je suis faite ainsi, mais il coulera de l'eau sous les ponts avant que je te fasse à nouveau confiance.

Francesca avait essayé de se justifier :

– Je ne pouvais pas te dire la vérité. Tu étais trop proche de Dallie.

– Et tu as préféré me mentir ? Tu m'as débité une histoire sans queue ni tête, et moi, pendant toutes ces années, j'y ai cru. (Holly Grace était dans une colère noire.) Tu ne comprends donc pas ce que la famille signifie pour Dallie ? Pour certains ce n'est peut-être pas si important, mais pour Dallie, c'est différent. Il a essayé toute sa vie de se créer une famille – avec Skeet, avec Miss Sybil, avec tous ces animaux errants qu'il recueille depuis des années. Tu as signé son arrêt de mort, Francesca. Son premier fils est mort, et tu lui as volé le second.

Francesca s'était à son tour mise en colère, colère d'autant plus violente qu'au fond elle se sentait coupable.

– Tu n'as pas à me juger, Holly Grace. Dallie et toi avez des conceptions terriblement laxistes de la moralité, et ce n'est ni à toi ni à lui de me jeter la pierre. Tu n'as pas idée de ce que c'est que de se détester soi-même au point de vouloir se reconstruire une nouvelle personnalité. J'ai fait ce que je devais faire à ce moment-là. Et si c'était à refaire, je le referais.

Holly Grace était restée de marbre.

– Tu te comporterais une deuxième fois comme une garce, n'est-ce pas ?

Francesca refoula d'un battement de paupières les larmes qui lui montaient aux yeux et tourna en direction de la maison peinturlurée de Dallie.

Ça lui faisait vraiment mal au cœur que Holly Grace soit incapable de comprendre que, pour Dallie, leur aventure n'avait été qu'un épisode insignifiant de sa vie sexuelle – rien en tout cas qui justifiât le rapt d'un enfant de neuf ans. Pourquoi Holly Grace prenait-elle parti contre elle ?

Elle se demandait si elle avait bien fait de ne pas prévenir la police, mais l'idée de voir le nom de Teddy s'étaler à la une des journaux à sensation lui était insupportable. « Le fils d'une téléstar enlevé par son père, un célèbre golfeur professionnel » : elle imaginait déjà les titres racoleurs, photos à l'appui, sa relation avec Stefan jetée en pâture au public, et le passé de Holly Grace et de Dallie exhumé par des journalistes peu scrupuleux.

Francesca avait encore trop présent à l'esprit le battage fait autour de Holly Grace quand elle était devenue célèbre grâce à la série « China Colt ». Toutes les péripéties de son mariage peu conformiste avec Dallie, un des joueurs de golf les plus hauts en couleur, étaient devenues pain bénit pour les médias. La rumeur allait bon train, et ils ne pouvaient aller nulle part sans être harcelés par les paparazzi. Holly Grace s'en accommodait mieux que Dallie, qui était plus habitué aux reporters sportifs qu'aux fouineurs de la presse à scandale. Il n'avait pas tardé à argumenter avec ses poings, ce qui avait immanquablement attiré l'attention du président de l'Association des golfeurs professionnels. Suite à une altercation particulièrement virulente à Albuquerque, Dallie avait été suspendu pour plusieurs mois et Holly Grace avait décidé de divorcer pour que chacun puisse reprendre une vie plus paisible.

La maison de Miss Sybil arborait toujours ses boiseries lavande et ses frises de lapins orange, retouchés par une main moins habile que celle de la vieille dame. Celle-ci vint au-devant de Francesca. Elles ne s'étaient pas vues depuis dix ans. Miss Sybil s'était tassée et ses épaules étaient un peu voûtées, mais sa voix n'avait rien perdu de son ancienne autorité.

— Entrez, ma chère petite, il fait un froid de canard. Oh la la, on se croirait à Boston, la température a chuté si vite ! Je suis dans tous mes états depuis votre coup de fil.

Francesca l'embrassa tendrement.

— Merci de me recevoir. Après tout ce que je vous ai raconté au téléphone, j'ai eu peur que vous ne vouliez pas me voir.

— Et pourquoi donc ? J'ai compté les heures qui nous séparaient, bien au contraire.

Miss Sybil conduisit Francesca vers la cuisine et lui demanda de leur servir du café à toutes les deux.

— Je n'aime guère me lamenter, mais la vie a été plutôt monotone ces temps-ci. Je ne suis plus aussi alerte qu'avant, et Dallas fréquentait une jeune femme impossible. Je ne pouvais même pas l'intéresser à Danielle Steel, encore moins aux classiques.

Elle fit signe à Francesca de s'asseoir en face d'elle.

— Ah ! là là, vous n'imaginez pas à quel point je suis fière de vous. Quand je pense d'où vous êtes partie...

Soudain elle transperça Francesca de son regard scrutateur d'ancien professeur :

— Maintenant, expliquez-moi de quoi il s'agit.

Francesca lui décrivit la situation par le menu, ne négligeant aucun détail. A son grand soulagement, Miss Sybil ne se montra pas aussi dure dans son jugement que Holly Grace. Elle comprenait que Francesca avait eu besoin de forger son indépendance, cependant elle était manifestement préoccupée par la réaction de Dallie lorsqu'il avait découvert l'existence de son fils.

— Je pense que Holly Grace a raison, dit-elle finalement. Dallas doit être en route pour Wynette, et il est sûrement hors de lui. Vous n'avez qu'à rester ici en attendant qu'il arrive. Vous prendrez la chambre d'amis.

Francesca avait prévu d'aller à l'hôtel, mais elle sut gré à Miss Sybil de son invitation. Elle avait l'impression, en étant dans la maison, d'être un peu plus près de Teddy.

Une demi-heure plus tard Francesca était pelotonnée sous une vieille couverture en patchwork. Un pâle soleil d'hiver traversait les rideaux de dentelle et le vieux radiateur diffusait une chaleur bienfaisante. Elle sombra immédiatement dans un profond sommeil.

Le lendemain, vers midi, Dallie ne s'était toujours pas manifesté, et elle était folle d'inquiétude. Elle n'aurait peut-être pas dû quitter New York. Et s'il ne venait pas à Wynette ?

Holly Grace téléphona pour annoncer que Skeet avait disparu.

— Comment ça disparu ? s'exclama Francesca. Il avait promis de te contacter si jamais il apprenait quoi que ce soit !

— Je suppose que Dallie l'a appelé pour lui fixer un rendez-vous et que Skeet y est allé, avec pour consigne « motus et bouche cousue ».

Francesca fut en proie à un accès de rage impuissante. Si Dallie avait demandé à Skeet de se tirer une balle de revolver, il l'aurait probablement fait !

Vers le milieu de l'après-midi, lorsque Miss Sybil partit pour son atelier de poterie, Francesca était sur des charbons ardents. Pourquoi Dallie mettait-il si longtemps ? N'osant pas sortir de peur que Dallie arrive, elle essaya de se plonger dans l'histoire de l'Amérique pour son examen de citoyenneté, mais elle était incapable de se concentrer. Elle se mit à faire les cent pas dans la maison et entra finalement dans la chambre de Dallie, où une collection de trophées de golf disposés devant la fenêtre éclipsait la faible lumière d'hiver.

Elle avisa un exemplaire d'un magazine de golf avec la photo de Dallie en couverture : « Dallas Beaudine flirte avec le succès. A quand les épousailles ? » titrait ironiquement la revue.

Ses petites rides d'expression autour des yeux s'étaient

creusées et ses traits étaient un peu plus accusés, mais la maturité lui seyait à merveille et il semblait encore plus beau que du temps de leur rencontre.

Elle examina son visage, cherchant en vain à y déceler la moindre ressemblance avec Teddy, se demandant comment il avait pu se douter de quelque chose.

Abandonnant le magazine, elle laissa vagabonder son regard sur la chambre et une vague de souvenirs déferla dans son esprit : Teddy avait-il été conçu dans cette pièce, ou bien dans ce marécage de Louisiane, quand Dallie l'avait renversée sur le capot de sa Buick Riviera ?

La sonnerie du téléphone la tira de sa rêverie. Elle se cogna au pied du lit dans sa précipitation pour aller décrocher.

— Allô ?

Seul le silence lui répondit.

— Dallie ? fit-elle dans un sanglot. C'est toi, Dallie ?

Toujours pas de réponse. Un frisson lui parcourut l'échine et son cœur se mit à battre la chamade. Elle était sûre qu'il y avait quelqu'un au bout du fil et tous ses sens étaient en alerte.

— Teddy ? murmura-t-elle. Teddy... c'est maman.

— C'est moi, Miss Beaux-z-habits, fit Dallie d'une voix fielleuse qui donnait à son ancien sobriquet une note obscène. Je crois que nous avons deux mots à nous dire. Je t'attends à la carrière au nord de la ville, dans une demi-heure.

Devant ce ton péremptoire, elle cria :

— Attends ! Teddy est avec toi ? Je veux lui parler !

Mais il avait déjà raccroché.

Elle dégringola les escaliers, prit sa veste de daim à toute volée dans le placard de l'entrée, et l'enfila sur son sweater. Le matin, elle avait noué ses cheveux sur sa nuque à l'aide d'une écharpe de soie et maintenant, dans sa hâte, elle l'avait entortillée dans le col de sa veste. Elle défit l'écharpe de ses doigts tremblants. Pourquoi Dallie ne venait-il pas à la maison avec Teddy ? Et si Teddy était malade ? S'il lui était arrivé quelque chose ?

Oppressée, elle se mit au volant, et manœuvra pour sortir. Faisant fi des limitations de vitesse, elle alla jusqu'à la première station-service pour demander son chemin. Les indications étaient compliquées, et elle rata un panneau au nord de la ville, faisant un détour de plusieurs kilomètres avant de découvrir enfin la route poussiéreuse qui menait à la carrière.

Elle avait les mains douloureuses de s'être cramponnée au volant. Plus d'une heure s'était écoulée depuis son coup de fil. L'aurait-il attendue ? Elle se disait que Teddy était hors de danger. Dallie était capable de la frapper, elle, mais jamais il ne lèverait la main sur un enfant. Cette idée la réconforta un peu.

La carrière était un peu en retrait de la route, gigantesque entaille balayée par les vents, sinistre dans la lumière glauque de cet après-midi d'hiver. La dernière équipe d'ouvriers avait déjà quitté le chantier, à en juger par l'aspect désertique de la vaste esplanade qui précédait la carrière proprement dite. Des pyramides de pierres rougeâtres s'entassaient près des camions à l'arrêt, et des transporteurs à ruban immobiles aboutissaient à des trémies peintes en vert, sortes d'entonnoirs géants plantés dans le sol.

Francesca traversa l'esplanade silencieuse en direction d'un bâtiment métallique où nul signe de vie n'était perceptible. Elle était arrivée trop tard. Dallie avait dû repartir.

La bouche sèche d'appréhension, elle se dirigea vers le bord de la carrière. Dans son trouble, Francesca avait l'impression qu'un couteau géant avait fouillé la terre pour se frayer un chemin jusqu'en enfer. Dans sa désolation et son étrangeté, cette énorme faille gommait le paysage alentour. Une lisière d'arbres dénudés par l'hiver sur le bord opposé du canyon avait l'air d'une rangée d'allumettes et, dans le lointain, les collines n'avaient pas plus de consistance que des pâtés de sable. L'horizon lui-même s'obscurcissait peu à peu, et semblait s'être rétréci à la dimension d'un couvercle sur un chaudron vide. Elle se fit violence pour s'approcher jusqu'au bord, où soixante mètres de granit avaient été creusés, couche par couche, révélant par cette défloration les secrets de leur formation.

Dans la faible lueur du crépuscule, elle discernait à grand-peine une voiture, tout en bas, grosse comme une de celles de Teddy. Mais l'effet de surprise passé, elle réalisa que ce n'était pas un jouet, mais bel et bien une voiture aussi réelle que le lilliputien appuyé contre le capot. Elle ferma les yeux un instant, et frissonna. Il avait choisi cet endroit lugubre exprès pour la mettre en état d'infériorité : elle dut prendre sur elle pour reculer la voiture, longer le bord de la faille, et s'engager sur une route escarpée recouverte de gravillons qui s'enfonçait dans les entrailles de la carrière. Lentement, elle commença à descendre.

Les sombres parois de granit dressaient leur imposante silhouette au-dessus d'elle. Elle tenta de se raisonner en se disant que, depuis des années, elle surmontait des obstacles apparemment infranchissables. Dallie n'était qu'un obstacle de plus sur sa route, et elle l'éliminerait. Elle avait sur lui un avantage inestimable : quoi qu'il ait pu s'imaginer, il s'attendait sans doute à rencontrer la fille qu'il avait connue voilà dix ans, une petite oie blanche de vingt et un ans.

Depuis qu'elle l'avait repéré du haut de la carrière, elle avait la sensation qu'il était seul. Et plus elle approchait, plus cette sensation s'avérait juste. Teddy n'était pas là. Dallie voulait savourer sa vengeance avant de lui rendre Teddy. Elle arrêta sa voiture à plusieurs mètres de la sienne. Dans cette guerre des nerfs, elle était prête à jouer son va-tout. On était entre chien et loup et elle dut laisser ses phares allumés. Elle sortit délibérément sans hâte, sans prêter attention à la pesanteur du décor, et se dirigea droit sur lui, la tête haute, dans le faisceau des phares. Un coup de vent glacial rabattit son écharpe contre sa joue. Elle planta son regard dans le sien.

Il lui faisait face, appuyé contre le capot, chevilles croisées, bras croisés – tout en lui était verrouillé. Il était nu-tête et portait un gilet sur sa chemise de flanelle. Ses bottes étaient saupoudrées de la poussière rouge du granit, comme s'il était là depuis longtemps.

Elle se rapprocha de lui, le regard calme, le menton levé. Il avait sur le visage une expression effrayante – à mille lieues de la couverture du magazine. La lueur des phares accusait ses traits tirés, ses joues mal rasées. Elle ne reconnut que ses yeux, d'un bleu intense, qui brillaient d'un éclat dur et froid comme la pierre qu'elle foulait aux pieds.

Elle stoppa net devant lui.

– Où est Teddy?

Une rafale de vent glacé s'engouffra dans la carrière, soulevant ses cheveux, et il s'avança, déployant toute sa taille. Il resta un moment silencieux, la toisant comme s'il avait sous les yeux un rebut d'humanité particulièrement abject.

– Je n'ai frappé que deux femmes dans ma vie, finit-il par dire. Et encore, avec toi, c'était quasiment de la légitime défense. Mais quand j'ai compris ce que tu avais fait, j'ai eu envie de te tomber dessus et de ne pas te rater, cette fois-ci.

Elle dut faire appel à tout son sang-froid pour parler calmement :

– Allons boire un café quelque part pour parler de tout ça tranquillement.

Il eut un rictus terrible.

– Tu ne crois pas que c'est dix ans plus tôt qu'il aurait fallu discuter de tout ça devant une tasse de café, quand tu as décidé de mettre mon enfant au monde?

– Dallie!

Il éleva la voix.

– Tu ne crois pas qu'il aurait fallu, à ce moment-là, me passer un coup de fil pour me dire quelque chose comme : « Hé, Dallie, nous avons un problème, je crois. Parlons-en. »

Elle enfonça ses poings dans les poches de sa veste et remonta les épaules, non seulement à cause du froid, mais aussi pour lui cacher la peur qu'il lui inspirait. Qu'était devenu l'homme qu'elle avait aimé – un homme gai, toujours prêt à tourner les faiblesses humaines en dérision, chaleureux et facile à vivre?

– Je veux voir Teddy, Dallie. Où est-il?

– C'est le portrait craché de mon père, fit Dallie avec aigreur. Une réplique en miniature de ce vieux salaud de Jaycee Beaudine. Jaycee était très doué pour battre les femmes.

C'était donc ça!

Francesca désigna sa voiture, incapable de rester plus longtemps dans ce décor inquiétant à entendre Dallie parler de battre les femmes.

– Dallie, a¹lons...

– Tu n'aurais jamais imaginé que Teddy puisse ressembler à Jaycee, n'est-ce pas? Tu ne pensais pas que je puisse le reconnaître, le jour où tu as prémédité de te livrer à cette sale petite guerre.

— Je n'ai rien prémédité du tout. Et ce n'est pas la guerre. J'ai fait ce que je devais faire. Rappelle-toi comment j'étais à l'époque. Je ne pouvais pas me faire prendre en charge éternellement.

— Cela ne regardait pas que toi, dit-il, le regard brillant de colère. Et ne viens pas me sortir ces fadaises féministes comme quoi je n'avais aucun droit parce que c'est ton corps, etc. C'est ma chair et mon sang, aussi. Je ne t'aurais pas laissée accoucher seule.

Elle passa à la contre-attaque.

— Qu'aurais-tu fait, il y a dix ans, si j'étais venue te trouver en te disant que j'étais enceinte? Tu étais marié à l'époque, souviens-toi.

— Marié ou pas, je me serais occupé de toi, nom de Dieu!

— Mais c'est justement ce que je refusais, Dallie, je ne voulais plus qu'on s'occupe de moi. J'étais une petite idiote qui se croyait le centre du monde. Je devais apprendre à travailler. J'ai fait des ménages, j'ai nettoyé des toilettes, j'ai mangé de la vache enragée, et c'est comme ça que j'ai conquis ma dignité. Je ne pouvais pas, dans ces conditions, venir mendier de l'aide. Je devais garder cet enfant et l'élever seule, c'était la seule manière de me racheter.

Dallie ne quittait pas son air buté.

— Je veux que tu me rendes Teddy ce soir, sinon j'appelle la police.

— Si tu avais voulu prévenir la police, tu l'aurais déjà fait.

— Je ne veux pas de publicité autour de cette affaire, c'est la seule raison qui m'a empêchée de le faire. Mais crois-moi, je ne différerai plus. (Elle s'approcha encore plus de lui, forte de toute sa détermination.) Ne me sous-estime pas, Dallie. La gamine que tu as connue il y a dix ans a bel et bien changé.

Dallie garda le silence un moment, puis détourna le regard, fixant l'obscurité.

— L'autre femme que j'ai frappée, c'est Holly Grace.

— Dallie, je ne veux pas en entendre davantage.

Il l'empoigna par le bras.

— Si, tu vas m'écouter. Je veux que tu saches quel salaud tu as en face de toi. Je l'ai battue comme plâtre. C'était après la mort de Danny. Voilà ce dont je suis capable. Et tu sais pourquoi?

Elle esquissa un geste pour se dégager, mais son étreinte se resserra.

— Parce qu'elle pleurait! C'est pour ça que je l'ai frappée. Parce qu'elle pleurait son enfant mort.

L'ombre projetée par la lumière des phares soulignait durement les traits de Dallie, conférant à son visage un aspect farouche.

— Ça te donne une idée de ce que je pourrais te faire.

Il bluffait. Elle le savait. Elle lisait en lui comme dans un livre ouvert. Elle lui avait fait du mal et il avait décidé de lui faire subir des représailles. Mais il n'aurait pas le cran de la frapper. Ça, elle en était sûre.

Avec plus de compassion qu'elle ne l'eût souhaité, elle mesurait toute l'étendue de sa douleur. Elle en ressentait l'acuité d'autant plus vivement qu'elle était le reflet de la sienne.

Dallie avait enlevé son fils, mais ça ne pouvait pas durer indéfiniment. Il voulait la frapper, mais c'était contre sa nature, et il cherchait sûrement un autre moyen de se venger. Elle était glacée jusqu'aux os. Dallie était malin, et elle devait agir avant qu'il n'ait trouvé. Pour leur bien à tous deux, pour l'amour de Teddy, il fallait qu'elle trouve une issue.

— Il y a bien longtemps que je me suis rendu compte que les gens qui possèdent des quantités de biens matériels dépensent tellement d'énergie à les protéger qu'ils en oublient de vivre.

Elle s'avança précautionneusement, juste pour capter son regard.

— J'ai réussi ma carrière, Dallie, j'ai un compte en banque à sept chiffres, et un confortable paquet d'actions. Je me suis payé une maison, je porte des vêtements de luxe, et des boucles d'oreilles en diamants de quatre carats, mais je sais que ce n'est pas cela qui compte vraiment.

Portant les mains à ses oreilles, elle fit glisser les boucles de ses lobes. Les diamants étincelaient au creux de sa paume, froids comme la glace. Elle les lui tendit. Pour la première fois il parut déconcerté.

– Qu'est-ce que tu fais? Je n'en veux pas, je ne te demande pas de rançon, nom de Dieu!

– Je sais bien.

Elle faisait miroiter les diamants dans sa paume ouverte, à la lueur des phares.

– Je ne suis plus Francie-Beaux-z-habits, Dallie. Je veux que tu saches exactement quelles sont mes priorités, et jusqu'où je suis capable d'aller pour récupérer mon fils. Je veux que tu saches à qui tu as affaire.

Elle referma ses doigts sur les diamants.

– Teddy est tout pour moi. Rien d'autre n'a d'importance.

Sous les yeux incrédules de Dallie, la fille de Black Jack Day jeta d'un geste vigoureux ses diamants de quatre carats à la taille parfaite dans les ténèbres de la carrière.

Dallie se taisait. Il posa un pied sur le pare-chocs de la voiture, le regard perdu dans les profondeurs ombreuses où avaient été englouties les pierres précieuses. Finalement, il observa Francesca :

– Tu as changé, tu sais, Francie.

Elle approuva d'un signe de tête.

– Teddy n'est pas un gamin comme les autres.

Et dans sa bouche, ce n'était pas un compliment.

– Teddy est le meilleur des petits garçons, répliqua-t-elle sèchement.

– Il lui faut un père. Cet enfant est une mauviette. Il a besoin de l'influence d'un homme pour s'aguerrir. Et avant tout, dis-lui la vérité à mon sujet.

Elle avait envie de hurler, de lui jeter à la figure que jamais au grand jamais elle ne lui révélerait qu'il était son père. Mais force lui fut de constater que trop de gens étaient désormais au courant pour que, tôt ou tard, la vérité ne parvînt aux oreilles de l'enfant. Elle acquiesça à contrecœur.

– Je n'ai pas l'intention de disparaître de sa vie comme ça. (De nouveau son visage se durcit.) Nous avons intérêt à trouver un compromis tous les deux, sinon je te colle aux trousses un avocat qui ne te laissera pas une minute de répit.

— Je ne veux pas que Teddy en fasse les frais.

— Dans ce cas, tâchons de résoudre le problème nous-mêmes.

Ôtant son pied du pare-chocs, il fit le tour de la voiture et s'installa au volant.

— Rentre à la maison. Je t'amènerai Teddy demain.

— Demain? Mais je veux le voir tout de suite!

— Désolé, ce n'est pas possible, ricana-t-il.

Il claqua la portière et démarra en trombe, faisant crisser le gravier sous ses pneus.

— Dallie!

Elle s'élança à sa poursuite, mais il était déjà presque hors de la carrière. Elle continua à crier, puis, réalisant à quel point c'était dérisoire, elle se précipita vers sa propre voiture.

Le moteur refusa de démarrer du premier coup et elle se dit qu'elle avait dû vider la batterie en laissant les phares allumés. Quand il tourna enfin, Dallie était déjà loin.

Elle gravit la route escarpée à vive allure, prenant les virages à la corde. Arrivée en haut, elle aperçut deux feux arrière qui luisaient faiblement dans le lointain. Elle partit sur les chapeaux de roue. Si seulement il ne faisait pas nuit noire! Dallie tourna pour prendre la nationale et elle se lança à sa poursuite.

Elle le suivit pendant plusieurs kilomètres, conduisant à tombeau ouvert, indifférente au hurlement des roues dans les virages dangereux.

Il connaissait comme sa poche les petites routes étroites de l'arrière-pays, mais elle refusait de capituler. Elle n'allait tout de même pas se laisser faire! Elle était consciente de lui avoir fait du mal, mais ça ne lui donnait pas le droit de la terroriser. Elle appuya sur l'accélérateur, poussant son moteur au-delà des limitations de vitesse...

S'il n'avait pas brusquement éteint ses feux, elle l'aurait sûrement rattrapé.

26

De retour chez Miss Sybil, Francesca était tout abasourdie. S'extrayant péniblement de la voiture, elle
repensa à la scène qui venait de se dérouler dans le décor
impressionnant de la carrière. La plupart des hommes
auraient été heureux d'être soulagés du fardeau d'un
enfant non désiré. Pourquoi n'était-elle pas tombée sur un
de ceux-là?

– Hé, Miss Day?

En entendant cette petite voix qui sortait de l'épaisseur
des frondaisons, Francesca se sentit accablée. Non, pensa-
t-elle, pas ce soir. Elle était assez oppressée par sa propre
angoisse. Comment ces gamines arrivaient-elles toujours à
retrouver sa trace?

Avant même d'avoir vu à qui appartenait cette voix
fluette, elle savait ce qu'elle allait voir – un petit visage
triste, aux traits prématurément durcis, aux boucles
d'oreilles voyantes, une môme mal nippée qui allait lui
débiter une histoire mille fois ressassée. Ce soir elle
n'était pas en état d'écouter quoi que ce fût. Sa propre vie
lui faisait trop mal. Elle ne se sentait pas capable de
prendre en charge le malheur d'autrui.

Une fille vêtue d'un jean et d'une veste rose crasseuse
se profila dans le rectangle de lumière de la fenêtre de
cuisine. Elle arborait un maquillage outrancier, et ses cheveux, séparés par une raie au milieu, retombaient comme
deux rideaux flasques de chaque côté de son visage.

– Euh... Je vous ai vue tout à l'heure à la station-
service... d'abord, euh... j'ai pas cru que c'était vous... J'ai
une copine... qui m'a dit que... enfin... peut-être, vous
pourriez...

Le téléphone arabe fonctionnait très bien chez les
fugueuses de tout poil. Ça l'avait poursuivie de Dallas à
Saint Louis, puis de Los Angeles à New York. Maintenant il semblait que sa réputation de générosité l'ait pré-
cédée à Wynette. Francesca eut envie de tourner le dos et
de s'enfuir à toutes jambes.

– Comment m'as-tu trouvée? s'enquit-elle malgré tout.

– Ben euh... J'ai demandé. On m'a dit que vous habi-
tiez ici.

– Comment t'appelles-tu?

– Dora. Doralee.

La fille tira une bouffée de la cigarette qu'elle tenait entre deux doigts.

– Viens dans la lumière que je te voie.

Doralee s'exécuta de mauvaise grâce, comme si ses baskets en toile rouge avaient des semelles de plomb. Elle n'avait guère plus de quinze ans, se dit Francesca, mais elle prétendrait sûrement en avoir dix-huit. Francesca s'approcha pour examiner le visage de la jeune fille. Ses pupilles n'étaient pas dilatées et, bien qu'hésitant, son discours avait l'air cohérent. A New York, si elle soupçonnait une adolescente d'être droguée, elle l'emmenait immédiatement à Brooklyn, dans une vieille demeure bourgeoise tenue par des religieuses qui s'occupaient des jeunes toxicomanes.

– Depuis quand n'as-tu pas fait un repas correct? lui demanda Francesca.

– J'ai mangé.

Des barres de confiserie, sûrement, se dit Francesca, ou des petits gâteaux trop sucrés et pleins de produits chimiques. Parfois les gamins des rues mettaient leurs petits pécules en commun pour s'offrir des frites au fast-food.

– Veux-tu entrer un moment pour discuter?

– Pourquoi pas?

La gamine jeta sa cigarette dans l'allée et haussa les épaules, puis suivit Francesca. Celle-ci croyait entendre la voix dédaigneuse de Holly Grace : « Toi et tes fugueuses! Ce n'est pas à toi de faire ça! C'est le boulot du gouvernement. Tu as perdu la tête, ma parole! »

Mais Francesca savait bien que le gouvernement était débordé. La plupart du temps, faute de structures d'accueil, on les ramenait chez leurs parents, où les mêmes problèmes se posaient inévitablement.

La première fois que Francesca s'était trouvée confrontée à un cas semblable, c'était à Dallas, après une de ses émissions matinales consacrées à la prostitution chez les adolescentes. Elle avait été horrifiée par la dépendance dans laquelle les souteneurs tenaient ces filles, qui, pour la plupart, n'étaient encore que des enfants.

De fil en aiguille, elle s'était retrouvée avec deux

gamines chez elle, harcelant le service d'aide sociale pour qu'il leur trouve des familles d'accueil.

Le bruit s'était répandu comme une traînée de poudre. D'abord à Dallas, puis à Los Angeles, enfin à New York, il n'était pas rare qu'elle fût sollicitée à la sortie des studios par une gamine qui avait ouï dire que Francesca Day venait en aide aux filles en difficulté. Parfois, elles lui demandaient seulement de quoi manger, parfois elles cherchaient refuge hors de portée des proxénètes. Ces filles, rejetées de toutes parts, étaient peu loquaces. Elles venaient simplement vers elle en traînant les pieds, comme cette Doralee, se rongeant les ongles ou tirant nerveusement sur une cigarette, dans l'espoir que Francesca Day comprendrait qu'elle représentait leur ultime espoir.

— Il faut que je prévienne ta famille, dit Francesca en faisant réchauffer une assiette au four à micro-ondes.

— Ma mère se fiche pas mal de ce qui peut m'arriver, répliqua Doralee, tellement voûtée que sa tête touchait presque la table.

— Qu'importe, je dois la prévenir, dit fermement Francesca en déposant devant la jeune fille un verre de lait et une pomme pour compléter son repas.

Celle-ci lui donna en rechignant un numéro au Nouveau-Mexique. Pendant qu'elle mangeait, Francesca appela le numéro en question, et dut se rendre à l'évidence. Doralee avait dit vrai : sa mère se fichait éperdument de ce qui pouvait lui arriver.

Une fois restaurée, Doralee accepta de répondre aux questions de Francesca. Elle faisait de l'auto-stop à la station-service lorsqu'elle l'avait aperçue qui demandait le chemin de la carrière. Elle avait zoné un moment à Houston, puis à Austin. Elle vivait avec un maquereau qui la battait parce qu'elle ne faisait pas assez de passes. Maintenant, elle avait peur du sida.

C'était hélas une histoire que Francesca connaissait par cœur — celle de ces gamines tristes, trop tôt livrées à elles-mêmes dans un monde cruel.

Une heure plus tard, elle la bordait dans le petit lit de l'atelier de couture, puis elle réveilla doucement Miss Sybil pour lui raconter ce qui s'était passé à la carrière.

Miss Sybil resta avec Francesca pendant plusieurs heures jusqu'à ce que celle-ci insiste pour qu'elle aille se recoucher. Sachant qu'elle n'arriverait pas à trouver le sommeil, Francesca rinça l'assiette et les couverts de Doralee et les mit dans le lave-vaisselle, puis elle tapissa l'intérieur des tiroirs de papier trouvé dans l'armoire. A deux heures du matin, elle se mit à faire un gâteau. Tout était bon pour tromper cette longue attente nocturne.

– Dis, Skeet, qu'est-ce que c'est que ça? (Teddy sautait sur la banquette arrière, en regardant par la vitre.) Regarde, ces animaux, sur la colline!

– Il me semble que je t'ai déjà dit d'attacher ta ceinture de sécurité, lâcha Dallie qui était au volant. Nom de nom, Teddy, je t'interdis de remuer comme ça en voiture. Mets ta ceinture immédiatement, ou je m'arrête.

Skeet fronça les sourcils et jeta un coup d'œil à Teddy, qui fixait la nuque de Dallie d'un air renfrogné – exactement comme Dallie regardait les gens qu'il n'aimait pas.

– Ce sont des chèvres angoras, Teddy. On les élève pour la laine. Ça fait de beaux pull-overs en mohair.

Mais Teddy ne s'intéressait déjà plus aux chèvres. Il se grattait le cou et tripotait l'une des extrémités de sa ceinture encore ouverte.

– Tu l'as fermée? lâcha Dallie.

– Ouais, ouais.

Teddy bouclait sa ceinture avec une lenteur calculée.

– Oui, monsieur, le réprimanda Dallie. Quand tu t'adresses à des adultes, tu dois dire « monsieur », ou « madame ». Ce n'est pas parce que tu vis dans le Nord que tu as le droit d'être mal poli. D'accord?

– Ouais.

Dallie se retourna.

– Oui, m'sieur, fit Teddy à contrecœur. Quand est-ce que je vais voir maman?

– Bientôt, répondit Skeet. Pourquoi ne prends-tu pas une boîte de Dr Pepper dans la glacière?

Pendant que Teddy fourrageait dans la glacière, Skeet alluma la radio et bascula le son dans les haut-parleurs arrière, puis, se penchant vers Dallie, lui parla à mi-voix :

– Tu sais que tu te comportes comme un vrai salaud?

– Ne te mêle pas de ça, rétorqua Dallie. Je me demande bien pourquoi je t'ai dit de venir. (Il se tut un moment, les mains crispées sur le volant.) Tu te rends compte de ce qu'elle a fait de ce gosse ? Je ne parle que de son QI et de ses allergies ! Et tu as vu ce qui s'est passé hier au motel, quand j'ai essayé de jouer au foot avec lui ? C'est un des mômes les plus empotés que j'aie jamais vus. S'il n'arrive pas à se débrouiller avec un ballon, tu imagines ce que ça peut donner avec une balle de golf.

— Il n'y a pas que le sport dans la vie, fit Skeet après un temps de réflexion.

Dallie baissa le ton.

— Je sais bien. Mais ce gamin a un comportement bizarre. On ne sait jamais ce qu'il pense derrière ses lunettes, et il a un pantalon qui lui remonte jusque sous les bras. T'as déjà vu des mouflets attifés comme ça ?

— Il a peut-être peur de le perdre. Ses hanches sont à peine plus grosses que ta cuisse.

— Tu parles ! C'est un gringalet, oui ! Tu te rappelles comment était Danny ?

— Sa mère était beaucoup plus grande que celle de Teddy.

Dallie prit une expression dure et fermée, et Skeet se tut.

A l'arrière, Teddy, clignant de l'œil, explorait les profondeurs de sa boîte de soda et se grattait rageusement le ventre sous son tee-shirt. Bien qu'il n'entendît pas la conversation à l'avant, il savait qu'il était question de lui. Ça lui était égal, d'ailleurs. Skeet était un chic type, mais Dallie était un sombre crétin, une nullité.

Le soda devint trouble et il eut l'impression d'avoir un gros chat dans la gorge. Depuis hier, il n'avait cessé de faire comme si tout allait bien, mais il savait pertinemment que ce n'était pas vrai. Il ne croyait pas que sa mère eût dit à Dallie de l'emmener si loin de New York. Quoi que celui-ci prétendît, Teddy pensait qu'il l'avait peut-être enlevé et il s'efforçait de ne pas succomber à la frayeur. En tout cas, il savait que quelque chose ne tournait pas rond, et il voulait sa maman.

Sa gorge se serra. Il n'allait tout de même pas fondre en larmes comme un bébé, alors il observa ce qui se passait à l'avant, et, s'assurant que Dallie était suffisamment absorbé par sa conduite, il approcha subrepticement ses mains de la ceinture de sécurité et l'ouvrit sans le moindre bruit. Personne n'allait dicter sa conduite au Grand Prédateur, surtout pas un minus comme Dallie.

Francesca rêvait des travaux pratiques de Teddy en sciences naturelles. Elle était retenue prisonnière dans une cage de verre avec des insectes qui lui rampaient sur tout le corps et quelqu'un les transperçait avec une épingle géante de la taille d'une lance pour les installer dans une vitrine. Ç'allait être son tour, lorsqu'elle discerna le visage de Teddy derrière la vitre, qui l'appelait. Elle faisait des efforts désespérés pour l'atteindre... lorsqu'elle se réveilla en sursaut.

— Maman, maman!

Encore tout engourdie de sommeil, elle sentit un petit corps chaud et doux se précipiter sur le lit et se blottir contre elle, entortillé dans les couvertures et la ceinture de son peignoir. Pendant quelques secondes, elle se demanda si elle rêvait encore, mais la joie intense qui l'envahit était bien réelle.

— Teddy! Oh, Teddy!

Elle le prit dans ses bras, riant et pleurant à la fois.

— Mon bébé...

Ses cheveux étaient glacés contre sa joue, comme s'il venait de l'extérieur. Elle le souleva contre elle, prenant son petit visage entre ses mains et l'inondant d'une pluie de baisers. Elle fondait de bonheur, en sentant les petits bras entourant son cou d'un geste familier, le corps gracile pressé contre elle, les cheveux fins et l'odeur délicate de son petit garçon. Elle avait envie de lécher son visage comme font les chattes. Elle distinguait vaguement Dallie qui les observait dans l'embrasure de la porte, mais, tout à la joie des retrouvailles avec son fils, elle ne fit pas attention à lui. Teddy avait enfoui une de ses mains dans ses cheveux et, le visage caché dans son cou, il tremblait de tous ses membres.

— Tout va bien maintenant, mon bébé, murmura-t-elle, les larmes aux yeux. Tout va bien.

En relevant la tête, son regard croisa fortuitement celui de Dallie. Il avait l'air si seul et si triste qu'elle eut un instant la tentation de l'inviter à se joindre à eux sur le lit. Il se détourna et elle eut soudain honte d'elle-même. Mais elle oublia vite Dallie, Teddy accaparant toute son attention. Leurs effusions les empêchèrent de parler encore un moment. Elle remarqua que Teddy était couvert de plaques rouge sombre et se grattait frénétiquement.

— Toi, tu as mangé du ketchup, le gronda-t-elle gentiment, en passant sa main sous son tee-shirt pour lui gratter le dos. Pourquoi as-tu fait ça, mon bébé?

— Maman, murmura-t-il, je veux rentrer à la maison.

Francesca fit pivoter ses jambes hors du lit, tout en laissant sa main sous le tee-shirt de Teddy. Comment allait-elle lui annoncer la vérité à propos de Dallie? La nuit dernière, tout en s'activant dans la cuisine, elle s'était dit qu'il vaudrait mieux attendre qu'ils soient de retour à New York et que tout soit rentré dans l'ordre. Mais maintenant, devant ce petit visage grave, elle savait qu'il n'était plus possible de différer.

Avec Teddy, elle n'avait jamais été capable de distiller tous les petits mensonges dont les autres mères sont habituellement prodigues avec leurs rejetons pour avoir la paix. Elle lui avait débité l'histoire du Père Noël sans la moindre conviction. Mais à présent elle était prise au piège du seul mensonge qu'elle lui ait jamais fait, et il était de taille.

— Teddy, dit-elle en emprisonnant ses mains dans les siennes, tu sais combien il est important de dire la vérité, nous en avons souvent parlé ensemble. Mais pour une maman, ça n'est pas toujours facile, surtout quand son enfant est trop petit pour comprendre.

Brusquement, Teddy se libéra de l'étreinte de sa mère et bondit hors du lit.

— Il faut que j'aille voir Skeet. Je lui ai dit que je revenais tout de suite.

— Teddy!

Francesca le retint par le bras avant qu'il ne s'élance vers la porte.

— Il faut que tu m'écoutes.

— Pas maintenant, ronchonna-t-il.

Il se doute de quelque chose, pensa Francesca. Il sait inconsciemment que je vais lui dire quelque chose qu'il n'a pas envie d'entendre. Elle l'enveloppa de ses bras.

— Teddy, c'est à propos de Dallie.

— J'ai pas envie d'entendre parler de lui.

Elle le serra un peu plus fort et chuchota à son oreille :

— Il y a longtemps de cela, Dallie et moi nous sommes rencontrés, mon chéri. Nous... nous sommes aimés. (Elle fit la moue à l'énoncé de ce nouveau mensonge, mais préféra ne pas submerger Teddy de détails qu'il ne comprendrait pas.) Les choses n'allaient pas très bien entre nous, et nous avons dû nous séparer. (Elle s'agenouilla devant lui pour le regarder droit dans les yeux, et referma les mains sur ses poignets graciles pour l'empêcher de se sauver.) Teddy, ce que je t'ai raconté sur ton père, mort en Angleterre...

Teddy secouait violemment la tête, les traits déformés par la détresse :

— Laisse-moi partir, maman. Je veux m'en aller! Dallie est un crétin, je le déteste!

— Teddy!

— Non!

Luttant désespérément de toutes ses forces, il parvint à lui échapper et, avant qu'elle ait pu réagir, il était déjà dans l'escalier. Elle entendit décroître son pas rageur et précipité.

Elle vacilla. Son fils, prêt à s'enticher du premier adulte mâle qu'il croisait sur son chemin, n'aimait pas Dallie Beaudine. Un bref instant, elle en conçut une maigre satisfaction, puis réalisa dans un éclair de lucidité que, bien que cela lui répugnât profondément, Dallie était maintenant destiné à jouer un rôle dans la vie de Teddy. Quelle incidence aurait sur le développement de son fils cette haine avouée pour un homme que, tôt ou tard, il devrait reconnaître pour père?

Elle se passa la main dans les cheveux et ferma la porte pour se changer. Tout en enfilant un pantalon souple et un sweater, elle revit le visage de Dallie, tout à l'heure, sur le pas de la porte. Son expression n'était pas sans lui rappeler celle des adolescentes à la dérive qui l'attendaient le soir, après son émission.

Francesca s'adressa un regard de reproche dans le miroir. Elle était trop romanesque. Dallie Beaudine n'avait rien de commun avec ces jeunes fugueuses, et elle se refusait à céder, ne fût-ce qu'un instant, à un mouvement de sympathie envers lui.

Elle jeta un coup d'œil dans l'atelier de couture pour s'assurer que Doralee était toujours endormie et téléphona pour obtenir un rendez-vous avec une des assistantes sociales de la région. Après quoi elle partit à la recherche de Teddy qu'elle trouva au sous-sol, avachi sur un tabouret près de l'établi où Skeet était en train de poncer l'extrémité dénudée d'un club en bois. L'un et l'autre gardaient un silence qu'un observateur extérieur aurait pu qualifier de complice. Elle aperçut des traces de larmes sur les joues de son fils et, souffrant pour lui, passa son bras autour de ses frêles épaules. Elle n'avait pas vu Skeet depuis dix ans, mais il lui fit un signe de tête désinvolte comme s'ils s'étaient quittés dix minutes plus tôt. Elle lui rendit son salut. Une conduite de chauffage ronflait au-dessus de sa tête.

— Teddy va me servir d'assistant pour réparer les poignées de ces clubs, annonça Skeet. En principe, je n'aurais jamais laissé un gamin de cet âge-là toucher à un club, mais Teddy a déjà un grand sens des responsabilités. Il sait parler au bon moment et se taire quand il faut. Ça, j'apprécie.

Francesca aurait volontiers embrassé Skeet, mais c'était impensable, alors elle pressa ses lèvres sur la tête de Teddy.

— Je veux rentrer à la maison, fit brusquement Teddy. Quand est-ce qu'on part ?

Et elle le sentit se contracter. Elle sut que Dallie était derrière eux avant même qu'il eût ouvert la bouche.

— Skeet, si tu emmenais Teddy à la cuisine manger un morceau de ce gâteau au chocolat ?

Teddy bondit du tabouret avec une vivacité qui témoignait plus de son désir de fuir Dallie que d'une subite envie de gâteau au chocolat.

Francesca se demandait ce qui avait pu se passer entre eux pour que Teddy réagisse de cette façon. Il avait toujours adoré les anecdotes que Holly Grace lui racontait à propos de Dallie. Qu'avait-il donc pu faire pour susciter une telle haine chez cet enfant ?

— Viens, maman, on va manger du gâteau, suppliait Teddy en s'agrippant à son bras. Viens, Skeet, on y va.

Dallie toucha le bras de Teddy.

— Toi, tu montes avec Skeet. Il faut que je parle à ta mère un instant.

Teddy se crispa sur le bras de Francesca et se tourna vers Skeet.

— Il faut réparer ces clubs, tu l'as dit tout à l'heure. On commence maintenant ? Maman pourra nous aider.

— Ça attendra tout à l'heure, fit Dalllie d'un ton tranchant. Ta mère et moi devons discuter.

Skeet posa le club en bois qu'il avait en main.

— Viens, petit. De toute façon, j'ai des trophées de golf à te montrer.

La confrontation était inévitable. Francesca aurait préféré qu'elle ait lieu plus tard, mais il n'était plus possible de différer. Se dégageant doucement de l'étreinte de Teddy, elle fit un signe de tête en direction de la porte.

— Vas-y, mon chéri. Je te rejoins là-haut dans une minute.

Teddy prit un air buté, regardant alternativement Dallie et Francesca. Il s'éloigna de mauvaise grâce, en traînant les pieds, et, avant de sortir, lança à Dallie d'un ton courroucé :

— T'as pas intérêt à la frapper! Si jamais tu lui fais du mal, je te préviens, je te tue!

Francesca fut choquée, mais Dallie ne dit mot. Il se contentait de regarder Teddy.

— Dallie ne va pas me frapper, dit-elle vivement, bouleversée par la sortie de Teddy. Lui et moi sommes de vieux amis.

Skeet prit Teddy par le bras et le tira vers l'escalier. Celui-ci jeta encore un regard furieux par-dessus son épaule avant de se laisser entraîner.

— Qu'est-ce que tu lui as fait? demanda Francesca dès que Teddy fut hors de portée de sa voix. Il ne s'est jamais comporté ainsi avec qui que ce soit.

— Je n'essaie pas spécialement de me faire bien voir, dit froidement Dallie. Je veux être son père, pas son meilleur copain.

La réponse l'effraya au moins autant qu'elle la mit en colère.

— Tu ne peux pas faire irruption comme ça dans sa vie au bout de neuf ans et t'imposer comme père. D'abord, il te rejette. Ensuite je ne te laisserai pas faire.

Les muscles de sa mâchoire se contractèrent.

— Je te l'ai déjà dit à la carrière, Francesca, nous avons intérêt à régler cette affaire nous-mêmes. Sinon, il y a des avocats pour ça. Le père a aussi des droits. Tu ne lis donc pas les journaux? En attendant, tu ferais bien de renoncer à tes projets de retour, dans l'immédiat. Il nous faut un peu de temps pour démêler tout ça.

Inconsciemment, elle avait abouti à la même conclusion, mais elle résistait :

— Je n'ai nullement l'intention de rester à Wynette. Teddy doit retourner à l'école. Nous partons cet après-midi.

— Ce n'est pas une riche idée, Francie. Tu l'as eu pendant neuf ans. Tu me dois bien quelques jours.

— Tu l'as kidnappé! Je ne te dois rien du tout.

Il pointa vers elle un index vengeur :

— Si tu n'es même pas capable de consacrer deux ou trois jours au règlement de cette affaire, j'en conclus que tout ce que tu m'as raconté dans la carrière sur ce qui est important dans la vie et tout ça, c'était des bobards.

L'agressivité de Dallie la mit hors d'elle.

— Tu te fiches pas mal de Teddy dans tout ça. Tu veux te venger de moi parce que j'ai porté atteinte à ton orgueil de mâle. Et tu te sers d'un enfant pour ça.

— Tu peux ranger ta psychologie de bazar, Miss Beaux-z-habits, rétorqua-t-il d'un ton glacial. Tu n'as pas la moindre idée de ce qui compte pour moi.

Relevant le menton, elle le regarda droit dans les yeux.

— Tout ce que je sais, c'est que tu as réussi à te faire détester d'un enfant qui adore absolument tout le monde — et plus particulièrement les hommes.

— Ah ouais? ricana Dallie. Ça n'est pas étonnant, parce que figure-toi que j'ai rarement vu un gosse qui ait autant besoin de l'influence d'un homme que celui-ci. Tu as été à ce point accaparée par ta foutue carrière que tu n'as pas trouvé le temps de l'inscrire dans une équipe de juniors, ou quoi?

Francesca sentit une colère froide l'envahir.

— Espèce de salaud, siffla-t-elle entre ses dents.

Elle se rua vers l'escalier, le bousculant au passage.

— Francie!

Le cœur battant à tout rompre, elle se dit qu'elle avait été stupide d'avoir ainsi gaspillé son temps à l'écouter. Il pouvait envoyer à ses trousses tous les avocats de la terre, plus jamais elle ne le laisserait approcher son fils. Elle monta les marches quatre à quatre et ouvrit à toute volée la porte qui donnait dans le corridor.

— Francie!

Elle fit mine de ne pas entendre les pas de Dallie sur

ses talons et accéléra à peine son allure. Il la saisit par le bras, la forçant à s'arrêter.

– Écoute, Francie, ce n'est pas ce que je voulais dire...

– Ne me touche pas!

Elle essayait de se dégager, mais il la tenait fermement, déterminé à aller jusqu'au bout. Elle avait vaguement conscience qu'il cherchait à lui faire des excuses, mais était trop retournée pour entendre quoi que ce soit.

– Francie! (Il la prit solidement par les épaules et la regarda bien en face.) Je suis désolé.

– Laisse-moi tranquille! Nous n'avons plus rien à nous dire, cria-t-elle en se débattant.

Mais il ne voulait pas la laisser partir.

– Je veux te parler, et si je dois t'obliger...

Une petite tornade sortie d'on ne sait où se précipita dans ses jambes.

– Je t'ai dit de ne pas toucher à ma mère, hurlait Teddy, donnant des coups de poing et des coups de pied en tous sens. Espèce de sale crétin!

– Teddy! cria Francesca en se retournant vers le petit garçon.

Instinctivement, Dallie la relâcha.

– Je te hais, vociférait Teddy, le visage congestionné de rage et sillonné de larmes. Je te tuerai si tu lui fais du mal.

– Je ne vais pas lui faire de mal.

Dallie essayait d'échapper à la volée de coups de poing.

– Arrête, Teddy!

La voix de Francesca était si aiguë que cela ne fit qu'empirer les choses. Une fraction de seconde, elle croisa le regard de Dallie. Il avait l'air aussi désemparé qu'elle.

– Je te déteste, je te déteste! continuait Teddy.

– Eh bien, ça c'est la meilleure! fit une voix traînante à l'autre bout du corridor.

– Holly Grace!

Teddy se détacha de Dallie pour aller se réfugier dans les bras de Holly Grace, un des rares havres de paix dans ce monde de plus en plus chaotique.

Holly Grace caressa ses cheveux, et, enserrant ses épaules étroites, elle lui donna une accolade affectueuse.

– Tu t'en es bien tiré, mon chéri. Dallie est grand, mais tu t'es battu comme un lion.

337

Francesca et Dallie s'en prirent à elle à l'unisson :

– Qu'est-ce qui te prend, de lui dire des choses pareilles ?

– Vraiment, Holly Grace, tu exagères !

Holly Grace les observait, détaillant leurs vêtements froissés et leurs visages enfiévrés.

– Eh bien, j'ai l'impression d'avoir raté un match de première ! fit-elle avec un hochement de tête incrédule.

27

Francesca arracha Teddy des bras de Holly Grace, et, le tenant étroitement serré contre elle, traversa le corridor dans l'intention de plier armes et bagages et de quitter Wynette pour toujours. Mais, au moment où elle allait franchir le seuil du living-room, elle se figea sur place.

On aurait dit que le monde entier s'était donné rendez-vous là. Près de la fenêtre de la cuisine, Skeet Cooper mâchonnait un morceau de gâteau au chocolat, Miss Sybil était assise sur le canapé à côté de Doralee, la femme de ménage qui venait d'arriver se tenait dans l'embrasure de la porte d'entrée, et Gerry Jaffe faisait les cent pas à travers la pièce.

Intriguée par la présence de Gerry, Francesca se retourna vers Holly Grace, pour voir sa meilleure amie enlacer Dallie par la taille, montrant clairement par son attitude protectrice dans quel camp elle se situait. Francesca n'en fut pas étonnée outre mesure.

– Tu avais vraiment besoin d'amener la terre entière avec toi ? lança Francesca d'un ton cassant.

Découvrant subitement la présence de Gerry, Holly Grace émit un juron effroyable et Francesca aurait donné cher pour que Teddy n'ait pas entendu.

Gerry avait la tête de quelqu'un qui n'a pas dormi de la nuit et il se précipita au-devant de Holly Grace.

– Pourquoi ne m'as-tu pas appelé pour me prévenir ?

– Pourquoi t'aurais-je appelé ? cria Holly Grace. Et qu'est-ce que tu fabriques ici, d'abord ?

La femme de ménage prenait son temps pour accrocher

son manteau à une patère, dévisageant les uns et les autres avec une curiosité non dissimulée. Dallie observait Gerry avec un mélange d'hostilité et d'intérêt. A part lui-même, c'était le seul homme capable de faire sortir Holly Grace de ses gonds. Francesca fut assaillie par un mal de tête sournois qui lui enserrait les tempes comme un étau.

— Comment, qu'est-ce que je fabrique ici? J'ai appelé Naomi de Washington et c'est comme ça que j'ai appris que Teddy avait été kidnappé et que tu étais dans tous tes états. Tu croyais peut-être que j'allais rester les bras croisés à ne rien faire?

Le ton monta rapidement entre Gerry et Holly Grace et, lorsque la sonnerie du téléphone retentit, personne ne réagit, pas même la femme de ménage. Francesca avait la sensation de suffoquer. Elle n'avait qu'une idée en tête : emmener Teddy loin de tout ça. Le téléphone sonnait inlassablement et la femme de ménage finit par aller répondre. Un silence lourd de rancœur s'installa alors entre Holly Grace et Gerry.

C'est alors que Dallie prit conscience de la présence de Doralee.

— Qui est-ce? fit-il d'un ton à peine curieux.

Skeet eut un haussement d'épaules et hocha la tête.

Miss Sybil fourrageait dans son sac à ouvrage à la recherche de son canevas.

Holly Grace foudroya Francesca d'un regard méprisant.

Dallie, suivant le regard de Holly Grace, attendait une explication de Francesca.

— C'est Doralee, fit celle-ci laconiquement. Elle a besoin d'un hébergement provisoire.

Dallie se tut un instant, puis adressa un signe de tête amical à la jeune fille.

— Salut, Doralee.

Les yeux de Holly Grace brillèrent de colère et sa bouche se plissa en un méchant rictus.

— Vous êtes vraiment insensés, tous les deux! Comme si vous n'aviez pas déjà assez d'ennuis!

La femme de ménage passa la tête à l'entrée du living-room :

— On demande Miss Day au téléphone.

Francesca n'y prêta pas attention. Bien que son mal de

tête empirât, elle estimait que le moment était venu de remettre Holly Grace à sa place.

— Arrête un peu, s'il te plaît, Holly Grace Beaudine. Je veux savoir ce que tu es venue faire ici. La situation est assez pénible comme ça sans que tu viennes battre des ailes autour de Dallie comme une mère poule affolée. Dallie est un grand garçon! Il n'a pas besoin de toi pour vivre ou pour se défendre contre moi.

— Qu'est-ce qui te fait dire que je ne suis venue que pour lui? rétorqua Holly Grace. Peut-être me suis-je dit qu'aucun d'entre vous n'avait suffisamment de bon sens pour se tirer de ce guêpier?

— Tu m'assommes avec ton bon sens! J'en ai par-dessus la tête de m'entendre dire...

— Qu'est-ce que je dois répondre au téléphone? insista la femme de ménage. Ce monsieur dit qu'il est prince.

— Maman, gémit Teddy en se grattant le ventre et en dardant un regard assassin en direction de Dallie.

Holly Grace pointa un index accusateur vers Doralee.

— Voilà un exemple de ton inconséquence. Tu ne réfléchis pas. Tu ne fais que...

Doralee bondit.

— J'ai pas envie d'entendre ces foutaises.

— Tu n'as pas à te mêler de ça, Holly Grace, intervint Gerry.

— Maman! se plaignit à nouveau Teddy. Ça me gratte! Je veux rentrer à la maison.

— Allez-vous oui ou non parler à ce prince au bout du fil? s'impatienta la femme de ménage.

Francesca avait l'impression qu'un marteau-piqueur lui défonçait le crâne. Elle avait envie de hurler, de les envoyer tous au diable, d'être enfin *seule*! Son amitié avec Holly Grace était en train de se briser sous ses yeux, Doralee semblait prête à mordre et Teddy sur le point de fondre en larmes.

— S'il vous plaît... supplia-t-elle, mais personne ne l'entendit, personne, sauf Dallie.

— Tu veux bien t'occuper de Teddy un instant? murmura-t-il calmement à l'oreille de Skeet.

Skeet s'approcha doucement du gamin. Le concert de voix hargneuses battait son plein et, avant que quiconque ait pu faire un geste, Dallie hissa Francesca sur son épaule comme un fétu de paille et profitant de la surprise générale, il s'éclipsa.

— Maman! hurla Teddy, mais Skeet le ceintura fermement pour l'empêcher de courir après Francesca.

— Écoute, petit, il ne faut pas te faire de bile. Dallie et ta maman sont toujours comme ça quand ils sont ensemble. Autant t'y habituer tout de suite.

Une fois installée dans la voiture de Dallie, Francesca ferma les yeux et reposa sa tempe contre la vitre. La fraîcheur soulagea un peu le mal de tête qui la tenaillait toujours. Elle aurait dû se mettre en colère et fustiger Dallie pour cette démonstration spectaculaire d'autorité, mais elle était trop heureuse d'avoir momentanément échappé à cette ambiance survoltée. Elle se sentait coupable d'avoir abandonné Teddy, mais elle savait que Holly Grace saurait le calmer.

Dallie s'apprêtait à mettre la radio mais, voyant l'air douloureux de Francesca, il arrêta son geste. Quelques kilomètres plus loin, elle commença à se sentir un peu apaisée. Dallie se taisait et, après ce qu'ils venaient de vivre, ce silence était le bienvenu. Elle avait oublié la sérénité qui émanait de Dallie quand il était silencieux.

Elle ferma les yeux et se laissa aller. Bientôt la voiture s'engagea dans un chemin étroit qui aboutissait à une petite maison rustique à un étage. Elle était nichée au creux d'un bosquet d'arbres qui se détachait sur un horizon de collines bleutées, et protégée des vents par une rangée de vieux cèdres.

— Où sommes-nous? demanda Francesca à Dallie comme ils remontaient l'allée centrale.

Il coupa le contact et descendit sans lui répondre. Faisant le tour de la voiture, il vint lui ouvrir la portière et se pencha vers elle, s'appuyant d'une main sur le toit. En plongeant son regard dans ces yeux bleus calmes et profonds comme un lac de montagne, elle fut prise d'un curieux vertige, comme quelqu'un d'affamé devant un appétissant dessert. Elle fronça les sourcils, gênée par cette faiblesse passagère.

— Bon Dieu, tu es jolie, murmura Dallie.

— Tu n'es pas mal non plus, répliqua-t-elle sur le ton de la plaisanterie pour dissiper toute équivoque susceptible de se glisser entre eux. Où sommes-nous ? A qui appartient cette maison ?

– C'est la mienne.

– La tienne ? Mais nous sommes si près de Wynette. Pourquoi as-tu deux maisons si proches l'une de l'autre ?

– Après ce qui s'est passé là-bas, je m'étonne que tu me poses la question.

Il s'effaça pour la laisser passer.

Elle sortit de la voiture et considéra d'un air songeur la vieille maison.

– C'est ta retraite, en quelque sorte ?

– Je crois qu'on peut appeler ça comme ça. J'aimerais que tu ne dises à personne que je t'ai emmenée ici. Ils connaissent tous l'existence de cette maison, mais jusqu'à présent ils se sont tenus à distance. Cela dit, s'ils venaient à apprendre que tu es venue ici, ce serait un défilé permanent de gens munis de leur sac de couchage et de leur pique-nique.

Elle se dirigea vers les marches du perron, curieuse de découvrir l'intérieur, mais il l'arrêta d'une légère pression sur le bras.

– Écoute, Francie. Ici c'est ma maison, et je ne veux pas qu'on se batte dedans.

Il avait une expression grave qu'elle ne lui connaissait pas.

– Qu'est-ce qui te fait dire que j'ai envie de me bagarrer ?

– C'est un peu dans ta nature, je présume.

– Dans ma nature ? Tu en as de bonnes ! Tu kidnappes mon fils, ensuite tu m'enlèves, et tu as le culot de prétendre que c'est *moi* qui cherche la bagarre ?

– Disons que je suis pessimiste, fit-il en s'asseyant sur la dernière marche du perron.

Francesca avait l'impression désagréable d'avoir perdu la première manche. Elle frissonnait de froid, n'ayant pas eu le loisir de prendre sa veste, étant donné les circonstances précipitées de son départ.

– Qu'est-ce que tu fais, assis là ?

– Si nous devons vider notre sac, faisons-le ici, parce que, une fois à l'intérieur, je tiens à ce que nous restions courtois l'un envers l'autre. C'est sérieux, Francie. Cette maison est mon refuge et je ne veux pas y laisser pénétrer de mauvaises vibrations.

342

– Mais c'est ridicule!

– Nous devons avoir une explication, et je doute que cela se fasse sans heurts.

Dallie tapotait machinalement le rebord de la marche.

– Je suis frigorifiée, dit-elle en se laissant tomber lourdement à côté de lui.

Elle se plaignait pour la forme, mais au fond l'idée d'une maison vouée à l'harmonie ne lui déplaisait pas. S'il y avait plus de maisons comme celle-ci, les relations humaines seraient sûrement meilleures. Ça, c'était bien une idée de Dallie! Elle se rapprocha subrepticement de lui pour se réchauffer. Elle avait oublié qu'il sentait si bon, une bonne odeur de savon et de linge propre.

– Si on s'asseyait dans la voiture? Toi non plus tu ne dois pas avoir très chaud avec ta chemise de flanelle.

– Si on règle ça ici, ça ira plus vite. (Il s'éclaircit la gorge.) D'abord, accepte mes excuses pour cette réflexion à propos de ta carrière et de l'éducation de Teddy. Je n'ai jamais prétendu être parfait, mais ça c'était un coup bas et j'en ai honte.

Elle se recroquevilla encore, posant son menton sur ses genoux.

– Tu imagines ce qu'on ressent en entendant ça quand on est une mère qui travaille?

– Les mots ont dépassé ma pensée, marmonna-t-il. Mais bon sang, Francie, essaie de ne pas sortir de tes gonds chaque fois que je dis un mot de travers. Tu es trop émotive.

Elle crispa les doigts pour ne pas répliquer. Pourquoi les hommes se comportaient-ils toujours de la même façon? De quel droit croyaient-ils pouvoir dire des choses blessantes à une femme sans qu'elle réagisse? Elle se retint de faire quelque commentaire acerbe, pour pouvoir rentrer dans la maison au plus vite.

– Teddy a sa petite musique à lui, finit-elle par dire fermement. Il n'est ni comme toi, ni comme moi, il est complètement lui-même.

– Je m'en suis aperçu.

Il déplia les genoux et, y appuyant ses avant-bras, regarda pensivement la marche de pierre.

– Il est vrai que ce n'est pas un gamin comme les autres.

Parce que Teddy n'était pas sportif, Dallie le considérait presque comme anormal ! Toutes ses angoisses maternelles ressurgirent et elle rétorqua vertement :

— Qu'est-ce que tu attends de lui ? qu'il batte les femmes ?

Elle sentit Dallie se raidir à côté d'elle et se dit qu'elle avait perdu une occasion de se taire.

— Comment allons-nous résoudre nos difficultés ? fit-il calmement. Chaque fois que nous sommes en présence l'un de l'autre, nous nous bagarrons comme chien et chat. Peut-être ferions-nous mieux de nous en remettre aux avocats ?

— C'est vraiment ce que tu désires ?

— Tout ce que je sais, c'est que je suis las de me disputer avec toi, et nous n'avons même pas passé une journée ensemble !

Elle se mit à claquer des dents pour de bon.

— Teddy ne t'aime pas, Dallie. Je ne peux pas le contraindre.

— Teddy et moi nous sommes un peu accrochés, c'est tout. Ça s'arrangera.

— Ça ne sera pas facile.

— Tout n'est pas forcément facile dans la vie.

Elle jeta un regard plein d'espoir vers la porte d'entrée.

— Cessons de parler de Teddy, veux-tu, et rentrons nous réchauffer quelques instants. Nous reprendrons cette conversation tout à l'heure.

Dallie acquiesça, se leva et lui tendit la main. Elle l'accepta spontanément, mais le contact était trop agréable, et elle la retira dès que possible, déterminée à ne pas succomber à la tentation. On aurait dit qu'il avait lu dans ses pensées, car il se détourna rapidement pour ouvrir la porte.

— Tu t'es lancé un sacré défi avec cette Doralee, on dirait.

Il la fit entrer dans un vestibule pavé de tomettes et éclairé par un œil-de-bœuf.

— Combien de sans-abri as-tu recueillis en dix ans ?

— Animaux ou humains ?

Il rit sous cape et, en entrant dans le living-room, elle se rappela combien Dallie avait le sens de l'humour.

Il y avait un tapis d'Orient aux couleurs fanées, une

collection de lampes en cuivre et des chaises capitonnées. L'ensemble du mobilier était assez cossu, quoique hétéroclite – sauf quelques tableaux splendides.

– Où donc as-tu acheté ça? demanda-t-elle en avisant une huile sur toile très originale représentant un paysage de montagnes arides et des ossements blanchis au soleil.

– Ici et là, fit-il négligemment.

– Tu as des tableaux magnifiques, s'exclama-t-elle en examinant une autre toile où s'épanouissaient d'étranges fleurs exotiques. J'ignorais que tu étais un collectionneur d'art.

– Je ne suis pas un collectionneur. J'accroche aux murs des choses qui me plaisent bien.

Elle leva un sourcil d'un air sceptique pour lui signifier qu'elle n'était pas dupe de son numéro de rustre qui ne connaît rien à rien. Un péquenot n'achèterait jamais de telles peintures.

– Dallie, pourquoi veux-tu toujours te faire passer pour un béotien?

– Ça doit être dans ma nature, fit-il en souriant.

Il lui indiqua la salle à manger :

– Il y a là une peinture acrylique sur toile qui devrait te plaire. Je l'ai achetée dans une petite galerie à Carmel : j'avais perdu deux tournois consécutifs à Pebble Beach, et j'étais si déprimé, que soit je me saoulais à mort, soit j'achetais une toile. J'ai une autre œuvre du même artiste dans ma maison en Caroline du Nord.

– J'ignorais que tu avais une maison en Caroline du Nord.

– C'est une villa contemporaine qui ressemble assez à un blockhaus. En réalité je ne suis pas fanatique de ce style d'architecture, mais il y a une très belle vue. La plupart des maisons que j'ai achetées récemment sont plus traditionnelles.

– Il y en a d'autres?

Il haussa les épaules.

– Je ne pouvais plus supporter les motels, et à partir du moment où j'ai commencé à remporter des tournois importants et à gagner de l'argent, il fallait bien que je le place, alors j'ai acheté des maisons un peu partout. Tu veux boire un verre?

Elle réalisa subitement qu'elle n'avait rien mangé depuis la veille au soir.

– Je préférerais grignoter quelque chose. Et je crois qu'ensuite je ferais mieux de rentrer voir Teddy.

Et d'appeler Stefan, ajouta-t-elle intérieurement.

Il lui faudrait aussi contacter l'assistance sociale pour régler le cas de Doralee, et essayer de parler à Holly Grace, sa meilleure amie jusqu'à nouvel ordre.

– Tu couves trop Teddy, dit Dallie en la précédant à la cuisine.

Elle s'arrêta net. La paix fragile qui s'était instaurée entre eux était rompue. Il ne s'aperçut pas tout de suite qu'elle ne le suivait plus et, quand il se retourna et vit son expression, il poussa un soupir et lui prit le bras pour la reconduire à l'extérieur. Elle essaya de se dégager, mais il la maintenait fermement.

Un vent glacial lui cingla le visage quand il la poussa dehors. Elle fit volte-face :

– Tu n'as pas le droit de porter des jugements sur la façon dont j'élève Teddy, Dallie. Tu as passé moins d'une semaine avec lui, alors ne te figure pas que cela te donne quelque autorité sur lui. Tu ne le connais même pas !

– Je juge d'après ce que je vois. Bon Dieu, Francie, je ne veux pas heurter tes sentiments maternels, mais je suis déçu, c'est tout.

Il la poignardait en plein cœur. Comment Teddy – sa fierté et sa joie, la chair de sa chair – pouvait-il décevoir quiconque ?

– Ça m'est égal, fit-elle froidement. Ce qui m'ennuie, en revanche, c'est que toi, tu l'aies apparemment déçu.

Dallie fourra une main dans la poche de son jean et laissa errer son regard sur les arbres, sans mot dire. Le vent souleva ses cheveux, dégageant son front. Il finit par dire calmement :

– Nous ferions mieux de rentrer à Wynette. Ça n'était sans doute pas une bonne idée de venir ici.

Elle acquiesça lentement et, à son tour, admira les cèdres un moment avant de rejoindre la voiture.

Teddy et Skeet étaient seuls à la maison. Dallie était reparti sans dire où il allait. Francesca fit une brève promenade avec Teddy. Elle tenta à deux reprises d'évoquer le nom de Dallie, mais Teddy fit la sourde oreille et elle ne voulut pas le contraindre. En revanche, il ne tarissait pas d'éloges sur Skeet Cooper.

De retour à la maison, Teddy se rua sur le réfrigérateur et Francesca descendit à la cave où Skeet s'employait à vernir le club qu'il avait poncé. Il ne leva pas les yeux lorsqu'elle entra, et elle l'observa quelques instants en silence.

– Skeet, je voulais te remercier d'être si gentil avec Teddy. Il a vraiment besoin d'un ami en ce moment.

– Il n'y a pas de quoi me remercier, dit Skeet d'un ton bourru. Teddy est un chouette môme.

Elle prenait plaisir à le regarder travailler. Les mouvements lents et minutieux du pinceau l'apaisaient et lui permettaient de mettre de l'ordre dans ses pensées. Vingt-quatre heures auparavant, elle n'avait qu'une idée en tête, éloigner Teddy au plus vite de Dallie, mais à présent elle n'excluait pas l'éventualité d'une réconciliation. Tôt ou tard, Teddy devrait admettre son lien de parenté avec Dallie. Elle ne pouvait accepter que son fils souffrît d'un traumatisme psychologique parce qu'il détestait son père et si, pour lui éviter cette souffrance, il suffisait de rester quelques jours à Wynette, elle y resterait, c'était décidé. Elle regarda Skeet :

– Tu aimes vraiment Teddy, n'est-ce pas?

– Bien sûr que je l'aime. C'est le genre de gosse avec qui on n'a pas l'impression de perdre son temps.

– Dommage que tout le monde ne soit pas de cet avis, dit-elle amèrement.

Skeet se racla la gorge.

– Il faut laisser le temps à Dallie. Je sais que tu es du genre impatient, Francie, mais il ne faut pas précipiter les choses.

– Mais, Skeet, ils se détestent mutuellement.

Il examina le club sous toutes les coutures, puis trempa son pinceau dans le pot de vernis.

– Ce sont deux êtres trop semblables. C'est pour ça qu'ils n'arrivent pas à s'entendre.

– Semblables? (Elle le dévisagea.) Ils n'ont aucun point commun.

Il la regarda comme si elle avait perdu l'esprit, puis se remit au travail.

– Dallie est harmonieux, c'est un athlète magnifique, argua Francesca.

Skeet rit entre ses dents.

– Sûr que Teddy est un petit personnage plutôt ingrat. Difficile d'imaginer que deux beautés comme toi et Dallie aient pu fabriquer Teddy.

– Il est peut-être ingrat en apparence, mais il est formidable.

Skeet sourit en égouttant son pinceau, et la regarda droit dans les yeux :

– Je n'ai pas de conseils à te donner, Francie, mais à ta place, si je devais faire des reproches à Dallie, ce serait plutôt à cause du golf que de Teddy.

Elle prit un air ahuri.

– Pourquoi à cause du golf ?

– Tu ne vas pas te débarrasser de lui facilement, tu t'en rends bien compte ? Maintenant qu'il sait que Teddy est son fils, tu l'auras toujours sur le dos, que ça te plaise ou non.

Elle en était arrivée elle aussi à la même conclusion, et elle acquiesça. Skeet passait délicatement le pinceau sur la tête arrondie du club.

– Tout ce que je peux te dire, Francie, c'est qu'il faudrait que tu fasses marcher ta matière grise pour l'aider à être un meilleur golfeur.

Elle était complètement éberluée.

– Qu'est-ce que tu essaies de me dire, au juste ?

– Rien d'autre que ce que je dis.

– Mais je ne connais strictement rien au golf, et je ne vois pas le rapport avec Teddy.

– Ce n'est qu'un conseil. Tu en fais ce que tu veux.

Elle lui lança un regard inquisiteur.

– Est-ce que tu sais pourquoi il est tellement braqué contre Teddy ?

– J'ai ma petite idée là-dessus.

– C'est parce que Teddy ressemble à Jaycee, c'est ça ?

– Dallie a quand même un peu plus de jugeote ! grogna-t-il.

– Alors quoi ?

Il posa son club sur une étagère pour le faire sécher et mit son pinceau à tremper dans un bidon de solvant.

– Essaie de concentrer tous tes efforts sur son jeu. Tu auras peut-être plus de chance que moi.

Elle ne put en tirer davantage.

Quand Francesca remonta, elle aperçut Teddy en train de jouer dans la cour avec un des chiens de Dallie. Une enveloppe avec son nom griffonné en travers l'attendait sur la table de la cuisine. Elle reconnut l'écriture de Gerry et lut le message :

Ma chérie, mon trésor, amour de ma vie, si on se prenait une cuite tous les deux ce soir? Qu'est-ce que tu en dis? Je viens te chercher à sept heures pour une soirée de débauche. Ta meilleure amie est la reine des imbéciles et moi le dernier des abrutis. Je te promets de ne pas pleurer sur ton épaule plus d'une soirée. Quand auras-tu donc le cran de me faire passer dans ton émission?

Sincèrement, Zorro.

P.S. : n'oublie pas ta pilule.

Francesca éclata de rire. Malgré leur rencontre mouvementée dix ans plus tôt sur une route perdue du Texas, Gerry et elle s'étaient liés d'une solide amitié ces deux dernières années, depuis qu'elle s'était installée à Manhattan. Il s'était excusé des mois durant de l'avoir abandonnée de la sorte, bien qu'elle lui eût affirmé qu'en réalité elle lui devait sa rédemption. A son plus grand étonnement, il lui avait restitué une vieille enveloppe jaunie contenant son passeport et quatre cents dollars. Francesca ayant rendu depuis longtemps à Holly Grace l'argent qu'elle devait à Dallie, elle en avait profité pour emmener tout le monde au restaurant.

Quand Gerry vint la chercher, il portait son blouson d'aviateur avec un pantalon marron foncé et lui plaqua un baiser amical sur les lèvres.

– Salut, beauté! Ah, si seulement j'avais pu tomber amoureux de toi au lieu de Holly Grace!

– Tu es bien trop intelligent pour moi! dit-elle en riant.

– Où est Teddy?

– Il a embobiné Doralee et Miss Sybil pour aller voir un film d'horreur avec des sauterelles meurtrières.

Gerry sourit, puis lui demanda avec sollicitude :

– Comment te sens-tu? Tu viens de passer un mauvais quart d'heure, on dirait?

– J'ai eu de meilleurs moments, effectivement!

Pour l'instant, seul le problème de Doralee semblait sur

le point d'être résolu. Cet après-midi, Miss Sybil avait insisté pour emmener elle-même l'adolescente au bureau d'aide sociale, affirmant à Francesca d'un ton sans réplique qu'elle avait l'intention de la garder jusqu'à ce qu'on lui trouve une famille d'accueil.

– J'ai passé un moment avec Dallie cet après-midi, fit Gerry.

– Vraiment?

Francesca fut très étonnée, ayant du mal à les imaginer tous les deux ensemble.

Il ouvrit la porte d'entrée et s'effaça pour la laisser passer.

– Je l'ai prévenu que, si jamais il tentait à nouveau d'enlever Teddy, je m'engageais personnellement à lui mettre tout l'appareil judiciaire aux trousses.

– J'imagine sa réaction!

– Je te fais grâce des détails. (Ils se dirigèrent vers la Toyota que Gerry avait louée.) Tu sais, c'est bizarre, mais quand on a eu fini d'échanger des insultes, je me suis surpris à éprouver de la sympathie pour cet enfant de salaud. Évidemment, ça me déplaît fortement de penser qu'il a été marié à Holly Grace. Ce qui me déplaît encore plus d'ailleurs, c'est l'estime réciproque qu'ils se portent encore aujourd'hui. Mais, au cours de la conversation, j'ai eu la sensation étrange de connaître Dallie depuis toujours. C'est fou!

– Ça n'est pas si fou que ça. (Gerry lui ouvrit la portière de la voiture.) Si tu t'es senti bien avec lui, c'est parce qu'il ressemble énormément à Holly Grace. Et quand on aime l'un des deux, il est pratiquement impossible de ne pas aimer l'autre.

Ils dînèrent dans un restaurant confortable qui servait du veau délicieux. Ils avaient à peine fini le plat principal qu'ils étaient une fois de plus revenus à leur sempiternelle discussion à propos de l'éventualité du passage à l'antenne de Gerry dans l'émission de Francesca.

– Programme-moi au moins une fois, ma belle, c'est tout ce que je te demande.

– N'y compte pas. Je te connais. Tu es capable d'apparaître déguisé en squelette ou d'annoncer que le Nebraska va être détruit par les missiles soviétiques.

– Et alors? Ton émission est suivie par des milliers

d'androïdes qui n'ont même pas conscience d'être à la veille de l'apocalypse. C'est mon rôle de secouer ces gens-là!

– Pas dans mon show, Gerry. Je ne manipule pas mon public.

– Francesca, de nos jours il n'est même plus question d'une bombe de treize kilotonnes comme celle que nous avons balancée sur Nagasaki. Il s'agit de mégatonnes. Si vingt mille mégatonnes dégringolaient sur New York, ça ferait un peu plus que de gâcher la soirée chez Donald Trump, figure-toi. Huit millions de corps calcinés joncheraient les trottoirs de la ville, et ce ne serait que ruine et désolation alentour à cause des retombées radioactives.

– Gerry, je t'en prie, nous sommes à table! protesta Francesca en posant sa fourchette.

Gerry parlait des horreurs de la guerre nucléaire depuis si longtemps qu'il était capable de déguster un copieux repas tout en décrivant un cas d'irradiation en phase terminale. Il attaqua sa pomme de terre au four.

– Tu sais ce qui a une chance de survivre? Les cafards. Ils seront aveugles, mais encore capables de se reproduire.

– Gerry, je t'aime comme un frère, mais je ne te laisserai pas semer la pagaille dans mon émission.

Sans lui laisser le temps de sortir d'autres arguments, elle détourna la conversation.

– Tu as pu parler à Holly Grace, cet après-midi?

Il posa sa fourchette et hocha la tête.

– Je suis allé jusque chez sa mère, mais elle s'est esquivée par la porte du fond dès qu'elle m'a aperçu.

Il repoussa son assiette et avala une gorgée d'eau. Il avait l'air si malheureux que Francesca était partagée entre le désir de le consoler et la volonté de le secouer un peu.

Gerry et Holly Grace s'aimaient, c'était flagrant, mais ils s'obstinaient à ne pas regarder leurs difficultés en face. Bien que Holly Grace n'y fasse presque jamais allusion, Francesca savait qu'elle désirait ardemment un enfant, mais Gerry ne voulait pas en entendre parler.

– Pourquoi n'essayez-vous pas de faire mutuellement des concessions? demanda Francesca dans le souci d'arranger les choses.

– Elle ne veut pas en entendre parler. Elle est persuadée que j'ai utilisé son nom pour...

Francesca se récria :

— Tu ne me feras pas croire ça! Holly Grace veut un *bébé*, Gerry. Pourquoi vous voiler la face, et ne pas admettre que c'est ça votre problème? Ça ne me regarde peut-être pas, mais je suis sûre que tu ferais un père épatant, et...

— Nom de nom! ma parole, vous vous êtes donné le mot avec Noami! (Il écarta brutalement son assiette.) Allons au *Roustabout*. D'accord?

C'était bien le dernier endroit où elle eût envie de finir la soirée.

— Je n'ai pas vraiment...

— Nos jolis cœurs vont être là-bas, ça ne fait pas un pli! On va y aller, on fera comme si on ne les voyait pas, et puis on fera l'amour sur le bar. Qu'est-ce que tu en dis?

— Je n'en dis rien du tout.

— Allez, viens, beauté. Ils nous en ont assez fait voir. On va leur rendre la monnaie de leur pièce.

Égal à lui-même, Gerry ignora ses protestations et l'entraîna hors du restaurant.

Un quart d'heure plus tard, ils entraient dans le bar. L'endroit était assez conforme au souvenir que Francesca en avait gardé, bien que les réclames au néon vantant les mérites de la bière Lone Star aient été remplacées par des Miller Lite, et que des jeux vidéo aient fait leur apparition dans un coin de la pièce. Les clients, eux, n'avaient guère changé.

Une voix de femme gutturale et traînante s'éleva dans l'assistance au moment où ils franchissaient le seuil.

— Regardez qui arrive! On dirait la reine d'Angleterre en personne avec le roi des bolcheviques.

Holly Grace était attablée devant une bière et, à ses côtés, Dallie sirotait un soda.

Francesca fut troublée au plus profond d'elle-même en sentant ce regard bleu qui la dévisageait froidement.

— Pardon, je me trompe, poursuivait Holly Grace en détaillant la robe imprimée noir et ivoire de Galanos que Francesca portait avec une grande veste rouge vermillon. Ce n'est pas la reine d'Angleterre. C'est une de ces catcheuses qui se battent dans la boue comme celles qu'on voit dans les foires!

Francesca empoigna le bras de Gerry.

– Partons, dit-elle.

– Le prêt-à-porter de luxe chez les ploucs ! poursuivait Holly Grace. On n'a plus qu'à aller se rhabiller. Ça ne te fatigue pas d'être toujours le pôle d'attraction ?

Oubliant Gerry et Dallie, Francesca scruta le visage de Holly Grace avec une réelle inquiétude. Pourquoi était-elle aussi méchante ? Lâchant le bras de Gerry, elle se glissa sur le siège à côté d'elle.

– Ça va ?

Holly Grace se tassa devant son verre de bière, et ne dit mot.

– Allons discuter toutes les deux dans les toilettes, murmura Francesca.

N'obtenant pas de réponse, elle ajouta sur un ton plus énergique :

– Viens.

Holly Grace lui lança un regard hostile qui n'était pas sans rappeler celui de Teddy dans ses plus mauvais jours.

– Je refuse de discuter de quoi que ce soit avec toi. Je n'ai pas encore digéré que tu m'aies menti de la sorte en ce qui concerne Teddy. (Lui tournant le dos, elle demanda à Dallie :) Tu danses avec moi, chéri ?

Dallie s'extirpa de son siège et enroula son bras autour des épaules de Holly Grace.

– Bien sûr, ma belle.

– Tu as vu comme ils s'accrochent l'un à l'autre ? lança Gerry à l'intention de Francesca. C'est le cas de régression le plus intéressant que j'aie jamais vu.

– Va danser, dit doucement Francesca à Holly Grace, mais sache qu'en ce moment, j'ai sans doute au moins autant besoin de ton amitié que Dallie.

Holly Grace sembla hésiter un instant, puis elle rejoignit Dallie qui l'attendait sur la piste de danse.

Un des patrons du *Roustabout*, reconnaissant Francesca, vint lui demander un autographe, et elle fut bientôt assiégée par les fans. Elle bavarda un peu avec eux, essayant d'oublier sa déception. Du coin de l'œil elle aperçut Gerry au bar, qui contait fleurette à une petite jeune fille bien en chair. Holly Grace dansait toujours avec Dallie. Leurs deux corps, se déplaçant en parfaite harmonie, semblaient n'en former qu'un seul et la profonde connivence que l'on sentait entre eux les isolait momentanément du reste du monde.

Francesca avait mal aux joues à force de sourire. Elle signa encore quantité d'autographes et reçut force compliments, mais les patrons du *Roustabout* ne voulaient pas la lâcher. Ils avaient l'habitude de voir la vedette de « China Colt », mais la visite de la resplendissante Francesca Day était un événement tout à fait inattendu. Peu de temps après, elle vit Holly Grace s'éclipser seule par la porte de derrière. Quelqu'un lui toucha l'épaule.

– Désolé de vous l'enlever, les amis, mais Francie m'avait promis cette danse. Tu te rappelles encore le two-step, mon chou ?

Francesca se retourna vers Dallie et, après un instant d'hésitation, le suivit. Il la serra dans ses bras et elle eut la sensation déroutante de se retrouver dix ans en arrière, du temps où cet homme était tout son univers.

– Nom de nom, ça fait bizarre de danser avec une fille en robe. Tu as des épaulettes dans ta veste ?

Le ton était doux et plaisant. C'était bon de se sentir près de lui. Dangereusement bon.

– Ne fais pas attention aux reproches de Holly Grace pour le moment. Il lui faut simplement un peu de temps.

Étant donné les circonstances, la bienveillance de Dallie l'étonna.

– Son amitié compte énormément pour moi, lui glissa-t-elle.

– En fait, elle a l'impression de s'être fait avoir par son vieil amant gauchiste, et c'est ça qui la turlupine plus qu'autre chose.

Francesca s'aperçut que Dallie ignorait complètement la véritable nature du conflit entre Holly Grace et Gerry et ne jugea pas utile d'éclairer sa lanterne.

– Tôt ou tard, elle comprendra, et je suis sûr qu'à ce moment-là elle sera heureuse de te retrouver. Dis donc, si on arrêtait de parler de Holly Grace, on arriverait peut-être à danser correctement tous les deux ?

Francesca fit un effort pour se concentrer, mais elle était tellement sur ses gardes qu'elle se sentait incapable de danser. Heureusement les musiciens attaquaient une ballade romantique. Le menton de Dallie frôlait sa tête.

– Tu es diablement jolie ce soir, Francie, dit-il d'une voix un peu rauque qui la troubla. (Il la serra encore un peu plus contre lui.) Tu es si petite. Une vraie miniature. J'avais oublié à quel point tu étais mignonne.

Arrête de me faire du charme, le conjurait-elle silencieusement, en sentant sa chaleur l'envahir. *N'essaie pas de me faire oublier tout ce qu'il y a entre nous.*

Elle avait l'impression que tout, autour d'eux, sombrait dans le néant : la musique s'évanouissait, les conversations devenaient un vague murmure, et ils étaient seuls sur la piste de danse. Il l'attira encore plus près, dans une étreinte qui ne ressemblait plus guère à une danse. Elle sentait son corps souple et vigoureux contre le sien et dut avoir recours à toute son énergie pour combattre son attirance envers lui.

— Allons nous asseoir, s'il te plaît.

— Comme tu veux.

Mais au lieu de la lâcher, il garda sa main dans la sienne et passa son autre main sous sa veste, contre la soie de sa robe. Spontanément, elle alla nicher sa joue au creux de son épaule et se laissa aller contre lui, un peu comme si elle retrouvait sa maison après un long voyage. Elle ferma les yeux, retint son souffle et marcha à son rythme.

— Francie, murmura-t-il contre ses cheveux, il va falloir que nous fassions quelque chose.

Elle pensa faire semblant de ne pas comprendre, mais cette coquetterie était au-dessus de ses forces.

— Ce n'est... qu'une simple réaction chimique. Si on la traite par le mépris, elle disparaîtra d'elle-même.

— Tu crois vraiment ? fit-il en l'enlaçant plus étroitement.

— Absolument. (Elle espéra qu'il n'avait pas remarqué le léger tremblement de sa voix. Elle fut soudain prise de panique et s'entendit proférer :) Mais enfin, Dallie, ça m'est arrivé des dizaines de fois, pour ne pas dire des centaines. Je suis sûre que tu as ressenti ça toi aussi.

— Bien sûr. Des centaines de fois, dit-il platement. (Il la lâcha brusquement.) Écoute, Francie, je ne sais pas ce que tu en penses, mais je n'ai plus guère envie de danser.

— Très bien. (Elle lui adressa son sourire le plus mondain et se mit en devoir de reboutonner sa veste.) Moi non plus.

— A plus tard, lança-t-il en tournant les talons.

– C'est ça, à plus tard.

Ils se séparaient amicalement. Ni injure ni menace n'avaient été échangées. Mais en le voyant se fondre dans la foule, elle eut le vague pressentiment qu'il ne s'agissait là que d'une trêve.

28

Malgré quelques tentatives peu enthousiastes de la part de Dallie pour apprivoiser Teddy, leurs rapports ne s'amélioraient guère et ils étaient toujours comme chien et chat. Dès que son père était dans les parages, Teddy donnait des coups dans les meubles, cassait des assiettes, ou boudait. Dallie le réprimandait sans cesse et ils étaient de plus en plus malheureux ensemble. Francesca essayait de jouer les arbitres, mais ses relations avec Dallie étaient tendues depuis le soir où ils avaient dansé ensemble au *Roustabout*, et elle perdait souvent patience.

Le troisième et dernier après-midi qu'ils passèrent à Wynette, Francesca descendit voir Dallie à la cave après que Teddy en fut remonté, à bout de nerfs, et eut balancé une chaise à travers la cuisine.

– Tu ne pourrais pas t'asseoir tranquillement avec lui pour lire un livre ou faire un puzzle? Comment diable veux-tu qu'il apprenne à jouer au billard si tu lui cries sans arrêt après?

Dallie jeta un regard désolé sur son tapis vert tout déchiré.

– D'abord je ne criais pas, ensuite je te prie de ne pas te mêler de ça. Vous partez demain, ça ne me laisse guère le temps de contrebalancer l'influence néfaste de neuf ans de fréquentations féminines.

– En partie seulement. N'oublie pas que Holly Grace s'est beaucoup occupée de lui aussi.

– Qu'est-ce que ça signifie au juste?

– Qu'elle a été un véritable père pour lui. Bien meilleur que tu ne le seras jamais.

Dallie s'éloigna un instant pour se calmer, puis revint à la charge :

– Autre chose. Je croyais que tu devais lui dire que j'étais son père.

– Teddy n'est pas en état d'entendre ce genre d'explications. C'est un gamin sensible. Je le lui dirai quand il sera en mesure de comprendre.

Dallie la toisa avec un mépris délibéré :

– Tu sais ce qui ne tourne pas rond chez toi ? C'est que tu n'es qu'une enfant gâtée qui ne supporte pas que l'on ne fasse pas ses quatre volontés.

Elle lui renvoya un regard assassin.

– Tu sais ce que je pense de toi ? C'est que tu n'es qu'un tas de muscles sans cervelle qui n'existe plus dès qu'on lui ôte sa foutue canne de golf des mains !

Les hostilités étaient déclenchées et les insultes leur sifflaient aux oreilles comme autant de boulets de canon. Mais curieusement, plus le ton montait, moins Francesca avait l'impression que les projectiles atteignaient leur but, et les mots leur étaient d'un faible secours pour combattre le désir qui faisait vibrer l'air entre eux.

– Pas étonnant que tu ne te sois jamais mariée. Tu es la femme la plus réfrigérante que je connaisse.

– Il y a des tas d'hommes qui ne sont pas de cet avis. De vrais hommes. Pas des minets aux jeans si moulants qu'on se demande ce qu'ils ont à prouver.

– Ça prouve que tu regardes là où tu ne devrais pas.

– Ça prouve à quel point tu m'ennuies, oui !

Après cet échange cuisant, ils s'étaient retrouvés pantelants de frustration et tout le monde dans la maison avait les nerfs en pelote.

Finalement, Skeet en avait eu assez.

– J'ai une surprise pour vous, avait-il lancé du haut de l'escalier de la cave. Montez voir.

Dallie et Francesca grimpèrent les marches sans s'adresser un regard. Skeet les attendait près de la porte de derrière, leur tendant leurs vestes :

– Miss Sybil et Doralee emmènent Teddy à la bibliothèque. Venez avec moi tous les deux.

– Où allons-nous ? demanda Francesca.

– Je n'ai envie d'aller nulle part, grogna Dallie.

– Ça, je m'en fous. Envie ou pas, je te fiche mon billet que si tu ne te grouilles pas de monter dans ma voiture d'ici trente secondes, tu pourras te chercher un autre caddie, dit-il en lui jetant sa parka.

357

Marmonnant entre ses dents, Dallie suivit Francesca jusqu'à la Ford de Skeet.

— Monte derrière, lui ordonna Skeet. Francie vient devant, à côté de moi.

Dallie s'exécuta en maugréant. Francesca fit de son mieux pour l'exaspérer davantage en discutant à bâtons rompus avec Skeet comme si de rien n'était.

Skeet fit la sourde oreille quand Dallie, n'y tenant plus, lui demanda où il les emmenait. Il se contenta de leur affirmer qu'il détenait la solution à au moins un de leurs problèmes. Ils étaient environ à vingt kilomètres de Wynette sur une route qui semblait vaguement familière à Francesca lorsque Skeet s'arrêta sur le bas-côté.

— J'ai quelque chose de très intéressant à vous montrer dans le coffre de ma voiture. (Se soulevant sur une hanche, il extirpa de sa poche un double des clés qu'il tendit à Dallie.) Toi aussi, Francie, va voir. Je suis sûr que vous vous sentirez mille fois mieux l'un et l'autre.

Dallie lui jeta un regard suspicieux, mais obtempéra, ainsi que Francesca. Tous deux se dirigèrent vers l'arrière de la voiture et Dallie allait mettre la clé dans la serrure lorsque Skeet accéléra brutalement, les abandonnant sur le bord de la route.

Francesca regarda d'un air hébété la voiture qui disparaissait à toute allure.

— Mais...

— Enfant de salaud! hurla Dallie, agitant le poing en direction de la Ford. Je le tuerai! Quand il me tombera sous la main, je lui ferai avaler son bulletin de naissance. Ce bon à rien.

— Je ne comprends pas, interrompit Francesca, pourquoi nous a-t-il laissés?

— Parce qu'il en a assez de t'entendre discutailler, c'est tout.

— *Moi!*

Après une brève hésitation, il l'empoigna par le bras.

— Viens.

— Où ça?

— On va dans ma maison. C'est à moins d'un kilomètre.

— Voilà qui tombe à pic. C'est un coup monté, ou quoi?

— Crois-moi, grommela-t-il, ça ne m'amuse guère de me retrouver coincé avec toi dans cette maison. Il n'y a même pas le téléphone.

– Il faut voir les choses du bon côté, fit-elle avec un petit rire sarcastique. Avec les règles de mansuétude que tu as instaurées, nous n'aurons plus le droit de nous quereller une fois là-bas.

– Eh bien, tu as intérêt à t'y conformer si tu ne veux pas passer la nuit dehors.

– Passer la nuit?

– Tu ne crois pas qu'il va venir nous chercher avant demain matin, tout de même?

– Tu veux rire!

– Je n'en ai pas la moindre envie.

Ils marchèrent quelques instants en silence, puis, rien que pour l'agacer, elle se mit à fredonner *On the Road Again*, de Willie Nelson. Il s'arrêta brusquement et la dévisagea méchamment.

– Ne sois pas si rabat-joie, lui reprocha-t-elle. Reconnais au moins que tout ça est plutôt amusant.

– Amusant? Je ne vois vraiment pas ce que la situation a de drôle. Tu sais aussi bien que moi ce qui va se passer ce soir.

Un camion les frôla, plaquant les cheveux de Francesca sur son visage. Le sang lui battait aux tempes.

– Je ne vois pas à quoi tu fais allusion, répliqua-t-elle avec hauteur.

Il lui jeta un regard éloquent pour lui signifier qu'il n'était pas dupe. La meilleure défense étant l'attaque, elle enchaîna :

– En admettant que tu aies raison – ce qui n'est pas le cas – ce n'est pas la peine de faire cette tête de martyr.

– N'importe quel supplice me serait plus doux.

Le trait avait fait mouche et elle s'immobilisa.

– Tu le penses vraiment? fit-elle, sincèrement blessée.

Il plongea les mains dans les poches de sa parka et donna un coup de pied dans un caillou.

– Bien sûr.

– Ce n'est pas vrai.

– Mais si!

Elle devait avoir l'air vraiment bouleversé car il se radoucit et fit un pas vers elle.

– Écoute, Francie...

Avant qu'ils aient réalisé ce qui leur arrivait, ils étaient dans les bras l'un de l'autre. Il pencha doucement la tête pour l'embrasser. De tendre au début, leur baiser devint rapidement passionné, tant leur soif l'un de l'autre était intense. Il plongea les doigts dans sa chevelure soyeuse, écartant les mèches de ses tempes. Elle passa ses bras autour de son cou et se mit sur la pointe des pieds pour mieux lui offrir ses lèvres entrouvertes.

Ce baiser était comme un ouragan qui dévastait tout sur son passage. Dallie la prit par les hanches pour la soulever légèrement de terre, tout en faisant courir ses lèvres de sa bouche à son cou. Sa main avait atteint la peau nue entre son pantalon et son sweater et remontait le long de son dos.

Au bout de quelques secondes, ils brûlaient du même feu, prêts à s'entre-dévorer.

Une voiture klaxonna et des sifflements fusèrent par les portières. Francesca relâcha son étreinte autour de la nuque de Dallie.

— Arrête, gémit-elle. On ne peut pas...

Elle était brûlante. Il la reposa doucement sur le sol et retira lentement sa main de sous son sweater.

— Cette sorte d'attirance sexuelle fait perdre tout sens de la réalité à ceux qui l'éprouvent, dit-il d'une voix légèrement altérée.

— Ça t'arrive souvent? lâcha-t-elle, subitement aussi électrique qu'un chat qu'on caresse à rebrousse-poil.

— La dernière fois, j'avais dix-sept ans, et je m'étais bien juré d'en prendre de la graine. Bon sang, Francie, j'ai trente-sept ans, et toi combien, trente?

— Trente et un.

— Nous sommes assez grands pour savoir à quoi nous en tenir et nous nous comportons comme des adolescents. (Il secoua sa crinière blonde d'un air dégoûté.) Encore heureux que je ne t'aie pas fait un suçon.

— Il ne faut pas m'en vouloir, rétorqua Francesca, je suis en manque depuis si longtemps que tout me semble bon à prendre — même toi.

— Je croyais qu'avec ton prince Stefan...

— Nous ne sommes pas encore passés à l'acte.

Ils se remirent en marche. Dallie lui prit la main, et lui serra doucement les doigts. Ce geste qui se voulait amical et rassurant enfiévra davantage Francesca. Elle se dit qu'il fallait envisager la situation avec la froideur d'un raisonnement logique.

– Tout est si compliqué entre nous. Cette... attirance sexuelle va encore embrouiller les choses.

– Tu embrassais déjà formidablement bien il y a dix ans, mon chou, mais maintenant tu t'es surpassée.

– Je ne suis pas comme ça avec tout le monde, répliqua-t-elle nerveusement.

– Ne te formalise pas, Francie, mais je me souviens qu'il y a dix ans, tu avais encore quelques progrès à faire en amour. Remarque, tu étais une élève appliquée! Mon petit doigt me dit que maintenant tu dois être la première de la classe.

– Oh non! pas du tout. Je n'aime pas tellement faire l'amour. Ça me décoiffe.

Il rit.

– Je n'ai pas l'impression que tu sois toujours autant obsédée par tes cheveux – qui sont magnifiques d'ailleurs.

– Oh, mon Dieu, gémit-elle. Et si on faisait comme si rien de tout ça n'était arrivé?

Il fourra sa main avec la sienne dans la poche de sa parka.

– Écoute, mon chou, depuis que nous nous sommes revus, nous n'arrêtons pas de nous tourner autour et de nous renifler comme des chiens bâtards. Laissons les choses suivre leur cours sinon nous allons devenir fous. Ou alors c'est que nous sommes aveugles.

Au lieu de le contredire comme elle aurait dû le faire, elle s'entendit lui répondre :

– En admettant que l'on suive ce penchant naturel, combien de temps faudra-t-il à ton avis pour que le feu s'éteigne?

– Je n'en sais rien. Nous sommes si différents. A mon avis, au bout de deux ou trois fois, le charme sera rompu.

Disait-il vrai? Sans doute. Ce genre d'attirance sexuelle se consumait comme un feu de paille. Encore une fois elle attachait trop d'importance au sexe. Dallie avait un comportement tout à fait naturel, et elle n'avait qu'à prendre exemple sur lui, puisque l'occasion se présentait de le faire avec une certaine dignité.

Ils cheminèrent en silence jusqu'à la maison de campagne. En entrant, Dallie accomplit toutes les formalités rituelles de l'hospitalité : il suspendit leurs vêtements, régla le thermostat pour que la température soit agréable, et offrit un verre de vin à Francesca.

Le silence qui s'était installé entre eux commençait à devenir pesant, aussi essaya-t-elle de plaisanter pour détendre l'atmosphère.

– Si c'est du vin encapsulé, tu ne m'en feras pas boire!

– Je l'ai débouché avec mes propres dents.

Elle réprima un sourire et s'assit sur le canapé, mais elle ne tenait pas en place et se releva aussitôt.

– Dallie, il faut que j'aille à la salle de bains, et... je n'avais pas prévu d'atterrir dans ton lit, alors... je ne suis pas préparée à ça tout de suite, mais si ça doit arriver, et si toi non plus...

– Je m'en occupe, fit-il en souriant.

– Tu as intérêt, répliqua-t-elle de son air le plus menaçant.

Tout allait si vite... Elle se savait prête à commettre un acte qu'elle regretterait par la suite, mais elle n'avait pas la force de résister. Tout ceci s'expliquait par une année d'abstinence. C'était la seule raison plausible.

Quand elle sortit de la salle de bains, elle le trouva assis sur le canapé, jambes croisées, un verre de jus de tomate à la main. Elle s'assit à côté de lui, ni trop près ni trop loin.

– Oh là là, détends-toi, Francie. Tu me rends nerveux.

– N'essaie pas de me faire croire ça. Tu es aussi tendu que moi. Peut-être le caches-tu un peu mieux.

– Si on prenait une douche ensemble pour se mettre en train?

Elle secoua la tête.

– Je ne veux pas me déshabiller.

– Ça va être compliqué...

– En tout cas, pas tout de suite. Tout à l'heure, peut-être, si j'ai envie...

– Tu sais, Francie, c'est bizarre de rester là, à discuter. Je n'aime pas commencer à t'embrasser.

Ce fut donc elle qui commença, car cette conversation lui était devenue insupportable.

Ce baiser-là fut encore plus fougueux que celui qui les avait jetés l'un contre l'autre au bord de la route. L'échange verbal leur avait mis les nerfs à vif et il y avait dans leurs caresses une sensualité animale qui les dépassait. Leurs bouches se pressaient avidement l'une contre l'autre et leurs langues se confondaient. Francesca eut une fois de plus la sensation que le reste du monde avait sombré dans l'oubli.

Elle passa les mains sous la chemise de Dallie et bientôt son propre sweater fut à terre et son chemisier de soie ouvert, révélant de somptueux dessous de dentelle de soie qui galbaient sa poitrine. Il découvrit un de ses seins aux mamelons dressés et y appliqua ses lèvres.

Elle gémit de plaisir sous la lente succion de Dallie et, n'y tenant plus, lui releva la tête et se mit à jouer avec sa lèvre inférieure, l'agaçant doucement avec ses dents et suivant sa courbe parfaite avec sa langue. Elle faisait courir ses doigts dans son dos, jusque dans le creux de ses reins. Il gémit à son tour, la mit debout, et lui ôta son pantalon ainsi que ses chaussettes et ses chaussures.

— Je veux te voir nue, dit-il en faisant glisser comme une caresse la légère étoffe de soie de son chemisier. (Il retint son souffle.) Tu as toujours des dessous comme ça ? On dirait que tu sors d'une boîte de strip-tease de luxe.

— Mm, fit-elle en se haussant sur la pointe des pieds pour lui mordiller le lobe de l'oreille.

Il jouait avec les liens qui retenaient le minuscule triangle de soie de son slip, laissant libre la courbe de ses hanches.

Un frisson lui parcourut le corps.

— Porte-moi là-haut, murmura-t-elle.

Passant délicatement un bras sous ses genoux, il la souleva contre sa poitrine.

— Tu es légère comme une plume !

La chambre était spacieuse et confortable, avec une cheminée et un grand lit niché dans une alcôve. Il la déposa délicatement sur le couvre-lit et avança la main pour dénouer les liens de son slip.

— Non, non, dit-elle en le repoussant et en indiquant le centre de la pièce. A toi l'honneur, soldat !

Il la regarda d'un air soupçonneux.

— L'honneur de quoi ?

— De te déshabiller ! Il faut divertir les troupes.

— Je croyais que tu t'en serais chargée toi-même.

Elle secoua la tête, et, s'accoudant un peu en arrière, elle lui décocha son sourire le plus ensorcelant.

— Déshabille-toi.

— Oh, écoute, Francie.

— Fais-moi un beau strip-tease ! Prends ton temps, je ne veux pas en perdre une miette, ronronna-t-elle.

— Oh, Francie...

Il jeta un regard lourd de désir vers ses seins emprisonnés dans la dentelle, puis plus bas, vers le petit triangle de soie... Elle écarta légèrement les cuisses pour l'inspirer.

— C'est ridicule de faire tout ce cinéma rien que pour enlever ses fringues, grommela-t-il en se dirigeant vers le milieu de la pièce comme elle le lui ordonnait.

Elle laissait négligemment errer ses doigts sur le triangle de soie.

— Ne crois pas ça. Je trouve que les hommes comme toi ne sont sur terre que pour le plaisir des femmes comme moi.

Il suivait des yeux le jeu de ses doigts avec les liens délicats du slip.

— Pas de cervelle, rien que des muscles ! Montre-moi ce que tu sais faire !

— Tu ne perds rien pour attendre, fit-il en commençant à dégrafer les poignets de sa chemise.

Francesca fut submergée par une vague de désir. Le simple fait de défaire un poignet de chemise devenait un acte érotique. Un léger sourire flottait au coin des lèvres de Dallie, conscient de l'effet qu'il produisait. Petit à petit il se prit au jeu et déboutonna sa chemise avec une lenteur étudiée avant de l'ôter. Elle entrouvrit légèrement les lèvres, jouissant du spectacle de son torse nu, aux muscles finement dessinés, au moment où il se penchait pour déchausser. Puis, vêtu seulement de son jean et d'une large ceinture de cuir, il se redressa, un pouce coincé dans la poche du pantalon.

— Enlève ton soutien-gorge, sinon je ne vais pas plus loin.

Elle fit mine d'hésiter, puis dégrafa lentement le petit crochet dans son dos, fit glisser les bretelles sur ses épaules, mais maintint ses seins prisonniers de la dentelle.

— Ôte ta ceinture d'abord, dit-elle d'une voix rauque.

Ce qu'il fit. Puis il la laissa pendre un moment et la balança sur le lit, où elle atterrit sur les chevilles de Francesca.

— Au cas où tu ne serais pas sage, menaça-t-il tendrement.

Puis il défit le premier bouton de son jean, descendit la fermeture Éclair de quelques centimètres sur un ventre parfaitement plat, et attendit.

Elle libéra ses seins, en bombant légèrement le torse pour qu'il puisse la contempler tout à loisir.

Il avala difficilement sa salive.

– Le jean maintenant, petit soldat.

Il baissa complètement la fermeture Éclair et se débarrassa de son pantalon et de ses caleçons en même temps.

Il se tenait maintenant entièrement nu devant elle, et sans fausse honte elle jouissait du spectacle de son corps magnifique et longiligne, à la musculature harmonieuse. Elle se renversa en arrière sur les oreillers, tout auréolée de ses cheveux, alors qu'il s'approchait lentement du lit. Il fit courir son doigt sur son corps, jusqu'aux petits liens de son slip.

– Enlève-le, ordonna-t-il.

– Fais-le, toi.

Il s'assit sur le bord du lit et allait dénouer les rubans de satin lorsqu'elle écarta sa main.

– Avec la bouche.

Il s'exécuta avec un petit rire, puis embrassa et caressa l'intérieur de ses cuisses. Avide de sentir enfin ce corps superbe, elle laissa courir ses mains sur sa peau nue, jusque dans ses replis les plus secrets. Quelques instants plus tard, Dallie se retourna en grognant vers le tiroir de la table de chevet. Il lui tourna le dos pour s'asseoir et, se dressant sur les genoux, elle alla fourrer son nez dans sa nuque :

– Il ne faut jamais laisser faire à l'homme le travail de la femme, chuchota-t-elle en riant.

– Bon sang, Francie, si tu continues ça, tu auras un souvenir horriblement fastidieux de notre rencontre !

– Ça m'étonnerait, dit-elle en s'allongeant, offerte à son désir.

Bientôt haletante sous ses caresses expertes, elle dut le supplier de cesser. Il l'embrassait à perdre haleine et quand il la pénétra enfin, elle enfonça ses ongles dans ses reins en poussant un cri guttural. Il s'enfonça encore plus profondément en elle. Le plaisir leur arrachait des bribes de phrases à peine audibles.

– S'il te plaît, oui... c'est si bon.

– Encore... plus fort...

Une passion inextinguible les jetait l'un contre l'autre comme deux lutteurs acharnés, oublieux de toute pudeur, jouissant sans retenue avec des cris et des gémissements obscènes.

Ensuite, ils ne savaient pas lequel était le plus gêné des deux.

29

L'ambiance était lourde au cours du dîner, et les plaisanteries qu'ils se forçaient à faire ne réussirent guère à détendre l'atmosphère. Ils firent encore une fois l'amour, et, dans l'enchevêtrement de leurs corps, il n'y avait pas de place pour la parole et c'était bien ainsi. Ils dormirent d'un sommeil agité et se réveillèrent à l'aube, pas encore rassasiés l'un de l'autre.

– Ça fait combien de fois? murmura Dallie.

– Quatre, je crois, répondit-elle en se blottissant contre son épaule.

Il caressa ses cheveux :

– Francie, je n'ai pas l'impression que le feu qui nous consume soit sur le point de s'éteindre.

Il était huit heures du matin lorsqu'ils émergèrent du sommeil. Francesca s'étira paresseusement et Dallie l'attirait contre lui lorsqu'un bruit de pas dans l'escalier les fit sursauter. Dallie jura entre ses dents et Francesca vit avec horreur la poignée de la porte tourner. Une vision d'apocalypse s'imposa à son esprit : une ribambelle de petites amies de Dallie faisaient irruption dans la pièce, les clés à la main. Elle rabattit le drap sur sa tête juste au moment où la porte s'ouvrait.

Dallie semblait prendre la chose avec philosophie.

– Bon sang, tu aurais pu au moins frapper.

– J'avais peur de renverser mon café. J'espère que c'est Francie qui est là-dessous, sinon je vais me sentir gênée.

– Ce n'est pas Francie, figure-toi, et tu devrais te sentir gênée.

Holly Grace fit grincer le matelas en s'asseyant sur le

bord du lit, tout contre le mollet de Francesca. L'arôme du café vint lui chatouiller les narines à travers le drap.

— Tu aurais pu m'en monter une tasse, se plaignit Dallie.

— Je n'y ai pas pensé, s'excusa-t-elle platement. J'ai trop de choses en tête. J'espère que tu plaisantais. C'est bien Francie qui est dans ton lit?

Dallie tapota la hanche de Francesca :

— Ne bouge pas, Rosalita. Cette folle ne va pas s'incruster longtemps.

Holly Grace tira sur le drap.

— Francie, je veux vous parler, à tous les deux.

Francesca marmonna une phrase d'espagnol tout droit sortie d'un manuel de conversation courante.

Dallie pouffa de rire.

— Allez, Francie, je sais que c'est toi, j'ai reconnu tes sous-vêtements par terre, plaida Holly Grace.

Dans sa position, il était malaisé de s'éclipser discrètement, aussi abaissa-t-elle le drap sous son menton le plus dignement possible et découvrit Holly Grace, qui portait un jean usé et un sweater des Cow-boys.

— Qu'est-ce que tu veux?

Dallie s'était adossé à la tête de lit et sirotait le café de Holly Grace, avec sa décontraction coutumière. Francesca se sentit en situation d'infériorité et s'assit à son tour, arrimant le drap sous ses aisselles d'un air aussi naturel que possible.

— Tu en veux une gorgée? fit Dallie en lui tendant la tasse.

Elle rejeta ses cheveux en arrière et le remercia avec une politesse excessive, bien décidée à faire montre d'une désinvolture à toute épreuve.

Holly Grace se leva et se dirigea vers la fenêtre, les mains dans les poches arrière de son jean. Francesca se rendit compte, à la tension qu'elle percevait dans son attitude un peu voûtée, que son amie était beaucoup plus nerveuse qu'elle ne voulait bien le laisser paraître.

Holly Grace tripotait les franges du rideau.

— Voilà, cette situation nouvelle entre vous contrarie quelque peu mes projets.

— Quelle situation? dit Francesca, sur la défensive.

— Quels projets? demanda Dallie.

Holly Grace se retourna.

— Écoute, Francie. Sache que je ne désapprouve en rien ton attitude. Ça fait des années que je te dis que tu aurais dû passer un peu plus de temps au lit avec Dallas Beaudine.

— Holly Grace! protesta Francesca.

— Merci chérie, fit Dallie.

Francesca se dit qu'ils allaient encore prendre l'avantage sur elle et but calmement une gorgée de café. Holly Grace s'avança au pied du lit, et observa son ex-mari.

— Dallie, tu sais que j'ai toujours pensé me remarier tôt ou tard; j'ai cru un moment que Gerry et moi... bref. En tout cas, j'ai obtenu des producteurs de « China Colt » d'être filmée en plan américain si je suis enceinte. Pour l'instant tout ceci n'est que pure élucubration. La vérité, c'est que le compte à rebours va bientôt commencer pour moi et ça me flanque un cafard monstre.

Elle se dirigea vers Francesca, recroquevillée sur elle-même comme si elle avait froid. Le beau visage de Holly Grace était empreint de tristesse et Francesca se douta combien cet aveu avait dû lui coûter. Elle passa la tasse de café à Dallie et tapota le matelas :

— Viens t'asseoir, Holly Grace. Dis-moi ce qui ne va pas.

Holly Grace plongea son regard bleu dans les yeux d'émeraude de Francesca.

— Tu sais à quel point j'ai envie d'avoir un bébé, Francie, et tout ce qui s'est passé avec Teddy n'a fait qu'aviver ce désir. J'en ai assez d'aimer les enfants des autres. J'en veux un à moi. Dallie n'a cessé de me rabâcher pendant des années que le bonheur ne se conquiert pas à coups de dollars, et en fin de compte je crois qu'il a raison.

Francesca lui toucha gentiment le bras. Elle espérait que Gerry était encore là, bien qu'après avoir en vain tenté d'avoir une conversation avec Holly Grace depuis trois jours, il n'aurait pas été à blâmer d'avoir repris l'avion pour New York.

— Quand tu rentreras à New York, essaie de voir Gerry. Il faut que vous vous parliez tous les deux. Je sais qu'il t'aime, et toi aussi.

— Je ne veux plus entendre parler de lui! Il est comme Peter Pan, il ne sera jamais adulte. Il m'a proposé de l'épouser, c'est vrai, mais il ne veut pas d'enfant, il est catégorique.

— Première nouvelle! fit Dallie, interloqué.

— Il faut absolument que Gerry et toi ayez une discussion sérieuse, insistait Francesca.

— Je ne le supplierai pas. (Holly Grace se durcit.) J'ai une certaine maturité, je suis financièrement indépendante et je ne vois pas pourquoi j'irais me mettre la corde au cou juste pour avoir un enfant. J'ai tout simplement besoin que tu m'aides.

— Je ferai tout ce qu'il est en mon pouvoir, tu le sais. Après tout ce que tu as fait pour moi...

— Peux-tu me prêter Dallie? fit brusquement Holly Grace.

Dallie fit un bond sur le lit.

— Mais dis donc!

— Dallie ne m'appartient pas, rétorqua lentement Francesca.

Holly Grace passa outre à l'indignation de Dallie.

— Il y a des quantités d'hommes à qui j'aurais pu le demander mais je ne veux pas faire un bébé avec n'importe qui. J'aime Dallie, c'est le seul homme en qui j'ai réellement confiance et il y a toujours le souvenir de Danny entre nous. (Elle regarda Francesca avec une légère expression de reproche.) Il sait que je n'essaierai pas de l'évincer comme tu l'as fait. Je sais ce que la famille représente pour lui, et l'enfant serait aussi bien le sien que le mien.

— Ceci ne regarde que vous deux, dit Francesca catégoriquement.

Holly Grace regardait alternativement Francesca et Dallie.

— Je ne crois pas, dit-elle, puis, s'adressant à Dallie : J'avoue que ça me ferait drôle de me retrouver au lit avec toi après tant d'années, un peu comme si je couchais avec mon frère. Mais il suffirait que je boive quelques verres et que je fantasme un peu sur Tom Cruise...

La plaisanterie tomba à plat. Dallie était visiblement estomaqué.

— Ça alors! C'est la meilleure!

Il se pencha pour ramasser une serviette éponge abandonnée à côté du lit.

Holly Grace le supplia du regard :

— Je sais bien que tu as ton mot à dire dans tout ça, mais pourrais-tu nous laisser toutes les deux un instant, s'il te plaît?

— Certainement pas, répliqua-t-il durement. Vous êtes insensées, toutes les deux! Vous êtes un exemple caractéristique de ce que sont devenues les femmes dans ce pays : vous considérez les hommes comme tout juste bons à vous divertir.

Il s'enveloppa dans la serviette.

— Quoi qu'on puisse dire, ça n'a aucun rapport avec le moment où on vous a donné le droit de vote. En ce qui me concerne, ça serait plutôt quand on vous a appris à lire!

Il bondit hors du lit en réajustant la serviette autour de ses reins.

— Qui plus est, je vous serais reconnaissant de me traiter autrement que comme une banque de sperme ambulante!

Sur quoi il entra dans la salle de bains et claqua la porte derrière lui. Peu impressionnée par la colère de Dallie, Holly Grace se tourna vers Francesca :

— En admettant que je puisse arriver à mes fins avec Dallie, qu'est-ce que tu penses de mon idée?

Cette perspective déplaisait plus à Francesca qu'elle ne l'aurait souhaité.

— Écoute, Holly Grace, ce n'est pas parce que Dallie et moi avons succombé une nuit à la tentation que cela me donne des droits sur lui. Tout ceci est une affaire entre vous.

Holly Grace jeta un coup d'œil sur la lingerie de Francesca dispersée sur le sol.

— Suppose que tu sois vraiment amoureuse de Dallie. Quelle serait ta réaction?

Il y avait un tel désarroi dans le ton de Holly Grace que Francesca se fit un devoir de lui répondre en toute franchise. Elle réfléchit un instant.

— Quelle que soit l'affection que je te porte et bien que je compatisse à ton désir d'avoir un enfant, si j'étais vraiment amoureuse de Dallie, je ne te laisserais pas le toucher.

Holly Grace garda le silence un moment, puis sourit tristement.

– C'est exactement ce que j'aurais dit à ta place. Malgré toute ta légèreté, je sais que tu es sincère, Francie, et c'est dans ces moments-là que je sais que tu es ma meilleure amie.

Holly Grace lui pressa doucement la main, et Francesca fut heureuse de sentir qu'elle lui avait pardonné son mensonge à propos de Teddy. Mais elle fronça les sourcils.

– Holly Grace, il y a quelque chose là-dedans qui ne colle pas. Tu sais pertinemment que Dallie ne marchera pas. Je ne suis d'ailleurs pas sûre que tu le souhaites vraiment.

– Dallie est assez imprévisible, fit Holly Grace sur la défensive. Il se pourrait qu'il soit d'accord.

Francesca ne croyait pas une seconde que Dallie accéderait au désir de Holly Grace, et celle-ci n'était sans doute pas dupe non plus.

– Tu sais à qui tu me fais penser? dit Francesca d'un air songeur. Tu me fais penser à quelqu'un qui a une rage de dents qui se donne des coups de marteau sur la tête pour oublier sa douleur.

– C'est ridicule, fit Holly Grace avec un tel empressement que Francesca sut qu'elle avait vu juste.

En fait, elle se raccrochait à n'importe quoi pour se distraire de sa peine d'avoir perdu Gerry. Francesca ne pouvait pas grand-chose pour elle, si ce n'est la serrer sur son cœur.

– Quel touchant spectacle! fit Dallie d'une voix traînante au sortir de la salle de bains, en boutonnant sa chemise. Vous avez décidé de mon sort maintenant?

– Francie m'interdit de te toucher, fit Holly Grace.

Francesca protesta vivement :

– Holly Grace, ce n'est pas du tout ce que j'ai...

– Ah vraiment? (Dallie rentrait méticuleusement sa chemise dans son jean.) Décidément, je déteste les femmes. (Il pointa un index accusateur vers Francesca.) Ce n'est pas parce qu'on a passé une folle nuit tous les deux que ça te donne des droits sur ma personne.

Francesca était sincèrement indignée.

– Jamais je ne me serais permis...

Il ne l'écoutait même pas et s'était retourné vers Holly Grace.

– Quant à toi, si tu veux te faire faire un gosse, je te conseille de trouver un autre géniteur. Je ne suis pas un étalon, figure-toi.

Francesca sentit monter en elle une fureur qu'elle s'efforça de raisonner. Ne se rendait-il pas compte que les mots de Holly Grace avaient dépassé sa pensée?

– Tu ne trouves pas que tu es un peu dur, tout de même?

– Dur!

Il devint blême de rage, et, crispant les poings, se sentit d'humeur à anéantir le monde entier.

Il se dirigea vers elles et instinctivement Francesca se rétracta sous les draps. Il saisit violemment le sac de Holly Grace abandonné sur le lit et Francesca poussa un petit cri de frayeur. Il en vida le contenu et s'empara des clés de sa voiture.

– Allez au diable, toutes les deux! lança-t-il d'une voix blanche.

Et il sortit.

Francesca entendit une voiture s'éloigner et eut un petit pincement au cœur en pensant à la maison où jamais aucune parole violente n'avait été prononcée.

30

Six semaines plus tard, Teddy traînait son cartable tout le long du couloir en sortant de l'ascenseur. Pour la première fois de sa vie, il détestait l'école. Miss Pearson leur avait demandé de préparer un projet de travaux pratiques en sciences politiques pour la fin de l'année, et il savait déjà qu'il échouerait. Miss Pearson ne l'aimait guère. Elle l'avait menacé de le renvoyer de la classe s'il ne changeait pas d'attitude.

Ce n'était que justice. Depuis son retour de Wynette, plus rien ne l'intéressait. Il se sentait mal à l'aise, comme si un monstre était tapi dans l'ombre, prêt à lui sauter à la gorge. Et maintenant, il risquait d'être exclu de sa classe de surdoués.

Teddy se disait qu'il lui fallait absolument trouver une

idée géniale en sciences politiques, étant donné qu'il avait lamentablement échoué avec les insectes. Il fallait qu'il fasse mieux que les autres, mieux que ce vieux Milton Grossman qui avait prévu d'écrire au maire, Ed Koch, pour lui demander de passer une demi-journée avec lui. L'idée avait beaucoup plu à Miss Pearson et elle avait déclaré que toute la classe devrait s'inspirer de l'initiative de Milton. Teddy se demandait comment un garçon qui se fourrait les doigts dans le nez et répandait autour de lui une odeur de naphtaline pouvait inspirer quoi que ce soit.

Au moment où il entrait, Consuelo sortit de la cuisine pour lui annoncer qu'un paquet l'attendait dans sa chambre.

Qu'est-ce que ça pouvait bien être? Teddy se précipita dans le couloir. Noël était loin déjà, son anniversaire n'était qu'en juillet, et la Saint-Valentin était passée depuis quinze jours. En entrant dans sa chambre, il vit un énorme carton en provenance de Wynette, Texas. Il balança sa veste, remonta ses lunettes sur son nez et se mordilla le pouce d'un air perplexe. D'un côté, il aurait aimé que le colis soit un cadeau de Dallie, mais d'un autre côté il avait l'impression que le seul fait de penser à lui allait réveiller le monstre embusqué.

Il alla chercher ses ciseaux les plus pointus et découpa le ruban adhésif. A l'intérieur du paquet, il n'y avait pas trace de message, mais une kyrielle de boîtes qu'il se mit à ouvrir méthodiquement. Quand il eut terminé, il s'assit, abasourdi par l'abondance et la munificence des cadeaux : il disparaissait littéralement sous un amoncellement de présents si bien choisis pour un petit garçon de neuf ans qu'on aurait dit qu'un magicien avait lu dans ses pensées.

Il y avait des tas de choses merveilleuses : un coussin musical, du chewing-gum au poivre et un faux glaçon avec une mouche dedans. Certains présents faisaient appel à l'intellect : une calculatrice programmable et la collection complète des *Chroniques de Narnia*, d'autres recelaient des objets typiquement masculins : un vrai couteau de l'armée suisse, une torche électrique avec une poignée de caoutchouc noir, et une série de tournevis Black et Decker.

Teddy poussa des cris de joie en découvrant au fond du

carton le sweat-shirt le plus fantastique qu'il ait jamais vu. Sur le devant était appliqué un motif représentant un motard barbu au regard torve, sous lequel s'étalait en lettres orange fluorescentes le nom de Teddy suivi de cette inscription : « Né pour faire un malheur. »

Teddy pressa le sweat-shirt contre sa poitrine. Il se plut à imaginer une fraction de seconde que Dallie lui avait expédié toutes ces merveilles, mais il se dit que ce n'était pas le genre de cadeaux qu'on fait à une mauviette, et connaissant les sentiments de Dallie à son égard, il en conclut que seul Skeet pouvait en être l'expéditeur. Il serra un peu plus fort le sweat-shirt sur son cœur, se disant qu'il avait de la chance d'avoir un ami comme Skeet Cooper, qui avait su le percer à jour et ne pas se fier à son apparence de petit binoclard.

Theodore Day, né pour faire un malheur. Il se délectait de la saveur de ces mots, ravi à l'idée que, tout gringalet et nul en sport qu'il fût et sur le point de se faire renvoyer de sa classe, il était né pour faire un malheur.

Pendant ce temps-là, Francesca terminait l'enregistrement de son émission. La petite lumière rouge de la caméra s'éteignit et Nathan Hurd vint la féliciter. Bedonnant et un peu déplumé, il était physiquement insignifiant, mais c'était un véritable volcan d'énergie mentale. Par certains côtés, il lui faisait penser à Clare Padgett, actuellement rédactrice en chef du journal télévisé d'une chaîne de Houston, qui amenait régulièrement ses collaborateurs au bord du suicide. L'un comme l'autre étaient de redoutables perfectionnistes et savaient exactement où était leur intérêt.

— J'ai adoré votre prestation de ce soir, fit Nathan, son double menton tremblotant de satisfaction. Si ça continue comme ça, notre indice d'écoute va crever tous les plafonds.

Le sujet du jour était l'évangélisme à la télévision. L'invité d'honneur, le révérend Johnny T. Platt, avait pris la mouche lorsqu'elle avait évoqué, un peu trop précisément à son goût, ses échecs conjugaux répétés et son attitude réactionnaire envers les femmes, et il avait quitté le plateau avant la fin de l'émission en faisant un scandale.

— Heureusement, je n'ai eu que quelques minutes de

remplissage à faire sinon il aurait fallu tout refaire, dit-elle en dégrafant le micro-cravate de l'écharpe en cachemire qui agrémentait l'encolure de sa robe.

Nathan lui emboîta le pas et ils sortirent ensemble du studio. Une lassitude désormais familière l'envahit, maintenant que la tension de l'émission était retombée. Six semaines s'étaient écoulées depuis son retour de Wynette et elle n'avait pas de nouvelles de Dallie depuis son départ spectaculaire de la maison de campagne. Elle qui avait tant craint de le voir s'installer dans la vie de Teddy! Elle se sentait aussi désemparée que les gamines qu'elle avait coutume de recueillir. Elle réalisa subitement que Nathan était en train de lui parler.

— ... le communiqué de presse annonçant la cérémonie à la statue de la Liberté est paru aujourd'hui. Nous allons programmer une émission sur l'immigration pour le mois de mai. Les riches et les pauvres, quelque chose dans le genre. Qu'en pensez-vous?

Elle fit un signe d'assentiment. Elle avait réussi son examen de citoyenneté en janvier et avait reçu peu après une invitation de la Maison-Blanche à un gala qui devait avoir lieu en mai à la statue de la Liberté. Certaines personnalités en vue ayant récemment acquis la citoyenneté américaine, parmi lesquelles des athlètes espagnols, un styliste coréen, un chorégraphe russe et deux respectables scientifiques, avaient également été conviées à prêter serment au cours de cette cérémonie.

Forte du succès remporté en 1986 par l'inauguration de la statue après réfection, la Maison-Blanche avait prévu un discours présidentiel destiné autant à stimuler l'ardeur patriotique des nouveaux citoyens qu'à s'assurer leurs voix.

Nathan s'arrêta devant la porte de son bureau.

— J'ai des projets grandioses pour la saison prochaine. Nous nous attaquerons à des sujets plus politiques. Avec votre façon directe d'entrer dans le vif...

— Nathan... (Elle hésita un instant, mais elle n'avait déjà que trop tardé, aussi se jeta-t-elle à l'eau.) Il faut que je vous parle.

Il la regarda d'un air circonspect, puis la fit entrer. Elle salua la secrétaire et suivit Nathan dans son bureau particulier. Il referma la porte derrière eux et posa une fesse rebondie sur le coin de son bureau, mettant à rude épreuve les coutures de son pantalon de tweed.

Francesca prit une profonde inspiration, et lui fit part de la décision qu'elle avait mis des mois à mûrir :

— Je me doute bien que vous n'allez pas sauter de joie, Nathan, mais j'ai demandé à mon agent de renégocier mon contrat au moment où celui-ci viendra à échéance, le printemps prochain.

— Oui, bien sûr, il faudra négocier, fit Nathan prudemment. Je pense que la chaîne est prête à augmenter la mise de quelques dollars. Ne soyez pas trop gourmande quand même.

Francesca hocha la tête. Là n'était pas la question.

— Je ne veux plus faire un show hebdomadaire, Nathan. Je veux revenir à une formule plus légère. Par exemple douze émissions spéciales par an – une par mois.

Elle se sentit soulagée d'avoir enfin dit ce qu'elle avait sur le cœur.

Nathan bondit de son perchoir.

— Ça n'est pas possible! La chaîne n'acceptera jamais. Ce serait un suicide professionnel!

— Je prends le risque. J'en ai assez de vivre comme je vis, Nathan, assez d'être toujours fatiguée, assez de ne pas pouvoir m'occuper moi-même de l'éducation de mon fils.

Nathan, qui ne voyait ses propres filles qu'en fin de semaine et laissait à sa femme le soin de les élever, n'avait pas l'air de comprendre de quoi elle parlait. Il essaya de faire vibrer une corde sensible en attaquant sa conscience politique.

— Des milliers de femmes vous considèrent comme un modèle à suivre. Elles se sentiront flouées.

— Peut-être... je n'en suis pas certaine. (Elle repoussa un tas de magazines pour s'asseoir sur le canapé.) Je pense que les femmes ont envie d'être autre chose que les copies conformes des hommes. Depuis neuf ans j'ai dû travailler plus qu'un homme pour réussir. J'ai négligé l'éducation de mon fils, et mon emploi du temps est tellement serré que, lorsque je me réveille dans une chambre d'hôtel, il faut que je sorte l'annuaire du tiroir de la table de nuit pour me rappeler où je suis. Le soir je me couche avec un nœud à l'estomac en pensant à tout ce que j'ai à faire le lendemain. Je n'en peux plus, Nathan. J'adore mon métier, mais je ne peux plus l'aimer vingt-quatre heures sur vingt-quatre et sept jours sur sept. J'adore mon fils et d'ici neuf ans il me quittera pour aller à l'université. La vie que je mène ne me plaît qu'à moitié, et je ne veux pas passer à côté du bonheur.

Il fronça les sourcils.

— En admettant que les dirigeants de la chaîne acceptent votre proposition, ce dont je doute sérieusement, vous allez perdre beaucoup d'argent.

— C'est vrai. Il faudra que je réduise mon train de vie de moitié. Mais même en dépensant dix mille dollars par an pour m'habiller au lieu de vingt mille je ne serai pas à plaindre! Il y a des millions de mères de famille qui ont des insomnies parce qu'elles ne savent pas avec quoi elles vont acheter des chaussures neuves à leurs gosses!

Avait-elle tellement besoin d'argent après tout? Tellement besoin de pouvoir? Elle en avait assez que tous les critères de la réussite sociale soient imposés par les hommes, et elle n'était sûrement pas la seule à penser ainsi.

— Qu'est-ce que vous voulez, Francesca? Nous pourrons sûrement aboutir à une sorte de compromis, fit Nathan, essayant d'être conciliant.

— Je veux avoir du temps à moi, répondit-elle d'un ton las. Je veux pouvoir lire un livre uniquement pour le plaisir, pas seulement parce que l'auteur est invité à l'émission le lendemain. J'ai envie de pouvoir rester une semaine sans aller chez le coiffeur. Pour l'amour du ciel, je veux accompagner la classe de Teddy dans l'une de ses sorties. (Puis elle émit une idée qui germait depuis longtemps dans son cerveau :) Enfin, je voudrais consacrer un peu de l'énergie que j'ai investie dans mon travail à faire quelque chose pour toutes les gamines de quatorze ans qui se prostituent dans les rues parce qu'elles n'ont pas d'autre issue.

— On peut faire plus d'émissions sur les fugueuses, dit vivement Nathan. Je vais me débrouiller pour que vous puissiez prendre des vacances plus longues. Je sais que vous avez travaillé dur, Francesca, mais...

— Trêve de boniment, Nathan, fit-elle en se levant. J'ai vraiment envie de lever le pied pendant un certain temps.

– Mais, Francesca...

Elle lui planta un rapide baiser sur la joue et s'éclipsa. Elle savait que sa popularité ne garantissait pas que les dirigeants de la chaîne ne pussent envisager de la congédier s'ils estimaient son comportement déraisonnable, mais il lui fallait prendre ce risque. Les événements récents lui avaient clairement démontré où étaient ses priorités, et elle savait maintenant quelque chose d'important : elle n'avait plus rien à prouver.

Une foule de messages l'attendaient sur son bureau. Elle en prit un distraitement, et le reposa sans l'avoir lu. Son attention fut attirée par un classeur contenant une documentation complète sur la carrière de Dallas Beaudine. D'un côté elle avait essayé de chasser Dallie de son esprit, mais de l'autre elle n'avait pu s'empêcher de constituer ce dossier. Elle en feuilleta pensivement les pages, mais n'eut pas besoin de le relire. Elle le connaissait dans les moindres détails, et toutes les informations qu'elle avait glanées, quelles que soient leurs sources, aboutissaient au même verdict : Dallas Beaudine avait l'étoffe d'un champion, mais il ne semblait pas avoir suffisamment de rage de vaincre pour parvenir au plus haut niveau. Elle songeait à ce que Skeet lui avait dit et ne voyait toujours pas le rapport avec Teddy.

Stefan était en ville et elle avait promis de l'accompagner à une soirée privée à *La Côte basque* ce soir même. Toute la fin de l'après-midi elle pensa décommander, mais c'était une solution de facilité. Stefan lui demandait quelque chose qu'elle savait maintenant ne pas être en mesure de lui accorder et il eût été déloyal de surseoir encore à un entretien nécessaire.

Stefan était venu deux foix à New York depuis son retour de Wynette, et ils s'étaient vus à chaque fois. Il savait que Teddy avait été enlevé, aussi s'était-elle plus ou moins sentie obligée de lui raconter ce qui s'était passé à Wynette, en omettant toutefois de s'étendre sur le rôle de Dallie dans cette histoire.

Sur son bureau trônait une photo de vacances représentant Teddy flottant dans une grosse chambre à air, ses jambes fluettes tout étincelantes de gouttes d'eau. Si Dallie ne voulait pas la voir, il aurait pu au moins tenter de contacter Teddy. Elle était réellement déçue par son comportement. Sans doute s'était-elle fait des illusions sur son compte. En rentrant chez elle ce soir-là, elle se dit qu'il valait mieux tirer un trait sur tout ça.

Avant de se préparer pour sortir, elle resta un moment avec Teddy pendant qu'il dînait. Deux mois plus tôt elle se sentait si insouciante et maintenant il lui semblait que tous les malheurs du monde pesaient sur ses épaules. Elle n'aurait jamais dû céder à cette folie d'une nuit avec Dallie. Maintenant elle allait devoir faire de la peine à Stefan. Et puis la chaîne de télévision pourrait fort bien se passer de ses services. Elle n'avait même pas le courage de réconforter Holly Grace et elle se faisait du mauvais sang pour Teddy. Il avait l'air terriblement malheureux. Quand elle faisait allusion aux événements de Wynette, ou essayait de le faire parler de ses ennuis scolaires, il se fermait comme une huître.

— Comment ça va avec Miss Pearson ces jours-ci? demanda-t-elle d'un ton qui se voulait désinvolte, en regardant Teddy piocher dans son assiette de petits pois et de pommes de terre.

— Bien, je suppose.

— Sans plus?

Il repoussa son assiette et se leva de table.

— Je n'ai pas très faim. Et puis j'ai plein de devoirs à faire.

Elle fronça les sourcils en le voyant sortir de la cuisine. Elle trouvait l'institutrice de Teddy trop intransigeante et répressive. A l'encontre de ses collègues précédents, Miss Pearson était plus préoccupée par les résultats que par l'éducation elle-même, attitude désastreuse, selon Francesca, quand on a affaire à des surdoués. Teddy, qui jusqu'à présent n'avait guère été obsédé par ses notes, ne pensait plus qu'à ça cette année.

En se glissant dans une robe du soir perlée d'Armani, elle se dit qu'il lui faudrait encore prendre rendez-vous avec le directeur de l'école.

A *La Côte basque* l'ambiance était joyeuse, les invités triés sur le volet et la nourriture exquise, mais Francesca n'avait pas le cœur à s'amuser. Une foule de paparazzi les guettaient à leur sortie du restaurant, peu après minuit. Elle remonta frileusement le col de son manteau de zibeline, évitant de son mieux les flashes des appareils.

– Saleté de fourrure, maugréa-t-elle.

– Voilà un point de vue peu banal, chérie, repartit Stefan en la conduisant vers la limousine.

– Tout ce battage autour d'un manteau de fourrure! La presse ne t'importune jamais de cette façon. C'est ma faute. Si j'avais mis mon imperméable, nous serions passés inaperçus...

La limousine s'était glissée dans la circulation de la 55e Rue. Francesca bavarda un moment puis se tut, envahie par la nostalgie qu'elle sentait monter en elle depuis le début de la soirée. Des souvenirs d'enfance, l'image de Chloe, puis celle de Dallie se bousculaient dans sa mémoire.

Stefan la regardait à la dérobée, apparemment perdu dans ses propres pensées. Elle se dit qu'il était impossible de différer plus longtemps, et lui toucha légèrement le bras :

– Si nous faisions quelques pas?

Il était plus de minuit, et la nuit de février était glaciale. Stefan la regarda avec défiance, comme s'il pressentait ce qui allait suivre, mais il ordonna néanmoins au chauffeur de s'arrêter. Un fiacre passa près d'eux et la rue déserte résonna longtemps du claquement des sabots du cheval. Ils commencèrent à descendre la Cinquième Avenue, leur souffle faisant un peu de buée dans l'air froid.

– Stefan, dit-elle en posant furtivement sa joue contre l'étoffe moelleuse de son pardessus, je sais que tu cherches une femme digne de partager ta vie, mais j'ai bien peur de ne pas être celle qu'il te faut.

Elle l'entendit aspirer une longue bouffée d'air.

– Chérie, tu es fatiguée, ce soir. Cette discussion peut attendre.

– Je trouve qu'elle n'a que trop tardé, dit-elle doucement.

Elle parla longtemps, sachant qu'elle lui faisait mal, mais peut-être pas autant qu'elle le redoutait. Elle subodorait que, tout, au fond de lui-même, il savait déjà depuis longtemps qu'elle n'était pas la princesse qu'il attendait.

Le lendemain, Francesca reçut un coup de fil de Dallie à son bureau. Il se lança dans la conversation avec une aisance déconcertante, comme s'ils s'étaient quittés la veille.

— Dis donc, Francie, tu sais que la moitié de Wynette est prête à te lyncher?

Elle eut la tentation fugitive de ces éclats spectaculaires dont elle était coutumière étant plus jeune, mais elle garda son sang-froid. Tout son dos était douloureux sous l'effet de la tension nerveuse, mais elle dit d'un ton calme :

— Et pourquoi ça?

— La façon dont tu as réglé son compte à cet évangéliste a fait scandale. Ici, les gens respectent leurs révérends et Johnny Platt est très aimé.

— C'est un charlatan, répliqua-t-elle aussi posément que possible, en enfonçant ses ongles dans ses paumes.

Pourquoi Dallie prenait-il donc tous ces détours? N'était-il pas capable de dire simplement ce qu'il avait sur le cœur?

— J'ai une réunion, Dallie. Tu m'appelais pour un motif précis?

— Eh bien, je dois venir à New York la semaine prochaine pour rencontrer à nouveau les responsables de la chaîne et je serais passé te voir vers sept heures pour dire salut à Teddy et peut-être t'inviter à dîner.

— Ce n'est pas possible, dit-elle froidement, mais bouillant intérieurement.

— Ce n'est qu'un dîner, Francie, ne monte pas sur tes grands chevaux.

— Je ne veux plus te voir, Dallie. Je t'ai donné ta chance, et tu l'as gaspillée.

Un long silence s'installa entre eux. Elle voulait raccrocher mais sa main se refusait à lui obéir. Quand Dallie parla, son ton était grave. Il semblait troublé, las.

— Je sais que j'aurais dû t'appeler plus tôt. Pardonne-moi. Il me fallait un peu de temps.

— Il m'en faut à moi, maintenant.

— D'accord, dit-il, doucement. Laisse-moi simplement passer voir Teddy.

— Je ne crois pas que ce soit possible.

— J'ai des choses à mettre au point avec lui, Francie. Je ne resterai pas longtemps. Quelques minutes.

Elle s'était endurcie au fil des années. Elle n'avait pas eu le choix. Mais maintenant qu'elle aurait eu besoin de toute sa force de caractère, la seule image qui s'imposait à elle était celle d'un petit garçon chipotant dans son assiette de légumes.

– Quelques minutes, pas plus, concéda-t-elle.

– Formidable! (Il exultait comme un gamin.) C'est sensationnel, Francie! (Puis il ajouta, très vite :) Après, je t'emmène grignoter quelque chose.

Avant qu'elle ait ouvert la bouche pour protester, il avait raccroché.

Elle posa la tête sur son bureau en gémissant. Elle avait le dos en marmelade.

Quand le concierge annonça Dallie ce mardi-là, Francesca n'était qu'un paquet de nerfs. Après avoir hésité entre deux ou trois tenues parmi les plus strictes de sa garde robe, elle avait finalement opté pour la provocation en se glissant dans un bustier en satin vert vif assorti d'une mini-jupe en velours émeraude. L'harmonie des verts soulignait l'intensité de ses prunelles et, du moins se plaisait-elle à le croire, lui donnait un air dur. L'idée d'être probablement trop habillée pour un dîner avec Dallie ne lui déplaisait pas. Même s'ils passaient la soirée dans une gargote minable avec des menus recouverts de plastique, New York était sa ville, et Dallie devrait s'adapter.

Elle ébouriffa ses cheveux pour leur donner un mouvement naturel puis passa autour de son cou un collier à pampilles en cristal de Tina Chow. Bien qu'elle fît plus confiance à ses propres arguments qu'à un bijou à la mode, il ne fallait rien négliger pour surmonter l'épreuve de cette soirée. Elle savait bien qu'elle n'avait nul besoin d'accepter cette invitation. Elle n'aurait même pas dû être là à l'arrivée de Dallie, mais elle avait envie de le revoir. C'était aussi simple que cela.

Elle sursauta en entendant Consuelo ouvrir la porte d'entrée et resta quelques instants dans sa chambre pour essayer de se calmer, mais en vain. Elle alla donc à sa rencontre dans le salon.

Il avait un paquet-cadeau à la main et contemplait le dinosaure rouge au-dessus de la cheminée. Elle remarqua son costume gris impeccablement coupé et sa cravate bleu marine. C'était la première fois qu'elle le voyait en costume et elle s'attendait inconsciemment à ce qu'il dénoue sa cravate et déboutonne son col de chemise. Mais il n'en fit rien.

Il se tourna vers elle à son approche et émit un sifflement d'admiration.

— Bon sang, Francie, cette tenue de tapineuse te va à ravir !

Elle eut envie de rire mais préféra se retrancher dans le sarcasme.

— Si jamais j'avais des problèmes avec mon égo, je t'appellerais au secours !

Il sourit, et lui appliqua sur les lèvres un baiser furtif qui sentait vaguement le bubble-gum. Un frisson lui parcourut la nuque.

— Tu es la plus jolie femme du monde. Et tu le sais parfaitement, dit-il en plantant son regard droit dans le sien.

Elle s'éloigna promptement. Il jeta un coup d'œil circulaire dans la pièce, du fauteuil poire en plastique orange de Teddy jusqu'au miroir Louis XVI.

— J'aime cette pièce. C'est vraiment accueillant.

— Merci, dit-elle d'un ton emprunté.

Elle se sentait soudain mal à l'aise. Qu'allaient-ils bien pouvoir se raconter toute la soirée en tête à tête ? Ils ne pouvaient aborder aucun sujet sans heurts ni grincements de dents.

— Est-ce que Teddy est dans les parages ? demanda-t-il en changeant son paquet de main.

— Il est dans sa chambre.

Elle jugea superflu de lui dire que Teddy avait piqué une colère noire quand elle lui avait dit que Dallie allait passer.

— Tu pourrais lui demander de venir quelques minutes ?

— Je crains que ce ne soit pas si facile.

Son visage s'assombrit.

— Alors montre-moi sa chambre.

Elle hésita un peu, puis l'accompagna dans le couloir.

Teddy était assis à son bureau et manœuvrait nonchalamment une jeep d'avant en arrière.

— Qu'est-ce que tu veux ? fit-il à l'intention de Dallie.

– Je t'ai apporté quelque chose. Un cadeau de Noël un peu en retard.

– Je n'en veux pas, répliqua Teddy d'un air buté. Maman m'achète tout ce que je veux.

Il poussa la jeep jusqu'à l'extrême bord du bureau et la laissa tomber sur le tapis. Francesca lui lança un regard réprobateur, mais il fit semblant de ne rien voir.

– Tu en feras cadeau à un de tes amis, dit Dallie en déposant le paquet sur le lit de Teddy.

Teddy lorgna le paquet d'un œil soupçonneux :

– Qu'est-ce que c'est?

– Il se pourrait bien que ce soit une paire de bottes de cow-boy.

Une étincelle s'alluma dans les yeux de Teddy.

– Des bottes de cow-boy? C'est de la part de Skeet? Dallie secoua négativement la tête.

– Skeet m'a envoyé des tas de trucs, fit Teddy.

– Quel genre de « trucs »? demanda Francesca.

Teddy haussa les épaules d'un air désinvolte.

– Un coussin musical et des trucs...

– C'est très gentil de sa part.

Francesca se demanda pourquoi il ne lui en avait pas parlé.

– Le sweat-shirt te va? s'enquit prudemment Dallie.

Teddy se raidit sur sa chaise et dévisagea Dallie, les yeux brillants derrière ses lunettes. Francesca les regardait d'un air intrigué, ne comprenant pas de quoi ils parlaient.

– Super, dit Teddy d'une voix à peine audible.

Dallie effleura les cheveux de Teddy puis tourna les talons et sortit de la pièce.

Ils étaient silencieux l'un et l'autre dans le taxi qui les emmenait au restaurant, Francesca pelotonnée dans sa veste perlée à col de velours et Dallie observant le chauffeur. Elle avait bien essayé de lui soutirer quelques détails à propos de l'incident avec Teddy, mais il avait éludé la question et elle avait fait taire sa curiosité.

A sa grande surprise, le taxi s'arrêta devant le *Lutèce*. Bien que le *Lutèce* fût sans doute le meilleur restaurant de New York, elle fut secrètement déçue que Dallie eût recours à un artifice si grossier pour l'impressionner. Pourquoi ne pas l'avoir emmenée dans un restaurant plus simple, où manifestement il se serait senti plus à l'aise qu'ici? Il lui tint la porte et prit galamment sa veste pour la confier au vestiaire. Francesca se dit qu'elle allait devoir déployer des trésors de diplomatie pour choisir les plats et les vins sans heurter la susceptibilité mâle de Dallie.

Apercevant Francesca, l'hôtesse lui adressa un sourire de bienvenue.

— Bonsoir, Miss Day, c'est toujours un plaisir de vous avoir parmi nous. (Puis elle se tourna vers Dallie.) Mr. Beaudine, ça fait presque deux mois qu'on ne vous a vu! Vous nous avez manqué. Je vous ai réservé votre table habituelle.

Habituelle! Une fois de plus Francesca s'était laissée abuser par l'image que Dallie s'était forgée, oubliant qu'il fréquentait depuis quinze ans les clubs sportifs les plus sélects du pays.

— Je vous recommande les coquilles Saint-Jacques ce soir, ajouta l'hôtesse en les conduisant au jardin d'hiver par l'étroit couloir pavé de briques.

— Tout est délicieux ici, lui confia Dallie lorsqu'ils se furent installés dans les chaises en osier, mais il vaut mieux demander la traduction si on a des doutes. La dernière fois, ils ont failli me faire manger du foie!

Francesca rit de bon cœur.

— Tu es vraiment incroyable, Dallie!

— Ah bon! Pourquoi ça?

— Tu fais partie des rares personnes qui se sentent autant à l'aise dans un palace new-yorkais que dans une gargote du Texas.

Il la considéra pensivement.

— J'ai l'impression que tu en fais partie aussi.

Cette remarque déconcerta quelque peu Francesca qui percevait jusque-là plus de divergences entre eux que de points communs. Ils discutèrent un moment du menu, Dallie ne cessant de faire des réflexions impertinentes sur les plats qui lui semblaient trop sophistiqués. Il la buvait littéralement du regard, et elle se sentit devenir belle comme elle ne l'avait jamais été, une sorte de beauté venue de l'intérieur. Elle se dit qu'il fallait qu'elle se méfie d'elle-même, et le serveur apparut fort à propos pour prendre la commande.

Dès qu'il fut parti, Dallie enveloppa Francesca d'un regard tendre :

— J'ai vraiment passé une nuit fantastique, la dernière fois.

Oh, non tu ne vas pas recommencer, se dit-elle. Elle n'avait pas l'intention de succomber si facilement. S'il fallait jouer le jeu, elle était décidée à lui tenir la dragée haute pendant un moment. Aussi prit-elle son air le plus ingénu dans l'intention de lui demander à quelle nuit il faisait allusion, mais elle s'entendit proférer malgré elle « Moi aussi » avec un sourire involontaire.

Il lui prit furtivement la main, la relâchant aussitôt comme si elle l'eût brûlé.

— Je regrette de t'avoir crié après comme ça. Holly Grace m'a exaspéré en nous tombant dessus de cette façon. Tout ça, c'est sa faute et j'ai eu tort de m'en prendre à toi.

Francesca hocha la tête, tentée d'accepter ses excuses.

La conversation prit un tour moins périlleux lorsque le serveur apparut avec les hors-d'œuvre. Francesca demanda à Dallie où il en était dans ses pourparlers avec les dirigeants de la chaîne. Il lui fit une réponse plutôt évasive, ce qui l'intrigua, aussi chercha-t-elle à en savoir plus long.

— Si je comprends bien, lorsque tu auras signé ce contrat, tu ne pourras plus jouer dans la plupart des tournois importants.

Elle extirpa un escargot d'un petit pot en céramique où il baignait dans une sauce au beurre persillé.

Il haussa les épaules.

— Je serai bientôt trop âgé pour la compétition, et je ferais aussi bien de signer tant qu'on me fait un pont d'or.

Les aléas de la carrière de Dallie lui revinrent en mémoire et, décrivant un cercle sur la nappe avec sa fourchette, elle prit le risque de s'aventurer en terre inconnue :

— Holly Grace m'a dit que tu ne jouerais probablement pas dans l'US Classic, cette année.

— C'est vrai.

— Je ne pensais pas que tu abandonnerais la compétition avant d'avoir remporté un grand tournoi.

— J'ai assez donné, dit-il en crispant la main sur son

verre de soda. Il détourna la conversation en lui donnant des nouvelles de Miss Sybil et de Doralee. Francesca les avait eues au bout du fil récemment et était davantage préoccupée par la façon dont il était passé du coq à l'âne que par ce qu'il racontait.

Le serveur apporta la suite. Dallie avait choisi les coquilles Saint-Jacques servies avec une sauce tomate onctueuse relevée d'ail, et Francesca un feuilleté au crabe et aux champignons.

Elle revint à la charge :

– L'US Classic est un tournoi aussi important que le Masters, n'est-ce pas ?

– Ouais, je suppose, fit-il de mauvaise grâce, en imprégnant un morceau de Saint-Jacques de sauce épaisse. Tu sais ce que Skeet m'a dit l'autre jour ? Que tu étais le plus intéressant des animaux errants que nous ayons jamais ramassés. C'est d'autant plus un compliment qu'au début il ne pouvait pas te sentir.

– Je suis très flattée.

– Depuis longtemps son favori était un clochard manchot capable de fredonner *Tom Dooley* en rotant, mais tu l'as détrôné depuis ton inoubliable visite à Wynette. Remarque, il peut toujours réviser son opinion.

Il continuait à bavarder à bâtons rompus et elle l'écoutait, la tête gracieusement inclinée, ponctuant ses phrases d'un sourire ou d'un hochement de tête, si bien que, pris sous le charme, il en oubliait qu'il avait en face de lui une redoutable interlocutrice, qui depuis dix ans était passée maître dans l'art de soutirer à son vis-à-vis des secrets qu'il n'avait aucune intention de révéler, une femme qui entrait dans l'arène avec une aisance déconcertante et donnait le coup de grâce avec une telle candeur que la victime expirait le sourire aux lèvres.

Elle décapitait doucement ses asperges en attendant qu'il ait fini son bavardage.

– Pourquoi n'attends-tu pas après l'US Classic pour signer ton carnet ? De quoi as-tu peur ?

Il se rebiffa comme un animal traqué.

– *Peur* ? Depuis quand t'intéresses-tu au golf au point de savoir de quoi un joueur professionnel peut avoir peur ?

– Quand on fait une émission comme la mienne, on est amené à connaître pas mal de choses, fit-elle évasivement.

– Si j'avais su que ce dîner tournerait à l'interview, je serais resté chez moi.

– Mais nous nous serions privés d'une charmante soirée, tu ne trouves pas?

Sans autre preuve que l'expression renfrognée de Dallie, Francesca fut intimement convaincue que Skeet avait dit vrai, et que non seulement le bonheur de son fils mais éventuellement le sien propre dépendaient du golf. Mais elle ne voyait pas pour l'instant comment tirer profit de cette intuition. Elle porta son verre de vin à ses lèvres d'un air songeur, puis parla d'autre chose.

Francesca n'avait pas prémédité de se retrouver dans le lit de Dallie ce soir-là, mais plus la soirée avançait, plus ses sens la tourmentaient. Leur conversation s'espaçait et leurs regards devenaient langoureux. Elle était comme sous l'effet d'une drogue. Impossible de rompre le charme.

Quand on leur apporta le café, ils étaient incapables de détacher leurs regards l'un de l'autre et ils se retrouvèrent sans savoir comment dans le lit de Dallie à l'*Essex House*.

– Mm, tu sens si bon, murmura-t-il.

Elle se cambra et un gémissement de pur plaisir monta du plus profond de son être, tandis qu'il embrassait son sexe, sachant prendre son temps et l'amener sur les sommets de son propre désir.

– S'il te plaît, supplia-t-elle.

– Pas tout de suite.

– Je... je n'en peux plus.

– Mais si, tu vas voir...

Elle fit un mouvement pour se dégager mais il lui prit les poignets et les maintint contre ses flancs.

– Tu n'aurais pas dû faire ça, chérie. Je vais être obligé de recommencer depuis le début.

Quand il la fit enfin jouir, sa peau était moite et ses doigts se crispèrent dans ses cheveux.

– Quel supplice tu m'as fait subir, dit-elle en revenant à elle. Tu me le paieras!

– Tu as remarqué qu'il n'y a pas de mot d'argot pour désigner le clitoris? C'est une exception.

Il jouait avec ses seins, prenant encore son temps bien qu'il n'ait toujours pas assouvi son propre désir.

– C'est peut-être parce que les hommes n'ont découvert son existence que récemment, dit-elle malicieusement, ils n'ont pas eu le temps.

— Je ne crois pas, dit-il en se mettant à titiller l'objet en question. Je crois que c'est parce que c'est un organe insignifiant.

— Insignifiant?

Elle retint son souffle car la magie opérait à nouveau.

— Bien sûr, fit-il d'une voix rauque, un peu comme un minuscule clavier électronique comparé à un bon vieux Wurlitzer.

Elle roula sur lui avec un rire de gorge.

— Prenez garde, maître, ce petit instrument va accompagner votre puissant Wurlitzer dans la symphonie de sa vie!

Les mois suivants, Dallie se trouva une foule de prétextes pour venir à New York. Il devait faire une publicité pour une marque de clubs de golf. Ou bien il était en route pour Phoenix, en provenance de Houston. Ou encore il avait une nostalgie aiguë des embouteillages et des gaz d'échappement. Francesca ne se rappelait pas avoir autant ri de toute sa vie, ni s'être sentie aussi bien dans sa peau. Quand Dallie s'en donnait la peine, il était irrésistible. Elle avait depuis longtemps perdu l'habitude de se raconter des histoires, aussi n'essaya-t-elle pas de camoufler les sentiments qu'il lui inspirait sous le masque du plaisir sensuel. Elle se rendit compte qu'elle tombait amoureuse, même si elle devait y laisser des plumes. Elle adorait son allure, son rire, sa virilité décontractée.

Malgré tout, leur amour avait un arrière-goût amer, car tous les obstacles n'étaient pas levés entre eux. Francesca n'était plus une gamine idéaliste de vingt et un ans et elle ne croyait plus aux contes de fées. Elle savait que Dallie avait de l'affection pour elle, mais ses sentiments lui paraissaient bien plus désinvoltes que les siens.

Et Teddy continuait à poser problème. Elle sentait à quel point Dallie avait envie de le séduire, bien qu'il fût encore mal à l'aise avec son fils – comme s'il avait peur d'être lui-même. Leurs sorties se terminaient souvent en catastrophe, Teddy se tenant mal, et Dallie le grondant. Bien qu'elle eût honte de le reconnaître, elle se sentait parfois soulagée quand Teddy n'était pas là.

Un dimanche de la fin avril, Francesca invita Holly Grace à venir voir le final d'un des tournois de golf les plus importants de la saison. A leur plus grande joie, Dallie n'était qu'à deux coups de la victoire, Holly Grace était persuadée que, s'il terminait brillamment, il finirait la saison au lieu de se vendre à une chaîne de télévision.

– Il va échouer dit Teddy en venant s'affaler par terre devant la télévision. Il se plante toujours à la fin.

– Pas cette fois, dit Francesca, agacée par son petit air de monsieur-je-sais-tout. Il va gagner.

Il a intérêt, se dit-elle dans son for intérieur. La veille, au téléphone, elle lui avait fait miroiter tout un éventail de fantaisies érotiques s'il remportait le tournoi.

– Depuis quand es-tu si passionnée de golf? lui avait demandé Dallie.

Elle n'avait pas la moindre intention de lui avouer qu'elle avait passé des heures devant des vidéocassettes de ses anciens matchs pour essayer de percer son secret, ni qu'elle connaissait par cœur tous les détails de sa carrière de golfeur, aussi s'en tira-t-elle par une pirouette :

– Depuis que j'ai le béguin pour Seve Ballesteros, avait-elle rétorqué d'une voix pâmée, en se laissant couler sur les oreillers en satin de son lit, le téléphone coincé contre son épaule. Il est tellement sexy! Tu crois que tu pourrais m'avoir un rendez-vous avec lui?

Dallie avait renâclé à l'évocation du bel Espagnol qui était en passe de devenir le meilleur joueur mondial.

– Continue comme ça et tu vas voir un peu le rendez-vous que je vais t'arranger! Oublie Seve et concentre-toi plutôt sur ton Américain pur-sang.

Maintenant qu'elle le voyait à l'écran, elle était plutôt satisfaite. Il venait de jouer les quatorzième et quinzième trous et avait réussi le seizième en un coup au-dessous de la normale. Le panneau d'affichage indiquait qu'il était à un coup de la victoire. La caméra prit Dallie et Skeet en train de se diriger vers le dix-septième trou et la retransmission fut coupée par une publicité.

Teddy s'éclipsa dans sa chambre et Francesca apporta un plateau avec du fromage et des biscuits, mais elle et Holly Grace étaient trop nerveuses pour avaler quoi que ce soit.

– Il va gagner, dit Holly Grace pour la cinquième fois.

Quand je l'ai eu au téléphone hier soir, il m'a dit qu'il était en pleine forme.

– Je suis vraiment contente que vous vous parliez à nouveau, remarqua Francesca.

– Oh, tu sais, on ne reste jamais fâchés très longtemps, Dallie et moi.

Teddy réapparut, chaussé de ses bottes de cow-boy et attifé d'un sweat-shirt bleu marine qui lui arrivait presque aux genoux.

– Où diable as-tu déniché cette horreur? demanda Francesca en avisant le motard à l'œil torve et l'inscription fluorescente.

– C'est un cadeau, grommela Teddy en reprenant sa place devant la télé.

C'était donc ça, le sweat-shirt en question. Elle observait pensivement l'écran, où Dallie venait de frapper sa première balle sur le dix-huitième trou, puis regarda à nouveau Teddy.

– Il n'est pas si mal, fit-elle, conciliante.

Teddy, fasciné par le tournoi, remonta ses lunettes sur son nez.

– Il va se planter.

– Ne dis pas ça, lâcha Francesca.

Holly Grace regardait intensément l'écran :

– Il faut qu'il la lance un peu derrière le bunker, vers la partie gazonnée sur la gauche. Il verra mieux le drapeau.

Pat Summerall, le commentateur de CBS, s'adressait à son collègue Ken Venturi :

– Qu'en dites-vous Ken? Beaudine va-t-il se maintenir sur les deux derniers coups?

– Je n'en sais rien, Pat. Dallie a l'air en très bonne forme aujourd'hui, mais il faut qu'il garde cette énergie jusqu'à la fin et il n'est jamais à son aise dans les tournois de cette envergure.

Francesca retint son souffle lorsque Dallie amorça son drive et Pat Summerall dit d'un ton alarmiste :

– Il n'a pas l'air de vouloir arracher la victoire.

– Son coup passe beaucoup trop près du bunker de gauche, ajouta Venturi.

– Oh non! cria Francesca en se tordant les mains en voyant la balle s'envoler sur le petit écran.

– Nom de Dieu, Dallie! hurla Holly Grace.

La balle traversa le ciel et alla se ficher dans le gazon à gauche du bunker.

– Je vous avais dit qu'il allait se planter, lâcha Teddy.

31

La vue sur Central Park était magnifique, mais Dallie ne tenait pas en place. Il se détourna de la fenêtre et se mit à arpenter sa chambre d'hôtel.

Une fois de plus, la victoire lui avait filé entre les doigts, et l'idée que Francesca et Teddy avaient assisté à ce fiasco en direct lui était intolérable.

Son échec sportif n'était cependant pas la seule cause de ses tourments. Malgré tous ses efforts, il ne pouvait s'empêcher de penser à Holly Grace. Ils s'étaient réconciliés et elle n'avait plus jamais fait allusion à son intention de l'utiliser comme géniteur, mais elle lui avait ouvert son cœur et plus il pensait à elle, plus il avait envie de casser la figure à Gerry Jaffe.

Une idée lui trottait dans la tête et il fouilla machinalement dans sa poche où se trouvait l'adresse de Gerry, qu'il avait obtenue de Naomi Perlman, sans savoir encore s'il en ferait ou non usage. Il jeta un coup d'œil à sa montre : il était déjà sept heures et demie, et il avait rendez-vous à neuf heures avec Francie pour dîner. Il était ivre de fatigue et suffisamment déprimé pour se comporter de façon irréfléchie. Le moment était sans doute mal choisi pour voler au secours de Holly Grace. Il fourra néanmoins l'adresse de Gerry dans la poche de son veston et appela un taxi.

La voiture s'arrêta devant un immeuble près du siège des Nations Unies. Dallie tomba presque nez à nez avec Gerry qui en sortait. Manifestement contrarié, celui-ci ne lui en adressa pas moins un « Hello, Beaudine » poli.

– Mais c'est l'ami des Soviets en personne, si je ne m'abuse! rétorqua Dallie.

Gerry laissa retomber sa main tendue.

– Cette plaisanterie éculée devient lassante.

– Tu es vraiment un salaud! fit Dallie, qui ne voyait aucune raison de s'embarrasser de préliminaires.

Gerry n'était pas un calme non plus, mais il parvint à tourner les talons et à s'éloigner sans répondre. Dallie n'avait cependant pas l'intention de le laisser filer aussi facilement : le bonheur de Holly Grace était en jeu. Il lui emboîta le pas. Il faisait sombre, les rues étaient quasi désertes et les poubelles alignées le long des trottoirs. Gerry pressa l'allure.

– Tu devrais être en train de faire joujou avec tes balles de golf.

– En fait, je viens juste de m'interrompre pour faire un brin de causette avec toi avant d'aller voir Holly Grace. (C'était évidemment un mensonte éhonté.) Dois-je lui transmettre ton meilleur souvenir?

Gerry s'immobilisa. Un réverbère projetait sur son visage une lueur glauque.

– Laisse Holly Grace tranquille.

Dallie, encore sous le coup de son échec de la veille, n'était pas d'humeur à finasser.

– Ça va être un peu difficile, surtout qu'elle veut être enceinte, alors il va bien falloir que je m'en occupe.

Le regard noir de Gerry s'embrasa et il saisit Dallie au col.

– J'aimerais bien savoir de quoi tu parles.

– Elle veut un bébé, c'est tout, fit Dallie sans essayer de se dégager, et apparemment seul l'un d'entre nous est capable de combler ce désir.

Le teint olivâtre de Gerry vira au blême. Il lâcha Dallie.

– Va te faire foutre.

– C'est une chose pour laquelle je ne suis pas très doué, répondit Dallie d'une voix menaçante.

Gerry lui balança un coup de poing en pleine poitrine, mettant ainsi fin à deux décennies de non-violence. Il n'avait pas l'habitude de se battre et Dallie avait vu partir le coup mais n'avait rien fait pour le parer. Dallie se redressa et revint vers Gerry. Si Holly Grace voulait cet enfant de salaud, elle l'aurait, mais il allait d'abord lui démolir le portrait.

Gerry, les bras ballants et les épaules voûtées, regardait Dallie s'avancer vers lui. Le coup de poing l'atteignit en pleine mâchoire et il alla valser dans les poubelles avec un vacarme infernal. Un couple de passants fit rapidement demi-tour à la vue de la bagarre. Gerry se releva péniblement, essuyant du revers de la main sa lèvre dégoulinante de sang. Puis il commença à s'éloigner.

— Viens te battre, espèce de dégonflé, cria Dallie derrière lui.

— Je ne veux pas me battre.

— Tu n'as vraiment rien dans le ventre. J'aurais battu des montagnes pour elle. Toi, tu n'es même pas capable de combattre un seul homme.

Gerry le toisa avec mépris.

— Tu ne sais pas résoudre un problème autrement qu'avec tes poings, hein?

— Au moins, j'essaie de trouver une solution. Tout ce que tu as su faire, c'est la rendre malheureuse.

— Qu'est-ce que tu en sais, Beaudine? Ça fait des semaines que je veux lui parler et elle refuse de me voir. La dernière fois que j'ai réussi à entrer dans les studios, elle a appelé les flics.

— Vraiment? fit Dallie avec un sourire mauvais en le relâchant. Je vais te dire une chose, Jaffe. Je n'aime pas les gens qui prétendent avoir réponse à tout. Je ne peux pas sentir ces donneurs de leçons qui veulent sauver le monde mais sont capables de démolir ceux qui les aiment.

Gerry avait du mal à trouver ses mots.

— Tout ça ne te regarde pas.

— Tout ce qui touche de près ou de loin à Holly Grace finit par me regarder. Elle veut un bébé et, pour une raison qui m'échappe, elle te veut toi aussi.

Gerry s'adossa à un réverbère, la tête penchée. Quand il leva les yeux, il y avait dans son regard toute la douleur du monde.

— Mais enfin, en quoi est-ce un si grand crime de ne pas vouloir mettre d'enfant au monde dans cette société pourrie? Pourquoi est-elle si obstinée? On était heureux, tous les deux.

Dallie fut touché par le désarroi de Gerry mais se garda bien de laisser transparaître quoi que ce soit.

— Elle veut un enfant, c'est tout.

— Je serais le plus mauvais père du monde. Je n'y connais rien.

– Tu crois que ce n'est pas la même chose pour tous les hommes? fit Dallie avec un rire doux-amer.

– Écoute, Beaudine, j'en ai assez que tout le monde me tombe dessus. On dirait que vous vous êtes donné le mot. Ça n'est pas tes oignons, tu m'entends?

– Dis-moi une chose, Jaffe, dit Dallie lentement. Comment vas-tu supporter de vivre en sachant que tu as fichu ton bonheur en l'air?

– C'est ce que je m'évertue à lui faire comprendre, à elle, hurla-t-il. Elle ne veut ni me voir ni me parler, espèce d'imbécile!

– Tu n'essaies peut-être pas avec assez de conviction?

– Fiche-moi la paix et laisse Holly Grace tranquille. Elle et toi c'est de l'histoire ancienne, et si jamais tu la touches, tu auras de mes nouvelles.

– J'en tremble déjà, répliqua insolemment Dallie.

Gerry planta son regard dans celui de Dallie avec une détermination farouche qui forçait le respect.

– Ne me sous-estime pas, Beaudine.

Il soutint le regard de Dallie sans ciller pendant un moment, puis fit demi-tour.

Dallie l'observa s'éloigner, puis héla un taxi, un léger sourire aux lèvres.

Francesca avait accepté de dîner avec lui dans un petit restaurant de quartier qu'ils affectionnaient tous deux, où l'on dégustait des plats du Sud. Elle se glissa dans un pull en cachemire noir et un pantalon zébré, puis fixa à ses oreilles une paire de boucles asymétriques extravagantes, prenant un malin plaisir à le provoquer. Elle ne l'avait pas vu depuis une semaine et se sentait d'humeur à fêter leurs retrouvailles.

Après trois mois de négociations tumultueuses, son agent avait finalement obtenu gain de cause auprès des dirigeants de la chaîne et elle ferait une édition spéciale de « Francesca chez vous » tous les mois à partir de juin.

En arrivant, elle aperçut Dallie installé au fond du restaurant, à l'écart de la foule. A sa vue, il se leva avec un grand sourire d'adolescent naïf, et elle sentit son cœur bondir dans sa poitrine.

Elle n'était pas passée inaperçue en traversant la salle, aussi se contenta-t-il de lui donner un baiser furtif en guise de bonjour. Mais il se rattrapa dès qu'elle fut assise à l'abri des regards indiscrets.

– Nom de nom, Francie, je suis content de te voir.

Elle l'embrassa longuement, en fermant les yeux pour mieux se délecter de l'enivrante sensation de sa présence.

– Où as-tu trouvé ces boucles d'oreilles ? Chez le quincailler ?

– Ce ne sont pas des boucles d'oreilles, répliqua-t-elle avec hauteur. D'après l'artiste qui les a créées, ce sont des abstractions libres du concept d'angoisse.

– Sans blague ? J'espère que tu les as fait exorciser avant de les mettre !

Elle sourit, et il enveloppa d'un tendre regard son visage, ses cheveux, le galbe de ses seins sous son pull. Elle commençait à sentir des picotements sur sa peau et, embarrassée, elle rejeta ses cheveux en arrière de son geste familier, faisant tintinnabuler ses boucles. Il lui adressa un sourire coquin, comme s'il percevait son émoi, mais il avait l'air las et troublé. Elle décida de ne pas lui annoncer la bonne nouvelle concernant son contrat avant de savoir ce qui le tourmentait.

– Teddy a-t-il regardé le tournoi hier ?

– Oui.

– Et qu'est-ce qu'il a dit ?

– Pas grand-chose. Il portait les bottes de cow-boy que tu lui as offertes et ce sweat-shirt insensé dont j'ai peine à croire que c'est vraiment toi qui l'as acheté.

Dallie rit de bon cœur.

– J'étais sûr qu'il adorerait.

– Quand je l'ai bordé dans son lit hier au soir, il l'avait gardé avec son pantalon de pyjama.

Dallie eut un sourire amusé. Le serveur s'approcha de leur table, et ils examinèrent le tableau noir où les plats du jour étaient inscrits à la craie.

Dallie jeta son dévolu sur un poulet au piment avec une garniture de haricots. Francesca n'avait pas très faim, mais, mise en appétit par les odeurs délicieuses qui provenaient de la cuisine, se décida pour des crevettes grillées accompagnées de salade.

Dallie jouait avec la salière et semblait un peu moins soucieux.

– Hier, ils ont mal fait l'implantation des drapeaux de

trou, et ça m'a déstabilisé. La foule était trop bruyante, et un abruti de cameraman a commencé à filmer juste au moment où j'amorçais mon backswing.

Elle fut étonnée qu'il éprouvât le besoin de se justifier devant elle, mais elle connaissait maintenant trop bien le profil de sa carrière pour être dupe de ses excuses. Ils parlèrent encore de Teddy puis il lui demanda de se libérer pour la semaine suivante.

— Je serai en ville pour un certain temps. Ils veulent que j'apprenne à me familiariser avec les petites lumières rouges des caméras, et tout ça.

Elle lui lança un regard réprobateur. Toute sa bonne humeur venait de s'envoler.

— Tu vas accepter ce poste de commentateur sportif?

— Ces vampires m'apportent le contrat à signer demain, dit-il sans oser la regarder.

Leurs plats arrivèrent, mais Francesca n'avait plus faim. Il allait commettre une erreur, plus grave encore que ce qu'il pouvait imaginer. Et puis il y avait sur son visage un air de défaite qu'elle ne supportait pas, non plus que la façon dont il évitait son regard. Elle entama une crevette, mais ne put se retenir plus longtemps.

— Dallie, tu devrais au moins finir la saison. Tu ne peux pas abandonner comme ça!

— Il faudra bien que je range mes clubs un jour ou l'autre. Alors pourquoi pas maintenant?

— Tu pourrais faire un excellent commentateur, mais tu n'as que trente-sept ans. C'est un âge auquel tu peux encore prétendre remporter de grands tournois. Rappelle-toi Jack Nicklaus au Masters l'année dernière.

Les yeux de Dallie virèrent au bleu foncé et il finit par la regarder :

— Écoute, Francie, je te préfère de beaucoup quand tu ne te prends pas pour une spécialiste de golf. J'ai assez de gens autour de moi qui me submergent de conseils, tu n'as vraiment pas besoin de te joindre au concert.

Il eût sans doute été plus sage de faire machine arrière, mais l'enjeu était trop important. Tout en promenant machinalement son doigt sur le rebord de son verre, elle soutint son regard hostile.

— A ta place, je gagnerais l'US Classic avant de me retirer.

– Ah vraiment?

Un petit muscle de sa mâchoire tressauta.

– Oui, fit-elle dans un souffle, le regard rivé au sien. Je remporterais ce tournoi rien que pour me prouver à moi-même que j'en étais capable.

– J'aimerais bien t'y voir! Tu ne sais même pas reconnaître un driver d'un fer 2!

– Il ne s'agit pas de moi, mais de toi.

– Parfois, Francesca, tu te comportes comme la femme la plus ignare du monde!

Il laissa tomber sa fourchette. De petites rides durcissaient le contour de sa bouche.

– Pour ta gouverne, sache que l'US Classic est l'un des tournois les plus difficiles de l'année. Le terrain est diabolique. Si tu n'arrives pas à toucher le green au bon endroit, tu peux passer d'un birdie à un bogey, c'est-à-dire de la victoire au désastre sans même t'en apercevoir. Sais-tu seulement qui participe au tournoi cette année? Il y aura les meilleurs professionnels du monde : Greg Norman, surnommé le Grand Requin blanc, pas seulement à cause de ses cheveux blancs mais parce qu'il aime le goût du sang. C'est le roi du putt. Il y aura aussi Fuzzy Zoeller. Ce vieux Fuzzy n'arrête pas de raconter des blagues, comme s'il faisait sa promenade du dimanche dans les bois, mais il est en train de se demander comment t'enterrer le plus proprement possible. N'oublions pas ton copain, Seve Ballesteros, qui marmonne toujours en espagnol entre ses dents, prêt à anéantir tout ce qui se trouve en travers de sa route. J'ai gardé le meilleur pour la fin : Jack Nicklaus. Malgré ses quarante-sept ans, il est encore capable de battre chacun d'entre nous à plate couture. Nicklaus a quelque chose de surhumain, Francie.

– Et enfin, il y a Dallas Beaudine, dit-elle calmement, Dallas Beaudine qui joue les débuts de tournoi les plus brillants, mais qui flanche toujours avant la fin. Pourquoi ça, Dallie? Est-ce que tu n'as pas suffisamment envie de vaincre?

Quelque chose sembla se briser brusquement en lui. Il roula sa serviette en bouchon et la posa sur la table.

– Sortons d'ici, Francie. Je n'ai plus faim.

Elle ne fit même pas mine de se lever. Au contraire, elle croisa les bras et leva le menton d'un air de défi silencieux. Elle était décidée à mettre les choses au clair avec lui une fois pour toutes, dût-elle le perdre.

– Je ne bougerai pas d'ici.

A cet instant précis, Dallie eut la révélation de ce qu'il avait vaguement perçu quand elle avait jeté une paire de diamants sublimes dans les entrailles de la carrière de granit. Il se rendit compte qu'elle avait une volonté de fer. Depuis des mois maintenant, il avait délibérément refusé de voir l'intelligence qui filtrait dans ses yeux de chat, la détermination farouche sous le sourire effronté et la force de caractère de cette femme aux dehors frivoles. Il avait oublié qu'elle avait débarqué dans ce pays démunie de tout, et avait réussi à surmonter tous les obstacles. Elle s'était élevée au tout premier plan alors qu'il était resté sur la touche.

Il réalisa qu'elle n'avait nullement l'intention de quitter le restaurant et il fut désarçonné par la force de sa résolution. Il s'affola comme lorsqu'il était enfant et que Jaycee le menaçait de ses poings. Le souffle du Bear passa sur sa nuque. *Attention, Beaudine, elle va te mettre le grappin dessus!*

Alors, il fit la seule chose à faire pour empêcher cette entêtée de le hacher menu.

– Je te jure, Francie, tu m'as mis de mauvaise humeur. Je crois que je vais modifier mes projets pour ce soir.

Il remit subrepticement sa serviette sur ses genoux.

– Et quels étaient donc ces projets?

– Eh bien, tu as failli me faire changer d'avis, mais je crois que je vais quand même te demander de m'épouser.

– T'épouser? dit Francesca en arrondissant la bouche de stupéfaction.

– Et pourquoi pas?

Francesca s'adossa à la banquette, abasourdie.

– On ne fait pas une demande en mariage comme ça, à la légère, dit-elle faiblement. Et puis, à part un petit garçon de neuf ans, nous n'avons strictement aucun point en commun.

– Ce n'est pas si évident.

Il plongea la main dans la poche de son veston, en extirpa un petit écrin et ouvrit le couvercle d'un coup de pouce. L'écrin recelait un ravissant solitaire.

– Je l'ai acheté à un type qui était au collège avec moi.

Il a passé quelque temps contre son gré au Texas après une soirée mouvementée dans une boîte louche. En tout cas, il prétend avoir rencontré Jésus en prison et je ne pense pas que ce soit une bague volée. Encore que...

Francesca avait tout de suite identifié l'écrin de Tiffany et l'écoutait distraitement. Pourquoi était-il incapable de lui parler d'amour ?

— Dallie, je ne peux pas accepter cette bague.

Et comme elle n'arrivait pas à formuler ce qu'elle avait sur le cœur, elle invoqua toutes sortes de prétextes.

— Où vivrions-nous ? J'ai mon travail à New York, et toi tu bouges sans arrêt. On n'a rien à se dire, en dehors de la chambre à coucher. Ce n'est pas parce qu'il y a ce désir entre nous que nous serions capables de vivre ensemble.

— Bon sang, Francie, tout est si compliqué, avec toi. J'ai été marié à Holly Grace pendant quinze ans et on n'a vécu ensemble qu'au début.

— C'est donc ça que tu veux ? Un mariage qui ressemble au premier ? Tu vivrais de ton côté et moi du mien, et on se verrait de temps en temps pour regarder des matchs à la télé et faire un concours de crachats ? Je ne veux pas être ton meilleur copain, Dallas Beaudine.

— D'abord, je n'ai jamais de ma vie fait de concours de crachats avec Holly Grace, et ensuite notre fils n'est ni plus ni moins qu'un bâtard.

— Comme son père, siffla-t-elle.

Il referma illico le petit écrin de Tiffany et le glissa dans sa poche.

— Très bien. Ne nous marions pas. C'était une simple suggestion.

Elle le dévisagea pendant quelques secondes. Il mâchonnait une bouchée de poulet.

— C'est comme ça que tu le prends ?

— Je ne peux pas te contraindre.

Elle étouffait de rage et d'humiliation.

— Alors, c'est tout ! Je dis non, tu ranges tes jouets et tu rentres à la maison ?

Il but une gorgée de soda, avec une expression aussi indéchiffrable que les boucles d'oreilles « abstraites » de Francesca.

— Qu'est-ce que tu veux que je fasse ? Que je me traîne à tes pieds ? Je me ferais vider du restaurant.

400

C'était comme s'il lui avait enfoncé un poignard dans le cœur. Ce ton faussement détaché lui était insupportable.

– Tu es incapable de te battre pour obtenir ce que tu veux ? murmura-t-elle durement.

Au silence qui s'ensuivit, elle comprit qu'elle avait touché son talon d'Achille. Ses yeux se dessillèrent soudain. C'était donc ça que Skeet avait essayé de lui faire comprendre.

– Qu'est-ce qui te fait dire que je te veux ? Tu prends tout trop au sérieux, Francie.

Il lui mentait, et il se mentait à lui-même. Il avait besoin d'elle autant qu'elle avait besoin de lui, elle en était persuadée. Il la voulait, mais il ne savait pas comment s'y prendre. Pire, il n'essayait même pas. Que pouvait-elle attendre, se dit-elle amèrement, d'un homme qui était si brillant au début du tournoi et capitulait toujours avant la fin ?

– Tu as encore une petite place pour le dessert, Francie ? Ils ont un bon gâteau au chocolat. Moi je le prendrai avec de la crème fouettée dessus, mais c'est bon aussi sans.

Son amour lui apparut subitement comme un boulet trop lourd à porter. Elle lui saisit le poignet en enfonçant ses ongles dans sa peau pour le forcer à l'écouter. Elle parlait bas, sur un ton agressif.

– As-tu à ce point peur de l'échec que tu ne tentes jamais rien pour obtenir ce que tu veux ? Que ce soit un tournoi, ton fils, ou moi ? Qu'est-ce qui te retient si fort que tu n'essayes même pas ?

– Je ne comprends pas de quoi tu parles.

– Tu es toujours sur la ligne de départ, Dallie, tu ne t'es pas encore jeté dans la mêlée. Tu joues le jeu, à condition de ne pas trop mouiller ta chemise. Et avec tes mots d'esprit, tu essayes de faire croire qu'au fond tout ça t'est bien égal.

– C'est complètement stupide.

– Mais ça n'est pas vrai, n'est-ce pas ? Tu as le goût de la victoire. Tu veux ton fils aussi, n'est-ce pas ? Mais tu n'oses pas faire le premier pas de peur qu'il te repousse – mon merveilleux petit garçon qui a le cœur sur la main et donnerait tout au monde pour avoir un père qui le respecte.

Dallie blêmit et sa peau devint moite sous les doigts de Francesca.

— Je le respecte, dit-il vivement. Je me rappellerai toute ma vie le jour où il s'est jeté sur moi parce qu'il croyait que j'allais te faire du mal.

— Tu te plains tout le temps, Dallie, mais tu le fais avec tant de charme que ça passe. (Elle relâcha son étreinte, mais elle n'en avait pas fini avec lui.) Tu ne pourras pas toujours donner le change en faisant ton petit numéro. Tu ne pourras pas indéfiniment compter sur ta belle petite gueule.

— Qu'est-ce que tu en sais? fit-il d'une voix légèrement enrouée.

— Je suis partie avec à peu près le même handicap, figure-toi. Mais j'ai tourné le dos à tout ce que j'étais pour pouvoir avancer.

— Ç'a peut-être été plus facile pour toi. Tu as eu une enfance heureuse. J'ai été livré à moi-même dès l'âge de quinze ans. Quand tu te promenais à Hyde Park avec ta gouvernante, moi j'esquivais les coups de mon père. Et tu sais ce qu'il me faisait quand j'étais tout petit et qu'il rentrait saoul? Il me prenait par les pieds et me plongeait la tête dans la cuvette des W.-C. L'ordure.

Elle ne manifesta pas le moindre signe de compassion. Elle vit bien que sa froideur le rendait malade mais elle ne flancha pas. Il n'avait pas besoin de pitié. Il faut bien, le moment venu, se débarrasser de ses traumatismes d'enfance, sinon on reste infirme pour le restant de ses jours.

Elle se leva et le toisa avec dédain.

— J'ai décidé de t'épouser, lâcha-t-elle d'un ton glacial.

— Oublie tout ça, rétorqua-t-il d'une voix blanche de colère. Même si tu te déguisais en paquet-cadeau, je ne voudrais pas de toi.

— Oh bien sûr que si, tu voudrais de moi. Tu me veux tellement que ça te flanque une peur bleue. Tu as toujours la frousse de te retrouver la tête plongée dans les W.-C. C'est pour ça que tu ne prends jamais le moindre risque. (Elle se pencha légèrement en avant et posa une main sur la table.) J'ai décidé de t'épouser, Dallie. Le jour où tu gagneras l'US Classic.

— C'est un non-sens.

– Il faut que tu le gagnes, tu m'entends? Il faut que tu finisses premier. Pas troisième, ni deuxième – *premier*.

– Tu dérailles! fit-il avec un rire méprisant.

– Je veux savoir de quel bois tu es fait, ajouta-t-elle avec dédain. Je veux savoir si tu es digne de moi, et de Teddy. Je n'ai pas l'habitude de me contenter du second choix, et je ne vais pas commencer maintenant.

– Tu sembles avoir une très haute opinion de ce que tu vaux.

Elle lui jeta sa serviette à travers la poitrine.

– Si tu me veux, il va falloir me mériter. Et je vaux cher, monsieur.

– Francie...

– Si tu ne déposes pas ce satané trophée à mes pieds, ce n'est pas la peine de revenir me voir, espèce de salaud!

Elle empoigna son sac, traversa la salle de restaurant sous les yeux ébahis des dîneurs, et se précipita dans la rue. La nuit était glaciale, mais elle bouillait d'une telle colère qu'elle ne sentit pas la morsure du froid. Elle était à la fois furieuse et angoissée. Elle marchait à grandes enjambées et ne put retenir deux grosses larmes qui roulèrent sur ses joues. Pourquoi était-elle tombée amoureuse de lui? Elle se mit à claquer des dents. Maintenant qu'elle avait réussi à faire quelque chose de sa vie, voilà qu'elle laissait un golfeur de second plan lui briser le cœur.

Pendant toute la semaine, Francesca se dit qu'elle avait laissé échapper son bonheur à jamais. Pourquoi l'avait-elle mis au défi si cruellement?

Mais elle exigeait de la vie autre chose qu'un demi-bonheur, pour elle et pour Teddy. Il fallait que Dallie prenne enfin des risques, qu'il soit autre chose qu'un feu follet.

Le lundi suivant, en versant à Teddy un verre de jus d'orange avant qu'il aille en classe, Francesca pensa que Dallie devait être aussi malheureux qu'elle, ce qui était une bien piètre consolation. Difficile cependant de l'imaginer se laissant aller à ses émotions.

Teddy but son jus d'orange et fourra son livre d'orthographe dans son cartable.

– J'ai oublié de te dire, Holly Grace a téléphoné hier soir pour dire que Dallie jouait dans l'US Classic demain.

Francesca sursauta.

– Tu en es sûr?

– C'est ce qu'elle a dit. De toute façon, c'est pas important. Il va se planter. Eh dis m'man, si tu reçois une lettre de Miss Pearson, ne fais pas attention.

Francesca était restée avec le pichet de jus d'orange en l'air. Elle ferma les yeux, essayant de se concentrer sur ce que Teddy était en train de lui dire.

– Quel genre de lettre?

Teddy referma son cartable avec application, de façon à ne pas avoir à regarder Francesca.

– Ça pourrait bien être une lettre qui dit que je ne travaille pas au maximum de mes possibilités.

– Teddy!

– Mais il faut pas t'en faire. J'ai un sujet de travaux pratiques du tonnerre. Miss Pearson sera obligée de me mettre la meilleure note et me suppliera de rester dans la classe. D'ailleurs Gerry m'a dit que...

– Oh, Teddy, il faut que nous parlions sérieusement de tout ça.

– Il faut que j'y aille, sinon je vais être en retard.

Il empoigna son cartable et avant qu'elle ait pu faire un geste il courait déjà dans le couloir. La porte d'entrée claqua. Elle se serait bien remise au lit la tête sous les couvertures pour pouvoir penser tout à son aise, mais elle avait une réunion dans une heure. Elle ne pouvait rien faire pour Teddy dans l'immédiat mais en se dépêchant elle pourrait passer par le studio où l'on tournait « China Colt » pour vérifier que Teddy avait bien compris le message de Holly Grace. Dallie allait-il vraiment participer à l'US Classic? Ses paroles l'avaient donc touché?

Holly Grace venait de tourner la première scène de la journée quand Francesca arriva sur le plateau. Une déchirure savamment disposée sur le devant de sa robe révélait le galbe d'un sein et un bleu criant de vérité barrait son front.

– La journée s'annonce difficile! dit Francesca en souriant.

Holly Grace leva les yeux du dialogue qu'elle était en train d'étudier.

– J'ai été attaquée par une prostituée complètement cinglée qui se révélera être un travesti psychopathe. On prépare un superbe ralenti, style *Bonnie and Clyde*, où je flingue ce type en plein dans ses faux seins en silicone.

Francesca l'écoutait distraitement.

– Holly Grace, c'est vrai que Dallie participe à l'US Classic demain?

– C'est ce qu'il m'a dit, et je t'en veux un peu. (Elle posa son script sur une chaise.) Dallie n'est pas entré dans les détails, mais j'ai l'impression que tu l'as congédié.

– On peut voir les choses comme ça, fit prudemment Francesca.

Holly Grace la regarda d'un air de reproche.

– Tu as vraiment choisi ton moment! Tu n'aurais pas pu attendre que le Classic soit passé pour le bousiller?

Francesca commença à lui expliquer, puis subitement réalisa qu'elle comprenait Dallie mieux que Holly Grace. Cette idée, neuve pour elle, la frappa avec une telle évidence qu'elle ne se donna pas la peine de poursuivre ses explications et, prétextant qu'elle allait être en retard, elle se précipita hors du studio.

Elle était bouleversée. Holly Grace était la meilleure amie de Dallie, son premier amour, son âme sœur, mais ils étaient si proches l'un de l'autre qu'ils ne voyaient plus leurs défauts respectifs. Chaque fois que Dallie perdait un tournoi, Holly Grace lui trouvait des excuses. Bien qu'elle le connût intimement, elle ne comprenait pas à quel point la peur de l'échec le paralysait. Aussi bien en ce qui concernait le golf que dans sa vie privée.

32

Depuis sa création en 1935, l'United States Classic n'a cessé de croître en prestige, jusqu'à se hisser au cinquième rang des grands tournois, après le Masters, le British Open, le PGM et l'US Open. Le terrain où se déroule le Classic est devenu légendaire, au même titre qu'Augusta, Cypress Point ou Merion. Les golfeurs l'ont surnommé très justement l'Ancien Testament. C'est l'un des plus beaux terrains du Sud. La végétation y est luxuriante : les pins, les magnolias séculaires et les chênes majestueux servent de toile de fond aux greens méticuleusement tondus et les banquettes sont recouvertes d'un sable fin et blanc comme de la nacre.

Par temps calme, le parcours est baigné d'une lumière irréelle. Mais la beauté naturelle du lieu est traître. L'Ancien Testament ne pardonne aucune erreur.

Généralement, les golfeurs maudissent ce terrain, mais les meilleurs professionnels succombent toujours à la tentation d'y revenir, sans doute parce que ce parcours mythique de dix-huit trous leur procure des émotions rares, dont la vie même n'est guère prodigue. L'Ancien Testament est sans pitié pour le faible, et couvre d'honneurs le vainqueur.

Dallie détestait le Classic. Avant d'avoir renoncé à la bière et ainsi amélioré son jeu, il ne s'était pas toujours qualifié. Ces dernières années, en revanche, il avait suffisamment bien joué pour figurer dans la sélection, mais il aurait préféré rester dans ses pantoufles. L'Ancien Testament requérait la perfection et Dallie savait qu'il n'était pas parfait. Il avait beau se répéter que le Classic était un tournoi comme un autre, quand ce terrain avait raison de lui, c'était comme s'il perdait un peu de son âme.

Il aurait souhaité de tout cœur que Francesca ait jeté son dévolu sur un autre tournoi. De toute façon, ça ne changerait rien, elle lui avait vraiment dit adieu. En tout cas Dallie était bel et bien sur le terrain, et pas dans la tente des commentateurs. Il décocha un sourire enjôleur à une jolie petite blonde au premier rang avant de frapper sa première balle. Il avait déclaré aux gros pontes de la télévision qu'ils devraient encore tirer la langue avant d'avoir Dallas Beaudine. Impossible de se dérober à l'Ancien Testament, après ce que Francesca lui avait dit. Son grip était ferme. Il se sentait en forme, décontracté, et bien déterminé à prouver à Francesca qu'elle ne savait pas de quoi elle parlait. Il frappa un drive époustouflant, une véritable fusée qui zébra le ciel dans une trajectoire spectaculaire. Le public applaudit. La balle était en route pour l'éternité. Mais au moment d'amorcer sa descente, elle se déporta imperceptiblement... pour aller atterrir dans un bouquet de magnolias.

Pour la quatrième fois depuis le début de l'après-midi, Francesca appela le journaliste qu'elle connaissait à la section des sports.

– Où en est-il maintenant?

– Je suis désolé de te décevoir, Francesca, mais il vient de rater un autre coup sur le dix-septième trou. Mais il a encore trois tours pour se rattraper. Le Classic met les nerfs des joueurs à rude épreuve. Je me rappelle quand Jack Nicklaus menait... (Elle l'écoutait distraitement égrener des anecdotes de son sport favori.) Nicklaus est le seul joueur de l'histoire du golf capable de dominer aussi magistralement l'Ancien Testament. Pendant les années soixante-dix, quatre-vingt, il a régulièrement remporté le Classic. Il est comme chez lui sur le gazon, et les greens résonnent encore de l'écho de ses putts superbes...

A la fin de la journée, Dallie était quatre coups au-dessus du par. Pourquoi l'avait-elle mis si cruellement au défi? Ce soir-là, n'y tenant plus, elle appela diverses compagnies pour essayer de trouver un vol tardif. Puis elle réveilla doucement Teddy.

Tôt le lendemain matin, Holly Grace frappa à la porte du motel où Francesca était descendue avec Teddy. Elle n'avait pas fermé l'œil de la nuit, arpentant nerveusement la chambre miteuse du seul motel qu'elle ait pu trouver dans cette ville bourrée à craquer de joueurs et de fans. Elle se jeta au cou de Holly Grace.

– Dieu merci, tu es là! J'étais inquiète.

Holly Grace posa sa valise et se laissa tomber d'un air las sur la première chaise venue.

– Nous avons fini de tourner à près de minuit et j'ai pris un vol à six heures du matin. J'ai à peine dormi une heure dans l'avion.

– Je suis désolée, Holly Grace. Je sais que je te demande beaucoup, mais c'est très important pour moi. Prends une bonne douche. Pendant ce temps-là, je sors tes vêtements et Teddy va aller te chercher un petit déjeuner. Excuse-moi de te bousculer ainsi, mais Dallie frappe sa première balle dans une heure. J'ai préparé les laissez-passer. Arrange-toi pour que Dallie vous voie tous les deux dès le début.

– Je ne sais pas pourquoi tu n'emmènes pas toi-même Teddy. M'avoir fait faire tout ce périple rien que pour accompagner ton fils à un tournoi de golf!

Francesca fit lever Holly Grace et la poussa vers la salle de bains.

– Je t'en supplie, il faut que tu me fasses confiance.

Cinquante-cinq minutes plus tard, Francesca poussait Holly Grace et Teddy vers la porte. Dès qu'ils eurent tourné le coin de la rue, elle se précipita devant le téléviseur pour regarder le tournoi.

Seve Ballesteros menait à la fin du premier round, et Dallie était d'une humeur massacrante. Dallie aimait bien Seve, du moins jusqu'à ce que Francesca se livre à ces plaisanteries sur son charme. Maintenant, la vue de cet Espagnol aux cheveux de jais le mettait hors de lui. Il jeta un coup d'œil au tableau d'affichage, vérifiant que Jack Nicklaus avait fait une plus mauvaise prestation que lui, à cinq coups au-dessus du par, ce qui ne lui procura qu'une piètre satisfaction. Nicklaus se faisait vieux, et finalement le temps allait réussir l'exploit qu'aucun être humain n'avait accompli jusqu'à présent : mettre un terme au règne flamboyant du Golden Bear. Skeet s'avança vers Dallie.

– Il y a une petite surprise pour toi là-bas, fit-il en faisant un geste vague vers la gauche.

Dallie sourit en apercevant Holly Grace derrière les cordes. Il marcha vers elle, mais se figea à mi-chemin : Teddy était à côté d'elle. Une bouffée de rage s'empara de lui. Ce petit bout de femme était vraiment machiavélique ! Il comprit tout de suite que c'était Francesca qui avait envoyé Teddy, comme un vivant reproche, pour qu'il ait bien en tête tous les sarcasmes dont elle l'avait accablé. En temps normal, il aurait aimé que Teddy le voie jouer, mais pas au Classic, là où il n'avait jamais excellé. A l'évidence, Francesca voulait que Teddy le voit échouer et cela ne fit qu'augmenter sa fureur. Ses sentiments avaient dû transparaître sur son visage, car Teddy regarda ses pieds avec cet air buté que Dallie connaissait trop bien.

Teddy n'y était pour rien, Dallie le savait, mais il dut faire appel à tout son sang-froid pour ne pas laisser éclater sa colère. Il alla les saluer. Il fut aussitôt assailli par ses fans, ce qui tombait à pic car il ne savait pas quoi dire à Teddy. *C'est ma faute si tout va mal entre nous* – voilà ce qu'il aurait dû dire. *Je regrette de n'avoir pas su te dire tout ce que tu représentes pour moi, à quel point j'ai été fier de toi quand tu es venu au secours de ta maman à Wynette.*

Quand Dallie se détacha enfin du public, Skeet lui tendit son driver :

– C'est la première fois que Teddy vient te voir joùer. Tâche d'être à la hauteur.

Pour toute réponse, Dallie lui jeta un regard assassin et se prépara à frapper sa première balle. Tous ses muscles étaient tendus. Aujourd'hui il n'était pas d'humeur à plaisanter avec la foule comme il le faisait d'ordinaire. Son club lui parut inapprivoisé dans la main, et il regarda Teddy : un pli dur barrait son petit front sous l'effet d'une intense concentration. Dallie s'efforça de polariser son attention sur ce qu'il devait faire, sur ce qu'il pouvait faire. Il prit une profonde inspiration et, l'œil rivé sur la balle, les genoux légèrement fléchis, amorça son swing et fouetta la balle de toute la puissance de son côté gauche. *Un véritable vol plané.*

La foule applaudit. La balle suivit une trajectoire fulgurante, se détachant sur un ciel d'un bleu immaculé, vers le bosquet de magnolias, puis elle se déporta légèrement sur la droite et atterrit sur le gazon en parfaite position. Une ovation typiquement texane salua ce coup et Dallie se retourna pour sourire à Holly Grace. Skeet leva le pouce en signe d'approbation et Teddy poussa l'enthousiasme jusqu'à afficher un demi-sourire.

Ce soir-là, Dallie alla se coucher en sachant qu'il réduirait l'Ancien Testament à merci. Tandis que les meneurs, victimes de rafales de vent, avaient été évincés, Dallie avait terminé à trois coups au-dessus du par, compensant largement le désastre de la veille, histoire de donner à son fils une bonne leçon de golf. Seve était encore en compétition, ainsi que Fuzzy Zoeller et Greg Norman. Watson et Crenshaw avaient été éliminés. Nicklaus avait fait un round assez médiocre, mais le Golden Bear ne capitulerait pas si vite.

Dallie eut du mal à s'endormir, et il se dit qu'il valait mieux qu'il se concentre sur Seve et les autres; Nicklaus était trop vieux pour réaliser une de ces attaques-éclairs de dernière minute dont il avait le secret autrefois. Mais au moment où il tapotait son oreiller pour essayer de trouver le sommeil, la voix du Bear vint le narguer à l'oreille.

Il faut encore compter avec moi, Beaudine. Je ne suis pas comme toi. Je n'abandonne jamais.

Le troisième jour, Dallie ne réussit pas à se concentrer. Malgré la présence de Holly Grace et de Teddy, il joua médiocrement et termina à trois points au-dessus du par, ce qui était suffisant toutefois pour prétendre à la seconde place.

A la fin de cette troisième journée, Francesca avait la tête lourde d'avoir regardé la télévision sans arrêt. Sur CBS, Pat Summerall faisait un résumé de la journée.

— Dallie Beaudine n'est jamais performant lorsqu'il lui faut jouer sous pression et il m'a semblé très tendu.

— Il était manifestement gêné par le bruit de la foule, fit remarquer Ken Venturi. Il ne faut pas oublier que Nicklaus jouait juste derrière Dallie et, quand Jack est en forme comme aujourd'hui, le public est déchaîné, ce qui perturbe les autres joueurs.

— Nous attendons avec intérêt le dernier round pour voir si Dallie peut retourner la situation à son avantage, reprit Summerhall. Il frappe avec brio et il a un des meilleurs swings du tournoi. Ses fans brûlent d'impatience de le voir sauver la partie.

— Mais la véritable surprise du jour nous a été donnée par Jack Nicklaus, conclut Venturi. A quarante-sept ans, le Golden Bear a frappé un coup époustouflant sur le dix-septième trou qui le met en compétition pour la seconde place avec Seve Ballesteros et Dallas Beaudine...

Francesca ferma le récepteur. Elle aurait dû se réjouir que Dallie fût parmi les acteurs du dernier acte, mais elle savait que le round final était son point faible. D'après ce qu'elle avait vu aujourd'hui, la seule présence de Teddy n'avait pas suffi à le galvaniser. Elle se dit qu'il fallait avoir recours aux grands moyens, et la seule stratégie qu'elle fût capable d'envisager pour l'instant pouvait être une redoutable arme à double tranchant.

— Va-t'en, je t'en prie, disait Holly Grace en essayant de distancer Francesca.

Elle courait derrière Teddy et Holly Grace qui se frayaient un chemin vers le tertre de départ sur la pelouse noire de monde.

– Je sais ce que je fais, protestait Francesca.

La sentant sur ses talons, Holly Grace se retourna.

– Dallie va être complètement déconcentré quand il te verra. Si tu voulais le faire échouer, tu ne t'y prendrais pas autrement !

– Il échouera si je ne suis pas là, insista Francesca. Écoute, tu l'as couvé pendant des années, et voilà le résultat. Laisse-moi faire pour une fois.

Holly Grace ôta ses lunettes de soleil d'un geste brusque et dévisagea Francesca :

– Couvé ? Moi, je l'ai couvé ? Jamais de la vie !

– Si, tu n'as pas arrêté de le materner. (Elle prit Holly Grace par le bras.) Fais ce que je t'ai demandé, s'il te plaît. J'en sais un peu plus long sur le golf maintenant, mais je ne comprends pas toutes les subtilités. Reste à côté de moi et explique-moi tous les coups.

– Tu es folle, tu sais que...

Teddy penchait la tête d'un air intéressé en écoutant la discussion entre sa mère et Holly Grace. Il avait un coup de soleil sur le nez et des courbatures dans les mollets à force d'avoir arpenté le terrain pendant deux jours, mais il attendait avec impatience le dernier round, bien qu'il trouvât un peu fastidieuses les attentes entre les coups. Cela valait la peine d'attendre, parce que quelquefois Dallie s'approchait des cordes pour lui commenter le jeu, et les spectateurs lui souriaient. Il se sentait fier comme Artaban de capter ainsi l'attention de Dallie. Même quand il avait raté un coup, il était venu lui expliquer ce qui s'était passé.

C'était une journée ensoleillée, bien trop chaude pour mettre le fameux sweat-shirt censé faire un malheur, mais Teddy n'avait rien voulu enfiler d'autre.

– J'espère qu'il y a un enfer pour expier ce genre d'ignominie, dit Holly Grace avec un hochement de tête sentencieux. C'était trop te demander de mettre un pantalon ou un short comme n'importe quel spectateur normalement constitué ? Tu es le point de mire de tous les regards.

Francesca ne prit pas la peine d'expliquer à Holly Grace que c'était précisément l'effet qu'elle recherchait en mettant en guise de robe un simple tube de jersey rouge vif généreusement décolleté et outrageusement moulant qui se terminait à mi-cuisse par un petit volant à pois coquin. Si elle avait vu juste, la robe, ainsi que les boucles d'oreilles abstraites, devraient mettre Dallie dans tous ses états.

Depuis qu'il fréquentait le monde du golf en professionnel, Dallie avait rarement disputé un tournoi dans le même groupe que Jack Nicklaus. Et les rares fois où ça s'était produit, le résultat avait été catastrophique. Ils avaient dîné ensemble, plaisanté ensemble, ils étaient même montés sur le podium ensemble, mais Dallie n'avait que très rarement *joué* avec lui, et aujourd'hui il tremblait de tous ses membres. Il essayait de se persuader de ne pas confondre le vrai Nicklaus avec le Bear qui le hantait depuis des années. Il avait beau se dire que c'était un être fait de chair et de sang, donc vulnérable, rien n'y faisait. Les deux images se superposaient en un seul visage.

– Comment ça va aujourd'hui, Dallie?

Jack Nicklaus lui sourit en se dirigeant vers le tee de départ, flanqué de son fils Steve qui faisait office de caddie.

– *Je vais te dévorer tout cru*, entendait Dallie dans sa tête.

Il a quarante-sept ans, se répétait Dallie en lui serrant la main. Il ne peut pas rivaliser avec un athlète de trente-sept ans au mieux de sa forme.

– *Je ne m'abaisserai même pas à recracher tes os*, persiflait le Bear.

Seve Ballesteros se tenait près des cordes, s'entretenant avec quelqu'un dans l'assistance. Son teint hâlé et ses pommettes saillantes captaient l'attention de bien des femmes parmi le public de Dallie.

Dallie savait qu'il aurait dû se méfier davantage de Seve que de Jack. Seve était un champion de classe internationale, considéré par beaucoup comme le meilleur joueur du monde. Il avait un drive étonnamment puissant, et son impact sur les greens avait une force prodigieuse. Dallie s'efforça de chasser Nicklaus de son esprit, et il s'apprêtait à serrer la main de Seve lorsqu'il se figea sur place en voyant avec qui il était en train de parler.

Il n'en crut pas ses yeux. Elle ne pouvait pas être diabolique à ce point-là! Dans une robe rouge vif qui la déshabillait outrageusement, souriant à Ballesteros comme si c'était un dieu descendu de l'Olympe, se tenait Miss Beaux-z-habits en personne. A côté d'elle, Holly Grace avait l'air au supplice, et Teddy regardait ses pieds. S'arrachant un instant à la fascination exercée par Seve, elle se tourna vers Dallie et lui décocha un sourire hautain et glacial qui lui donna envie de la gifler. Elle pencha légèrement la tête pour faire étinceler ses boucles d'oreilles, et d'un geste délicat écarta de son visage quelques mèches rebelles, le cou gracieusement ployé. Elle lui faisait un charme incroyable. Grand Dieu, ce n'était pas possible !

Dallie allait l'étrangler à coup sûr, mais il fut stoppé dans son élan par Seve qui venait vers lui la main tendue, les yeux rieurs, tout pétillant de charme latin. Dallie se réfugia derrière un sourire forcé made in Texas, et secoua vigoureusement la main de Seve.

Jack devait jouer le premier. Dallie était tellement agacé qu'il ne réalisa que Nicklaus avait frappé sa première balle que lorsqu'il entendit les applaudissements. C'était un bon drive, pas aussi long que les coups fabuleux de sa jeunesse, mais parfaitement orienté. Dallie crut voir Seve glisser une œillade à Francesca avant de frapper la balle. Sa chevelure bleue à force d'être noire, resplendissante dans le soleil matinal, lui donnait des allures de conquérant espagnol venu piller les rivages de l'Amérique, en enlevant quelques femmes au passage. Le corps mince de Seve pivota fermement au moment où il levait son club et il exécuta un long drive qui atterrit au centre du parcours, environ dix mètres plus loin que celui de Nicklaus.

Dallie jeta un coup d'œil au public. Mal lui en prit. Francesca, se hissant sur la pointe des pieds dans une paire de petites sandales rouges qui n'iraient sans doute pas jusqu'au dix-huitième trou, applaudissait frénétiquement le drive de Seve. Il arracha littéralement son driver des mains de Skeet. Il était comme un ciel d'orage. Il se mit en posture, et c'est en automate qu'il amorça son swing, croyant voir le ravissant minois de Francesca qui le narguait sur la balle, juste au-dessous de la marque Titleist.

Il reprit un peu ses esprits en entendant les acclamations de Holly Grace et vit la balle s'envoler quelque deux cent cinquante mètres plus loin, bien au-delà du drive de Seve. C'était un coup superbe, et Skeet lui donna une tape joyeuse dans le dos. Seve et Jack hochèrent poliment la tête en signe d'approbation. Dallie se retourna vers le public et faillit suffoquer en voyant Francesca, son petit nez mutin pointé en l'air, afficher une expression d'ennui mêlé de provocation, semblant lui dire : « Est-ce là tout ce dont tu es capable ? »

— Débarrasse-moi d'elle, grinça Dallie entre ses dents à l'adresse de Skeet.

Skeet, occupé à essuyer le driver avec une serviette, semblait n'avoir rien entendu. Dallie se dirigea vers les cordes et lança d'un ton venimeux, suffisamment bas pour ne pas être entendu si ce n'est de Holly Grace :

— Je t'ordonne de quitter le terrain immédiatement. Qu'est-ce que tu es venue faire ici ?

Elle lui adressa encore un de ses sourires dédaigneux.

— Simplement te rappeler les enjeux, chéri.

— Tu es cinglée ! Au cas où tu ne l'aurais pas remarqué, je suis à trois points de l'égalité pour la seconde place dans l'un des tournois les plus importants de l'année et je n'ai vraiment pas besoin de ce genre d'intermède.

— Tu vas te contenter d'être second ?

Dallie pensait qu'aucun tribunal au monde ne l'aurait condamné s'il avait serré son joli petit cou jusqu'à ce que mort s'ensuive, mais les joueurs allaient se mettre en place pour le coup suivant et il n'eut pas le temps d'exécuter son noir dessein.

Pendant les neuf coups suivants, il passa toute sa hargne sur la balle, lui imprimant chaque oscillation de sa volonté. Il rentrait ses putts d'un seul coup évident. Ni deux, ni trois, un seul coup ! Chaque coup était plus redoutable que le précédent et, chaque fois qu'il se tournait vers le public, il voyait Holly Grace parler avec exaltation à Francesca, lui expliquant le miracle qui se déroulait sous ses yeux : l'histoire du golf était en train de s'écrire devant elle ! Mais quelle que soit la magie de son jeu, Francesca semblait toujours lui dire : « Est-ce là tout ce dont tu es capable ? »

Il était animé d'une telle fureur devant ce mépris qu'il ne réalisa pas tout de suite que le tableau d'affichage changeait rapidement. Puis il vit les chiffres. Là, il comprit tout de suite ce qui se passait : tous ses concurrents, y compris Seve, avaient été distancés. Il avait certes vu les chiffres, mais ce ne fut pas avant d'avoir joué le quatorzième trou en un coup sous la normale qu'il eut pleinement conscience d'être à deux points de l'égalité, grâce à cette rage de vaincre qui l'avait propulsé au-delà de lui-même. Il restait quatre trous à jouer et il se présentait à égalité pour la place de vainqueur de l'United States Classic. A égalité avec Jack Nicklaus.

Dallie secoua la tête, essayant d'y voir un peu plus clair en se dirigeant vers le quinzième tee. Comment tout cela était-il arrivé ? Comment lui, Dallas Beaudine, se retrouvait-il ex-aequo avec Jack Nicklaus ? C'était incroyable ! Il fallait qu'il chasse toutes ces pensées sinon le Bear allait réapparaître.

– *Tu vas échouer, Beaudine. Tu verras que le vieux Jaycee avait raison. Tout ce que je te répète depuis des années va se vérifier : tu n'as pas assez de tripes pour gagner. Pas contre moi.*

En se tournant vers le public il vit qu'elle l'observait. En l'apercevant, elle prit une pose étudiée, avançant légèrement une jambe de façon à faire remonter le ridicule petit volant à pois un peu plus haut sur sa cuisse, et bombant le torse pour mettre en valeur ses seins sous le jersey moulant. Voilà ton trophée, semblait lui dire ce corps ravissant, n'oublie pas pour quoi tu joues.

Il fit voler la balle jusqu'au quinzième trou, se promettant bien, après le tournoi, de donner à Francesca Day la leçon de sa vie en épousant la première brave fille qu'il rencontrerait.

Il lutta durement pour égaliser sur les quinzième et seizième trous. Nicklaus se défendait âprement. Son fils l'accompagnait tout le long du parcours, lui tendant les clubs, l'aidant à élaborer sa stratégie sur le green. Le fils de Dallie se tenait juste derrière les cordes avec un sweat-shirt proclamant qu'il était né pour faire un malheur et un air de détermination farouche sur son petit visage. Le cœur de Dallie se gonflait de tendresse à sa vue. Nom de nom, ce gamin avait un sacré tempérament !

Le dixième-septième trou avait été très court et malaisé. Jack discutait un peu avec la foule avant de se diriger vers le green. Il s'était fait les dents sur des coups difficiles et n'aimait rien tant qu'un jeu serré. Dallie avait trempé sa chemise et ses mains étaient moites sous ses gants. Lui qui était renommé pour ses facéties observait maintenant un silence lourd de menaces. Nicklaus jouait l'un des meilleurs golfs de sa carrière, dévorant littéralement les greens. A quarante-sept, ans ce n'était pas permis de jouer comme ça! Mais pour l'instant, seul Dallie Beaudine pouvait empêcher le plus grand joueur de l'histoire du golf d'ajouter un titre de plus à son palmarès.

Dallie parvint à faire un autre par, mais Jack aussi. Ils étaient toujours ex-æquo.

Les cameramen chargés de matériel vidéo suivaient les moindres gestes des joueurs qui allaient maintenant vers le dix-huitième tee. Un combat de titans allait se livrer sur le terrain de l'Ancien Testament, et les commentateurs faisaient assaut de superlatifs. Une foule curieuse s'agglutinait fiévreusement alentour et les fans de Dallie étaient impatients de le voir enfin remporter un grand tournoi. Mais l'idée d'assister à une autre victoire de Jack était également irrésistible. Ils croyaient revivre les heures inoubliables du Masters de 1986, lorsque Jack avait remporté la victoire à l'arraché, chargeant comme un taureau dans l'arène.

Dallie et Jack frappèrent l'un et l'autre un drive énergique sur le dix-huitième trou. Accessible seulement par le côté gauche du green, il était diablement placé derrière un lac surnommé le lac de Hogan, car il avait coûté la victoire au grand champion Ben Hogan, qui avait tenté, lors de l'US Classic de 1951, d'atteindre le dernier trou par-dessus le lac au lieu de le contourner. Il aurait aussi bien pu s'appeler le lac d'Arnie, le lac de Watson ou encore le lac de Swead, car tous ces joueurs émérites avaient été un jour ou l'autre victimes de sa traîtrise.

Jack ne détestait pas se mettre à l'épreuve, mais il n'avait jamais remporté un grand championnat en prenant des risques inconsidérés, aussi n'avait-il pas l'intention d'essayer un coup suicidaire par-dessus le lac pour atteindre le drapeau. Il choisit de diriger son second coup plus sûrement vers le côté gauche du lac et frappa une balle qui s'infléchit magnifiquement à la limite du green. D'abord, une clameur s'échappa de la foule, puis tous retinrent leur souffle en suivant la trajectoire de la balle qui vint s'immobiliser à la lisière du green, à dix-huit mètres du drapeau. La clameur s'amplifia comme le grondement d'un volcan. Nicklaus venait de frapper un coup magique, susceptible de l'amener à un coup, peut-être même deux au-dessous du par.

Une peur sournoise s'empara de Dallie, courant le long de ses veines comme un poison. Pour se maintenir au niveau de Nicklaus, il lui fallait réussir le même coup. Pari difficile à tenir, avec des milliers de spectateurs surexcités sur le terrain, des millions devant leur téléviseur, et ses mains qui n'arrêtaient pas de trembler.

Seve frappa une seconde balle à gauche du lac, mais elle manqua le green. Dallie avait la gorge nouée d'angoisse. Il n'y arriverait jamais! Il se retourna, cherchant instinctivement Francesca du regard. Mais au lieu de l'air de défi qu'il s'attendait à trouver, il lui vit une expression adoucie, un regard tendre qui le pénétra jusqu'à l'âme. Elle avait compris sa panique et lui disait avec les yeux de la dominer. Pour elle, pour Teddy, pour eux tous.

— *Tu vas la décevoir, Beaudine.* (Le Bear revenait à la charge.) *Comme tu as toujours déçu ceux que tu aimais.*

Un seul mot vint se former sur les lèvres de Francesca. *S'il te plaît.*

Dallie repensa à tout ce que Francesca lui avait dit et alla vers Skeet.

— Je vais frapper tout droit sur le drapeau. Par-dessus le lac.

Il s'attendait à des protestations, mais Skeet prit simplement un air pensif.

— Il faut que tu arrives à envoyer cette balle à deux cent cinquante mètres et à la faire stopper sur une pièce de cinq centimes.

— Je sais.

— Si tu choisis la sécurité en contournant le lac, tu as une chance d'égaliser avec Nicklaus.

— J'en ai assez de toujours choisir la sécurité, je vais directement au drapeau, fit Dallie.

Voilà des années que Jaycee était mort, et il n'avait plus rien à prouver à ce salaud depuis belle lurette, Francie avait raison. Ne rien tenter était pire que d'échouer. Il jeta un dernier coup d'œil à Francesca, pour s'assurer qu'elle était avec lui, désirant sa considération comme il n'avait jamais rien désiré de sa vie.

Holly Grace et Francesca se tenaient la main, cramponnées l'une à l'autre comme si la fin du monde était imminente. Teddy était fatigué et s'était assis sur l'herbe, mais son expression n'avait rien perdu de sa détermination.

Dallie se concentra sur l'action à mener, essayant de contrôler la poussée d'adrénaline qu'il sentait monter en lui.

– *Hogan n'a pas pu franchir le lac. Qu'est-ce qui te fait croire que tu vas y arriver?* persiflait le Bear.

– *Je veux y arriver. Tout simplement. Je le veux plus intensément que Hogan, c'est tout.*

Il se mit en posture de jeu et lorsque les spectateurs comprirent son intention, un murmure incrédule fit frémir la foule. Nicklaus arborait un visage impassible, comme à l'accoutumée. S'il jugeait que Dallie commettait une erreur, il n'en laissa rien paraître.

– *Tu n'y arriveras jamais*, susurrait le Bear.

– *Attends un peu.*

Le club cingla la balle qui s'éleva puissamment dans le ciel puis s'infléchit légèrement sur la droite, au-dessus de ce lac qui avait fait chuter bien des légendes. La balle poursuivit sa montée pendant un moment qui parut une éternité, mais elle amorça sa descente avant d'avoir complètement franchi le lac. Les spectateurs retenaient leur souffle, figés dans une attitude qui évoquait une foule découvrant des extra-terrestres dans un vieux film de science-fiction. Dallie, pétrifié, scrutait l'interminable descente de la balle. A l'arrière-plan, le petit drapeau portant le numéro dix-huit, faiblement agité par la brise, et la balle qui continuait sa course implacable semblaient être seuls doués de mouvement dans un univers en suspens.

Des cris de délire montèrent de la foule quand la balle vint frapper le green sur l'autre rive du lac et stoppa net à trois mètres du trou.

Seve ramena sa balle sur le green et hocha la tête d'un air découragé. Jack joua un putt héroïque de dix-huit mètres et manqua de peu le trou. Dallie se tenait à l'écart. Seul un petit putt de trois mètres le séparait de la victoire, mais il était physiquement et mentalement harassé.

Il se retourna vers Francesca. Sa jolie bouche s'arrondit pour lui dire une fois de plus : *S'il te plaît*.

Pour épuisé qu'il fût, Dallie n'eut pas le cœur de la décevoir.

33

Dallie leva les poings au ciel, brandissant son putter comme l'étendard de la victoire. Skeet pleurait comme un bébé. Jack fut la première personne à féliciter Dallie. Il le prit par les épaules.

– Bravo Dallie, c'est la grande classe. Tu es un vrai champion.

Skeet se reprit un peu et donna une accolade à Dallie, avec de grandes tapes dans le dos. Dallie lui rendit ses effusions, tout en cherchant des yeux dans la foule.

Holly Grace se détacha la première des spectateurs, suivie de Francesca, puis de Teddy. Elle se précipitait à la rencontre de Dallie sur ses longues jambes d'Américaine sportive, courant au-devant de l'homme qu'elle aimait depuis toujours, mais elle se figea sur place en voyant son regard bleu se poser sur Francesca. Elle eut un pincement au cœur, une brève angoisse, puis elle se détendit et accepta de laisser Dallie s'en aller. Teddy la poussait du coude, manifestement peu enclin aux épanchements. Elle lui passa le bras autour des épaules, et ils regardèrent Dallie prendre Francesca par la taille, et la soulever de terre. Elle resta ainsi un moment suspendue, riant dans le soleil. Puis elle l'embrassa, ses cheveux lui caressant le visage. Une de ses petites sandales rouges glissa du bout de son pied et vint se balancer au-dessus de sa chaussure de golf.

Francesca se tourna la première, appelant Holly Grace dans la foule. Dallie la posa par terre sans la lâcher, et attira Holly Grace contre lui. Et il les serra toutes les deux sur sa poitrine, ces deux femmes qui représentaient tout pour lui, l'amour de sa jeunesse et l'amour de sa maturité, l'une grande et forte, l'autre petite et frivole, avec son cœur de guimauve et son caractère d'acier trempé. Dallie cherchait Teddy du regard, mais il comprit qu'il était encore trop tôt pour les embrassades et c'était déjà bien qu'ils pussent échanger des sourires.

Un photographe de l'United Press International avait réussi le cliché qui serait à la une de tous les magazines sportifs le lendemain : un Dallie Beaudine exultant soulevant de terre Francesca Day, Holly Grace et Teddy à leurs côtés.

Francesca devait être à New York le lendemain matin et Dallie quant à lui devait remplir toutes les obligations qui incombent au vainqueur d'un grand tournoi. Il leur fut donc impossible de se voir en privé le soir même.

— Je t'appelle, lui lança-t-il, happé par une horde d'admirateurs.

Elle répondit par un sourire, et il fut englouti par la foule.

Francesca et Holly Grace arrivèrent tard à New York. Il était minuit passé lorsque Francesca borda Teddy dans son lit, trop tard pour espérer un appel de Dallie.

Le lendemain, elle devait assister à une réunion de préparation à la cérémonie à la statue de la Liberté, à un déjeuner, et à deux réunions. Elle laissa à sa secrétaire une série de numéros de téléphone, mais Dallie ne se manifesta pas.

Elle savait qu'il était occupé, mais de là à ne pas trouver une minute pour lui téléphoner ! A moins qu'il n'ait changé d'avis, lui soufflait une petite voix intérieure.

Consuelo et Teddy n'étaient pas à la maison quand elle rentra. Elle se dirigea vers sa chambre, mais s'arrêta net sur le pas de la porte : un trophée de cristal et d'argent de près d'un mètre de haut trônait au beau milieu de son lit.

— Dallie ! cria-t-elle.

Il émergea de la salle de bains, les cheveux mouillés, une serviette rose drapée autour des reins. Souriant, il souleva la coupe et la déposa à ses pieds.

— C'est à peu près ce que tu voulais, non ?

Elle se jeta dans ses bras, renversant le trophée au passage.

— Misérable !

Ils s'embrassèrent à perdre haleine, s'étreignant éperdument jusqu'à ne former qu'un seul corps.

— Je t'adore, murmura Dallie. Tu m'as fait perdre la tête.

Il l'embrassa longuement, tendrement, puis ils firent l'amour. Il y eut des rires et de la tendresse, une communion totale de leurs corps et de leurs âmes. Plus tard, nus l'un contre l'autre, ils parlèrent enfin à cœur ouvert.

— J'ai cru mourir lorsque tu as refusé de m'épouser.

— Et moi j'ai failli mourir lorsque tu ne m'as pas dit que tu m'aimais.

— J'étais mort de peur. Tu avais raison.

— Je voulais que tu me donnes le meilleur de toi-même. Je ne suis qu'une affreuse égoïste.

— Tu es la meilleure femme du monde.

Il lui parla de Danny, de Jaycee, et de la sensation d'échec qui le hantait depuis sa plus tendre enfance. Il s'était rendu compte que la vie était plus facile s'il limitait ses ambitions.

Francesca lui dit que Jaycee Beaudine était un odieux personnage et qu'il n'aurait jamais dû l'écouter.

Dallie l'embrassa en riant, lui demandant quand ils allaient se marier.

— Je veux ma récompense, maintenant!

Ils étaient assis dans le salon quand Consuelo et Teddy rentrèrent. Ils avaient passé une merveilleuse soirée au Madison Square Garden, où Dallie les avait envoyés voir le Plus Grand Cirque du Monde. Consuelo remarqua les visages empourprés de Dallie et de Francesca et ne fut pas dupe une seconde de ce qui s'était passé pendant leur absence. Teddy et Dallie échangèrent un regard poli. Teddy était sûr que Dallie ne faisait attention à lui que pour plaire à sa mère, et Dallie se demandait comment réparer les dégâts.

— Teddy, ça te dirait de m'emmener en haut de l'Empire State Building demain, après l'école?

Dallie crut un instant qu'il allait refuser. Teddy fit un tuyau avec le programme du cirque et souffla dedans avec une lenteur calculée.

— D'accord...

Le tuyau devint lorgnette et il regarda au travers.

— ... pourvu que je sois rentré à temps pour voir *Les Goonies* à la télé.

Le lendemain ils montèrent tous les deux jusqu'à la plate-forme d'observation de l'Empire State Building. Teddy s'arrêta bien avant le grillage de protection, car il était sujet au vertige. Dallie, qui n'était pas non plus un fanatique de l'altitude, resta à côté de lui.

— Il ne fait pas assez clair aujourd'hui pour voir la statue de la Liberté. Quand il fait beau, on la voit d'ici.

— Veux-tu un King Kong en caoutchouc? demanda Dallie en désignant le stand des souvenirs.

Teddy adorait King Kong, mais il fit un signe de dénégation.

— Tu vas te marier avec maman?

Dallie hocha la tête en signe d'acquiescement.

— J'adore ta mère. C'est une femme merveilleuse. (Il prit une profonde inspiration et se jeta à l'eau, exactement comme aurait fait Francesca.) Je t'aime aussi, Teddy. Peut-être as-tu du mal à le croire parce que j'ai été maladroit avec toi, mais c'est vrai.

Teddy ôta ses lunettes et se livra à un nettoyage en règle des verres avec le bord de son tee-shirt.

— Et Holly Grace? fit-il en soumettant ses lunettes à l'examen de la lumière. On ne la verra plus, si vous êtes mariés?

— Même si on le voulait, on ne se débarrasserait pas comme ça de Holly Grace! Nous l'aimons énormément et elle fera toujours partie de notre famille, comme Skeet et Miss Sybil.

— Gerry aussi? demanda Teddy.

— Je crois qu'on peut inclure Gerry.

Teddy avait moins le vertige maintenant et il se rapprocha un peu du grillage. Dallie le suivit.

— Tu sais que nous devons avoir une conversation sérieuse, tous les deux, risqua Dallie.

— Je veux bien un King Kong.

Teddy n'était manifestement pas prêt pour les retrouvailles avec son père.

— J'ai quelque chose à te demander, dit Dallie en ravalant sa déception.

— Je ne veux pas en parler.

Teddy entrelaçait consciencieusement ses doigts dans le grillage. Dallie en fit autant.

— Ça t'est déjà arrivé d'aller chez un copain et de voir quelque chose qu'il avait fabriqué en ton absence?

Teddy acquiesça d'un air désabusé.

— Admettons qu'il ait construit une balançoire, ou une piste de course pour ses voitures.

422

— Ou il aurait pu faire un planétarium avec des sacs poubelle et une lampe de poche.

— Formidable, s'empressa d'approuver Dallie. Imagine que tu admires ce planétarium et que tu le trouves génial. Évidemment tu aurais bien aimé l'avoir fait toi-même et tu te sens un peu jaloux. (Dallie surveillait Teddy du coin de l'œil.) Alors, au lieu de le complimenter, tu lui dis que son planétarium n'est pas si terrible que ça, même si tu penses le contraire.

Teddy hocha lentement la tête, étonné qu'un adulte soit capable de comprendre ces choses-là.

— C'est à peu près ce qui m'est arrivé avec toi.

— Pour de vrai ? fit Teddy, stupéfait.

— Je t'ai trouvé formidable, mais j'étais un peu jaloux parce que ta maman t'avait fait toute seule, sans moi, alors j'ai préféré faire comme si tu n'étais pas si bien que ça, tu me comprends ?

Un autre enfant eût sans doute dit oui, mais un gamin de l'intelligence de Teddy avait du mal à s'exprimer simplement.

— Pourrait-on jeter un coup d'œil aux King Kong maintenant ? s'enquit-il poliment.

La cérémonie en l'honneur des nouveaux citoyens américains se déroula par une belle journée tiède de mai, sous un ciel d'azur où évoluaient paresseusement quelques mouettes. Trois vedettes décorées de rouge, blanc et bleu venaient de traverser le port de New York pour accoster là où les ferries dégorgent ordinairement leur cargaison de touristes. Mais ce jour-là, l'île était réservée à quelques centaines de privilégiés.

Une plate-forme avait été spécialement aménagée pour la circonstance au pied de Dame Liberté, côté sud. L'équipe de pointe de la Maison-Blanche avait préconisé cette situation peu conventionnelle, sous le visage de la Statue, avec une vue particulièrement photogénique sur le port. Francesca, ravissante dans une robe vert amande et une veste de shantung ivoire, était assise parmi les personnalités.

Le président des États-Unis en personne venait de s'installer derrière le pupitre, et son discours était répercuté par des haut-parleurs placés dans les arbres.

– Nous sommes réunis aujourd'hui pour rendre hommage à tous ceux qui, jeunes ou vieux, noirs ou blancs, d'origine modeste ou aisée, ont choisi la citoyenneté américaine. Quelles que soient nos convictions religieuses ou politiques, nous resterons les libres héritiers de cette grande flamme...

Francesca était ivre de joie. Chaque participant pouvait convier vingt personnes à la cérémonie et, en contemplant le groupe hétérogène de ses invités, elle se dit que ces gens qu'elle adorait par-dessus tout constituaient un microcosme à l'image du pays tout entier.

Dallie, arborant un petit drapeau américain épinglé au revers de son costume bleu marine, était assis entre Miss Sybil et Teddy. Holly Grace était à côté de Teddy. Au deuxième rang, Naomi murmurait quelque chose à l'oreille de son mari. Elle avait l'air épanouie après la naissance de son bébé, mais semblait cependant un peu inquiète d'avoir abandonné, ne fût-ce que pour quelques heures, sa petite fille de quatre semaines. Ils portaient tous deux un brassard noir anti-apartheid. Nathan Hurd, son producteur, côtoyait Skeet Cooper. Le reste de la rangée était composé de jeunes visages féminins, noirs et blancs, certains trop maquillés, mais tous radieux. C'étaient les protégées de Francesca, et elle avait été très touchée qu'elles aient tenu à être présentes ce jour-là. Même Stefan lui avait téléphoné d'Europe le matin même pour la féliciter. Il fréquentait désormais la jeune et jolie veuve d'un industriel italien. Seul Gerry avait décliné son invitation et il lui manquait. Lui tenait-il encore rigueur de son refus de l'inviter dans son émission ?

Teddy s'était pelotonné contre Holly Grace plutôt que contre son père, mais Francesca se dit que les choses allaient probablement s'arranger d'ici peu, et elle ne voulait pas gâcher son bonheur présent. Dallie surprit son regard et il lui adressa un sourire qui lui disait son amour plus sûrement que des mots. Malgré leurs apparentes différences, leurs âmes étaient en accord parfait. Ils allaient se marier dans une semaine, et elle était heureuse comme jamais elle ne l'avait été.

Le Président concluait par une grande envolée lyrique :

– L'Amérique restera toujours une terre d'espoir, le paradis de l'initiative individuelle, comme en témoigne le succès de ceux que nous accueillons aujourd'hui au sein de notre grande nation...

Francesca avait fait des émissions sur les sans-abri, l'injustice et le racisme. Elle connaissait tous les défauts du système, mais pour le moment elle ne pouvait qu'approuver le Président. L'Amérique n'était pas un pays parfait : trop souvent au service de ses propres intérêts, violent, âpre au gain. Mais c'était un pays qui avait du cœur.

Les caméras de télévision filmèrent l'ovation qui salua la fin du discours présidentiel. Le président de la Cour suprême s'avança solennellement. Bien que Francesca tournât le dos à Ellis Island, elle sentait la force qui émanait de ce bout de terre où des millions d'immigrants avaient accosté, vêtus de quelques loques et animés de beaucoup d'espoir.

Francesca se leva avec les autres. Un léger sourire apparut au coin de ses lèvres au souvenir de la gamine frivole de vingt et un ans qui avait débarqué avec pour toute fortune une valise Louis Vuitton. Levant la main, elle commença à répéter après le président de la Cour suprême :

— Je m'engage sous la foi du serment à abjurer toute foi et allégeance à tout État ou souveraineté étrangers...

Adieu, chère vieille Angleterre, se dit-elle. Je t'aimais bien, mais j'avais besoin de me confronter à un pays plus rude pour apprendre à me tenir debout.

— ... à défendre la Constitution et les lois des États-Unis d'Amérique contre tous ses ennemis, à l'intérieur comme à l'extérieur du pays...

Elle ferait de son mieux, mais ses nouveaux devoirs de citoyenne l'effrayaient.

— ... à accomplir tout travail d'utilité nationale si la loi l'exige...

Elle avait déjà mis sur pied une structure destinée à collecter des fonds pour construire des foyers d'accueil pour les jeunes fugueuses. Maintenant que son émission allait devenir mensuelle, elle pourrait mettre son énergie au service de ce pays qui lui avait tant donné.

— ... je prends cet engagement en toute liberté et sans arrière-pensée ni réserve. Avec l'aide de Dieu.

À la fin de la cérémonie, une série d'acclamations typiquement texanes s'éleva de la foule. Francesca regarda à travers ses larmes ses invités qui se manifestaient si bruyamment.

Le Président salua personnellement les nouveaux citoyens, suivi des hauts dignitaires du pays et du président de la Cour suprême. Un orchestre attaqua les premières mesures de *Stars and Stripes Forever* et les organisateurs de la cérémonie invitèrent les participants à se rendre au buffet dressé sous les arbres.

Dallie fendit la foule le premier, un sourire triomphant éclairant son visage.

— Le pays n'a vraiment pas besoin d'une voix libérale de plus, mais je suis tout de même fier de toi, chérie.

Francesca l'enlaça en riant.

Le Président et sa suite quittèrent l'île dans un vrombissement d'hélicoptère. L'atmosphère se détendit après le départ du Président et les haut-parleurs annoncèrent que la Statue était accessible à ceux qui désiraient la visiter.

— Je suis très fier de toi, maman, dit Teddy.

Elle le serra dans ses bras.

— Tu étais presque aussi bien que le styliste coréen, commenta Holly Grace. Tu as remarqué ses chaussettes roses avec des papillons en strass?

Francesca fut d'autant plus sensible à la bonne humeur de Holly Grace qu'elle savait que celle-ci n'avait guère le cœur à rire.

— Miss Day, s'il vous plaît?

Les photographes essayaient d'attirer son attention. Elle sourit aux caméras, eut un mot aimable pour chacun et reçut avec simplicité les félicitations de tous ceux qui affluaient pour la saluer. Ses jeunes protégées faisaient la queue pour approcher Dallie. Elles flirtaient outrageusement avec lui et il leur faisait du charme en riant. Holly Grace fut à son tour assiégée par les photographes et chaque chaîne voulut filmer une interview de Francesca. Quand elle en eut terminé, Dallie lui apporta une coupe de punch.

— Tu as vu Teddy?

Francesca jeta un coup d'œil circulaire.

— Pas depuis un moment.

Elle posa la question à Holly Grace qui venait de se joindre à eux. Celle-ci fit signe que non.

Dallie semblait inquiet, et Francesca lui sourit.

– Il n'a pas pu aller bien loin.

Dallie n'avait pas l'air convaincu.

– Francesca, c'est aussi ton fils! Avec une telle hérédité je le crois capable de s'attirer des ennuis n'importe où.

– Allons le chercher, dit-elle plus par envie de se retrouver un peu seule avec Dallie que par réelle inquiétude pour Teddy.

L'île était interdite aux touristes pour une heure encore. Il ne risquait rien.

En posant sa coupe, elle vit que Naomi avait saisi la main de Ben et tous deux regardaient en l'air. Se faisant une visière de la main, Francesca regarda elle aussi et ne vit qu'un petit avion qui décrivait des cercles dans le ciel. Elle eut l'impression que quelque chose tombait de l'avion. Puis elle vit la voilure rectangulaire d'un parachute se déployer. Un par un, les gens autour d'elle levèrent la tête pour observer la descente du parachutiste vers la statue de la Liberté.

Une longue bannière blanche se déroulait derrière lui. Elle portait une inscription en lettres noires, illisible pour l'instant car le vent l'agitait en tous sens, menaçant de l'emmêler aux suspentes du parachute. Brusquement, la bannière se déploya.

Francesca sentit les ongles de Holly Grace s'enfoncer dans son bras à travers le shantung de sa veste.

– Mon Dieu! chuchota-t-elle.

Chacun dans l'assistance avait les yeux rivés sur l'inscription qui s'étalait sur la bannière :

ÉPOUSE-MOI, HOLLY GRACE.

Et les caméras qui tournaient!

Il n'y avait que Gerry Jaffe pour commettre une telle folie!

– Je vais le tuer, dit Holly Grace en martelant chaque syllabe avec haine. Cette fois-ci, il a dépassé les bornes.

Le vent tourna et l'autre face de la bannière apparut. On y avait dessiné une espèce d'haltère à boules.

Naomi s'approcha de Holly Grace.

– Je suis vraiment désolée. J'ai tout fait pour le dissuader de commettre cette folie. Mais il t'aime tant...

Holly Grace ne répondit rien. Elle avait toujours les

yeux fixés sur le parachutiste. Sa trajectoire semblait dévier. Naomi laissa échapper un cri de frayeur et Holly Grace planta plus profondément ses ongles dans le bras de Francesca.

— Mon Dieu, cria Holly Grace. Il va se noyer! Il va s'emberlificoter dans son parachute et cette stupide bannière! (Elle se mit à courir vers la digue, hurlant tout ce qu'elle savait.) Espèce d'imbécile! Sale communiste!

Dallie entoura les épaules de Francesca de son bras.

— Tu sais pourquoi il a dessiné ces deux poignées de porte sur cette bannière?

— C'est un haltère, répondit-elle, retenant son souffle au moment où Gerry dépassait de justesse la digue pour se poser sur la pelouse, à moins de cinquante mètres de là.

— Holly Grace va lui en faire voir de toutes les couleurs, fit Dallie, manifestement réjoui. Elle est folle.

« Folle » n'était pas tout à fait le terme adéquat. Si Holly Grace était folle, c'était de rage. Elle était littéralement hors d'elle. Pendant que Gerry se dépêtrait du parachute, elle l'agonisait de toutes les injures de son répertoire.

Il roula le parachute et la bannière et les jeta sur l'herbe de façon à avoir les mains libres pour s'expliquer avec elle. Et il réalisa qu'il n'aurait pas trop de ses deux mains quand il vit son visage empourpré.

— Je ne te pardonnerai jamais, hurlait-elle en commençant à lui donner des coups de poing, pour la grande joie d'un cameraman qui n'en perdait pas une miette. Tu n'es pas assez entraîné pour faire un saut comme ça. Tu aurais pu te tuer. D'ailleurs il aurait mieux valu!

Il ôta son casque, libérant ses boucles rebelles qui lui donnaient l'air d'un ange noir.

— Ça fait des semaines que j'essaie de te parler et tu me fuis comme la peste. Et puis j'ai pensé que ça te plairait.

— Comment veux-tu que ça me plaise! (Elle lui crachait presque au visage.) Tu m'as ridiculisée en public! Tu as perdu la tête!

— Gerry!

Il entendit Naomi crier dans la foule et du coin de l'œil avisa les forces de sécurité qui couraient vers lui.

Il savait qu'il ne lui restait guère de temps. Il avait délibérément commis un acte illégal et il ne faisait aucun doute qu'il allait être arrêté.

— Je viens de me compromettre publiquement pour toi, Holly Grace. Qu'est-ce que tu veux de plus?

— Tu t'es ridiculisé, c'est tout. Tu as failli te noyer avec cette stupide bannière. Et pourquoi as-tu dessiné un os dessus, qu'est-ce que ça signifie?

— Un os?

Gerry se prit la tête à deux mains de dépit. Quoi qu'il fasse, décidément, il n'arriverait jamais à lui plaire, et s'il la perdait cette fois-ci c'était fini. Cette idée lui glaçait les sangs. Holly Grace Beaudine était la seule femme qu'il n'ait jamais réussi à mettre au pas, la seule qui lui eût jamais donné envie de conquérir le monde, la seule qui lui fût aussi indispensable que l'oxygène qu'il respirait.

Les agents de la sécurité se rapprochaient dangereusement.

— Tu es aveugle, Holly Grace! J'ai fait le compromis le plus insensé de ma vie et tu n'as rien vu!

— Qu'est-ce que ça veut dire?

— Ce n'est pas un os. C'est un hochet. Un hochet de bébé.

Deux agents se saisirent de lui.

— Un hochet? (La colère fondit sur les traits de Holly Grace, pour faire place à l'incrédulité. Sa voix s'adoucit.) Un hochet... de bébé?

Un troisième agent écarta Holly Grace. Voyant que Gerry n'opposait pas de résistance, l'officier lui mit les menottes en douceur.

— Épouse-moi, Holly Grace, et donne-moi un enfant, donne-m'en douze, si tu veux, mais ne me quitte pas.

— Oh, Gerry...

Elle restait là, prête à fondre en larmes, et il suffoquait de ne pouvoir lui dire tout son amour.

Les agents de la sécurité, ne voulant pas passer pour des brutes aux yeux de la presse, le laissèrent lever ses poignets entravés pour passer ses bras autour du cou de Holly Grace. Il l'embrassa avec une telle passion qu'il en oublia de vérifier qu'ils étaient bien face aux caméras.

Heureusement, Gerry avait un associé qui ne se laissait pas aussi facilement distraire par les femmes.

Tout là-haut, d'une petite fenêtre dans la couronne de

la statue une autre bannière, jaune vif celle-ci, commençait à se déployer. Elle avait été confectionnée dans un tissu utilisé pour les vols spatiaux, un tissu très léger qui pouvait se comprimer dans un tout petit volume. Le tissu jaune glissa sur le front de la Liberté, se déroula le long de son nez et vint recouvrir son menton, délivrant son message inscrit en lettres noires :

NON AU NUCLÉAIRE

Francesca l'aperçut la première. Puis ce fut le tour de Dallie. Gerry, qui s'était arraché à contrecœur à l'étreinte de Holly Grace, leva vers le ciel ses poings liés et renversa la tête en arrière :

– Bravo, Teddy !

Teddy !

Francesca et Dallie se regardèrent, affolés, et se mirent à courir vers le piédestal de la statue.

Holly Grace ne savait pas si elle devait rire ou pleurer, mais elle était certaine en tout cas de ne pas s'ennuyer avec Gerry !

– C'était une occasion extraordinaire. Il ne fallait surtout pas la manquer. Avec toutes ces caméras.

– Donne-moi plutôt la marche à suivre pour te faire sortir de prison.

Holly Grace sentait qu'elle aurait besoin d'être au courant pour les années à venir.

– Je t'adore.

– Moi aussi.

Ce n'était pas la première fois que la statue de la Liberté était le théâtre de revendications politiques. Dans les années soixante, des exilés cubains s'étaient enchaînés aux pieds de la Liberté. Plus tard, des militants pacifistes avaient suspendu à la couronne un drapeau à l'envers et, dans les années quatre-vingt, deux alpinistes avaient escaladé la statue pour protester contre l'emprisonnement d'un leader des Black Panthers. Mais jamais un enfant n'avait été impliqué dans ce genre d'actions.

Teddy était assis dans le couloir devant le bureau des services de sécurité. Derrière la porte fermée il entendait la voix de sa mère et celle de Dallie. Un des gardiens lui avait apporté un Seven-Up, mais il ne pouvait rien avaler.

La semaine dernière, Gerry avait emmené Teddy voir

le bébé de Naomi et Teddy avait surpris une discussion entre eux. C'est comme ça qu'il avait su que Gerry voulait se faire parachuter sur l'île. Pressé de questions, celui-ci avait fini par lui avouer son projet, et Teddy avait ressenti une incommensurable fierté d'être dans le secret des dieux, bien qu'il ait deviné que Gerry s'était confié simplement parce qu'il était terriblement triste à cause de Holly Grace.

Ils avaient parlé de la bannière antinucléaire et Teddy avait supplié Gerry de le laisser être son assistant, mais Gerry lui avait répondu qu'il était trop jeune. Teddy n'avait pas lâché prise. Depuis deux mois il cherchait une idée pour ses travaux pratiques, et il tenait là un projet susceptible d'impressionner Miss Pearson. Gerry avait longuement disserté sur le fait qu'on ne devait pas adhérer à une cause pour des motifs individualistes. Teddy, qui avait écouté attentivement, était d'accord, mais il voulait vraiment avoir la meilleure note en travaux pratiques. Ce vieux Milton Grossman s'était contenté de visiter le bureau du maire et Miss Pearson lui avait donné un A. C'était un défi à l'imagination de penser à ce qu'elle donnerait à un élève qui voulait désarmer la planète!

Maintenant qu'il devait assumer les conséquences de son acte, Teddy reconnaissait que c'était stupide d'avoir brisé une vitre. Mais comment aurait-il pu faire autrement? Gerry lui avait expliqué que les fenêtres situées au niveau de la couronne s'ouvraient avec une clé spéciale que les gardiens portaient en permanence sur eux. L'un de ces gardiens était un ami de Gerry et devait déverrouiller la fenêtre du milieu dès que les services de sécurité présidentiels auraient quitté les lieux. Mais quand Teddy était arrivé là-haut, en nage et hors d'haleine d'avoir grimpé les marches quatre à quatre, tout ne s'était pas passé comme prévu, la fenêtre était fermée.

Gerry avait ordonné à Teddy de redescendre illico et d'oublier la bannière si par hasard la fenêtre n'était pas ouverte, mais l'enjeu était trop important. Sans savoir ce qu'il faisait, il avait frappé la vitre avec le couvercle d'une poubelle métallique. A la quatrième tentative, le verre avait cédé. Le fracas du verre brisé n'eut probablement qu'une faible répercussion dans la couronne, mais Teddy eut l'impression que la statue avait crié.

La porte du bureau s'ouvrit et le responsable de la sécurité passa devant Teddy sans un mot ni un regard pour lui. Puis il vit sa mère sur le pas de la porte, et se rendit compte qu'elle était très en colère. Elle ne se fâchait que lorsqu'elle avait eu vraiment peur pour lui, et il eut une drôle de sensation au creux de l'estomac. Il avala péniblement sa salive et garda les yeux baissés.

– Viens ici, jeune homme, dit-elle d'une voix glaciale. *Tout de suite.*

Son estomac se noua. Il s'était mis dans de beaux draps! Il s'attendait bien à essuyer quelques reproches, mais là c'était grave. Il ne lui connaissait pas cette voix. Il essaya de gagner du temps en traînant les pieds, mais elle l'attrapa par le bras et l'attira vivement dans le bureau. La porte claqua bruyamment dans son dos.

Aucun membre du personnel de sécurité n'était présent. Il y avait simplement Teddy, sa mère et Dallie. Dallie se tenait près de la fenêtre, les bras croisés. Teddy ne distinguait pas bien son visage à cause du soleil, et c'était mieux ainsi. En haut de l'Empire State Building, Dallie lui avait dit qu'il l'aimait et Teddy mourait d'envie que ce fût vrai, mais persistait à croire que Dallie ne faisait que répéter ce que Francesca lui avait dit de dire.

– Teddy, tu me fais honte. Qu'est-ce qui t'a pris de t'impliquer dans une telle action? Tu as commis un acte de vandalisme.

La voix de Francesca tremblait un peu, comme quand elle était très très furieuse, et son accent ressortait plus que d'habitude. Il aurait préféré être encore en âge de recevoir une fessée, car cela eût été sans doute moins douloureux que ce qu'il endurait actuellement.

– Ça tient du miracle qu'on ne porte pas plainte contre toi. Je t'ai toujours fait confiance, Teddy, mais maintenant tu as perdu cette confiance, et tu n'es pas près de la retrouver. Ce que tu as fait est illégal...

Au fur et à mesure qu'elle parlait, Teddy baissait piteusement la tête. Il ne savait pas ce qui était pire : avoir abîmé la statue, ou mis sa mère dans un tel état. Il sentit sa gorge se serrer et se rendit compte qu'il allait pleurer. Là, devant Dallie Beaudine, il allait pleurer comme un idiot. Il n'arrivait pas à détacher son regard du sol et il avait l'impression d'avoir des pierres sur la poitrine. Il respira profondément, par saccades. Il ne pleurerait pas devant Dallie. Plutôt mourir.

Une larme vint s'écraser sur sa chaussure et il l'essuya vite avec son autre pied pour que Dallie ne s'en aperçoive pas. Francesca continuait de lui dire qu'elle était très déçue, qu'elle n'aurait plus confiance en lui désormais, et une autre larme atterrit sur son pied. Il avait envie de vomir, sa gorge était nouée et il aurait voulu se laisser tomber par terre, serrer un de ses vieux nounours dans ses bras, et pleurer tout son saoul.

— Ça suffit, Francie.

La voix de Dallie était ferme, et Francesca ne dit plus rien. Teddy s'essuya le nez avec sa manche.

— Laisse-nous une minute, chérie.

— Non, Dallie, je...

— Va, je t'en prie, nous te rejoignons tout de suite.

Ne t'en va pas! Ne me laisse pas seul avec lui! aurait voulu crier Teddy. Mais c'était trop tard. Sa mère avait tourné les talons et il entendit la porte se refermer. Une larme coula sur son menton et il hoqueta en reprenant son souffle.

Dallie s'approcha de lui. Teddy voyait les revers de son pantalon à travers ses larmes. Puis il sentit son bras autour de ses épaules.

— Allez, vas-y, pleure un bon coup, mon fils, lui dit doucement Dallie. Ça n'est pas toujours facile de se laisser aller devant une femme, et tu as eu une rude journée.

Teddy eut l'impression que quelque chose en lui venait de se briser. Quelque chose de dur qui lui faisait mal depuis trop longtemps.

Dallie s'agenouilla et l'attira contre lui. Teddy passa ses bras autour du cou de Dallie, le serra aussi fort qu'il put et se mit à pleurer à gros sanglots. Dallie lui caressait le dos sous sa chemise et l'appelait son fils et lui promettait que tout irait bien.

— Je ne voulais pas faire de mal à la statue, hoquetait Teddy dans le cou de Dallie. Je l'aime, cette statue. Maman a dit qu'elle ne me ferait plus jamais confiance.

— Il ne faut pas toujours prendre au pied de la lettre ce que disent les femmes quand elles sont bouleversées.

— J'adore maman. Je ne voulais pas lui faire de peine.

— Je sais bien.

Teddy finit par s'enhardir et regarda Dallie en face. Son visage lui apparut tout brouillé à travers ses larmes.

– Elle va me supprimer mon argent de poche pour mille ans.

– Je crains que tu aies raison là-dessus.

Dallie prit Teddy par la nuque et l'embrassa juste au-dessus de l'oreille.

Teddy resta un moment silencieux, s'habituant simplement à sentir une joue rugueuse contre la sienne à la place de la peau de pêche de sa maman.

– Dallie?

– Oui?

Teddy enfouit son visage dans le col de la chemise de Dallie, si bien que ses mots furent comme assourdis.

– Je crois... que tu es mon vrai papa, n'est-ce pas?

Dallie se tut un instant, puis dit d'une voix un peu étranglée :

– Je crois... que tu as raison, mon fils.

Dallie et Teddy sortirent bientôt et quand Francesca vit comment Teddy s'accrochait à Dallie, elle eut les larmes aux yeux, et bientôt ils s'étreignirent tous les trois, au beau milieu du couloir, dans les bureaux de la sécurité de la statue de la Liberté, pleurant comme des bébés.

ÉPILOGUE

Dallie était assis à la place du passager dans sa grosse Chrysler New Yorker, la visière de sa casquette rabattue sur les yeux pour se protéger du soleil matinal. Au volant, Francesca venait de doubler deux semi-remorques et un bus Greyhound en moins de temps qu'il n'en faut pour le dire. Avec elle, il pouvait être tranquille, il était sûr de ne pas moisir sur place.

Lorsqu'elle l'avait arraché à son petit déjeuner ce matin, il n'avait pas émis la moindre protestation, ayant déjà appris au bout de trois mois de vie conjugale que c'était plus drôle de se laisser faire par sa jolie petite femme que de passer la moitié du temps à discuter.

— Puis-je enfin savoir où tu m'emmènes?

— Près de l'ancienne décharge, si j'arrive à trouver la route.

— La vieille décharge? Cet endroit est fermé depuis trois ans. Il n'y a absolument rien là-bas.

Francesca tourna brutalement sur une vieille route goudronnée.

— C'est bien ce que Miss Sybil m'a dit.

— Miss Sybil? Mais qu'est-ce qu'elle vient faire là-dedans?

— C'est une femme, et elle sait ce dont une femme a besoin, répliqua énigmatiquement Francesca.

Dallie ne chercha pas à en savoir davantage, et décida de laisser les événements suivre leur cours. Il sourit et enfonça un peu plus sa visière sur ses yeux. Qui aurait cru que la vie avec Francesca serait si pleine de charme et d'imprévu? Francie l'avait entraîné sur la Côte d'Azur pour leur lune de miel et il avait vécu là les meilleurs moments de sa vie, puis ils étaient revenus passer l'été à Wynette. Ils avaient décidé de vivre à New York pendant l'année scolaire parce que c'était plus pratique pour Teddy et Francie. Tant que Dallie participerait aux grands tournois de l'automne, il pourrait poser son sac un peu partout. Et s'ils voulaient, ils pouvaient aller dans une des maisons que Dallie possédait aux quatre coins du pays.

– Nous devons être de retour à Wynette dans exactement cinquante-cinq minutes, dit-elle. Tu as une interview avec un journaliste et moi une téléconférence avec Nathan et mon équipe de production.

Il était difficile de la prendre au sérieux quand elle parlait de téléconférence, à plus forte raison de son équipe de production : avec sa queue de cheval joliment perchée sur le sommet de son crâne, on aurait dit une adolescente. Elle portait un petit bustier blanc avec une mini-jupe en coton que Dallie lui avait offerte et qui cachait tout juste son postérieur.

– Je nous croyais en route pour le terrain d'entraînement, Francie. Soit dit sans te vexer, tu devrais travailler ton swing.

C'était une façon extrêmement galante de présenter les choses. Il n'avait jamais vu un swing aussi mauvais, mais il aimait tellement flâner avec elle sur le terrain qu'il l'encourageait.

– Je me demande comment je pourrais améliorer mon swing si tu continues à me dire cinquante choses en même temps. « Francie, baisse la tête, force sur le côté gauche, fléchis les genoux... » Quelqu'un de normalement constitué ne peut pas enregistrer tout ça à la fois. Pas étonnant que tu n'arrives pas à apprendre à Teddy à frapper une balle de base-ball. Tu compliques tout.

– Ne t'en fais pas pour le base-ball. Le sport n'est pas tout dans la vie. Mon fils a la tête mieux faite que tous les juniors de l'équipe de Wynette réunis.

Pour Dallie, Teddy était le gamin le plus merveilleux du monde.

– A propos de terrain d'entraînement, dit Francesca, le championnat de l'Association des golfeurs professionnels est pour bientôt.

– Holà !

– Chéri, je ne dis pas que tu as eu un problème avec tes grands fers la semaine dernière, puisque tu as gagné le tournoi, ça ne devait pas être bien grave, mais je crois que tu devrais rester un peu là-bas après ton interview pour essayer de les améliorer.

Elle lui lança un de ces regards langoureux dont il n'était pas dupe un seul instant.

– Je ne m'attends pas à ce que tu *gagnes* le PGA, poursuivit-elle. Tu as déjà remporté deux titres importants cet été, et je ne te demande pas de gagner *tous* les tournois...

Elle se tut, comme si elle avait réalisé qu'elle en avait dit assez. Il avait découvert encore autre chose sur elle : dès qu'il était question de trophées, elle devenait insatiable.

Elle lança la New Yorker sur un petit chemin de terre qui n'avait pas dû voir âme qui vive depuis les Apaches. La vieille décharge était à un demi-kilomètre dans la direction opposée, mais Dallie n'en souffla mot. Il adorait la voir improviser.

Elle se mordit la lèvre inférieure et fronça les sourcils.

– La décharge devrait se trouver par ici, mais ça n'a pas tellement d'importance.

Il croisa les bras et fit mine de s'endormir.

Elle rit doucement.

– Je ne pensais pas que Holly Grace viendrait hier soir au *Roustabout* en robe de grossesse. Elle n'est enceinte que de trois mois. Et Gerry ne sait absolument pas comment se comporter dans un tel endroit. Il a bu du vin blanc toute la soirée en assommant Skeet avec les merveilles de l'accouchement sans douleur. (Francesca prit une route encore plus cahoteuse.) Je ne suis pas sûre qu'elle ait eu raison d'amener Gerry à Wynette. Elle voulait qu'il connaisse mieux ses parents, mais il terrorise littéralement cette pauvre Winona.

Francesca vit que Dallie faisait semblant de dormir. Elle sourit. C'était probablement bien ainsi. Dallie n'était décidément pas objectif à l'égard de Gerry Jaffe. Il est vrai que Gerry n'aurait jamais dû céder à Teddy quelle qu'ait été l'obstination de celui-ci. Depuis cet incident à la statue de la Liberté, Francesca, Dallie et Holly Grace avaient décidé d'un commun accord de ne jamais laisser Gerry et Teddy ensemble plus de cinq minutes...

Elle freina doucement et dirigea la New Yorker sur un chemin défoncé qui s'arrêtait à un maigre bouquet de cèdres. Jugeant l'endroit suffisamment désert, elle manœuvra les vitres électriques et coupa le moteur. L'air tiède du matin s'engouffra dans la voiture, scintillant de poussière.

Dallie faisait toujours semblant de dormir, les bras croisés sur son tee-shirt gris délavé et sa casquette arborant un drapeau américain bien rabattue sur les yeux. Elle différait volontairement le moment où elle allait le toucher, anticipant son plaisir. A travers leurs rires et leurs plaisanteries, ils avaient accédé à une sérénité, une complicité qui n'est possible que lorsqu'on a connu les ombres l'un de l'autre, et que l'on est sorti du tunnel pour marcher ensemble au soleil.

Elle se pencha pour lui ôter sa casquette et la jeta sur le siège arrière. Elle embrassa ses paupières fermées, plongeant les doigts dans ses cheveux.

– Réveille-toi, chéri. Tu as du pain sur la planche.

Il mordilla sa lèvre inférieure.

– Tu penses à quelque chose de précis?

– Mmm...

Il glissa un doigt le long de sa colonne vertébrale sous le bustier blanc.

– Francie, nous avons un lit excellent à Wynette et un autre à vingt-cinq kilomètres d'ici.

– Le second est trop loin et le premier est trop fréquenté.

Il rit tout bas. Tôt ce matin, Teddy avait frappé à la porte de leur chambre et avait grimpé sur leur lit pour leur demander si plus tard il devrait être détective ou savant.

– Les gens mariés ne sont pas censés faire l'amour dans une voiture, dit-il en refermant les yeux et, se blottissant contre elle, il lui embrassa l'oreille.

– La plupart des gens mariés n'ont pas une réunion des Amis de la bibliothèque municipale dans une pièce et une bande de gamines qui campent dans une autre.

– Tu as raison.

Il remonta légèrement sa jupe pour qu'elle puisse se mettre à califourchon sur lui, puis il lui caressa lentement la cuisse.

Il écarquilla les yeux.

– Francie Day Beaudine, tu ne portes pas de slip?

– Vraiment? fit-elle de sa voix faussement naïve d'enfant gâtée. Ça n'est pas bien du tout!

Elle se frottait contre lui, lui mordillant l'oreille, lui faisant délibérément perdre la tête. Il était grand temps de lui montrer qui était le chef de famille.

Ouvrant la portière à toute volée, il sortit, l'entraînant avec lui.

– Dallie... protesta-t-elle.

Il la prit par la taille, la souleva de terre, et la porta vers l'arrière de la voiture. Pour son plus grand plaisir, elle se débattit, quoi qu'elle n'y mît pas une ardeur démesurée.

– Je ne suis pas le genre de fille à faire l'amour sur un capot, dit-elle d'une voix hautaine.

On aurait dit la reine d'Angleterre. Sauf que Dallie voyait mal la reine d'Angleterre s'affairer sur sa braguette de cette façon-là.

– Vous ne m'aurez pas, avec votre accent, madame. Je sais exactement comment les Américaines au sang chaud aiment faire l'amour.

Elle allait répliquer mais il lui ferma la bouche d'un baiser qui allait l'assurer de son silence pendant quelques minutes. Elle eut tôt fait de venir à bout de sa fermeture Éclair. Elle était fantastique pour tout ce qui concernait les vêtements.

Ils firent l'amour d'abord bruyamment, avec des mots grivois et des positions osées, puis doucement et tendrement, à l'image des sentiments qu'ils éprouvaient l'un pour l'autre. Peu après, ils étaient étendus en travers du coffre de la New Yorker sur un drap de satin rose que Francesca transportait toujours au cas où.

Ils se buvaient du regard, sans un mot, puis ils échangèrent un baiser si amoureux et si profond qu'il était difficile d'imaginer qu'ils ne s'étaient pas toujours aimés.

Dallie prit le volant pour revenir à Wynette.

Francesca était pelotonnée contre lui et il se sentait comblé, se félicitant d'avoir épousé Mademoiselle Beaux-z-habits. C'est alors que le Bear, qui se manifestait de moins en moins fréquemment, fit son apparition.

– *Te voilà sur le point de faire des folies pour cette femme.*

– *Tu as parfaitement raison,* répliqua Dallie en embrassant Francesca sur le sommet du crâne.

Le Bear rit tout bas.

– *Bien joué, Beaudine.*

A l'autre bout de Wynette, Teddy et Skeet étaient assis sur un banc de bois à l'ombre des mûriers. Ils se taisaient, leur complicité n'ayant pas besoin de mots pour s'exprimer. Skeet promenait son regard sur le gazon en pente douce et Teddy aspirait consciencieusement le fond de son Coca-Cola. Il portait son pantalon préféré, un treillis avec une ceinture basse sur les hanches, et une casquette de base-ball ornée d'un drapeau américain. Un badge « Nucléaire, non merci » occupait la place d'honneur au beau milieu de son tee-shirt Aggies.

Teddy était ravi de passer l'été à Wynette. Là, il avait un vélo, ce qui n'était pas possible à New York. Et puis, il avait construit avec son père un superbe four solaire dans la cour derrière la maison. Il regrettait toutefois ses petits camarades et l'idée de rentrer à New York dans quelques semaines ne lui déplaisait pas. Miss Pearson lui avait donné un A pour son dossier sur l'immigration. Elle avait déclaré que l'histoire de la progression sociale de sa maman qu'il avait choisie pour sujet était le devoir d'élève le plus enrichissant qu'elle ait jamais lu.

– Tu y es? demanda Skeet en se levant.

– Ouais, fit Teddy en sifflant bruyamment le fond de son Coke. (Puis il déposa la boîte dans la poubelle.) Je ne comprends pas pourquoi on fait tant de mystères. On pourrait venir plus souvent si on n'était pas obligés de se cacher.

– Ne t'occupe pas de ça, répliqua Skeet en mettant sa main en visière pour observer la pente gazonnée du premier green. Nous en parlerons à ton père quand *moi* je l'aurai décidé.

Teddy, qui adorait jouer au golf avec Skeet, s'abstint de tout commentaire. Il prit un bois de 3 d'un sac de vieux clubs que Skeet avait coupés à sa mesure. Il essuya ses paumes moites sur son pantalon et plaça la balle, appréciant son parfait équilibre sur le tee de bois rouge, puis se mit en posture. Il scruta la pente douce qui aboutissait au green : il lui semblait si joli, étincelant dans le soleil matinal! C'était peut-être parce qu'il avait été élevé en ville qu'il aimait tellement les terrains de golf. Il respira une bouffée d'air pur et frappa. Le club heurta la balle avec un claquement satisfaisant.

— C'était bien? demanda Teddy, les yeux rivés sur le gazon.

— Tu as lancé à presque cent quatre-vingts mètres, répondit Skeet en souriant. Je n'ai jamais vu un gosse de ton âge frapper aussi loin.

Teddy parut agacé.

— Ce n'est pas si terrible, Skeet. Chaque fois tu en fais toute une histoire! C'est facile de frapper une balle de golf. C'est pas comme essayer d'attraper un ballon de foot, une balle de base-ball ou quelque chose de vraiment dur. *N'importe qui* peut frapper une balle de golf.

Skeet ne répliqua rien. En portant les clubs de Teddy vers le green, il riait trop pour parler.

TABLE DES MATIÈRES

Prologue.   7

L'ANCIEN MONDE.   11

LE NOUVEAU MONDE.   47

DANS LA TOURMENTE.   229

L'EMBELLIE.   267

Épilogue.   435

*Achevé d'imprimer en avril 1992
sur les presses de l'Imprimerie Bussière
à Saint-Amand (Cher)*

PRESSES POCKET - 12, avenue d'Italie - 75627 Paris Cedex 13
Tél. : 44-16-05-00

— N° d'imp. 859. —
Dépôt légal : mai 1992.

Imprimé en France